「十四五」国家重点图书出版规划项目

译文集 第三卷

青年近卫军

Молодая Гвардия

[苏] 亚历山大·亚历山大洛维奇·法捷耶夫 著

王士燮 译

黑龙江大学出版社
HEILONGJIANG UNIVERSITY PRESS
哈尔滨

图书在版编目（CIP）数据

王士燮译文集. 第三卷 /（苏）亚历山大·亚历山大洛维奇·法捷耶夫著；王士燮译. -- 哈尔滨：黑龙江大学出版社，2023.4
ISBN 978-7-5686-0595-3

Ⅰ. ①王… Ⅱ. ①亚… ②王… Ⅲ. ①俄罗斯文学—作品综合集 Ⅳ. ① I512.11

中国版本图书馆 CIP 数据核字（2021）第 006350 号

王士燮译文集·第三卷
WANGSHIXIE YIWENJI·DI-SAN JUAN
青年近卫军　[苏]亚历山大·亚历山大洛维奇·法捷耶夫　著
QINGNIAN JINWEIJUN
王士燮　译

责任编辑　于　丹　张微微　姜雪南
出版发行　黑龙江大学出版社
地　　址　哈尔滨市南岗区学府三道街 36 号
印　　刷　三河市铭诚印务有限公司
开　　本　720 毫米 ×1000 毫米　1/16
印　　张　42.25
字　　数　569 千
版　　次　2023 年 4 月第 1 版
印　　次　2023 年 4 月第 1 次印刷
书　　号　ISBN 978-7-5686-0595-3
定　　价　156.00 元

本书如有印装错误请与本社联系更换，联系电话。

出版说明

　　文化交流是中俄两国进行经济、政治以及其他领域深层次交流的重要基础和前提，是两国寻求更深层次合作发展的重要途径之一，具有极为深远的当代价值和意义。为了进一步服务中俄合作领域的哲学社会科学研究，为我国文艺作品繁荣发展、中俄文化交流以及"一带一路"建设贡献积极力量，我社结集出版了王士燮先生的俄罗斯文学经典翻译作品。

　　王士燮先生为我国资深俄苏文学翻译家，在俄罗斯文学翻译领域具有深厚的积淀和学养，此次结集出版的翻译成果有《叶夫根尼·奥涅金》《死魂灵》《烟》《青年近卫军》《普希金传》等经典译本。

　　译文集多数篇目由原始版本辑录。对于个别原始版本中的前言、后记、附录等内容，并非俄文原版图书内容的，均不收录，译者本人所写译者序等予以保留。

　　丛书旨在突出译者翻译作品的原貌，故在编辑过程中，只对作品中会影响读者理解的明显讹误进行了订正；考虑到翻译版本年代久远，对于个别词形、人名以及事件名称的表述，我们以现有的文字规范和译名规范为准；除作者原注外，亦保留译文在初次出版时的译者注，供读者参考。

出版前言

　　在整个中国翻译界，黑龙江的文学翻译是一个独特的景观。大批俄语文学翻译家在此诞生，得以培养，其人数之多，翻译作品之繁盛，都蔚为大观。虽然由于地理位置特殊，有些成就很大的翻译家在国内的名气未必高扬，但细察他们的成就，却令人感叹不已。

　　黑龙江俄语翻译人才的成长，离不开一所学校。1944年，周恩来同志提出了为新中国准备外语干部的要求，积极主张加强外语人才的培养工作。中央决定将中央军委俄文学校扩建为包括俄文系和英文系的延安外国语学校。1946年初，党中央从培养俄文军事翻译的实际需要出发，决定把延安外国语学校迁至哈尔滨复校。1946年11月7日，东北民主联军总司令部附设外国语学校正式成立。学校是军事干校性质，专门培养军政翻译。1948年底，东北全境解放，东北民主联军总司令部附设外国语学校改归东北局和东北人民政府领导，改名为哈尔滨外国语专门学校，成为当时培养革命俄文干部的主要阵地。1953年，我国大专院校进行调整，哈尔滨外国语专门学校改名为哈尔滨外国语专科学校，归高等教育部领导。1956年，哈尔滨外国语专科学校更名为哈尔滨外国语学院，这所学校也就是现黑龙江大学的前身。许多著名的翻译家就毕业于原来的哈尔滨外国语专科学校，如赵洵、李锡胤、郝建恒、徐昌汉、王士燮、姜长斌、高文风、刁绍华、张会森、王育伦、孙维韬、王忠亮、赵慧晨、甘雨泽、黄树南、宋嗣喜、金亚娜等。

　　王士燮先生从1955年起就开始从事翻译工作，经验丰富，治学严谨，成果显著。王士燮先生曾先后参加一系列重大翻译项目，是翻译苏联科学院编《俄语语法》(共 3 卷)的骨干学者。在 20 世纪 60 年代,翻译出版了阿克肖诺夫的《带星星的火车票》,反响很好,这使其深受鼓舞,决心在翻译事业上下一番功夫。早在 1963 年 9 月,他就译出了普希金的《叶夫根尼·奥涅金》初稿,"文革"开始后译稿搁置。1970 年,王士燮先生在插队的时候,于农忙之余又对初译稿进行了逐字逐句的推敲,最后定稿是在 1979 年,1981 年 12 月由黑龙江人民出版社出版。该书于 1991 年由浙江文艺出版社推出修订版,其最显著的艺术特色便是它的抒情性,作品中始终贯穿着诗人自己的形象,贯穿着作者的声音。这种特点集中体现在作品中 27 处之多的"抒情插笔",其中,有作者对人物的贬褒,有对事件和场面的评论,有对往事的追忆;有的严肃庄重、富于哲理,有的尖锐激烈、锋芒毕露,有的诙谐幽默、妙趣横生,有的画龙点睛、入木三分;有些"插笔"与人物和情节的发展息息相关、丝丝入扣,有些"插笔"看似与人物或事件无关,其实并未离题。正是这些多角度多层次的"抒情插笔",扩大了作品的容量,深化了作品的内涵,加强了作品的感染力。和其他的译本相比较,王士燮先生的译本不追求诗歌形式上的相似,而是以能够表达作者原意为主旨,无论是从理解深度上,还是从语言风格上,王士燮先生的译本都被公认为我国已有的五种译本中较好的译本,在 1987 年的"苏联诗歌翻译座谈会"上博得好评。《苏联文学》杂志中报道此次座谈会的文章将王士燮先生列为我国苏联诗歌翻译的第三代译者,名列第二。王士燮先生翻译的多部文学经典作品在国内影响深远,为俄语文学翻译领域学者提供了重要参考和借鉴。

王士燮先生还从事翻译理论研究,不断总结自己多年来的翻译经验,已发表论文《从翻译标准到翻译学》《文学翻译的特殊要求》和《谈译者风格》等。

本文集收录了王士燮先生一生翻译的多部成果,包括《叶夫根尼·奥涅金》《死魂灵》《烟》《青年近卫军》《散文的诗意——巴乌斯托夫斯基散文集》《梅花鹿——普里希文散文集》《普希金传》等,旨在全方位展示王士燮先生在俄罗斯文学翻译领域的深厚积淀和学养,进一步服务于中俄合作领域的哲学社会科学研究,为我国文艺作品繁荣发展、中俄文化交流以及"一带一路"建设贡献积极力量。同时,本文集中的翻译作品,为国内语言学工作者以及渴望提升俄罗斯文化积淀的专业读者提供了全面丰富的文献资料,为加强中俄文化交流、促进中俄关系的健康发展提供了重要支撑,具有良好的社会效益和学术价值。

目　　录

第二部

战友们，迎着朝霞前进！

我们用刺刀和霰弹开路……

为了让劳动主宰世界，

为了把大家团结成一家人，

战斗吧，工农青年近卫军！

——青年之歌

第一部

第一章

"不，瓦丽亚，你只要看一眼，这真是美极了！太美了！好像雕塑似的……可是它不是大理石的，也不是雪花石膏的，而是活生生，却又冷冰冰！多么精致玲珑，不是人工能造的。你看它飘在水上，纯洁端庄，一尘不染……看那水上的倒影，甚至分不出来，哪一个更美。再看看它的颜色，仔细看看，不是白的，不对，它是白的，又有那么多的色调：黄微微的、粉嘟嘟的，还带点儿天蓝色，里面充满水分，好像珍珠似的，真叫人眼花缭乱——这些色调，恐怕人连名字都叫不出来！……"

说话的是个梳两条辫子的姑娘，头发黑而带鬈，穿一件白得发亮的上衣，正从柳条丛里探出头来，往河里望，一对黑眼睛美丽而湿润，仿佛突然睁大了，射出强烈的光芒，使她那样子更像这朵在幽暗的河水里映照出来的白莲花。

"你还有闲心看花！乌丽亚，你这人真怪！"另外一个姑娘叫瓦丽亚，回答着，也从柳条里探出头来。她颧骨略高，还有点儿翘鼻子，但是因为青春焕发，心地善良，脸孔也显得好看。她并不是看莲花，而是心神不定，顺着河岸搜索，寻找那些走散了的姑娘。"喂！……"

"哎……哎……哎！"就在跟前有几个姑娘的声音应和着。

"快来！……乌丽亚找到一朵白莲花。"瓦丽亚说，用亲热而带嘲笑的目光看着好朋友。

就在这时又响起一阵炮声，轰轰隆隆，好像远方沉雷的回声，从西北，从伏罗希洛夫格勒传来。

"又打炮了！"

"又打炮了……"乌丽亚小声重复着，刚才还奕奕有神的眼睛变得暗淡了。

"难道这次他们会打进来吗！我的天哪！"瓦丽亚说。"你还记不记得，去年我们多么担惊受怕？却什么事也没有！不过去年他们打得没这么近。你听听炮声有多响，听见没有？"

她俩都一声不响，侧耳倾听。

"我一听到这炮声，再看看天空多么晴朗，看看树上的树叶、脚下的草，觉出来草被太阳晒得热乎乎，散发着香味，就觉得心里非常难过，就像这一切马上要离开我而一去不复返了。"乌丽亚激动地说，声音深沉而洪亮。"这场战争好像使我的心肠变硬了，凡是能叫人心软的事，我们都学会了不理它。可是突然心又软了，觉得一切都可爱，一切又都可怜！……你知道，这话我只能跟你说说。"

她俩的脸在柳叶中间靠得非常近，连呼出来的热气都混合到一起，她们凝视着对方的眼睛。瓦丽亚的眼睛是浅色的，显得善良，离得很宽，带着温顺和崇拜对视好朋友的目光。而乌丽亚的一对大眼睛是深褐色的——这不是普通的眼睛，而是眸子，长长的睫毛，乳白色的眼白，神秘的黑眼仁，仿佛从眼底又放射出强烈而湿润的光芒。

远处炮声隆隆，连河边洼地里的树叶都被震得轻轻摇颤。每次炮声一响，在姑娘们的脸上便有一阵不安的阴影掠过。

"你记得昨天傍晚在草原里有多么好，记不记得？"乌丽亚压低声音问。

"记得。"瓦丽亚悄声说。"夕阳多么美，记得吧？"

"是呀，是呀……你知道，大家都说我们的草原不好，说太寂寞了，一片红黄，土冈连土冈，仿佛这里住不得似的，可我喜欢。记得小时候，妈妈身体还健壮的时候，常在瓜地干活。我还小不点儿呢，躺在旁边，仰脸看天，心里想，看我能望得多么高，你明白吗？我想望到最高的地方。可昨天我们观看落日，我的心里就非常难受，然后又看到那些汗淋淋的战马、大炮、大车，还有那些伤员……红军战士从旁边走过，都疲惫不堪，灰尘满面。我突然明白了，这不是变更战略部署，而是件可怕的情况，真正可怕的情况，是撤退。所以他们才不敢正眼看人。你发现没有？"

瓦丽亚不声不响地点点头。

"我一看这草原，我们在那唱过那么多的歌，一看这落日，就憋不住要哭。可你看见过我哭吗？可你还记得天快黑的时候吗？……战士们在黄昏中接连不断地走过去，炮声也不断，地平线上一闪一闪的亮光照得天都红了——这大概是在罗韦尼基——连落日也那么血红、沉重。你知道，我什么事也不怕，不怕斗争、困难、折磨，可就是不知道该怎么办……好像有什么灾难笼罩着我们的心头。"乌丽亚说，眼睛里直冒火，这阴郁的怒火反而使她的眸子变成金黄色了。

"可我们从前的生活多么好，对不对？乌丽亚。"瓦丽亚说着，已经热泪盈眶。

"世界上的人本来都可以活得很好，只要他们愿意的话，只要他们能理解到这一点！"乌丽亚说。"可怎么办呢？怎么办呢？"她一听到其他姑娘们的语声，便换成孩子气的口吻拖长声地说，眼里也闪耀出调皮的神色。

她一下子甩掉穿在光脚上的便鞋，用晒黑了的手一把抓起深色裙子的下摆，大胆走进河里。

"姑娘们，白莲花！"从柳条丛里突然钻出一个小姑娘，高声喊道。她长得瘦小灵活，一对男孩子似的眼睛，天不怕地不怕。"不许动，是我的！"她尖叫一声，急忙用双手撩起裙子，露出光着的晒黑了的小腿，跳进水里，溅起一片琥珀色的水珠，溅了自己一身，也溅了乌丽亚一身。"哎呀，这里这么深哪！"她笑着说，一只脚陷进水草里，连忙往后退。

姑娘们一共是六个，有说有笑，一齐来到河边。她们跟乌丽亚、瓦丽亚和刚刚跳进水里的小姑娘萨沙一样，都穿着短裙和朴素的上衣。顿涅茨草原的热风和骄阳仿佛有意突出每个姑娘的健康体魄，给她们染上了不同的颜色：有金黄的，有黝黑的，有的像在熔炉里烤过，胳膊和大腿、脸和脖子，直到肩胛骨都是一色红。

世界上的姑娘都是这样：只要有两个人以上聚在一起，就谁也不听谁的,只管放开嗓门尖声尖气地说,声调抬到最高限度,仿佛她们说出的话都是非说不可的,而且要让全世界都能听得见,让全世界都能知道。

"……他跳伞下来的,不骗你！长得可漂亮了,带鬈的头发,白白净净,眼睛好像黑扣子！"

"可惜我当不了护士,说真的,我一看见血,就吓得要死！"

"难道真能扔下我们不管吗？你怎么能那么说！这不可能！"

"哎哟,这莲花多么美呀！"

"玛亚,你这个吉卜赛人,要真把你扔下呢？"

"你看哪,萨沙,萨沙！"

"一下子就爱上人家了,你可真是的！"

"你们这些疯丫头,小心淹着……"

她们讲的是顿巴斯略带粗俗的混合语,既有中部省份的俄语,又夹杂着乌克兰土语、顿河哥萨克的方言,还采用亚速海各个港口——马里乌波尔、塔甘罗格、顿河罗斯托夫——的说话方式。但是不论世界上的姑娘们说什么,在她们的嘴里都会变得悦耳动听。

"乌丽亚,我的好姐姐,你采花有什么用？"瓦丽亚看好朋友往深处走便说,并用离得很宽的善良的眼睛担心地望着她。这时乌丽亚不但把晒黑了的小腿伸进水里,连白净的膝盖也被淹没了。

乌丽亚用一只脚小心试探长满水草的河底深浅,把裙子撩得更高,连黑裤衩边也露出来了。她又往前迈了一步,低低弯下颀长而匀称的身子,用空着的手抓住莲花。一只沉甸甸的辫子滑落下来,辫梢开了,蓬松的黑发顺水漂起来,但是就在这一刹那,乌丽亚用手指最后一使劲,就把莲花摘了下来,还带着长长的茎。

"好样儿的！乌丽亚,你的行为完全可以获得联盟英雄的称号……不过不是苏维埃联盟,而是,比方说我们五一矿区疯丫头联盟！"萨沙站在没腿肚子深的水里,睁圆了男孩子似的褐色眼睛望着乌丽亚说。"把花给我！"她把裙子用膝盖一夹,用麻利的细手指把莲花插进乌丽亚的黑头发里。乌丽亚的鬓角和辫子都有挺大的发鬈。"哎哟,你戴上可真好看,让人羡慕死了!……等等,"她突然说,抬起头倾听着,"什么地方有嗡嗡声……听见了吗? 姑娘们! 真该死!……"

萨沙和乌丽亚迅速上了岸。

大家都抬头仔细听这断断续续的嗡嗡声,忽而细得像胡蜂,忽而变得低沉而响亮。她们极力在白热化的天空中寻找飞机。

"不是一架,而是三架!"

"在哪儿? 在哪儿? 我什么也没看见……"

"我也没看见,听声音听出来的……"

三架飞机的发动机发出颤动的声音,忽而连成一片可怕的嗡嗡声,忽而又彼此分开,有的尖利刺耳,有的低沉响亮。飞机已经飞到她们的头顶上,虽然看不见,却好像机翼的阴影从她们的脸上掠过。

"它们大概奔卡缅斯克,想炸渡口……"

"也可能是米列罗沃……"

"你还说是米列罗沃! 米列罗沃早都丢了,你难道没听昨天的战报?"

"反正一个样,仗在南边打。"

"姑娘们,我们怎么办呢?"大家议论纷纷,情不自禁又去听远处的炮声。这炮声好像离她们越来越近了。

不论战争多么残酷可怕,也不论战争给人带来多么惨重的损失和痛苦,年轻人有着健康和人生的欢乐,带着天真善良的利己主义,怀着爱和对未来的憧憬,只要没到大祸临头,只要还没打破他们的幸福生活,他们是不会,也不愿意在共同的危险和痛苦后面看到自己的危险和痛苦。

乌丽亚·格罗莫娃、瓦丽亚·费拉托娃、萨沙·邦达列娃和所有其他的姑娘,是今年春天刚从五一矿区的十年制学校毕业的学生。

从学校毕业,在青年人生活中是件大事,而在战争年代毕业,就更非同小可。

去年战争一开始,高年级学生——大人还把他们叫作孩子——便到克拉斯诺顿市附近的集体农庄和国营农场、矿井,还有伏罗希洛夫格勒的机车制造厂,干了一夏天活。有些学生还到过斯大林格勒的拖拉机厂。这个拖拉机厂现在已改成制造坦克了。

去年秋天德国人曾经打到顿巴斯,占领了塔甘罗格和顿河罗斯托夫。整个乌克兰只剩下伏罗希洛夫格勒州还没被德国人占领。乌克兰政府跟部队一起从基辅退却到伏罗希洛夫格勒市,而伏罗希洛夫格勒州机关和斯大林诺(以前叫尤佐夫卡)州机关,现在都设在克拉斯诺顿市。

直到深秋,南方战线稳定以前,从顿巴斯的德军占领区一直有逃难的人络绎不绝,经过克拉斯诺顿往西走,把街上棕色的污泥踩得稀烂。似乎由于他们的靴子把草原上的泥土都带来了,街上就更加泥泞不堪。在校的学生本来准备跟学校一起疏散到萨拉托夫州,后来疏散计划撤销了。德军在离伏罗希洛夫格勒很远的地方就被挡住了,顿河罗斯托夫也从德军手中夺了回来,到冬天德军在莫斯科城下吃了败仗,红军开始进攻,于是人们以为平安无事了。

战争初期,父兄纷纷上前线,家里显得空落落的,如今舒适的家住进了外来人,或者在这里过夜,学生也都习以为常了——无论是克拉斯诺顿的砖墙、石棉水泥板顶的标准住宅,还是五一矿区的木头房子,甚至"上海"的小土房,都住有外来机关干部,驻扎在这里的和开赴前线的红军部队的指战员。

他们学会了辨别各个兵种、各种武器和军衔,辨别摩托车、卡车和小轿车的牌号,分辨哪种是自己的,哪种是战利品。他们一眼就能认出坦克的型号——不仅指笨重的坦克停在道旁的杨树底下休息的时候,钢板上蒸发着热气,而且指坦克轰隆隆地驶过尘土飞扬的伏罗希洛夫格勒公路或从秋天泥泞不堪而冬天覆盖着积雪的军用路上开往西方的时候。

他们已经不光凭外形,而且凭声音就能辨认哪是自己的飞机,哪是德国飞机,而且不论顿涅茨天空是阳光灿烂还是红尘万丈,或是繁星密布,甚至旋风大作,黑得像地狱一样。

"这是咱们的'拉格'(或'米格'、'雅克')。"他们若无其事地说。

"看,德国的'密塞'来了！……"

"这是'容克-87',炸罗斯托夫去了。"他们满不在乎地说。

他们习惯于防空防化队的值夜班工作,肩上挎着防毒面具,在矿井或在学校和医院的屋顶上放哨。不论看到什么场面:远处的爆炸引起空气震荡、探照灯的灯光在伏罗希洛夫格勒的夜空中远远的像辐条一样交叉起来、地平线上忽这忽那不时地升起火光,还是敌人俯冲轰炸机大天白日朝草原上拉得长长的卡车队投掷爆破炸弹,然后又怒吼着用火炮和机枪向公路扫射,打得队伍和战马像被滑行艇冲破的水流一样向两边散开——他们谁也不会心慌了。

如今他们爱到集体农庄的田野里去,在大草原里坐卡车迎风放声高歌。他们爱夏季的农忙时节,在一望无际的麦田里收割籽粒饱满的庄稼,夜深人静坐在麦秸堆上亲切交谈,有时还发出笑声。他们爱在屋顶上度过漫长的不眠之夜,姑娘们把滚烫的手放在小伙子们粗糙的大手里,一连两三个小时都一动不动,看着朝霞在白色的山冈上渐渐升起,露珠在粉灰色的屋顶上闪闪发光,并从洋槐打蜷了的秋叶上落到小花园的地里,空气里散发着枯萎的花根在湿土里腐烂的气味和远处火场的烟味,听公鸡喔喔啼,好像世界上什么事也没发生……

他们就在今年春天毕业了,告别了老师,告别了组织,而战争好像正在等待他们似的,直视着他们的眼睛。

6月23日,我军从哈尔科夫方向撤退。7月3日,好像晴天霹雳,收音机广播我军在八个月的保卫战之后放弃了塞瓦斯托波尔。

接着是旧奥斯科尔、罗索什、坎捷米罗夫卡纷纷失陷,沃罗涅日城西阻击战到沃罗涅日近郊阻击战。7月12日,利西昌斯克失守。突然,撤退的部队穿过克拉斯诺顿潮涌而去。

利西昌斯克就在跟前。利西昌斯克失守,意味着德军明天就会进入伏罗希洛夫格勒,后天就会来到这里,来到克拉斯诺顿和五一矿区。他们会闯进这连每棵小草都熟悉的街道,两旁的小花园伸出落满尘土的迎春和丁香,闯进爷爷的小苹果园,闯进关着窗板的凉爽的屋子里——屋里墙的钉子上还挂着父亲的矿工服,那是他下工回来去军事委员会之前亲自挂上去的。屋里每一块地板都是母亲用青筋暴起而又温暖的双手擦得油光锃亮，窗台上的月季是母亲亲手浇的，桌上的大花桌布也是母亲亲手铺的，粗麻布还散发着新浆洗的味——而德国法西斯随时可能闯进来！

在战事的间歇，会有一批少校军需官在市里住下来，他们作风正派、明白事理、见多识广，每天把胡子刮得干干净净，看样子要在这住一辈子似的。他们好跟房东玩扑克牌，还说些快活的俏皮话，喜欢讲讲前线形势，到市场上买些腌西瓜，房东做甜菜汤时也舍得献出肉罐头。在副一号井的高尔基俱乐部和市公园里的列宁俱乐部总有许多尉官转来转去。他们爱跳舞，性情活泼，好像爱交际，又好像挺调皮——真搞不清楚是怎么回事。这些尉官走一批又来一批，总有很多新人出现，不过姑娘们对这些经常变换的黝黑英武的面孔习以为常，所以觉得他们都是自己人。

突然，这些军官一个都不见了。

上杜万车站本来是个平静的小站，克拉斯诺顿人出差或探亲回来，大学生在学校里读了一年书回家过暑假，到这里就算到了家——如今这个小站跟利哈亚—莫罗佐夫斯克—斯大林格勒线上所有的车站一样，到处是一堆堆的车床、弹药、机器、粮食和一群群的人。

从洋槐、槭树和杨树遮住的小房的窗口，传出妇女和孩子的哭声。有的是母亲在给孩子收拾行李，孩子要跟幼儿园或学校一起走；有的是送别儿子或女儿；有的是丈夫或父亲要跟单位一起疏散，正跟家人告别。有的人家把窗板关得严严的，里面一片沉寂，比母亲的哭声更为可怕——里面空空如也，或者只剩下一个老母亲，送走全家人，耷拉着黧黑的手，一动不动坐在里屋，已经泣不成声，痛苦好像一块铁压在心头。

一清早，姑娘们被远处的炮声惊醒，就开始跟父母争吵。她们劝父母马上走，光让她们留下来，而父母则说他们这一辈子要到头了，而女共青团员一定得走，躲躲灾难。于是姑娘们匆忙吃上一口饭，你找我，我找你，出去打听消息。她们像鸟儿似的又聚在一起，酷暑和焦虑弄得她们头昏脑涨,便在哪个姑娘昏暗的小屋里或小果园的苹果树下坐上几个小时,有时跑到河边有树荫的冲沟里,暗暗预感到不幸的来临,而这种不幸,她们无论从感情或理智上都接受不了。

如今不幸突然降临了。

"伏罗希洛夫格勒大概也丢了,却不告诉我们一声!"一个小姑娘尖声说,她长得脸很宽,鼻子尖尖的,头发光滑得就像贴上去的,两根利落的小刷子朝前撅着。

这个姑娘姓维里科娃,名叫济娜,可是从小上学就没人叫她的名字,光叫她的姓:维里科娃、维里科娃。

"你怎么能说这种话? 维里科娃! 没广播就是没丢。"玛亚·佩格利万诺娃说,傲气地兜起厚厚的下嘴唇,显得性子倔强。其实她长得很漂亮,一对黑眼睛,皮肤天生就像吉卜赛人一样黑不溜的。

今年春天毕业以前,玛亚在学校里担任团支书,养成好教训别人和纠正别人缺点的习惯,她总希望不管干什么都要循规蹈矩。

"我们早就知道你要说什么:'姑娘们,你们不懂辩证法!'"维里科娃学着玛亚的腔调说,学得很像,把大家都逗乐了。"要想让他们说实话——没门儿! 从前我们一直相信他们说的话,现在可不信了!"维里科娃说,两只离得很近的眼睛闪着光,两只朝前撅着的尖尖的辫子好像甲虫的触角,雄赳赳地翘起来。"大概罗斯托夫也丢了,我们是没处可跑了,他们倒跑得挺快!"维里科娃说,显然重复经常听到的话。

"你真是奇谈怪论,维里科娃!"玛亚尽量不提高声音说。"你怎么能说出这种话来? 你是共青团员,还当过少先队的辅导员!"

"不用搭理她。"舒拉·杜布罗维娜悄声说。她的年纪比其他的姑娘都大,平时沉默寡言,头发剪得很短,好像男孩子似的,眉毛很淡,一对好害羞的浅色眼睛使她的面部表情显得很怪。

舒拉·杜布罗维娜原来在哈尔科夫大学读书,去年哈尔科夫被德军占领之前回到父亲家里。她父亲在克拉斯诺顿是个鞋匠兼皮匠。她比别的姑娘大四岁,却总跟她们成帮结伙。她以少女的纯真偷偷爱上了玛亚,跟她形影不离,正像姑娘们说的那样:"线离不开针!"

"不用搭理她,她是死脑瓜儿,你想给她换换,她可不干!"舒拉对玛亚说。

"把我们撵去挖了一夏天战壕,费多大力气,我足足病了一个月,可现在战壕里还有人吗?"小维里科娃并不听玛亚说些什么,只管说她自己的。"战壕都长满了草,这难道不是事实?"

苗条的萨沙故作惊奇地耸耸尖削的肩膀,瞪圆了眼睛瞅着维里科娃,打了一个长长的口哨。

大家都情不自禁地注意听维里科娃说的话,显然并不在于维里科娃说的是什么,而是由于目前局势混乱。

"情况的确挺糟,不是吗?"冬妮亚·伊万尼欣娜说,胆怯地看看维里科娃,又看看玛亚。论年龄她最小,几乎还是个孩子,腿挺长,鼻子和耳朵都大,深褐色的头发也很厚,拢到耳朵后面。她眼里闪耀着泪花。

冬妮亚最爱她的姐姐。战争一开始,姐姐就上前线当军医,后来在哈尔科夫一线的战斗中失踪了,于是她觉得世界上的一切都是可怕的,无法挽回,两只忧伤的眼睛总是水汪汪的。

只有乌丽亚没参加她们的谈话,似乎对大家的激动心情不感兴趣。长长的黑辫子在河水里浸湿了,她打开辫梢,拧干了水重新编上。接着把两条湿漉漉的腿轮换着晒太阳,有时还低下头,仿佛倾听内心的声音。头上的白莲花在黑眼睛、黑头发的映衬之下非常好看。腿晒干了,她就用细长的手擦干脚掌。脚背又瘦又高,被太阳晒黑了,四处留下一圈白。接着又擦脚趾和脚后跟,用习惯的麻利动作把脚伸进鞋里。

"唉,我真傻,我真傻!当时人家让我上专门学校,我怎么就不去呢?"苗条的萨沙说。"是内务部办的。"她天真地解释说,带着男孩子那种目空一切的神气望望大家。"那样的话,我就可以留下来,待在德军后方,而你们甚至什么也不知道。当你们愁得要死的时候,我却若无其事。你们会问:'萨沙怎么这么沉得住气?'可我是奉内务部之命留下来的!我要把盖世太保的这些傻瓜,"她突然嗤了一声鼻子,用狡黯的目光瞟了维里科娃一眼,"把这些傻瓜当猴耍!"

乌丽亚抬起头,一副严肃认真的神情打量萨沙。她脸上好像哆嗦一下,不知是嘴唇还是秀丽的薄薄的鼻孔。

"管它什么内务部不内务部的,反正我要留下! 怎么的?"维里科娃说,气冲冲地翘起两根触角似的辫子。"既然没人管我,我就留下,从前怎么生活,就照样怎么生活。能怎么的? 我是女学生,按照德国人的观念,跟革命前的女中学生一个样。他们都是有文化的人,能把我怎么样?"

"像个革命前的女中学生?!"玛亚突然叫起来,气得满脸涨红。

"本人刚从女中毕业,您见过没有!"

萨沙惟妙惟肖地模仿维里科娃说,逗得大家直乐。

就在这时,传来沉重的爆炸声,震得天摇地动,把她们的耳朵都震聋了。树上的枯叶和树皮的粉末也纷纷落下来,连河水都泛起波纹。

姑娘们吓得脸色苍白,有好一阵子都默不作声,面面相觑。

"难道是什么地方扔炸弹了?"玛亚问。

"它们早飞走了,再也没听见有新来的!"冬妮亚说,把眼睛睁得溜圆,她总是头一个预感到不幸。

就在这一刹那,又有两声爆炸,几乎连在一起——头一声非常近,第二声稍远,响得晚一些,震撼着四周。

大家不约而同,一声不响撒腿就往家跑,只见她们晒黑了的小腿在柳条丛里闪动。

第二章

姑娘们沿着顿涅茨草原跑去。草原被太阳晒焦又被羊群踩烂,一抬脚就扬起一片尘土。她们刚才还躲在树木葱茏的阴凉里,似乎是不可想象的事。因为河流经过的冲沟和两岸蜿蜒的狭长的林带,都离地面很深,只要跑出三四百步,无论是冲沟、小河还是树林都看不见了——草原把一切都吞没了。

这里的草原不像阿斯特拉罕或萨尔草原那么平坦,到处是沟沟坎坎。再往南北稍远的地方,有两条大土冈,是庞大的向斜层,它把两翼伸出地面。这个向斜层好像一块蔚蓝色的大盘子,里面飘荡着白热化的空气。

这天蓝色的干旱草原被犁耕过的地面上,在山冈上或洼地里错落地分布着矿工居住区或庄子,以及一块块方形的油绿的、深绿的或发黄的庄稼,其中有小麦、玉米、葵花和甜菜。还有孤零零的井架,井架旁边是圆锥形的深青色的煤矸石堆,是从井里挖出来的煤石,渐渐堆得比井架还高。

只见矿区和矿井相连的每一条道上,都有逃难的人,连成一片,急急忙忙奔向通往卡缅斯克和利哈亚的大路。

在这开阔的草原里可以清楚听见远处激战的回声,说得更确切,是西方、西北方和北方挺远的地方正在进行许许多多、大大小小的战斗。远方大火的浓烟慢慢升上天空,有的变成一团团黑云落在地平线上。

姑娘们一跑出冲沟的树林,首先扑入眼帘的就是新冒起来的三股灰烟——两近一远——就在市中心,只是被山冈遮住,从这里看不见。

烟的颜色很淡,在空中渐渐消散,要不是听到爆炸声,闻到一股像大蒜一样刺鼻的怪味——她们跑得离市里越近,怪味越浓烈——她们也许不会注意到冒烟。

她们跑到五一矿区附近一座圆圆的山冈上,一眼看到分布在沟沟坎坎上的矿区和从伏罗希洛夫格勒通向这里的公路。这条公路就是顺着长冈修的,这条长冈把克拉斯诺顿和五一矿区分隔开来。从这里能够看见的公路上,密密麻麻挤满部队和逃难的人群,还有许多小汽车拼命按喇叭,想超越行人——有普通的民用车,有染成绿色的军用车,都破损了,落满尘土,还有大卡车、轿车和救护车。被这许许多多的行人和车轮扬起的红色尘土笼罩着整条公路,像波浪一样翻滚。

这时发生了一件不可想象的事:副一号井的钢筋水泥井架突然倒塌。这是全市的建筑物当中最坚固的结构,从公路对面也看得见。被炸得飞起的煤石像厚厚的扇面一样张开,刹那间就把井架盖住了。接着地下又发出了可怕的爆炸声,在空中和脚下的什么地方隆隆作响。这个爆炸声可把她们吓了一跳。等烟尘消散之后,连井架的影子都不见了。只有高大的圆锥形矸石堆依然不动,在阳光下闪耀着暗淡的光辉。原来井架竖立的地方升起一团团肮脏的灰黄色的轻烟。而公路上空、乱作一团的五一矿区的上空、从这里看不见的市区上空、整个周围世界的上空,回荡着悠长的响声,这响声连成一片,好像呻吟,里面隐约分辨出遥远的人声——不知他们是哭泣,是诅咒,还是发出痛苦的呻吟。

所有这一切:奔驰的汽车、蜂拥的人流、震天动地的爆炸声和井架的倒塌刹那间都落到姑娘们的头上,给她们留下惊心动魄的印象。原来郁积在心头的种种感受一下子爆发,形成一种难以表达的情感,比个人的忧虑更深刻,也更强烈,那就是一切都完了,末日来到了,末日的深渊就在眼前。

“炸矿井了!……姑娘们!……”

这是谁在啜泣?好像是冬妮亚,但是又好像发自每个人的心底。

“炸矿井了!……姑娘们!……”

她们彼此不再说什么,来不及也没什么好说的。她们一分为二:大部分往家跑,只有玛亚、乌丽亚和萨沙抄近路,穿过公路到市里去找区团委会。

就在她们心照不宣准备分手的时候,瓦丽亚突然拉住好朋友的手。

"好乌丽亚!"她低声下气地恳求说。"好乌丽亚! 你干什么去?我们回家吧……"她停顿一下。"也许会出事的……"

乌丽亚猛然朝她转过身来,默默看着她——不,甚至不是看她,而且透过她看着非常非常遥远的地方,她那黑眼睛里露出急切的神色,仿佛在天空中飞翔——大概飞鸟的眼神都是这样。

"等等,乌丽亚……"瓦丽亚哀求地说,一只手把她拉到身边,另一只手摘下她黑头发里插的白莲花,扔到地上。

瓦丽亚的动作非常快,乌丽亚不但没来得及想瓦丽亚为什么这样做,甚至根本没有察觉。她们并没意识到这是怎么回事,不过她们在多年的友谊当中第一次向不同的方向跑去。

是的,很难相信这一切都是事实,但是当玛亚她们三个姑娘穿过公路以后,亲眼看到的景象,就不能不信了:副一号井庞大的圆锥形矸石堆旁再也见不到那匀称漂亮的井架和它那强有力的升降装置了,只有一团团灰黄色的烟直上天空,向四周散发着像大蒜一样刺鼻的气味。

新的爆炸声忽近忽远,震撼着大地和空气。

有一片街区虽然属于市里,但是离副一号井很近,而跟市中心却隔着一条冲沟,沟底有一条小河,流着脏水,长满苔藓。如果不算河沟边斜坡上盖的小土房,这一带也跟市中心一样,清一色的砖房,有瓦顶的,也有用石棉水泥板做顶的。每一幢可以住两三家。房前修着花园,一部分做菜地,一部分修花坛。有的人家已经种上了樱桃、丁香或迎春,还有的靠里面贴着栅栏种上一行洋槐苗或槭树苗。栅栏都刷过油,整整齐齐。如今就在这些整整齐齐的砖房和花园中间,拥来缓缓的人流,有工人,有职员,有男有女,中间还夹杂着大卡车,拉着克拉斯诺顿各机关、企业的东西。

所谓"没有组织的群众"也从家里走出来，站在花园里，怀着痛苦或好奇的心情望着逃难的人流，还有的人干脆跟着人群走，带着大包小包，或用小车推着东西，小车上还坐着孩子，有的女人把孩子抱在怀里。有的半大孩子听到爆炸声，便朝副一号井跑去，但是到跟前一看，民警早布置了封锁线，不让靠前。迎面还有一股人流朝这边拥来，这是从矿井上撤下来的人，另外还有集体农庄的妇女，赶集回来，也奔跑着加入这股人流。她们的篮子里和小车上都装满青菜和食物，中间还夹杂着马车和牛车。

逃难的人都默默地走着，脸色阴沉，一心一意只想着赶快逃走，似乎对周围所发生的一切并不关心。只有领队走在队伍旁边，忽而停下脚步，忽而跑到队伍前面去帮助民警（民警有步行的，也有骑马的）整顿秩序，以免堵塞交通，妨碍队伍前进。

人群里有个女人抓住玛亚的手，萨沙也跟着站下，只有乌丽亚急于找区委，顺着栅栏往前跑，像个小鸟似的乱闯，常常撞到对面人的怀里。

这时拐角后面有一辆绿色卡车怒吼着从河沟那边冲过来，把乌丽亚和其他行人逼得退到标准房的花园跟前。如果不是有角门挡着，乌丽亚就会把角门跟前站着的姑娘给撞倒。这个姑娘个儿不高，身段苗条，神态优雅，浅色头发，翘鼻子，眯缝着淡蓝色的眼睛，头顶上是两旁的丁香伸出来的枝叶，树叶上落满尘土。

就在乌丽亚退到角门前面、差一点儿没撞倒这个姑娘的刹那间，说也奇怪，她突然看到这个姑娘在一片光轮中跳华尔兹舞的影子。她甚至听到管乐队奏出的华尔兹舞曲。这种幻觉好像旖旎的梦境，突然刺痛她的心，同时留下一种甜蜜的感觉。

这个姑娘一到台上就又唱又跳，在大厅里也是又唱又跳，跟谁跳都行，可以跳到通宵达旦，不知道疲倦，谁请她也不拒绝。她那淡蓝色的眼睛和整齐的小白牙总是闪耀着幸福的光辉。这是什么时候的事？这当然是在战前，那是另一种生活，现在想起来好像梦境。

乌丽亚不知道她姓什么,大家都管她叫柳芭,常常叫她柳勃卡。对了,是柳勃卡,男孩子们有时叫她"女演员柳勃卡"。

最令人奇怪的是,柳勃卡站在门里的丁香丛中竟然心平气和,打扮得好像要到俱乐部去登台表演似的。她那粉扑扑的小脸总不让太阳晒着,金黄色的头发梳得整整齐齐,带着大波浪卷。两只小手好像是象牙雕的,指甲也像刚刚修过,闪闪发亮,匀称的小胖脚穿上轻巧的淡黄色高跟鞋——这一切都意味着柳勃卡马上就要登台又唱又跳。

然而更令乌丽亚惊奇的是,她那副聪明率真而又有意找碴儿的神气。从她那有点儿翘鼻子的粉扑扑的脸上,从涂着口红略微嫌大的厚嘴唇上,特别是从那对眯细了的机灵的蓝眼睛里,都可以看出这种神气。

至于乌丽亚差点儿撞坏她前面的角门,她倒没当回事,连瞅也没瞅乌丽亚一眼,仍然若无其事却横眉立目看着街上所发生的一切,嘴里喊出不大文明的字眼。

"你这个混蛋!凭什么要撞人?……你不给行人让路,一定是脑子里螺丝松了扣!……往哪开?往哪开?……你这混球,又不是过新年!"她朝卡车司机大喊大叫,小鼻子一翘,毛茸茸的睫毛里蓝眼睛闪闪发亮。司机正是想把行人冲开,好在她家的角门前面刹车。

卡车上装得满满当当,都是民警局的家当,还有几个民警押车。

"嘿,你们这些当官的,车上倒坐了不少!"柳勃卡喊道,因为找到新的借口而非常高兴。"你们不但不来安定民心,反而自己先溜了!"她用小手做了一个漂亮的手势,像男孩子一样打了个口哨。

"这个傻丫头,捣什么乱!"车上的民警队长是个中士,听了这显然不公平的话非常生气,便回敬她一句。

不过他这么做,又是自寻烦恼。

"啊,德拉普金同志!"柳勃卡跟他打招呼说。"你这位红色骑士从哪儿钻出来的?"

"你闭不闭嘴?……""红色骑士"突然发火了,往前一冲,好像要从卡车上往下跳。

"你不会跳下车的,你怕把你甩下!"柳勃卡说,并不提高声音,显然丝毫也不生气。"祝你一路顺风,德拉普金同志!"她漫不经心轻盈地摆摆小手,算是为气得满脸涨红的民警队长送行,而民警队长显然不敢从马上要开的卡车上跳下来。

旁观者听到她说这一番话,再看看她那一身打扮,当别人纷纷逃跑的时候,她却心安理得地留下不走,很可能把她当成最恶毒的"反革命",一心盼着德国人快来,嘲笑苏联人民的不幸。然而,再看看她那蓝眼睛流露出孩子气的率真神情,却又不是那么回事。再说她提出的批评大部分还是合情合理的,挨批的人真是活该。

"喂,那个戴礼帽的!瞧你,让老婆背了多少东西,可你却空着两只手!"她又喊起来,"你老婆长得那么矮。还戴礼帽呢!……我瞅你就难受!……"

"你怎么,老婆婆,浑水摸鱼,吃集体的黄瓜?"她朝大车上坐着的老太婆喊。"你以为苏维埃政权一走,就没人能管你了?天上还有上帝呢。你以为他看不见?他什么都一清二楚!……"

没有人理她的茬,这一点她不能看不出来。看样子她是为了寻开心才出头主持公道。她那种无所畏惧和镇定自若,很合乌丽亚的脾气,乌丽亚一下子就感到这个姑娘可以信任,便直截了当地对她说:

"柳芭,我是五一矿区的共青团员,我叫乌丽亚娜·格罗莫娃。你告诉我,怎么会弄成这个样子?"

"这很自然……"柳勃卡很乐意回答,并用她那大胆发亮的蓝眼睛友善地看着乌丽亚。"我军放弃了伏罗希洛夫格勒,是天刚亮的时候放弃的。命令这里所有的机关立即疏散……"

"那么区团委呢?"乌丽亚用沮丧的声音问。

"你这个秃子,怎么打小女孩?你这个狠心的家伙!看我不去收拾你!"柳勃卡朝人群里一个男孩子尖声吆喝。"区团委吗?"她反问一句。"区团委照例是打头阵,天一亮就走了……喂,同志,你干吗瞪眼睛?"她气冲冲地对乌丽亚说,然后又瞥了乌丽亚一眼,明白乌丽亚心中多么难过,便笑着说:"我不过是开开玩笑……团委一定是接到命令才撤离的,并不是逃跑。这回明白了吧?"

"那么我们怎么办?"乌丽亚突然心中充满复仇的怒火,愤愤地问。

"你当然得走。命令就是这么说的。你一早干什么去了?"

"那你呢?"乌丽亚直截了当地问。

"我?……"柳芭一下子答不上来了,她那聪明的脸庞突然现出与己无关的冷漠神气。"我还得看看再说。"她模棱两可地说。

"难道你不是团员?"乌丽亚又追问一句,她那对乌黑的大眼睛露出坚毅愤怒的神色,跟柳勃卡警惕地眯缝着的眼睛一下子相遇了。

"不是。"柳勃卡说,紧闭着嘴转过身去。"爸爸!"她大叫一声,打开角门,穿着高跟鞋迎面跑去,这时正有一群人朝这座房子走来。在逃难的人群当中,这些人显得与众不同,大家又害怕又似乎突然产生敬意地给他们让路。

走在前面的是副一号井井长瓦尔科和全市闻名的同井采煤工格里戈里·伊里奇·舍夫佐夫。瓦尔科有五十岁上下,体格结实,穿着西服上衣和大皮靴,脸刮得干干净净,神色阴郁,像吉卜赛人一样黑。他们后面跟着几个矿工和两名军人。再往后隔一段距离,是一群看热闹的人,由各式各样的人凑到一起:甚至在生活中最艰难的紧急关头,也有那么一些人爱看热闹。

舍夫佐夫和其他矿工们都穿着工作服,风帽耷拉在背后。他们的衣服、脸和手上都是煤灰。有个矿工肩上背着一卷沉重的电缆,另一个挎着工具箱,而舍夫佐夫双手抱着一个奇怪的仪器,金属做的,露出几根裸露的电线头。

他们都默默地走着,好像害怕遇见人群里的目光,也不敢彼此对视,汗水从他们沾满煤灰的脸上流下来,留下一道道印。他们的脸色显得疲惫不堪,仿佛他们肩负着承受不了的重担。

乌丽亚立刻明白了,为什么街上的人都突然怀着敬畏心情预先给他们让路——他们无论往哪走,都通行无阻。正是他们亲手炸掉了整个顿巴斯都引以为豪的副一号井。

柳勃卡跑到父亲身旁,用白净的小手拉住他青筋暴起的黑手。父亲紧握住她的手,并排朝回走。

这时,井长瓦尔科和舍夫佐夫带领着矿工们走到角门跟前,大家松了一口气,把所带的东西——电缆、工具箱和奇怪的金属仪器隔着栅栏扔进小花园,压在花上。这些精心栽培的鲜花,显然跟能够赏花和做其他许多事的生活一样,早已成为过去。

他们扔下东西,又站了一会儿,谁也不看谁,大家都有些尴尬。

"喂,格里戈里·伊里奇,赶快收拾收拾,车准备好了,我先拉上别人,然后大伙一起来接你。"瓦尔科说,也没抬眼看舍夫佐夫,两眼藏在像吉卜赛人一样连在一起的宽眉毛底下。

于是他带着那些矿工和军人慢慢地顺街走去。

舍夫佐夫仍然拉住柳勃卡的手站在门前,还有一个老矿工也留下没走。这个老矿工长得干干巴巴,两条腿细长,几撮稀稀拉拉的胡子抽烟抽得焦黄。谁也没注意乌丽亚,乌丽亚仍然站在原地不动,仿佛那个令她苦恼的问题只能在这里解决。

"我的小姐,跟你说多少次了!"舍夫佐夫生气地说,拿眼瞅着女儿,却没撒开手。

"我说了,我不走。"柳勃卡不高兴地说。

"别耍小脾气了。"父亲显然很不安,悄声说。"你是团员,怎么能不走?……"

柳勃卡的脸唰地红了,抬眼看看乌丽亚,但是她脸上马上现出一股犟劲,甚至厚起脸皮了。

"我入团没几天。"她说着,一抿嘴。"我得罪谁了。不会把我怎么样……我舍不得扔下妈妈。"她又悄声补充一句。

"她想脱团!"乌丽亚突然惊恐地想。不过这时一想起自己有病的母亲,心里也不是滋味。

"好吧,格里戈里·伊里奇。"老矿工说,声音低沉可怕,令人奇怪的是,这么干巴的老头怎么竟然有这么大的嗓门。"我们也该告别了……"他凝视着舍夫佐夫的脸,舍夫佐夫站在他面前,低着头。

这时,舍夫佐夫默默摘下头上的便帽,露出淡褐色头发、蓝眼睛和消瘦的脸,前额上布满深深的横纹。这是上年纪的俄国矿工常见的脸型。尽管他年纪已经不小,又穿着笨重的工作服,满脸和双手都是煤灰,却可以感觉出来他体格健壮而匀称,具有一种古老的俄国式的健美。

"要不跟我们一起碰碰运气? 康德拉托维奇,怎么样?"他问,并不看老头,显然有些不好意思。

"我还有个老伴,哪也不能去。就等红军回来,让我的孩子们解放我们吧。"

"老大怎么样了?"舍夫佐夫问。

"老大? 他有什么好说的。"老头阴沉地说,挥了挥手,那神情在说:"你既然知道我的伤疤,干吗还要问? 再见了,格里戈里·伊里奇!"他伤心地说,向舍夫佐夫伸出瘦骨嶙峋的手。

舍夫佐夫也伸出手来。他们似乎有千言万语说不尽,彼此握着对方的手又站了好一阵子。

"是呀……怎么办? ……我老伴,看样子还有女儿,也都得留下来。"舍夫佐夫慢声慢语地说。他的语声突然中断了。"你说,康德拉托维奇,我们怎么能把它给炸了呢? 啊? ……这可是我们最漂亮的矿井……可以说,它用最好的煤供应全国……唉! ……"他突然从心底轻轻叹出一口气,几颗像水晶一样晶莹的泪珠扑簌簌落到满是煤灰的脸上。

老头哑着嗓子抽泣,低垂下头。柳勃卡放声大哭。

乌丽亚咬紧嘴唇,无力抑制令她窒息又无处发泄的眼泪,掉头往家跑,回五一矿区。

第三章

当市郊一切都由于仓促的疏散和撤退而乱作一团时,市中心已经渐渐平静下来,似乎跟往常一样。街上已看不见职工的队伍和携家带口逃难的人群。只有机关门口或院里还停着一排大车和卡车,留下足够的人手,把装着器具的木箱和装满文件的口袋往车上搬。能听到的谈话声也很低微,而且似乎有意只谈搬东西的事。敞开的门窗传出锤子的敲击声,有时还有打字机的嗒嗒声——有些教条的办公室主任还要最后搞一份清单:哪些东西运走,哪些东西扔下。如果不是远处传来隆隆的炮声和地下深处猛烈的爆炸声,还会以为这些机关不过是在搬家而已。

市中心是块高冈,上面新修一座单层建筑,两翼向外展开,正面栽一排树苗。出城的人不论从哪走,都可以看到这座建筑物。这就是区委和区执委的办公大厦。从去年秋天开始,布尔什维克党伏罗希洛夫格勒州的州委也搬到这里来了。

各机关企业来办事的人络绎不绝,纷纷从正门进去,又几乎跑着出来。电话的铃声不断,用话筒下达指示的声音,有时故意压低,有时又过分提高,都从敞开的窗口传出来。正面的台阶前面停着几辆轿车,排成半圆形等在那里,有民用的,也有军用的。最后一辆是军用越野车,车上落满尘土。后座上坐着两个军人,穿着褪色的军便服——一个是少校,好几天没刮胡子了,另一个是年轻的中士,身材魁梧。从这些司机和这两个军人的神色和姿势都可以看出一个共同的不易察觉的特征——他们在等待领导。

这时,右侧的一个大房间里正在展开那个重要场面,如果不是外表上平淡无奇的话,就其内在的壮烈而言,可以使古代的伟大悲剧黯然失色。这是州和区的领导要走的人和留下的人互相告别。留下的人首先要安排好疏散工作,等德国人一来,他们就要销声匿迹,融化在群众之中,转入地下状态。

只有同甘苦、共患难最能使人亲密无间。

整个战争期间,从第一天开始到现在,对这些人来说,等于一个连续不断的工作日,充满非人所能承受的紧张,只有久经锻炼、坚忍不拔的人才能受得了。

他们把所有年轻力壮的人都送到前线。他们把可能被占领和被破坏的大企业都转移到东方:运走几千台车床,送走几万名工人和几十万家属。然后又像变魔术似的搞到新的车床和新的工人,让空置的矿井和厂房重新开始工作。

他们让生产和工人处于时刻准备的状态,一旦需要,可以马上装车运往东方。与此同时,他们又责无旁贷地履行使苏维埃国家的人过正常生活的职责:让人们有饭吃,有衣穿,让儿童能上学,病人能得到医治,还要培养新的工程师、教师、农艺师,让食堂、商店、剧院、俱乐部、体育场、澡堂、洗衣房、理发店、民警和消防队都能正常运作。

在战争所有的日子里,他们都照常工作,好像就是一个工作日。他们忘记了个人生活,因为家属都被送到东方去了。他们不在家里住,吃和睡都在机关或企业——无论白天黑夜,随时都能在工作岗位上找到他们。

顿巴斯一块块地丢失,他们便在仅有的地区加倍地努力工作。只剩下最后一块土地了,他们便拿出最大的精力,因为这就是最后一块了。但是直到最后他们仍然让大家保持饱满的干劲,以便承担战争所强加给人们的一切。如果别人身上已经再也挤不出来了,那么他们便一次又一次地从自己的精力和体力往外挤,谁也说不出来他们的力量极限在哪里,因为这种力量是没有限度的。

终于,顿巴斯的最后一块土地也要放弃的时刻来到了。这一次他们又在几天之中运走几千台车床、几万名工人和几十万吨贵重物品。

最后,连他们自己也不得不撤退的时刻到了。

在克拉斯诺顿区党委书记的办公室里,他们紧密地站在一起。会议桌上长长的红毡已经撤掉。他们面对面站着,说说笑笑,互相拍着肩膀,总下不了决心说告别的话。尤其是要走的人心情沉重而慌乱,就像心被老鸦抓住一样疼。

这一群人自然而然形成一个中心,中心人物就是伊万·费奥多罗维奇·普罗岑科。去年秋天,这个州第一次面临被占领的危险时,就指定他来领导地下工作。可是后来这件事自然就搁下了。

普罗岑科才三十五岁,个子矮小,精明强干,淡褐色头发向后梳着,日渐稀少,尤其是鬓角已经拔顶,红润的脸一向刮得干干净净,现在却长着深色绒毛——既不是胡茬子,也没长成胡子。两周前他根据前线形势判断不可避免地要转入地下,便留了起来。

站在他对面的是个上年纪的人,身材高大,身穿军装,却没戴军衔标志。普罗岑科正带着敬意和友好摇着这个人的手,这个人面孔消瘦而刚毅,布满细细的皱纹——这是长期过度疲劳的痕迹,脸上带有一种只有大人物才有的威严、镇定而又平易近人的表情。这是由于他们知识丰富、对世界上所发生的事了如指掌的缘故。

这个人就是刚刚组建的乌克兰游击队司令部的领导人之一,昨天特意来克拉斯诺顿协调游击队和正规部队之间的协同动作。

当时还没料到会退得这么远,以为在顿涅茨河下游或顿河下游一带总能阻挡住敌人。根据司令部的命令,普罗岑科必须在他所领导的游击队跟新调来的一个师建立联系。这个师调到卡缅斯克区是为了增援北顿涅茨河一带我军的掩护部队。但是这个师在伏罗希洛夫格勒区的战斗中损失惨重,正向克拉斯诺顿撤退。师长本人也于昨天跟游击队司令部和南方方面军政治部的代表一起来了。师长是一位将军,四十来岁,站在一旁等着跟普罗岑科作别。

普罗岑科摇着游击队领导人的手——这位领导人在和平时期就是他的老上司,常到他家做客,跟他妻子也很熟———边摇一边说:

"谢谢您的帮助和教导,安德列·叶菲莫维奇,再一次谢谢。请向赫鲁晓夫①同志转达我们游击队的谢意。您如果有机会到总司令部，请您转告他们：我们伏罗希洛夫格勒州也总算建立起游击队……安德列·叶菲莫维奇，如果您能有幸见到斯大林同志本人，请告诉他，我们一定光荣地完成自己的义务……"

普罗岑科讲的虽然是俄语，但是有时会情不自禁地冒出几句乌克兰话。

"你们只要完成任务，上边一定会知道。至于你们肯定能够完成任务，我丝毫也不怀疑。"安德列·叶菲莫维奇笑着说，坚定的笑容使他满脸的皱纹都变得好看了。他突然又转过身朝周围的人说："这个普罗岑科可真滑头，仗还没打，就想试探试探，能不能从中央搞到给养！"

大家哄堂大笑，只有师长没笑。在整个谈话过程中他一直站在一旁，坚毅的圆脸上始终带着一种严峻的忧虑。

普罗岑科明亮的蓝眼睛里闪过一丝狡黠的神色，并且显得奕奕有神。不过两只眼睛并不同时出现，而是一只眼睛先闪出火星，来个单脚跳，跳到另一只眼睛里。

"给养我们自己有，"他说，"就学老科夫帕克的办法，也不用军需机关，干脆从敌人那里搞……不过你们要能给一点儿……"普罗岑科两手一摊，又引起哄堂大笑。

"请向方面军政治部的同志们转达我们的谢意，非常感谢他们，他们帮了大忙。"普罗岑科说，摇着一个上年纪的团政委的手。"至于你们，小伙子们……我真不知道对你们说什么好，只有好好吻吻你们吧……"普罗岑科动了感情，挨个拥抱和亲吻内务部的小伙子们。

他办事细心，懂得不管做什么工作，也不论对方的职位高低，只要人家尽到力量，就不能漏掉人家，让人感到委屈。就这样，他向在组建游击队和地下联络网的过程中帮助过他的人和单位都表达了谢意。他跟州委的同志们依依不舍告别的场面，令人心情沉重。这些战争岁

---

① 赫鲁晓夫（1894—1971），当时任西南方面军军事委员，后来曾任苏共中央第一书记（1953—1964）。——译者注

月就像一天似的一闪就过去了,友谊和共同的命运把他们紧紧地连在一起。

他含着眼泪放开这些同志,又向周围看看,有没有忘了什么人。这时,小个子师长把结实的身体迅速有力地朝普罗岑科一摆动,默默迎上前来,伸出手。在这位俄国将军纯朴的脸上突然现出天真的亲热表情。

"谢谢,谢谢您。"普罗岑科动感情地说。"谢谢您还亲自跑一趟。现在我们就像用绳子拴在一起了……"他说着,摇摇将军结实有力的手。

这时师长脸上的天真表情一下子不见了。他那戴着制帽的大圆脑袋似乎做出不满甚至生气的动作,聪明的小眼睛又带着严峻的神情注视着普罗岑科。他仿佛有要紧的话要说,却又什么也没说。

分别的时刻到了。

"你要好好保护自己。"安德列·叶菲莫维奇变颜变色地说,拥抱普罗岑科。

大家再一次跟普罗岑科告别,跟他的副手以及其他留下的干部告别,然后好像略带负疚神情一一走出办公室。只有师长高昂着头,跟平时一样迈着轻快迅速的步子走出去。他长得胖,步伐却轻快,颇出人意料。普罗岑科没出去送他们,只听到街上的小汽车都嘀嘀响起来。

当他们告别的时候,办公室的电话铃声一直不断,普罗岑科的副手抓起这个又放下那个,请对方过一会儿再打。普罗岑科刚跟最后一个人说完告别话之后,副手马上把一个听筒递给他。

"面包厂打来的……打过十来次了……"

普罗岑科用小手接过听筒,坐到桌角上,马上改变了腔调——不像方才告别时一会儿亲热和善,一会儿又狡猾快活。他拿听筒的姿势、面部表情和说话语调都显露出镇定和威严。

"你别啰唆,听我告诉你。"他说,立刻让对方沉默了。"我说有车就一定有。市商业局一定去拉你的面包,准备给疏散的人路上吃。要毁掉这么多面包,是犯罪。你烤了一夜,为的啥?我看你是自己着急了。什么时候我让你着急,你再着急。懂了吧?"普罗岑科挂上听筒,又拿起另外一个,这个电话已经丁零零响了半天。

办公室有扇窗户朝向副一号井,从敞开的窗口可以看见撤离的部队、大卡车以及疏散的人群移动的情景。这里居高临下,就像看地图一样了如指掌。可以看到撤退的队伍分成三股:主流直奔南方,朝新切尔卡斯克和罗斯托夫撤退,另一股人数略少,奔东南,去利哈亚,第三股人数最少,奔正东,奔卡缅斯克。刚才离开区委会的小汽车都排成一排,驶向新切尔卡斯克。只有师长那辆落满尘土的越野车穿过街道向伏罗希洛夫格勒公路驶去。

师长要赶回师里,这时他的思想早已远远离开了普罗岑科。炎热的太阳斜照着他的脸。尘土飞扬,笼罩着汽车和车上坐着的将军和司机,还有后座上没刮脸的少校和魁梧的中士。远处的炮声、公路上的汽车声和群众撤离的景象——这一切使四个职位和年龄大不相同的军人情不自禁地把注意力转移到严峻的现实。

跟普罗岑科告别的人当中,只有乌克兰游击队司令部的首长和这个师长将军作为军人能理解德军坦克部队攻占米列罗沃并向莫罗佐夫斯克挺进的重大意义。莫罗佐夫斯克是顿巴斯和斯大林格勒铁路线上的枢纽,一旦失陷,就意味着切断南方方面军跟西南方面军之间的联系,伏罗希洛夫格勒州和罗斯托夫州的大部分地区将跟中央失去联系,斯大林格勒和顿巴斯之间也中断了交通。

现在这个师的任务,就是尽可能阻挡住从米列罗沃向南挺进的德军,使南方方面军的部队来得及退到新切尔卡斯克和罗斯托夫一带。这意味着将军指挥的这个师在几天之后将不复存在或者陷于德军包围之中。一想到有可能被包围,将军感到深恶痛绝。但是,他也不愿意他的师不复存在。另一方面,他知道他一定会竭尽全力履行自己的义务。现在他把所有的精力都用来解决这个无法解决的难题。

按年龄来说,他并不属于老一代的苏军将领,而是属于中间一代。他们这一代是在内战时期或内战结束之后才开始军人生涯的,那时候他们还年轻,还未出人头地。

他当兵的时候,他的足迹曾踏遍这块他正坐车驰骋的顿涅茨草原。他出生在库尔斯克的一个农民家庭,十九岁还在放羊就参了军。当时彼列科普战役刚结束,名声载入史册,他入伍的时候,正赶上肃清乌克兰的马赫诺匪帮时期。这已经是最后几次歼灭革命敌人的重大战役的尾声。他曾在伏龙芝①元帅指挥下作战。年轻时候他便以作战顽强和机智勇敢而出类拔萃。但这不是唯一的原因:人民中间顽强而机智的人并不罕见。而是由于他善于掌握连指导员、营教导员和团政委教红军战士的一切。这个掌握过程是逐渐的,不知不觉的,甚至很缓慢。在部队里做政治工作和党支部工作的人员不计其数,他们都是无名英雄,愿他们的功勋永志不忘!而他不只是简单地掌握这门学问,并且加以咀嚼消化,变成自己的东西。于是他在战友中间突然受到提拔,成为一名具备卓越的政治才干的干部。

他后来的发展道路跟那一代所有的将领一样,一帆风顺,飞黄腾达。

伟大的卫国战争开始的时候,他是个团长。他既有伏龙芝军事学院的学历,又有哈拉哈河②和"曼纳林防线"③两次战役的经历。对他这种出身和这种年龄的人来说,已经很了不起,当然也还远远不够!国内战争使他学会了领兵打仗。他成长得快,而更重要的是得到了培养。正像以前的军事学校、军事学院和两次战役给他的锻炼一样,如今他要在这场伟大的战争中受到更大的锻炼。

尽管退却是十分痛苦的,但是他在这场战争中认识到自身的力量。这种新感觉随着战争的进行而越来越坚定。我们的战士比敌人的强,不仅指道德素质——那是不可比拟的!——而且指作战能力。我们的指挥员不仅政治觉悟高,而且接受的军事教育也高,他们能够

---

① 伏龙芝(1885—1925),苏军著名将领。——译者注
② 哈拉哈河又名哈勒欣河,位于蒙古东部。1939 年,日军在此挑衅,遭到苏蒙联军痛击。——译者注
③ 曼纳林防线在芬兰,以芬兰元帅的姓命名,1939—1940 年,芬兰侵犯苏联时被突破,后来全部被摧毁。——译者注

迅速接受新事物,善于运用实际经验。我们的军事装备并不比敌人差,有些方面还超过他们。创造和指挥这一切的军事思想来源于伟大的历史经验,同时又新颖大胆,就像贯彻这一思想的革命是新的、史无前例的苏维埃国家是新的、阐述和实现这一思想的天才也是新的! 这一军事思想正如日中天。但是不得不退却。因为敌人在数量上暂时占优势,敌人搞突然袭击,残酷无比,根本不受正常的良心限制,而且每次都孤注一掷,根本不考虑后备力量。

将军跟许多苏军将领一样,早就明白这场战争跟过去的任何一次战争不一样,是一场打后备力量、打后备资源的战争。要善于在战争过程中创造这些后备力量和后备资源。而更复杂的是如何运用这些力量和资源:要在时间上合理分配,要用到最需要的地方。敌人在莫斯科城下的惨败和在南方的失利,不仅说明我们的军事思想、我们的战士和我们的装备都超过他们,更说明我们人民和国家的伟大后备力量掌握在善于调动它们而又兢兢业业的人手中。

当我们对敌我力量似乎都了如指掌的时候还要退却,当着人民的面退却,真令人痛心。

将军在车上默默地坐着,陷入沉思。越野车好不容易穿过挤满疏散人群的街道,来到伏罗希洛夫格勒公路的时候,就有三架德国俯冲轰炸机一架接一架轰隆隆地几乎从头顶上飞过。飞机来得突然,无论将军,还是陪同他的少校和中士都没来得及下车,只好待在车上。队伍和难民的人流一分为二,躲到公路两旁——有的趴在壕沟里,有的躺在房基的土台旁,有的贴墙躲着。

就在这一瞬间,将军看见公路边上站着一个少女,身材匀称,穿着白上衣,留着两条长长的黑辫子。很长一段公路都空荡荡的,只有她一个人站在那里。她毫无畏惧,用阴沉的目光送走从她头上掠过的三只涂色的鸟,张开的翅膀上还带有黑十字架。飞机飞得这么低,恨不得要用带动的风把她刮倒。

将军的喉咙里突然喀了一声,随行人员都惊愕地看着他。将军怒气冲冲地摇摇大圆脑袋,好像衣领卡住脖子,然后扭过脸去,不忍心看这个少女孤零零地站在公路上。越野车来个急转弯,开到野地里,因地势不平而颠簸起来,仍沿着公路方向,不是奔卡缅斯克,而是朝伏罗希洛夫格勒驶去,因为将军指挥的师正从那里向克拉斯诺顿转移。

第四章

这三架俯冲轰炸机从乌丽亚头上飞过去,越过市区,在市郊的公路上用机枪扫射一阵,便消失在阳光耀眼的天空中。又过了一会儿,远处传来低沉的爆炸声——大概是去轰炸顿涅茨河的渡口。

五一矿区乱作一团了。乌丽亚迎面遇见一辆辆马车飞跑而来,都是全家逃难的。她认识这些人,大家也都认识她,却没人看她一眼,更没人跟她说话。

最出乎意料的是维里科娃那副样子。这个"女中学生"竟然一脸惊慌,夹在两个女人当中,坐在装满箱子、包裹和成袋面粉的马车上。赶车的老头戴着便帽,两腿耷拉在一旁,靴子上沾满面粉,用缰绳拼命打马,想叫马快点儿跑上冈,老马却不使劲拉。天气炎热,维里科娃却穿着褐色呢子大衣,没扎头巾也没戴帽子,只是大衣的硬领上依然雄赳赳地向前伸出两条小辫。

五一矿区是这一带最老的矿工居住区,其实整个克拉斯诺顿都是从这里发展起来的。五一矿区这个名字刚起没有多久,从前这里还没发现煤的时候,住着哥萨克的庄户人家,其中最大的庄子就是索罗金的。

本世纪初这里发现了煤。最早的矿井是顺着岩层开的斜井,非常小,只用马拉或手摇的绞车就可以把煤拽上来。这些矿井都是一家一户开的,但是沿用旧的叫法,整个地方就叫索罗金煤矿。

下井挖煤的都是从中部省份和乌克兰来的外地人。他们在哥萨克的庄子里住下,跟哥萨克通婚。哥萨克人开始下井,家家添丁进口,分家另过,就在附近盖起房子。

接着又开新矿井——就在如今伏罗希洛夫格勒公路经过的长冈后面挖掘，还越过了冲沟，所以这条冲沟现在把克拉斯诺顿分成两个大小不等的市区。这些新矿井属于一个姓亚尔曼金的地主，是个鳏夫，绰号叫"疯老爷"，所以这些矿井周围新修的矿工居住区，就叫作亚尔曼金区，或"疯老爷"区。"疯老爷"的宅子就修在冲沟对面的高冈上，是一座用灰砖修的平房。房子里一半用作暖房，养些奇花异草和外国鸟。当时冈上只有这一幢孤零零的房子，四面被风吹，所以也叫"疯子"房。

建立苏维埃政权之后，在第一个和第二个五年计划期间，这个地带又开了新矿井，于是索罗金煤矿的中心就转移到这一带，盖起标准住宅，修起机关、医院、学校和俱乐部。在冈上"疯老爷"宅子旁边盖起富丽堂皇的区执委办公大厦，两翼向左右展开。"疯老爷"的宅子改作克拉斯诺顿煤炭联合公司的设计室。那些设计师们尽管每天要有三分之一的时间在这里度过，却不知道这幢房子的来历。

就这样，索罗金煤矿变成了克拉斯诺顿市。

乌丽亚和她小时候的朋友以及后来上学时的同学，都是跟城市一起长大的。她们入学不久就赶上植树节。原来堆满垃圾和长满牛蒡的空地，市苏维埃规划修成公园。她们就在这片空地上栽种树苗和灌木。应该在这里修一座公园，是老一代共青团员的主意。那一代人还清楚记得"疯老爷"、亚尔曼金矿区、德军对乌克兰的第一次占领和国内战争。其中有些人至今还在克拉斯诺顿工作——有的头发斑白，有的留着布琼尼①式的哥萨克胡子，胡子里也出现银丝了，但是大多数人由于生活而分散到全国各地，有的还高升了。领导那次植树的园林工人丹尼雷奇，当时年纪就不小，现在仍然在公园里干活，当小组长，不过已经老态龙钟了。

于是这座公园长得树木葱茏，成为成年人喜欢休息的地方。而对于青年来说，公园不仅仅是游玩的地方，而且是焕发青春的生命的象

---

① 布琼尼(1883—1973)，苏联元帅，内战时任红军骑兵第一集团军司令。——译者注

征。公园跟他们一起成长，跟他们一样朝气蓬勃，如今翠绿的树冠已迎风喧响，骄阳似火的时候，可以在树底下找到阴凉，还可以找到神秘幽静的角落。在夏夜的月光下公园就更美了。可是到了秋雨绵绵的黑夜，黄叶被打湿了，在黑暗中盘旋飘落，簌簌有声，公园里就阴森可怖了。

就这样，青年们跟公园一起成长，跟城市一起成长，并按照他们自己的意思给各个市区、郊区和街道命名。

盖起新的工棚，这块地方就叫工棚区。如今工棚早都拆了，周围修起砖房，可是名字照旧不变。直到如今还有个郊区叫"鸽子房"。从前那里有三座小木房修在一边，孩子们就在里面养鸽子，而如今那里已经修了标准住宅。"丘里林诺"这个名字来源于矿工丘里林，只有他一家在那里住过。"草场"因为那里堆过干草。"木头街"是道口对面仅有的一条街，还隔着公园，所以跟全市分离，那里的房子直到如今还是木头的。瓦丽亚·博尔茨就住在那条街上，她长着一对深灰色的眼睛，梳两条淡褐略带金黄的辫子，还不到十七岁，自尊心特强。"砖房街"就是最先盖标准住宅那条街。现在标准住宅到处都是，可是只有那条街叫这个名字，因为它是头一条。"八间房"——从前只盖了八幢标准住宅，如今已有几条街，变成一个区了。

全国各地都有人流入顿巴斯。他们遇到的头一个问题，就是住在哪。有个中国人叫李方垈，用黏土和麦秸在空地上盖了一座小房自己住，后来又一间接着一间盖了好几间，就像蜂房似的，往外出租。到后来外来人也明白过来，何必租李方垈的房子，自己也能盖。这样一来，就形成很大一片土房区，一家挨一家，起名叫"上海"。直到最后，这种蜂房式的小土房遍布横穿市区的冲沟两侧，而且城市四处都有。这些土房群就叫"小上海"。

副一号井算是这一带最大的矿井，恰好开在索罗金庄和从前的亚尔曼金矿区之间。这个矿井一开工，克拉斯诺顿市又开始向索罗金庄发展，几乎跟它连成一片。索罗金庄早就跟附近几个小庄子连在一起，于是形成五一矿区，成为市区的一部分。

五一矿区跟市里其他部分不同的是,这里的房子都是从前哥萨克庄子留下的住宅,因为是私房,所以各式各样的。这里的居民也跟从前一样,哥萨克居多。他们并不下井,而是在草原上种庄稼。这些哥萨克分别组成几个集体农庄。

乌丽亚家的房子位于紧边上的洼地里,从前那一带是加夫里洛夫庄,所以她家的房子也是旧式哥萨克房子。

她父亲叫马特维·马克西莫维奇·格罗莫夫,是乌克兰人,来自波尔塔瓦省,从小就跟父亲一起到尤佐夫卡谋生。他是个高大、漂亮、勇敢而有力气的小伙子,淡褐色的鬈发披散着。发梢打卷儿,是有名的采煤好手,姑娘们都爱上了他。这里开始挖煤的年代,在乌丽亚的印象中像圣经的故事一样古老,可她父亲就到这里谋生来了,一下子就把马特廖娜·萨韦利耶夫娜给迷住了,丝毫也不奇怪。当时她母亲是加夫里洛夫庄的一个黑眼睛的小姑娘,还叫马特廖莎。

日俄战争的时候,她父亲在莫斯科第八掷弹兵团服役,受过六次伤,两次很重,得过好几次奖,最后一次因为抢救团旗有功,获得圣乔治勋章。

从那以后,他的身体不行了。在一些小矿井挖一阵子煤,后来又在矿上赶车,漂泊半生,总算在这里的加夫里洛夫庄安了家,而他住的房子就是马特廖莎出嫁时的陪嫁。

乌丽亚刚一拉住自己家的角门,就感到浑身无力。她热爱父母,人在年轻的时候往往想不到,也不可能设想有朝一日她要自作主张,自己决定自己的命运而不必听家人的意见。如今这个时刻来到了。

乌丽亚知道父母离不开这个家,而且年老多病,更舍不得离家出走。儿子参了军。乌丽亚还说不上将来干什么,现在没有工作就养活不了他们。大女儿比乌丽亚大得多,嫁给矿上管理处的一个职员,就住在他们家,年纪也不小了。再说大女儿有好几个孩子,也不准备走。所以他们早已决定,不管发生什么事,他们也不想离家出走。

只有乌丽亚在这个关键时刻到来之前总没拿定主意,心中没有明确的打算。她总觉得她的前途应该由大人安排。她一会儿想参军,而且一定是空军，便给在空军部队做技师的哥哥写信，能不能帮她进入航空学校。有时候她又觉得，最简单的办法是进护士训练班，用不了多久就可以参加作战部队，克拉斯诺顿不少姑娘就是这么做的。一会儿她又产生一种秘密的愿望——到敌占区去参加游击队。一会儿她又渴望读书，继续深造。因为战争不会老打，战争结束以后还要生活和工作，那时候会需要专门人才，她可以很快就成为工程师或教师。但是没有人来安排她的命运。现在到时候了，她只好拉开角门……

直到这时她才感到人生变得多么严峻。她必须抛下父母，听凭敌人的蹂躏，一个人投身这充满困苦、流浪和斗争的陌生而可怕的世界……她感到膝盖发软，险些坐到地上。唉，现在她如果能钻进这间住惯了的小屋，关上窗板，躺到自己的床上，悄悄躺着而不必做任何决定，那该有多么好。她不过是个黑头发的小姑娘，谁能管着她的闲事！就这样爬到少女的床上，蜷着腿，在呵护她的亲人中间生活下去，管它发生什么事……可是究竟会发生什么事？什么时候？要拖得很久吗？也许并不那么可怕。

但是就在这一刹那，她打了一个冷战，她怎么能想到这种出路呢？这使她的自尊心受到伤害。然而现在已经没有犹豫的时间了，母亲迎面跑来。她怎么能下得了床呢？母亲后面还跟着父亲、姐姐、姐夫，还有一帮外甥也跟着跑来。大家的脸上都露出不寻常的激动，有个小外甥都吓哭了。

"你跑哪去了？我的孩子！天一亮就找不到你。快去找阿纳托利，要是他还没走，快跑，孩子！"母亲说，眼泪顺着脸往下流，黝黑的脸布满皱纹，却没有血色，母亲甚至没想去擦擦眼泪。

母亲虽然年老，开始驼背，可头发还是黑的。她长着黑皮肤、黑头发，尤其是黑眼睛非常漂亮。尽管个子小，眼睛却像大野鸟一样炯炯有神。她性格刚强，脑瓜儿聪明，女儿们和老头子都听她的。但是现在到了女儿必须自作主张的时候，母亲感到无能为力了。

"谁找我？阿纳托利？"乌丽亚急忙问。

"区委有人找你。"父亲说，站在母亲后面，沉重地垂着两只大手。

父亲可老得真厉害！前面的头发几乎落光了，只有后脑和两旁还留有从前鬈发的痕迹，发梢依然打卷儿，但是掷弹兵的棕色胡子和脸上的胡茬都已斑白。鼻子发紫，红褐色的脸上布满皱纹。

"快跑，快跑，孩子！"母亲又说一遍。"等等，我去叫阿纳托利吧！"矮小的老母亲顺着垄沟朝波波夫家跑去。波波夫的儿子阿纳托利今年夏天跟乌丽亚一起从五一矿区学校毕业。

"你快回床躺着，妈妈，我自己去！"

乌丽亚连忙去追赶母亲，可是母亲已经穿过樱桃林往下跑，于是这一老一少一起跑去。

格罗莫夫和波波夫两家的果园相连。两家的果园都在两边的慢坡上，坡底下有一条干涸了的冲沟，便在沟底立一道篱笆为界。他们虽然是老邻居，可是除了在学校或在阿纳托利经常做报告的共青团会议上，乌丽亚从来没跟阿纳托利单独见面。小时候男孩子有男孩子的兴趣，到了高年级他也常常遭到同学的嘲笑，说他怕女孩子。的确，他跟乌丽亚或别的女孩子在街上或在谁家遇见，便会不知所措，甚至不会跟人家打招呼，有时问个好也满脸通红，使得任何女孩子也会臊红脸。这件事引起姑娘们私下议论，暗地嘲笑他。不过乌丽亚倒是很尊重他，因为他书读得多，聪明而内向，乌丽亚喜欢的诗，他也喜欢，还爱收集甲虫、蝴蝶、矿石和植物。

"泰西亚·普罗科菲耶夫娜！泰西亚·普罗科菲耶夫娜！"母亲喊，俯在矮篱笆上，身子探到邻居的果园里。"阿纳托利！乌丽亚来了……"

对面的高冈上有人细声细气地答应一声，隔着树看不清楚人，像是阿纳托利的小妹妹。接着就见阿纳托利穿过结满小红樱桃的树林朝这边跑，穿着一件乌克兰式衬衫，衣襟和袖口上都绣着花，敞着衣领，后脑上戴一顶乌兹别克式小圆帽，为了把朝后梳着的淡黄色长发压住，以免披散开。

他那瘦削的脸晒得发黑，眉毛却发白，向来一脸严肃，这时却急得出了汗，连腋下的衬衫都被汗水湿得一圈一圈的。显然他把怕见乌丽亚的事早忘得一干二净。

"乌丽亚……你知道，我一清早就去找过你，我把所有的男女同学都找遍了。为了等你我还把维克托·彼得罗夫留下，让他也等你一起走。他们爷俩都在我家，他父亲骂得可凶了，你赶快去收拾一下！"他急急忙忙地说。

"我们一点儿也不知道。这是谁下的指示？"

"区委的指示，要大家都撤退。德国人马上就到。所有的人我都通知到了，就是你们那帮找不到，可把我急死了。恰好维克托跟他父亲一起从波戈列雷庄赶来。他父亲在国内战争期间参加过游击队，在这一带打过德国人，他当然一时一刻也不能耽误，而维克托是专门来接我的，你想想看，这才是好同志呢！他父亲是护林员，他们林管局的马才棒呢！我当然就请他们等一下。他父亲还骂骂咧咧，我就说：'您还是老游击队员呢，应该明白，不能抛下同志不管，再说您一定是有胆量的人……'我们就这么一直等你。"阿纳托利急匆匆地说，显然想把他的感受都一下子对乌丽亚说出来，两眼看着她。他的眼睛忽而是淡灰色，忽而变成天蓝色，突然又大放光彩，刹那间使他整个脸庞都变得活泼动人。

为什么从前她总觉得这张脸毫无特色呢？阿纳托利脸上显现出一种内在的力量，这种力量表现在他那厚嘴唇和阔鼻孔的轮廓里。

"阿纳托利，"乌丽亚说，"阿纳托利……你……"她的声音颤抖了，把晒黑了的细长的手隔着篱笆伸给他。

这时他又害臊了。

"快点儿吧，快点儿吧。"他说，不敢正视她那双烫人的黑眼睛。

"我已经收拾好了，把车赶到门口就行，快赶过来吧……"乌丽亚的母亲念叨着，泪珠一个劲儿顺脸往下滚。

在这之前，母亲还不完全相信，女儿会一个人投身这混乱的大世界，不过她也知道女儿留下太危险，如今遇到好人，又有大人跟着，现在算是木已成舟了。

"可是，阿纳托利，你通知瓦丽亚·费拉托娃了吗？"乌丽亚断然地

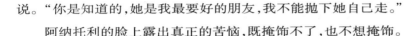

说。"你是知道的,她是我最要好的朋友,我不能抛下她自己走。"

阿纳托利的脸上露出真正的苦恼,既掩饰不了,也不想掩饰。

"可这马又不是我的,我们已经是四个人了……我真不知道怎么办。"他不知所措地说。

"可你要明白,我总不能抛下她呀!"

"当然马挺有劲,可是五个人……"

"好了,阿纳托利,谢谢你的关心……你们坐车走吧,我跟瓦丽亚……徒步走。"乌丽亚决然地说。

"老天爷呀,怎么能徒步走,我的傻孩子!我把连衣裙和衬衫都装进皮包里了,还有被子呢?……"母亲像孩子似的用拳头擦眼泪,大哭起来。

乌丽亚对朋友讲义气,阿纳托利并不奇怪,认为这是极其自然的事。乌丽亚要是不这么做,反倒是怪事了。所以他并不生气,也没显得不耐烦,只是想找出一个摆脱困境的办法。

"你可以先问问她!"他喊了起来。"也许她早都走了,再不她并不想走,她毕竟不是团员!"

"我去找她去。"乌丽亚的母亲又来了精神。她已经忘了她能有多大劲头。

"你快躺着去吧,妈妈,我自己能去!"乌丽亚生气地说。

"阿纳托利!你们能不能快点儿?"维克托站在房前,用响亮有力的声音喊。

"他们的马肯定有劲。实在不行,我们可以换着坐,不坐车就跟着跑一会儿。"阿纳托利思忖着,不知不觉说了出来。

不过乌丽亚用不着去找瓦丽亚了。她跟母亲往家走,还没上台阶,就见他们一家人都站在台阶同边屋、厨房和牛棚之间,而瓦丽亚就站在他们当中。瓦丽亚消瘦了许多,晒黑了的脸显得毫无血色。

"好瓦丽亚,快去收拾一下,有马,我们跟他们说说,把我俩都带上!"乌丽亚连忙说。

"等等,我要跟你说两句话……"

瓦丽亚拉住她的手。

她俩走到角门跟前。

"乌丽亚!"瓦丽亚说,一对离得很宽的浅色眼睛注视着乌丽亚的眼睛,流露出真正的痛苦。"乌丽亚,我哪也不去,我……乌丽亚!"她加重语气说:"你是个不平凡的人,是的,是的,你身上有一种强大的力量,你干什么都行,我妈妈说得对,上帝给了你翅膀……乌丽亚,能跟你相好是我的造化,"瓦丽亚流露出爱慕之情地说,"世界上最使我感到幸福的就是你,不过,我……不能跟你走。我是个平凡的人,这一点我自己知道,我所想的都是平凡的事……比方我想念完书就找个工作,再遇见一个好人,善良的人,就跟他结婚,生两个孩子,一个男孩儿,一个女孩儿。我们会过上快活而简朴的生活,此外就什么也不想了。乌丽亚,我不善于斗争,我害怕一个人到外地去……是的,是的,我看得出来,现在一切都破灭了,这些幻想都破灭了,但是我妈妈年纪大了,我又没得罪过什么人,不会引人注意,我要留下……请原谅我……"

瓦丽亚用手绢捂着脸哭了起来。这块手绢她一直用手揉搓着。乌丽亚突然抱住她,紧紧搂在怀里,俯在她那散发熟悉的香味的淡褐色头发上,也痛哭起来。

她俩从小就要好,一起上学,一起升班,又在一起分享少女的最初的欢乐、忧愁和秘密。乌丽亚性格内向,只有心情特别舒畅时才肯吐露心事。而瓦丽亚总是有什么说什么,也不管对方是否爱听,把心里想的一下子都倒出来。不过年轻时候谁想得了那么多,要达到互相理解,其实只要互相信任,能谈得来,就是快乐。原来她俩是性格截然不同的人……不过在她们少女的神圣而缠绵的友谊中曾经度过多少纯洁明朗的日子呀!这次分别的痛苦撕碎了她们的心。

瓦丽亚感到她现在失却的是一生中最重大、最光明的东西,今后的前途十分暗淡,十分渺茫而可怕。

而乌丽亚感到,她失去了唯一可以推心置腹的好朋友,无论在幸福的时刻或心中最苦闷的时候,她都可以把自己原原本本暴露在瓦丽亚面前。她不在乎瓦丽亚是否理解她，她只知道不管她说什么，总会在瓦丽亚心里引起共鸣——这是善良、顺从、挚爱和只不过是同情的共鸣。乌丽亚哭的是，她的童年时代结束了，她成为大人了，她要孤身一人踏入世界。

直到现在她才想起来瓦丽亚把她头上的白莲摘下来扔到地上这件事。现在她明白了，瓦丽亚为什么要这样做。在这动乱时刻瓦丽亚想到了，她的好朋友头上插着白莲花出现在炸毁矿井的地方，这场面会让人感到奇怪。所以瓦丽亚才摘下白莲花，这意味着她并不像她自己说的那么头脑简单，她懂的事很多。

有一种预感告诉她们，她俩现在这种难舍难分将是最后一次。她俩不仅感觉到，而且十分明白，她俩在精神上永远分道扬镳了。因此她们哭得更加伤心，不再为流泪而害臊，也不想再憋住眼泪。

在战争岁月里不知流过多少眼泪——不仅流在顿涅茨草原上，而且流在所有遭到焚烧破坏和血流成河的苏维埃土地上。这些眼泪当中，有软弱无力的眼泪，有吓破了胆的眼泪，有不堪折磨的眼泪，但是也有多少纯洁、神圣和高尚的眼泪——这是人类所流出来的最神圣、最高尚的眼泪。

这时，有一辆庄稼院的大车套着两匹枣红马，咕隆咕隆地来到门前。这辆大车是用四轮车改的，车身很长，车厢上围着向外倾斜的木栅栏，里面装着大大小小的包裹和皮箱。赶车的人已经上了年纪，但是身材魁梧，肥头大耳，很有力气，穿着军便服，戴着皮便帽。乌丽亚连忙放开好朋友，用细长的手擦干眼泪，脸上又恢复了平日的表情。

"别了，瓦丽亚……"

"别了，乌丽亚。"瓦丽亚放声大哭。

她们又互相亲吻。

大车在门口停下。从车后出现两个人，是阿纳托利的母亲和他的小妹妹娜塔莎。阿纳托利的母亲是高大健壮的哥萨克女人，肤色白净，浅色眼睛，浅色头发。她俩跑得满脸通红，汗水淋淋，眼睛也哭红了。阿纳托利的父亲从战争一开始就上了前线。

阿纳托利坐在大车上,他旁边是维克托。维克托穿着胸口很大的背心,深色头发,脸孔漂亮,孩子气的眼睛显得大胆而忧伤,怀里抱着吉他,外面用布包好还用绳缠着。

乌丽亚转过身,木然地向家人走去。大家把皮箱、包裹和头巾都拿来了。母亲又矮小又苍老,却长着一对大野鸟似的黑眼睛,向她扑过来。

"妈妈。"乌丽亚叫道。

母亲举起干巴巴的手一拍,就倒在地上,不省人事。

第五章

自从民族大迁移以来，顿涅茨草原从来没见过像 1942 年 7 月这些日子里这样大规模的人群移动。

退却的红军部队，在骄阳的照射下沿着公路、土路，有时干脆沿着草原，带着辎重车、炮车和坦克，还有保育院和幼儿园，大卡车，成群的牛羊和难民，有的排成纵队，有的不成队形，纷纷东撤。有的难民推着小车，车上装着东西，孩子也放在包裹上。

他们经过麦地，把快成熟的或已经成熟的麦子踩倒，无论是践踏的人或种麦子的人，谁也不感到心疼。因为这些麦子没主了，留下来也是白给德国人。无论集体农庄还是国营农场的土豆地和菜地都向一切人开放。难民挖土豆，用麦秸或篱笆拢火烤。无论是步行的，还是坐车的，人人手里捧着黄瓜、西红柿、流汁的大块西瓜或香瓜。草原上尘土飞扬，看太阳都用不着眨眼睛。

乍看起来这里所发生的一切都是偶然的，毫无意义的，但这只能是个人看法，因为一个人好像一粒沙子被卷入退却的洪流，他所反映的只是个人的内心活动，而不是对周围事物的深入观察。其实这是由复杂而有组织的国家战争机器按照千百个大小人物的意志而进行的众多人群和物资的空前规模的大转移。

但是由于退却仓促，除了构成主流的大规模的部队和居民的转移（虽然困难重重却是有组织进行的）之外，还有许多难民、小机关、小集体，在战斗中打散了的队伍和辎重车（失去联络又迷失方向）、伤病员和由于缺少车辆而掉队的军人，也都沿着道路或草原，向东或向东南方向拥去。这些大大小小的人群对于前线的实际情况一无所知，只是觉得哪里安全就往哪里走,却堵塞了移动主流的空隙和脉络,首先堵塞了顿涅茨河渡口,大群的人、无数的汽车和马车,都拥挤在渡船和浮桥旁边,也不管黑天白日,头上还要挨敌机的狂轰滥炸。

当德国部队已经深入顿涅茨河对岸向莫罗佐夫斯克挺进的时候,尽管难民再向卡缅斯克移动已毫无意义,克拉斯诺顿的大部分难民仍然向那个方向逃去,因为调去增援我军在顿涅茨河上米列罗沃南部防线的那个师也退下来了,这个师的先头部队正经过克拉斯诺顿向那个方向转移。乌丽亚、阿纳托利、维克托和他父亲坐的这辆两马的大车也裹在这支人流里。

他们这辆大车夹在其他的马车和汽车中间,刚刚翻过山冈往下走。最后几座庄子的房舍已经看不见了,突然从天空中传来吓人的发动机的吼声,一群德国俯冲轰炸机遮天蔽日,低低地从头顶上飞过,用机枪向公路扫射。

维克托的父亲本来是个肥头大耳、声音洪亮、很有力气的大男子汉,突然脸吓白了。

"到草原里去! 趴下!"他声色俱厉地喊道。

但是两个男孩子早已跳下车,钻进麦地里。维克托的父亲也扔下缰绳跳下车,立刻就连影都不见了,仿佛他不是一个穿大皮靴的护林员,而是一个无形的幽灵。车上只剩下乌丽亚,她也不知道自己为什么没跑。但是就在这时,吓惊了的马朝前一挣,差一点儿没把她从大车上甩下去。

乌丽亚想抓住缰绳,可是她够不着,马的胸脯几乎撞到前面的轻便马车上,便直立起来,往旁边一拐,差一点儿挣断马套。这辆大车又长又稳重,装载很多,也几乎翻了,但是车轮总算着了地。乌丽亚一只手把住车沿,另一只手抓住沉重的口袋,使出全身力气才没摔下去。不然的话,就会被周围其他大车发了疯的马踩死。

这两匹高大的枣红马也疯狂了,在被践踏的麦地里,在人群和马车中间横冲直撞,直立起来,打响鼻吐白沫。突然从前面的马车上跳下一个青年人,身高肩阔,浅色头发没戴帽子,好像一下子就钻到马身子底下了。

乌丽亚一时没明白是怎么回事。但是转眼之间只见他的脸夹在两个马头中间,马大张着嘴,竖起鬃毛,而他那张红面颊高颧骨的脸那么年轻而朝气勃勃,两眼炯炯有神,只是表情紧张,表明他使出全副力气。

有一匹马正在嘶叫,他便用一只手紧靠马嚼子抓住它的缰绳,站在这匹马和辕杆之间,用身子使劲压住马,免得被辕杆打着。这个青年显得身材高大,仪表整洁,身穿一套熨得平整的灰西装,打着深红色领带,上衣兜里还露出白色骨制的钢笔帽。他伸出另一只手想越过辕杆去抓另一匹马的缰绳。只要从他拉马缰绳的胳膊在衣袖里隆起的肌肉和晒黑了的手背暴起的青筋就可以看出,他拦马有多么吃力。

“吁……吁……”他吆喝着,声音不高,却是命令口气。

就在他终于抓住另一匹马的缰绳的一瞬间,两匹马突然在他手里变得驯顺了。马还摇晃鬃毛,用野兽的眼睛看他,但是他不肯松手,直到马完全安静下来。

这个青年终于松开缰绳,令乌丽亚非常奇怪的是,他要做的第一件事却是用两只大手摩挲他那淡褐色的头发,其实他那梳偏缝的分头并没怎么乱,他却理得很仔细,然后才抬起脸,朝乌丽亚咧嘴一笑,现出率真而快活的笑容。他那孩子气的脸汗水淋漓,高高的颧骨,长长的睫毛,一对大眼睛就藏在深金黄色的睫毛里。

“好……好马,会把车拉散架子的。”他有点儿口吃地说,仍然咧嘴笑,看着乌丽亚。乌丽亚仍然抓住车沿和口袋不放,翕动着鼻翼,满怀敬意地用黑眼睛瞅他。

人群又回到公路上,寻找自己的马车和汽车。有的地方大概打死或打伤了人,周围围着一群妇女,从那里传来呻吟声和哭诉声。

“我真怕马带动辕杆打了你!”乌丽亚说,鼻翼由于激动而微微发抖。

“我怕的也是这个。不过这马还不算厉害,是骟马。”他天真地说,用晒黑了的手和长长的手指满不在乎地抚摸站在跟前那匹马的脖子。

马浑身大汗,脖子也发亮。

远处,大约是顿涅茨河上响起了低沉而猛烈的爆炸声。

"这些人多么可怜。"乌丽亚往四处看看说。

车队和人群又从两旁浩浩荡荡地走过去,好像一条不住喧响的大河向前流去。

"是太可怜了。尤其是我们的母亲。她们该有多么担心呀!而她们担心的日子还在后头呢!"这个青年说,脸色马上严肃起来,前额现出几道深深的横纹,跟他的年龄很不相称。

"是呀,是呀……"乌丽亚悄声说,立刻想到矮小的母亲昏倒在晒焦的土地上的情景。

维克托的父亲消失得突然,出现得也突然,站在马跟前,仔仔细细摩挲马套、套包和缰绳。接着阿纳托利也出现了,笑嘻嘻带着歉意摇着头上乌兹别克式小圆帽,但仍不失却平时的严肃。他后面跟着维克托,有些不好意思的样子。

"我的吉他没碰坏吧?"维克托连忙问,急切地在车上寻找。当他看到吉他用被子裹着仍然放在包裹中间时,抬起大胆而忧郁的眼睛看看乌丽亚便笑了。

仍然站在两匹马中间的青年,这时才从辕杆和马脖子底下钻出来,走到大车跟前,他的头在宽宽的肩膀上潇洒自如地昂着。他的脑袋很大。浅色头发没戴帽子。

"阿纳托利!"他高兴地喊道。

"奥列格!"

他们紧紧抓住对方的臂膀,同时奥列格又斜眼瞥了一下乌丽亚。

"科舍沃伊。"他自我介绍说,向她伸出手来。

他左肩略比右肩高。他非常年轻,还是个大孩子,但是他那晒黑了的脸、高大矫健的身躯,甚至他的装束——平平整整的西装、深红色的领带、白色的钢笔帽——他的全部举止谈吐,包括轻微的口吃,都给人一种心地纯洁、为人善良、有朝气、有力量的感觉,乌丽亚立刻对他产生了信任感。

而他也以年轻人不自觉的观察力，一眼看出这个穿白上衣、深色裙子的农村姑娘经常下地干活，身材匀称，腰又柔软有力，一对黑眼睛正注视他，一双带鬈的辫子，鼻子轮廓优美，晒黑了的小腿虽然被裙子遮住一部分，也很匀称。他一下子臊红了脸，急忙转过身去跟维克托握手。

奥列格·科舍沃伊在高尔基学校读书，这所学校位于市公园内，是克拉斯诺顿市最大的学校。乌丽亚和维克托，他是第一次见到，而跟阿纳托利挺熟，这是共青团积极分子之间那种无忧无虑的友谊，随着一次次的团会而逐渐增长。

"真是的，没想到在这里见面。"阿纳托利说。"你还记得前天我们大家到你家喝水，你还把我们大家介绍给——你外婆！"他笑起来。"外婆跟你一起走吗？"

"没有，外……外婆不肯走。妈妈也不走。"奥列格说，前额上又皱起横纹。"我们一共五个人，有科利亚，是妈妈的弟弟，可我怎么也叫不出舅舅来！"他微微一笑。"他爱人和他们的孩子，还有赶车的老……老头。"他把头朝前面的轻便马车一摆，车上的人已经唤过他好几次了。

那辆轻便马车一直跑在前面，车上只套一匹矮小的黄马，但是这匹马跑得灵巧。后面的两匹枣红马紧紧跟着，马用湿鼻孔喷出的热气吹到坐在前面马车上的人的脖子和耳朵上。

奥列格的舅父尼古拉·科罗斯特廖夫，或叫科利亚舅舅，在克拉斯诺顿煤炭联合公司当地质工程师，身上穿一套蓝西服，黑眉毛，褐色眼睛，长得漂亮，性格也冷静，而且年纪很轻，只比外甥大七岁。他俩很要好，像平辈似的。这时舅舅拿乌丽亚逗他。

"这个机会，老弟，可不能放过。"科利亚舅舅用平淡的口吻嘟嘟哝哝地说，并不瞅奥列格。"你救了姑娘一命，这可非同小可！这种事，老弟，非得请媒人不可。你说对不对？玛林娜！"

"见你们的上帝去吧！都把我吓死了！"

"她真漂亮，是不是？"奥列格问年轻的舅母。"真漂亮极了！"

"那么列娜呢？……唉,我说奥列格,你这个小子!"舅母说,一对黑眼睛好像看透了他的心思。

玛林娜舅母是乌克兰人,长得非常俏皮,就像从民间版画上下来的美人。她穿着乌克兰式绣花上衣,戴着项链,黑皮肤,白牙齿,蓬松的秀发好像一团云彩盘在头上,尽管急忙上路,也没妨碍她打扮得漂漂亮亮。

她用一只手拽着三岁的胖小子,这孩子不论看到什么,都非常高兴,根本想不到他现在的处境有多么危险。

"不,我这么说吧,列娜跟我们的奥列格才是天生的一对。这个姑娘虽然漂亮,但是她不可能爱上奥列格,因为奥列格还是个孩子,她可是个大姑娘了。愿上帝保佑!"舅母玛林娜嘀里嘟噜地说,两只黑眼睛不安地四下张望,还不时朝天上看看。"女人岁数大就喜欢岁数小的,可年轻姑娘无论如何不会喜欢比自己岁数小的,我就有这个经验。"她仍然说得很快,说明舅母的确是"吓死"了。

列娜·波兹内舍娃跟奥列格是同班同学,留在克拉斯诺顿没走。奥列格跟她很要好,爱上了她,日记里有好多篇幅都写的是她。也许他奥列格一谈起乌丽亚就兴高采烈,是不是真的对不起列娜?不过这有什么不好的呢?列娜已经永远铭刻在他的心里,他永远不会忘记,而乌丽亚……眼前又浮现出乌丽亚的情影,还有那两匹马,甚至感到左套马呼出的热气扑面而来。尽管发生了这一切,玛林娜说得对,这个姑娘不会爱上他,因为他还是个孩子!"奥列格,你这个小子!"他容易爱上女孩子,他知道自己的性情。

这两辆马车———辆轻便马车、一辆带栅栏的庄稼院大车——又在草原里转悠半天,想超越别的车,但是还有成千万的人也拼命往前挤。这条由人群、汽车和马车组成的洪流一眼望不到边。

乌丽亚和列娜的形象在奥列格的眼前渐渐淡漠了,被这接连不断的人流所遮蔽了,而黄马拉的轻便马车和两匹枣红马拉的大车在这股人流中间就像两只破船在大海里飘荡。

草原无边无际,通向四面八方,地平线上有几处升起滚滚的浓烟,只有东方很远很远的地方蓝天上飘着几朵清澈纯洁的白云。如果从这些白云里飞出两个白衣天使，还拿着银喇叭，谁也不会感到奇怪。

于是奥列格想起了妈妈和她那双柔软而能干的手……

……妈妈，妈妈！从我记事起，就记得你这一双手。你的手一到夏天就晒黑了，到冬天也不褪色——这黑色均匀而柔和，只有青筋暴起的地方略深一些。你的手也许有些粗糙，因为你一生中不知要用手干多少活，所以我总觉得你的手是温柔的，我喜欢吻你的手，特别是吻青筋暴起的地方。

是的，从我开始记事的那一瞬间起直到这次你送我踏上艰难的人生路途、把疲倦的头轻轻俯在我胸前的最后一分钟为止，我一直记得你这一双劳动的手。我记得你为我洗床单的情景，两只手在肥皂沫中不停地搓来搓去，而我的床单小得跟尿布差不多。我记得你挑水的情景，那是冬天，你穿着皮袄，戴着棉手闷子，你把右手放在前面扶着扁担，而你自己就像棉手闷子一样小，一样毛茸茸的。我看到了你那骨节粗的手指，指点着识字课本，让我跟着你读："в——а——ва，ва——ва。"我看到了你割麦的情景，你用有力的手把镰刀伸到庄稼底下，另一只手抓住一把麦子按到刀刃上，我看到了镰刀不可捉摸的闪光和你的双手与镰刀敏捷而带有女性的轻盈的动作，把麦穗一甩放下麦把，免得弄拆了麦秆。

我还记得你冬天到河边洗衣服的情景——那时只有我们母子两人相依为命，似乎世界上再也没有一个亲人了。你拿着衬衣到冰窟窿里去涮洗，手冻得红肿僵硬，不能弯曲。我记得你的手会为儿子拔刺，不知不觉就把手上的刺拔出来了。我记得你的手能一下就穿上针，当你做衣服的时候，一边缝一边唱——你只唱给自己听和唱给我听。因为世界上没有你的手不会做的活，也没有你做不了或不愿意做的活！我看见过你用牛粪和泥抹墙，也看见过你的手戴着戒指从丝绸的衣袖里伸出来，举杯祝酒。而当继父跟你亲昵时，把你抱起来，你那又白又胖的臂膀多么温柔含情地抱住他的脖颈——你让继父爱我，而我也像对待亲生父亲一样尊敬他，只不过是因为你爱他。

但是,我记得最清楚而且永远难以忘记的是,当我躺在床上半睡半醒的时候,你用手温柔地抚摩我的头发、脖子和胸脯,你的手有些粗糙,却令我感到又温暖又清凉。不论我什么时候睁开眼睛,你总是坐在我身旁,屋里点着小灯,你仿佛用深陷的眼睛从黑暗里望着我,神情那么安详,仿佛穿了法衣似的全身放光。我吻你纯洁而神圣的手!

你送儿子上战场——如果不是你,也是跟你一样的母亲。有的儿子再也等不回来了——如果你没遭到这种不幸,也是跟你一样的母亲遭到不幸。但是,如果人们在战争年代还能吃上一块面包,身上还有衣穿,田地里还有麦垛,火车还在铁轨上奔驰,果园里樱桃还开花,高炉还烈火熊熊,当战士生病或者负伤的时候,还能有一股无形的力量使他从战场或病床上爬起来,这都是我的妈妈的双手的功劳——既有我的妈妈,也有他的妈妈和她的妈妈。

青年人,我的朋友,你也回想一下,就像我这样回想一下:你一生中惹母亲生气的时候是不是最多,是不是因为你我他或我们遭到挫折、犯错误或遇到不幸而使母亲白了头发?等有一天我们跪到母亲坟头的时候,会为这一切而受到良心的谴责。

妈妈,妈妈!……请宽恕我吧!因为世界上只有你能宽恕我,就像我小时候一样,把手放在我头上,宽恕我吧……

就是这种想法和感情萦绕在奥列格的心头。他忘不了母亲还留在"那边",还有外婆维拉,"我的严酷岁月里的伴侣"①。她也是妈妈,她是我母亲和科利亚舅舅的妈妈,她也留在"那边"了。

奥列格的脸色变得严肃起来,一动不动,两只大眼睛藏在深金黄色的睫毛里,蒙上一层泪水。他弓着身子坐着,两腿向下耷拉,两只大手的有力的手指互相交叉着,额头又现出明显的横纹。

科利亚舅舅和玛林娜,连他们的小儿子都默不作声了。跟在后面的大车上也是一片寂静。后来连黄马和两匹枣红马在这可怕的炎热和拥挤的人流中也疲倦了。两辆车不知不觉又回到公路上。公路上

_____

① 俄国诗人普希金(1799—1837)《给奶娘》中的诗句。——译者注

由人群、汽车和马车组成的洪流依然滚滚东去。

不论在这苦难的洪流里人们做些什么、想些什么、说些什么——他们开玩笑也好、打盹也好、喂孩子也好、交朋友也好，或者在难得碰到的井旁饮马——在他们的背后和头顶上已经张开一个看不见的黑影，在南北伸开翅膀，比这股洪流更加迅猛地沿着草原袭来。

他们被迫离开家乡和亲人，并不知道逃往何方，感到投下这片黑影的力量马上就会赶上他们，把他们压得粉碎，这种感觉像一块大石头压在每个人的心上。

第六章

这两辆车来到公路上，插到正在路边行进的汽车和难民队伍当中，恰好遇上副一号井的大卡车，车上拉着矿井管理处的人员和东西，井长瓦尔科和舍夫佐夫就坐在当中，几个小时之前乌丽亚还在他家角门前遇见过这个舍夫佐夫。

保育院的孩子都在地上走——有男孩，有女孩，从五岁到八岁，都是卫国战争的烈士遗孤。保育院就设在"八间房"。这些孩子由两个年轻的女保育员和女院长领着。女院长还兼做教师，上了年纪，目光锐利但又心不在焉。头上扎着红头巾，像割麦子的农妇那样扎法，袜子外面直接穿着高靿胶靴，上面落满尘土。

保育院的队伍后面还跟着几辆大车，拉着保育院的东西，孩子们走累了，就让他们轮流上车坐坐。

副一号井的卡车赶上保育院的队伍，坐在车上的人纷纷跳下来，让孩子们上去坐。舍夫佐夫看中了一个小女孩，浅色头发，蓝眼睛，脸蛋胖胖的，舍夫佐夫说她的脸蛋是两个"小馒头"，但是她的神情却很严肃。一路上他几乎一直抱着她，亲她的小手和小脸蛋，跟她唠嗑。因为她长得很像他，他就是浅色头发，蓝眼睛。

这两辆车现在就跟保育院的马车混在一起，跟在他们后面的是一支红军队伍，在公路上拖成长龙，中间有炊事车、机枪和炮车。有经验的军人一眼就看得出来，这支部队装备着大量反坦克武器和大炮。近卫军迫击炮像军旗一样摇摇摆摆，缓缓移动，在顿涅茨天空的映衬下显得突兀而奇怪。从远处看不见拉迫击炮的卡车，还以为这些怪物自己会移动，从这些军队和难民组成的蜿蜒几公里的人流顶上飘过。

这支部队已经行军了几天几夜，指挥员的皮靴上都积了厚厚一层红土。部队最前头是冲锋枪连。他们紧紧跟住这两辆马车，马车一走得慢，他们就会从两旁围上来。他们的脸晒得跟耐火砖似的，胸前挎着冲锋枪，像抱小孩似的用一只胳膊抱着，不过这只胳膊已经累得酸疼，有的还缠着绷带。

乌丽亚坐的大车，按照某种不成文法的规章，已经变成冲锋枪连的财产，构成冲锋枪连的一部分：不论行军或休息，这辆车都成为连队的中心，不论乌丽亚抬眼往哪瞅，都会遇到年轻战士投来的目光，有的是悄悄的，有的是直接的。这些战士穿着的皮靴和戴着的船形帽都落满尘土，身上的军便服更是日晒雨淋，不止一次被汗水浸湿了，晒干之后又湿，在潮湿的战壕里、在沙地上、在沼泽里、在松林里和盐碱地上滚倒爬起，什么没沾过。

尽管部队在退却，战士们在姑娘面前仍然精神焕发，爱调皮、爱开玩笑，像任何连队在行军或休息时总有一个大家喜欢的滑稽大王一样，冲锋枪连里也有这么一位。

"哪儿走，哪儿走？又没有命令！"每当维克托的父亲想抓住一切机会打马往前冲的时候，这位滑稽大王就会朝他叫喊。"不行，亲爱的朋友，现在我们不走，你们哪也不能走。我们已经把你们登记入册了，永远归我们连队所有。现在你们就像那口铜锅一样开始服役了。给养也把你们算上了，穿的、吃的，发香皂都有份儿，姑娘家嘛，愿上帝和东正教会保佑她永远那么美丽！——每天早晨供给一杯咖啡，还要加糖！……"

"说得好，卡尤特金，别丢了连队的面子！"冲锋枪手们哄堂大笑，快活地望着乌丽亚。

"怎么样？我们现在就来验证一下。司务长同志！费佳！你睡过去了？伙计们，你们瞧，这家伙走路都能睡觉……司务长！鞋掌掉了……"

"你别把脑袋掉了吧？"

"是掉了一个，不知怎么跑到你的肩膀上去了，那是个傻脑瓜，聪明的我还留着呢。我这脑瓜是活的,可以往上安,不信你瞧……"

卡尤特金煞有介事地抱住他的小脑袋,头上的船形帽随随便便压在右眉毛上,一只手托住下巴,另一只手把住后脑勺,两眼朝上一翻,转动起脖子,好像真要把脑袋卸下来似的。他给人造成一种错觉,好像脑袋真能离开身子,而且做得非常逼真,逗得整个连队和旁边的人都哈哈大笑。乌丽亚没憋住,也像孩子似的发出清脆的笑声,然后又有些不好意思。所有的冲锋枪手都兴高采烈地望着乌丽亚,好像他们知道,卡尤特金是特意做给她看的。

这个滑稽大王卡尤特金个子长得小,动作非常灵巧。脸上布满细细的皱纹,但是富于表情,人们根本猜不出他多大年龄——可能三十开外,也可能不到二十,可是看他那体形和举动,完全是个孩子。他一对深蓝色的眼睛挺大,眼皮上也是皱纹。每当他沉默的时候,两眼便会突然露出发自内心深处的年深日久的疲倦,不过他好像不愿意让别人看出他的倦意,所以几乎不住嘴地说。

"你们从哪里来?小伙子们!"他问乌丽亚的同伴。"不用说,你们是克拉斯诺顿的!"他得意地说。"这位姑娘大概是你们谁的姐姐吧?或者,对不起,老大爷,是您的闺女?……这是怎么码子事?姑娘跟谁都不沾亲带故,既不是您女儿,也不是他们谁的姐姐或女朋友!到了卡缅斯克,非动员她入伍不可!让她去当交警。到繁华的十字路口指挥交通。"于是卡尤特金做了一个独特的指挥手势,指出公路和草原上所发生的混乱。"最好还是让她到我们这,加入冲锋枪连……真的,小伙子们,你们马上进入俄罗斯了,那里有的是姑娘,可我们连一个也没有。我们非常需要这样的姑娘,她可以使我们养成说话文明、行为高尚的习惯……"

"这得看她自己愿不愿意。"阿纳托利笑着说,不好意思地看着乌丽亚。乌丽亚想憋住笑,还是笑了出来,便把脸扭向一边,不跟卡尤特金的目光相遇。

"这好说,我们会说服她的!"卡尤特金叫了起来。"我们可以从连里找出几个能说会道的,不管什么样的姑娘,都能让她心活!"

"是不是真跟他们去,现在跳下车就走?"乌丽亚想,心都突然停止了跳动。

奥列格这时一直跟在大车旁边走,好像着了魔,拿眼盯住卡尤特金。他喜欢卡尤特金,并且希望大家也都喜欢他。只要卡尤特金一张口,奥列格就仰着头笑个不停,露出一口白牙。他对卡尤特金喜爱得不得了,甚至高兴得直搓手指尖。但是卡尤特金仿佛根本没注意他,甚至一眼也没瞅他。卡尤特金对乌丽亚也是连一眼也不看。因为凡是他想要逗谁笑,就不去看那个人。

有一次卡尤特金说了一个出人意外的笑话,逗得战士们哈哈大笑,有一辆越野车直接从草原里开过来,追上连队。越野车上落了厚厚一层尘土。

"立——正!……"

从连队里突然出现一个大尉,细长脖子青筋暴起,一手扶着摇摇晃晃的手枪套,迅速迈开瘦腿,跑到停下的越野车跟前。车上坐着一位胖将军,探出头来,大圆脑袋戴着一顶新制帽。

"不必,不必,"将军说,"稍息……"

大尉向他敬礼,他走下车来跟大尉握手,同时用小眼睛迅速扫视正走在尘土当中的冲锋枪手们。将军的脸朴实而严肃,眼睛闪耀着快活的光辉。

"啊,原来都是库尔斯克老乡!还有卡尤特金!"将军说,流露出明显的满意。然后朝越野车摆摆手,让它在草原里跟着,自己跟战士们一起走。他的步伐轻快,对于他这种体型的人来说倒是出人意外。"卡尤特金,这很好……只要卡尤特金在,士气一定高昂。"他说,快活地瞅着卡尤特金,话却是对凑到他身边的战士们说的。

"为苏联服务!"卡尤特金说,语气一本正经,不像方才那样拿腔拿调、嬉皮笑脸。

"大尉同志,战士们知道往哪开和为什么吗?"将军问他身旁落后一步的连长说。

"知道,将军同志……"

"那次在水塔附近，大家表现不错，你们还记得吧?"将军说，迅速扫视围在身边的战士们。"主要是保存了力量……这就对了!……"他提高了嗓音，好像有人不同意他似的。"死并不难……"

大家明白，将军与其在表扬他们过去的战绩，不如说在教导他们将来应该怎么做。大家脸上的笑容消失了，都表现出一种难以琢磨的认真神情。

"你们都很年轻，可是你们现在获得的经验可不得了! 我年轻的时候，跟你们没法比。"将军说。"这条路从前我就用步量过。可现在的敌人跟从前不一样，装备也不同了! 如果说我当时念的是小学，你们现在念的就是大学了……"

将军摇摇大脑袋，说不清他是想驱走什么想法，还是要肯定什么意思。他的这种动作，有时表示不满，有时又表示满意。现在肯定是表示满意。想必是他回忆起自己的青年时代，而看到这些冲锋枪手都训练有素、姿势端正，就更加高兴了。

"请允许提一个问题，"卡尤特金说，"他们深入挺远了吗?"

"挺远，真该死!"将军说。"远得有些麻烦了。"

"还会继续深入吗?"

将军默默地走了一阵子。

"这就要看我们的了……去年冬天我们狠狠揍他一顿，他又搜集一点儿力量，把整个欧洲的装备都搜刮来了，想集中攻击一点，就是我们这里。他算计我们顶不住。可是他没有后备力量……就是这么回事!……"

将军的目光落到前面的大车上，在车上坐着的人当中突然认出那个少女，不久前德国人的俯冲轰炸机飞过时她一个人站在公路上。在这段时间里他坐车到师的第二纵队逗留一下，连忙赶上已经开过克拉斯诺顿的先头部队。他想象得出这个少女在这段时间内心有什么感受，命运起了什么变化，将军脸上的表情与其说是怜悯，不如说是忧心忡忡。于是他突然急于赶路了。

"祝你们打胜仗!"

他摆手让越野车停下,迈着轻快的步伐迅速上了汽车。他这么胖步伐这么轻快,真出人意外。

当将军走在战士们中间时,卡尤特金向他提问题和做手势,态度都严肃认真。他虽然靠滑稽而引人注目并博得战友们的喜欢,然而在将军面前,显然他认为没有必要表现出来。可是越野车一开得不见踪影,他又恢复了方才那股有说有笑的精神头。

有一个步兵战士,个子高大,两只大手像锅底一样黑,气喘吁吁地从队伍后边挤出来,手里提着很沉重的东西,用油污的破布包着。

"同志们,听说煤矿的汽车就在这里,不知哪辆是?"他问。

"就是那辆,站在那里不走了!"卡尤特金指着坐满孩子的汽车开玩笑说。

由于前面交通堵塞,队伍果然停下来了。

"对不起,同志们。"战士走到瓦尔科和舍夫佐夫面前说。舍夫佐夫连忙小心翼翼地把浅色头发的小姑娘放到地上。"我想把这套工具交给你们。你们是干技术活的,将来用得上,而我行军带着它,反倒成了累赘。"他把油污的破布包在他们面前打开。

瓦尔科和舍夫佐夫低头看他用手托着的东西。

"看见了吧?"战士扬扬得意地说,用两只大手托着打开的破布里一套崭新的钳工工具让他俩看。

"我不明白,你是不是打算卖它?"瓦尔科问,从浓密的眉毛底下抬起吉卜赛人的眼睛不友好地看着对方。

战士砖红色的脸立刻变得更红了,满脸汗珠。

"你怎么能说出这种话来!"他说。"我是在草原里捡的。我路过的时候看见一个破布包——大概是什么人丢的。"

"也许是故意扔的,走起路来更轻巧。"瓦尔科冷笑说。

"懂技术的人不会把工具给扔了。一定是丢的。"战士冷淡地说,这次他只跟舍夫佐夫说话。

"谢谢,谢谢,朋友……"舍夫佐夫说,连忙帮助战士把工具包起来。

"好了,总算有主了,不然太可惜了,工具挺不错的。你们有汽车,我在行军,全副武装,哪拿得了!"战士说,神情快活了。"祝你们一路顺风!"他只跟舍夫佐夫握握手,掉头往回跑,很快消失在队伍里。

瓦尔科望着他的背影沉默半晌,刚毅的脸上露出十分赞赏的神色。

"这个人……是的……"瓦尔科哑着嗓子说。

舍夫佐夫一手拿着工具包,一手抚摩小女孩的头,心里明白了,井长对这个战士不信任,并不是因为他心地狭窄。他作为一井之长,手下有几千名工人,每一昼夜要出几千吨煤,他经的事多了——难免有人骗他。如今这个矿井被他的井长亲手炸掉了,工人有一部分撤出来了,还有一部分留下没走,凶多吉少。于是舍夫佐夫第一次想到井长此刻的心情该有多么沉重。

傍晚听到前面有炮声。到夜间炮声越来越近,连机枪的声音都听得清楚。卡缅斯克一带闪光不断,亮了一夜,有时火光冲天,把难民的队伍都照亮了。大火的反光映红了天空,把天空照成一块一块红葡萄酒色,把黑暗的草原里的坟头照成血红色。

"这是公墓。"维克托的父亲说,默默地坐在车上,自己卷烟抽,烟头的光亮有时照出他的胖脸。"这可不是古坟,是革命后的。"

他声音低沉地说:"当时我们跟着帕尔霍缅科①和伏罗希洛夫②在这里突围,就把牺牲的人埋在这里了……"

阿纳托利、维克托、奥列格和乌丽亚都默默望着被火光照亮了的公墓。

"是呀,我们在学校写作文的时候,关于那场战争可没少写,羡慕我们的父辈,心里想我们要能参加该有多好。如今战争来了,好像有意要考验我们一下,我们却逃跑了……"奥列格说,深深叹了一口气。

一夜之间队伍的运行发生了变化。现在机关和民用的汽车和大

---

① 帕尔霍缅科(1885—1921),苏联国内战争时期的红军将领。——译者注

② 伏罗希洛夫(1881—1969),苏联元帅,国内战争英雄。曾任最高苏维埃主席团主席。——译者注

车都停住不走了,据说前面的部队都走了,这时轮到冲锋枪连,战士们在黑暗里忙碌起来,武器轻轻地叮当响,接着整个部队活动起来。汽车给部队让路,挤在一起,发动机呼隆呼隆响。黑暗里有许多自卷烟的火星闪闪发亮,好像天上的星星。

有人碰了碰乌丽亚的胳膊肘。卡尤特金站在大车旁边,背对着坐在车上的维克托父亲和站着的男孩子们。

"过来一下。"他压低声音说,让人勉强听得出来。

他的声音有一种吸引人的力量,乌丽亚果然下车跟着他走。他们走到一边。

"打搅您了,对不起。"卡尤特金轻声说。"卡缅斯克去不得,德国人马上就会占领那里,而顿涅茨河对岸,德军深入得更远。这话我只能告诉您,千万别对旁人说,我没有那个权利,但您是自己人,我不忍心让您白白送死。你们得往南拐,但愿上帝保佑您能走出去。"

卡尤特金跟乌丽亚说得十分小心,就像手心捧着火星,怕吹灭了似的。黑暗中看不清他的脸,但是他的脸是一副严肃柔和的神情,两眼发亮,没有丝毫倦意。

与其他说的话打动了乌丽亚,不如说是他说话的语气打动了她。她默默望着他。

"你叫什么名字?"卡尤特金轻声问。

"乌丽亚娜·格罗莫娃。"

"你带照片没有?"

"没有。"

"没有……"他伤心地重复着。

乌丽亚心里产生了怜悯,同时又突然产生一种调皮的心理,俯下身子把脸紧紧凑到他的脸跟前。

"我没有照片。"她悄声说。"但是你仔细看看我,"她沉默片刻,两只黑眼睛凝视着他的眼睛,"就不会忘记……"他的心停止了跳动,只有一对大眼睛在黑暗中悲伤地熠熠闪亮。

"是的,我不会忘记你。因为你是没法忘记的。"他悄声说。"永别了……"

于是他把沉重的军用皮靴踩得当当响,迈步赶上队伍。部队川流不息地向黑暗里走去。自卷烟卷的火星也像天上的银河一样没有尽头。

乌丽亚还在反复考虑,要不要把他传的消息告诉别人,但是显然这个消息不光他知道,已经传遍整个队伍。

当她来到大车跟前的时候,有许多汽车和马车沿着草原向东南拐去。难民的行列也扑奔那个方向走去。

"只好走利哈亚了。"听出是瓦尔科沙哑的声音。

维克托的父亲向他询问什么。

"何必分开呢,既然命运让我们遇到一起,我们就一起走。"瓦尔科说。

天亮时他们走在草原里,没有什么路。

开阔的草原上的黎明非常美丽——头顶上是晴朗的天空,脚底下是一望无边的麦田,这里的麦子几乎没人碰过。沟底是翠绿的再生草,太阳迎面升起,温柔的阳光从沟底上划过,照在青草银白的露珠上,露珠反射出七彩的光芒。孩子们消瘦的脸,睡眼惺忪,疲惫不堪,成年人阴郁的脸也无精打采,忧心忡忡,在这明媚的晨曦中就更显得凄凄惨惨。

乌丽亚看见保育院院长,见她脸色发黑,仍然在袜子外面穿着落满尘土的胶靴。她一路上都是走的,只有到了过夜的时候坐到一辆马车上。顿涅茨的太阳好像把她完全晒干巴了。这一夜她显然也未合眼,一直默默不语,不论做什么事都机械地,锐利的眼睛心不在焉,流露出死人一样的表情。

一清早天空中发动机的声音就嗡嗡不停。看不见飞机,但是听到左侧有巨大的爆炸声,震撼着空气,有时不知从远处什么地方传来机枪从空中扫射的声音。

从这里看不见顿涅茨河和卡缅斯克,但是听得出来那里正在进行空战。只有一次他们看见一架德国俯冲轰炸机往下一扎,扔下几个炸弹。

奥列格突然从马车上跳下来，站着等待大车走过来。

"只要想想，只要想想，"他说，用手把着车沿，跟大车一起走，用湿润了的大眼睛望着同伴，"如果德国人已经打过顿涅茨河，刚才跟我们一起走的这支部队就要在卡缅斯克堵截他们，这样一来他们就无路可退，还有这些冲锋枪手，这个小伙子让大家开心，有多么棒，还有这位将军，他们都无路可退。他们往前开拔的时候当然知道这一点，他们肯定知道!"奥列格激动地说。

乌丽亚一想到，卡尤特金是在临死前向她告别，心里就像刀扎似的，想到她跟他说的话，羞得满脸通红。但是她内心有个纯洁的声音告诉她，她并没说什么不适当的话，不会让卡尤特金在面对死亡的时候想起来感到痛苦。

第七章

克拉斯诺顿市仍然不断有难民路过,城市上空一直笼罩着尘土滚滚的云雾。尘土落到人们的衣服上、花上、牛蒡和南瓜的叶子上,积成又黑又红、肮脏的一层。

公园后面的道岔上还有一列火车忽前忽后轰隆隆地开动着,从各个矿井收集可以运走的东西。可以听到机车的排气声、汽笛声和扳道员的喇叭声。从道口还传来激动的人语声、无数只脚踏着尘土的唰唰声、汽车的呼隆声和炮车轮子碾过台板时的咕隆声。这是军队在继续撤退。山冈后面不时从不同方向传来轰隆隆的炮声,仿佛那里有个大空桶,侧面高得跟天一般高,正在无边无际的草原上滚动。

正对公园大门,宽阔的街道上还有一辆卡车停在克拉斯诺顿煤炭联合公司的二层楼门前,有许多人,有男有女,正把公司剩下的最后一批财物从敞开的正门往外搬,装到车上。

人们都沉着而麻利地干活,一声不吭。他们脸色阴沉,忧心忡忡,搬东西累得手不听使唤了,脸上手上都是汗,弄得很脏。在旁边,公司的窗前站着一个小伙子跟一个姑娘,唠得非常起劲,聚精会神,显然周围所发生的一切——不管是卡车,还是汗淋淋、脏兮兮的人们——都没有他们的谈话重要。

姑娘穿一件粉色上衣,光脚穿着黄便鞋,长得身高体胖,淡褐色头发,深色的杏仁眼微微有些斜,发出乌光。脖子又白又胖,像缎子一样光滑。由于斜视,她侧脸看那青年时,便把秀丽的头扭过去。

男青年大高个子,有些驼背,样子不匀称,穿着洗旧了的旁开领蓝衬衫,衣袖短,把长胳膊露出来,灰裤子带褐色条纹,也略嫌短,腰上扎着一条挺细的皮带,光脚穿着拖鞋。深色头发又直又长,好像不听话,当他说话的时候,常常落到前额和耳朵上,他便猛地一甩头,把头发甩到后面去。他脸色苍白,像他这种脸几乎连太阳也晒不黑。他还显得腼腆。但是他的面部表情含有一种天生的幽默,藏有一种随时可能焕发的灵感。正是这两个特点令姑娘动心,她目不转睛地注视着他的脸。

他们根本不管是否有人听他们说话或者看他们。然而的确有人偷看他们。

街斜对过有一辆老式黑轿车停在一幢标准房的角门前,车身很高,磨损很厉害,有的地方发红,有的地方露出崭亮的铁皮,仿佛它就像圣经里的骆驼曾经从针眼里穿过去似的,两侧都擦破了。这是苏联制造业的第一批产品,俗称"嘎斯车",现在已经没有地方再用了。

是的,就是这种"嘎斯车"曾经在顿河草原和哈萨克斯坦草原、在北方的冻土地带行驶过几千、几万公里,曾经沿着羊肠小道攀登过高加索和帕米尔的高山,曾经穿越阿尔泰山和老爷岭的原始密林,曾经为修建第聂伯河大坝、斯大林格勒拖拉机厂和马哥尼托哥尔斯克钢铁联合工厂贡献过力量,曾经把丘赫诺夫斯基和他的伙伴送到北方机场,去营救诺比莱率领的意大利探险队,曾经沿着阿穆尔河上的冰路穿过暴风雪和浮冰群去支援共青城的第一批建设者。总之,就是这种"嘎斯车"竭尽全力,肩负着第一个五年计划走了过来,走完这段路程也变旧了,让位给更加完善的汽车,而这些新型汽车正是在"嘎斯车"支援下修建的工厂出产的。

停在标准房门前的"嘎斯车"是一辆大轿车,车后座旁边放着一个沉重的长木箱,车座和木箱上横摆两个皮箱,皮箱顶上放着两个鼓鼓囊囊的背包,紧挨顶棚。还有两只什帕金式冲锋枪装着弹盘,靠在背包上,旁边还摆着一摞弹盘。座位的空地方坐着一位神色严峻的女人,浅色头发,皮肤晒得发黑,穿着一件风衣。风衣质地密实,颜色由于日晒雨淋已经说不清了。她的腿没地方放,只好翘起来,一只摞一只塞在车门和箱子中间。

轿车的车门早已没有玻璃了,这个女人就从车窗的孔洞向外窥望,神色颇有些不安:一会儿望望标准房的台阶,一会儿望望公司门前正在装东西的卡车。她显然在等人,而且等很久了。她不愿意让那些装卡车的人看见这辆孤零零的轿车和坐在车里的她本人。不安的神色像阴影一样从她那严峻的面庞上掠过,然后她又靠在后背上透过窗孔注视正在公司窗前谈话的小伙子和姑娘,露出若有所思的样子。于是脸上的神色渐渐柔和了,甚至在她那一双灰眼睛里和棱角分明的坚毅的嘴唇上不知不觉露出淡淡的微笑,这微笑既善良,又有些感伤。

这个女人刚好三十岁,她并不知道当她看着小伙子和姑娘时脸上露出善良的惋惜和感伤正表明她已经三十了,不能再像这个小伙子和姑娘那样了。

这个小伙子和姑娘不管周围和世界上发生的一切,正在表白爱情。他们马上就得分手,所以不能再不表白。不过他们表白爱情的方式只有年轻人才会那么做,就是说他们什么都谈,只是不谈爱情。

"万尼亚,你能来我真高兴,好像心里一块石头落了地。"她说,歪着头,用闪闪发亮的眼睛看着他,而在他眼里她这种姿势是世界上最美的了。"我以为我们要走,再也见不到你了……"

"可你知道我这几天为什么没来吗?"他用低沉的声音说,一双近视眼俯视着她的脸。他眼睛里蕴藏的灵感就像灰烬里藏着的火炭,马上就会闪亮。"不,我想你都明白……三天以前我就该走。我收拾好东西,打扮一下,想来跟你告别,可是团委突然把我叫去了。恰好接到疏散的命令,一切都乱了套。专修班走了,我却没走成,真叫人遗憾。同学们找我帮忙,我一看不能不帮……今天奥列格让我跟他一起走,马车上给我留了位置,去卡缅斯克。你知道我俩多么要好,可是又没走成……"

"你知道,我心里好像一块石头落了地。"她说,用发乌光的眼睛谛视他。

"说真的,我心里也非常高兴,心想我还能多看她几次。谁知道又不成了!"他说,目不转睛地看着她的眼睛舍不得移开,她那涨红的脸、白胖的脖子和隔着粉色上衣也觉得出来她那丰满的身体，都散发出一股温柔的热气，令他完全陶醉了。"不，你想想看，伏罗希洛夫学校、高尔基学校、列宁俱乐部、儿童医院，一下子都放到我肩上了。幸亏找到一个好帮手若拉·阿鲁秋尼扬茨。你还记得吧？是我们学校的。真是个好家伙！自告奋勇。我俩根本不记得什么时候睡过觉。不分白天黑夜地干，又是马车，又是汽车，要装车，要搞饲料，这儿轮胎爆了，那儿马车要送到铁匠炉去修理。累得晕头转向……不过，我当然知道你还没走。是听我父亲说的。"他说着，腼腆地笑笑。"昨晚从你家门前经过，心里咯噔一下！我想要不要敲敲门？"他高兴地笑了。"后来想到你老爸在家，心想不行，万尼亚，得忍耐一下……"

"你知道，我心里……"她刚一张口。

可是他说得正起劲，根本不让她插嘴。

"真的，今天我决定什么都不管了。心想她要走了！再也见不到了！没想到又出来一件活！保育院，就是'八间房'那座，为收容孤儿组织的，直到现在没走了。院长跟我们是邻居，直接找我来了，差点儿没哭出来：'泽姆努霍夫同志，帮帮忙吧。哪怕找找团委搞到交通工具也好。'我说：'团委已经走了，您找找教育科。'她说：'这些天我一直跟他们联系，答应马上派车，可是今天早晨我跑去了，他们自己要走也没车。等我跑到别的地方看看，再回来的时候连教育科也没影了……'我说：'没有车，教育科能跑哪去呢？'她说：'不知道，自消自灭了……'教育科就自消自灭了？"万尼亚突然开心地大笑起来，又直又长的头发不听话，又落到前额和耳朵上，他把头发立刻甩到后面去。"真奇怪！"他又笑了。"唉，万尼亚，你自己的事可凉了！你再也见不到克拉娃了，就像见不到自己的耳朵一样！想不到我跟若拉去搞车，一下子就搞到五辆大车。你知道是从哪搞到的吗？从军队。院长告别的时候，哭得泪水把我们的衣服都湿透了。你以为这就完事了吗？我告诉若拉：'快去收拾东西，我也收拾我的。'然后我告诉他，我还得到一个地方去一下，你待一会儿来找我，我要不在，你就等等，总之我让他明白我有点儿私事……我刚一打好背包，又有人来找我，你大概认识他吧？托利亚·奥尔洛夫,外号叫'响雷'……"

"我心里一块石头落了地。"克拉娃终于打断他那说不完的话,尽量压低声音说,两眼闪耀着热烈的光辉。"我真怕你不来,因为我不好去找你。"她压低嗓音柔和地说。

"为什么?"他问,这种想法出乎他意外。他不免有些奇怪。

"你怎么就不明白?"她不好意思了。"我怎么对父亲说呢?"

在这场谈话中,这大概是她能够透露的最明显的意思:应该让他明白,他俩的关系不一般,这里面有个秘密。如果他自己不愿意挑明,她只好提醒他。

他沉默了,凝神地看着她,她那大脸和白胖的脖子唰地红了,红到粉色上衣的领口。

"不,你不要以为他看不上你。"她连忙说,一对微斜的杏仁眼闪闪发亮。"他说过多少次了,'这个泽姆努霍夫还真聪明……'你要知道,"这时她又换成柔和迷人的低音说,"你要是愿意,可以跟我们一起走。"

跟心爱的姑娘一起走,这个念头他从来没想过,而这个机会又是这么突然,太有诱惑力了。他不知怎么办好,望着姑娘,尴尬地笑笑。突然他的脸色又严肃起来,漫不经心地顺着大街望去。他背后是公园,前面的大街直通南方,炎热的太阳迎面照来,展现出广阔的远景。到了远处大街好像中断了,那里是下坡,下面就是第二道道口。再往远去可以看见草原上的山峦,呈蔚蓝色,山后是远处大火升起的烟雾。不过,这一切景象他都看不见,因为他近视得厉害。他只听到隆隆的炮声,公园后面机车的汽笛声和扳道员的喇叭声。这种喇叭声很平和,他从小就非常熟悉,在草原的天空底下声音显得更加清新明快。

"可我,克拉娃,没带来东西。"他凄然地说,不知所措地摊开双手,好像想让克拉娃看他那光着的头,披散着深褐色长发,这洗旧了的充缎衬衫,袖子还嫌短,这穿旧了的带条裤子,裤腿也短,还有光脚穿的拖鞋。"我连眼镜都没带,连你都看不清楚。"他苦恼地开玩笑说。

"我们求求爸爸,把车开到你家取东西。"她热烈地轻声说,斜眼看他。她甚至想伸手去拉他的手，但是没敢拉。

说来也巧，克拉娃的父亲这时从卡车后面转过来，想找个地方放皮箱。他戴着便帽，穿着皮靴，身上的灰上衣已经旧了，手里提着两个皮箱，累得满头大汗。汽车已经装得满满登登。

"科瓦廖夫同志，递给我，我来放。"车上有个人站在包裹和箱子中间，跪下一条腿，一手扶着车沿，把皮箱接过去。

这时万尼亚的父亲也从车后绕过来，走到近前。他的手又黑又瘦，青筋暴露，双手捧着一个大包裹，好像刚从洗衣房取来的，大概包的是床单。他抱这个包十分吃力，举起两只胳膊，拖着两条长腿，腿弯弯着，两脚拖拖沓沓。他那布满皱纹的长脸汗淋淋的，虽然晒得发黑，也显得苍白。在这消瘦疲惫的脸上一双灰白的眼睛带有病态，严厉得吓人，就更加突出而可怕。

万尼亚的父亲亚历山大·费奥多罗维奇·泽姆努霍夫在联合公司看门，而克拉娃的父亲科瓦廖夫是公司的总务主任，恰恰是他的顶头上司。

科瓦廖夫跟大多数总务主任一样，平时忍辱负重，然而由于个别同志不诚实，干了坏事，大家就把所有的愤怒、嘲笑和蔑视发泄到总务主任头上。不过科瓦廖夫与众不同，在关键时刻表现出真正的总务主任的样子。

自从接到经理要求运走公司的财物的时候起，这些天来他就硬着头皮顶住同事们的恳求和埋怨，甚至一些领导讨好他的表示。平时这些领导根本没把他放在眼里，他还不如放在前厅火炉旁边的地板刷子。他排除一切干扰，只管像往常一样沉着冷静，迅速打包装车，凡是有一点儿价值的东西都装车运走。今天天一亮他接到公司主管疏散领导的命令，片刻也不能耽误，凡是运不走的文件一律销毁，马上东撤。

但是在接到撤退的命令之后，科瓦廖夫依然镇定自若，连忙先用车把这位领导和他的东西送走，然后不知从什么地方、用什么方法又搞来各种运输工具，继续运公司剩下的东西。他如果不这么做，他的良心也不允许。他最担心的是,在这紧急关头会有人像平时一样责难他,说他首先顾自己的事,所以毅然决定自己和家属一定要坐最后一辆车走。他总算留下这辆车自己用。

给公司看门的泽姆努霍夫老头因为年老多病,根本不想走,而且他也走不了。几天前他跟公司里所有不能撤退的职工一样,跟公司结了账,公司补发两周的退职金,这意味着他跟公司再也没有任何关系了。但是这些天他仍然不分昼夜帮助科瓦廖夫打包、装车、发运公司的财物。他干活时要拖着两条风湿腿,脚底下拖拖沓沓,因为他已经养成习惯了,把公司的财产就当作自己家的东西。

泽姆努霍夫原来也是顿涅茨的老矿工,是个心灵手巧的木匠。他是坦波夫省人,年轻时就来到矿上干活。在顿涅茨的矿井深处,在可怕的碎石堆和滑坡之中,他那把神奇的斧子没少赚钱。斧子在他手里,就像金公鸡似的,又会啄又会跳,还会唱歌。他从年轻的时候就在潮湿的井下干活,得了严重的风湿病,只好退休,给公司把大门。他看起门来就像干木匠活一样出色。

"克拉娃,快去收拾东西,帮帮你母亲!"科瓦廖夫大吼起来,破帽檐底下大汗淋淋,手掌又脏,便用手背擦汗。"啊,是万尼亚!"他一见万尼亚,不冷不热地说。"你看见我们在干什么吧?"他用力摇摇头,但是看到老泽姆努霍夫捧着大包走来,便一把抱住,帮他装到车上。"想不到竟然落到这种地步!"他喘口气接着说。"唉,这些混账东西!"一听到那只可怕的大桶在地平线上发疯似的滚动,发出特别响的轰隆声,他的脸立刻抽搐起来。"你怎么,不想走吗?还是怎么的?怎么样,亚历山大·费奥多罗维奇,你儿子走不走?"

老泽姆努霍夫既不回答,也不瞅儿子,又去取包裹。他非常为儿子担心,因为今年夏天万尼亚在伏罗希洛夫格勒法律专修班学习,专修班撤退到萨拉托夫,几天前儿子就应该走,去追赶专修班,可他偏偏不走,所以对儿子十分不满。

克拉娃听到父亲的话,向万尼亚递了个神秘的眼色,甚至拉拉他的衣袖,还想自己张口对父亲说什么。但是万尼亚抢了先。

"不，"他说，"现在我不能走。我还要搞辆车拉沃洛佳·奥西穆欣。他刚动过阑尾炎手术，在家养伤。"

克拉娃的父亲打了一个口哨。

"你会搞到的!"他用嘲笑的口吻悲哀地说。

"再说，不光我一个人。"万尼亚避开克拉娃的目光说，嘴唇却突然白了。"我还有个同学，叫若拉·阿鲁秋尼扬茨，一起忙了这么多天，我们约好了，办完事一起徒步走。"

现在是毫无退路了，万尼亚瞅瞅克拉娃。克拉娃深色的眼睛蒙上了一层雾。

"原来如此!"科瓦廖夫说，对于万尼亚和若拉以及他们的相约完全无动于衷。"好吧，只好暂时分手了。"他刚向万尼亚迈出一步，一声炮响把他吓得一哆嗦，然后伸出一只汗淋淋的大手。

"你们奔卡缅斯克还是利哈亚?"万尼亚粗声粗气地问。

"奔卡缅斯克? 德国人马上就会占领卡缅斯克!"科瓦廖夫大吼起来。"奔利哈亚，只有奔利哈亚! 先走别洛卡利特文斯卡亚，过顿涅茨河——你就上那找我们吧……"

他们头顶上有什么东西发出轻轻的撕裂声，然后吱嘎一声，从上面落下许多尘土。

他们抬头一看，二楼有一扇窗户打开了，是计划科办公室，窗口探出一个秃脑袋，又红又肿，脸和脖子的汗水直往下淌，看样子马上就会落到窗底下站着的人头上。

"难道您还没走? 斯塔岑科同志!"科瓦廖夫认出这个人是计划科科长，不免有些奇怪。

"没走，我正清理文件，免得把什么重要东西落到德国人手里。"斯塔岑科用低沉的声音说，像平时一样温和而客气。

"想不到您真走运!"科瓦廖夫感慨地说。"再过十来分钟我们就走!"

"你们走吧，我总会有办法。"斯塔岑科很谦和地说。"请问，科瓦廖夫，你知不知道那里停的汽车是谁的?"

科瓦廖夫和他的女儿，还有万尼亚和卡车上的人都回过头去看那辆"嘎斯车"。

车上坐着的女人马上改换姿势，向前俯下身子，以免外面的人从窗孔里看见她。

"他不会拉你的，斯塔岑科同志，他自己的麻烦就够多的了！"科瓦廖夫高声喊道。

他和斯塔岑科都知道，在这座房子里住的是州党委干部普罗岑科，从去年秋天在这里租了一个房间，只有他一个人住。他妻子在伏罗希洛夫格勒工作。

"我可不想跟他沾边。"斯塔岑科说，用老酒鬼那种红红的小眼睛瞥了科瓦廖夫一眼。

科瓦廖夫突然感到惶惑，连忙斜眼瞅瞅站在卡车上的工作人员，怕他听出来斯塔岑科这句话不怀好意。

"我这个人心眼儿实，以为他们早都溜之大吉了，突然看到一辆轿车，我就想这可能是什么人的车呢？"斯塔岑科带着善意的微笑说。

他们又默默望了一阵"嘎斯车"。

"这么说，并没都走。"科瓦廖夫说，脸色阴沉下来。

"唉，科瓦廖夫，科瓦廖夫！"斯塔岑科用凄凉的语声说。"总不能比罗马教皇更虔诚。"他借用了一句谚语，可是科瓦廖夫从来没听说过，而斯塔岑科也说走样了。

"斯塔岑科同志，我不过是个小人物。"科瓦廖夫直起身子哑着嗓子说。他并不抬头望上面的窗户，而是看着卡车上的工作人员。"我是小人物，不懂得您的暗示……"

"你干什么生我的气？我又没说什么不好的话……一路顺风，科瓦廖夫！到萨拉托夫以前我们恐怕见不到面。"斯塔岑科说，上面的窗户砰地一声关上了。

科瓦廖夫和万尼亚你瞅瞅我，我瞅瞅你。科瓦廖夫是视而不见，万尼亚倒是莫名其妙。科瓦廖夫仿佛被人激怒了，突然满脸涨红。

"克拉娃，快收拾东西去！"他大吼一声，绕过卡车回了公司。

科瓦廖夫的确气愤填膺，不过并不是为自己。他是普通干部，由于不了解情况而发发牢骚，怨天尤人，在所难免。他气的是像斯塔岑科这样的人，向来是当局的亲信，没少跟政府官员一起吃吃喝喝，在和平时期不知说了多少讨好和赞美的话。如今这些官员不能替自己辩解了，便反过来责难他们。

"嘎斯车"上的女人因为自己已经引起别人注意，十分不安，满脸通红，气鼓鼓地望着标准房的房门。

第八章

　　普罗岑科正跟两个同志坐在他住的房间里。房间的窗户朝向后院，便打开窗户，让穿堂风把烧文件的烟吹出去。房东几天前就走了。这个房间跟整个房子都空落落、凄惨惨，没人住的样子：人一搬走，只剩下了空壳，家具都离了位。普罗岑科他们三个人也不是围桌而坐，只把三把椅子摆在当中一坐，正在商量当前的工作计划，交换秘密接头地点。

　　普罗岑科马上要到游击队的根据地去，他的助手几小时之前就出发了。他作为州地下组织的领导人之一，必须亲自去领导游击队。他这支游击队的基地就安在伏罗希洛夫格勒州和罗斯托夫州交界处米佳金村旁边的森林里。屋里坐着的另外两个人要留在克拉斯诺顿，他们都是天生的顿涅茨矿工，1918年德军占领时期和邓尼金统治时期都参加过游击队。

　　菲利普·彼得罗维奇·柳季科夫留下当地下党的区委书记。他已经五十开外，比他的同伴略大几岁。浓密的头发已经花白，特别是鬓角和前额白得更厉害，连剪得短短的、扎人的胡子也露出白丝。可以感觉出来，他年轻的时候一定是个身强力壮的人，如今年纪大了，身子和脸都发胖，脸胖得向下耷拉，本来就沉重的下巴变得更沉了。柳季科夫向来注意仪表，就是在目前情况下也穿一套整洁的黑西服，跟肥胖的身体很合适，还穿着干干净净的翻领白衬衣，紧紧打着领结。

　　他是老工人，经济恢复时期的头几年就是劳动英雄，后来被提拔起来领导生产，先在几个小企业当领导，后来越升越大。在克拉斯诺顿已经工作十五年光景，近几年在克拉斯诺顿煤炭联合公司中央工厂当机械车间主任。

他这次做地下工作的搭档,叫马特维·舒利加,是第一批响应党的号召去支援农村的产业工人,平时人们管他叫科斯季耶维奇,这是他的父名,是乌克兰语,俄语叫康斯坦丁诺维奇。他出生在克拉斯诺顿,所以一直在顿巴斯各区的农业部门工作。战争开始时,他在伏罗希洛夫格勒州北部农业区担任区执委副主席。

早在克拉斯诺顿第一次受到敌人占领的威胁时,柳季科夫就知道要派他做地下工作,而舒利加与他不同。舒利加是两天前才得到委任,因为他工作的区已被敌人占领,他便要求回克拉斯诺顿工作。上级一研究,认为留他在这里工作的确方便有利:一方面他是本地人,另一方面当地很少有人认识他。

这个科斯季耶维奇有四十五六岁,生得肩宽有力,脸孔结实,轮廓分明,脸膛晒得发黑,毛孔里还带有稀稀拉拉的黑斑——这是职业的痕迹,凡是长期挖煤或铸铁都会永远留下这种痕迹。他这时坐在椅子上,把便帽推到后脑勺上,露出剪得整齐的平头和结结实实的头顶。他的头顶骨非常结实,像他这种人十分罕见。他的眼睛也大得跟老牛的眼睛似的。

整个克拉斯诺顿再也没有人像他们三个这样镇定自若而又气概昂扬。

"给你留的人可都是好样的,可以说是真正的人,有了这种人就可以办大事。"普罗岑科说。"你打算住在什么地方?"

"还住原来的地方,在佩拉格亚·伊利尼奇娜家。"柳季科夫说。

普罗岑科脸上流露出的倒不是惊奇,而是有几分怀疑。

"我有点儿不明白你的意思。"他说。

"我干吗要藏起来?伊万·费奥多罗维奇,您说说看。"柳季科夫说。"我在这个城市里人人都认得,根本没法藏。巴拉科夫也是这样。"他提到的巴拉科夫是地下区委的第三个领导人,今天没来。"德国人立刻就会发现我们,如果藏起来反倒引起德国人的怀疑。所以我们用不着躲躲藏藏。德国人非常需要我们的工厂,我们就给他送上门去！对他们说经理跑了，工程技术人员都被布尔什维克强迫带走了，我们这些人愿意留下替你们德国人干活。工人跑了，我们可以往回找。没有工程师？恰好有个机械工程师，叫尼古拉·彼得罗维奇·巴拉科夫，就请用他吧！他还懂德语……我们也得替他们干点儿。"柳季科夫说，脸上毫无笑容。

他瞅着普罗岑科，目光严峻而专注，流露出一种特有的聪明。像他这种人对一切都不肯轻信，而要通过独立思考加以检验。

"巴拉科夫什么意见？"普罗岑科问。

"这是我们共同研究制定的方案。"

"你可知道你们首先要遇到什么危险？"普罗岑科又问。他善于从各方面来考虑问题，估计到实际生活中可能发生的各种情况。

"知道，因为我们是党员。"柳季科夫回答说。

"问题不在这里。共产党员去替德国人工作，他们求之不得！就怕他们不等你们说明来意，还没想明白对他们有什么好处，在火头上就把你们……"普罗岑科指指天棚。

"头几天我们先不露面，等他们需要我们的时候，再出去。"

"这就对了。说的就是这个。我倒想知道你们能躲到什么地方？"

"女房东会找地方的……"在整个谈话过程中柳季科夫头一次露出笑容。他这一笑，胖得向下耷拉的脸也显得开朗了。

普罗岑科脸上的疑虑消失了，他对柳季科夫十分满意。

"舒利加怎么办？"他瞅着科斯季耶维奇说。

"他不姓舒利加了，他改成奥斯塔普丘克·叶夫多基姆。"柳季科夫说。"他在机车厂的劳动手册就用这个化名。前几天他才来到我们机械车间当钳工。履历很清楚，以前在伏罗希洛夫格勒工作，是个单身汉，战争打到那里，他便跑到克拉斯诺顿来了。工厂一开工，我们就把奥斯塔普丘克找来替德国人做工，我们是得替他们干点儿。"柳季科夫说。

普罗岑科转过脸跟舒利加谈话，就不像刚才跟柳季科夫交谈时使用俄语，而是不知不觉使用一种混合语，既有俄语，又夹杂着乌克兰语。舒利加说的也是这种混合语。

"请问,科斯季耶维奇,给你安排做掩护的人家,你有没有认识的人? 简单说,你了解不了解这些人? 他们家里都有些什么人? 周围的邻居都怎么样?"

"要问我了不了解他们,我是一点儿也不了解。"舒利加慢条斯理地说,两只牛眼沉着地看着普罗岑科。"有个地址在从前的'鸽子房',房东叫康德拉托维奇,也叫伊万·格纳坚科,1918 年是个勇敢的游击队员。另一个地址在'上海',房东叫福明·伊格纳特。这个人我一点儿也不认识,因为他也是刚来克拉斯诺顿,不过您大概听说过,他是四号井的先进生产者,据说是自己人,同意我住在他家。有利的条件是他不是党员,虽然挺出名,但是据说什么社会工作也没担任过,没在大会上讲过话,所以不大引人注意……"

"他们的家你都去过吗?"普罗岑科追问一句。

"康德拉托维奇,也就是伊万·格纳坚科,我最后一次上他家去,也是十二年前的事了。至于福明家,我从来没去过。伊万·费奥多罗维奇,您知道,我昨天才来,昨天才批准我留下工作,并给我这两个地址,怎么去得成呢! 不过既然有人选定了,他们总该了解情况吧?"舒利加说,既像回答,又像询问。

"这么办吧!"普罗岑科抬起食指,先看看柳季科夫,又瞅瞅舒利加。"纸上的东西不能相信,别人说的也不能相信,别人的指点更不要相信。不管是什么事,不管是什么人,都要重新检验一下,要根据自己的经验去检查检查。安排你们做地下工作的人,你们知道已经不在这里。根据秘密工作原则——这是一条很有道理的原则——他们都走了。他们已经走很远了,大概早到了新切尔卡斯克。"普罗岑科说,淡淡一笑,蓝眼睛里又现出活泼的火星,从这只眼睛跳到另一只眼睛。"我为什么要这么说呢?"他接下去说。"我说这话的意思是安排地下工作的时候,我们的政权还在,如今德国人来了,对每个人都是一次考验,而且是生与死的考验……"

他没来得及进一步阐明自己的想法,外面的房门响了,屋里响起脚步声,走进来的正是在门前的"嘎斯车"上坐着的那个女人,一脸不高兴的样子,把等待丈夫的急切心情表露无遗。

"等急了吧? 卡佳! 马上走。"普罗岑科满脸堆笑,带歉意地说,便站起身来。另外两个人也跟着站起来。"我来介绍一下,这是我爱人,是个教师。"他突然得意地说。

柳季科夫恭恭敬敬握握她的有力的手。她跟舒利加早就认识,只对他笑笑:

"您爱人呢?"

"她跟孩子都……"舒利加刚要说。

"啊,对不起……真对不起。"她突然抢着说,连忙用手捂住脸,但是从手指缝和手掌下面都可以看出来,她脸红了。

舒利加家里的人都落在敌占区,这也是他要求留在州里做地下工作的原因之一。他家里的人没能疏散,因为德军来得突然,当时他正在边远的村子做汇集牲畜送往东方的工作。

舒利加一家人跟他本人一样,生性纯朴。除了妻子之外,家里还有两个孩子:女儿已经上小学,儿子才七岁。当别的干部家属纷纷疏散的时候,家里的人都不肯走,舒利加也没坚持让他们一定走。年轻的时候他曾经在这一带打游击,年轻的妻子就跟他一起干。他们的大儿子就是那个时候出生的,现在已经在红军里当指挥员了。他们按照老经验,总觉得在危急关头一家人不应该分开,应该同甘苦,共患难。对子女他们也这样进行教育。现在舒利加觉得,妻子儿女落到德国人手里,全是他的错。如果他们还活着,就要想法救他们出来。

"真对不起。"普罗岑科的妻子又重复一遍,把手从脸上拿下来,带着同情和歉意看着舒利加。

"怎么样,亲爱的同志们……"普罗岑科刚一开口就打住了。

已经到了分手的时刻,可是四个人都觉得依依不舍。

其他的同志也就刚走几个小时,他们现在走在自己的土地上,回到自己人身边,而他们四个要留在这里,开始一种不熟悉的新生活。二十四年来他们一直在祖国的土地上自由地走来走去,如今要转入地下，岂不是咄咄怪事。方才他们还见过那些同志，那些同志走得并不远，要赶上他们也来得及，但是他们不能去追赶。现在他们四个人非常亲近，比亲人还要亲。他们实在是难舍难分。

他们站着，久久摇着对方的手。

"我们倒要看看，德国人究竟什么样，他们怎么进行统治。"普罗岑科说。

"您要多多保重，伊万·费奥多罗维奇。"柳季科夫郑重地说。

"我的生命力极强，就像地里的草，你要保重，菲利普·彼得罗维奇，还有你，科斯季耶维奇。"

"我是打不死的。"舒利加苦笑着说。

柳季科夫严厉地瞥了他一眼，什么话也没说。

他们又互相轮流拥抱、吻别，却竭力避开彼此的目光。

"再见吧！"普罗岑科的妻子说。不过她也没有笑容，这句话说得非常庄重，禁不住热泪盈眶。

柳季科夫先走出去，舒利加跟在他后面，他们跟来时一样，走的后门，从院子里出去。院子里有各种棚子，他俩分别从棚子后面出去，不引人注意地走到后街上。

普罗岑科跟妻子一起从前门出去，走到正对公园的果园街。

过午的骄阳照到脸上热辣辣的。

普罗岑科看到街对面装得满满的卡车，卡车上有人，旁边还有一男一女正在告别，便明白妻子为什么心神不安了。

他用摇把摇了半天，"嘎斯车"只管摇晃，发动机却没有动静。

"卡佳，你来摇摇，我踩油门。"普罗岑科不好意思地说，钻进汽车。

妻子用晒黑了的小手拿起摇把，猛一使劲，连着摇了几下。汽车发动起来。她用手掌抹去额头上的汗水，把摇把扔到司机座位底下，上车坐在普罗岑科旁边。"嘎斯车"的排气管噼啪响，放出一股股肮脏的蓝烟，车身一冲一冲的，好像一匹烈马顺大街跑去，后来慢慢顺当了，很快消失在道口下坡的地方。

"你知道吗，这个托利亚·奥尔洛夫到我家来，你认识他吧？"这时万尼亚用沙哑的低音说。

"不认识,大概是伏罗希洛夫学校的。"克拉娃悄声回答说。

"总之,他来找我,说:'泽姆努霍夫同志,离你家不远有个沃洛佳·奥西穆欣,是个非常积极的共青团员,前几天刚刚做完阑尾炎手术,出院早,刀口裂开化脓了。你能不能给他找一辆车?这回你明白我的处境了吧?这个沃洛佳我很了解,是个好青年!我的处境你明白了吧?我说:'好吧,你先回去告诉沃洛佳,我先去办点儿事,然后就尽力找车去接你们。'我就急忙来看你。现在你总该明白我为什么不能跟你们走?"万尼亚带着歉意地说,凝视她的眼睛,可是她两眼已经充满了泪水。"不过我跟若拉……"他刚要接下去说。

"万尼亚!"她说,突然凑到他的脸跟前,把带牛奶味的热气喷到他脸上。"万尼亚,我真为你骄傲,非常为你骄傲,我……"她呜咽了,她的呜咽声不像少女,倒像妇道人家,同时她忘却了世上的一切,用两只冰凉的又胖又大的胳膊大胆搂住他的脖子(她这种动作也不像少女,而像成熟的女人),然后又热烈地吻他的嘴唇。

克拉娃放开万尼亚便跑进角门。万尼亚又站了一会儿,然后转身,脸朝着太阳,挥动两只长胳膊,沿着大街朝跟公园相反的方向匆匆走去,头发披散下来,他也不再理会了。

他的灵感方才还像灰烬里的火炭一样藏在内心深处,如今却像火焰一般照亮他那张不平凡的脸,脸变得非常好看,只是不论克拉娃,还是别的什么人,谁也看不见了。万尼亚一个人挥舞着胳膊走在大街上。区里什么地方还在炸矿井,有的地方还有人在奔跑、哭泣、咒骂,军队还在撤退,还能听到隆隆的炮声,天上的飞机发出可怕的怒吼,空气中弥漫着烟雾和尘土,太阳无情地灼人,但是在万尼亚心中,世上的一切都不存在,只有搂过他脖子的那双又胖又温柔凉爽的臂膀和嘴唇上掺着泪水的热烈刺激的吻。

周围发生的一切他觉得并不可怕,因为世界上没有办不到的事。他不但可以找车送走沃洛佳,而且可以把全市的人——所有的妇女、儿童和老人,连同他们的东西全都送走。

"我为你骄傲,我为你骄傲!"这是她用低沉而柔和的声音说的。除了这句话之外,他什么都不考虑了。他刚十九岁。

第九章

谁也说不清,在德国人的统治下生活会是什么样子。

柳季科夫和舒利加事先约定互相寻找的办法:要按照接头暗号通过第三者进行联络。这个第三者就是克拉斯诺顿总联络站的房东。

他俩一出门便各走各的路。他俩能够想到从此以后就再也见不到面了吗?

柳季科夫正像他跟普罗岑科说的那样,立刻藏起来了。

舒利加也应该悄悄躲起来,先住进给他指定的地点,最好是住进从前打游击时的老战友伊万·格纳坚科(平时都随便叫他康德拉托维奇)的家。但是舒利加跟康德拉托维奇有十二年没见面了,所以实在不愿意马上就到他家去。

他表面上不管多么镇静,心中却有说不出的痛苦。他现在很需要找一个亲近的人。于是他慢慢回想在 1918 年到 1919 年做地下工作时跟他特别亲近的人还有谁留在克拉斯诺顿。

舒利加突然想到老战友列昂尼德·雷巴洛夫,他有个妹妹叫丽莎,于是他那张永远留着煤斑的大脸浮现出孩子气的笑容。他想起了丽莎·雷巴洛娃,想起她当年的模样——苗条的身材、浅色的头发,机灵的眼睛。她胆子大,动作麻利,又伶牙俐齿。想起她给他和列昂尼德往"草场"送饭的情景,想起他经常跟她开玩笑,说可惜我已经娶了老婆,不然的话,一定要向你求婚。她听了笑得露出一口白牙。她跟他的妻子也非常熟。

十一二年前,他在大街上遇见过她,还有一次好像是开妇女会。当时她已经出嫁了。是的,内战一结束她就嫁了一个姓奥西穆欣的。

这个奥西穆欣后来到煤炭联合公司工作。

当时舒利加参加了房管委员会，给奥西穆欣分的房子是往五号井去的那条街上的一座标准房。

丽莎在他的心目中一直是年轻时候他记得的模样。青年时代的回忆一下子涌上心头，他觉得自己又变得年轻了。于是他现在要面对的一切也都被青年时代的光辉照亮了。他想：她的模样不会怎么变，她丈夫好像也是自己人……管它三七二十一，先到丽莎家去看看再说！也许他们还没走，这是命运安排我能跟他们见上一面。也许她已经只剩一个人了？他激动地想，下坡奔道口。

他十年没来了，整个区都盖上砖房。现在他已经很难找到奥西穆欣家住的是哪座房。他在静悄悄的大街上走来走去，两旁的人家连窗板都关死了，也不好上前敲门打听。后来他突然想起，应该以五号井井架当作坐标，这个井架从草原里就能看到。当他走到正对着井架的那条街时，一下子就找到了奥西穆欣家。

窗子开着，窗台上摆着花，隐约听见屋里有青年人说话的声音，当他敲门时心就像年轻时候一样怦怦跳。大概里面没听见，他又敲了几下。门里传来穿软底拖鞋走路的脚步声。

站在他面前的是丽莎·雷巴洛娃，或叫叶丽扎韦塔·阿列克谢耶夫娜，脚上穿着便鞋。只见她一脸怒气，又充满痛苦，两眼哭得红肿。"唉，生活把她折磨成什么样子了！"舒利加立刻想道。

不过他还是一下子就认出了她。她年轻时候也常有这种厉害的样子，说不清是生气还是凶狠，但是舒利加知道，其实她心地善良。她身材还那么苗条，浅色头发没有一丝白发，然而脸上布满皱纹——忧患和操劳的痕迹。她穿戴也邋里邋遢——从前她绝对不允许自己这样见人。

她横眉竖眼，用疑问的目光打量站在她家门口的陌生人。突然脸上又现出惊异的神色，在盈眶的泪水后面流露出一丝遥远的欣喜。

"马特维·康斯坦丁诺维奇……舒利加同志！"她说，拉着门把手的那只手无力地垂下来。"哪阵风把您吹来了？在这样的时候！"

"十分对不起,丽莎,或叫叶丽扎韦塔·阿列克谢耶夫娜,真不知道,叫我怎么称呼你……我这是疏散,往东去,顺路来看看。"

"原来这么回事,往东去——都往东去! 我们怎么办? 我们的孩子怎么办?"她突然激动地说起来,用神经质的动作迅速理理头发,两眼盯着他,眼睛里说不清是怨恨还是愁苦。"舒利加同志,您到东方去,可我儿子刚刚做完手术,躺在床上,可您却往东方去!"她又重复说,仿佛她早就一再叮嘱舒利加要出这种事,现在果然出现了,这一切都怪他。

"对不起,您别生气。"舒利加非常冷静而和气地说,尽管他内心深处有一根很细的弦弹出一种突如其来的伤心的调子,仿佛说:"好个丽莎·雷巴洛娃,你原来这样,想不到一见面就这么对待我,我亲爱的丽莎!"

但是他毕竟见过世面,能够控制自己。

"您好好说说,家里出什么事了?"

他也改用"您"了。

"不过也请您原谅。"她口气仍然很硬,然而脸上浮现出早年的友好关系的影子。"请进屋吧……只是我们家都乱套了!"她挥挥手,红肿的眼睛又满含泪水。

她后退一步,请他进屋。他跟她走进昏暗的前厅。右侧屋门开着,里面洒满阳光,他立刻看见屋里有三四个小伙子和一个姑娘站在床前,床上有个半大小子靠枕头趄歪着,腰部往下盖着床单,原来晒黑了的脸现在显得苍白,深色眼睛,穿着翻领白汗衫。

"这都是同学来跟我儿子告别来了。您这边请。"叶丽扎韦塔指着对面的房间。这个房间朝向背阴的一面,昏暗而凉爽。

"首先向您问好。"舒利加说,摘下便帽,露出结实的平头,并向她伸出手。"不知道该怎么称呼您,是丽莎还是叶丽扎韦塔·阿列克谢耶夫娜?"

"您怎么方便怎么叫。我这个人不摆谱,不要求别人用尊称,不过我还算什么丽莎? 从前是丽莎,现在……"她挥一下手,动作很急促,似乎心烦意乱,又有些带歉意,同时用红肿的浅色眼睛瞥了舒利加一眼,眼睛里流露出女性的温柔。

"对我来说你永远是丽莎,因为我也老了。"舒利加微微一笑,在椅子上坐下。

她也在对面坐下来。

"我既然一大把年纪,所以一开口就要给你提点儿意见。"他仍然面带微笑,然而口气严肃地接下去说。"关于我到东方去,别的很多人都到东方去,这件事你不应该生气。德国鬼子没给我们期限。从前你就像我的妻子一样,所以不妨告诉你,德国鬼子已经深入我们的后方……"

"这么说,我们难道就轻松了?"她愁苦地说。"您走得了,我们却走不了……"

"这能怨谁呢?"他脸色阴沉地说。"像您这样的家庭,"他说着便想起自己家里的人,"从战争一开始我们就往东疏散,提供帮助和运输工具。别说家属,我们把成千上万的工人都送到乌拉尔和西伯利亚去了。当时你们为什么不走?"舒利加问,感到心中越来越痛苦。

她沉默不语了,只管挺直腰板,一动不动坐在那里,好像隔着前厅听着对面房间里的动静,可以觉察出来她没心听他说话。他也情不自禁地倾听那个房间正在发生什么事。

从那里偶尔传来低微的谈话声,听不明白到底是怎么回事。

万尼亚办事沉着冷静,不达到目的决不罢休,这在同学当中有口皆碑,可是他这次却没找到车,想在车上替沃洛佳找个座位也没成,只好走回家,若拉正在他家等他,已经等得不耐烦了。父亲也已经回来了,根据这一点他断定科瓦廖夫一家已经动身了。

若拉刚十七岁,个子挺高,不过比万尼亚要矮半头。他天生就黑,太阳一晒就更黑了。一对亚美尼亚人漂亮的黑眼睛,弯弯的睫毛,厚厚的嘴唇,样子很像个黑孩子。

尽管他俩年龄差了两岁,才接触没几天就成了好朋友,因为他俩都是热烈的读书迷。

在学校里万尼亚甚至被叫作教授。他只有一套像样的衣服,是带褐色条纹的灰西服,只有正式场合才肯穿,而且跟他所有的衣服一样,都嫌小。但是只要他穿上这身衣服,里面套上翻领白衬衫,打上咖啡色领带,戴上黑玳瑁边眼镜,兜里塞满报纸,弯着胳膊抱着一本书,漫不经心地用书拍拍肩头,大摇大摆从走廊里走过,态度总是沉着冷静,默默不语,藏在内心里的灵感均匀而明亮地燃烧,并把反光投射到他那苍白的脸上——这时候所有的同学,特别是他担任过辅导员的低年级的学生,都不禁要恭恭敬敬给他让路,仿佛他真是一位教授。

若拉喜欢读书,甚至专门准备一个笔记本,上面打好格,记上作者的姓、所读过的书名和简短的评语。比如:

"尼·奥斯特洛夫斯基①:《钢铁是怎样炼成的》。真棒!

亚·勃洛克②:《美女诗草》。有许多模模糊糊的词汇。

拜伦③:《恰尔德·哈罗德游记》。这部作品读起来真枯燥,真不明白为什么那么激动人心。

弗·马雅可夫斯基④:《好!》(没有评语)。

阿·托尔斯泰⑤:《彼得大帝》。真棒! 作者把彼得写成进步的人物。

这个打格的笔记本里还可以读到很多东西。总之,若拉爱整洁,做事有条有理,信念坚定,不管做什么事都喜欢有秩序、有纪律。

他俩帮助学校、保育院和俱乐部疏散的这些日日夜夜里,滔滔不绝地讨论开辟第二战场,讨论诗《等待着我吧》⑥、北方的海上运输线、

---

① 尼·奥斯特洛夫斯基(1904—1936),苏联作家。——译者注

② 亚·勃洛克(1880—1921),俄国象征派诗人。《美女诗草》就是当时的代表作。十月革命后写有《十二个》。——译者注

③ 拜伦(1788—1824),英国浪漫派诗人。《恰尔德·哈罗德游记》属于早期作品。他的代表作是《唐璜》。——译者注

④ 弗·马雅可夫斯基(1893—1930),苏联诗人,早期属于未来派,十月革命后写出长诗《列宁》和《好!》。——译者注

⑤ 阿·托尔斯泰(1883—1945),苏联作家,代表作有《苦难的历程》。《彼得大帝》属于晚期作品,未完成。——译者注

⑥ 《等待着我吧》的作者是苏联作家兼诗人西蒙诺夫(1915—1979)的作品。——译者注

电影《伟大的生活》、李森科院士的著作、少先队工作的缺点、西科尔斯基在伦敦的波兰流亡政府摇摆不定、诗人施巴乔夫①、电台播音员列维坦,还有罗斯福和丘吉尔。他们只有一个问题产生了分歧:若拉认为多读读书看看报总比到公园里追女孩子更有益处,而万尼亚说可惜他近视得厉害,不然他倒情愿去追女孩子。

万尼亚跟家里人一一告别,母亲和姐姐都哭哭啼啼,父亲一开头只管气鼓鼓地喘粗气,干咳嗽,尽量不看儿子,可是到最后还是为儿子划了十字,并把干巴巴的嘴唇突然贴到儿子的前额上。这时候若拉劝万尼亚,既然找不到车,就不必到奥西穆欣家去了。但是万尼亚说,他既然答应过托利亚,就要去解释清楚。

他俩把背包搭在肩头,万尼亚最后一次看看床头心爱的角落。那里还挂着普希金的石印像,是画家卡尔波夫的手笔,由哈尔科夫乌克兰出版社出版。靠墙有个书架,上面主要也是普希金文集,还有跟普希金同时代的诗人们的小本诗集,是列宁格勒苏联作家出版社出版的。万尼亚把这一切又看了一眼,把帽子故意使劲往前额上一扣,就跟若拉一起到沃洛佳家去了。

沃洛佳穿着白汗衫躺在床上,腰部以下盖着床单。身旁有一本书《继电器的防护》还打开着,大概今天早晨读过。

床后面靠窗的墙角上放着各种工具、成卷的电线、自己做的电影摄影机和收音机零件,大概为了打扫方便而堆在一起。沃洛佳很喜欢发明,一心想当飞机设计师。

托利亚坐在床旁边的小凳上。他是个孤儿,是沃洛佳最要好的朋友。他之所以得了"响雷"的外号,是因为他不论冬夏都好感冒,一咳嗽起来,响亮无比,就好像朝着大桶咳嗽发出来的声音。他弓着身子叉开双腿坐在那里。他的膝盖骨很大,而且不仅膝盖,他的手掌、胳膊肘,脚掌和踝子骨,所有的关节都大得不自然。他的头,灰色的鬈发浓密,向四面翘起。他的眼睛神色忧郁。

---

① 施巴乔夫(1898—1979),苏联诗人。——译者注

"这么说,一点儿也不能走?"万尼亚问沃洛佳。

"走什么走,医生说刀口一裂开,肠子都得冒出来!"沃洛佳阴郁地说。

他愁的是不仅自己不能走,而且连累母亲和妹妹都走不了。

"好,让我看看刀口。"办事麻利的若拉说。

"您说的什么? 刀口缠着绷带呢!"沃洛佳的妹妹柳霞吓了一跳。她站在床前,胳膊肘靠在床下首的靠背上。

"别害怕,出不了问题!"若拉说,蛮有礼貌地笑笑。他说话带有亚美尼亚口音,听起来很悦耳,更使他的话显得郑重其事。"我学过急救,解绷带和缠绷带都会。"

"这不讲卫生!"柳霞反驳说。

"最新的军事医学在恶劣的战地条件下证明,那是偏见。"若拉断然地说。

"您不知从哪看来的,说的是另一码事!"柳霞傲慢地说。但是过了一会儿她再看这个黑孩子的时候,便对他产生了兴趣。

"你算了吧,柳霞! 妈妈我还可以理解,她神经质,你干吗要多管闲事! 回你屋里去! 回去!"沃洛佳对妹妹气冲冲地说,揭开床单露出两条晒黑了的腿。腿虽然瘦,却肌肉结实,不论怎么生病住院,都损害不了黝黑的肤色和结实的肌肉。

柳霞掉过脸去。

托利亚和万尼亚扶住沃洛佳,若拉扒下蓝短裤,解开绷带。刀口化脓了,而且很厉害。沃洛佳竭力控制自己,不让自己皱眉头,脸色却非常苍白。

"挺糟糕。是不是?"若拉皱着眉头说。

"是不妙。"万尼亚表示同意地说。

他们沉默了,尽量不去看沃洛佳,又把刀口包上。沃洛佳一对细长的褐色眼睛平时流露出果敢和狡黠,这时却显得忧伤,带着求助的神情捕捉同学们的目光。

现在他们面临最难堪的场面:明明知道他们的同学有可能遭遇危

险却不得不离开他。

"你丈夫哪去了？丽莎！"这时马特维·舒利加问，为了换个话题。

"死了。"叶丽扎韦塔生硬地说。"去年战争爆发之前就死了。他病了很久，一下子就死了。"她说了好几遍，舒利加觉得她的话里带有恶狠狠的责难。"唉，马特维·康斯坦丁诺维奇！"她用饱含辛酸的声音说。"您现在当上官了，对下面的情况不了解，您不知道我们有多苦！对我们老百姓来说，您就代表政府。我还记得从前您也跟我们一样，是普通老百姓。我记得我哥哥和您为了新生活怎么进行斗争的，我并不想怪您，您总不能留下等死。可是难道您看不见，跟您一起撤退的人，有的什么都不管了，只管自己逃命，还要带上家具。许多大卡车装的满满的破烂，根本不管我们普通百姓死活。其实这些东西都是我们这些小人物创造的。唉，马特维·康斯坦丁诺维奇！难道您看不见这些坏蛋，对不起，把东西看得比我们这些人还要值钱？"她叫起来，把嘴都气歪了。"可您还奇怪，为什么老百姓埋怨你们。人只要经过一次这种事，对一切都失去了信心！"

后来舒利加不止一次回忆他们的这段谈话，每次都感到痛苦的激动和悲哀。最无法弥补的是，尽管他心里明白这个女人当时的心情，以他的宽阔坚强的胸怀本可以说些推心置腹的话，他却没说出来。因为当时她说话的语气是向他诉苦，而且他觉得带着满腔怨恨，她说出来的话和她的整个模样，跟他年轻时候所记得的丽莎完全不同，跟他的期望大相径庭，甚至到了令他吃惊的地步！其实他也要留下来，他全家都落到敌人手里，也许已经牺牲了，而这个女人只顾谈她自己，一点儿也不问问他家里人怎么样了，不问问他妻子的情况，可她俩年轻时候也是好朋友。舒利加一想到这里，不免觉得受了委屈，也脱口说出一些不该说的话。后来他回想起来非常后悔。

"您的想法太离谱了，叶丽扎韦塔·阿列克谢耶夫娜，"他冷冰冰地说，"太离谱了！当德国政权要来的时候，对自己的政权丧失信心当然容易。明白吗？"他说着威严地举起食指，食指很短，长满汗毛。这时远处隆隆的炮声仿佛突然闯进房间。"可您想过没有，那里有多少人民的精华都牺牲了，正像您方才说的，他们都是从老百姓中间提拔起来的。可我要说，他们之所以受到提拔，是因为他们有觉悟，他们是人民中间的精华，是共产党员！您既然对这些人失去信心，又是当德国人屠杀我们的时候，不能不叫我痛心。我又痛心，又可怜您，真可怜您。"他严厉地重复一遍，嘴唇像小孩子一样哆嗦起来。

"您这是什么话？……怎么的？……您想责怪我，说我盼德国人来？"叶丽扎韦塔气得噎住了气，因为他竟然把她看成这样的人而火冒三丈，厉声喊叫起来。"您哪……那么我儿子呢？我是母亲……可您……"

"您难道忘了？叶丽扎韦塔·阿列克谢耶夫娜。当初正像您说的，我们都是普通工人，面临德国人和白匪的威胁我们首先考虑的是自己吗？"舒利加痛心地说，并不听她想说什么。"不，我们首先想到的不是自己，而是我们的领袖——那些最优秀的人，我们想到的是他们！想想您的哥哥！我们工人向来是这么想，也是这么做的！我们要掩护我们的领袖，那些最优秀的人，人民的精华，把他们保护好，自己挺身而出——工人从前这样想的，现在也这样想。并且认为，不这样想就是耻辱！难道您变得跟从前完全不同了吗？叶丽扎韦塔·阿列克谢耶夫娜！"

"等等！"她突然说，伸直腰板，注意听对面房间的动静。

舒利加也侧耳倾听。

对面房间里一片寂静，这种寂静告诉母亲那里正在发生什么事。她立刻把舒利加忘在脑后，连忙冲出门去看儿子。舒利加感到自己的态度不对劲，两只长着深色汗毛的大手揉搓着帽子，快快不乐地走到前厅。

叶丽扎韦塔的儿子仰卧在床上，正依依不舍跟同学们告别，默默握住他们的手，激动得脖子神经质地抽搐着，平头头发长长了，也跟着摆动。但是他的脸色却一副兴高采烈的神情，狭长的深色眼睛也炯炯有神。在他这种处境竟然高兴得起来，不免让人奇怪。有个同学站在床头，满头鬈发，骨节粗大，样子很笨，脸朝着窗外，所以只能看到他的侧影,而他也大睁着眼睛,也欢欣鼓舞地望着敞开的洒满阳光的窗口。

那个姑娘仍然站在床下首,满面春风。舒利加从这个姑娘身上认出了从前的丽莎,不觉心中咯噔一下,痛苦不已。是的,这就是二十多年前他所认识的丽莎,只是当时他爱着的丽莎手长得大,动作也麻利,而这个姑娘要温柔多了。

"是的,该走了。"他凄然地想,手里捏着帽子,走在吱吱嘎嘎的地板上,心里很不是滋味。

"您要走?"叶丽扎韦塔高声问,冲动地走上前来。

"正像常说的那样,没有法子,该走了。您别生气。"他戴上帽子。

"真的要走?"她又问一句。在这句感叹的问话里说不清流露出痛苦还是惋惜,也许这不过是他的错觉。"您也别生气……愿上帝能保佑您,如果真有上帝的话,保佑您一路平安。别忘了我们,记着我们。"她说,无力地垂下双手。她的声音里流露出善良和母爱,他觉得喉咙里有什么东西哽住了。

"再见了。"舒利加闷闷不乐地说,走到大街上。

唉,舒利加同志,你不该走,真不该走哇! 你不该离开叶丽扎韦塔和她的女儿。她女儿多么像从前的丽莎·雷巴洛娃。你亲眼看到这些青年人依依不舍的情景,怎么就不仔细想想是怎么回事? 甚至也不问问这些青年都是些什么人?

当时如果舒利加不走,他的一生也许会是另一种样子。但是当时他不仅理解不了,甚至感到委屈,感到侮辱。现在他只好到边远的郊区,从前叫"鸽子房"的地方去找当年打游击的战友伊万·格纳坚科,或叫康德拉托维奇,可是他已经十二年没去过了。他如何会想到,这是他走上绝路的第一步呢?

就在舒利加跟在叶丽扎韦塔后面走进前厅之前,在她儿子躺着的房间里发生了动人的一幕。

房间里一片难堪的沉默。于是托利亚,就是外号叫"响雷"的同学,从小凳上站起来,说是如果他的好朋友沃洛佳不能走,他也不走,留下来给他做伴。

开头大家都不知如何是好。后来沃洛佳泪流满面,吻起托利亚,于是大家都高兴得不得了。柳霞跑过去抱住托利亚的脖子,吻他的脸颊、眼睛和鼻子——托利亚可从来没尝到过这么幸福的滋味。然后她气鼓鼓地瞅着若拉,她真希望这个办事有条有理的黑孩子也能留下不走。

"这可太棒了! 这才叫同志呢! 托利亚真是好样的!"万尼亚用沙哑的低音满意地说:"我为你骄傲……"他突然说。"我和若拉,我们为你骄傲。"他又改正说。

于是他紧紧握住托利亚的手。

"难道我们就这么白活着吗?"沃洛佳说,两眼炯炯有神。"我们要进行斗争,对不对,托利亚? 区党委不可能不留下做地下工作的。我们一定要找到他们! 难道我们就不能干点儿什么!"

第十章

万尼亚和若拉跟沃洛佳告别之后，也加入难民的行列，沿着铁路线朝利哈亚走去。

他们原来计划先去新切尔卡斯克，若拉有个亲戚住在那里，据他说这门亲戚门路很宽，能搞到车，他们可以坐车往前走——他有个叔叔在车站跟前，是个鞋匠。万尼亚毕竟比若拉大两岁，遇事若拉都听他的。万尼亚既然知道科瓦廖夫一家去了利哈亚，终于建议改道，走新路线，还含含糊糊讲了改道的好处。若拉倒是无所谓，怎么走都行，就把原来相当明确的路线改成万尼亚提出的颇为渺茫的路线了。

半路上有个矮个子瘸少校加入他们一伙。少校的胡子长得不能再长，军便服也皱皱巴巴，右胸前戴着一枚近卫军徽章，脚上的皮靴也干巴得扭扭歪歪。据他解释说，他的军装，特别是靴子，之所以弄成这个样子，因为他住了五个月医院，军装一直扔在医院的仓库里。

最近这所军医院借用克拉斯诺顿中心医院的一个分部，现在又开始疏散，运输工具不足，凡是能走动的都得自己走，还剩下一百多名重伤员留在克拉斯诺顿，完全没有撤走的希望了。

少校详细讲述了他的遭遇和他住院的情形以后，一路上再没吭声。他太沉默寡言了，简直守口如瓶，真拿他没办法。他走路虽一瘸一拐，但是穿着两只扭扭歪歪的皮靴的脚倒走得挺起劲，小伙子们还落不下他。这倒使他俩对他肃然起敬。所以不论谈论什么，都找这位默默不语的权威来裁决。

在这大撤退川流不息的洪流里，有老有少，不但有妇女，还有扛枪的男人，都饱经折磨，苦不堪言，只有万尼亚和若拉背着背包，挽起袖子,手里拿着帽子,蛮有精神地走在草原上,心中充满彩虹般的希望。他们比别人优越的地方在于他们年轻,没有累赘,不知道敌军和我军究竟在什么地方,又不轻信谣言,所以觉得整个世界——包括这无边无际的草原、灼人的骄阳、火场的浓烟、道路上空滚滚的尘雾,忽这忽那的敌机的轰炸和扫射——都似乎是可以自由来去的。

他俩谈话的内容也跟周围发生的一切毫不相干。

"你为什么认为现在当律师没意思呢?"万尼亚用低沉的声音问。

"因为现在正在打仗,应该当兵,等打完仗,应该当工程师,好恢复生产,当律师现在不重要。"若拉说得一清二楚,尽管他才十七岁,却有明确的见解。

"你说得也有道理,现在打仗,我也很想当兵,可是人家不要我,眼睛不行。你离我稍远一点儿,我就看不清,只见一个又长又黑的影子。"万尼亚笑笑说。"当工程师当然有用处,不过这里还有个爱好问题。你知道我喜欢诗歌。"

"那你就该进文学院。"若拉清楚而明确地说,并且瞥了少校一眼,以为只有少校明白他的话多么正确。可是少校一点儿不露声色。

"我可就是不想进文学院。"万尼亚说,"普希金,还有丘特切夫①,都没进过文学院,而且那时候也没有。总而言之,在学校里是学不成诗人的。"

"什么都可以学成。"

"不对,在学校里学当诗人是愚蠢的。每个人都应该先读书,毕业以后找个普通职业干干。如果他天生有诗人的才气,那么这种才气会自然而然发展起来。我认为只有到了这个时候,他才会变成专业作家。比方说丘特切夫是外交家,加林②是工程师,契诃夫③是医生,托尔斯泰④是地主……"

---

① 丘特切夫(1803—1873),俄国诗人,他有些小诗脍炙人口。——译者注
② 加林(1852—1906),俄国作家。——译者注
③ 契诃夫(1860—1904),俄国作家,他的短篇小说举世闻名。——译者注
④ 托尔斯泰(1828—1910),俄国作家,也称老托尔斯泰,代表作有《战争与和平》等。——译者注

"这个职业倒挺舒服!"若拉说,用亚美尼亚人的黑眼睛狡黠地瞥了万尼亚一眼。

两人大笑起来,少校也在胡子后面笑笑。

"有谁当过律师吗?"若拉一本正经地问。

如果有哪个作家果然当过律师,他就会觉得万尼亚的说法完全正确了。

"这我可不知道,但是学法律可以学到作家所必需的一切知识,比如社会科学、历史、法律、文学……"

"就算这些学科都是必要的,"若拉不无炫耀地说,"那还不如进师范学院。"

"可我又不想当老师,尽管在学校你们都管我叫教授……"

"不管怎么说,在我国法庭上当辩护律师是愚蠢的,"若拉说,"比方你还记得审讯破坏分子的情形吗?我总想那些辩护人,他们的处境多么尴尬,你说是不是?"若拉又笑了,露出一口耀眼的白牙。

"你说得对,在我国当辩护人是没意思,因为我们是人民法庭。不过,我想当个侦查员一定有意思,可以了解许许多多、各式各样的人。"

"最好是当公诉人。"若拉说。"你还记得维辛斯基吗?多棒!但是无论如何我也不想搞法律。"

"列宁当过律师。"万尼亚说。

"那是从前。"

"我本来可以跟你争论下去,不过我明白,将来干什么——争论这个题目毫无意义,而且愚蠢。"万尼亚笑着说。"应该做一个有教养的人,懂业务,爱劳动。如果你有写诗的才气,自然而然会发挥出来。"

"万尼亚,你知不知道我一向喜欢你写的诗,有的发表在墙报上,还有的在你跟奥列格办的杂志《帆》上。"

"你读过这个杂志吗?"万尼亚急忙反问一句。

"读过,我读过这个杂志。"若拉郑重其事地说。"我还看过我们学校出的《鳄鱼》,凡是学校里出的东西我都注意看。"他得意地说。"我可以肯定地告诉你,你这个人很有才气!"

"哪里来的才气!"万尼亚不好意思地说,斜眼瞥了少校一眼,又甩一下头,把散乱的长发甩到后面。"不过是凑合着写写而已……普希金才了不起呢! 他是我心目中的上帝!"

"不对,你描写列娜那首诗就写得挺棒! 把她批得挺够劲,说她对着镜子扭扭捏捏……哈哈! ……真带劲!"若拉叫起来,一下子明显露出亚美尼亚口音。"你是怎么写的来? '慢慢张开樱桃小口'……哈哈……"

"嗯,这是胡诌的。"万尼亚又不好意思了,用低沉的声音说。

"我问你,你写不写情诗,啊?"若拉神秘地说。"哎,读首情诗我们听听,好不好?"若拉朝少校递个眼色。

"哪来的情诗,你真是的!"万尼亚完全窘住了。

他的确写过情诗,是献给克拉娃的,标题跟普希金的一模一样:《致……》。一点儿不错,开头是"致",后面是删节号。于是他又想起他和克拉娃之间所发生的一切,以及爱的憧憬,便感到非常幸福。是的,在这普遍的不幸之中感到幸福。然而这种心情能对若拉说吗?

"不,你一定有。听我说,读一段吧!"若拉恳求说,一对稚气的眼睛闪闪发亮。

"别瞎说……"

"这么说你当真不写?"若拉突然严肃起来,说话的声音又流露出先前那种教训人的口吻。"不写就对了。难道现在是写情诗的时候吗? 不能学西蒙诺夫! 现在应该培养人民对敌人的刻骨仇恨,誓不妥协! 应该写政治诗! 像马雅可夫斯基、苏尔科夫①那样,对不对? 那才叫棒呢!"

"问题不在这里。什么都可以写。"万尼亚若有所思地说。"我们生在世上,过上一种新的生活,这是最优秀的人世世代代梦寐以求并为之奋斗牺牲的。凡是我们关心的事都有权利写。一切都重要,都不可多得。"

---

① 苏尔科夫(1899—1983),苏联诗人,曾任苏联作协第一书记。——译者注

"好,那你就读一首吧!"若拉哀求说。

天气热得难受。他们一路走,嘻嘻哈哈,大喊大叫,一会儿又压低嗓音,换成亲昵信赖的口吻。他俩一边走一边比比画画,后背被背包湄湿了,脸上落满尘土,一擦汗更擦得满脸都是。他们俩——本来就像黑孩子的若拉和长脸微黑的万尼亚,甚至包括胡子拉碴的少校,都变成了扫烟囱工。但是对他们来说,他们(包括少校)丝毫也不怀疑这一点——整个大千世界都包罗在他们的谈话里了。

"好吧,我就读一首……"

于是万尼亚丝毫也不激动,用平静低沉的声音朗诵起来:

不,我们不会寂寞,也不会忧伤,
不必为人生的道路而彷徨。
我们不知什么叫背叛,
从来没有过这种情感。

活泼好动的青春,
是我们度过的幸福时光,
丰富多彩的幻想,
纷纷充溢我们的心房。

我们对生活不会厌倦,
也没有冷漠的忧郁,
没有徒然的幼稚的怀疑,
也没有内心的空虚。

我们赞美人世间的欢乐,
高瞻远瞩,无所畏惧,
未来的公社的顶峰,
正在召唤我们去攀登。

"真棒！你肯定有才气！"若拉叫起来，怀着真诚的钦佩看着比他年纪大的同学。

这时少校的喉咙里发出一种奇怪的声音，万尼亚和若拉都转过脸去看他。

"你们哪，孩子们……自己都不知道你们有多么好，我说孩子们！"少校哑着嗓子说，激动地看着他俩，他那藏在长长的眉毛底下的眼睛潮湿了。"不——不！这样的国家从前没垮，将来也不会垮！"他突然说，伸出短短的黑手指威严地朝空中一指，好像向谁发出警告。"他以为他把我们的生活给毁灭了！"少校用嘲笑的声音接着说："不成，老兄，你这是胡闹！我们照样生活，我们的孩子们认为你不过是一场瘟疫或霍乱。你闯了进来，最终还得滚蛋，我们照样要生活——要学习，要工作！他打的是如意算盘！"少校嘲弄地说。"我们的生活是千秋万代的，他算什么东西？平地长出个疖子，抠出去就完了……没事了！我住那倒霉的医院的时候，也曾经灰心丧气，心想就没法子治他了吗？等我跟你们搭伙，走在一起，我的精神就重新振作起来……我想到现在有不少人骂我们这些当兵的，怎么能这个样子？不错，我们是在退却。可是要知道，他集中了多少兵力！我们的士气有多么顽强！啊，上帝！能坚守阵地、寸步不让，当然好。说句良心话，我情愿献出自己的生命，为你们这样的孩子献出生命，并且认为这是莫大的幸福！"少校说，激动得瘦小的身子哆嗦起来。

万尼亚和若拉一声不吭，不知所措，只是亲善地望着他。

少校说完，眨眨眼，用脏手绢擦擦胡子就不再作声了，直到天黑一句话也没说。夜里少校突然来了精神，风风火火地跑去"疏导"（用他的说法）堵塞的交通，让汽车、马车、炮兵辎重车都按顺序前进。从此万尼亚和若拉再也没见过他，不一会儿就把他忘了。

他俩走了两天两夜，终于来到利哈亚。这时已经知道战斗正在南方的新切尔卡斯克城下进行，而顿涅茨河对岸，在顿涅茨河和顿河的辽阔草原上，已经出现突破防线的德国坦克和摩托化部队。

但是有消息说，我军某部正在卡缅斯克城下顽强抵抗，不让敌人扑向利哈亚。老百姓纷纷传播着指挥这支部队的将军的名字。幸亏有他和他的部队在,顿涅茨河下游的渡口仍然掌握在我们手里,还能随便经过草原上的村道走到顿河岸边并从那里过河。

几天来,万尼亚和若拉冒着烈日奔走,已经累得筋疲力尽,最后一天晚上连腿都不好使了,来到一座庄子,找到干草棚倒头便睡。一阵隆隆的爆炸声,震得干草棚都直摇晃,把他俩惊醒了。

草原上太阳刚刚升起,便有蔚蓝发黄的热气在辽阔的麦田上冉冉升腾。这时万尼亚和若拉遇到一个由汽车、马车和难民组成的庞大的宿营地,沿着顿涅茨河这岸伸展开去。对岸的上游一带是个大镇子,有绿色的果园和砖瓦建筑,有机关、商店和学校,其中许多房屋遭到轰炸,变成废墟,还冒着烟。

这个庞大的难民部落,人员经常流动,但是也有固定成员,并且不断有新来的难民的车辆加入。它是两星期以前在这里形成的,并且过着一种很独特的生活。

这真是一支杂牌军:既有打散了的部队,又有机关和企业、形形色色的车辆、各个阶层的难民,有老有少,有男有女。但是他们一条心,竭尽全力向河边靠近,靠近顿涅茨河上一条狭窄的浮桥。

如果说聚集在部落里的人竭尽全力要过桥的话,那么管理渡口的军人则努力不让这些人上桥,而是先让红军部队过去。这支部队要去防守顿涅茨河和顿河之间的新防线。

所以部落的日常生活就是在这种较量中度过的——这是当敌人马上就要出现在顿涅茨河两岸的紧急时刻,个人和局部的意志与国家和军事的需要之间发生冲突,而且谣言迭起,一个比一个离奇,就更加鼓动了矛盾双方的热情和努力。

有的单位在这里等过河等得太久了,甚至在地里挖了洞。有的搭起帐篷,修起临时炉灶做饭。宿营地到处都是孩子。桥上不分昼夜都有汽车、马车和难民排成又密又窄的纵队缓缓走过。桥两旁还有许多人用木排或小船过河。成千上万的牛羊哞哞咩咩地叫着,挤在岸边,洑水渡河。

德国飞机每天都要来渡口轰炸和扫射几次，这时保卫渡口的高射炮部队马上还击，高射机枪嗒嗒地响，整个部落霎时散开，消失在草原里。飞机一走，便各回原位。

万尼亚一进这个宿营地，心中只有一个念头，就是要找到科瓦廖夫一家坐的那辆卡车。他有两种互相矛盾的心情：一方面他明白处境多么危险，很希望克拉娃跟父母早已过了顿涅茨河，甚至过了顿河才好；另一方面他在这里如果能遇上克拉娃，那该有多么幸福。

万尼亚和若拉在宿营地里走来走去，寻找从克拉斯诺顿逃出来的人，突然听到一辆马车上有人喊他俩的名字，接着奥列格便出现在眼前，伸开有力的胳膊拥抱他们，结结实实地吻他们的嘴唇。奥列格跟他俩是同学，都在一个学校读书。他的脸虽然晒黑了，但依然跟平时一样精神而整洁，他那肩宽身轻的体型和深金黄色睫毛底下炯炯有神的眼睛，都流露出一种活力。

他们遇到了瓦尔科和舍夫佐夫坐的副一号井的卡车、乌丽亚坐的大车和奥列格的舅舅家的马车，还遇到了他们帮助离开克拉斯诺顿的保育院，可是保育院院长现在却不认得他们了。

第十一章

万尼亚和若拉就加入了这个队伍。他们这个队伍虽然只是整个宿营地的一部分,经过瓦尔科的严格整顿,已经井然有序。汽车和马车都分别排成整齐的行列,到处都挖了防空洞。矿井的卡车旁边堆着储备的柴火——几公尺长的篱笆是从庄子里搞来的。舅母玛林娜和乌丽亚正用新鲜圆白菜和腌肥肉做菜汤。

这个老吉卜赛人瓦尔科是个真正的当家人。他带上几名工人和五个共青团员,迈着沉重的步伐往渡口走去,眼睛从连在一起的黑眉毛底下严厉地东瞅瞅西看看,人们见了都纷纷让路。他想亲自动手管管渡口的事。

从瓦尔科开始整顿秩序起,奥列格就喜欢上他了,就像不久以前喜欢卡尤特金和再以前喜欢乌丽亚一样。

奥列格非常喜欢做事,喜欢发挥他的才干,愿意参与人们的生活和活动,并为之做出贡献,使之更加完善、更加灵活,使之充满新的内容。他的这股劲头虽然自己并没充分意识到,却占据了他的全部身心,构成他的性格的基础。

“啊,万尼亚,我们又到一起了,真好!”奥列格快活地说,略微有些口吃,他和万尼亚并肩跟在瓦尔科后面走。“我们又到一起了,真好,我甚至有点儿想你了。可你还朗诵诗!嘿,老兄!……”然后他用眼神和手指怀着敬意指着瓦尔科的后背说:“是的,老兄,世界上最重要的力量就是组织能力!”他说着,两眼在深金黄色的睫毛里闪着锐利的光芒。“缺了它,最需要做的好事也得垮。就好比织东西,出了破口就要绽开。但是只要严格管理,坚持不懈,就……”

"你要小心挨嘴巴子。"瓦尔科说,并不回头。

就像战场上一样,担任第二梯队的人很难判断前沿阵地的战斗规模和激烈程度,在渡口上如果排在最后,离得很远,也难以判断这场灾难的真正规模。

他们离渡口越近,争相渡河的情形就越混乱而不可收拾,群情激愤的程度也就愈加强烈。这种情绪已经积累很久,达到白热化的程度,未必能有什么力量使之消释。各种车辆都急于上桥,后车顶着前车,当中还有行人,大家挤作一团,混乱不堪,形成犬牙交错之势,除开让它们缓缓前进之外,再也没有什么办法使之就范。

天气热得受不了,人多拥挤就更热了,个个大汗淋漓,人人浑身发烫,似乎彼此一接触就会发生爆炸。

指挥渡口的军人已经几天几夜没合眼,由于失眠和从早到晚挨晒而脸发黑,几千双脚和几千个车轮扬起的尘土都落到他们脸上,终日叫骂把嗓子都叫哑了,眼皮红肿,晒黑了的手汗淋淋,累得似乎什么也提不起来了,却继续做这种超乎人力范围的工作。

显而易见的是,这些军人已经做得不错了,不可能有人比他们做得更好,但是瓦尔科还是往下走,来到桥头,他那沙哑的声音消失在人声和汽车的吼声里了。

奥列格和同学们好不容易挤到河边上,像个大孩子一样神情紧张地站在那里,观看桥上的情形,感到又奇怪又失望,只见一片尘土和炎热之中有许许多多装得满满的卡车和马车从坍塌的泥泞不堪的河岸上一辆接一辆往前爬,车旁边也是人——一个个汗水淋漓、肮脏、凶狠而又忍气吞声,一直往前走……

只有顿涅茨河温暖浑浊的河水依然滚滚流去。这是他从小就喜爱的河,特别是到这一带,水流平缓,两岸宽阔,他和同学们常常到中游去游泳和捕鱼。

"不,真想把谁狠狠揍一顿!"维克托突然说,一双大胆的眼睛流露出忧郁神情,望着河水,而不是望着渡河的情形。他是波戈列雷庄的,从小在这条河边长大。

"你要揍的人大概早都过河了!"万尼亚开玩笑说。

孩子们都扑哧笑了。

"要揍也不在这里,应该在那边。"阿纳托利冷冷地说,把戴着乌兹别克小帽的头往西一扬。

"完全正确。"若拉赞同说。

几乎就在他说话的当口,有人大喊:

"空袭!"

高射炮突然响了,机枪也嗒嗒地叫,天空中一片发动机的怒吼声,接着是扔炸弹的刺耳的尖啸声,并且越来越响。

小伙子们都趴在地上。爆炸声有远有近,震撼着周围的一切,土块和木片纷纷落下。第一批飞机刚走,又来了第二批,紧接着是第三批。尖啸声、怒吼声、炸弹爆炸声、高射炮和机枪的炮火似乎充满了天空和草原之间的整个空间。

等飞机走光了,人们刚从地上爬起来,不知从什么地方传来接连不断的炮声,听声音不太远,可能是从万尼亚和若拉昨晚过夜的庄子打来的。不一会儿炮弹就落到宿营地上,掀起一股一股的尘土和木片,发出剧烈的爆炸声。

刚刚站起来的人,有的又趴下,有的扭头去看炮弹爆炸的地方,但是仍然丢不下渡口。一看指挥渡口的军人的脸色和举动,大家立刻明白大事不好。

正在指挥渡口的军人彼此交换一下眼色,又站了一会儿,仿佛在倾听什么。突然其中有个人跑进桥头的掩蔽部,另一个顺着河岸高喊,集合队伍。

过了一会儿,那个军人从掩蔽部跑出来,一只胳膊夹着两件大衣,另一只手抓住几个背包的背带,两个人带领警卫班的战士们,也不排队,绕过上桥和过桥的汽车,顺着浮桥跑去。

接着发生的一切那么突然,谁也说不清是怎么开始的。有些人大喊大叫,跟在守桥的军人后面就跑。桥头上的卡车也发生了混乱:有几辆卡车同时上桥,卡在一起,咔嚓咔嚓响,把路堵住了,可是后面的卡车仍然一辆顶住一辆继续往前开,发动机发出可怕的吼声。这时有一辆卡车掉进河里了,接着又掉了一辆,第三辆差一点也要掉下去,幸亏司机用力一扳,总算刹住了车。

万尼亚正用近视眼惊异地看着汽车落水,突然大叫一声:

"克拉娃!"

便向桥头跑去。

是的,这第三辆险些掉进河里的卡车正是科瓦廖夫的车,装得满满登登的车顶上坐着他和他的妻子、女儿,还有另外一些人。

"克拉娃!"万尼亚又叫一声,不知怎么来到车跟前的。

人们从车上纷纷往下跳。万尼亚伸出手,克拉娃跳到他身旁。

"这回完了! ……真见鬼! ……"科瓦廖夫说,那口气让万尼亚听了,心都凉半截。

万尼亚不好意思握住克拉娃的手不放,可是克拉娃斜着眼看不清万尼亚——她浑身直打哆嗦。

"你能走吗? 告诉我能不能走?"科瓦廖夫带着哭声问妻子。妻子用手抓住心口,像鱼一样大张口喘气。

"别,别管我们了……你快点儿跑……他们会打死你的……"她上气不接下气喃喃地说。

"怎么回事? 出什么事了?"万尼亚问。

"德国人!"科瓦廖夫说。

"快跑,快跑,别管我们了!"克拉娃的母亲念叨着。

科瓦廖夫突然热泪横流,抓住万尼亚的手。

"万尼亚!"他哭唧唧地说。"救救她们俩吧,别扔下她们。你们要是活着,就到下亚历山德罗夫卡去。那里有我们的亲戚……万尼亚! 全靠你了……"

炮弹就在桥头上的汽车中间轰隆一声爆炸了。

岸上的人也不管是军人不是军人,都像潮水一般,一声不吭往桥上拥。

科瓦廖夫放下万尼亚的手,又朝妻子和女儿一扑——显然想跟她们告别,突然扬起双手绝望地一挥,就跟着人群从桥上跑去。

奥列格站在岸上喊万尼亚,可是万尼亚听不见。

"快走吧,可别撞倒了。"万尼亚对克拉娃的母亲严肃而镇静地说,扶着她的胳膊。我们到掩蔽部躲躲。听见没有? 克拉娃,跟住我,听见没有?"他严格而温柔地说。

他们走到掩蔽部之前,万尼亚看到高射炮旁边的战士急急忙忙摆弄什么,从炮筒上卸下一些挺沉的零件,双手捧着往桥上跑,跑了一会儿就把零件扔进河里。整个河面,不论桥上游还是下游,都有人和牲畜洑水过河。不过这种情形万尼亚看不见。

万尼亚的同学们看不见他和瓦尔科之后,便向停放马车的宿营地跑去,尽量不被迎面冲来的人流卷走。

"大家互相靠拢,不要拆帮!"奥列格喊,冲在最前头,用有力的肩膀分开人群,不时回头望望伙伴们两眼气得发黄,闪着凶悍的光芒。

整个难民部落乱成一团,纷纷解散。汽车并排往前开,发动机发出怒吼,有的汽车冲了出去,便沿着河边往下游缓缓驶去。

开始空袭的时候,舅母玛林娜正蹲在火堆旁,把舅舅科利亚用炮兵短剑剁下的篱笆条往火里添。乌丽亚坐在一旁的草地想心事。她的脸上、嘴角和秀气的鼻子都流露出愤慨的神情,两眼却望着在卡车车沿上坐着的舍夫佐夫。舍夫佐夫怀里抱着那个蓝眼睛的小姑娘,刚刚给她喂过牛奶,正俯在她耳边讲故事,逗得小姑娘直乐。卡车旁边还有许多孩子在保育员的照看下一起玩耍。保育院院长也坐在车旁,对一切都漠不关心。卡车离火堆大约有三十公尺,保育院的马车跟维克托家的大车和奥列格的舅舅的马车都跟别的马车排成一列。

飞机来得突然,谁也没来得及钻地下挖的防空洞,纷纷就地卧倒。乌丽亚也趴在地上,就听一阵尖啸声像旋风卷来,越往低处越响,是炸弹落下来。同时一声剧烈的爆炸,就像霹雷一样吓人,在她头上响了,而且似乎不仅在头上,而且在身体内部。一阵风呼啸着从头上掠过,接着一片泥土落到背上。乌丽亚又听到发动机在天空中的怒吼,然后稍远的地方又响起这种尖啸声。她一直贴地趴着不动。

她记不清什么时候爬起来的，也记不得怎么知道应该站起来和可以站起来。但是她突然看清周围的情景，于是从心灵深处发出一种类似野兽的凄厉的惨叫。

她面前看不到副一号井的卡车了，也看不到舍夫佐夫和那个蓝眼睛的小姑娘了——周围哪里也找不到。原来停卡车的地方只剩下一个大圆窟窿，里面的土都被翻上来，烧得发黑。弹坑周围凌乱地抛着烧焦的汽车碎块和孩子们支离破碎的尸体。离乌丽亚有几步远的光景，有个很奇怪的半截身子，头上还扎着红头巾，下边埋在土里，身子还在颤动。她认出来这正是保育院院长，只是看不见她的下半身和脚上袜子外面穿的胶靴——它们已经不存在了。

有个大约八岁的黑孩子弓着背，头扎在地上，两只胳膊伸在背后，好像准备跳跃，却在原地打转，一只脚跺着地，一边尖声叫。

乌丽亚顾不得自己，扑上前去想把男孩子抱起来。但是男孩子一边叫，一边在她怀里扑腾。她扳起他的脑袋一看，他头上肿起一个大水泡，两只白眼珠从眼眶里冒出来了。

乌丽亚一下子坐到地上放声大哭。

周围的一切都在奔跑，但是乌丽亚已经什么也看不清了，什么也听不见了。直到奥列格走到她身边，她才恢复知觉。奥列格好像跟她说些什么，用大手摩挲她的头发，似乎想扶她站起来，可是她用手捂住脸只管哭。打炮声、炮弹爆炸声和远处的机枪声传到她耳边，但是她什么也不在乎了。

突然她听见，奥列格用年轻响亮的声音发颤地说：

"德国人……"

这句话她听明白了。她不再哭泣，直起身来。马上认出来站在她周围的奥列格和同学们，还有维克托的父亲、科利亚舅舅和怀里抱着孩子的玛林娜，甚至认出给奥列格他们赶车的老头，只是不见万尼亚和瓦尔科。

所有这些人带着奇怪的神情紧张地注视着一个方向，乌丽亚也朝那里望去。方才在他们周围的难民宿营地连影子都不见了。眼前是洒满阳光的辽阔的草原,在炎热的天空底下绿油油的,闪着暗淡的白光。德国人的坦克染成雨蛙绿色,在这暗淡的白光中沿着绿油油的草原径直朝他们驶来。

第十二章

德军于 7 月 17 日下午二时占领了伏罗希洛夫格勒。南方方面军曾经派一个旅前去阻击，但是由于寡不敌众，在农业试验田上的一场激战中全军覆没。剩下的部分沿着铁路线且战且退，快到上杜万车站的时候，最后一名士兵也倒在顿涅茨大地上了。

这时克拉斯诺顿市和附近地区，凡是能撤退和想走的人都已经逃往东方。只有边远的别洛沃德斯克区还有克拉斯诺顿高尔基学校的八九年级学生下农场劳动，由于不了解形势，又没有运输工具，没能疏散。

要把这么一大批学生接回来颇不容易，市教育科就把这项任务交给该校的文学课教师玛丽亚·安德列耶夫娜·博尔茨了。她在顿巴斯土生土长，熟悉当地情况，而且精力充沛，一心要办好这件事，因为她的女儿瓦丽亚就在这批学生中间。

接回这批学生只要一辆大卡车就足够了，但是当玛丽亚·安德列耶夫娜接到这个任务时，已经什么车都搞不到了。她往农场去的一路上也费了很多周折，花了一天一夜还多的时间。她经过一路颠簸，又为共青团员的女儿和全体学生的命运担心，来到农场已经精疲力竭，而农场场长正忙于运送农场的财物。由于运输工具紧张得要命，农场场长一连几天几夜没睡过觉，也没刮胡子，把嗓子喊哑了，却二话没说，把最后一辆卡车给了学生。玛丽亚·安德列耶夫娜又是激动又是感谢，哽哽咽咽地哭了起来。

尽管别洛沃德斯克区也知道前线形势严峻，但是玛丽亚·安德列耶夫娜没来之前，学生们由于年轻而无忧无虑，另外也相信大人会及时做好安排,大家的情绪依然兴奋而快活。大凡有许多年轻人聚集在风光优美轻松的环境里,他们中间自然而然会产生带有浪漫色彩的友谊,大家的情绪总是乐观的。

玛丽亚·安德列耶夫娜本来不想过早地破坏他们的情绪,便隐瞒了实际情况。但是她神色焦躁不安,又急于催促他们收拾行李回家,学生们猜出一定发生了严重紧急的情况。大家的情绪一落千丈,开始想家,并且想到他们的前途会怎么样。

瓦丽亚·博尔茨是个早熟的姑娘,只是皮肤晒得发黑,胳膊和腿长着黄汗毛,还显得孩子气,一对深灰色的眼睛藏在深色睫毛底下,流露出高傲冷漠的神气,两条辫子淡褐色而略带金黄,鲜艳的厚嘴唇也带有自尊心非常强的样子。在农场劳动期间她跟斯乔帕·萨福诺夫交上了朋友。斯乔帕长得小个子、白头发、翘鼻子,还有雀斑,但是他那一对眼睛非常机灵。

瓦丽亚念九年级,斯乔帕才念八年级,这本来会成为他们交往的障碍。如果瓦丽亚跟女孩子们要好,就不会找他,但是瓦丽亚没有要好的女同学。如果瓦丽亚跟同班的哪个男同学要好,也不会从低年级找,但是同班的又没有她喜欢的人。她书读得多,钢琴弹得好,她的才能要比别的女孩子高出一头。她意识到这一点,所以乐于接受年龄相仿的男孩子们的崇拜。斯乔帕跟她接近,并不是因为喜欢她,而是因为他喜欢逗她玩。斯乔帕表面上跟所有的男孩子一样,很顽皮,但是他的确头脑机灵,而且心肠好,讲义气,只是嘴好说。正因为瓦丽亚不好说,有什么秘密从来不告诉任何人,只写到日记上,并且幻想干一番轰轰烈烈的事业——跟所有的同学一样,一心想当女飞行员。她想象中的意中人也是能建树丰功伟绩的英雄,而斯乔帕喜欢信口开河,好异想天开,只不过令她开心而已。

瓦丽亚第一次鼓起勇气跟他进行一次认真的谈话,并且直截了当地问他:如果德国人占领克拉斯诺顿,他准备怎么办?

她用深灰色的眼睛冷冷地看着他,神情严肃,带着审视的样子,却不容对方看透自己的心思。斯乔帕平时无忧无虑,喜欢动物学和植物学，一心想当著名科学家，从来没考虑过德国人来了该怎么办，却不假思索地说，如果德国人来了，他要进行坚决的地下斗争。

"你不是瞎说？这是真的？"瓦丽亚冷冷地问。

"嗯，怎么会瞎说？当然是真的！"斯乔帕仍然不假思考地回答。

"你发誓……"

"发誓就发誓……当然要发誓……我们还能怎么办？我们不是共青团员吗？"白头发的斯乔帕奇怪地扬起眉毛反问一句。他终于认真思考对方提出的问题了。"那么你呢？"他好奇地问。

她把嘴唇凑到他耳边，恶狠狠地低声说：

"我发誓……"

然后突然把嘴唇贴到他耳朵上，像马打响鼻似的扑哧一声，差点儿震破他的鼓膜说：

"你到底是个傻瓜蛋，斯乔帕！傻瓜蛋，还好胡说！"说完就跑了。

天黑下来时他们坐车出发了。卡车的前灯光线很暗，斑驳的光点在汽车前面的草原上奔跑。头上是辽阔无边的夜空，繁星密布。草原上吹来清新的气味，有干草味、成熟的庄稼味、花蜜味和苦艾味。迎面吹来强劲而温暖的风，真难以相信，在家里等待他们的竟然会是德国人。

同学们坐了满满一车，要在平时他们一夜也不会睡，唱歌、说笑、朝草原里大喊大叫，或者在角落里偷偷接吻。现在大家都默默不语，缩成一团，只是偶尔悄声说些不相干的事。不一会儿大多数同学都坐在背包上紧靠在一起打盹了。遇到路不平的地方大家都晃起脑袋。

瓦丽亚和斯乔帕坐在最后，他俩被派作值勤。斯乔帕也打起盹来，瓦丽亚坐在她的背包上望着眼前的草原，望着黑暗处。她那平时带着自尊心的厚嘴唇，现在当没有人看见的时候，流露出孩子般的委屈和忧伤。

今年航校又不肯收她。她不知试过多少次了，可是这帮傻瓜就是不要她。生活遇到挫折，前途会怎么样呢？斯乔帕净瞎说。她当然愿意干地下工作，但是怎么个干法？由谁来领导？她的父亲会怎么样？

她父亲是个犹太人。他们的学校会怎么样？她内心里藏着丰富的感情，还没来得及谈恋爱，生活就这么结束了。这一生真是一事无成。瓦丽亚没能在众人面前表现出她的才能，没能出人头地，没能赢得名声和大家的崇拜。她不禁热泪盈眶。这是自尊心的眼泪，不过这是好的眼泪——她才十七岁。这不是冷酷自私的眼泪，而是性格坚强的无私少女的梦想。

她突然觉得背后发出一种奇怪的声音，好像有一只猫从地上跳起，用爪子搭住卡车的后挡板。

她连忙回头去看，不禁吓了一跳。

是一个人用双手结结实实把住车沿，肚子压在上面，跨进一条腿，打算钻进车厢，同时迅速地四下窥望，看看车上能遇到什么情况。看样子他不过是个孩子，或者是个瘦小的小伙子，头上戴着一顶便帽。

他是想偷东西吗？他到底想干什么？瓦丽亚本能地想抬手把他推下去，后来改变了主意，为了避免惊慌，她决意叫醒斯乔帕。

但是这个男孩子或小伙子，动作非常麻利，一下子进了车厢，已经坐到瓦丽亚身旁，把脸凑到她面前，两眼笑眯眯，还把食指放在嘴唇上，不让她声张。显然他并不知道他在跟什么人打交道。再过一会儿他可就该倒霉了，可是就在这一刹那之间，瓦丽亚已经把他看清楚了。这个小伙子年纪跟她差不多，帽子推到后脑勺上，脸好久没洗，却洋溢着男孩子的高尚勇敢的气概。两眼笑眯眯，在黑暗中闪闪发亮。瓦丽亚打量他的这一刹那，造成对他有利的结局。

瓦丽亚一动不动，也不说话。她用一种高傲冷漠的神气注视着这个小伙子。她凡是有人在面前的时候，都要露出这副神气。

“这车是干什么的？”小伙子俯身朝着她的脸悄声问。

现在她可以把他看得更清楚了。他的头发想必很硬，略微带鬈，薄嘴唇微向前噘，好像有些肿，但是嘴角粗犷有力。

“怎么，不是为你准备的专车吧？”瓦丽亚也悄声冷冷地回答。

他笑了。

“我的车正在大修。我累坏了，所以……”他挥挥手，意思是说：

"反正都一样。"

"对不起,卧铺满员。"瓦丽亚说。

"我六宿没睡了,再熬一会儿也没问题。"他友好而坦率地说,对她的话并不生气。

这时他又在黑暗里四下瞅,凡是他能看见的人,他都想看清他们的脸。

卡车颠簸得厉害,瓦丽亚和这个小伙子不得不常常去扶车沿。有一次瓦丽亚的手放到他的手上,马上缩回来。小伙子抬头仔细看看她。

"这是谁睡在这里?"他问,把脸凑到斯乔帕摇来摇去的白脑袋跟前。"斯乔帕·萨福诺夫?"他突然大声说,而不再耳语了。"这回我知道是什么车了。是高尔基学校的吧? 是从别洛沃德斯克区往回走?"

"你怎么认识斯乔帕?"

"我们在河沟旁边认识的。"

瓦丽亚等他继续讲,可是小伙子却不说了。

"你们在河沟边干什么了?"她问。

"抓青蛙。"

"青蛙?"

"真的。"

"干什么用?"

"开头我以为他当鱼食,去钓鲶鱼,哪知道他要把它开膛破肚!"小伙子嘲笑地说,对斯乔帕的行径显然感到奇怪。

"后来怎么样了?"她问。

"我劝他去钓鲶鱼,天黑我们就去了。我钓了两条,一条小的不到一斤,另一条还差不多。斯乔帕一条也没钓着。"

"后来呢?"

"我劝他跟我一起一清早去洗澡,他答应了,从水里出来,浑身发青。他说:'我可冻透了,就像褪了毛的公鸡,耳朵眼灌满了水!'"小伙子扑哧笑了。"我就教给他,怎么能立刻使身子暖和,怎么能弄出耳朵眼里的水。"

"怎么能弄出来?"

"堵住一只耳朵,用一条腿跳,一边喊:卡捷琳娜,好宝贝! 快快倒出耳朵眼的水! 然后堵上另一只耳朵,再喊一遍。"

"这回我明白了,你们怎么成了好朋友。"瓦丽亚说,微微挑起左眉。

但是他并没听出来她话里含着讽刺,突然神色严肃起来,两眼凝视着前方的黑暗。

"你们晚了。"他说。

"什么晚了?"

"我想今天晚上或者明天一早,德国人就会进入克拉斯诺顿。"

"德国人又怎么样?"瓦丽亚问。

不知她是有意试探这个小伙子,还是要表现自己不怕德国人——她自己也不知道为什么要这么说。他抬起直率而大胆的眼睛瞥了她一眼,又低下头,一句话也没说。

瓦丽亚感到心中突然对他产生了恶感。令人奇怪的是他马上感觉出来,表示和解地说:

"那就没有地方可走了!"

"为什么要走?"她故意气他说。

但是他无论如何不想跟她闹对立,依然和解地说:

"说得也是。"

他只要说出自己的名字,以满足她的好奇心,他们之间的关系立刻就会改善。但是他或者没想到这一点,或者不想说出他的名字。

瓦丽亚傲然地默默不语,他却打起盹来,只是卡车一颠簸或者瓦丽亚有意无意动弹一下,他就抬抬头。

黑暗里已经显现出克拉斯诺顿市郊的建筑物。到了第一道道口跟前,还不到公园,卡车就刹住了。道口没人看守,拦路杆都扬起来,路灯也不亮。卡车从台板上轰隆隆地开过去,铁轨发出吱吱嘎嘎声。

小伙子一下子来了精神,摸摸腰里的东西。他穿一件肮脏的军便服,扣子都掉光了,外面随便套一件上衣。他对瓦丽亚说:

"我可以从这走……谢谢你的好心。"

他欠起身来,瓦丽亚觉得他的上衣兜和裤兜都好像塞得鼓鼓囊囊,里面不知装着什么沉重的东西。

"我不想叫醒斯乔帕。"他说,又把两只笑眯眯的大胆的眼睛凑到瓦丽亚面前。"等他醒了,就说谢廖沙·丘列宁请他去一下。"

"我又不是邮局,也不是电话局。"瓦丽亚说。

谢廖沙的脸上露出真正的痛苦。他伤心得甚至说不出话来,嘴唇似乎肿得更厉害了。于是他什么也没说,跳下卡车,消失在黑暗里。

瓦丽亚没想到会这么叫他伤心,自己倒突然难过起来。既然话说得这么绝,她真的没法再把这次见面的情形告诉斯乔帕,也就无法挽回自己对待这个来得突然、走得也突然的勇敢的小伙子不公正的态度,因而更加苦恼了。但是她却记住了他的样子:有两只大胆的眼睛,总是笑眯眯的,只是听了她粗鲁的话之后变得十分伤心,还记得他那好像肿了的薄嘴唇。

全市一片漆黑,没有一处灯光——无论是住家的窗户、矿上的通勤口,还是铁路的道口。带有寒意的空气中,明显闻到仍在冒烟的矿井里煤在阴燃的气味。街上没有一个行人,也听不到矿区常有的劳动噪音,铁路线上也没有动静,这不能不令人奇怪。只有狗在叫。

谢廖沙像猫一样悄悄沿着铁路道岔快步走去,到了平时做市场的大片空地跟前便绕过去,贴着李方垆的黑乎乎的小土房溜过去。这些小土房密得像蜂房似的,四周种着樱桃树。他来到自己家的小土房。他家的土房跟别人家的一样,都是土墙草顶,只是别人家没刷白灰,他家刷得白白的。

他走进院子,随手悄悄关上角门。四下望望,便钻进小棚子,不一会儿拿着一把铁锹走出来。自己家的院子路很熟,摸黑也能走,又过一会儿到了菜园。菜园旁边黑乎乎的一片,是贴着篱笆种的洋槐。

他在两棵洋槐中间挖个坑,土松,坑挖得很深,从裤兜和上衣兜里掏出几个柠檬型手榴弹和两支勃朗宁手枪及子弹,放到坑底。这些东西都分别用布包着,他就原封不动放进去。然后用土填上,用手把松土摊平,早晨太阳出来把土晒干,就可以不留任何痕迹。最后又用衣襟把铁锹擦干净,回到院子里把锹放回原处,才轻轻敲敲房门。

里屋的门闩响了,他从沉重的脚步声听出来是母亲光着脚在泥地上吧嗒吧嗒走来开外屋门。

"谁呀?"她用没睡醒的声音惊慌地问。

"开门吧。"他悄声说。

"我的天哪!"母亲激动地悄声说。可以听出来她激动得手发抖,找不到门钩。但是门终于开了。

谢廖沙跨进门槛,在黑暗里闻到母亲睡熟的身体发出那种熟悉的温暖气味,他搂住这粗大的亲切的身体,把头偎在她的肩头。他们就这样默默不语、互相拥抱着在外屋站了一会儿。

"你跑哪去了? 我们以为你也许疏散了,也许给打死了。人家都回来了,就是看不见你。哪怕让人捎个信儿,也知道你干什么去了。"母亲悄声抱怨说。

几个星期以前,谢廖沙跟许多半大孩子和妇女被克拉斯诺顿派往伏罗希洛夫格勒的交通要道上挖战壕和修筑工事。本州的其他区也派去不少民工。

"在伏罗希洛夫格勒耽搁了一下。"他很平淡地说。

"小点儿声……别吵醒了爷爷。"母亲生气地说。这个"爷爷"指的是她的丈夫,谢廖沙的父亲。他们一共生了十一个孩子,有的孙子都跟谢廖沙一般大。"看他不捶你!……"

谢廖沙听了只当耳旁风,他知道父亲再也捶不动他了。父亲是老采煤工,有一年在阿尔马兹纳亚站上的安年矿井,被脱钩的煤斗车撞了,差点儿没撞死。幸亏老头体格好,活过来了,后来还在地面上干过各种零活。但是这几年身子佝偻了,勉强还能动弹,连坐着也要用拐杖支着肩头。拐杖是专门做的,顶端用皮子包着,好软和点儿。不用拐杖,腰支撑不住身子。

"想吃点儿东西吗?"母亲问。

"想吃,只是浑身没劲,困得要命。"

谢廖沙踮着脚尖走过穿堂屋,父亲正在床上打呼噜,又走进里屋,里屋睡着两个姐姐:一个是达莎姐姐,带着一个一岁半的孩子,她丈夫上前线了;还有一个是最小的姐姐娜佳,跟他最要好。

除开这两个姐姐之外,还有个姐姐叫费尼亚,也住在克拉斯诺顿,但是她带孩子单独过,她丈夫也上前线了。至于这老两口其余的孩子,由于生活的缘故分散到全国各地。

谢廖沙走进姐姐们睡的房间,屋里很气闷,摸到床前,脱下衣服随便一扔,只剩裤衩,也不顾整整一星期没洗过澡,便倒在被子上面。

母亲又光着脚在泥地上吧嗒着走进里屋,一只手摸到他那带鬃的硬头发,另一只手把自家新烤的喷香的大面包头塞到他嘴里。他抓住面包,迅速吻了一下母亲的手,也顾不得累了,狼吞虎咽地啃起香喷喷的面包,两只锐利的眼睛兴冲冲地向黑暗的地方望着。

卡车上这个姑娘多么不寻常呀!脾气不大好,可是眼睛多么漂亮!……不过她不喜欢他,这是事实。要是她能知道他这几天的经历和感受就好了!要是能找个人把这些话说说也好!不过回到家里有多么好,躺到自己床上多么舒服,在住惯的小屋里,在自己家人中间,吃到自家做的喷香的面包,妈妈亲手烤的面包!原以为一上床就会睡得像个死人似的,顶少也睡上两天两夜,但是肚子里有话找不到人诉说,又睡不着觉了。要是能对这个扎辫子的姑娘说说也好!不行,还是不告诉她为对。天知道她是哪家的丫头,究竟是个什么人!明天他可以告诉斯乔帕,顺便问问这个丫头是谁。不过斯乔帕嘴可不严。不行,这件事只能告诉维佳·卢基扬琴科,要是他还没走的话。可是干吗非得等到明天,现在就可以把这件事全都告诉娜佳姐姐!

谢廖沙悄悄下床,手里拿着面包来到姐姐床前。

"娜佳……娜佳……"他悄声唤,坐到姐姐的床沿上,用手指推她的肩头。

"啊? ……什么事? ……"她睡梦中惊慌地问。

"嘘……"他把没洗的手指按在她的嘴唇上。

但是她已经认出他来,连忙坐起,用光着的热乎乎的臂膀抱住他,吻他的耳朵。

"谢廖沙……活着……亲爱的小弟弟……活着……"她高兴地喃喃着。谢廖沙虽然看不见她的脸,却想象得出她那幸福的笑容,小颧骨睡得发红。

"娜佳!我从13号开始就没睡过觉,从13号一早到今天晚上,一直参加战斗。"他激动地说,一边在黑暗里嚼着面包。

"你呀!"娜佳悄声感叹地说,碰了一下他的胳膊,穿着内衣,盘起腿坐在床上。

"我们的人全都死了,只有我逃了出来……我临走时还没死光,还剩下十五六个,团长说:'你走吧,干吗在这送死。'他已经浑身是伤,脸上、胳膊、腿、后背,都缠着绷带,全都是血。他说:'我们反正要牺牲的,你又何必?'我就走了……我想他们现在一个也剩不下了。"

"你呀,你……"娜佳害怕地悄声说。

"临走以前我找到一把工兵锹,把死人的武器送到战壕里——就在上杜万车站那面,那里有两个土冈,左面有个小树林,地方好记——我把步枪、手榴弹、手枪和子弹都埋起来了,然后才走。团长吻我说:'你记住我的名字,我姓索莫夫,索莫夫·尼古拉·巴甫洛维奇。等德国人走了,或者你见到咱们的人,就往高尔基市军事代表处写封信,让他们通知我家里和有关的人,就说我光荣牺牲了……'我说……"

谢廖沙说不下去了,抑制着呼吸,吃起被泪沾湿了的咸面包。

"你呀,你……"娜佳抽泣起来。

是的,她的弟弟这一次经历了千难万险。弟弟心可硬了,从打他七岁以后,她不记得弟弟什么时候哭过。

"你怎么遇上他们的?"她问。

"是这么回事,"他说,又来了精神,把脚也拿到姐姐床上,"我们刚要修完工事,部队就撤下来了,在这一带布置防线。克拉斯诺顿去的人都回来了,我找到一个上尉连长,要求参军。他说:'团长没有命令,我不能收。'我说:'您就帮帮忙吧!'我一再恳求,有个司务长支持我。战士们光笑,连长就是不答应。就在我们争论的时候,德国人开炮了。我跟战士们一起进了掩蔽部。天黑以前他们不肯放我走,怕给打死。到了天黑命令我走,我爬出掩蔽部,躺在战壕后面。天一亮德国人开始进攻,我又回到战壕,拿起牺牲的战士的步枪,跟大家一起开火。我们一连打了几天几夜,打退敌人的多少次冲锋,再也没人赶我走了。后来团长认出了我说:'如果我们不是要战死在这里的话,我们一定收下你。可是我们舍不得让你跟我们一块死,你的日子还长着呢。'然后又笑着说:'你就当游击队员去吧!'就这样,我跟他们一起退到离上杜万车站不远的地方了。我亲眼看见过德国鬼子,就像看你这么清楚。"他极力压低声音说。"我亲手打死两个……也许还要多,这两个我亲眼看见是我打死的。"他说,瘪了瘪薄嘴唇。"这些坏蛋,现在不管我在什么地方看见他们,都打死他们,你记住我的话……"

娜佳知道谢廖沙说的是真话——他打死了两个德国鬼子是真的,将来一定要打死他们也是真的。

"你会送命的。"她恐惧地说。

"就是死,也比舔他们的皮靴或混吃等死要强。"

"哎呀呀,真不知道会发生什么事。"娜佳绝望地说,清楚地想象到明天或者今晚就会出事。"我们医院里有一百多个重伤号。还有大夫费奥多尔·费奥多罗维奇留下护理他们。我们围着他们转来转去,真担心德国人会把他们打死!"她愁苦地说。

"应该把他们分散到各家。你们怎么能这么办?"谢廖沙激动了。

"各家! 现在谁能猜透别人的心思。听说就在咱们'上海'有个陌生人藏在伊格纳特·福明家里,谁知道他是个什么人? 也许是德国人派来的,先摸清情况。好人不会藏在福明家里。"

福明是个矿工,由于工作成绩突出而多次受奖,还见过报。他是30年代初来到这个矿区的。当时克拉斯诺顿和整个顿巴斯都来了许多陌生人,有的就在"上海"盖房住下。关于这个福明,有各式各样的说法。娜佳刚才提到的也就是这个情况。

谢廖沙打个呵欠。现在肚子里的话都倒出来了,面包也吃光了,反正也彻底到家了,他想睡觉了。

"躺下睡吧,娜佳……"

"现在我可睡不着了……"

"我能睡着。"谢廖沙说,回到自己床上。

他一躺到枕头上,眼前就浮现出卡车上那个姑娘的眼睛。"反正我一定能找到你。"谢廖沙对她说,微微一笑,眼前的一切和头脑里的想法都沉浸在黑暗中了。

第十三章

　　读者，如果你有鹰一般豪迈果敢的心胸，渴望建树丰功伟绩，可是你年龄太小，光着脚到处跑，脚上斑斑裂痕，不论你心里想要干什么，都得不到人们的理解，你该怎么办呢？

　　谢廖沙在家是最小的孩子，就像草原上的野草一样长大。他的父亲原来是图拉人，从小就到顿巴斯来谋生，当了四十年矿工，养成矿工那种天真、专横而自豪的性格。这种以自己的职业而自豪的特点，只有在水手和矿工身上表现最明显。甚至到当不了矿工的时候，他——加夫里拉·彼得罗维奇——仍然认为自己是一家之主。每天早晨他都要把全家人叫醒，因为矿工有个老习惯，天不亮就醒，一个人又感到寂寞。即使他不寂寞，一咳嗽起来也会把家里人吵醒。他一睁开眼睛就开始咳嗽，总得咳嗽个把钟头，憋得喘不上来气，呼噜噜响，啪啪吐痰，胸口像拉破风琴似的发出可怕的呼哧声、咝咝声和吹哨子声。

　　然后他就整天坐着，用顶端包着皮子的拐杖顶住肩头，瘦骨嶙峋，长长的鹰钩鼻子，从前他的鼻子又大又胖，如今又尖又瘦，甚至可以用它当刀裁纸。塌陷的脸颊长满灰白色的硬胡茬子，两撇胡子直挺挺，威严有力，只有鼻孔底下还像原来一样浓密，到梢越来越稀，最后只剩下两根细长而有弹性的毛，很像两根长矛伸向两边。两道浓眉底下是虽然褪了色但依然锐利的眼睛。他就这样靠拐杖支撑着，有时坐在床上，有时坐在小土房的门槛上，有时坐在小棚子旁边的一块木头上，向全家发号施令，训斥个没完，说话断断续续，却声色俱厉。咳嗽厉害了，那呼哧声、咝咝声和哨子声便传遍整个"上海"。

　　一家有十一个孩子，三男八女，家长不等老就丧失了一大半劳动能力,后来落到这种地步,他怎么能教育好孩子,让他们学会一门技术,让他们自己去谋生呢?

如果不是有个好老伴,他是无能为力的。他的老伴亚历山德拉·瓦西里耶夫娜是奥廖尔省的一个农家姑娘,是个强悍的女人,在从前的俄国叫作泼辣的婆娘,赶得上玛尔法夫人①。直到现在她的体格也非常结实,从来不生病。她虽然大字不识,却要什么来什么,能软能硬,能说会道,也会一声不吭,心肠也能好能坏,会溜须拍马,看风使舵,也会说挖苦话。要是什么人缺乏经验,跟她吵架,马上就会知道她的厉害。

如今十个大孩子都有了工作,只有小儿子谢廖沙虽然也上学念书,却像草原上的野草一样:他从来没穿过新衣服新鞋,都是捡哥哥姐姐穿旧的,不知改过多少次,缝过多少遍了。风吹雨淋、酷暑严寒使他经受了磨炼,他脚掌的皮磨得像骆驼皮一样结实,不论生活中受什么伤,马上就会长好,就像童话里的勇士一样。

父亲呼哧气喘地骂他,比骂哪个孩子的次数都多,可是父亲最疼爱的也是他。

"真是不要命了,啊?"他满意地说,捋着吓人的胡子,"是不是,舒尔卡?"舒尔卡指的是他那位都六十岁了的老伴。"你瞧瞧,是不是?什么仗也不怕!跟我小时候一模一样,是不是?喀,喀,喀……"他又咳嗽起来,咳嗽得发昏。

你有鹰一般的心胸,可是你年龄太小,穿得也不好,脚上净裂口。读者,如果你是这样,在现实生活中该怎么办呢?当然,你首先要干一番轰轰烈烈的事业。可是谁小时候没有这种幻想呢?轰轰烈烈的事业不是好干的。

如果你念到四年级,上算术课的时候你把麻雀从书桌里放出去,这不会给你带来好名声。校长不止一次叫你家长到学校来,就是叫六十岁的舒尔卡妈妈。爷爷——这是母亲开头叫起来的,孩子们也跟着

---

① 玛尔法(15世纪)是诺夫戈罗德城总管的夫人,曾领导反动贵族反对莫斯科公国兼并。——译者注

叫——呼哧气喘，很想给你一个大脖溜，就是够不着，只好火冒三丈，用拐杖捶床。他甚至不能用拐杖打你，因为他还得靠拐杖支撑着干巴巴的身子。但是舒尔卡妈妈从学校回来，给你一个充血的大嘴巴，打得你脸上和耳朵一直疼好几天，想不到妈妈年纪越大，打人越有劲。

同学呢？同学算个啥？常言说：名声好比一阵风，到明天你放麻雀的事迹就被忘个一干二净。

夏天放暑假，你可以晒得比谁都黑，游泳也游得比谁都好，会扎猛子，会摸鱼，到河里树杈底下摸鲹鱼，你比谁摸得都麻利。要是看见有一帮小姑娘从河岸上走过来，连忙快跑几步，用力一蹬从悬崖上跳下去，像黑燕子一样钻进水里，待在水里不出来。这些小姑娘装作没看见，却好奇地等你从水里出来。你在水里褪下裤衩，突然倒着身子让粉白的屁股露出水面，这是你身上唯——块没晒黑的地方。

当你看到这些小姑娘一阵风似的从河岸上跑了，闪动着粉红色的脚后跟，摆动着衣裾，还一边跑一边捂着嘴笑的时候，你会感到一阵得意。跟你年龄相仿的孩子们，正在沙滩上晒太阳，也会欣喜若狂，而你可以装出满不在乎的样子。你可以永远得到比你年龄小的男孩子的崇拜，他们会成群结队跟在你后面，模仿你的一举一动，服从你的每一个号令和每次挥动的手指头。罗马恺撒的时代早已过去，但是这些男孩子却对你崇拜不已。

不过你对这一切当然不满足。有一天，本来在你的一生中跟别的日子毫不两样，同学们都在操场上做游戏，这是课间休息经常做的无害的娱乐，你却从二楼突然跳下来。在这一瞬间你会感到一阵极其短暂、令人刺激的满足，既为了跳楼本身，也为了全校——从一年级到十年级的女生充满恐怖的野蛮的号叫，其实她们这么叫唤，也是想向世界证明她们的存在。不过这件事的后果不妙，只有失望和苦恼。

校长找你谈话是一道难关。问题严重到要开除学籍。你明知自己不对，便对校长更加蛮横。校长第一次来到"上海"的小土房进行家访。

"我想了解一下这个孩子的生活条件。我想知道造成这种现象的原因究竟是什么。"他客客气气而意味深长地说,他的语声中流露出对家长的责备。

母亲刚从炉子里往外取铁锅,沾得满手油烟子,身上连擦手的围裙都没有,两只柔软滚圆的手不知往哪藏好。父亲也狼狈极了,说不出话来,在校长面前试图用拐杖撑着站起来。两位家长尴尬地看着校长,仿佛一切都是他们的错。

校长走了以后,第一次没人再骂你,好像大家谁也不想理你了。"爷爷"坐在那里,也不瞅你,只是偶尔干咳嗽两声。他的胡子也不威风了,向下耷拉,显出尝尽艰辛的凄凉样子。母亲仍然忙家务活,光着脚在泥地上拖拖沓沓地走来走去,忽这忽那弄得乒乓响。突然你看见她弯下腰去看俄式炉子的炉眼,却用手偷偷地擦眼泪,而她那双老年的滚圆的手依然那么好看,虽然沾满油烟子。父亲和母亲那种神情仿佛在告诉你:"你好好看看我们吧,仔细看,我们都老成什么样子了?过的什么日子?"

这时你才第一次发现,你年老的父母早已没有过节穿的衣服。他们一生中几乎从来不跟孩子同桌吃饭,而是单独吃,因为他们怕孩子看见他俩除了黑面包、土豆和荞麦粥之外,什么也不吃。他们一心一意把孩子拉扯大,现在一心一意想供你这个老儿子上学念书,将来成为一个有文化的人。

母亲的眼泪刺痛了你的心。你第一次感觉到父亲的脸色多么深沉而忧伤。他呼哧气喘并不可笑,而是令人悲哀。

姐姐们正在织衣服,其中有人突然抬头看看你,鼻翼颤抖着,流露出愤慨和蔑视。于是你对待父母和姐姐都非常粗暴,然而晚上却睡不着觉了,既觉得委屈,又感到自己犯了错误,硬邦邦的颧骨上流着两滴眼泪,用没洗过的手悄悄擦掉。

这一夜之后你的确长大了。

在受到家人冷淡和责难的这些日子里,在你眼前展现出一个令你入迷的世界。这个世界里充满不可思议的童话般的丰功伟绩。

人能在海底游两万里，发现新大陆①；人漂流到荒岛上可以用自己的双手重新创造一切②；人能攀登世界上的最高峰；人能登上月球；人在海洋里跟猛烈的风暴搏斗，沿着桅盘和桅肩爬上被风吹得摇摇摆摆的桅杆；人乘船经过尖削的礁石，把鱼油泼进汹涌的波浪里；人乘筏渡海，饥渴难忍，便把子弹含在嘴里吮吸，用干渴肿胀的舌头转动它；人在沙漠里忍受干燥的热风；人跟大蟒、美洲豹、鳄鱼、狮子和大象搏斗，并且战胜它们。人们建树这些业绩的动机不一：有的为了发财，有的为了生活得更好，有的喜欢冒险，有的是讲义气，为了真诚的友谊，有的为了搭救落入险境的情人，有的则是大公无私——为了人类的利益，为了祖国的荣誉，为了让科学的光辉永远照耀大地。这样的人有：利文斯顿③、阿蒙森④、谢多夫⑤、涅韦尔斯科伊⑥。

在战场上人更可以建功立业！人类进行了几千年的战争，有成千上万的人正是在战场上扬了名并且流芳百世。你出生在没有战争的年代是你的幸运。在你居住的这个地方就有许多烈士公墓，坟头已长满青草。他们抛头颅洒热血，正是为了能让你过上幸福的生活，而那个年代的将领的威名一直流传到今天。当你在深夜浏览这些将领的传记而忘记了时间的时候，在你的心灵里鸣响着好像进行曲一样雄壮振奋的声音。你真是百读不厌，极力把这些人物的形象铭刻在心中，便画下他们的肖像——不，何必说假话，你是透过玻璃板描下来的，然后又用黑色软铅笔按照你自己的想法涂上阴影，还拼命吮铅笔，好画得更加生动有力。可是等你画好之后，你的舌头全都黑了，用浮石都擦不掉。这些肖像直到如今还挂在你床旁的墙上。

这些人物的事业和功绩保证你这一代人过上新生活，并且永远留在人类的记忆中。其实他们是跟你一样的普通人。伏龙芝、伏罗希洛

---

① 见法国作家凡尔纳（1828—1905）的《海底两万里》。——译者注
② 当指英国作家笛福（1660—1731）的《鲁滨逊漂流记》。——译者注
③ 利文斯顿（1813—1873），英国探险家。——译者注
④ 阿蒙森（1872—1928），挪威探险家。——译者注
⑤ 谢多夫（1877—1914），俄国北极探险家。——译者注
⑥ 涅韦尔斯科伊（1813—1876），俄国海军上将。——译者注

夫、奥尔忠尼启则①、基洛夫②、丘列宁……是的，他如果能充分发挥自己的才能，他一个普通共青团员的名字也能跟这些人的名字放在一起。这些人的一生多么不平凡，多么吸引人！他们在沙皇时代饱尝了做地下工作的艰辛。他们被盯梢、被投进监狱、被流放到北方和西伯利亚，但是他们一次又一次地逃出来，重新投入战斗。奥尔忠尼启则从流放中逃出来过，伏龙芝从流放中逃出来两次，斯大林从流放中逃出来好多次。开头只有几个人跟着他们干，后来是几百，后来是几十万、几百万。

谢廖沙生下来的时候，已经没有地下工作可做。他也不必逃走，而且没地方可逃。他从学校二楼窗口往下跳，现在完全明白不过是一件蠢事。而能跟着他走的人只有一个维佳。

不过也不必失望。在一片冰封的北冰洋上，"切柳斯金号"轮船被坚冰挤破了船身。轮船破裂的声音在黑夜里多么可怕。这声音传遍了全国。但是船上的人并没遇难，他们转移到冰上。全世界都注视着怎么去营救他们。他们终于得救。世界上有许多人都具有鹰一般勇敢的心胸。他们是跟你一样的普通人。他们驾着飞机冒着严寒和暴风雪去营救遇险的人，把他们系在飞机的机翼上运出来。他们就是第一批苏联英雄。

契卡洛夫③！他也是跟你一样的普通人，但是他的名字却成为向全世界发出的挑战。穿过北极飞到美洲是全人类的幻想！契卡洛夫、格罗莫夫，还有冰上的帕帕宁探险队！

生活就是这样，既充满幻想，也要有平凡的劳动。

在整个苏联大地上和克拉斯诺顿都有不少跟你一样的普通人，但是他们建立了功绩，出了名。他们的事迹从前的书没写过。在顿巴

---

① 奥尔忠尼启则(1886—1937)，苏联早期领导人，曾任苏共政治局委员。——译者注
② 基洛夫(1886—1934)，苏联早期重要领导人之一，苏共政治局委员，被暗杀。——译者注
③ 契卡洛夫和格罗莫夫是苏联有名的飞行员。帕帕宁是苏联北极探险家。——译者注

斯,而且不只是顿巴斯,人人都知道伊佐托夫和斯达汉诺夫①的名字。每个少先队员都能说出安格林娜、克里沃诺斯和马宰②的事迹。所有的人都尊敬他们。报上一登有关这些人物的报道,父亲就让别人念给他听,然后莫名其妙地呼哧气喘半天,显然他感到自己老了,又被煤斗车轧伤了,心中无比痛苦。是的,父亲这一辈子不知干了多少活,谢廖沙能理解他的苦恼,因为现在父亲再也不能跻身这些人的行列里了。

这些人的名声才是真正的名声。但是谢廖沙年龄还小,还要念书。将来长大之后,他总有一天要扬名的。不过就是现在要建树像契卡洛夫或格罗莫夫那样的功绩他已经完全成熟——他心里觉得他完全能胜任。糟糕的是世界上只有他自己了解这一点,别人都不知道。在全人类中也只有他自己有这种感觉。

战争爆发时他正处于这种心态。他一次又一次地争取进入军校——是的,他应该成为一名飞行员,但是人家不收他。

同学们都下农场干活去了,他的心受到创伤,便到矿上打工。两个星期以后便下井挖煤,挖得跟大人一样多。

他自己并不知道他博得多么好的评价。他从吊车里出来,全身是黑的,漆黑的脸上只有一对浅色眼睛和两排小白牙发亮。他跟矿工们一块走,也那么摇摇摆摆,神气十足。他先去洗洗淋浴,也学父亲的样子喷喷鼻子,咳嗽两声,然后才慢悠悠地往家走,只是下井穿的是公家的鞋,只好光脚回家。

他到家已经很晚,家里的人都吃过饭了,便给他单独开饭。因为他已经是成年人,是家里的男子汉,能干活挣钱了。

母亲用滚圆的双手垫着抹布从炉子里端出甜菜汤锅,给他倒了满满一小盆。甜菜汤还热气腾腾,而自家烤的面包从来没这么香过。父亲看着儿子,浓眉底下一对褪了色的锐利的眼睛闪闪发亮,胡子也直

---

① 伊佐托夫原为苏联采煤工,有革新创造,曾开展"伊佐托夫运动"。斯达汉诺夫也是采煤工,首倡革新运动,成为劳动英雄。——译者注

② 安格林娜是拖拉机手和劳动英雄。克里沃诺斯是火车司机和劳动英雄。马宰是炼钢工人。——译者注

动弹。他既不呼哧，也不咳嗽，而是像对待矿工一样跟儿子谈话，心平气和。父亲对什么都感兴趣：矿上工作进行得怎么样？谁挖了多少煤？父亲还问到采煤的工具和工作服。谈起采煤层、巷道、工作面、掌子头和排气等等，就像谈论自己家的房子、墙犄角和小贮藏室一样。老父亲在这一带所有的矿井差不多都干过，后来不能下井了，也从伙伴那里了解井下的情况。他对开采的方向和进度了如指掌，用干瘦的长手指在空中比画着，对别人讲解开采的位置和井下干活的情形。

去年冬天一放学，谢廖沙连饭也顾不得吃，便直接从学校去找他的朋友——也许是工兵、炮兵或者布雷手、飞行员。晚上温习功课眼皮都抬不起来，也要搞到十二点，可第二天早晨五点就跑到打靶场去了，那里有个中士是他的好朋友，正在教战士用步枪或轻机枪射击，他便跟着一块学。他的射击技术的确不次于任何一个战士。他会使步枪、纳甘式转轮手枪、驳壳枪、图拉托卡列夫手枪、杰格佳廖夫式冲锋枪、马克沁重机枪和什帕金式冲锋枪，还会扔手榴弹和燃烧瓶，会挖掩体、装地雷、布雷和排雷。他还了解世界各国飞机的构造，会卸飞机扔下的炸弹。维佳也跟他一起去学打靶，维佳对待他就像对奥尔忠尼启则或基洛夫一样崇拜，所以他到处都带着维佳。

今年春天他又试了一次，这是最大胆的尝试。他已经不想再入少年航校，他想直接上成年人的航校。当然又吹了。人家告诉他，他年纪太小，明年再来。

是的，这是一次可怕的失败——航校去不成，反倒要到伏罗希洛夫格勒修防御工事。不过他已经打定主意不回来了。

为了参加部队他真是费尽心机，使出全身的解数！他耍了许多花招，低三下四地哀求人家，这些情况他一点儿也没对娜佳说。不过现在他亲自体验到了，什么叫打仗，什么是死亡，什么是恐惧。

这一次谢廖沙睡得非常死，连父亲早上的咳嗽也没惊动他。等他醒来太阳已经老高。窗板虽然关着，但是他只要看看窗板缝里射进来的一条条金黄的阳光，落到泥地和家具的什么地方，就能猜出是什么时候。他一醒就立刻判断出来，德国人还没进城。

他到院子里洗脸,看见"爷爷"正坐在台阶上,离他不远坐着维佳。母亲到菜园里干活去了,姐姐们都上班了。

"啊哈!你好哇,勇士!阿尼卡①!喀——喀——喀——""爷爷"表示欢迎,"你活着回来了?现在这种时候,这一点最重要。嘿,嘿!你的小朋友天一亮就来了,等待你起床。""爷爷"非常亲切地用胡子指着维佳。维佳坐在那里一动不动,用温柔的深色眼睛顺从而严肃地望着这个胆子非常大的好朋友,见他长着小颧骨的脸还没睡醒的样子,却已充满要干大事的渴望。"你这个小朋友真不赖。""爷爷"接下去说,"每天不等天亮就来了:'谢廖沙回来没有?谢廖沙到家没有?'在他心里……喀——喀——喀——天底下只有一个谢廖沙!""爷爷"得意地说。

就这样从"爷爷"口里证实了好朋友的忠诚。

他俩一起到伏罗希洛夫格勒去修工事,维佳对好朋友绝对服从,本想跟他一起留下参加部队。可是谢廖沙一定要他回家,这倒不是因为谢廖沙怜惜维佳,更不是可怜维佳的父母,而是因为他明白两人一道参军根本办不到,多一个维佳反而坏事,连自己也参加不了。维佳伤透了心,对专横的伙伴埋怨不已,不得不离开那里。光撵他回家还不算,还要他发誓:无论对谁都不能泄露谢廖沙的计划,不管是对维佳的父母,还是谢廖沙的父母,都一个字也不能说,因为谢廖沙害怕万一参军不成会丢面子。

听了"爷爷"的话十分清楚:维佳信守诺言。

谢廖沙和维佳走到小土房后面,后面有一条脏水沟。水沟里长满苔藓,沟对岸是一片牧场。牧场那面有一座大房子孤零零的,是刚刚建成的矿工浴池,还没来得及使用。他俩在河沟的岸边坐下,一边抽烟,一边交流消息。

他俩都在伏罗希洛夫学校上学,他们是一个学校的同学,还有托利亚·奥尔洛夫、沃洛佳·奥西穆欣和柳勃卡·舍夫佐娃没走。据维

---

① 阿尼卡勇士见于古俄宗教诗和童话。阿尼卡的意思是"不可战胜"。——译者注

佳说,柳勃卡现在表现反常:足不出屋,哪里也见不到她。柳勃卡虽然在伏罗希洛夫学校上了学,可是念到七年级,战争还没开始就不念了,因为她拿定主意要当演员,到本区的剧院和俱乐部登台表演唱歌和舞蹈。谢廖沙对柳勃卡没走非常高兴,因为柳勃卡的脾气跟他一模一样,天不怕地不怕。柳勃卡就是穿裙子的谢廖沙。

维佳还附耳告诉谢廖沙一个秘密:福明家里藏着一个陌生人,住在"上海"的人都绞尽脑汁,想猜出这是个什么人,心里都害怕他。而在"草场"那一带的军用仓库里,有个地窖敞着盖,里面有几十个燃烧瓶,大概是撤退太仓促落下的。

维佳怯生生地暗示,把这些瓶子藏起来肯定有用,但是谢廖沙突然想起一件急事,脸色严峻地说,他们应该赶快到军医院去。

第十四章

从打前线靠近顿巴斯、克拉斯诺顿出现第一批伤员以后，谢廖沙的姐姐娜佳就自愿参加护士训练班，然后就到军医院当护士长，现在已有一年多了。军医院就设在市医院里，占了整个一楼。

军医院的全体人员已经撤走好几天了，只有费奥多尔·费奥多罗维奇大夫没有走。市医院以主任医师为首的大部分医护人员也都疏散到东方。不过医院的规章制度一成不变。谢廖沙和维佳一进接待室就被值班的老护士给拦住了，让他俩用湿抹布把脚擦干净，并且在前厅里等她去唤娜佳。这不能不让他俩肃然起敬。

不一会儿娜佳跟老护士一起出来见他俩，不过现在可不是昨晚在床上跟他说话的娜佳了：她那高高的颧骨、描着细细的眉毛的脸上有一种从未见过的严峻而深沉的表情，连老护士布满皱纹的脸，虽然和蔼善良，也是这副神情。

"娜佳。"谢廖沙一见姐姐不知为什么胆怯起来，双手捏着帽子轻声地说："娜佳，得救救这些战士，你应该明白……我跟维佳可以挨家挨户问问，你去跟大夫说一声。"

娜佳半天不说话，若有所思地看着谢廖沙，然后表示不相信地摇摇头。

"快让大夫来，或者带我们见他！"谢廖沙说，阴沉着脸。

"卢莎，给他俩拿白大褂。"娜佳说。

老护士从刷着白油漆的长衣柜里取出白大褂，还习惯地在他俩身后举着让他们便于伸袖子。

"这个小伙子说得对。"卢莎大婶突然说，她那老年人松软的嘴唇嚅动着,还用进入暮年而更加慈祥善良的目光瞥了娜佳一眼,"大家会收留的。我就可以收一个。谁不可怜这些孩子? 我就一个人,儿子们都上前线了,剩下一个小闺女。我们住在新村。德国人来,我就说是我的儿子。要事先告诉大家,都认作亲人。"

"你不了解德国人。"娜佳说。

"德国人我是不了解,可自己的人我了解。"卢莎大婶早有准备地说,迅速地嚅动着嘴唇,"我还可以告诉你们,新村哪些人家是好人。"

娜佳带领他俩穿过明亮的走廊,走廊上的窗户朝向市里。每当他们经过病房敞开着的门口,便有经久未愈的伤口化脓和脏被单的难闻的热气扑鼻而来。这种气味比药味还强烈。从医院的窗口看到洒满阳光的家乡的城市,突然觉得格外明亮亲切,平和舒适!

留下的伤员都躺在床上不能走动,只有几个挂着拐杖的伤员在走廊里来回溜达。所有的伤员,不论年轻年老,刮过胡子或一脸胡茬,都带着严峻而深沉的神情,跟娜佳和老护士一模一样。

躺在病床上的伤员,听到走廊里有脚步声,就带着询问和期望抬起头,那些挂拐杖的伤员虽然一声不响,脸上也隐约浮现出一些生机,目送这两个穿白大褂的孩子和他们熟悉的护士娜佳。娜佳走在前面,一脸严肃认真的表情。

他们走到走廊尽头,唯独这个房间关着门。娜佳也不敲门,用小手使劲一推,门就开了。

"找您的,费奥多尔·费奥多罗维奇。"她说着,让孩子们先进去。

谢廖沙和维佳刚一走进办公室有些胆怯。迎面站起来一个身材高大的老医生,肩膀挺宽,身体干瘦结实,脸刮得很干净,白头发,深色发亮的脸晒黑了,有几道明显的皱纹。他长得颧骨突出,鹰钩鼻子,方下颚。老人很像一座铜像。他从正在坐着的床旁站起,孩子们看见办公室里只有他一个人,桌上既没有书报,也没有药品,整个办公室都是空的。他俩便明白了,医生坐在这里并不是办公,而是一个人思考最后应该怎么办的问题。他们看见医生把军装脱了,换上便服,就更加深信不疑。他穿着一件灰上衣,上衣领口从系扣的白大褂里露出来,还有灰裤子和皮鞋,皮鞋没擦干净,看样子不是他的鞋。

他并不感到奇怪,只是也用严肃认真的神情看着他俩,那神情跟娜佳、卢莎和病房里的伤员们一模一样。

"费奥多尔·费奥多罗维奇,我们来是想帮您把伤员分散到各家。"谢廖沙说,立刻明白跟这位大夫谈话不必兜圈子。

"能收留吗?"他问。

"总会找到能收留的人家,费奥多尔·费奥多罗维奇。"娜佳用唱歌般的声音说,"医院的老护士愿意收一个,她还答应帮助找人家。他俩可以挨家去问问,我也可以帮助找,我们克拉斯诺顿人不会不帮这个忙。我们家也可以收留,只是房子太小。"娜佳说,脸唰地红了,小颧骨上现出鲜红的红晕。连谢廖沙也突然脸红了,尽管娜佳说的是实话。

"去把娜塔利亚·阿列克谢耶夫娜找来。"费奥多尔·费奥多罗维奇说。

娜塔利亚·阿列克谢耶夫娜是市医院的年轻医生。她为了照顾孤身多病的母亲没跟大家一起疏散。她的母亲还不住在市内,而是住在克拉斯诺顿矿区,离市内还有十八公里。她因为自己不能走,留在德国人的统治之下,觉得在同事们面前抬不起头,不过医院也有病人得留下,还有财产、药品和器械,她便自愿承担起主任医师的工作。

娜佳走了出去。

费奥多尔·费奥多罗维奇坐到桌旁原来的座位上,果断有力地撩起白大褂的衣襟,从上衣兜掏出烟盒和叠起来的旧报纸。他把报纸揉搓了,从上面撕下一角,只用一只青筋暴起的大手和嘴唇迅速地卷成烟卷,把烟盒里的烟末倒进去,便点着了抽起来。

"是呀,这倒是一条出路。"费奥多尔·费奥多罗维奇说,看着安静地坐在沙发上的两个孩子,脸上却没有一丝笑容。

他先看看谢廖沙,再看看维佳,然后又看谢廖沙,仿佛看出来他是个头儿。维佳明白他这种目光的含义,并不生气,因为他知道谢廖沙是头儿,而且愿意让他当头儿,并且为谢廖沙而骄傲。

娜佳陪着一个身材矮小的女人走进办公室。她大约有二十七八的光景，但是样子还像小孩，因为她长得脸小，手脚小，还胖乎乎、软绵绵的，给人一种孩子气的印象。女人的这种外貌往往使人产生错觉，以为她们性格也软弱。当年娜塔利亚·阿列克谢耶夫娜想进医学院深造，遭到父亲阻拦，她便用这双小胖脚从克拉斯诺顿一直走到哈尔科夫，并用这双小胖手做针线活、洗衣服，挣钱读书。后来父亲去世了，她又用这双手养活八口之家。如今这八口人有的上前线打仗，有的在别的城市工作，有的还在读书。有些手术难做，男大夫年纪大，比她经验多，都不敢做，她也是用这双小手大胆去做。她那张胖乎乎的脸也充满孩子气，却长着一对正直刚毅的眼睛。她那种铁面无私、实事求是的作风，连全苏机关办公室的主任都感到羡慕。

费奥多尔·费奥多罗维奇见她进来，迎面站起。

"不必劳驾，我全都知道了。"她说，把两只胖手抱在胸前。她这种姿势跟精明能干的眼神和简单明确的谈话倒很不协调，"我都知道了，这当然是明智的办法。"她说着，瞥了瞥谢廖沙和维佳，丝毫不带个人感情，倒是掂量他俩能否完成这项任务。然后她又瞅着费奥多尔·费奥多罗维奇。"您怎么办呢？"她问。

他立刻明白她的意思。

"我最好能留在你们医院，就装作当地医生。这样一来，我可以随时随地护理他们。"大家都明白，他说的"他们"，指的是伤员，"这么办，成吗？"

"成。"娜塔利亚·阿列克谢耶夫娜说。

"你们医院里不会出卖我吧？"

"我们医院不会出卖您。"娜塔利亚·阿列克谢耶夫娜说，又把胳膊抱在胸前。

"谢谢。谢谢你们。"费奥多尔·费奥多罗维奇说，双眼第一次露出笑意，伸出有力的大手先跟谢廖沙握握，然后跟维佳握握。

"费奥多尔·费奥多罗维奇。"谢廖沙说，坚定的浅色眼睛径直看着医生的脸，他的眼神好像在说："不管您和大家怎么看，我还是要把话说出来，因为我认为我有这个义务。"于是谢廖沙说："费奥多尔·费奥多罗维奇，请您记住，您永远可以依靠我和维佳，永远可以。可以通过娜佳跟我们联系。我还要以我个人和我的同伴维佳的名义对您说：'您的行为——在这种时候留下照顾伤员——我们认为您的行为是高尚的。'"谢廖沙说着，前额冒出汗珠。

"谢谢。"费奥多尔·费奥多罗维奇非常郑重地说。"既然你们提起这件事，那么我要告诉你们：一个人不管从事什么工作，包括任何职业在内，在他的生活中都可能出现这种情况，就是他跟他所领导的人，那些依靠他或对他寄予希望的人，不但可以而且应该分手。是的，很可能出现这种情况，一走了之更好。走为上策。我再说一遍，一切职业，甚至包括统帅和政治领袖，但是只有一种职业不行，就是医生，尤其是军医。医生应该在病人旁边，永远是这样。不管出什么事。没有超过这种义务的上策。如果军纪和命令跟这个义务发生抵触，都可以置之不理。就是方面军司令下命令，叫我丢下这些伤员不管，我也不会服从。而且他永远也不会下这种命令……谢谢，谢谢你们。"费奥多尔·费奥多罗维奇说，在孩子们面前低下白发苍苍的头鞠了一躬。他的头好像是铜铸的，脸上闪着暗光。

娜塔利亚·阿列克谢耶夫娜两眼望着费奥多尔·费奥多罗维奇一声没响，只把胖手紧紧抱在胸前，她那干练的眼睛流露出激动的神情。

他们回到前厅又开了个会，拟定行动计划。参加会议的有谢廖沙、娜佳、卢莎大婶和维佳。这是近四分之一世纪中一次最短的会，只占用孩子们脱下白大褂的工夫。然后他俩再也抑制不住自己的感情，飞也似的跑出医院。7月正午的骄阳迎面照来，照得两眼发花。他们全身洋溢着说不出的喜悦、为自己和为人类而自豪的心情以及急于做事的强烈愿望。

"这真是个好人，是个高尚的人！是不是？"谢廖沙说，兴奋地看着好朋友。

"完全正确。"维佳说，眨眨眼睛。

"现在我去看看,福明家里藏的是什么人!"谢廖沙突然说,跟他俩方才的感受和谈话的内容毫无联系。

"你怎么跟人家说呢?"

"我就说让他家收个伤员。"

"他会出卖的。"维佳十分肯定地说。

"我能跟他说实话吗? 我只想进屋里看看。"谢廖沙笑了,眼睛和牙齿都闪耀着狡黠快活的光辉。他这个主意非常坚定,他知道一定能够做到。

他来到福明家的小土房门前。福明住在离市场很远的郊区"上海"。小土房前面长着粗大的向日葵,葵花头耷拉下来,有筛子大。

谢廖沙敲半天门也没有人答应,他猜到屋里的人必是想从窗户看清是什么人,便故意贴门站着,让里面看不见。门终于开了。福明站在门口。他长得像蚯蚓一样又细又长,一只手抓住门把手,另一只手扶着门框,低下头好奇地打量谢廖沙,一对灰色的小眼睛深陷在密密麻麻的皱纹里。

"谢谢了。"谢廖沙说。好像既然给他开门,就是让他进去,便大大方方从福明扶着门框的胳膊底下钻进去,不但进了外屋,还打开里屋的房门。福明已来不及惊奇,只好跟了进来。

"对不起,公民。"谢廖沙走进里屋才说,对站在他面前的福明恭恭敬敬地鞠了一躬。福明穿着带格的西服上衣和坎肩,坎肩上有一条沉重的镀金表链耷拉到肚子上。裤子也是带格的,裤脚塞进擦得锃亮的黑牛皮靴里,细高的个子,脸也细长,但是长得很端正,好像是阉人。他脸上终于露出惊异,甚至有些愠怒的表情。

"你有什么事?"福明问,扬起稀疏的眉毛,眼睛周围密密麻麻的皱褶开始了复杂的活动,似乎想舒展开。

"公民!"谢廖沙突然慷慨激昂地说,他采取法国大革命时期的议员的腔调,不但令福明感到吃惊,连他自己也没想到,"公民! 请救救受伤的战士吧!"

福明两眼周围的皱褶立刻停止了活动,注视着谢廖沙的眼睛也好像木偶似的一动不动了。

"不,不是我受伤了。"谢廖沙说,明白福明为什么惊呆了,"部队撤退,把一个伤员扔在大街上了,就在市场跟前。我跟同学们看见就来找您帮忙。"

福明端正的长脸突然露出复杂的思想斗争的痕迹。他不由自主地斜眼看看另一间里屋的屋门。

"那你为什么直接来找我呢?"他压低嗓音问,两眼射出凶光,似乎要看穿谢廖沙,眼睛周围的皱褶又开始了无休止的复杂的活动。

"不找您找谁?伊格纳特·谢苗诺维奇!人人都知道您是我们第一个斯达汉诺夫工作者。"谢廖沙说,两眼天真无邪,却把这只有毒的长矛无情地刺到福明身上。

"你是谁家的?"福明越来越惊慌失措了,也越来越奇怪。

"我父亲叫普罗霍尔·柳别兹诺夫,也是一位斯达汉诺夫工作者,跟您挺熟。"谢廖沙说。他明明知道世界上根本没有什么普罗霍尔·柳别兹诺夫,口气却十分肯定。

"我不认识普罗霍尔·柳别兹诺夫。是这样,小老弟,"福明终于镇定下来,两只长胳膊忙乱地挥动着,"我这没地方收留你的战士,我老婆有病。你呀,小老弟,你还是……"他用两只手模模糊糊地朝房门比画着。

"您这么做,公民,可真让人奇怪,谁不知道你家还有一个房间。"谢廖沙用责备的口吻说,一对孩子气的清澈的眼睛大胆地凝视着福明。

福明来不及做任何举动,甚至来不及出声,谢廖沙已经不慌不忙走到另一个房间门口,打开门走了进去。

这个房间半掩着窗板,里面摆着家具和几桶橡皮树,收拾得干干净净,整整齐齐。桌旁坐着一个工人打扮的人,肩膀浑圆有力,结实的脑袋剪的平头,一脸黑斑。他抬起头,镇定自若地看着走进屋里的谢廖沙。

在这一刹那间他看明白了,眼前坐着的是个好人,坚强而镇静。

这倒使他自己狼狈而胆怯了。是的,他那鹰一般的心胸连一点儿勇气也没了。他怯懦得一句话也说不出来,一动不敢动。这时门口露出福明气急败坏而又惊慌失措的脸。

"等一等,老哥。"坐在桌旁的陌生人看见福明直奔谢廖沙而来,便对福明说。"为什么你们不把这个受伤的战士接回家去呢?"他向谢廖沙问。

谢廖沙一声不吭。

"你父亲留下了还是疏散走了?"

"走了。"谢廖沙满脸涨红地说。

"母亲呢?"

"母亲在家。"

"你干吗不先去告诉母亲?"

谢廖沙还是默默无语。

"难道她不肯收留吗?"

谢廖沙心怀恐惧地点点头。这场游戏一结束,他就在"父亲"和"母亲"这两个字眼后面看到自己真正的父母,把这种卑鄙的谎言用在他们身上,不禁感到痛心和可耻。

但是这个人显然相信了谢廖沙的话。

"是这么回事,"他打量着谢廖沙说,"伊格纳特·谢苗诺维奇说的是实话,他不能收留那个战士。"他若有所思地说,"不过,你能找到肯收留他的人,这是一件好事。你真是好样的,我告诉你说。你去找找,一定能找到。只不过这是件机密的事,不能随便乱找人。要是真的没人肯收,你再来找我。要是有人收留,就不必再来了。你最好把地址给我留下,我有事好去找你。"

这时谢廖沙不得不为方才的恶作剧付出令人遗憾的沉重代价。他倒很想把自己的真地址告诉这个人,却不得不胡诌个地址。由于他说的是假地址,便永远切断了跟这个人的联系。

谢廖沙回到街上心慌意乱,不知如何是好。毫无疑问,藏在福明家的这个人是个好人,而且是个大人物,而福明这个人起码是不怎么样，这一点也用不着怀疑了。他们之间无疑有某种联系。这里面的原因就无法解释了。

第十五章

舒利加离开奥西穆欣家以后，当天就到克拉斯诺顿郊区按习惯叫作"鸽子房"的地方，他要找从前打游击时候的老战友伊万·康德拉托维奇·格纳坚科。

这一带跟克拉斯诺顿的许多地区一样，也盖了标准住宅，但是舒利加知道康德拉托维奇仍然住着自己的小木房。这座木房算是这一带的老房子了，"鸽子房"这个叫法也就是从这些老房子来的。

他敲敲窗户，门口出现一个年轻女人，好像吉卜赛人，有些虚胖，衣着挺好，却邋里邋遢。舒利加说他路过这里，想见见康德拉托维奇，如果可能的话，请老头出来说句话。

他们怕在大街上引人注目，便来到房后的草原里，找一块洼地，就在远处隆隆的炮声中——那天还听得见炮声——舒利加和康德拉托维奇进行了正式会面。

康德拉托维奇是顿涅茨老矿工的后代，他们的祖辈称得上是这一带矿井的创始人。他的祖父和父亲都是从乌克兰来的。他家三代人都是建设顿巴斯的真正的老矿工，他们保持着矿工的荣誉和传统。1918 年到 1919 年间，德国武装干涉者和白匪军进犯顿巴斯的时候，由他们组成的矿工近卫军打掉了敌人的牙齿。

这个康德拉托维奇正是跟井长瓦尔科和舍夫佐夫一起去炸副一号井的那个老矿工。

康德拉托维奇跟舒利加就在这块洼地里，当夕阳西下的时候进行了这样一场谈话。

"你大概知道，康德拉托维奇，我为什么来找你？"

"不知道,可猜得出来,马特维·康斯坦丁诺维奇。"康德拉托维奇凄苦地说,不敢正眼看舒利加。

草原的风吹进洼地,把老矿工破上衣的衣襟掀起来,向一边斜歪。这件上衣可是祖传的宝贝,已经补丁摞补丁,穿在他那骨瘦如柴的身上就像挂在十字架上一样。

"我是留这工作的,就跟1918年一样,所以才来找你。"舒利加说。

"我整个生命都可以交给你,这你知道,马特维·康斯坦丁诺维奇。"康德拉托维奇用低沉沙哑的声音说,眼睛并不看舒利加,"但是我不能留你在家里住,马特维·康斯坦丁诺维奇。"

康德拉托维奇这么一说,完全出乎舒利加的意外,简直不可想象。他不知道说什么好,便沉默不语,康德拉托维奇也默不作声。

"你不肯让我住在你家里,康德拉托维奇,我这么理解对不对?"舒利加突然用纯正的俄语轻声问,不敢抬眼看老头。

"我不是不肯,是不行。"老人凄哀地说。

开头他两就是这样进行交谈,谁也不敢看谁。

"你不是表示过同意的吗?"舒利加问,怒火在心中燃烧。

老头低下头。

"你知道这危险有多大?"

老头沉默不语。

"你明不明白,你这等于出卖我们?"

"马特维·康斯坦丁诺维奇……"老头沙哑的声音依然很低,却仿佛带着威胁口吻嘟囔说:"可别把话说绝了。"

"我怕什么?"舒利加恶狠狠地说,直视着康德拉托维奇干巴巴的脸和被烟熏得发黄的胡子,胡子已经不剩几根,好像被拔过似的。舒利加的两只牛眼睛仿佛充血似的。"我怕什么? 还有什么比我刚才听到的话更可怕!"

"等一等……"康德拉托维奇抬起头,用皮包骨的手抓住舒利加的胳膊肘,他的黑手指甲已残缺不全。"你能不能相信我?"他凄哀地低声问,把声音压低到最低限度。

舒利加还想说什么,可是老头紧紧按住他的胳膊肘,用深陷的眼睛锐利地注视他,几乎哀求地说:

"等一等……听我说……"

现在他俩互相盯着对方的眼睛。

"我不能留你在家里住,是因为怕我的大儿子。怕他出卖你。"老头用沙哑的声音悄悄说,把脸凑到舒利加的脸跟前,"你还记得 1929 年你到我家来过?那是你最后一次来我家,我正跟老伴庆祝结婚二十五周年,也就是银婚纪念。我的孩子你当然记不全,而且没有必要。"老头笑了笑,"可我的大儿子你总该记得,早在 1918 年……"

舒利加一声不吭。

"就是他学坏了。"康德拉托维奇用沙哑的声音悄声说,"你可记得 1929 年他就少了一只胳膊?"

舒利加模糊记得 1918 年在康德拉托维奇家见过一个半大孩子,总皱着眉头,动作慢腾腾的,不大爱说话。至于 1929 年那次到康德拉托维奇家来,围在他身边的小伙子很多,哪个是他的大儿子,哪个缺一只胳膊,他就记不清了。他惊奇地发现,那天晚上的情形他根本记不得。大概那次到康德拉托维奇家来有些为了应酬。像这类出于应酬跟别的什么人、在别的场合度过的晚上太多了,所以那天晚上跟其他类似的晚上一起早已淡忘了。

"他那只胳膊是在卢甘斯克工厂干活切断的……"康德拉托维奇说的是伏罗希洛夫格勒的旧名,根据这一点舒利加明白那是很久以前的事了。"他回到家就靠我们养活。想念书有点儿晚了,当时我们也没想到。适合他干的工作又找不到,就学坏了。拿老子的钱去喝酒,也就是说花的是我的钱,可我可怜他。姑娘没有人肯嫁他,他就喝得更凶了。1930 年,刚才你看到的那个女人看上了他,两人结婚了,便干起乌七八糟的勾当。这个女人像是偷着卖酒,干投机生意,还……坦白地说吧——收赃物。开头我的确是可怜他,后来害怕丢人。我跟老伴俩合计了,只能装作不知道。对谁也不能说,还得瞒着别的孩子。直到如今也是这样……他被苏联政府传去过两次,本来应该治这个女人的罪,可是每次他都大包大揽。你想想看,法官都知道我是个老游击队员,又是有名的采煤工,也算是个人物。第一次训了一顿就算没事了,第二次是缓刑。他却一年比一年更凶。我说的话你相不相信?我怎么能把你留在家里住?说不定他为了得到房子连我们老两口都给出卖了!"康德拉托维奇羞愧得扭过脸去,不好意思看舒利加。

"你既然知道这些情况,当时怎么能表示同意呢?"舒利加激动地说,凝视着康德拉托维奇像刀一样瘦削的脸,不知道该不该相信他说的话,并且突然发现他目前的处境颇为不妙,哪些人可以相信,哪些人不能相信,他心里已经没有衡量的标准,因此不能不绝望了。

"当时我怎么能不同意呢?马特维·康斯坦丁诺维奇。"康德拉托维奇愁苦地说。"你替我想想,我伊万·格纳坚科突然说不同意,这该有多么丢人!而且这是老早以前谈的。当时说也许没有这个必要,如果到了关键时刻你同不同意?这好像是要考验我的良心,我怎么能一下子说出儿子的事?那样一来,好像我为了逃避责任似的,又要把儿子送进监狱。不管怎么说,他到底是我的儿子!……马特维·康斯坦丁诺维奇!"老头突然极端绝望地说。"我这个人整个儿交给你了,你让我干啥就干啥。你知道我的脾气——就是死也不会说出去,我不怕死。你使用我就像使用你自己一样。我可以给你找个藏身的地方,这里的人我都了解,能找到可靠的人,你只管相信我好了。当时在区委谈这件事,我就想过:我这个人让我干什么都行,至于儿子的事没必要跟区委说,我又没在党,我是问心无愧的……主要是请你相信我……我会给你找到合适的人家。"康德拉托维奇说,自己并没发现他的语声里甚至流露出讨好的腔调。

"我是相信你的。"舒利加说。但是他说的不完全是实话:他半信半疑。他心存疑虑,只不过这样说对他更有利罢了。

老头的脸色突然变了,立刻泄了气,低下头半天不说一句话、直喘粗气。

舒利加站在一旁看着他,一边斟酌康德拉托维奇方才说的话,不住倒换天平上的砝码。他当然知道康德拉托维奇是自己人。但是康德拉托维奇这十二年来过的是什么生活他并不了解,而这十二年正是进行最伟大的建设事业的时代。康德拉托维奇向政府隐瞒儿子的罪行,在关键时刻还包庇他,在上级准备利用他家做地下工作联络点的重大问题上仍然隐瞒实情——这些情况都加重了不信任的砝码,对康德拉托维奇不可全信。

"你在这坐坐或躺躺,我去给你弄点儿吃的。"康德拉托维奇用沙哑的声音悄悄地说。"然后我去看一个地点,马上一切都能安排好。"

有一阵子舒利加几乎想接受康德拉托维奇的建议,但是有一种发自内心的声音告诉他,不能受感情的支配。他认为这种内心的声音不仅仅出于小心谨慎,而且是根据生活经验。

"何必还跑一趟呢,我还有别的地方可去,我会找到住处的。"他说。"至于吃饭,可以忍一忍,要是那个坏女人跟你儿子打坏主意,可就糟了。"

"你看得更清楚。"康德拉托维奇难过地说。"不过你千万别认为我这个老头就不行了,我对你会有用处的。"

"这我知道。"舒利加安慰老头说。

"你要是信得过我,就告诉我你到谁家去。我可以顺便告诉你,那个人好不好,值不值得去,万一有事我也知道上哪去找你……"

"我没有权利告诉你去什么地方。你是老地下工作者了,知道要保密。"舒利加带着狡黠的微笑说。"我去找的这个人,我非常了解。"

康德拉托维奇本想说:你对我不也非常了解吗?实际上有很多情况你并不了解,最好你现在跟我商量商量。但是他没好意思跟舒利加说。

"你看得更清楚。"老头阴沉地说,终于彻底明白:舒利加不信任他。

"好吧,康德拉托维奇,该走了!"舒利加故作振作地说。

"你看得更清楚。"老头若有所思地重复着,并不抬眼看舒利加。

他本来想领舒利加从他家门前那条街上走,但是舒利加停下脚步说:

"你还是领我从后面走吧，不然被你这个……鬼婆娘瞧见。"他笑了笑。

老头本想说：你既然懂得保密的规矩，就应该明白，打哪来就打哪走——谁还会想到你来找老格纳坚科是为了做地下工作呢。但是他明白，人家既然不信任你，说也没有用。于是他领舒利加从房后绕到另一条街上。在街角上一个小板棚跟前站住。

"再见吧，康德拉托维奇！"舒利加说，心里十分难过，不如躺进棺材里痛快。"我会来找你的。"

"那就随你便了。"老头说。

舒利加顺着大街走去，康德拉托维奇还在小板棚旁边站了很久，望着舒利加的背影，那件旧式上衣穿在他那细长腿、皮包骨的身子上就像挂在十字架上一样。

就这样，舒利加向绝路迈出了第二步。

第十六章

谢廖沙和他的好朋友维佳,还有姐姐娜佳和老护士卢莎只用几个小时的工夫就在市内各区找到七十多家肯收留伤员。但是还有四十来个伤员没地方安置,不论是谢廖沙、娜佳、卢莎大婶和维佳,还是帮他们寻找的人,都不知道还有什么人家可找,同时也不愿意冒险,免得整个工作失败。

这一天很怪——这样的日子只有梦中才会有。从昨天开始就听不见部队穿过城市时的遥远的脚步声,草原里打仗的炮声也停了。无论市内还是周围的整个草原都静得奇怪。以为德国人马上就会开进市里,可是德国人还没来。机关、商店的大门大敞四开,里面没有人,也没人进去。工厂停工了,也是静悄悄、空荡荡的。炸掉的矿井还微微冒着烟。市内没有政权、没有民警,没有做买卖的、没有干活的——什么都没有。街上空空荡荡。偶尔有个女人出来,到自来水龙头或井台打水,或者到菜园里摘两三根黄瓜,然后又是一片沉寂,看不见一个人影。家家的烟囱都不冒烟,没有人做饭。连狗也不叫,因为没有外人惊动它。只有猫偶尔穿街跑过,然后又是一片空荡荡的。

7月19日把伤员送到各家,不过谢廖沙和维佳没参加这项工作。这天夜里,他俩把"草场"仓库里的燃烧瓶转移到"上海",埋在河沟里灌木丛底下,有几个他俩分别埋在自己家的菜园里,以便必要时随手可取。

德国人到底上哪去了呢?

天刚亮谢廖沙就出城了,来到草原上。到太阳升起的时候,有一片灰粉色的烟雾把它遮住,显得又大又圆,可以用肉眼去看。后来太阳从烟雾顶上冒出来一个边,渐渐熔化了,于是草原上的几百万颗露珠各放异彩,草原上到处露出黑乎乎的圆锥形矸石堆,都染成粉红色。万物苏醒了,在四周闪闪发亮,于是谢廖沙感到非常轻松愉快,就像被人拍打着的小皮球似的。

有一条交通要道跟铁路线的道岔平行,两条道之间的距离时远时近。这两条道都修在高冈上,高冈的余脉伸向两边,又被许多冲沟切断,地势越来越低,渐渐跟草原融为一体了。余脉的山峦和中间的冲沟都长着茂密的树和灌木。这一带就叫作上杜万林子。

太阳很快升到草原的上空,炎热灼人。谢廖沙四下观望,几乎可以看到整个城市分布在一座座土冈上和一块块洼地里,并不均匀。在地面建筑物突出的矿井附近和区执委大厦、克拉斯诺顿煤炭联合公司周围显得更密集一些。山冈上树木的顶梢被太阳照得翠绿欲滴,而树木茂密的沟底还留有清晨凉爽的阴影。铁轨被太阳照得闪闪发光,渐渐融合在一起,伸向远方并消失在远山后面。山后面有一股平和的白烟袅袅升向天空——那里就是上杜万车站。

突然在这座山冈顶上,就在大道的尽头,出现一个小黑点,迅速拉长,变成一条小黑带子迎面扑来。又过几秒钟,这条黑带子脱离地平线——好像一个又长又密实的黑东西从远处朝谢廖沙飞驰而来,后面留下一团团红色的烟尘。谢廖沙还没看清楚这是什么东西,但是根据响彻草原的隆隆声猜出来,这是摩托车队开来了。

谢廖沙立刻钻进路堤底下的灌木丛里,趴在地上等待。不到一刻钟,发动机的隆隆声越来越响,充塞整个空间,于是德国人的摩托车冲锋枪队从谢廖沙身旁开了过去。他们大约有二十多个人,他只能看见他们的上半身。他们穿着常见的德军暗灰色军装,头戴船形帽,但是眼睛、前额和半个鼻子都被鼓起的大墨镜给遮住了。这副装束使这些突然出现在顿涅茨草原上的人显得古怪而荒唐。

他们开到市郊的房子跟前便停下,从车上跳下来,往两边散开,留下三四个人看摩托车。但是不到十分钟,他们又一个个上了车,向市内驶去。

他们开到洼地的房子后面，谢廖沙就看不见了，但是他知道，如果他们奔市中心的公园，就必须经过第二道道口那面的高冈。高冈从这里可以看得一清二楚。于是谢廖沙就盯住这个高冈不放。果然有四五个摩托车手成扇面形冲上高冈，不过他们并没奔公园，而是朝冈上的区执委大厦和"疯老爷"宅子及附近的那片房子驶去。又过了几分钟，摩托车队又回到道口，然后谢廖沙看见他们又经过郊区的房子——他们是准备返回上杜万车站。谢廖沙趴在灌木中间，连头也不敢抬，一直等到车队开走。

他换个地方。爬到朝向上杜万车站的小山冈上，山冈上树木茂密。从冈上向下看，整个地带尽收眼底。他在树底下躺了好几个小时。太阳在天空中慢慢移动，一次又一次照到他身上，晒得他受不了，只好围着树转圈，躲到树荫里。

蜜蜂和熊蜂在灌木丛里嗡嗡叫，它们从夏天晚开的花上采集七月的蜜，还从树叶背面采集蚜虫分泌的透明的黏液。整个草原的草都枯了，只有这里树木茂密，树叶和青草散发着清新的气息。偶尔微风吹来，树叶沙沙作响。高高的天空里有几朵蜷曲的白云，被太阳照得光彩耀眼。

谢廖沙感到一阵懒洋洋的，四肢无力，心里迷迷糊糊。有时甚至忘记他为什么要躺在这里。儿时的平静、纯洁的感觉袭上心头，那时候他也是这样闭上眼睛，躺在草原里什么地方，太阳也是这样晒在他身上，周围的蜜蜂和熊蜂也是这样嗡嗡个不停，空气中散发着晒热的青草的气味，于是觉得世界是这么亲切、明净和永恒。这时耳边又响起发动机的隆隆声，他又看到这些摩托车手戴着大得奇怪的墨镜出现在蓝天的背景上，于是他突然明白了，儿时那种平静、纯洁的感觉，童年那不可再得的幸福瞬间都一去不复返了。他忽而感到心头甜丝丝的而又疼痛难忍，忽而又感到对战斗的强烈的渴望在他的血液里沸腾，充满他的全身。

太阳已经过午了，从远山后面又露出一只长长的黑箭，顺着大路飞来，地平线上立刻扬起一片尘土，这又是一支摩托车队，人数多得多，排成一列看不见头的长队。后面还跟着汽车，有几百辆、几千辆卡车排成纵队，卡车中间还有军官坐的小汽车。这些汽车从远山后面源源不绝地往外冒，好像一条长长的绿色大蟒在太阳底下闪着粼光，弯弯曲曲从地平线下一直往外爬，蟒头已经距离谢廖沙躺的地方不远，而尾巴却还看不见。公路的上空尘土飞扬，发动机的吼声好像充塞天地之间的整个空间。

德国人进入克拉斯诺顿。谢廖沙是头一个看见他们的人。

他像猫一样横穿大路，动作十分轻捷，说不清是爬，是跳，还是飞。然后他又越过铁路，顺着河沟往下跑，就到了高冈的另一面，有铁路路堤挡着，向市里开来的德国摩托车队就看不见他了。

谢廖沙采取这个迂回行动，是为了赶在德国人之前回到市里，在市中心占据一个最有利的瞭望点——市公园里高尔基学校的屋顶。

他穿过废矿井旁边的一片空地，来到公园后面的一条街。这条街跟市区有公园隔着，还保持老样子，沿用着俗称"木头街"。

他在这里看到一件事，感到非常奇怪，不得不停下脚步。这一带正是"木头街"的后身，家家有果园，果园外面用栅栏挡着。他正贴着栅栏悄悄走，在一家果园里看见了前天晚上在草原里在卡车上遇见的那个姑娘。

姑娘躺在洋槐树下，离他只有五六步的距离，侧着身子，底下铺着带条的深色毛毯，头枕着枕头，脚穿便鞋，一条腿压在另一条腿上。她不管周围发生什么事，只管看她的书。一条褐色发黄的大辫子安静而随便地放在枕头上，更衬托出晒黑了的脸、深色的睫毛和表现自尊心强而翘起的上嘴唇。是的，当德国大军向克拉斯诺顿开来、几千辆汽车把发动机的吼声和汽油的烟味充塞草原和天空之间的整个空间的时候，她竟然躺在果园里的毯子上，伸着两只长满汗毛、晒黑了的胳膊捧着一本书在看。

谢廖沙觉得胸口气往上涌，他尽力屏住呼吸，两手把住栅栏板，把这个姑娘端详好一阵子，感到两眼发花而又喜出望外。在创世以来最恐怖的日子里，她竟然躺在果园里看书，在她身上有一种像生活本身一样天真而又美好的东西。

谢廖沙什么也不顾,大着胆子跳过栅栏,站到姑娘的脚旁。她放下书,藏在深色睫毛里的眼睛注视着谢廖沙,既镇静,又惊讶,而又喜气洋洋。

玛丽亚·安德列耶夫娜·博尔茨把学生们从别洛沃德斯克区接回克拉斯诺顿的那天夜里,他们一家人——她本人、她的丈夫、大女儿瓦丽亚和十二岁的小女儿柳霞——都一夜未睡。

他们好像做客似的围着桌子对面坐着,守着一盏煤油灯——向市内供电的发电厂从 17 日起就停工了。他们交流的消息并不复杂,却非常可怕,在笼罩着家里、街上和整个城市的一片寂静之中不好大声说出来。现在走已经晚了,留下又非常危险。他们全家人都感到一场不可挽救的灾难就要临头,只是他们的理智还想象不出这场灾难究竟多么深重。甚至小柳霞也有这种预感。她的头发跟姐姐一样发黄,只是颜色更浅一些,苍白的小脸长着一对严肃的大眼睛。

父亲的样子最可怜。他不住用廉价烟末卷烟抽。孩子们已经很难想象父亲从前曾是力量的化身、家庭的支柱和保障。他坐在那里又瘦又小。他向来视力不好,近几年简直是看不见东西,连备课都困难。他跟妻子教的都是文学课,检查学生的作业本常常由妻子代劳。在油灯下他什么也看不见,他那一对像埃及人的眼睛一眨不眨地看着前方。

周围的一切都是习惯的,从小就熟悉,如今却变了样。铺花桌布的饭桌、瓦丽亚每天练习的钢琴、玻璃门的碗橱和里面对称摆着精心挑选的朴素的杯盘、敞门的书柜——这一切都一如往常,但又令人感到陌生。瓦丽亚的许多崇拜者说,博尔茨家又舒适又有浪漫气氛。瓦丽亚知道,是她,住在这座房子里的姑娘,使周围的一切形成浪漫气氛。如今眼前的一切都仿佛赤裸裸的,毫无浪漫可言。

他们不敢吹灯,不敢各自躺进被窝,思考和体味眼前的事,只有默默无言一直坐到天亮,只有挂钟滴答滴答响。直到听见邻居到他家斜对面的水塔放水,他们才熄了灯,打开窗板,瓦丽亚故意弄得叮当响,脱衣钻进被窝,蒙上头。她很快就睡着了。柳霞也睡了。只有玛丽亚·安德列耶夫娜和丈夫没睡。

瓦丽亚被轻微的杯盘声惊醒了,是母亲和父亲在餐厅里摆餐具——玛丽亚·安德列耶夫娜到底还是生了茶炊。太阳照射到窗户上。瓦丽亚突然想起夜里的呆坐,不禁感到厌恶。都吓成这种样子,真是耻辱而又可怕。

归根结底,德国人跟她有什么关系!她有自己的精神生活。谁要是害怕德国人来,吓得愁眉苦脸,就让他们发愁去好了,她可不是这样的人!

她用热水舒舒服服地洗了头,喝足了茶,从书柜里拿出史蒂文森①的小说集,有《绑架》和《卡特丽娜》,来到果园的洋槐树下,铺上毯子读起书来。

周围一片恬静。阳光落在荒芜的花坛和一块小草地上。一只褐色蝴蝶落在花上,翅膀一张一合。一群毛茸茸的深色的土蜂,腹部带有宽宽的白条纹,在花间飞来飞去,发出甜蜜的嗡嗡声。一棵老洋槐枝繁叶茂,向四周投下阴影。树叶有的发黄,透过树叶的间隙可以看到一颗颗海蓝宝石般的天空。

这个由蓝天、阳光、绿树、蜜蜂和蝴蝶组成的神话般的世界,与书中另一个臆想的世界——充满冒险、荒漠、勇敢和高尚、纯洁的友谊和纯洁的爱情的世界——奇妙地交织在一起。

瓦丽亚有时放下书,沉湎于幻想,久久地凝望着洋槐树叶空隙中的天空。她想的是什么,自己也说不清。但是一个人躺在这神话般的果园里看书,天哪,有多么惬意!

“大概都走了,他们来得及走。”她想到同学们,“大概连奥列格也走了。”她的父母跟科舍沃伊家有交情,所以她跟奥列格关系很好。“是的,都把她给忘了。奥列格走了,斯乔帕也不来,还算是朋友。还说:‘我发誓!’真是空谈家!那天夜里跳进卡车的那个小伙子,他叫什

---

① 史蒂文森(1850—1894),英国小说家。——译者注

么……谢廖沙·丘列宁……谢尔盖·丘列宁……他要是发誓，一定不会说了不算……"

她已经把自己想象成卡特丽娜，那个英雄——被绑架的勇敢而高尚的人——就是跳进卡车那个小伙子，她感觉到他的头发很硬，她很想用手摸摸。"他的头发要像小女孩一样软，还算什么男孩子，男孩子头发就应该硬……哎，要是这些德国人永远不来该有多好！"她想着，心中有说不出的愁苦。然后她又沉浸在这书中跟阳光灿烂的果园、土蜂、褐色的蝴蝶交织在一起的梦幻的世界中去了。

她就这样过了一天，第二天清晨又拿起毯子、枕头和史蒂文森的小说来到果园里。不管世界上发生什么事，她今后就要这样生活下去，躲在果园里的洋槐树下……

可惜她的父母不能像她这样生活。她的母亲就忍受不了，她本来是个爱说爱笑的女人，生得健康好动，厚唇大牙，还有个大嗓门。不，这样的日子不是人过的。她对着镜子打扮打扮，就到科舍沃伊家去了，想打听一下他们走没走。

科舍沃伊家住在果园街，正对公园大门。他们住的是半幢标准房，是克拉斯诺顿煤炭联合公司分给奥列格的舅舅尼古拉·尼古拉耶维奇·科罗斯特廖夫（也就是科利亚舅舅）的。另一半住的是学校的老师，跟玛丽亚·安德列耶夫娜是同事，他带着家眷。

果园街上传来一声劈柴声，玛丽亚·安德列耶夫娜一听就知道，是从科舍沃伊家的院子里传出来的。她的心怦怦乱跳，进院子以前先四下望望，看有人看见她没有，仿佛她做的是一件危险犯法的事。

毛茸茸的大黑狗躺在台阶跟前，热得伸出红舌头，听见玛丽亚·安德列耶夫娜的脚步声，抬抬头想站起来，一认出是她，便抱歉地看着她，仿佛在说："对不起，天太热了，连朝你摇摇尾巴的劲都没有。"然后又趴在地上。

维拉外婆正在劈柴。她长得又高又瘦，青筋暴露，两只瘦长的胳膊把斧子举得老高，然后使劲砍下来，累得呼哧直喘。看样子她没有腰疼的病，要不然她是以毒攻毒。外婆的脸晒得发黑又很瘦，鼻子细，鼻翼不住翕动。玛丽亚·安德列耶夫娜每逢看到外婆的侧影,就想起但丁①的头像。她还是在革命前出版的《神曲》多卷集上看到过。外婆暗褐色的头发已经花白,鬈曲地围住晒黑的脸,并落到肩头。她平时总戴着一副黑玳瑁细框眼镜,因为买的年头久了,有一条镜腿掉了,她就用黑线把镜框拴上。但是外婆劈柴没戴眼镜。

她干得挺有劲,用上两三倍的力气,柴火劈得噼噼啪啪四下乱飞。外婆脸上的表情和整个姿势都仿佛在说:“让这些德国人见鬼去吧!你们要是害怕德国人,也让你们见鬼去吧!我最好还是劈我的柴火……咔嚓……咔嚓……让这些柴火也见鬼去吧,让它满天飞!是的,我还是喊嚓咔嚓劈柴火,也不会像你们那样摇尾乞怜。就是搭上这条老命,那也是活该,反正我老了,我不怕死……咔嚓……咔嚓……”

这时外婆的斧子被带节子的木柴夹住了,拔不出来,便把斧子连木柴猛地一举,甩到肩后,然后使劲往垫的木头上一砸,一劈两半,其中一块差点儿把玛丽亚·安德列耶夫娜打倒。

维拉外婆这才看见了玛丽亚·安德列耶夫娜,眯细眼睛认出她来,便扔下斧子,大声跟她打招呼,那声音大概整条街都能听见。

“啊,玛丽亚,是玛丽亚·安德列耶夫娜!你来得太好了,你不嫌弃我们!我的女儿列娜把头扎在枕头里,号啕大哭,都哭了三天了。我问她说:‘你能有多少眼泪?’您快请进来吧……”

玛丽亚·安德列耶夫娜一听她那么大的嗓门,先是吓了一跳,同时也给她壮了胆——她也喜欢大声说话。但是她还是压低嗓音担心地问:“我们的人走了吗?”她指着她同事的家。

“他自己走了,家里人都留下了,也是哭个没完。也许您能跟我吃点儿啥?我做的红甜菜汤,可就是没人吃。”

维拉外婆虽然出身贫苦,却样样干得出类拔萃。她老家是波尔塔瓦省,父亲在农村干木匠活。丈夫是基辅人,在普梯洛夫工厂当过工

---

① 但丁(1265—1321),意大利诗人。《神曲》是他的代表作。——译者注

人,参加第一次世界大战受了伤,就落到他们村里。维拉外婆结婚以后,仍然走独立的道路,当上村苏维埃代表,在贫农委员会里工作,后来进了医院工作。丈夫死后她不但没受到打击,反而更发挥了独立精神。现在她不工作了,靠退休金生活,但是现在必要的话,她也能发表权威性意见。维拉外婆入党已经十二年了。

奥列格的母亲叶列娜·尼古拉耶夫娜趴在床上,把头埋在枕头里,身上穿着大花连衣裙,揉得皱巴巴,光着两只脚。两条蓬松的浅褐色辫子,平时在头上巧妙地盘成大发髻,现在耷拉下来,几乎长到脚跟,盖住她那个子虽小、发育健全的身体。不难看出她是个年轻漂亮而且有力气的女人。

维拉外婆和玛丽亚·安德列耶夫娜一进屋,叶列娜·尼古拉耶夫娜便抬起头,依然满面泪痕。她颧骨略高,眼睛哭肿了,却露出善良、聪明而温柔的眼神。她大叫一声,扑到玛丽亚·安德列耶夫娜的怀里。她们互相偎依着抱在一起,彼此亲吻,哭一阵又笑了起来。她们高兴的是,在这恐怖的日子彼此能这么亲密,互相了解并同舟共济。她俩哭一阵笑一阵,维拉外婆用两只干巴巴的手卡着腰,摇晃着但丁式的头,不住念叨:

"这一对傻瓜,可真傻,又是哭又是笑。笑得没来由,哭的日子还在后头呢……"

这时她们听到街上传来令人奇怪的声音,越来越响,好像有无数发动机在怒吼,还夹杂着恶狠狠的狗叫。狗叫声也越来越响,好像全市的狗都疯了,不要命地吠叫。

叶列娜·尼古拉耶夫娜和玛丽亚·安德列耶夫娜彼此放开手。维拉外婆也放下双手,晒黑的瘦脸一下子变白了。她们就这样站了一会儿,不敢想这是什么声音,却已经明白是什么声音了。突然三个人一起往外跑,外婆打头,玛丽亚·安德列耶夫娜紧跟着她,叶列娜·尼古拉耶夫娜在最后,一齐来到小花园,直觉告诉她们应该怎么办,便不去门口,而是不约而同穿过葵花地奔栅栏跟前种的迎春跑去。

从市区的低处传来无数汽车的隆隆声,并且越来越响。汽车轮子已经压过台板,经过第二道道口,只是从这里看不见。街口上突然出现一辆灰色的敞篷小汽车,一拐弯车窗玻璃反射出耀眼的阳光,沿着大街朝这三个站在迎春丛里的女人缓缓驶来。车上坐着几个军官一动不动,灰制服,灰制帽,帽尖高高翘起。他们挺直腰板,一脸严峻。

这辆汽车后面紧跟着几辆小汽车。它们从道口开到大街上,一辆接一辆向公园这边缓缓开过来。

叶列娜·尼古拉耶夫娜两眼盯着汽车,用两只骨节粗大的小手急忙把辫子一根根拽起来,往头上盘。她动作迅速,却完全是机械的,发现没带发卡,仍然站在原地不动,两手捂着头上的辫子向街上张望。

玛丽亚·安德列耶夫娜突然轻轻叫了一声,离开迎春丛撒腿就跑。她没走前面的大街,而是往回跑,绕过她同事住的那道墙的墙角,从另一个角门出去,拐到后街。这条街跟前面那条出现德国人的街平行,街上阒无人迹,她就顺着这条街跑回家去。

“对不起,我已经没有气力给你做点儿思想准备……你要坚强……你要马上藏起来……他们马上就会闯到我们这条街!”玛丽亚·安德列耶夫娜对丈夫说。

她气喘吁吁,两手扶着胸口,但是跟所有的健康人一样,跑得满头大汗,气色红润,她这种激动的表情跟她所说的恐怖的事情很不协调。

“德国人?”柳霞轻声说,声音里流露出的恐惧不是孩子所能有的,玛丽亚·安德列耶夫娜听了,便不再作声,张皇失措地四下瞅。

“瓦丽亚哪去了?”她问。

玛丽亚·安德列耶夫娜的丈夫默默站在那里,嘴唇都吓白了。

“我告诉你,我全都看见了。”柳霞声音非常轻,说得很认真,“她在果园里看书,有个男孩子,好像大人似的,跳栅栏进来。她原来躺着,便坐起来。他们唠了好半天,后来她从地上跳起来,他俩跳栅栏就跑了。”

“往哪跑了?”玛丽亚·安德列耶夫娜用呆滞的目光看着她问。

“往公园跑了……毯子落下了,还有枕头和书。我以为她马上就会回来,便出去接她,可她一直没回来,我把东西都拿回来了。”

“我的天哪……”玛丽亚·安德列耶夫娜说,沉重地坐到椅子上。

第十七章

维拉外婆和叶列娜·尼古拉耶夫娜依然站在迎春丛中,看这些又高又长的大卡车从街口一辆接一辆往外爬,上坡时拼命怒吼着。这些大卡车塞满了街道,隆隆声也充满整个空间。大卡车上坐着一排排德国兵,穿着灰上衣,戴着肮脏的灰船形帽,晒得发黑,大汗淋漓,满身尘土,把枪夹在两腿中间。各家的狗都狂吠着从院子里跑出来,朝大卡车扑去,围着车乱蹦乱跳,扬起浓密的红色尘土。

前面几辆汽车坐着军官,已经开到科舍沃伊家花园跟前,从两个女人身后突然发出一声狂吠,毛茸茸的大黑狗好像一团火球穿过向日葵,跳过小花园的矮栅栏,扑到最前面的一辆汽车跟前,围着车乱蹦,不时低声哼着,发出一阵阵老人一般嘶哑而洪亮的吠声。

两个女人吓得面面相觑……她们感到似乎马上就会大难临头,却什么事也没发生。这辆汽车继续往前开,开到公园附近,停在克拉斯诺顿煤炭联合公司门前。其他小汽车也跟着开过去。这时拉着士兵的大卡车停得满街都是。士兵们纷纷从车上跳下来,伸伸胳膊腿,便分别到各家院子去敲门。他们说话的声音闹哄哄的,俄国人听了感到尖利刺耳。毛茸茸的大黑狗站在角门跟前不知所措,没有目标地朝着大街吠叫。

军官们站在联合公司的门前抽烟,勤务兵们往屋里搬皮箱。一个小个子军官挺着大肚皮,指挥从车上往下卸东西。他的制帽帽尖高高翘起,相形之下,显得他的脑袋毫无意义。一个年轻的军官两条腿长得出奇,急急忙忙斜穿街道,向普罗岑科住的房子跑去。他身后跟着一个高大笨拙的勤务兵,穿着粗皮鞋,浅黄色头上戴着船形帽。但是他俩不一会儿就从里面走出来,急忙到隔壁一家的门口。这家从前住的也是州委干部,几天前就跟房东一起撤退了。这个军官带着勤务兵从那家院子出来,径直奔科舍沃伊家的角门而来。

毛茸茸的大黑狗终于看见真实的敌人朝它走来,大叫一声,朝着年轻的军官扑过去。这个军官叉开两条长腿,脸上现出顽皮的神气,咬牙切齿骂了一句,从皮套里掏出手枪,对准黑狗就一枪。黑狗鼻子触地,还吠叫着朝军官跟前爬了两步,便直挺挺地躺下了。

"把狗给打死了……真不知还会出什么事?"维拉外婆说。

站在联合公司门口的军官和大街上的士兵听到枪声都回头看,看见打死一条狗,便又各干各的事。零星的枪声不时在这里或那里响起。年轻的军官带着身材高大、浅黄色头发的勤务兵已经打开科舍沃伊家的角门。

维拉外婆高昂着但丁式的头径直朝他们迎上去,叶列娜·尼古拉耶夫娜仍然站在迎春丛中没动,双手捂住盘在头上的浅褐色辫子。

这个军官叉开长腿站在外婆对面,尽管外婆个子不算矮,他却用没有颜色的冷冰冰的眼睛居高临下地看着她问:

"谁带我们看看你们的房子?"

他说完这句话,自以为他的俄语说得很地道,便把目光从外婆身上移到依然站在迎春丛中双手捂住头的叶列娜·尼古拉耶夫娜身上,然后又掉过脸看外婆。

"怎么了?列娜,你带他们去看看。"外婆哑着嗓子为难地说。

叶列娜,尼古拉耶夫娜双手捂着辫子顺着垄沟往家走。

军官奇怪地看她一会儿,又掉过脸去看外婆。

"怎么回事?"他说着扬起浅色眉毛,他那张纨绔子弟的脸保养得很好,露出颐指气使的神气。

外婆连忙不习惯地迈着碎步,几乎跑着回家。

科舍沃伊家共有三个房间和一个厨房。客人经过厨房径直走,是个大房间,就是餐厅。餐厅有两扇窗户朝向后街,后街跟果园街平行。房间里有一张床是叶列娜·尼古拉耶夫娜睡的,还有一张沙发,奥列格平时在上面睡。餐厅左侧门里的房间,是奥列格的舅舅、舅母和孩子住的。对面的右侧门里面是个小套间,是外婆的房间。小套间跟厨房只有一墙之隔,而且炉灶贴墙安的,厨房里一生炉子,小套间就热得受不了,到了夏天更厉害。好在外婆跟所有的乡下老年人一样,喜欢暖和,要是热得实在厉害,就打开小窗,小窗对着小花园,窗前还种着丁香。

军官进了厨房,大致四下看看,然后低下头怕撞到门框,走进餐厅,站了一会儿,拿眼四外观看。他显然看中了这里。墙刷得白白的,家具擦得崭亮,地板刷过油漆,上面还铺着自己家织的地毯,虽说粗糙,倒也干净。桌子上铺着雪白的桌布,叶列娜·尼古拉耶夫娜床上的被罩也是雪白的,两个枕头一大一小,拍得鼓鼓的,上面还蒙着网扣和轻柔的罩。窗台上摆着花。

军官迅速走进奥列格的舅舅的房间,进门也不得不低下头。叶列娜·尼古拉耶夫娜甚至不记得她什么时候又怎样别住的辫子,一直站在餐厅里没动地方,仰着头靠在门框上,头上的浅褐色辫子盘成大发髻,好像一顶王冠。维拉外婆跟德国人走进里屋。

这个小房间里摆着一张不大的写字台,写字台上的墨水盒和文具都整整齐齐,桌头和门框的钉子上挂着丁字尺、三角板和曲线板,这个房间德国人也看中了。

"Schön①!"他满意地说。

突然他看见床上的被子揉搓乱了——玛丽亚·安德列耶夫娜进来时,叶列娜·尼古拉耶夫娜正在这张床上躺着。他快步走到床前,掀起被子和床单,用两根指头厌恶地拽起鸭绒褥子,弯腰用鼻子闻闻。

"臭虫的没有?"他皱着眉头问维拉外婆。

"臭虫没有……没有。"外婆说,故意说得怪里怪气,好让德国人能听懂,并且生气地摇摇头。

"Schön!"德国人说,低头过门,回到餐厅。

---

① 德语:好。——译者注

外婆的房间他只看一眼,就来个大转身,朝向叶列娜·尼古拉耶夫娜。

"这里要住的是冯·文采尔男爵将军。"他说,"这两个房间都得倒出来。"他指餐厅和奥列格的舅舅的房间。"你们可以住这里。"他指着维拉外婆的房间。"这两个房间,你们要用的东西马上拿走……这个的,这个的……通通拿走。"他用两个指头厌恶地翻翻叶列娜·尼古拉耶夫娜床上雪白的被罩、被子、床单。"那个房间……也拿走……快点儿!"他从叶列娜·尼古拉耶夫娜身旁走出房间,把她吓得往后一躲。

"他问有没有臭虫? 这才叫敌人呢! ……维拉外婆老了老了,竟然落到这步天地。"外婆操着大嗓门激烈地说。"列娜! 你还发呆呢怎么的?"她怒气冲冲地说。"不是要给男爵倒房间吗? 这个坏蛋怎么不瞎了眼睛! 你清醒清醒吧! 说不定该着咱们走运,给安插个男爵,也许不像那些家伙那么发疯……"

叶列娜·尼古拉耶夫娜默默卷起自己的被子搬到外婆的房间,就再也不出来。维拉外婆从儿子和媳妇的房间搬出被褥,又从墙上和桌子上取下儿子和外孙奥列格的照片放进五斗橱(免得他们问这问那),把自己的和女儿的内衣和衣服搬到自己的房间(免得到他们那里去找东西,去他们的吧!)。但是好奇心折磨着她,在屋里坐不住,又来到院子里。

那个大高个子的勤务兵又从角门走进来。他浅黄色头发,胖脸上长着浅黄色雀斑,两手都提着皮箱。皮箱又长又宽又扁,外面还套着皮套。后面还跟着一个士兵,手里拿着武器——三支冲锋枪、两支驳壳枪和一把套着银鞘的马刀。另外还有两个士兵,一个人拿着皮箱,另一个人拿着收音机,收音机不大,看样子很沉。他们对外婆连瞅都不瞅就进屋了。

这时,一个又高又瘦的将军从角门走进小花园,脚上穿的皮鞋崭亮,稍微落点儿尘土,制帽前面的帽尖高高翘起。他上了年纪,但是满是皱纹的脸和喉结却洗得干干净净,在他身后离有半步,是那个长腿军官低着头,毕恭毕敬地陪着他。

将军穿着灰色斜纹裤,两边镶着双饰条,弗伦奇式军上衣钉着暗金色扣,黑领红领章,领章上绣着金棕榈枝。他走路扬着头,细长的脖子,细长的脸,两鬓斑白。他断断续续地说些什么。那个军官低头跟在后面,恭恭敬敬地听他说出的每一个字。

将军一进小花园就站住了,慢慢转动紫红的长脖子四处观望。那样子活像一只鹅,尤其是他那顶制帽,不但帽尖翘起,而且还有一个长长的帽檐向前伸出。将军扫视完了,死板板的脸毫无表情。他伸出细长的手和干巴的手指飞快地比画一圈,仿佛决定了在他视野以内的一切东西的命运,还嘟囔了一句什么。军官更加恭敬地低下头。

将军走过维拉外婆身边的时候,只用褪了色的疲惫的眼睛把她打量一下,但是他那复杂的化妆品味却扑鼻而来,然后低下头怕碰上门框,走进屋里。长腿的年轻军官向立正站在台阶旁边的士兵做了一个手势,让他们别走,自己跟着将军进屋。维拉外婆仍然站在院子里。

约莫过了几分钟,军官出来向士兵们发出简短的命令,同时也用手朝小花园比画一圈,准确模仿了将军的手势。士兵们原地向后转,皮靴跟撞得咔嚓响,排成一行走出小花园,军官又回到屋里。

菜园里的向日葵向西低垂着金黄色的头,长长的浓荫落到垄上。迎春丛那面的街上传来外国人兴奋的说笑声,右边的道口还不断有发动机的怒吼声传来,四处不时响起枪声、狗的尖叫声和鸡的咯嗒声。

维拉外婆已经认得的两个士兵又在角门门口出现。他们手里拿着扁斧。外婆还没明白他们拿斧子干什么,两个士兵便从角门两侧——一边一个砍起栅栏旁边种的迎春。

"你们砍它干吗?它又碍你们什么事?"外婆再也忍耐不住,忽闪着裙子朝士兵扑过去。"这是花,是多么好看的花!它碍你们什么事?"她怒气冲冲地说,一会儿扑向这个士兵,一会儿扑向那个士兵,勉强控制住自己没去揪他们的头发。

那两个士兵并不理她,也不说话,只管吭哧吭哧地砍灌木丛。后来其中有一个对伙伴说了句什么,两个人都大笑起来。

"还笑呢。"外婆蔑视地说。

有一个士兵直起腰,用袖子擦擦额头的汗,笑着看看外婆,用德语说:

"这是上边的命令。军事需要。您看,到处都砍。"他用斧子指指邻家的花园。

外婆听不懂他说什么,但是朝他指的方向一看,就见邻家的花园和那面的花园,还有她身后,德国兵到处在砍树和灌木。

"游击队——砰!砰!"有个德国兵试图解释,蹲在灌木后伸出肮脏的食指和厚指甲,比画游击队怎么打枪。

外婆立刻泄了气,把手一挥,离开士兵,坐到台阶上。

角门里出现一个戴白帽子的炊事兵,身上穿着白大褂,底下露出灰裤脚和木跟的粗皮鞋。他一只手里提着编得挺精致的大圆筐,里面杯盘直响,另一只手拿着大铝锅。后面还有一个士兵,灰上衣油渍麻花,双手捧着大盆子,里面不知装的什么东西。他们经过外婆身边走进厨房。

突然从屋里传出断断续续的音乐声、咔嚓声、嗞哩声,说了两句德语,然后又是咔嚓声、嗞哩声和断续的音乐。这些声音好像来自另外一个世界。

整条街上都有德国兵砍花园里的树木,不一会儿左右两侧都砍光了,从第二道道口一直到公园整条大街都裸露出来。街上来来往往都是德国兵,还有摩托车跑来跑去。

突然从外婆身后的屋里传出遥远的轻柔的音乐。这是离克拉斯诺顿很远很远的地方,过着一种平静安稳的生活,跟这里所发生的一切风马牛不相及。能够欣赏这种音乐的人,距离战争很遥远,距离街上跑来跑去和砍树的德国兵以及维拉外婆也很遥远。是的,这种生活对这些砍树的德国兵来说一定是遥远和陌生的,因为他们连头也不抬,并不停下手中的活去听,也不交换对这种音乐的看法。

他们把花园里的树木砍得一干二净,连维拉外婆窗前的丁香也砍了,而叶列娜·尼古拉耶夫娜依然孤零零的,默默坐在外婆的小屋里。

接着他们又操起斧子去砍向日葵。那些金灿灿的头垂向夕阳的葵花被连根砍倒，周围砍得精光，游击队也就无从"砰""砰"了。

第十八章

整个黄昏德军各兵种的军官和士兵住进全市的各个区,只有大"上海"和各个小"上海",边远的"鸽子房",还有瓦丽亚·博尔茨家住的"木头街"还没去住。

街上看不见当地的居民。似乎整个城市都住满了德国兵,到处都是暗灰色的军装和船形帽或带德国银鹰的制帽。灰军装分散到各家的院子里和菜园里,在房门口和板棚、仓房、贮藏室的门口到处可见。

奥西穆欣家和泽姆努霍夫家住的那条街也被第一批乘卡车进城的德国兵占据了。街道很宽,本来放得下卡车,可是德国人怕引起苏军空军的注意,士兵按照上级的命令把所有的栅栏全拆掉,卡车可以随便开进院子,停在房子和板棚跟前,用以做掩护。

有一辆又长又高的大卡车,车上的士兵全都跳下来了,隆隆地响着发动机开倒车,把宽大的双轮轮胎开进奥西穆欣家的花园。栅栏被压得咔嚓响,房前的花和花坛也被压扁了,空气中弥漫着汽油味。大卡车轰轰隆隆退进院子,停在墙跟前。

一个雄赳赳的上等兵,一脚踢开奥西穆欣家门斗的门,然后又踢开前厅的门,闯进屋里,身后跟着一群德国兵。这个上等兵长得黑,挺硬的小黑胡朝前撅着,头发也又黑又硬,像毡子似的包着鬓角和后脑勺,把船形帽卡在前额上。

叶丽扎韦塔·阿列克谢耶夫娜跟柳霞长得十分相似。她俩都不大自然地挺直腰板坐在沃洛佳的床边上。沃洛佳躺在床上,把床单一直盖到下巴上,用细长的褐色眼睛阴郁地望着前方。他心情十分激动,却又竭力控制自己,不让家里人看出来。但是当门斗里响起踢门声,几个德国兵汗淋淋的脏脸出现在前厅被踢开的门口时,叶丽扎韦塔·阿列克谢耶夫娜猛然站起身,迅速迎上去。她把身板挺得笔直,脸上带着她特有的坚决表情。

"大大的好。"上等兵说,快活地笑着,放肆而和善地看着叶丽扎韦塔·阿列克谢耶夫娜的脸,"我们的士兵要住在这里……只不过两三宿。"Nur zwei oder drei Nächte。① 大大的好。"

他身后的德国兵都一声不吭,板着脸看着叶丽扎韦塔·阿列克谢耶夫娜。她打开她平时跟柳霞住的房间的门。德国人没来之前她就想好了,如果德国人要在这里住,她俩就搬到沃洛佳的房间,全家人住在一起。但是上等兵并不进那个房间,甚至连看也没往屋里看,而是从开着的门看柳霞。柳霞挺直腰板,正一动不动坐在沃洛佳床边。

"噢!"上等兵叫了一声,朝柳霞快活地一笑,还行了一个举手礼。"是您的哥哥吧?"他用黑手指毫不礼貌地朝着沃洛佳一指。"他的受伤了?"

"不是,"柳霞脸红了,回答说:"他病了。"

"她会德国话!"上等兵笑着转过脸去对那些士兵说。那些士兵仍然板着脸站在前厅里,"您的哥哥是红军战士,或者是游击队,打仗受了伤,您想瞒着,我们随时都能查出来。"上等兵笑着说,并用闪闪发亮的黑眼睛跟柳霞飞眼。

"不,不,他是学生,他才十七岁。他刚刚动过手术。"柳霞激动地回答说。

"别害怕,我们不会碰您的哥哥。"上等兵说,又朝柳霞一笑,然后又朝她举手敬礼,才去看叶丽扎韦塔·阿列克谢耶夫娜让他看的房间。"大大的好! 这个门通哪?"他问叶丽扎韦塔·阿列克谢耶夫娜,也不等回答,便打开厨房门。"太好了! 马上点火。你们有小鸡吗?……鸡蛋,鸡蛋!"他和善地笑了,笑相很蠢。

战争开始以来就流传关于德国兵抓小鸡的笑话,不但亲眼见过的

---

① 德语:只不过两三个晚上。——译者注

人这么说,报上的通讯也这么写,连漫画上也有这类文字说明,现在由他亲口说出来,甚至令人奇怪。

"弗里德里希,你快给我们做饭。"他带那些士兵走进叶丽扎韦塔·阿列克谢耶夫娜让他看的房间,于是整个房子都充满了笑声和说话声。

"妈妈,你听懂了吗? 他们要鸡蛋,还要生炉子。"柳霞悄声说。

叶丽扎韦塔·阿列克谢耶夫娜仍然默默站在前厅里。

"你听明白了吗? 妈妈,要不要我去取柴火?"

"我都明白。"母亲说,姿势一点儿也不变,显得过于镇静。

一个不算年轻的德国兵从屋里走出来,他的下巴朝前撅,船形帽底下露出一块伤疤,一直伸到眉毛。

"你是弗里德里希吧?"叶丽扎韦塔·阿列克谢耶夫娜不慌不忙地问。

"弗里德里希? 我就是弗里德里希。"这个士兵一脸不高兴地说。

"跟我来……你帮我搬柴火……鸡蛋我去给你们拿。"

"什么?"他问,一点儿也没听懂。

于是她用手比画,走进门斗。德国兵跟在她后面。

"好了,"沃洛佳说,眼睛并不看柳霞,"关上门!"

柳霞轻轻关上门,以为沃洛佳有什么话要对她说。

但是等她回到床边,他却闭眼躺着,一声不吭。这时那个上等兵也不敲门,又出现在门口,光着膀子露出一身黑毛,手里端着肥皂盒,肩上搭着毛巾。

"你们的洗脸盆在哪?"他问。

"我们不用洗脸盆,我们在院子里洗,互相用茶杯冲。"柳霞说,

"多野蛮!"上等兵快活地看着柳霞,叉开双腿,脚上穿着褪成红褐色的厚底皮鞋。"您叫什么名字?"

"柳德米拉。"

"什么?"

"柳德米拉。"

"我听不明白……柳……柳……"

"柳德米拉。"

"啊！Luise①!"上等兵满意地叫了起来。"您会德语,却用茶杯洗脸。"他轻蔑地说,"大大的不好。"

柳霞默不作声。

"那么冬天呢?"上等兵又叫起来,"哈哈!……多么野蛮! 只好请您给我冲冲啦!"

柳霞站起身来朝门口走去,但是他仍然叉开双腿站在门口不动,露着一身黑毛,嬉皮笑脸,两眼直盯盯,放肆地瞅着柳霞。

她走到他面前停住脚步,低下头,脸也红了。

"哈哈!……"上等兵又站了一会儿才给她让路。

他们走到门前的台阶上。

沃洛佳听得懂他们的谈话,闭着眼睛躺在床上,全身都感到剧烈的心跳。他要是没有病,就可以替柳霞去给德国人冲洗。他想到他和全家目前所处的屈辱境地,而且今后就要在这种环境里生活下去,感到可耻。他的心怦怦乱跳,便又闭上眼睛,以免泄露内心的激动。

他听得清清楚楚:德国兵穿着鞋掌钉钉子的沉重的皮鞋从前厅到院子来回走。母亲站在台阶上厉声吆喝什么,趿拉着鞋回厨房,然后又走到台阶上。柳霞悄悄回到屋里,随手掩上门——母亲替换了她。

"沃洛佳! 真可怕。"柳霞悄声很快地说,"栅栏都给拆了。花坛压坏了。家家院子全是德国兵。都脱下衬衫抖落虱子。他们还脱得光溜溜,正对着咱家门口,用木桶往身上倒凉水冲。我都恶心死了。"

沃洛佳躺着,并不睁开眼睛,一声不吭。

院子里小鸡叫了起来。

"弗里德里希在宰咱们家的鸡。"柳霞说,语声里突然流露出嘲笑口吻。

上等兵喷着鼻子,嘴里断断续续发出各种声音,大概他一边走路,

---

① 德语:路易斯! ——译者注

一边用毛巾擦身子,经过前厅回到对面屋,从那里传来一阵响亮而快活的声音,这种声音只有体格健壮的人才能有。叶丽扎韦塔·阿列克谢耶夫娜在回答他的问话,过了一会儿她抱着行李卷儿回到沃洛佳的房间,放到墙角上。

不知道厨房里正在烤什么,煎什么,连关着门也传进来煎烤的气味。他们的家成了大开的城门,不断有人出出进进。从厨房里、院子里和上等兵他们住的房间里不断传来用德语谈话的声音和笑声。

柳霞擅长学外语,中学毕业后,在战争的这一年里学过德语、法语和英语。她很想进莫斯科外语学院,将来从事外事工作。柳霞情不自禁地听德国兵的谈话,里面夹杂着玩笑和粗话,她却听懂不少。

"啊,老朋友亚当!你好!亚当,你手里拿的什么?"

"乌克兰的腌肥肉。我想跟你分享。"

"太好了!你有白兰地吗?没有?hol's der Teufel①!我们只好喝俄国的伏特加了!"

"听说街那头有个老头有蜂蜜。"

"我派汉斯去。机不可失。鬼知道我们在这里能住多久,前面等待我们的是什么?"

"前面等待的是什么?是顿河和库班,也许还有伏尔加河。你听我的话,那地方不会比这里差。"

"在这里我们起码还活着!"

"这个倒霉的煤矿区,真见鬼!除了刮风、尘土,就是稀泥。人人都像狼一样盯着你。"

"到什么地方他们用友好的眼光瞅过你?你为什么以为你会给他们带来幸福?哈哈!…"

有人走进前厅,用女人的声音沙哑地说:

"Heil Hitler!②"

---

① 德语:见它的鬼去吧!——译者注
② 德语:希特勒万岁!——译者注

"呸,见鬼!是彼得·芬邦!Heil Hitler!……啊,verdmmt noch mal①!我们头一次看见你穿这一身黑皮!过来,让我瞧瞧……大家都来看,这是彼得·芬邦!没曾想,一出国境我们就没见过面。"

"这么一说,你们当真想我了。"这个女人般的声音冷笑说。

"彼得·芬邦,哪一阵风把你吹来的?"

"你最好问问我上哪去,我们被派到这个鬼地方来了。"

"你胸前挂的什么章?"

"我现在已经是分队长了。"

"啊哈!怪不得你发福了呢。党卫队的伙食一定好!"

"不过他还是跟从前一样,穿衣服睡觉,连澡都不洗,我一闻就闻出来了。"

"你开玩笑可得小心,免得后悔。"那个嗓门像女人的声音的人沙哑地说。

"对不起,亲爱的彼得,我们可是老朋友了。对不对?当兵的连玩笑话也说不得,那还能干什么呢?你怎么跑到我们这里来了?"

"想找个住的地方。"

"你还用找住处?!你们总是分到最好的房子。"

"我们占的是医院,是一座大房子。不过我想找个住家的。"

"我们这里住七个人。"

"我看得出来……Wie die Heringe②!"

"是呀,你现在高升了。不过别忘了老伙计。趁我们住在这里,你常来玩。"

那个说话带女人腔的人尖着嗓子回答一句,逗得哄堂大笑。他用带钉子的皮鞋踏着沉重的步子走了出去。

"这个彼得·芬邦可是个怪人!"

"怪人?他步步高升,他算做对了。"

"可你看见他什么时候脱过衣服吗?连只穿内衣的时候都没有。

---

① 德语:真该死!——译者注
② 德语:挤得像鲱鱼。——译者注

他从来不洗澡。"

"我怀疑他身上长疮,怕人看见。弗里德里希,饭快好了吗?"

"我没有桂叶。"弗里德里希闷声闷气地说。

"你以为快打完仗了,你好事先为自己编一顶胜利者的桂冠?"

"打不完,因为我们在跟全世界作战。"弗里德里希阴郁地说。

叶丽扎韦塔·阿列克谢耶夫娜在窗前坐着,一只胳膊肘支着窗台,陷入沉思。她从窗户看到外面一大片空地洒满夕阳。空地尽头,斜对着他们家有两幢各自独立的白砖房——大的是伏罗希洛夫学校,小的是儿童医院。学校和医院都疏散了,房子空着。

"柳霞,你来看看是怎么回事?"叶丽扎韦塔·阿列克谢耶夫娜突然说,把鬓角贴到玻璃上。

柳霞跑到窗前。左侧有一条路穿过空地经过这两幢房子跟前。路上尘土飞扬,有一群人正从路上走来。开头柳霞也没明白是怎么回事。只见男男女女穿着深色的患者服,光着头,在路上慢腾腾地走,有的还拄着拐杖,一瘸一拐,有的自己勉强挪动脚,还抬着担架,担架上不知是病人还是伤员。有几个女人扎白头巾穿白大褂,还有穿普通服装的市民,有男有女,都背着沉重的包裹。这一群人从哪里来,从窗口看不见。他们聚集在儿童医院的大门口,有两个穿白衣服的护士正在开门。

"这是市医院的病人! 他们被撵出来了。"柳霞说。"你听见没有? 你听明白了吗?"她转过脸对哥哥说。

"是的,是的,我听见了。我立刻就想到:那些病人怎么办? 因为我住过院。那里还有伤员呢!"沃洛佳激动地说。

柳霞和叶丽扎韦塔·阿列克谢耶夫娜观看病人搬家的情景,并且悄悄告诉沃洛佳,过了一会儿德国兵吵吵嚷嚷的谈话声打断了他们。听话声,上等兵的房间里大概总该有十个人到十二个人。不过他们是走一批来一批。从傍晚七点开始吃,现在天都黑定了,还一个劲儿吃。厨房里还正在煎什么。前厅里穿大皮鞋的士兵不断出出进进。上等兵的房间里传来碰杯声、祝酒声和笑声。他们的谈话热烈一阵又冷清一阵,因为端上新菜。说话声越来越带醉意,也越来越放荡。

主人的房间里闷热不堪:厨房的热气和油烟都钻进屋里,他们仍然不敢开窗户。天黑了,他们却心照不宣,不肯点灯。

7月的黑夜降临了,他们依然坐着,不铺床,也不敢躺下睡觉。窗外的空地上已经什么也看不清楚,略微明亮的天空的背景上只能看得见空地右侧一带长冈的漆黑的冈顶和上面的区执委会和"疯老爷"的房子。

上等兵的房间里唱起了歌。这歌声不是一般的醉汉唱出来的,只有德国人喝醉了酒才这么唱:清一色的低音,唱得非常费劲,声嘶力竭,因为他们既然想唱低音,又想声音大。然后他们又是碰杯,又是唱歌,又吃东西。也只有吃东西的时候才算安静些。

前厅里突然响起一阵沉重的皮鞋声,走到主人的屋门前停住了,似乎正在隔门听屋里的动静。

然后响起用手指用力敲门的声音。叶丽扎韦塔·阿列克谢耶夫娜摆摆手,不让开门,装作他们已经睡了。接着又敲一阵。过了几秒钟改用拳头使劲敲。门一下子开了,伸进一个黑乎乎的脑袋。

"有人吗?"上等兵用俄语问,"房东太太!"

叶丽扎韦塔·阿列克谢耶夫娜直身站起来,走到门口。

"您有什么事?"她轻声问。

"我和我的士兵请你们跟我们一起吃点东西……你和路易斯。吃一点点。"他解释说,"还有那个男孩子! ……你们可以给他带过来一点。一点点。"

"我们已经吃了,我们不想吃。"叶丽扎韦塔·阿列克谢耶夫娜说。

"路易斯在哪?"上等兵没听懂她的话又问,他呼哧直喘,打着饱嗝,喷出酒气,"路易斯,我看见您了。"他咧开嘴笑着说。"我和我的士兵请您跟我们一起吃饭。如果不反对的话,再少喝点酒。"

"我哥哥有病,我不能离开他。"柳霞说。

"也许你们要收拾桌子了? 走吧,我去帮个忙,走吧。"叶丽扎韦塔·阿列克谢耶夫娜仗着胆子拽住上等兵的衣袖,跟他一起走到前厅,随手把门关上。

厨房、前厅和他们喝酒的房间,到处弥漫着蓝中带黄的烟气,呛得眼睛直流泪。许多摇摇曳曳的小黄光仿佛融化在这一片浓烟之中。这是用罐头盒做的小灯,里面装上斯蒂林酯或类似的白色东西。小灯到处都是,厨房的桌子和窗台上,前厅衣架板上和挤满德国兵的屋子里的桌子上都有。叶丽扎韦塔·阿列克谢耶夫娜跟着上等兵进屋。

德国兵把桌子挪到床前,周围坐了一圈。他们挤挤插插地坐在床上、椅子上和板凳上。只有脸上带刀疤的弗里德里希闷闷不乐,坐在劈柴垫的木头墩上。桌子上放着几瓶伏特加酒,还有许多空酒瓶放在桌子上或桌下面和窗台上。桌子上摆满用过的盘子、羊骨头和鸡骨头、嚼剩的菜根和面包皮。

德国兵都没穿上衣,露出肮脏的衬衫,敞着怀,汗水淋淋,前胸净是毛,从手指到胳膊肘都油渍麻花。

“弗里德里希!”上等兵吼道。“你怎么还坐着不动? 难道你不知道要伺候好漂亮姑娘的妈妈吗?”他笑起来,笑得比清醒的时候更加放肆和开心。周围的人哄堂大笑。

叶丽扎韦塔·阿列克谢耶夫娜觉得出他们是在笑她,而且把上等兵的这句话想得还要坏,便一声不响把桌上吃剩的东西收到一个用过的空盆子里,但是她脸色苍白,神情可怕。

“您的女儿路易斯在哪? 来跟我们一起喝酒吧。”一个喝醉了的年轻士兵说。他脸喝得通红,手也没准,从桌上拿起酒瓶,用眼睛寻找干净杯子没找到,便把酒倒进自己的杯子里,“把她请过来! 德国的士兵在请她。说是她会德语。让她教教我们唱俄国歌……”

他挥了一下手中的酒瓶,憋足了气,瞪着眼睛用可怕的低音唱起来:

Wolga, Wolga, Mutter Wolga…

Wolga, Wolga, Russlands Fluss①…

---

① 德语:伏尔加,伏尔加,我的母亲河,伏尔加,伏尔加,俄罗斯的河……——译者注

他站起身来唱,用酒瓶打拍子,瓶里的酒洒出来,溅到士兵们的身上、桌子上和床上。黑黑的上等兵哈哈大笑,也唱起来,大家都用可怕的低音合着唱起来。

"是的,我们一定要打到伏尔加河!"一个眉毛都湿了的胖德国兵喊道,竭力压过歌声,"伏尔加是德国的河! Deutsch lands Fluss①。应该这么唱!"他大喊大叫,并且为了肯定他的说法,证明他的正确,把叉子往桌子上一扎,一下把齿扎弯了。

他们唱得陶醉了,根本没人注意叶丽扎韦塔·阿列克谢耶夫娜端着装吃剩的东西的盆子到厨房去了。她想涮涮盆子,可是炉子上没有开水壶。"是了,他们不喝茶。"她想。

弗里德里希手里拿着抹布在炉子跟前忙碌,从上面端下平底锅,锅里是炸羊肉块,走出了厨房。"大概是把斯洛诺夫家的羊给宰了。"叶丽扎韦塔·阿列克谢耶夫娜想,听他们用德语唱古老的伏尔加之歌。他们的嗓音都一个样,都带醉意,只是唱得参差不齐。不过她对这歌声就像对周围所发生的一切一样已全不介意,因为她感到,她和孩子从前在生活中用以衡量人类的感情和行为的尺度在他们现在所面临的生活中不再适用了。他们不仅在表面上,而且在内心开始生活在人与人之间的关系跟往常截然不同的世界里,她还觉得这个世界是虚幻的,仿佛只要睁开眼睛,这个世界就会立即消失。

叶丽扎韦塔·阿列克谢耶夫娜悄悄回到沃洛佳和柳霞的房间。他俩正悄悄说话,她一进屋就不出声了。

"也许你最好铺床躺下? 也许你还是睡下的好?"叶丽扎韦塔·阿列克谢耶夫娜说。

"我不敢躺下。"柳霞悄声回答说。

"这条狗,他要再敢来试试。"沃洛佳突然从床上欠起身说,脸色苍白,"他再来试试,我非打死他不可,是的,是的,我要打死他,豁出去了!"他又说一遍,瘦削的脸很苍白,两手支着床,两眼在昏暗中闪闪

---

① 德语:德意志河。——译者注

发亮。

这时又响起敲门声，门慢慢地开了。上等兵端着油灯出现在门口，灯光摇曳不定，照在他那漆黑的胖脸上。他只穿衬衫，把衣襟塞在裤子里。他伸长脖子看半天，看清坐在床上的沃洛佳和坐在哥哥脚旁小凳上的柳霞。

"路易斯！"上等兵煞有介事地说，"您不能嫌恶随时都可能牺牲的战士！我们不会把您怎么的。德国兵都是高尚的人，我可以说，是骑士。我们只想请您陪陪而已。"

"滚蛋！"沃洛佳用仇恨的目光看他。

"噢，你这个雄赳赳的小伙子，可惜病倒了！"上等兵和气地说，因为在昏暗中他看不清沃洛佳的脸色，也听不懂他说的话。

在这一刹那间不知道会出什么事，幸亏叶丽扎韦塔·阿列克谢耶夫娜急忙走到儿子跟前，抱住他，把他的脸贴在自己的胸脯上，强把他按在床上。

"闭嘴，闭嘴。"她把火热干巴的嘴唇贴到儿子的耳朵上，悄声说。

"元首的士兵在等待您的答复，路易斯！"醉醺醺的上等兵一本正经地说，一只手端着油灯，摇摇晃晃地站在门口，只穿一件衬衫，露出长满黑毛的前胸。

柳霞脸色苍白地坐在那里，不知如何回答是好。

"好的，很好！古特①！"叶丽扎韦塔·阿列克谢耶夫娜高声说，迅速走到上等兵跟前，不住地点头，"她马上就去，明白没有？费尔希托伊格②？她换件衣服就去。"她用手比画换衣服的样子。

"妈妈……"柳霞用颤抖的声音说。

"你不懂就别吭声。"叶丽扎韦塔·阿列克谢耶夫娜说，一个劲儿点头把上等兵送出去。

上等兵出了屋门。隔着前厅还可以听到叫喊声、笑声和碰杯声。德国兵又用清一色的低音唱起来，唱得更有劲儿了：

---

① 德语"好"的译音。——译者注
② 德语"明白吗"的译音。——译者注

Wolga，Wolga，Mutter Wolga⋯

叶丽扎韦塔·阿列克谢耶夫娜连忙走到衣柜跟前,打开柜门的锁。

"快钻进去,我把你锁在里头,听见没有?"她悄声说。

"那怎么行⋯⋯"

"我们就说你到院子里去了。"

柳霞钻进衣柜,母亲锁上柜门,把钥匙放在衣柜顶上。

德国兵唱得正起劲。夜已经深了。窗外一片漆黑,再也看不清学校和儿童医院的楼房,也分辨不出长冈上区执委会和"疯老爷"的房子。只有前厅里有一线亮光从门底下的缝隙照射进来。"我的天哪,难道这一切都是真的?"叶丽扎韦塔·阿列克谢耶夫娜想。

德国兵唱完了歌,带着醉意开起玩笑,互相争论。他们都一齐嘲笑上等兵无能,上等兵哑着嗓子快活地反驳他们。听得出来,这是一个什么都敢干而且从来不灰心的家伙。

于是他又端着油灯出现在门口。

"路易斯?"

"她到院子里去了⋯⋯院子里⋯⋯"叶丽扎韦塔·阿列克谢耶夫娜用手指着窗外。

上等兵身子一摇晃,端着油灯进了门斗,两只皮鞋踩得咔嚓响。听得见他下台阶踩出扑通扑通声。屋里的德国兵们又说笑一阵子,也到院子里去了。顿时安静下来。隔着前厅听得见对面屋里有收拾杯盘的叮当声,大概是弗里德里希在收拾桌子,还听得见德国兵在院子里的台阶跟前撒尿的声音。其中有几个人不一会儿就闹闹吵吵地回来了,说着醉话。上等兵半天也没回来。最后听得出是他上台阶和进门斗的脚步声。屋门被推开了,上等兵出现了,这一次他没端灯,全身笼罩在从开着的厨房门透出的光亮和烟气之中。

"路易斯⋯⋯"他悄声唤道。

叶丽扎韦塔·阿列克谢耶夫娜好像幽灵出现在他面前。

"怎么?你没找到⋯⋯她没回来,她不在这里。"她说着,又是摇头,又是摆手。

上等兵什么也看不清,仍然在房间里四下趔摸。

"哼——哼——哼……"他突然愤怒地哼叫起来,耍起酒疯,一对浑浊的黑眼睛直盯盯瞅着叶丽扎韦塔·阿列克谢耶夫娜,同时用油渍麻花的大手按住她的脸,手指头使劲一抓,差点儿抠出她的眼珠子,然后用力一推,自己的身子反倒一摇晃,走出房间。叶丽扎韦塔·阿列克谢耶夫娜连忙用钥匙锁上房门。

德国兵还闹腾一气,说了一气醉话,才躺下睡觉,却并不熄灯。

叶丽扎韦塔·阿列克谢耶夫娜坐在沃洛佳对面,默默无语。沃洛佳也没睡。他们内心感到疲惫不堪,却不想睡。叶丽扎韦塔·阿列克谢耶夫娜又等了一会儿,才把柳霞放出来。

"我差点儿没憋死,后背都湿了,连头发都是湿的。"柳霞兴奋地悄声说,这次事件反倒增添了她的勇气,"我把窗户打开点儿。我喘不上气来了。"

她悄悄打开紧靠床的窗户,把头伸到外面。夏夜很闷,但是屋里更闷人,经过方才所发生的一切,只觉得空地上吹来的风非常凉爽,市里一片沉寂,仿佛周围并没有什么城市,只有他们这座睡着德国兵的房子孤立在漆黑的空地当中。突然正前方有一道耀眼的亮光照亮了天空,是在道口的那边,在公园附近。还照亮一大片空地、山冈、学校和医院的房子。不一会儿又出现一道亮光,比方才更亮,于是一切又都从黑暗里呈现出来,甚至连屋里也亮堂了。接着好像发生了爆炸,却听不到声音,似乎是远方的爆炸引起空气的震动,一阵阵从空地的上空掠过,然后一切又都陷入黑暗。

"这是怎么回事?这是怎么回事?"叶丽扎韦塔·阿列克谢耶夫娜惊慌地问。

沃洛佳也在床上欠起身来。

柳霞奇怪地凝望着方才升起火光的地方,那里一片漆黑。她的心似乎停止了跳动。从这里看不到着火,但是火的反光在高处摇曳,一阵强一阵弱,忽而照出区执委会和"疯老爷"的房顶,忽而房顶又看不见了。突然在这奇怪的亮光发源的地方，一条火舌腾空升起，把上面的整个天空染成紫红色，整个城市和空地都被照亮，连屋里也亮得可以看清脸孔和各种东西。

"起火了！……"柳霞转过脸朝着屋里，带着莫名其妙的得意说，然后又注视着这高高的火舌。

"快关上窗户。"叶丽扎韦塔·阿列克谢耶夫娜害怕地说。

"反正没人看见。"柳霞说，好像冷得瑟缩着。

她不知道这是什么着火，也不知道怎么起的火。但是在这高高的猛烈的胜利火焰里，有一种净化心灵的东西，一种高尚而又可怕的东西。连柳霞自己也被火光照亮了，她目不转睛地望着大火不肯离开。

火光不仅照耀市中心的上空，而且照亮了周围。不仅学校和儿童医院的楼房像在白昼中一样历历可见，而且连位于空地那边挨着副一号井的遥远的居民区也看得清楚。这一片殷红的天空、屋顶上和山冈上的反光，构成一幅虚幻怪诞而又辉煌壮丽的画面。

似乎整个城市都苏醒了。从市中心不断传来杂沓的脚步声、零星的说话声、叫喊声，在什么地方还有发动汽车的声音。奥西穆欣家住的这条街上和院子里，德国兵也都醒了，忙乱起来。狗毕竟没被杀绝，也忘记了白天的恐怖，朝着火光狂吠。只有对面屋的德国兵喝得大醉，什么也听不见，还在睡梦中。

大火烧了将近两个小时，然后渐渐熄灭了。远处的市区和山冈又笼罩在黑暗里。只有余火偶然升起最后的火光，忽而照出山冈的轮廓，忽而照出一片屋顶或圆锥形的黑矸石堆。但是公园上空仍然有通红的火光，时强时弱。山冈上区执委会和"疯老爷"的房子也一直被照亮着。直到后来它们也渐渐暗淡了，窗前的空地变得越来越黑。

柳霞依然在窗前坐着，兴奋地望着起火的地方。叶丽扎韦塔·阿列克谢耶夫娜和沃洛佳也都没睡。

突然柳霞觉得好像有一只猫从窗左侧的空地上一闪而过，墙脚上发出一阵沙沙声。有人偷偷来到窗前。柳霞本能地向后一闪，就想关上窗户，但是这时有人悄声呼唤她的名字，她于是停下手。

"柳霞……柳霞……"

她吓呆了。

"别怕,是我,谢廖沙……"谢廖沙的头伸得跟窗台一般高,没戴帽子,露出挺硬的鬃发,"你们家住德国兵了吗?"

"住了。"柳霞悄声说,惊喜交集地望着谢廖沙含着笑意的大胆的眼睛,"你们家呢?"

"暂时还没住。"

"是谁?"叶丽扎韦塔·阿列克谢耶夫娜问,吓得浑身打冷战。

远处余火的反光照亮了谢廖沙的脸,于是叶丽扎韦塔·阿列克谢耶夫娜和沃洛佳都认出了他。

"沃洛佳在哪?"谢廖沙问,把肚子趴在窗台上。

"我在这。"

"还有谁没走?"

"托利亚·奥尔洛夫。别人我就不知道了,我从来不出门,得了阑尾炎。"

"维佳·卢基扬琴科没走,还有柳勃卡·舍夫佐娃。"谢廖沙说,"我还看见了斯乔帕·萨扬诺夫,他是高尔基校的。"

"你怎么跑到我们这里来了?已经半夜了。"沃洛佳问。

"我看大火来着,从公园里。后来贴着小'上海'的土房往家走,从河沟里看见你们家的窗户开着。"

"什么地方着火?"

"联合公司。"

"怎么回事?"

"他们把司令部安在那里。这些人只穿着衬裤往外跑。"谢廖沙轻声笑着说。

"你看是放的火吗?"沃洛佳问。

谢廖沙沉吟片刻,两眼好像猫眼一样在黑暗里闪闪发亮。

"当然不会自己着的火。"他说,又轻轻笑了,"你打算怎么活?"他突然问沃洛佳。

"你呢？"

"好像你不知道似的。"

"我也一样。"沃洛佳轻松地说，"见了你真高兴。你不知道我有多高兴……"

"我也是。"谢廖沙不大乐意地说，因为他向来不喜欢婆婆妈妈的，"你们家住的德国兵厉害吗？"

"喝了一宿的酒。把小鸡都杀吃了。还闯进我们房间好几次。"沃洛佳漫不经心地说，同时又仿佛在谢廖沙面前觉得骄傲，因为他毕竟亲身感受到德国人的野蛮。他只是没提上等兵一再纠缠他妹妹的事。

"这么说，还没什么。"谢廖沙平和地说，"医院里住的党卫队，那里还剩下四十来个伤员，德国人把他们拉到上杜万林子里——用冲锋枪全都打死了。费奥多尔·费奥多罗维奇大夫看见他们往外拉伤员，再也忍耐不住，站出来替伤员说话。他们就在走廊里打死了他。"

"啊，见鬼！……哎呀呀……大夫可是个好人哪。"沃洛佳皱紧眉头说，"我在那里住过院。"

"这样的人是少有。"谢廖沙说。

"这算是怎么回事，上帝呀！"叶丽扎韦塔·阿列克谢耶夫娜轻轻地呻吟说。

"趁天没亮我得走了。"谢廖沙说，"我们要保持联系。"他瞥了柳霞一眼，装模作样地挥挥手，粗声粗气地说："奥夫维德策根①！"他知道她一心想进外语专修班。

他那瘦小敏捷的身体立刻消失在黑暗里不见人影，也听不见动静——好像化成了蒸气。

---

① 德语"再见"的译音。——译者注

第十九章

最令人奇怪的是，他们很快就达成一致意见。

"你看什么书呢？姑娘！德国人进了克拉斯诺顿！难道你没听见上杜万车站传来的汽车声？"谢廖沙说，站在她的脚跟前，勉强抑制着呼吸。

瓦丽亚又惊又喜，依然带着平静的表情默默看着他。

"你上哪去？"她问。

他一时不知如何回答好。但是不要紧，这个姑娘不可能是坏人。

"想爬到你们学校的房顶上，看看他们怎么……"

"你怎么爬上去呢？难道你去过我们学校？"

谢廖沙说，他只去过一次，还是两年以前参加文艺晚会。

"我总能想法爬上去。"他笑着说。

"可是德国人也可能首先占领学校。"瓦丽亚说。

"我看他们要进学校，就钻进公园。"谢廖沙回答。

"你知道，最好上黑天棚，从那里什么都看得见，别人却看不见我们。"瓦丽亚说，在毯子上坐起来，迅速理理辫子和上衣，"我知道怎么走，我给你带路。"

谢廖沙突然表现出几分犹豫。

"你看，是这么回事。"他说，"如果德国人要占学校，就得从二楼往底下跳。"

"那有什么？"瓦丽亚回答。

"你能跳吗？"

"那还用问……"

谢廖沙看她那双腿,腿晒黑了,很结实,上面长满金黄色的汗毛。一阵暖流涌上心头。这个姑娘当然能从二楼往下跳。

于是他俩一起穿过公园往学校跑去。

高尔基学校坐落在公园大门旁边,跟克拉斯诺顿煤炭联合公司隔道相对。学校校舍很大,是用红砖修的二层楼房。教室明亮,还有一个挺大的室内运动场。学校现在空着,门上了锁。于是谢廖沙折下一根树枝,在一楼朝向公园里头的地方打破一扇窗户。他认为他们干的是崇高的事业,这没有什么不体面的。

他们踮着脚走在地板上,穿过教室来到一楼走廊,心里不禁产生出虔敬的心情。整个校舍十分宽敞,一片寂静,稍微有一点摩擦声或碰撞声都会在周围引起响亮的回声。这些天来大地上许多东西都移了位,许多建筑物都跟人一样失却原来的名称和用途,但是又没获得新的。然而无论如何,这总是对儿童进行教育的学校,瓦丽亚在这里度过了一生中许多快乐的时光。

他们看到门上的牌子,有的写着"教员室",有的是"校长办公室",还有"医务室""物理实验室""化学实验室""图书馆"。是的,这是一所学校,成年人作为老师在这里教给孩子们知识和做人的道理。

这些空荡荡的教室、这些光秃秃的课桌、这些还保留着学校的特殊气味的房间,令谢廖沙和瓦丽亚不由得想起他们在其中成长起来的那个世界。从前他们跟那个世界是密不可分的,如今那个世界似乎一去不复返了。他们从前曾觉得那个世界太平凡,太一般,甚至太枯燥。如今那个世界在他们面前突然变得美妙无比,变成一片自由的天地,充满着师生之间坦率、真诚和纯洁的关系。如今这些老师和同学都到哪里去了呢? 命运把他们抛掷到什么地方去了呢? 谢廖沙和瓦丽亚的心扉一下子打开了,充满对这个逝去的世界的无限的爱和对这个世界的崇高神圣的一种模糊的虔敬,而在当时他们却未能珍惜这个世界。

他俩体验到的是同样的心情,并且心照不宣,于是在这几分钟之间他们彼此更加接近了。

瓦丽亚领谢廖沙顺着室内的小楼梯上二楼,然后再上黑天棚。梯子尽头有个小门,门锁着。这件事难不倒谢廖沙。他摸摸裤兜,掏出一把万能刀,其中有螺丝刀。他先卸下门把手上的螺丝,取下门把手,便露出钥匙孔。

"你的技术真不错,一看就知道是撬锁的行家。"瓦丽亚冷笑说。

"世界上除了撬锁之外,还有钳工呢。"谢廖沙说,回头对瓦丽亚一笑。

他用凿子在钥匙孔里一拨拉,就打开了门。一阵热气扑面而来,因为铁皮屋顶被太阳晒得发烫,热气中夹杂着黑天棚里热烘烘的泥土味、灰尘和蜘蛛网的气味。

黑天棚横梁很低,他们只好大弯腰走到窗口。玻璃上落满尘土,他们怕街上的行人看见,连灰尘也不擦,把脸贴到玻璃上,两个人的脸几乎挨到一起了。

从窗口可以看到整条果园街,一直通到公园门口,尤其是州委干部住的那一片标准住宅。正对面是克拉斯诺顿煤炭联合公司的二层楼,坐落在街角上。

从谢廖沙离开上杜万林子直到他跟瓦丽亚一起爬上黑天棚脸贴玻璃往外看为止,这中间已经过去好长时间,德军已经进入市区,整个果园街上塞满了大卡车,到处都是德国兵。

"德国人……德国人原来是这副样子!德国人开进了我们的克拉斯诺顿。"瓦丽亚想,她的心怦怦直跳,由于激动胸部一起一落。

谢廖沙考虑更多的是事件的表面现象,却也是更实际的问题。他用锐利的眼睛搜索从黑天棚窗口所能看到的一切,并且不自觉地记住每个细节。

联合公司的楼房离学校不超过十公尺。公司的楼房比学校低。谢廖沙可以看到对面的铁皮屋顶、二楼房间内部的情况和一楼靠窗的一部分地板。除开果园街以外,谢廖沙还能看到另外一些街道,只是有些地方被房子挡住了。他还看到许多人家的院子和后院都有德国兵胡作非为。他一点一点吸引瓦丽亚跟他一起进行观察。

"灌木,他们在砍灌木……你瞧,还砍葵花。"他说,"这里,联合公司里,他们必是安司令部,你瞧,这里都成了他们的家了……"

德国军官和充当办事员、抄写员的士兵,都在联合公司的两层楼房里井井有条地安排办公的房间。他们的样子都很快活。他们打开所有的窗户,仔细察看他们分到的办公室,翻翻桌子的抽屉,抽抽烟,把烟头扔到窗外阒无人迹的街道上,就是把学校跟联合公司隔开的那条街。不一会儿,房间里出现几个俄国女人,有老的,也有年轻的。她们带着水桶和抹布,她们披起衣襟开始擦地板。穿得干净整齐的抄写员们就跟她们开玩笑。

这一切就发生在瓦丽亚和谢廖沙的眼皮底下,于是谢廖沙突然心中一动,产生出一个模模糊糊的残酷念头,既使他不安,又令他高兴。他甚至注意到黑天棚的小窗很容易取下来。窗框很轻,只斜嵌着几根小钉。

谢廖沙和瓦丽亚在黑天棚里坐了好长时间,还谈了些其他的事。

"后来你没见到斯乔帕吗?"谢廖沙问。

"没有。"

"这么说,她什么也没能对他说。"谢廖沙满意地想。

"他会来找我的,他是自己人。"谢廖沙说,"你今后打算怎么生活呢。"他问。

瓦丽亚一副傲气地耸耸右肩。

"现在谁能说得准呢? 谁也不知道将来会怎么样?"

"这倒也是。"谢廖沙说,"可以到你家去吗? 你爸你妈不会骂吗?"

"爸爸妈妈! ……你要是愿意,明天就可以去,我把斯乔帕也叫来。"

"你叫什么名字?"

"瓦丽亚·博尔茨。"

这时他们听到有好几支冲锋枪放排子枪的声音,随后又有几阵短促的枪声——枪声离得很远,好像从上杜万林子传来的。

"打枪了。听见没有?"瓦丽亚问。

"我们在这里坐着这阵工夫,市里不知会发生什么事。"谢廖沙认真地说,"也许德国兵住进你家和我家了,就像住他们自己的家似的。"

直到这时瓦丽亚才想起她是怎么离开家的,便想到谢廖沙说得真对,也许父母正为她担心呢。但是她自尊心强,绝对不愿意首先张口说她该回家了。而谢廖沙从来不考虑家里人会惦念他。

"该回家了。"他说。

于是他俩顺着原路离开学校。

他俩在果园的栅栏跟前又逗留一会儿。两人一起在黑天棚里坐了这么长时间之后,倒有些不好意思。

"好,我明天就到你家去。"谢廖沙说。

谢廖沙一回到家,便听说了昨晚他告诉沃洛佳那件事:医院里剩下的伤员被拉走了,而费奥多尔·费奥多罗维奇大夫被打死了。这是娜佳姐姐亲眼看见的,她向谢廖沙讲了事情的经过。

有两辆小汽车和几辆拉着党卫队的大卡车开到市医院门口,娜塔利亚·阿列克谢耶夫娜迎了出去,他们限她在半小时之内倒出房子。娜塔利亚·阿列克谢耶夫娜立刻下命令:凡是能下床的人都搬到儿童医院去,但还是请求延长一点搬迁的时间,因为有许多病人卧床不起,而且没有运输工具。

军官们已经回到小汽车上。

"芬邦!这个女人要干什么?"其中最大的官问一个身材高大的军士。这个军士胖得臃肿,镶着金牙,戴一副浅色玳瑁框眼镜。接着小汽车就开走了。

这个党卫队军士既然戴着玳瑁框眼镜,样子不像学者,起码也像知识分子。但是当娜塔利亚·阿列克谢耶夫娜向他提出请求,甚至想用德语跟他谈话的时候,他的目光透过眼镜似乎并不看娜塔利亚·阿列克谢耶夫娜,而是看着一旁。他用女人般的声音叫来一帮德国兵,他们便连半个小时也不等,把病人拖到院子里。

他们用草垫子拖着病人,或者干脆架膀子往外拽,扔到院里的草坪上。这时他们发现,医院里还有伤员。

　　费奥多尔·费奥多罗维奇大夫自称是市医院的医生,向他们解释说,这都是重伤员,他们已经失去作战能力,所以才留在市医院里治疗。但是党卫队军士说,他们既然是军人,就应该被当作俘虏,立刻把他们送到该去的地方。于是德国兵把只穿衬衣的伤员从床上拽下来,一个压着一个地随随便便扔到卡车上。

　　娜塔利亚·阿列克谢耶夫娜知道费奥多尔·费奥多罗维奇脾气急躁,让他赶快离开这里,但是他不肯走,仍然站在走廊里的两扇窗户中间,他那晒得又黑又亮的脸变成灰色了。他用嘴唇不住转动着抽剩的自卷烟烟蒂,右腿的膝盖直打哆嗦,有时他弯下腰去用手揉揉。娜塔利亚·阿列克谢耶夫娜不敢离开他,劝娜佳也不要走,等一切完毕了再说。娜佳看见伤员都半裸着身子,绷带上净是血,被从走廊里拖出去,有时就在地板上拖着,心里又可怜又害怕。她不敢哭,眼泪却夺眶而出。但是她还是不肯走,因为她更替费奥多尔·费奥多罗维奇担心。

　　这时有两个德国兵拖着一个伤员走过来。两星期之前费奥多尔·费奥多罗维奇曾经为这个伤员做手术,取出被弹片打坏了的肾脏。近几天这个伤员的伤势大有好转,费奥多尔·费奥多罗维奇对这次手术成功很得意。德国兵拖着这个伤员经过走廊的时候,芬邦军士唤其中的一个士兵。本来这个德国兵抓着伤员的腿,立刻扔下就跑进芬邦待的病房,剩下那个德国兵就在地板上拖着伤员往前走。

　　费奥多尔·费奥多罗维奇突然离开墙,谁也没能看住他,他就到了拖伤员的德国兵身边。这个伤员跟其他大多数人一样,不管受到多么痛苦的折磨,从来不叫一声。但是一看见费奥多尔·费奥多罗维奇就说:

　　"费奥多尔·费奥多罗维奇,看见没有?他们是怎么个干法!这还算是人?"

　　就哭出声来了。

　　费奥多尔·费奥多罗维奇对那个士兵用德语说了句什么。他大概说这么干不行。大概还说我来帮你。但是德国兵放声大笑,拖着伤员往前走,这时芬邦从病房走出来,费奥多尔·费奥多罗维奇径直迎上去。他气得脸色苍白,浑身发抖。他几乎是冲上前去,厉声说了句什么。这个军士又高又胖,黑制服穿在他身上挣得净是褶子,胸前戴着发亮的金属徽章,上面是一个骷髅两根骨头。他用沙哑的声音对费奥多尔·费奥多罗维奇大喝一声,操起手枪对准他的脸。费奥多尔·费奥多罗维奇往后一闪,又说了一句什么,大概不怎么好听。于是军士把眼镜后面的眼睛瞪得又狠又凶,对着大夫的眉心就开了一枪。娜佳看得清清楚楚,费奥多尔·费奥多罗维奇的两眉中间好像塌了下去,冒出血来,然后就跌倒在地。娜塔利亚·阿列克谢耶夫娜和娜佳跑出了医院,娜佳自己也记不得她是怎么回到家的。

娜佳从医院回来也顾不得换衣服,还扎着白头巾,穿着白大褂坐在那里,一遍又一遍地讲这件事。她不哭了,脸色苍白,两个小颧骨却通红,两眼发亮,只知道对别人讲,却看不清是对谁讲的。

"听见没有,野小子?"父亲朝着谢廖沙喊,剧烈地咳嗽着,"看我不抽你一顿鞭子才怪呢。德国人进城了,他却到处去野。把你妈差点儿没急死。"

母亲哭了。

"真把我急坏了。我以为你给打死了。"

"打死!"谢廖沙突然恶狠狠地说,"我没给打死。可伤员给打死了。在上杜万林子里。我亲耳听见的……"

他走进里屋,一头扎在床上的枕头里。复仇的欲望使他浑身发抖,喘不上气来。曾经在学校的黑天棚里折磨过他的念头现在找到了办法。"等着瞧,天一黑就行!"谢廖沙想,在床上翻来覆去。他既然打定主意,任何力量也挡不住他。

家里人睡得很早,连灯都没点,但是人人都很激动,谁也睡不着。要想偷偷溜出去,根本办不到。他便大大方方往外走,好像到院子里去,却悄悄进了菜园。他用手扒开埋燃烧瓶的坑——半夜使用铁锹很危险。他听见房门吱嘎一声开了,娜佳姐姐出来悄声唤他好几次:

"谢廖沙……谢廖沙……"

她停一会儿又唤一声,房门又吱嘎一声——姐姐回屋了。

他一个裤兜揣一瓶,还有一瓶揣在怀里,在闷热的 7 月之夜的黑暗里穿过小"上海",绕过市中心,又来到公园。

公园里一片沉寂,阒无人迹。他从白天打破的窗户钻进教室。学校里面就更加寂静,静得好像他每走一步,不但学校大楼里面听得见,而且全市都能听见。楼梯旁的窗框很高,朦胧的光亮从外面照射进来。当谢廖沙的身影出现在这些窗户的背景上时,他似乎觉得有人藏在角落里,马上就会发现他并且把他抓住。但是他克制住恐惧,很快来到他在黑天棚里的瞭望点。

窗外什么也看不见。他在窗口坐了一会儿,只不过为了喘喘气。

然后他用手摸到钉窗框的钉子,把钉扳开,悄悄卸下窗框。清新的空气迎面吹来,黑天棚里还是又闷又热。穿过学校走廊是摸黑走的,到了黑天棚里更黑,所以他能够辨认下面的街道上所发生的一切。他听见市内有汽车开动的声音,并且看得见汽车半明半暗的前灯在移动。德国部队趁着黑夜源源不断从上杜万车站朝这里开来。整条大路上都可以看到在黑夜里亮着的前灯。有的汽车开足了灯光,灯光便会从山冈后突然射出来,就像探照灯似的射向高处,远远地划破夜空,或者照出一块草地或树林里的树木和翻白了的树叶。

联合公司的大门口,夜间的军事活动也没有停歇。各种汽车和摩托车不断开来。军官和士兵出出进进,枪和马刺撞得叮当响,还传来外国人的刺耳的说话声。但是大楼的窗户都从里面遮住了。

谢廖沙心情非常紧张,但是他的目标非常明确,所以虽然出现了事先没有料到的新情况——窗户被遮住——却丝毫没改变他的决定。他在窗前坐了大约有两个小时,只多不少。市内一切都沉寂下来。大楼门前也不再有人走动。但是楼里的人还没睡下——谢廖沙看到从挡窗户的黑纸边上露出一条条灯光。但是二楼有两扇窗户熄了灯,有人从里面打开窗户,接着另一扇也打开了。谢廖沙虽然看不见那个人,却觉得出来他就站在黑洞洞的窗户跟前。一楼有些窗户也熄灯了,窗户也都一一打开。

"Wer ist da?①"二楼窗口有人问,俨然长官口气。谢廖沙已经模糊分辨出一个身影从窗口探出身子。"谁在那里?"这个声音又问一遍。

"梅耶中尉,Herr Oberst②。"下面一个非常年轻的声音回答。

"我看你们一楼还是不要开窗户。"上面的声音说。

"闷得要死,Herr Oberst。如果您不许开,当然……"

"不,我并不想让你们变成红焖牛肉。Sie brauchen nicht zum Schmorbraten werden。③"上面长官的声音笑着说。

谢廖沙虽然听不懂,仍然心里怦怦乱跳,听着这些德国话。

窗户里的灯都灭了,拉上窗帘,窗户都一扇扇打开。有时从黑暗里传来片断的谈话声,还有人吹口哨。有时有人划亮火柴,一下子照出脸、烟卷和手指头,然后只剩下烟卷头上的亮光,在屋里亮了好久。

"这个国家真大,无边无际,da ist ja kein Ende abzusehen④。"窗口有人说,大概正跟屋里的伙伴聊天。

德国人都睡下了。大楼和市内一切都归于沉寂。只有上杜万车站方向还不断有汽车开来,强烈的前灯灯光划破夜空。

谢廖沙听得见自己的心跳,仿佛跳得整个黑天棚里都听得见。这里还是太闷了,谢廖沙浑身都是汗。

联合公司大楼开着的窗户沉浸在黑暗和睡梦之中,朦朦胧胧呈现在他面前。他看见楼上楼下许多窗户露出的黑洞。是的,现在必须马上动手了……他抬起胳膊试着摇几下,看能伸出多远,并且大致瞄瞄准。

他一来就把燃烧瓶从裤兜和怀里掏出来放在身旁。他先摸起一个,握紧瓶嘴,瞄准一下用力抛进一楼敞开的窗户。一片耀眼的火光

---

① 德语:谁在那里。——译者注

② 德语:上校先生。——译者注

③ 德语:你们不必变成红焖牛肉。——译者注

④ 德语:看不到头。——译者注

照亮整扇窗户,甚至照亮联合公司和学校之间的一块街道,同时响起打碎玻璃和轻微的爆破声,很像摔碎灯泡的声音。火舌从窗口直往外蹿。就在这一刹那,谢廖沙又把第二个燃烧瓶投进这个窗口。燃烧瓶在火焰之中猛烈地爆炸了。屋里的火势已经很猛,窗框烧着了,火舌顺着墙往高处蹿,几乎到了二楼。房间里有人拼命喊叫,叫声响遍整座楼房。谢廖沙马上抓起第三个瓶子扔进对面二楼的一扇窗户。

他听见瓶子的破裂声,看见火光,火光非常亮,连黑天棚里都被照亮了,但是这时谢廖沙早已离开窗前,来到暗梯口。他飞快地下了梯子,在黑暗里没工夫找打破窗户那间教室,便跑进跟前的房间——大概是教员室——急忙打开窗户,跳进公园,伏身跑到公园里头。

从他扔出第三个瓶子直到他意识到自己跑进公园为止,一切动作都是下意识的,连他自己也未必能回忆起事情的经过。但是现在他明白,他必须趴在地上,悄悄待一会儿听听动静。

他听见离他不远的草丛里有一只老鼠窸窸窣窣地跑过。他趴着的地方看不见火光,但是听得见街上传来的叫喊声和奔跑声。他跳起身来,继续往前跑,一直跑到公园尽头,那里是一个从废井挖出来的矸石堆。

他这样做是为了防备万一:如果敌人包围公园,他从这里怎么也能跑掉。

现在他看到一大片火光不断在天空中扩展开来,紫红色的反光甚至照到远离火源的古老庞大的矸石堆和公园的树梢上,谢廖沙感到他的心仿佛要膨胀,要飞上天空。他浑身打战,勉强抑制住自己才没笑出声来。

"也给你们点儿厉害尝尝! 泽岑——齐——齐赫![1] 施普莱亨——齐——迪契![2] 嘎本——齐——埃特瓦斯![3]"他怀着难以形容的得意念叨着在学校德语语法课上学来的随便拼凑到一起的句子。

---

[1] 德语:请坐! ——译者注
[2] 德语:请说德语! ——译者注
[3] 德语:给我一点东西! ——译者注

火光越来越猛,把公园上空也映红了。市中心乱作一团的嘈杂声甚至传到了这里。这里不可久留。谢廖沙心中产生一种不可遏制的愿望:他想再到白天看见那个姑娘的果园里去一次——瓦丽亚·博尔茨,现在他知道她的名字了。

他在黑暗里悄悄摸索着走,来到"木头街"的后街,翻身越过栅栏进了果园,正想从角门出去奔正街,忽然听到角门前面有许多人压低声音谈话。因为德国人还没占据"木头街",这里的居民便仗着胆子从家里出来看大火。谢廖沙从房子另一头绕过去,悄悄跳过栅栏来到角门跟前。那里站着一群妇女,在火光中看得很清楚。他认出瓦丽亚在她们中间。

"这是什么地方着火?"他问,想让她知道,他来了。

"在果园街的什么地方……可能是学校。"有个女人的声音激动地回答。

"这是联合公司着火了。"瓦丽亚高声说,语声里甚至带有几分挑战,"妈妈,我去睡了。"她说着,装作打呵欠,走进角门。

谢廖沙本想跟着她,但是听见她的鞋后跟砰砰地跑上台阶,随后就关上了门。

第二十章

德军主力部队一连许多天经过克拉斯诺顿和附近的城镇向西开去,其中有坦克部队、机械化步兵、重炮和榴弹炮、通讯部队、辎重车、救护队和工兵部队,还有各军团的司令部。发动机的怒吼声接连不断地滚过天空和大地。漫天的尘土像云雾一样笼罩着城市和草原。

在这数不胜数的部队和大炮的沉重而有节奏的运动中,有着一种固定不移的秩序——Ordnung①。好像世界上已经没有一种力量能够抵挡得住这种攻势和它那固定不移、铁石一般的秩序——Ordnung。

拉弹药和给养的大卡车,车身像火车车厢一般高,装汽油的油槽车,车身扁、肚子大,都平稳而沉重地行驶着,把巨大的车轮压进地里,士兵们的军装都质地良好,裁剪合身。军官们穿得更漂亮。跟德国人一起来的还有罗马尼亚人、匈牙利人和意大利人。这些杂牌军的大炮、坦克和飞机,带有欧洲各大工厂的商标。凡是能看懂外文字母的人,光是看到这些大小汽车的出厂商标就会感到眼花缭乱,并为供应德国军队的欧洲大多数国家巨大的生产力而吃惊。此刻这支德国部队正在发动机的咆哮声中,在遮天蔽日的可怕的尘雾中,从顿涅茨草原上开过。

连对战争的事不大懂的小人物,也觉得出来并且看得分明,在这种强大力量的压迫下,苏联军队不得不一步步向东和东南方向撤退,退向新切尔卡斯克、罗斯托夫,越过静静的顿河,退到伏尔加河和库班。有人认为这种撤退是不可避免的,有人则认为是不可逆转的。谁

---

① 德语:秩序。——译者注

能够准确知道苏军退到什么地方了……只能根据德军战报和德国士兵的谈话加以猜测:仗打到哪里了? 哪里是前线? 为了保卫祖国的这片土地,也许你的儿子或者父亲,丈夫或者兄弟,已经献出了生命。

德军部队继续经过市区向前开,像蝗虫一样,把前面部队没吃了的东西吃个精光。而德军进攻部队的后勤机关、司令部、军需处和后备部队便鸠占鹊巢,牢牢地、井井有条地在克拉斯诺顿居住下来。

在德国政权统治下最初几天,当地居民谁也搞不清楚哪个德国官是暂时住在这里,哪个是长期的,市内建立了什么政府,对居民提出什么要求。此外,由于过路军官和士兵横行无忌,谁家发生了什么事?家家都各扫门前雪,越来越感到处境的绝望和可怕,便各自想办法应付新遇到的可怕的局面。

维拉外婆和叶列娜·尼古拉耶夫娜新遇到的可怕的局面,就是她们家住进一个德军司令部,以冯·文采尔男爵将军为首,加上他的副官和黄头发黄雀斑的勤务兵。现在她们家门口总有德国兵站岗。现在她们家里总是高朋满座:有许多德国将军和军官就像在自己家似的,随便出出进进,有时开会,有时吃吃喝喝。德国人的谈话声、德国进行曲的音乐声、德国电台的广播声源源不断。房子的主人维拉外婆和叶列娜·尼古拉耶夫娜被撵进小套间。由于隔墙的厨房不断烧火,屋子里闷热。每天从天亮到深夜,她们还要伺候这些德国将军和军官老爷。

维拉外婆昨天在村子里还是有社会地位的人,因为她工作成绩出色,领特殊退休金,她儿子又是顿巴斯最大的联合公司里的地质工程师。而叶列娜·尼古拉耶夫娜死去的丈夫也是政府的重要干部,卡涅夫土地管理局局长,而她儿子是克拉斯诺顿的学校的优等生。昨天她俩还是当地无人不知、无人不尊重的人物。如今她们要完全服从一个黄雀斑的德国勤务兵的管辖。

冯·文采尔男爵将军整天忙于处理战争的事,对维拉外婆和叶列娜·尼古拉耶夫娜根本不加理睬。他趴在地图上一坐就是几个小时,批阅和签署副官送上的文件,或者跟其他将军喝白兰地。有时候将军发起火来,就像在练兵场上一样大喊大叫。其他将军都得立正站着,把手直挺挺地贴着裤子上镶的红饰条放着。于是维拉外婆和叶列娜·尼古拉耶夫娜都明白了,原来德国部队正是按照冯·文采尔将军的意志,带着飞机、大炮和坦克穿过克拉斯诺顿向内地深入,而且对将军来说,最重要的是让这些部队按时到达指定地点。至于他们所过之处究竟干些什么,冯·文采尔将军不感兴趣,就像他对现在所住的是维拉外婆和叶列娜·尼古拉耶夫娜的家不感兴趣一样。

按照冯·文采尔将军的命令或者得到他冷淡的默许,在他身边和周围正在干着几百几千件肮脏卑鄙的勾当。家家都被抢,维拉外婆和叶列娜·尼古拉耶夫娜家的腌肥肉、蜂蜜、鸡蛋和奶油就被抢走了。但是这并不妨碍将军整天高昂着他那扁扁的僵硬的脑袋,把紫红的喉结稳稳当当嵌在金棕榈枝当中,好像无论什么肮脏卑鄙的事都不会进入将军的意识。

将军是个有洁癖的人,每天要从头到脚洗上两次热水澡:早晨一次,睡前一次。将军的刀条脸上的皱纹和喉结天天又洗又刮,还要洒香水。还专门为他修个厕所,以便他出恭时不必蹲着,而维拉外婆每天为他冲洗干净。将军每天早晨都定时出恭,勤务兵守在旁边,一听到将军咳嗽,马上把特制的皱纹纸递过去。但是将军尽管有洁癖,却当着维拉外婆和叶列娜·尼古拉耶夫娜的面大声打饱嗝而不嫌丢脸,要是他一个人在屋里便大放臭气,而不考虑维拉外婆和叶列娜·尼古拉耶夫娜就在隔壁的房间里。

长腿副官事事都模仿将军。他好像就是为了跟将军长得像也长这么高个子。他也跟将军一样,对维拉外婆和叶列娜·尼古拉耶夫娜根本不加理睬。

在将军和他的副官眼里,维拉外婆和叶列娜·尼古拉耶夫娜不仅算不得人,而且连东西都不如。现在勤务兵就成了她们全权的上司和主人。

维拉外婆要逐渐适应这种新遇到的可怕的局面。但是从头几天起她就发现,自己不甘心跟这种境遇妥协。机智的外婆料到这个黄雀斑的勤务兵未必敢当着上司的面把她维拉外婆打死,所以她的胆子越来越大,敢跟勤务兵顶撞。勤务兵吆喝她,她也对他吆喝。有一次勤务兵发火了,用大鞋后跟踹她的腰,她就用平底锅使劲敲他的脑袋算作回敬。说也奇怪,勤务兵红头涨脸,反倒消停了。维拉外婆跟黄雀斑的勤务兵之间的关系就是这么奇怪而复杂。叶列娜·尼古拉耶夫娜仍然处于严重的精神麻木状态。她头上盘着浅褐色的大发髻,头略往后仰,默默不语,让她干什么,她就机械地去做。

有一天叶列娜·尼古拉耶夫娜到后街去打水,这条后街跟果园街平行。她突然看见迎面跑来一辆马车,非常熟悉,车上套的就是那匹黄马,车旁走的正是她的儿子奥列格。

叶列娜·尼古拉耶夫娜可怜巴巴地回头看看,扔下水桶和扁担,张开臂膀朝儿子扑过去。

“小奥列格……我的孩子……”她念叨着,一会儿把脸贴到他的前胸上,一会儿抚摸他那被太阳晒得发黄的浅褐色头发,一会儿用手掌拍拍他的前胸、肩膀、后背和大腿。

奥列格比母亲高出一头。这几天他晒得更黑了,脸也瘦了,更加成熟了。但是透过成熟的外表她更加清楚看出来儿子的特征。这些特征对她来说是永远不会变的。从他牙牙学语开始,从他迈开小胖脚趔趔趄趄学习走路开始,这些特征就一直记在她心里。他的确不过是个大孩子。他用有力的长臂抱住母亲,两眼从宽宽的浅色眉毛底下一如既往十六年半一样看着母亲,流露着纯洁明净的光辉,充满着儿子对母亲的爱。他不住唤着:

“妈妈……妈妈……妈妈……”

在这一瞬间,对他们来说无论什么人和什么事都不复存在:既不管从附近的院子里窥望他们的两个德国兵(他们要看看有没有破坏秩序——Ordnung——的迹象),也不顾站在马车旁边怀着不同心情看着母子相会的别的亲人。科利亚舅舅神色冷静而忧伤,玛林娜舅母眼睛里满含热泪,虽然有些疲倦,但依然那么漂亮,只有她那三岁的儿子感到奇怪,为什么姑母不先来抱抱他、亲吻他,并且想要要要小脾气。赶车的老头则带着含蓄的表情,仿佛在说:世界上什么事都有。还有一些善良的人从窗口偷偷窥望这个场面:一个是大高个的青年,没戴帽子,头发被风吹日晒,乱糟糟的,另一个是年轻女人,头上挽着蓬松的辫子。他俩长得多么像。他们如果不知道这是奥列格回到母亲身边,还以为是姐弟相逢呢。奥列格现在跟成千上万的克拉斯诺顿人一样,没能躲开这场灾难,又回到已被德军占领的家园。

这些背井离乡、抛家舍业的人这些天来吃尽了苦头。那些已经逃出德国人的魔掌的人现在走在自己的、苏维埃的土地上。而他们这些拼命逃避德国人而终归失败的人,不知多吃了多少苦:他们曾面对死亡,如今又要在自己家乡的土地上流浪——这片土地昨天还属于他们,如今却变成德国人的。他们没有饭吃,没有地方住,孤苦伶仃,灰心丧气,遇到胜利者的德国人便要像囚犯一样任凭他们发落。

当奥列格和同学们在一片开阔明亮的草原上,在暗淡的白光中看见德国坦克径直朝他们开过来的时候,他们是头一次面对死亡,不由得心都颤抖了。但是死神暂时放过他们。

德国摩托车手把没能过河的人围起来,撵到顿涅茨河边的一块地方。奥列格和同学们又跟万尼亚、克拉娃和她母亲,还有副一号井井长瓦尔科会合到一起。瓦尔科浑身都湿透了,马裤和上衣拧得出水来,纹皮靴子里的水也呱唧响。

在大家都惊慌失措的时刻,很少有人注意到别人,但是一看到瓦尔科回来,每个人都会想:连他都没过得了河。瓦尔科那张吉卜赛人的黑脸好几天没刮,露出一种刻骨的仇恨。他往地上一坐,脱下结实的皮靴把水倒出来,拧干包脚布又穿好皮靴,转过阴沉的脸看着小伙子们,右眼皮突然轻轻一动,算不上眨眼,可是意思是说:别害怕,有我呢。

一个德国坦克军官头戴黑色坦克帽,熏黑的脸凶相毕露,用半通不通的俄语命令所有的军人都从人堆里走出来,于是战士们一个个或一伙伙走出去。他们已经没有武器。德国兵用枪托顶住他们的后背,把他们撵到一边,不一会儿在离人群不远的地方又形成一个人堆,全是军人,人数少一些。在这阳光灿烂的草原上,他们穿着又旧又破的军便服和落满尘土的皮靴,挤作一团,脸和目光都流露出一种令人心碎的凄惨。

这些战士被排成纵队,顺着顿涅茨河向上游走,普通百姓都被放回家。

人群离开顿涅茨河边,在草原上渐渐散开。大部分人顺着大路往西走,穿过昨天万尼亚和若拉过夜的那个庄子投奔利哈亚。

维克托的父亲和给奥列格的舅舅赶车的老头一看到草原里出现德国坦克,就赶着车跟自己人会合。现在他们这一帮加上克拉娃和她母亲,也加入向西返回的人流,奔利哈亚而去。

有一阵子大家谁也不相信会好端端放他们回家而没有任何诡计。人人都担惊受怕地斜眼看迎面从大路上开过来的德国兵,只见他们疲惫不堪,汗水淋漓,脸上落满尘土再用手一抹就更脏了。他们也不知道前面等待着他们的是什么,因而心事重重,对俄国难民几乎连瞅都不瞅。

开始的一阵惊慌过去之后,有人猜测说:

"必是德军指挥部有命令:不许欺侮当地居民……"

瓦尔科浑身被太阳晒得像马一样冒热气,阴郁地冷笑了笑,朝那些脸抹得像小鬼一样的凶狠的德国兵点点头说:

"你没看见,他们现在没有工夫,不然会给你点儿苦头尝尝!"

"你一定是尝过了?"突然有一个声音快活地说。说这话的是从来不知道愁的人。不论处境多么险恶,只要有好几个俄国人聚在一起,一定会有这种人。

"我已经尝了。"瓦尔科阴郁地赞同说。他想了想又补充一句:"只怕是还没尝完。"

当瓦尔科离开岸上的小伙子们来到渡口的时候,他遇到的情况是这样的:由于他相貌长得横,管渡口的军人不得不跟他打交道。瓦尔科从军人的口中得知,渡口指挥部设在对岸。"我要强迫他跟这些懒蛋子给我整顿一下秩序!"瓦尔科憋着一肚子火想,在浮桥上往前开着的汽车旁边从平底船的船头挨个往前跳。这时德国俯冲轰炸机飞来，他跟所有跳船头的人不得不一起卧倒。紧接着德国炮兵也朝渡口开炮，于是浮桥上的人开始惊慌。瓦尔科却犯了犹豫。

按照他的地位，他不仅有权利而且应该利用最后一次机会逃到对岸去。然而生活中常常有这样的事：有的人即使性格坚强，处理问题果断，只要性情急躁，有时也会只看到眼前的、个人的、次要的义务，而忘记了更为长远的、全局的、因而是主要的义务。

瓦尔科一想到他手下的工人、他的好朋友舍夫佐夫，还有留在岸边的那些共青团员会怎么看他，便觉得浑身的血液都往黑脸上涌，他掉头就往回走。这时迎面跑来的人像雪崩似地沿着整个桥面涌来，他只好穿着衣服跳下河，朝岸上游来。

当时德国人正用炮火封锁这个河岸并准备实行包围，所以河岸的人都发疯似的顺着浮桥往对岸跑，在桥头上为争路而互相撕打，还有好几十好几百人泅水过河，而瓦尔科却用有力的胳膊分开波浪向这边河岸游过来。他知道他将是德国人镇压的第一批人当中的一个，然而他还是往回游，因为如果他不这样做，他的良心也不允许。

活该德国人倒霉，他们没立刻打死他，反而把他跟其他人一起放了回来，可见他们缺乏远见。瓦尔科本来应该往东去，到萨拉托夫去接受新的任务，他的妻子儿女早都到了那里，可是他偏偏混在难民的人流当中往西走。

这支混合的难民队伍没等走到利哈亚就开始分散了。瓦尔科建议从克拉斯诺顿逃出来的人离开大队，绕过利哈亚，远远避开大路走村道，甚至走荒地，悄悄回克拉斯诺顿。

每当民族和国家的危急时刻，连最普通的人也总是把个人的命运跟整个民族和国家的命运联系起来考虑。

经过这番挫折，不管成年人还是小伙子，头几天都情绪低落，几乎谁也不说一句话。他们之所以心情消沉不仅因为个人前途渺茫，而且为整个苏维埃土地担忧。但是每个人的心情又各有不同。

心情最平稳的是玛林娜的三岁的小儿子,奥列格的小表弟。他毫不怀疑他生活的这个世界是安稳的,因为爸爸妈妈总围在身边。当然,有一阵子听到天上轰隆隆响,四周也砰砰啪啪,大人都乱跑,他也感到害怕,可是他生在这个时候,四周总好砰砰啪啪响,大人总是来回乱跑,他哭上一阵子也就安静了。现在一切都好了。他只发现这次旅行时间太长。尤其到了晌午,热得浑身难受,这种感觉就更加强烈。他开始哭哭啼啼,问什么时候能回到家看奶奶。但是只要一停车休息,吃上一点儿粥,用棍子捅捅地鼠洞,再侧着身子恭恭敬敬仰起头,围着两匹枣红马转一圈,它们每一匹都几乎要比黄马大上一倍,然后再把头埋在母亲怀里甜甜地睡上一觉,一切都会恢复原来的样子,世界又充满了美妙和神奇。

赶车的老头想的是,像他这样的小人物,又上了年纪,德国人来了未必会要他的命。但是他担心他的马会在半路上被德国人抢去。另外他还想到,德国人一来,他的退休金就没了,这可是他在矿上赶了四十年大车得到的。他有三个儿子在前线作战,不用说他的军属津贴再也领不到了,说不定还会因为他有那么多儿子参加红军而迫害他。而最让他担心的还是这个问题:俄国能不能打赢这场战争。照他所看到的情景。他担心俄国怕是打不赢。这个小老头后脑勺上翘着几根灰头发,就像麻雀头上的羽毛似的。他一想到这不免后悔,去年冬天为什么不死掉。去年医生说他的病"发作"了。但是有时他回想起自己一生的经历和亲身参加过的几次战争,回想起俄国多么伟大而富强,这十年来变得更加富强了,难道德国人真有能耐打败俄国?老头一想到这里,又感到精神振奋,挠挠晒黑了的干巴巴的踝骨,朝着黄马吧嗒吧嗒嘴,孩子气地噘起嘴唇,抖抖缰绳打马往前走。

奥列格的舅舅尼古拉·尼古拉耶维奇感到最可气的是,他这么好的工作突然之间就算完了,这么出乎意料,又这么惨。他在联合公司里是年轻的地质工程师,刚参加工作不几年,因为勘探成绩出色而受到提拔。他觉得德国人一定会打死他,就算不打死他,他要想不给德国人做事也是难上加难。他知道在任何条件下他都不会去给德国人做事,因为他觉得给德国人做事,就像用四条腿往前爬一样不自然和别扭。

年纪轻的玛林娜舅母算过一笔账:德国人没来以前他们有哪些生活来源。结果是这样:丈夫的工资、叶列娜·尼古拉耶夫娜的抚恤金(这是因为她的丈夫、奥列格的继父去世而领到的)、维拉外婆的退休金、联合公司分给的房子和房前的菜地。如今德国人一来,他们的前三项收入肯定没有了,剩下的两项也可能被夺走。她老想着渡口上被炸死的孩子,一可怜他们就想到自己的儿子,不由得哭起来。她还时常想起,听说德国人粗暴地纠缠妇女还强奸妇女,于是联想到她自己长得漂亮,德国人一定会纠缠她。她忽而感到害怕,忽而又安慰自己:往后尽量穿得朴素,换个发型,也许会平安无事。

维克托的父亲是护林员,他知道这次回家他跟儿子都性命难保,因为他在1918年参加过抗德斗争,全区闻名,而他儿子是共青团员。但是想到现在应该怎么办,又进退两难。他知道党员中间一定有留下搞地下工作和打游击的。但是自己年纪大了,这一辈子都老老实实当普通的护林员,并且打算干到死为止。一心只想让子女受到良好教育,将来能有出息。现在有时也暗自思忖,他过去的事也可能不被发觉,他在德国人统治下可以还干原来的差事,不过一想到这里,又犯愁又厌恶,觉得他这样胳膊粗力气大的人正应该跟德国人拼一拼。

这时他的儿子维克托却为红军感到委屈和气愤。他从小就崇拜红军和红军军官,战争一开始他就准备当上一名红军指挥员去参加战争。在学校里他是军事小组负责人,并且按照苏沃洛夫①的教导,领着小组冒着大雨和严寒进行军事训练和体育训练。当然,红军的退却并没动摇红军在维克托心目中的威信。但是可气的是直到现在他也没当上红军指挥员。他现在如果是一名红军指挥员,无论如何也不能让红军落到今天这么艰难悲惨的地步。至于他在德国人的统治下命运如何,他连想都没想,因为他完全可以依靠父亲和好朋友阿纳托利。

---

① 苏沃洛夫(1730—1800),俄国著名统帅。——译者注

无论遇到多么困难的处境,阿纳托利都会找到出乎意外而又绝对正确的办法。

而他的好朋友阿纳托利正为祖国的命运忧心如焚,一路上默默地咬着指甲,考虑他阿纳托利现在应该怎么办。战争期间他曾经在共青团的会议上做过多少次报告,都是讲的保卫社会主义的祖国。但是任何一篇报告都没表达出他的真实感受:他觉得祖国就跟母亲一样伟大而又美丽。他的母亲长得高大丰满,脸色红润,天性善良,从他睡在摇篮里的时候起就为他唱古老而动听的哥萨克歌谣。这种对祖国的眷恋他一直藏在心里,每逢听到家乡的歌曲,看到被敌人践踏的庄稼和焚毁的房屋,他的热泪就夺眶而出。现在祖国处于危急之中,灾难这么深重,每逢看到或想到这一切,他都感到心如刀割。应该采取行动,马上采取行动,可是到什么地方又去找谁呢?

他的同学们都或多或少有类似的想法。

只有乌丽亚无论是祖国的命运还是个人的前途都不敢去想。从她看到副一号井的井架倒塌的时刻起,她经历多少辛酸的事:她跟要好的朋友瓦丽亚和母亲告别、在被晒焦和被践踏的草原上走的这一路、最后来到渡口——当她看到扎着红头巾的女人的半截血淋淋的身子和白眼珠被打冒了的男孩子时,他们就成了她所感受到的全部痛苦的化身——这副情景像尖刀一样锐利,一次又一次扎进乌丽亚流血的心,像磨盘一样沉甸甸地在她心头旋转。一路上她默默地走在大车旁边,好像心情很平静,只有她的眼睛、鼻翼和嘴唇露出阴郁的神情,从而泄露出她内心深处正在发生的猛烈的风暴。

不过若拉却一清二楚,在德国人的统治下他要如何生活。他大声宣布他的权威性议论:

"这都是吃人肉的野蛮人!我们的人民难道能跟他们妥协吗?就像那些被德国人占领的地方一样,我们的人民肯定要拿起武器。我父亲虽说是老实人,但我敢肯定,他会拿起武器来的。我母亲,就凭她那种脾气,也肯定要拿起武器。如果老一辈都这么干,那么我们青年应该怎么办呢?我们青年应该进行登记,"若拉又纠正说,"算算谁还没走再登记，马上跟地下组织进行联系。起码我知道沃洛佳和托利亚都没走，难道说他们能坐以待毙吗？还有柳霞，沃洛佳的妹妹，也是个好姑娘，"若拉带着感情说，"无论如何她不会什么事都不做。"

万尼亚为了不让除开克拉娃之外的其他人听见，找个机会对若拉说：

"听我说，你这个不要命的山民！老实说，你说的大家都同意。可是……闭住你的嘴。第一，这是每个人的良心问题。第二，你不能替所有的人打保票。万一有人不小心泄露出去，那时候你和我们大家怎么办？"

"你干吗叫我山民？"若拉问，一对黑眼睛神采奕奕，沾沾自喜。

"因为你长得黑，一举一动都像山民。"

"你知道，万尼亚，我要是参加地下工作，一定用山民这个绰号。"若拉压低声音说，几乎像耳语了。

万尼亚跟若拉的想法和心情都相同。但是现在不论他想到什么，都不免有一种幸福感涌上心头，因为克拉娃跟他形影不离。另外一想起自己在渡口上的行为更感到自豪。他似乎又听到了科瓦廖夫说的话："万尼亚，救救她们吧！"就感到是自己救了克拉娃。因为克拉娃也有同样的心情，所以这种幸福感就完满无缺了。克拉娃如果不是惦念父亲，还要听母亲的悲悲切切的哭诉，她能跟心爱的人一起走在这洒满阳光的顿涅茨草原上，一定会直接而公开地表露她的幸福。至于地平线上经常有德国坦克的炮塔、高射炮的炮筒和钢盔出现，她倒满不在乎。在一片隆隆声和飞扬的尘土中，不断有德国兵的钢盔从金黄色的麦田顶上掠过。

这些人对个人和祖国的命运都抱有不同的想法，然而他们当中却有两个人尽管年龄和性格并不相同，却有着一个共同点，那就是他们都从来没这么精神振奋和斗志昂扬。其中一个是瓦尔科，另一个就是奥列格。

瓦尔科为人沉默寡言，从来没人知道他这个外表长得像吉卜赛人的家伙有什么内心活动。现在他似乎该着倒霉了，可是他从来没这么活跃和兴致勃勃。他一路上都是徒步走，对大家关怀备至，很乐意跟小伙子们攀谈，一会儿跟这个说两句，一会儿跟那个唠两句，好像在试探他们，但是多半用开玩笑的方式。

奥列格在马车上再也坐不住了。他说是等得不耐烦了，不知什么时候才能见到母亲和外婆。他方才听到若拉说的话，乐得直搓手指尖，突然又拿万尼亚和克拉娃开玩笑，再不就略带口吃怯生生地去安慰乌丽亚，又哄哄三岁的小表弟，又向玛林娜舅母表示爱慕之情，还滔滔不绝地跟赶车的老头谈论政治。有时他也会一声不响地跟在马车旁边走，额头皱起很深的皱纹，孩子气的厚嘴唇似笑非笑，显得很固执，两眼带着沉思凝望前方，神色严峻而又温柔。

离克拉斯诺顿不到一段路的时候，突然遇到一群德军的散兵游勇。德国兵摆出一副公事公办的架势——不是无理取闹，而是秉公执法——搜查了两辆马车，从玛林娜和乌丽亚的皮箱里搜走了所有的丝织品，还扒下维克托的父亲和瓦尔科脚上穿的皮靴，抢走了瓦尔科的旧式金表。金表虽然在河里泡过，却走得挺好。

他们这是第一次跟德国人直接遭遇，原以为结果还要糟，不免精神紧张，事情过后彼此都有些尴尬，最后又不自然地兴奋起来——大家纷纷模仿德国兵搜查马车的样子，取笑玛林娜，因为丝袜被抢走她惋惜不已，甚至连瓦尔科和维克托的父亲也不放过，因为他俩身上穿着马裤，脚上却穿便鞋，比别人更有些狼狈。只有奥列格不参与这种假装的快活，他脸上一副激愤不平的神情久久不能平息。

他们到达克拉斯诺顿已经是深夜。瓦尔科认为市内一定实行戒严，建议不必马上进城，他们便在一条河沟里停车过夜，夜里月光皎洁。大家心情十分激动，久久不能入睡。

瓦尔科顺河沟往前走，想看看这条河沟通向什么地方。突然听到身后有脚步声。他转过身停下脚步，借着露珠折射的月光认出来，是奥列格。

"瓦尔科同志，我需要跟您谈一谈。非谈不可。"奥列格轻声说，略带口吃。

"好哇。"瓦尔科说,"只好站着谈了,地下太湿。"他微微一笑。

"请您帮一下忙,帮我找到市里做地下工作的人。"奥列格说,径直望着瓦尔科连在一起的眉毛底下低垂着的眼睛。

瓦尔科猛然抬起头,把奥列格的脸仔细端详半天。

站在他面前的青年属于新的一代,最年轻的一代。

他们身上有着似乎不可兼备的特征:既耽于幻想又勇于行动,既有丰富的想象力,又有实事求是的精神,既心地善良又冷酷无情,既胸怀宽广又有清醒的头脑,既喜爱人间的欢乐又能够克制自己——正是这些特征构成了新的一代独特的精神面貌。

瓦尔科非常了解这一代人,因为他们在很大程度上跟他自己十分相似。

"你好像已经找到了地下工作者。"瓦尔科笑着说,"今后应该怎么干,我们现在就可以谈谈。"

奥列格默不作声地等瓦尔科先说。

"我看得出来,你不是今天才有这种打算。"瓦尔科说。

他说得对。伏罗希洛夫格勒刚一受到直接威胁,奥列格就头一次背着母亲到共青团区委去请求参加地下工作。

但是令他生气的是,区委没向他做任何解释就往外撵他,大意是说:

"青年人,赶快收拾东西,平平安安走吧,要赶快走。"

他不了解共青团区委并没有独立的地下组织,至于留下一批共青团员归地下组织领导,人员早已选定。所以他在区委得到的答复不但算不得粗暴,而且在某种意义上表示出对青年人的关心。所以他不得不走。

但是在渡口上遭到德军包围最初的紧张心情过去之后,奥列格明白他走不成了,心中反倒一亮:这回他的梦想可以实现了!于是逃难、跟母亲别离、前途渺茫等沉重的精神负担立刻烟消云散了。他的全部精神力量,他的热情、梦想和希望,青年人的全部激情和干劲一下子都得到了解放。

"因为你已经下定决心,所以才这么劲头十足。"瓦尔科接着说。"我也是这个脾气。昨天我走在路上脑子里很乱:一会儿想炸矿井的事,一会儿看到红军撤退的情景,看到这些难民和孩子,我心里一团漆黑,没有一点儿亮!"瓦尔科非常诚恳地说。"按道理说,我应该高兴才是,至少可以跟家里人见面,从战争一开始我们就没见过——可是心里直打鼓:'往后怎么办呢?……'那是昨天。今天怎么样了呢?我们的军队撤走了。我们被德国人撵回来了。家里人我是再也见不到了。可能永远不能相见。可是我的心情轻松了。为什么?因为现在我就像古时候乌克兰贩盐的人一样,只有一条路可走了。对我们这样的人来说,这是最重要的。"

奥列格觉得,在克拉斯诺顿市郊的河沟里,月光在露珠上奇妙地闪烁着,这个严峻稳重的人,跟吉卜赛人一样长着连在一起的眉毛,跟他谈得这么推心置腹,大概跟别人从来没这么谈过话。

"你要注意不要跟这些同学失去联系,他们都是自己人。"瓦尔科说,"千万别暴露自己,但要跟他们保持联系。你再物色一些人,要能干事、坚强些的。不过千万注意没经我同意,不要采取任何行动——不然会出事的。什么时候干什么,我会通知你的……"

"您知道谁留在市里了吗?"

"不知道。"瓦尔科坦率地说,"不知道,不过可以找到。"

"我怎么能找到您呢?"

"你不要找我。即使我有了住的地方,也不能告诉你。坦白地说,我现在还没地方住。"

到人家去通知她们的丈夫和父亲牺牲的消息,不论这件事多么可悲,瓦尔科还是决定头几天先到舍夫佐夫家躲躲,因为这家人跟他挺熟,喜欢他。而且有柳勃卡这个天不怕地不怕的姑娘帮助,他很容易建立起联系,然后再在比较偏僻的地方找个住处。

"你最好把你家的地址告诉我,我会找到你的。"

瓦尔科把奥列格的地址念出声来,叨咕几次就记住了。

"你不用怕,我会找到你的。"瓦尔科轻声说,"你要一时听不到我的消息,也不用着急,等着好了……现在你先回去吧。"他说着,用宽大的手掌把奥列格的肩头一推。

"谢谢您。"奥列格用勉强听得出来的声音说。

奥列格心中说不出多么激动,他从沾满露水的草地上仿佛轻飘飘地走到宿营的地方。大家都睡了,只有马在簌簌地嚼着草。还有万尼亚双手抱住尖削的右膝坐在睡熟了的克拉娃和她母亲的头旁边。

"万尼亚,亲爱的朋友!"奥列格想,现在他对所有的人都充满着温情。他走到同学跟前,坐到他身边的湿草地上,心情仍然很激动。

万尼亚转过脸来看着他,在月光下万尼亚显得脸色苍白。

"怎么样?他都跟你说什么了?"万尼亚用沙哑的声音机灵地说。

"你问什么事?"奥列格说,既感到奇怪又有些发窘。

"瓦尔科跟你说什么了?他了解什么情况吗?"

奥列格犹豫不决地看着他。

"你是不是想跟我装糊涂?"万尼亚气恼地说,"我们都不是小孩子了!"

"你……你怎么知道?"奥列格越来越感到惊讶,大睁眼睛看着对方,悄声问。

"你的地下联络网跟我差不了多少,不用问也知道。"万尼亚笑着说,"你以为我就没考虑这件事吗?"

"万尼亚!……"奥列格用两只大手抓住万尼亚又细又长的手紧紧握住,万尼亚也立刻抓住他的手,"这么说,一起干?"

"当然一起干。"

"永远?"

"永远。"万尼亚轻声认真地说,"只要血液还在我的血管里流淌。"

他俩面对面看着,眼睛闪闪发亮。

"你知道,他暂时还不了解情况。但是他说他能找到。一定能找到。"奥列格骄傲地说,"你可注意,在下亚历山德罗夫卡可别耽搁太久……"

"不会的,这没问题。"万尼亚说,果断地甩一下头,他有点儿不好意思,"我安排好她们,马上回来。"

"你爱她吗?"奥列格凑到万尼亚的脸跟前悄声问。

"这种事是对别人说的吗?"

"不,你别不好意思。这是件好事,这真是好事。她是个那么好的姑娘,而你……你就更甭说了。"奥列格说,他脸上和语声都流露出天真的喜悦。

"是的,尽管我们和大家都还要吃好多苦,但是生活毕竟是美好的。"万尼亚说。

"说……说得对,说得对。"奥列格口吃地说,不由得热泪盈眶。

这些彼此大不相同的人,有成年人,也有年轻人,由于命运的撮合在草原上相遇,并在一起过了一个多星期。现在到了分手的时刻,草原刚刚升起的太阳将最后一次照耀仍然在一起的他们,好像他们在一起度过了整整一生,他们内心里充满了温情、哀愁和激动。

"好吧,小伙子们和姑娘们……"瓦尔科想说什么,这时只剩他一个人留在河沟里,身上穿着马裤,脚上穿便鞋,后来他把手一挥,什么也没说。

年轻人互相交换了地址,答应保持联系,然后便分手了。他们在草原上各奔自己的方向,但是很长时间互相还能看见。有的人还回头挥挥手或摇摇手绢。不一会儿就一个个消失在山冈后面或河沟里。仿佛在这伟大而严峻的年代他们冒着骄阳共同走过的这段路程也烟消云散了……

就这样,奥列格回到自己的、被德国人占据的家。

第二十一章

玛林娜带着小儿子跟维拉外婆和叶列娜·尼古拉耶夫娜挤在一起，住在紧挨厨房的小套间里。科利亚舅舅和奥列格用木板钉两张床，在院里的柴火棚子里凑合着住。

维拉外婆正愁没有听众，她总不能对牛弹琴去跟那个黄雀斑的勤务兵交谈。她一下子便向他们报告了一大堆当地新闻。

两天前，在最大的几个矿井入口、高尔基学校、伏罗希洛夫学校和区执委的门前，还有一些地方都贴了布尔什维克的传单，是用手抄的。传单下边的落款是："联共（布）克拉斯诺顿区委会"。更令人奇怪的是，传单旁边还贴着旧的《真理报》，上面印有列宁和斯大林的像。还听说是从德国兵的交谈中知道的，本州的各区，尤其是顿涅茨河沿岸，伏罗希洛夫格勒和罗斯托夫两州交界的地方，还有博科沃－安特拉齐区和克列缅斯克区，都有游击队，常常袭击德军的运输队和驻扎部队。

德军卫戍司令部还设立了特别登记处，要共产党员和共青团员前去登记，却没有一个人去。（维拉外婆就说："叫我去自投虎口，好把他们都噎死！"）但是有许多党员被发现并被逮捕了。没有一家工厂开工，也没有机关办公，不过德军卫戍司令下命令，所有的人都要上班，并要坐足钟点。大家只好去。据维拉外婆说，克拉斯诺顿煤炭联合公司下属的中央电机厂就有人去上班，是机械工程师巴拉科夫和车间主任柳季科夫。据说不仅没碰他们，还任命巴拉科夫为厂长，柳季科夫官复原职，还当机械车间主任。

"谁能想到，这两个人会这样？还都是老党员！巴拉科夫上过前线，挂过彩！柳季科夫是出了名的社会活动家，人人都知道！他们是疯了怎么的?"维拉外婆感到莫名其妙,气愤不已。

她还说,德国人正满城抓犹太人,往伏罗希洛夫格勒市郊送,说是在那修建一个犹太区,但是许多人说犹太人被拉到上杜万林子,就在那枪毙和埋掉。玛丽亚·安德列耶夫娜·博尔茨很替丈夫担心,就怕有人出卖他。

自从奥列格离开家,特别是德国人到来之后,叶列娜·尼古拉耶夫娜一直处于精神麻木状态,如今奥列格一回来,就像有人给她施了法术似的,毛病突然没了。现在她又恢复从前的样子,总是精神紧张而又精力充沛。她就是这种性格。在她眼里儿子好像从巢里掉落的小鹰,她整天像老鹰一样在他头上盘旋。奥列格经常发现母亲那种关切的目光,目光里充满紧张和不安:"你怎么样?儿子!你能承受得了吗?儿子!"

而他经过路上的精神振奋之后,反倒陷入严重的麻木状态。一切跟他的想象完全不同。

青年人刚一参加斗争,把斗争想象成一连串轰轰烈烈反抗强暴和恶势力的大搏斗。而现实是罪恶不易琢磨,倒是平常得让人难以忍受,感到厌恶。

那条毛茸茸的大黑狗死了。这条狗非常老实,从前奥列格很喜欢跟它玩。家家院子和花园的树和灌木都砍光了,大街赤裸裸的,连走在街上的德国兵也好像一丝不挂。

冯·文采尔男爵将军对奥列格、玛林娜和科利亚舅舅也是不予理睬,就像不理睬维拉外婆和叶列娜·尼古拉耶夫娜一样。

维拉外婆倒不觉得将军的行为有什么侮辱自己的地方。

"这就是他们的新秩序。"外婆说,"我这么大岁数了,知道是怎么回事,还是听我爷爷讲的,就跟我们农奴制时候的旧秩序一模一样。农奴制时候这里也有过德国地主,也是那么神气,那么杀人不眨眼。跟这个男爵一样,他眼珠子怎么不冒出来!我干吗生他的气?他反正就是这副架势,除非我们的人打回来,揪断他的喉咙……"

但是奥列格看法不同,他认为这个喉结洗得干干净净、穿着崭亮的细长的皮鞋的将军是罪魁祸首,这个将军使他和他的亲人以及周围的人遭到难以忍受的侮辱。要想不受这种侮辱,似乎只有干掉这个将军。不过他死了,还会派来一个,而且跟他一模一样,也把喉结洗得干干净净,也穿崭亮的皮鞋。

长腿副官倒是客气而冷淡地给予玛林娜更多的关照,越来越喜欢让她伺候自己和将军。当他用没有颜色的眼睛看玛林娜的时候,便会露出既瞧不起又像男孩子一样好奇的神情。他好像在观察一个奇怪的动物。他知道这个动物能给予他极大的乐趣,只是不知道怎么接近她。

现在副官最喜欢干的事,就是用糖果逗玛林娜的小儿子,孩子一伸出小胖手去接,他就赶快把糖果塞进自己嘴里,副官就这么一次一次逗他,直到把孩子逗哭为止。这时他会蹲下长腿,对着孩子伸出红舌头,露出舌头上的糖果,故意又吮又嚼让孩子看,然后瞪着没有颜色的眼睛笑个没完。

玛林娜对这个人深恶痛绝——从细长的两条腿到白得不自然的手指甲,没有不让人讨厌的地方。她认为他不但算不上人,连牲口都不如。她嫌恶他的程度,就像民间嫌恶青蛙、蜥蜴和蝾螈一样。每当他强迫她去伺候他的时候,她既非常厌恶,同时又因为不得不听他摆布而感到害怕。

不过,要说是真正把奥列格他们三个人搅得不得安宁的,还是那个黄雀斑的勤务兵,他是伺候将军的勤务兵、厨师和后勤兵的总头儿,所以他的闲工夫也真多。他一有空就跑来找他们追根问底:他们干吗要躲德国人,又怎么没跑掉。还三番五次地向他们发表他的见解:只有傻瓜和野蛮人才会躲避德国人。

他常常缠住他们不放,不管他们是躲在柴火棚子里,还是到院里呼吸新鲜空气,如果将军不在家,他们回到屋里,他也照缠不误。只有外婆赶来,才能撵走勤务兵,使他们解脱。

说来也奇怪,这个勤务兵大高个子,两手发红,在外表上对待外婆跟对待其他人一样满不在乎,心里倒真有点儿怕外婆。德国勤务兵和维拉外婆互相交谈的时候,使用的是一种奇怪的俄德混合语,另外加上面部表情和手势。外婆的表情和手势总是准确而辛辣,勤务兵的总是粗野而愚蠢,凶狠而带有肉欲。但是他们能完全明白对方的意思。

现在全家一天三顿饭都到柴火棚子里去吃,还好像偷偷摸摸。他们吃的是素菜汤、青菜、煮土豆,没有面包,外婆就烙些白面饼。外婆本来藏起来不少东西,但是有些东西藏得不严密,就被德国人吃光了。从那以后,外婆只做素菜,想让德国人看看,家里什么都没有了。半夜德国人睡着了,外婆才偷偷把一块腌肥肉或一个生鸡蛋送到柴火棚子里。有东西不敢白天吃,也是一种屈辱。

瓦尔科一直没有消息。万尼亚还没回来。很难设想怎么能见到他们。家家都住着德国兵。他们仔细观察每个来访的人。甚至平常见面和街上谈话,都可能引起怀疑。

当周围的人都进入梦乡的时候,从柴火棚子开着的小门吹进草原上清新的空气,圆圆的月亮把青幽幽的光辉撒遍天空,在脚旁的泥地上照出来一块方方的亮光。奥列格头枕着双手躺在板床上,心头感到一丝痛苦的甜蜜。这是因为他想起了列娜·波兹内舍娃。她就住在不远,在市内。她的形象是模糊而有些零散的,彼此不连贯:她的眼睛好像夜里的樱桃,带着月光的金黄色光点,是的,春天在公园里他见过这一对眼睛,也许是梦中见到的。她的笑声仿佛是从远方传来的,仿佛是用银铃的声响组成的,似乎有些造作,就像有人在隔壁摆弄银勺子似的,每个音响都很分明。奥列格想到她近在咫尺而不能见面,思念不已。这是只有少年人才有的相思——没有情欲,没有良心的责备,心中只有她的情影,只有相见的欢乐。

每当将军和副官不在家的时候,奥列格和科利亚舅舅就回屋坐坐。房间里散发着一股刺鼻的气味,其中混合着复杂的香水味、外国烟草味和单身汉特有的气味。不论将军还是士兵,只要不带家眷,他们的住处总会有这股特殊的气味,而且不论香水还是香烟,都掩盖不了。

有一天在这种平静的时刻,奥列格回屋去看母亲。德国炊事兵和维拉外婆正在炉灶旁边默不作声地做菜——各做各的。餐厅里只有勤务兵穿着皮鞋躺在沙发上抽烟，头上还戴着船形帽，一副百无聊赖的样子。他躺的那张沙发，正是奥列格从前睡觉的地方。

奥列格一进屋，勤务兵就用两只无聊的、懒洋洋的眼睛盯着他。

"站住！"勤务兵说，"你好像架子越来越大。是了，是了，我越来越发现你有这种毛病！"他说着坐了起来，把两只穿着厚掌皮鞋的大脚放到地板上，"两手垂直，脚跟并拢：你是在跟长辈说话！"他本想大发雷霆，至少也要出出气，但是天气闷热，他连发火的劲头都没有，"我怎么说，你就怎么做！听见没有？你！……"勤务兵叫喊起来。

奥列格明白勤务兵说的话，默默望着他那一脸黄雀斑，突然装出害怕的样子，急忙蹲在地上，两手拍打膝盖大叫起来：

"将军来了！"

就在这一刹那，勤务兵立刻站起来，连忙拿下嘴里的烟卷攥在手里。懒洋洋的脸上立刻露出谄媚的蠢相。他碰了一下鞋后跟，双手垂直，直挺挺地站在那里不动。

"真是奴才！老爷不在就在沙发上躺着……现在你就这么站着吧。"奥列格说，并没提高声调，心里却非常高兴，因为不管他对勤务兵说什么，勤务兵反正听不懂。然后他走进母亲的房间。

母亲正站在门口，仰着头，手里拿着针线活，脸吓得发白：她全都听见了。

"儿子，你怎么可以这样……"她刚要开始说。

但是勤务兵这时已经怒吼着朝他们扑过来。

"回来！……到我这来！"他愤怒地咆哮着。

他满脸涨红，连雀斑都看不清了。

"别理他，妈妈，这是个白痴。"奥列格声音略微颤抖地说，并不理睬勤务兵，仿佛勤务兵根本不存在似的。

"回来！……蠢猪！"勤务兵怒吼着。

他突然扑到奥列格跟前，双手抓住奥列格上衣的翻领发疯地摇晃，还用眼睛死死地看着奥列格。勤务兵脸色通红，眼睛却变白了。

"别这样……别这样！奥列格，你让着他点儿，你何必……"叶列娜·尼古拉耶夫娜说，想用她那小手把勤务兵发红的大手从儿子胸前掰开。

奥列格也满脸通红，双手抓住勤务兵制服里面的皮带，两眼闪闪发亮，带着强烈的仇恨盯住勤务兵的脸，可把勤务兵吓蒙了。

"松开手……听见没有？"奥列格用可怕的声音悄悄说，把勤务兵用力往前一拽，火气越来越大，勤务兵这时表情虽然不是害怕，却也犹豫不定，他这么干是否能占到便宜。

勤务兵放开手，两人面对面站着，喘着粗气。

"出去吧，儿子……出去吧……"叶列娜·尼古拉耶夫娜不住地说。

"野蛮人……最次的野蛮人。"勤务兵压低声音说，尽量把他的鄙视表现在他的话里，"你们这些人必须像训练狗似的，用鞭子狠狠抽！"

"你才是最次的野蛮人，因为你是给野蛮人当奴才。你只会偷小鸡、翻女人的皮箱、扒过路行人的皮靴。"奥列格说，带着仇恨直视着勤务兵的白眼睛。

勤务兵说的是德语，奥列格说的是俄语，但是他们的意思通过姿势和表情表达得十分清楚，彼此都明白对方的心思，勤务兵没等奥列格说完，就抬起沉重发胀的大手用力打在奥列格的脸上，奥列格差点儿没摔倒。

奥列格从打生下来十六年半，还从来没有人碰过他一个指头，不管是由于发火还是为了惩罚他。不论在家庭还是学校，他从小呼吸的是纯洁的空气，在这里可以互相竞赛，但是打人就像偷窃、杀人和背弃誓言一样不允许。热血疯狂地涌上奥列格的头。他朝勤务兵扑过去。勤务兵向后一闪，躲到门口。母亲急忙抱住儿子的肩头。

"奥列格！清醒一下！他会打死你的！……"她说，一对干涩的眼睛发亮，更紧紧贴在儿子胸前。

听到里屋吵架，维拉外婆、科利亚舅舅和德国炊事兵都跑来了，炊事兵戴着白帽子，在制服外面穿着白大褂。勤务兵还像驴一样咆哮。

维拉外婆张开两只干巴的胳膊,忽闪着带花的衣袖,像抱窝的母鸡似的在勤务兵面前又是叫又是跳,把他撵到餐厅里。

"奥列格,好孩子,我求求你了……窗户开着,赶快跑吧,赶快跑!……"叶列娜·尼古拉耶夫娜热烈地附耳对儿子悄声说。

"跳窗户? 在自己家我才不跳窗户呢!"奥列格说,鼻翼和嘴唇都傲然地翕动着,但是他已经完全清醒了,"不用担心,妈妈,放开我,我这就走……我去找列娜去。"他突然说。

他迈着坚定的步伐走进餐厅。大家给他让路。

"你才是头猪呢,蠢猪!"奥列格回头对勤务兵说,"你知道人家不能还手才动手打人……"然后不慌不忙走出门去。

他半边脸被打得发烧,但是他觉得他在精神上占了上风,因为他不但丝毫没向德国人让步,德国人反倒怕他。他不愿意去想这次冲突会有什么后果。豁出去了! 外婆说得对:管它什么"新秩序"! 见他妈的鬼! 他爱怎么的就怎么的。谁能打过谁,咱们走着瞧!

他走出角门,来到跟果园街平行的后街。刚一出门就碰见了斯乔帕。

"你上哪去? 我正要找你。"小个子、白头发的斯乔帕急忙说,两只手抱住奥列格的大手热烈地摇着。

奥列格不知怎么回答好,"我想去一个地方……"

他本想补充一句:"办点家里的事。"但是舌头转动不灵了。

"你脸上怎么这么红?"斯乔帕奇怪地问,放开奥列格的手。他好像专门爱问不该问的问题。

"跟德国人干仗了。"奥列格说着笑了。

"你说什么? 太棒了! ……"斯乔帕怀着敬意看着奥列格发烧的脸颊,"这就更好了。我来找你,说老实话,跟这事也有关系。"

"指的什么事?"奥列格笑了。

"走吧,我送送你,老这么站着,德国人会过来找麻烦的……"斯乔帕挽起奥列格的胳膊。

"还……还是我送你吧。"奥列格口吃地说。

"也许你干脆先把自己的事放放,跟我走行不行?"

"上哪去?"

"上瓦丽亚·博尔茨家。"

"上瓦丽亚家……"奥列格想起来,自从回来以后还一直没去看看瓦丽亚,不免感到良心的责备,"她家住德国人没有?"

"没有。好就好在没住德国人。其实我这次来找你,就是受瓦丽亚的委托。"

突然来到没住德国人的人家,该多么心情舒畅。这熟悉的绿树成荫的小果园,花坛的四周好像镶着毛皮,跟莫诺马赫①的王冠似的,还有老洋槐枝繁叶茂,翠绿的叶子像花边一样玲珑剔透,一动也不动,仿佛在草原的蓝天上绣成的。

玛丽亚·安德列耶夫娜把学校里所有的学生都当成孩子。她紧紧抱住奥列格,吻了半天,大声嚷着:

"把老朋友都给忘了? 回来了怎么连个面也不露——把我们忘了! 哪一家最喜欢你? 你一来就给你弹钢琴听,你皱着眉头一坐就是几个小时。我家的藏书你可以随便看,像看自己家的一样……你把我们忘了,忘了,奥列格,你这个小家伙! 可我们家……"她用双手抱住头。"怎么办——还藏着人!"她眼睛里装出可怕的神情悄声说,可是话从她嘴里说出来就像火车头排气一样,满街都听得见。"是了,是了,连对你也不能说,藏在什么地方……在自己家还要躲躲藏藏,多么窝囊和可怕! 看来他只好到另一个城市去躲躲。他的长相,犹太人的特征并不明显——你说是不? 在这里肯定要被人出卖,而斯大林诺我们有靠得住的人家,是我的亲戚,都是俄国人……是了,只好让他走。"玛丽亚·安德列耶夫娜说,她的脸本要表现难过,甚至悲伤的神情,但是由于玛丽亚·安德列耶夫娜一向心宽体胖,她脸上连悲哀也表现不出来,尽管她倒是真心诚意,可是别人看来好像是假装的。

奥列格好容易从她的拥抱中挣脱出来。

---

① 弗拉基米尔·莫诺马赫(1053—1125)是基辅大公。——译者注

"是的,你太不讲交情了。"瓦丽亚说,傲气地翘起厚厚的上嘴唇。"回来了也不来一趟!"

"你……你也可以找我嘛!"奥列格说,不好意思地笑了。

"你要是指望女孩子主动找你,你就得打一辈子光棍!"玛丽亚·安德列耶夫娜大声说。

奥列格快活地瞅瞅她,两人一起笑了。

"你们知道吗?他跟德国人干了一仗——你们瞧他那边脸有多么红!"斯乔帕得意地说。

"真的?干仗了?"瓦丽亚好奇地看着奥列格,"妈妈。"她突然回头对母亲说,"我觉得家里好像正等你呢……"

"天哪,你们的活动还要保密呀!"玛丽亚·安德列耶夫娜大声说,把两只结实的手往天上一举。"我走,我走……"

"是跟军官还是跟大兵?"瓦丽亚追问奥列格。

果园里除了瓦丽亚和斯乔帕之外,还有一个小伙子奥列格不认识。他长得瘦瘦的,光着脚,浅色头发挺硬还打鬈,分的偏缝,嘴唇向前噘。这个小伙子坐在洋槐的树杈上一声不响,奥列格一进果园,他就用探询的坚定目光盯住奥列格。他的目光和整个行为举止都有一股令人肃然起敬的神气,奥列格情不自禁,不时朝他看看。

"奥列格!"瓦丽亚看母亲进了屋,就一本正经,用坚决的口吻说。"你帮助我们跟地下组织建立一下联系吧……不,等一等。"瓦丽亚又说,因为她发现奥列格脸上露出一副心不在焉的神情,不过他马上又坦诚地笑了。"你一定知道该怎么联系。常有许多党员到你们家去,我还知道你不大爱跟同学交朋友,倒是更喜欢跟大人交朋友。"

"不,很遗憾,我的关系都断了。"奥列格笑着回答说。

"这话你对别人说去吧。这里都是自己人……对了!也许你怕他在场?可他就是谢廖沙·丘列宁!"瓦丽亚叫喊起来,迅速瞥了一下坐在树杈上一声不响的小伙子。

瓦丽亚并没详细介绍谢廖沙的情况,只要一提他的名字人人都知道。

"我说的是实话。"奥列格说,这次他是朝谢廖沙说的。"我知道地下组织存在。第一,贴出传单了。第二,我相信联合公司和浴池被烧,肯定是地下组织干的。"奥列格说,却没发觉后面这句话刚一出口,瓦丽亚的眼睛里就闪过奇怪的火星,又红又厚的嘴唇上掠过一丝笑意。"我还知道一个情况,马上就会向我们共青团员下达指示,告诉我们怎么干。"

"时间白白过去了……我的两手发痒。"谢廖沙说。

他们开始讨论,还有哪些男女同学留下没走。斯乔帕喜欢交际,跟市里的同学不论男女都熟,提到每一个人他都能加上惟妙惟肖的评语,逗得瓦丽亚、奥列格和谢廖沙哈哈大笑,把德国人和这次碰头的目的都忘了。

"列娜·波兹内舍娃哪去了?"瓦丽亚突然问。

"她就待在家里!"斯乔帕叫了起来。"我在街上见过她。打扮得花里胡哨,就这么仰着头。"斯乔帕扬起长满雀斑的翘鼻子,大模大样地在果园里走了一圈。"我喊她:'列娜,列娜!'可她只这么一点头就走过去了。"斯乔帕又学列娜的样子。

"一点儿也不像!"瓦丽亚狡黠地斜眼瞥了瞥奥列格,扑哧一笑。

"你还记得在她家唱歌的情景吗?唱得多么好!那是三个星期以前,只有三个星期,真想不到!"奥列格说,带着善意的凄笑看着瓦丽亚。他立刻着急走了。

他跟谢廖沙一起离开了瓦丽亚家。

"奥列格,你的情况瓦丽亚向我介绍了很多,我一见你就打心眼里相信你。"谢廖沙说,有点儿不好意思匆匆瞥了奥列格一眼,"我就这么说了,让你知道就行了,以后再也不谈这个。是这么回事:联合公司和浴池并不是地下组织烧的,是我干的……"

"怎……怎么,就你一个人?"奥列格看着谢廖沙,两眼闪闪发亮。

"就我自己,一个人……"

两人默默地走了一会儿。

"一个人可不……不好……干得棒,胆量也大,可是……一个人不……不好。"奥列格说,脸上露出憨厚的忧虑神情。

"有地下组织,我不但看见传单,"谢廖沙接下去说,对奥列格提出的意见没做任何反应,"我曾经碰到线索,可惜……"谢廖沙遗憾地挥挥手,"没抓住……"

他向奥列格详细介绍了那次到福明家去的经过,甚至连不得不给在福明家藏的那个人留下假地址也没隐瞒。

"这件事你告诉瓦丽亚了吗?"奥列格突然问。

"没有,这件事我没跟瓦丽亚说。"谢廖沙平静地说。

"好……太好了!"奥列格一把抓住谢廖沙的胳膊,"既然你跟这个人谈过话,可以再去找他,对不对?"他激动地说。

"问题在于已经不可能了。"谢廖沙说,似乎肿了的下嘴唇露出严峻的皱纹。"他被房东福明出卖给德国人了。他并没马上就出卖。一直等到德国人进城五六天了。根据'上海'一带的传闻,他还想通过这个人破获整个地下组织,可是这个人看样子非常小心谨慎。福明等了又等,就把他给出卖了,他自己也到警察局当差去了。"

"什么警察局?"奥列格惊奇地叫了起来。他在柴火棚子里待了没有几天,市内竟然发生这么多事!

"你知不知道,区执委会后面的山脚下有个营房?就是我们从前的民警局……那里现在驻扎着德国人的战地宪兵队。他们要用俄国人组织一个警察局,听他们指挥。听说已经找到一个坏蛋给他们当局长,姓什么索利科夫斯基,以前在小矿上当过班长,就是咱们区的。现在由他招募各种败类当警察。"

"他们把他弄到什么地方去了?枪毙了吗?"奥列格问。

"他们要是傻瓜才会马上枪毙他。"谢廖沙说,"我想现在还关着。他们想要从他嘴里掏出全部情况,而他可不是软骨头。大概就关在那个营房里,想尽办法折磨他。那里还抓进去不少人,只是没法知道抓的都是什么人……"

奥列格突然心中一动,想起一个可怕的念头:他正在等待瓦尔科的消息,可是这个长着吉卜赛人的眼睛、精神顽强的人会不会关进山脚下的营房里，关进小黑屋，就像谢廖沙说的那样，千方百计折磨他。

"谢谢……谢谢你告诉我这么多情况。"奥列格声音沙哑地说。

于是他把那次跟瓦尔科的谈话以及后来跟万尼亚的相约都一一告诉了谢廖沙。他只考虑到目前这样做是适宜的，毫不怀疑这么做会违背他对瓦尔科的许诺。

他们顺着"木头街"慢慢走去——谢廖沙光着脚，身子一摇一晃，奥列格迈着轻快有力的步伐，尽管路上尘土很厚，他的皮鞋总是擦得干干净净。奥列格在路上向他的伙伴说出他的行动计划：一定要小心谨慎，慢慢寻找跟布尔什维克地下组织接关系的路子，避免给工作造成危害。同时要观察青年人，物色一些坚定可靠、适合做地下工作的人。还要打听一下，市里和区里有哪些人被捕，关在什么地方，得想法营救他们。再就是在德国兵当中探听德军指挥部将采取哪些军事行动和民政措施。

谢廖沙立刻活跃起来，他建议组织人收集武器：在发生战斗和进行撤退之后，有很多武器扔在野外，大草原里也有。

他俩都明白这些事有多么平凡，却都是切实可行的，他们都感到必须从实际出发。

"我俩之间所说的一切、所要了解的情况，以及所要干的事，除开我俩以外不能对任何人讲，不管是多么亲近的人，也不管是多么要好的朋友！"奥列格说，大睁着炯炯有神的眼睛凝望前方。"友谊归友谊，而……这是要流血的。"他断然地说。"你、万尼亚和我，就我们三个人……等接上关系，上头会告诉我们应该怎么办……"

谢廖沙一声没吭：他不喜欢说些保证和发誓的话。

"现在在公园里驻扎的是什么人？"奥列格问。

"是德国人的汽车车库。周围都是高射炮。掘了许多沟，像猪似的乱拱！"

"可怜的公园！……你们家有德国人吗？"

"他们来看过，不喜欢我们的房子。"谢廖沙笑了笑。"在我们家接头不行。"他说，已经明白奥列格问话的意思。"人口太多。"

"我们可以通过瓦丽亚进行联系。"

"就这么办。"谢廖沙满意地说。

他们走到铁路道口，在这里紧紧握握对方的手。他俩年纪相仿，在这次短短的谈话中立刻彼此接近起来。他俩的心情慷慨振奋。

波兹内舍娃的家住在"草场"区。她家跟奥列格的舅舅家一样，住的也是半幢标准房。奥列格离老远就看见她家开着窗户，挂着旧式纱窗帘，从屋里传出钢琴声和列娜那银铃般分明而做作的笑声。有人用有力的手指使劲弹着奥列格非常熟悉的和弦，这是一支浪漫曲的开头，接着列娜便唱起来，但是为她伴奏的人马上就弹错了，于是列娜笑了，然后又唱给他听，究竟什么地方错了，应该怎么弹，于是一切又从头开始。

她的歌声和钢琴伴奏声使奥列格突然激动起来，他有好一阵子抬不起脚忘了进屋。这歌声又令他回忆起在列娜家度过的那些幸福的黄昏，当时在这里好像聚集了许多朋友……瓦丽亚伴奏，列娜唱歌，奥列格看着她那略微激动的脸看得着了迷，由于她的激情、她的歌声和钢琴伴奏声而感到无限幸福。这钢琴声令他刻骨铭心，充满了他少年时代的整个世界。

唉，要是他永远也没跨进这家门槛该有多好！那样的话，他对音乐、青春和初恋的模糊激动的交融在一起的感受就会永远留在心头！

但是他已经走进门斗，又进了厨房。厨房在背阴一面，显得昏暗，只见列娜的母亲正跟一个德国兵坐在小桌旁，两人和和气气，处得很习惯，显然不是第一次干这种事。列娜的母亲长得干干巴巴，穿着旧式深色连衣裙，头上也按旧式梳着一绺绺鬈发。那个德国兵长得很像跟奥列格打架的那个勤务兵，也是黄头发，只是没长雀斑，又矮又胖，看他的架势也是个勤务兵。他俩面对面坐在小凳上，德国兵一脸客气而得意的笑容，目光甚至带有几分调情的神色，从放在膝盖上的背囊里掏出一些东西塞进列娜的母亲手里。她就两手哆哆嗦嗦地接过去，放到自己的膝盖上。她这个脸孔干瘦、满头鬈发的老妇人明知道人家是在笼络她，却也一脸谄媚讨好的笑容。他俩全神贯注地忙着进行这笔并不复杂的交易,连奥列格走进来的脚步声都没听见。所以他能看清列娜的母亲的膝盖上放着的东西:一扁盒沙丁鱼、一方块巧克力和一个四四方方的扁桶,能装半公升,带螺旋盖,贴着黄蓝两色的鲜明的商标。奥列格在住在他家的德国人那里也见过这种铁桶,是装橄榄油的。

列娜的母亲一发现奥列格进来,情不自禁用手捂住,似乎要掩盖放在膝上的东西。那个勤务兵也看见了奥列格,满不在乎地盯着他,双手抓住背囊没动。

这时隔壁的钢琴声和列娜的歌声也突然停住了,传来她跟两个男人的笑声,还有片断的德国话。列娜用银铃般的声音把每个字眼都咬得分明地说:

"错了,错了,我再来一遍,ich wiederhole①,这里是休止符,然后是复叠,立刻……"

接着她亲自用一只手在键盘上弹一遍。

"是你呀,奥列格!你不是走了吗?"列娜的母亲惊讶地扬起稀疏的眉毛,假装亲热地说,"你想见列娜吗?"

她麻利得出人意料,一下子就把放在膝盖上的东西塞进小桌底下的柜子里,用干巴的手指摸摸头上的鬈发弄乱没有,然后脖子一缩,鼻子和下巴一扬,进了里屋,从那里又传来钢琴声和列娜的歌声。

奥列格立刻感到脸上的血液刷地一下退下去了,两只大手也耷拉下来:他来得不是地方。他站在厨房当中,在德国兵冷冷的逼视下,更加局促不安。

从里屋传来列娜的感叹声,既含着惊讶,也带有窘困。她压低声音对屋里的两个男人说些什么,仿佛表示歉意。然后她穿着高跟鞋跑过整个房间。列娜出现在厨房门口,手扶着门框,苗条的身段穿一件灰连衣裙,带有深色花纹,显得有些过于沉重,细细的脖颈、黝黑的锁骨和黝黑的臂膀都裸露着。

① 德语:我再来一遍。——译者注

"奥列格？……"她说，连黝黑的脸都臊得通红，"我们正在这儿……"

她说不下去了，显然没准备好如何解释"他们在这儿"干什么。她以纯粹女人的善变不自然地笑笑，跑到奥列格身旁，拉起他的手就往回走，然后又放开他的手说："进来吧，进来吧。"走到门槛又回过身低下头邀请他进去。

奥列格跟着她走进里屋，差点儿没撞到列娜的母亲身上，这个老妇人一闪身溜了过去。两个德国军官穿着一个样的灰制服，一个军官坐在打开的钢琴前面的椅子上，另一个站在钢琴和窗户中间。他们望着奥列格，既不感兴趣，也不生气，他显然妨碍了他们，他们不得不容忍一下。

"他是我的同学。"列娜用银铃般的声音说，"坐吧，奥列格……你该记得这支浪漫曲吧？我已经教他们一个小时了。现在我们再来一遍，先生们！坐呀，奥列格……"

奥列格半合着金黄色睫毛，眯细眼睛看着她，清楚而分明地说，仿佛每个字眼都打在她的脸上：

"他们用什……什么酬劳你？好像是橄榄油吧？你卖得太贱了……"

他转身从列娜的母亲和黄头发的胖勤务兵身旁走过去，来到街上。

第二十二章

柳季科夫躲藏一段时间之后，又以新的身份出现了。

这一段时间他藏到哪里去了？

我们记得早在去年秋天就安排他要做地下工作。当时他并没把这件事告诉妻子，而且觉得自己料事如神——德军占领的威胁果然推迟了——为此而颇为得意。

不过这件事他并没忘记，一直记在心里。普罗岑科的确是个有远见的人，时常提醒他，要保持时刻准备的精神状态：

"谁知道将来会怎么样！我们这种工作就像少先队的口号一样：'准备好了吧！'——'时刻准备着！'"

去年秋天指定的人当中，有一个叫波林娜·格奥尔吉耶夫娜·索科洛娃，她也一直坚守岗位。她是一名家庭妇女，还没入党，是全市有名的妇女工作积极分子。柳季科夫当过市苏维埃的代表，克拉斯诺顿所有的居民都认识他，他做地下工作，活动不方便，不便于跟别人联系。于是派索科洛娃做他的联络员，成为他的耳目，替他跑腿学舌。

索科洛娃同意担任这件工作以后，听从柳季科夫的劝告，完全退出社会活动。她这样做，开头的时候曾经引起跟她要好的妇女们的不理解，甚至责难：一个向来活跃的女同志为什么在国难当头的时刻竟然退出社会工作？但是说到底并没人任命她或选拔她，她是自愿干的，愿意干的时候就干。人会碰到各种情况。人家现在埋头家务。也许战时生活太困难，她不得不这样办？时间长了，大家也就把索科洛娃忘了。

她花很便宜的价钱买了头牛，是从往东方疏散的人家手里买的，便开始挨家串户卖奶。柳季科夫一家三口,要不了多少奶,可是他的房东佩拉格亚·伊利尼奇娜有三个孩子,还有一个老母亲,她家也从索科洛娃那里买奶。每天天一亮,就有一个俄国人长相的妇女出来卖奶,邻居们也就习以为常了。她相貌善良,穿着朴素,头上按农村方式扎着白头巾,不慌不忙走到佩拉格亚·伊利尼奇娜家的房子跟前,把细长的手指伸进门缝,拨开门闩,自己打开角门,轻轻敲敲台阶旁边的小窗。开门的总是房东的老母亲,因为她起得最早。索科洛娃殷勤地向她问好,走进屋里,过一会儿便提着空桶出来。

柳季科夫家在这所房子里已经住了好多年。他的妻子叶夫多基亚·费多托夫娜跟女房东处得很好。他的女儿拉亚跟房东的女儿丽莎同岁,都刚好十二岁,又是同班同学。房东的丈夫从战争一开始就上了前线。他原来是个细木工,还是预备役的炮兵尉官,比柳季科夫小十五六岁,把自己看成柳季科夫的晚辈,对待柳季科夫就像对老师一样尊敬。

去年秋天柳季科夫就打听明白了,女房东家里人口多,丈夫又不在家,就是德国人来了也不能抛家舍业说走就走。所以柳季科夫当时就想好主意:必要的时候把家属送走,他自己还在老地方住。

这个女房东是个普通家庭妇女,为人老实厚道。像她这样的人在我们人民中间有的是。柳季科夫知道她什么事都不闻不问,明明知道也故意装不知道。这样的话,她会心安理得:既然没承担义务,对她也就没什么要求。她会保持沉默,会掩护他,甚至受到严刑拷打也不会出卖他。这是出于她对同志的信任,对他的事业的同情,或者只不过因为女人心慈,好同情别人。

对柳季科夫来说,这个住处也最方便。这一带从前只有矿工丘里林盖一座小土房,所以至今还叫"丘里林诺"。房东的这座房子便属于靠着丘里林的小土房盖的第一批木头房子。房后有一条大沟远远伸到草原里,也叫丘里林沟。所以这一带直到如今还被看作偏僻地区——实际上也真偏僻。

今年7月到了紧急关头,柳季科夫不得不把情况告诉妻子,妻子哭哭啼啼地说：

"你一大把年纪，又有病……去找区委谈谈，会放你走的……我们到库兹巴斯去。"她突然说，两眼露出兴奋的神情。每当她回忆起青年时代，回忆起好同志或称心的事，就会流露出这种神情。战争一开始，顿巴斯便有好多矿工带着家人疏散到库兹巴斯，其中既有柳季科夫的好朋友，也有从小就跟他妻子要好的伙伴。"我们到库兹巴斯去！"她说得那么兴奋，好像现在他们到了库兹巴斯就会像从前他们年轻时候在家乡一样幸福。

这个可怜的女人，好像她不了解自己丈夫的脾气。

"这件事别再提了。问题已经决定。"他说，用严峻的目光看着妻子恳求的眼睛。她明白了，他既不会答应她的请求，也不会容忍她的眼泪。"你俩不能留在这里，只会碍事，一看见你们，我心里就受不了……"他吻了一下妻子，紧紧搂住心爱的独生女，久久舍不得撒手。

柳季科夫的家属跟很多人家一样动身太晚，没走到顿涅茨河就回来了。但是他仍然不让妻子和女儿跟他住在一起：他在离城市很远的庄子里给她们安排了住处。

只三个星期的工夫，前线的形势就发生了有利于德军的变化。在这期间，州党委和克拉斯诺顿区委积极为地下组织和游击队补充人员，又给柳季科夫派来一大批克拉斯诺顿和其他区的领导干部。

就在柳季科夫跟普罗岑科分手的那个难忘的一天，他像往常一样，在工厂下班的时候回到家里。孩子们正在街上玩，老太太怕热，关上窗板躲在昏暗的小屋里。女房东正坐在厨房里，两只青筋暴起的手晒得发黑，摞在一起。她并不显得老，长得也还好看，脸上现出沉思的样子，连柳季科夫走进来她都没察觉：她看了他半天，认不出是谁。

"我在您这里住这么多年，头一次见您这么坐着不干活。"柳季科夫说，"犯愁了吗？用不着愁。"

她默默抬起一只露出青筋的手又放到另一只手上。

柳季科夫在房东面前站了一会儿，便迈着沉重迟缓的步子回到里屋。又过一会儿回到厨房，已经摘掉帽子，解去领带，换上便鞋，但是仍然穿着那身崭新的黑西服,里面衬着带翻领的白衬衫。他一边走,一边用一把大绿梳子梳那花白浓密的头发。

"我想问您一件事,佩拉格亚·伊利尼奇娜。"他说,用梳子迅速分开两撇扎人的短胡子,"我是 1924 年为纪念列宁而吸收一批新党员的时候入党的。从入党那一天起我就开始订《真理报》,每一份都留着。因为工作中非常需要:我要做报告,要领导政治学习小组……我屋里有个箱子,您也许以为装的是破烂东西吧? 那里装的是报纸。"柳季科夫说着,笑了笑。他从来不大爱笑,也许正是由于这个缘故,他一笑脸就变了样,现出一种不习惯的温柔表情。"现在我的这些报纸往哪放呢?攒了十七年。烧了怪可惜的……"他用询问的目光看着房东。

两人沉吟片刻。

"找个地方藏起来?"房东好像自问自答,"挖坑埋起来。夜里在菜园挖个坑,连箱子一起埋在地里。"她说,并不瞅柳季科夫。

"要用的时候怎么办? 总会有用处的。"柳季科夫说。

正像他原来料想的那样,房东并不问德国人来了还要苏联报纸有什么用,甚至脸上那种漠不关心的神情也毫无变化。她又沉默一会儿,然后问:

"菲利普·彼得罗维奇,您在我们这里住很久了,对一切都很熟悉,可是我要问您,如果您走进我们家,特意要找什么东西,您发没发现我家的厨房有什么特别的地方?"

柳季科夫非常仔细地把厨房看了一遍:厨房小而整洁,是外省小木屋常见的格局。他是工匠出身,只注意到油漆地板不是用长板铺的,用的是又短又宽的厚木板,中间有两条带穿着,两头严丝合缝。盖房子的肯定是个好当家的。地板铺得结实,为了坚固耐用,因为俄式炉子很沉,不结实就会压塌了。另外厨房最容易脏,要常擦地板,地板厚,抗烂。

"我什么也看不出来,佩拉格亚·伊利尼奇娜。"柳季科夫说。

"厨房底下有个老窖……"房东从小凳上欠起身来,弯腰摸到地板上一个很难察觉的小黑点。"这里从前有个铁环。下面有梯子……"

"可以看看吗?"柳季科夫问。

房东挂上门钩,从炉子底下取出斧子。然而柳季科夫不肯用斧子,怕在地板上留下痕迹。他俩各拿一把刀——柳季科夫用菜刀,房东用餐具刀——小心翼翼剔去方窖盖四周的缝隙里积攒的污垢。他俩终于撬起了窖盖——是用三块沉重的短木板钉成的。

地窖里有个梯子,一共四磴。柳季科夫下到里面,划亮火柴:窖里很干燥。现在甚至很难料想,这个绝妙的地窖对他会有多大用处!

柳季科夫从梯子爬上来,小心盖好窖盖。

"您可别生气,我还想问问您。"他说,"将来我会找一份工作,德国人不会碰我。就怕他们刚一来,会在火头上杀了我。万一有什么情况——这里躲躲。"他用手指指着地板。

"要是我家住德国兵呢?"

"你们家不会住兵,这是丘里林诺……我这个人没脾气,可以在里面蹲上几天……您不用担心。"柳季科夫说,看见她毫不在乎的神情,自己反倒有些犯难。

"我没什么担心的,我是普通老百姓……"

"要是德国人问这个柳季科夫哪去了,您就说他是住在这里,到乡下买吃的东西去了,一定会回来……丽莎和别佳会帮我藏起来,白天就让他俩给我放哨。"柳季科夫说,笑了笑。

房东斜眼瞥了瞥他,突然摇摇头笑了,样子也年轻了许多。柳季科夫外表虽然严厉,却是一个天生的老师,他喜欢孩子,懂得孩子的心理,善于跟孩子交朋友。孩子们都围着他转,他对待孩子跟对待成年人一样。他还是个心灵手巧的人,不管什么东西,从玩具到家里日常用的东西,他都能当面做出来,而且几乎什么也不用。民间把这种人叫作能工巧匠。

他把房东的孩子和自己的女儿一样看待,只要他伸伸手指头让他们干什么,两家的孩子都乐意去完成。

"菲利普大叔,你最好把他们领你家去吧,他们跟你合得来。亲爸爸的话他们不乐意听,倒愿意听你的话!"从前房东的丈夫常这样说。

"你们愿意永远住在菲利普大叔家吗？"他生气地看着孩子们问。

"不愿意！"他们齐声喊，却团团围住菲利普大叔，紧贴在他身上。

在各种不同的领域可以遇到各种不同的党政领导干部。他们虽然性格不同，却有着一个特别明显而又引人注目的特点。善于教育人恐怕就是党的干部中间最普遍的一种类型。这里不仅仅指，或主要不是指专业的党政工作者。而是指在各种领域——经济、军事、行政或文化部门里的党干部，他们都善于教育人。柳季科夫就属于这一类型。

他不仅喜欢教育人，认为应该这样做，而且认为这是他的自然需要，不这样做不行。这已经成为他的第二天性——他就是要教育人，培养人，把自己的知识和经验传授给下一代。

当然，这会使他的许多话带有教训的口吻，但是他讲话不是那种唠唠叨叨、令人讨厌的一般说教，而是他的劳动和思考的结果，人们就是这样来接受他的教诲的。

柳季科夫跟属于这种类型的所有领导干部一样，他的特点就是说到做到。他善于把所说的内容变成事业，团结各式各样的人围绕这一事业而工作，并用这一事业的意义去鼓舞他们。这正是使柳季科夫成为新型教育者的主要特征。他之所以能成为一个好的导师，正因为他是一个组织者，因为他是生活的主人。

他的教诲不会被人当成耳旁风，更不会令人反感。他善于打动人们的心，尤其是青年人的心，因为进步思想有榜样的力量做后盾，对青年的鼓舞也就更大。

有时他只要说一句话或使个眼色就起作用。他天生不大爱说话，甚至可以说是沉默寡言。冷眼看来他办事不紧不慢——有人甚至认为他行动迟缓——实际上他总是沉着、合理地安排工作，事事有条不紊。连业余时间他也分配得适当，不管是社会工作、体力劳动、读书看报和娱乐活动，他样样都参加。

柳季科夫平等待人，对人从来不发火，在交谈的时候善于默默听取他人的意见——这是常人少有的品质。因此人人都认为他容易接近，为人热心肠，因此有很多人不管公事私事，连对亲密的朋友都不说的事，都愿意跟他谈。

尽管如此，柳季科夫绝不是所谓的老好人，更不是性格软弱。他这个人铁面无私，对人要求严格，必要时甚至毫不留情。

有的人尊敬他，有的人喜欢他，也有的人怕他。说得更准确些，凡是跟他打交道的人，包括他的妻子和朋友在内，这三种感觉都有，只是由于各人的性格不同，有人第一种成分多些，有人第二种成分多些，还有人第三种成分多些。如果按照年龄划分，那么可以说成年人尊敬他，喜欢他，怕他，青年人是既尊敬又喜欢他，而儿童光是喜欢他。

正是由于这个原因，柳季科夫一说"丽莎和别佳会帮我藏起来"的时候，房东一听就笑了。

果然是这样，德国人刚刚到来的头几天，柳季科夫便躲藏起来，这两个孩子轮流在街上放哨来保护他。

也该他走运。德国兵没到这个地方住，因为市内的房子又宽敞又好，互相离得也近。房后这条大沟就把德国人吓住了，他们害怕游击队。德国兵的确也来看过房子，看到没藏好的东西就顺手牵羊。他们一来，柳季科夫就躲进地窖里。但是没有人专门来找他。

每天早晨索科洛娃都照常来送奶。她谦虚和蔼，按照农村方式扎着白头巾，把奶倒进两个瓦罐，便提桶去看柳季科夫。她在他的屋里待着的时候，房东和她的老母亲正在厨房里，孩子们还在睡觉。索科洛娃从柳季科夫的屋里走出来，又在厨房里待一会儿，唠唠女人的家常。

就这样过了一个星期，也许还多两天。有一天索科洛娃来了，没顾得向柳季科夫介绍从街上听来的各种消息，便轻声告诉他：

"要您去上工，菲利普·彼得罗维奇……"

他的神色突然完全变了样：他在躲藏的这段时间故意装作对什么都不关心，沉着自若，动作缓慢，有时几乎根本不动地方——现在这些伪装都丢得一干二净。

他像一头猛狮，一步跨到门口，朝隔壁的房间看看，那里一个人也没有。

"叫大家都去吗?"他问。

"大家都去。"

"巴拉科夫同志呢?"

"他……"

"露面了吗?"柳季科夫问,探询地看着索科洛娃的眼睛。

他用不着问索科洛娃巴拉科夫在哪露面,这一切她都知道,都是他们事先商定了的。

"露面了。"她用刚刚能听到的声音说。

柳季科夫既不着忙,也不提高声音,但是他那魁伟沉重的身躯,胖得朝下耷拉的脸、他的眼睛和嗓音,一下子都显得精力充沛了,仿佛他身体里面有一根上得满满的发条开始运作了。

他把两根手指伸进上衣的小兜里,他那结实的手指虽然不会弯曲,却有手艺人的准确劲,立刻掏出一张写得密密麻麻的小纸条,交给索科洛娃。

"明天早晨之前搞出来……尽量多搞一些!"

索科洛娃连忙把纸条掖进前胸里。

"您在餐厅里稍等一下,我先让房东去跟你聊聊天……"

房东和她的老母亲走进隔壁的房间,索科洛娃也提桶跟了进去。她们站着交换一下道听途说的消息。过了一会儿,柳季科夫从厨房里喊索科洛娃,她便走进厨房。

他手里拿着一卷报纸。索科洛娃不免奇怪:都是《真理报》,叠两叠又卷成卷。

"放进桶里。"柳季科夫说,"让他们也贴在那,越显眼越好。"

索科洛娃高兴得甚至心都跳了,尽管这是难以想象的,她开头还以为柳季科夫搞到的是新《真理报》。索科洛娃忍不住,没等往桶里塞,先忙看看日期。

"旧报。"她说,没掩饰住自己的失望。

"不旧。布尔什维克的真理永远不会旧。"柳季科夫说。

她很快地翻开几张看看。大部分是历年节日的报纸，带有列宁像和斯大林像。她明白柳季科夫的用意了。她把报纸紧紧卷成卷，塞进奶桶里。

"我怕忘了，先跟您说一声，"柳季科夫说，"让奥斯塔普丘克也去上工。明天……"

索科洛娃默默点点头。她并不知道奥斯塔普丘克就是舒利加，也不知道他藏在什么地方，她只知道柳季科夫的指示该往哪家传达，她也天天往那家送奶。

"谢谢。就这些了……"柳季科夫伸出大手跟她握握，就回屋去了。

他沉重地坐在椅子上，双手按着膝盖，张开手指，坐了一会儿。看看表：七点刚过。他平心静气，慢慢脱下穿旧的衬衫，拿出一件新白衬衫，打上领带，梳好头发，两鬓和前面白头发特别多，然后穿上上衣进了厨房。索科洛娃走后，房东和她的老母亲又在厨房里忙活起来。

"怎么样，佩拉格亚·伊利尼奇娜，有酒吗？给我来点儿，再来块面包。我要上工去了。"他说。

过了十来分钟，他穿得整整齐齐、干干净净，戴着黑便帽，按照老路，不再躲躲藏藏，走在市里的大街上——他要到克拉斯诺顿煤炭联合公司的中央工厂去上班。

第二十三章

德国军队和跟在军队后面向前推进的"新秩序"的行政机关都有许许多多、大大小小的官员。其中有一位施维德中尉，是所谓的采矿营技术员，就来到了克拉斯诺顿。他年纪已经不小，身材瘦削，头发花白。克拉斯诺顿没人记得他是哪一天到的，他跟所有的官员一样，穿着标准军装，戴着莫名其妙的区别标志。

他一个人就占了一幢大标准房，有四个厨房，能住四家，而且从打施维德先生一住进来，四个厨房都忙活起来。他还带来一大群德国官，不过这些人并不跟他住在一起。跟他一起住的有几个德国厨师、一个德国女管家和一个勤务兵。不久他又雇来不少佣人，都是俄国女人。凡是劳动介绍所给他打发来的女仆，不论是女翻译、女裁缝、洗衣的女工，还是后来派来养牛、养猪和养家禽的女工，他都一律称之为"俄国娘儿们"。施维德先生家的牛和猪养得那么多，真像魔杖一挥就变出来的，不过他特别偏爱的还是家禽。

归根结底，这些事并不能让采矿营中尉跟别的德国官相比有什么与众不同。不过他却成了全市议论的中心。因为施维德先生和他带来那批官员占用了公园里的高尔基学校，把学校变成市里新出现的机关——第十管理处。

于是这个军事化机关竟然成为克拉斯诺顿最主要的行政管理机构，现在所有的矿井以及与之有关的企业，包括一切没来得及运走或炸掉的财产和设备，还有所有没来得及走或被撵回来的工人，都归第十管理处管辖。其实这个机关不过是一家庞大的股份公司的无数分公司之一。这家股份公司有一长串雄心勃勃的名称——"东方煤炭冶金企业经营管理公司"。公司总部设在斯大林诺市,如今改名为尤佐夫斯克。所谓的"东方公司"下设许多区煤炭冶金企业管理局。在沙赫特市设立一个区管理局,而第十管理处跟其他一些管理处就归这个管理局领导。

这一切都安排得周密,计划得也更妙,以为这样一来,苏联顿巴斯的煤和金属就会源源不绝地流进德国"东方公司"的腰包。于是施维德中尉下命令:克拉斯诺顿煤炭联合公司原来所有的工人、职员和工程技术人员都马上上工。

当自己的矿井和工厂变成祖国的敌人的财产、当儿子和兄弟、丈夫或父亲正在前线跟祖国的敌人作战并且献出生命的时候,每一个工人不得不决定上工之前,心中会受到多么痛苦的疑虑的折磨! 到中央工厂来上工的工人和职员个个阴沉着脸,非常难为情,大家都回避对方的目光,几乎谁也不说一句话。

自从最后一批工人疏散以后,工厂就敞开大门。没有人去管它,也没有人看守,因为谁也不再关心工厂里剩下的东西是否完好无缺。工厂虽然开着门,但是没有人往车间里走。工人都在院子里的破烂和废铁当中独自找地方坐下,两人在一块的都很少,更不用说聚堆了。他们在默默等待上级。

这时,机械工程师巴拉科夫出现了。他长得匀称有力,说是三十五岁,看样子年轻得多,一脸自信的神情,穿着不仅仅整洁,而且十分讲究。领口打着黑蝴蝶结。礼帽拿在手里,剃得光光的头在太阳底下闪闪发亮。巴拉科夫走到这些零零散散坐在院子里的工人面前,客客气气打过招呼,略微迟疑一下就迈着坚定的步伐走进厂房。工人们没有理睬他的问候,默默目送他走进敞开的大门,并且看见他穿过机械车间走进办公室。

德国官并不着急。施维德的副手费尔德纳先生和一个头发蓬松的俄国女翻译从通行口走进院子的时候,天已经很热了。

大自然里常常有这种事:费尔德纳先生跟他的上司在体型和气质上都形成鲜明对照。施维德中尉人长得瘦,生性多疑而又沉默寡言。

费尔德纳是个小胖子,爱大喊大叫,嘴又好说。他的嗓音能在高音区内各个音阶徘徊,离老远就听得见,令人觉得好像不是一个德国人说话,而是几个德国人在吵架。费尔德纳先生身穿军装,扎着皮绑腿,头戴灰制帽,帽尖朝前伸。

费尔德纳在女翻译陪同下走到工人们跟前,工人一个个站起来,这使他在一定程度上得到满足。他先对女翻译说了两句,然后就向工人们说出一长串德国话,中间没有任何停顿,分不清是一个长句子,还是几个短句子。当女翻译进行翻译的时候,他照样大喊大叫。也许他从来不知道沉默。可以料想,他从打出娘胎叫出第一声起就没住过嘴,后来的一生都是在大喊大叫中度过的,只是叫喊的方式和声音的高低略有不同而已。

他想知道,这里有没有从前的行政管理人员,然后就命令工人们跟他一起进车间。这个德国人吵吵嚷嚷地跟女翻译走在前面,有几个工人陪着他们朝巴拉科夫方才进去的机械车间办公室走去。费尔德纳拿足了架子,高昂着头,让制帽的帽尖能翘多高是多高,用小胖拳头推开门,走进办公室。女翻译跟了进去,并随手带上门。工人们站在门旁听。

开始只能听见费尔德纳大喊大叫,好像好几个德国人在吵架。大家都等着女翻译把他喊的这一番话翻译出来,没想到巴拉科夫竟然讲起德语。他讲得客客气气,平心静气,据外面听的工人们判断,他的外语说得十分流利。

也许因为巴拉科夫会讲德语,也许因为他说的话正中德国人下怀,反正不管怎么说,费尔德纳的叫喊在高音区内渐渐降低了。突然之间出现了奇迹:德国人不再出声了,巴拉科夫也不说了。过了一会儿,德国人又喊了一声,不过语调已经平和了。他们从办公室里走出来——费尔德纳打头,巴拉科夫在中间,女翻译在最后。巴拉科夫用冰冷阴沉的目光扫视一下大家,叫他们不要回家,等他回来。然后他们又按方才的次序穿过车间往外走,只是身材俊秀健壮的巴拉科夫不时跑上前去给滑稽可笑的小矮胖子指路,告诉他怎么走方便。这种情景叫人看了不禁寒心！

又过了一会儿，巴拉科夫已经坐在高尔基学校的教员休息室里。如今这里是第十管理处处长施维德先生的办公室。谈话的时候，费尔德纳和女翻译也在场，只是这个来历不明的女翻译再也没有机会表现一下她的德语水平了。

我们方才提过，施维德中尉跟嘴快好说、感情外露的费尔德纳不同，不大能说。他因为有话说不出来而郁郁寡欢。其实他绝对不是性格忧郁的人，很爱寻欢作乐，追求生活享受。尽管他瘦得出奇，吃得非常多。甚至难以想象他吃进那么多东西装在什么地方，又怎么经过他的机体而排放出来。不管是 Mädchen① 还是 Frauen②，他都一律喜欢。在目前形势下，当然是特别喜欢 russischen Mädchen und russischen Frauen③，喜欢得神魂颠倒。为了勾引性格软弱的女人，他每天晚上都在他那占有四套住宅的房子里举行热闹的晚会，摆上各式各样的烤肉和甜食，至于各种品牌的果酒就更不用说。他嘱咐厨师说：

"多做一些！Kocht reichlich Essen!④ 让 russischen Fraun⑤ 吃饱喝足！……"

的确，他连话都说不明白，只能靠这些东西来诱惑愿意踏进他家大门的那种 russischen Fraun。

施维德先生既然缺乏连词成句的本领，就不免对善于此道的人加以怀疑，所以他连自己的副手也不信任。可以设想，施维德对异族人就更加怀疑得不得了！

从这个意义上讲，巴拉科夫现在的处境非常不利。不过，第一，令施维德先生感到奇怪，巴拉科夫用的不是俄语，而是德语，怎么也能轻易地用单词连成句子；第二，巴拉科夫的奉承赢得施维德的欢心。中尉先生也只好接受他的这些奉承。

----

① 德语：姑娘。——译者注
② 德语：娘儿们。——译者注
③ 德语：俄国姑娘和俄国娘儿们。——译者注
④ 德语：多做些吃的东西。——译者注
⑤ 德语：俄国娘儿们。——译者注

"我是旧俄时代特权阶级仅有的后裔之一。"巴拉科夫说,两眼盯着施维德先生一眨不眨,"我从小就喜欢德国人的才干,特别是在经济领域,特别是在生产方面……我父亲在旧俄最有名的西门子－舒克特公司做过事,在它属下的一个企业当经理。在我们家里,德语是第二国语。我从德国技术书籍里受到启蒙。现在我能在像您施维德先生这样出色的专家领导下工作,感到荣幸之至。您只管下命令,我一定办到……"

巴拉科夫突然发现女翻译正惊奇地看着他,她甚至掩饰不住自己的诧异。鬼知道德国人从什么地方挖出这个毛发蓬松的坏蛋!她如果是本地人,不会不知道巴拉科夫根本不是什么旧俄特权阶级仅有的后裔,倒是顿涅茨矿工中世代相传的光荣的巴拉科夫家族的后代。他那剃得光光的头冒出了冷汗。

当巴拉科夫讲话的时候,施维德先生默默地思忖一番,但是脸上没有任何反应,然后才半像肯定半像询问地说出一句:

"您是共产党员……"

巴拉科夫挥了挥手。他的手势和面部表情都可以解释成:我哪是共产党员!或者是:您知道那时候所有的人都得当党员。甚至可以解释成:是的,我是共产党员,不过我来给您做事,岂不更好吗?

这个手势暂时还使施维德先生满意。必须向这个俄国工程师讲明白,让中央工厂开工有多么重要,要借助它来恢复矿井设备。这么复杂的思想施维德先生是用否定式来表达的。

"什么都没有。Es ist nichts dla①。"他说着,苦恼地看看费尔德纳。

费尔德纳正为在上司面前不得不保持这么久的沉默而苦恼,借此机会便机械地喊出一连串的没有来证实上司的想法。

"没有机器!没有运输工具!没有器具!没有坑木!没有工人!"他叫喊着。

他再也说不出来还没有什么,甚至为此而非常遗憾。

---

① 德语:那里什么都没有。——译者注

施维德满意地点点头,想了想又吃力地用俄语说:

"什么都没有,also①煤的没有!"

他朝椅背上一靠,先看看巴拉科夫,再瞅瞅费尔德纳。费尔德纳领会这个目光就是行动信号,便朝着巴拉科夫叫喊起来,说出"东方公司"究竟想让巴拉科夫干什么。

巴拉科夫好不容易在这一连串的叫喊声中找到一个停顿的空隙,插话说凡是他能做到的一定尽力去做。

这时,施维德先生又产生了怀疑。

"您是共产党员。"他又说一遍。

巴拉科夫苦笑了笑,把他的手势又重复一遍。

巴拉科夫回到工厂,在大门上贴出一大张通知:他现在担任第十管理处下属的中央工厂厂长,命令所有的工人、职员和工程师回到自己的岗位,并且招收一切愿意来厂做工并有某种专长的人。

这些违背良心来上工的工人当中,连最落后的人想到巴拉科夫工程师当年曾经参加过芬兰战争和卫国战争,如今竟然自愿给德国人最重要的工厂当厂长,都感到精神上受到打击。但是通知上的墨迹未干,走进工厂的不是别人,而是菲利普·彼得罗维奇·柳季科夫——这个柳季科夫不仅在工厂里,而且在克拉斯诺顿整个党组织里都被称为共产党的良心。

他上午就来了,不再躲躲藏藏,打扮得干干净净,脸刮得精光,白衬衫黑西服,还扎着节日的领带。他立刻被官复原职——还担任机械车间主任。

工厂开工的同时,地下区党委的第一批传单也贴出来了。传单跟旧《真理报》一起贴在最显眼的地方。布尔什维克并没丢下小小的克拉斯诺顿不管,听任敌人蹂躏。他们在继续斗争,并且号召全市人民参加斗争——这就是传单上写的!许多从前认识巴拉科夫和柳季科夫的人不止一次想到,将来我们的人回来以后他们还有脸去看同志们

---

① 德语:所以。——译者注

的纯洁的眼睛吗？

不错，工厂实际上什么也不生产。巴拉科夫把更多的精力用在跟德国上司打交道上，很少关心工厂里的事。工人们经常迟到，没有事干就在车床之间来回转悠，或者钻到院子里背阴的角落，在草地上聚堆抽烟，一抽就是几个小时。柳季科夫大概为了讨好大家，鼓励大家请假到乡下去，还给开证明，说他们是公出。工人们还为居民做点儿小玩意赚钱。做得特别多的是打火机，因为到处买不到火柴，汽油倒可以用食品跟德国兵交换。

每天都有几个军官的勤务兵跑到工厂来，送来装满奶油或蜂蜜的罐头盒，让给焊上口，好捎回德国去。

有时工人想探探柳季科夫的口气——因为巴拉科夫没法接近——问他为什么来给德国人干活？将来日子怎么过？开头他们绕挺大的弯子，旁敲侧击。但是柳季科夫一句话就揭穿了对方的把戏，严厉地说：

"没什么，我们替他们干点儿就是了……"

或者反倒教训他一顿：

"老弟，这种事你不明白。你不也上工来了吗？你来了。你是上级还是我是上级？我是你的上级……所以只能我来管你，你没有权利管我。我叫你干什么，你就干什么好了。明白了没有？"

每天早晨上班或晚上下班回家，柳季科夫都要经过全市的街道，迈着缓慢、沉重的步伐，显得既上了年纪，又患有气喘病。谁也想象不到，他能以充沛精力迅速而周密地开展他的主要工作。正是由于他的工作，小煤城克拉斯诺顿才在全世界出了名。

他的工作刚一开头，便得知他的最亲密的助手之一舒利加无缘无故失踪了，他心里该是什么滋味？

柳季科夫作为地下区委书记，掌握全市和全区所有的隐藏地点和接头地点。他也知道原来确定的舒利加藏身的地点是康德拉托维奇家和福明家。但是柳季科夫没有权利派区联络员到这两家去寻找，更不能派索科洛娃去。因为舒利加一旦在这两家之中被出卖，房东只要看到联络员去,就会跟踪他,从而找到柳季科夫和其他区委成员。

如果舒利加没出事,他早该到中心联络站去问,他该不该到工厂去上工。他甚至不必登门问,只从房前走一趟就行。就在索科洛娃把柳季科夫的指示传达到联络站的当天,这家门旁的第一个窗台上就摆出一盆天竺葵。然而舒利加没去上工。

柳季科夫不断收集给德国人当警察的那些叛徒的资料,直到过了很久之后才搞清楚福明是什么人。肯定是福明把舒利加出卖了。可是这件事是怎么发生的呢? 舒利加的命运又将如何呢?

疏散期间区党委按照普罗岑科的指示,把区印刷所的铅字埋到公园里。标明埋藏地点的示意图很晚才交到柳季科夫手里。柳季科夫担心这些铅字会被德军的高射炮部队或汽车车库的士兵发现。无论如何也要找到这些铅字并在德国哨兵的眼皮底下搞出来。这个任务谁能完成呢?

第二十四章

战争开始以后的第一个冬天父亲去世了,沃洛佳·奥西穆欣没等在伏罗希洛夫学校念完十年级的最后一年便辍了学,到克拉斯诺顿煤炭联合公司下属工厂的机械车间当了钳工。他在柳季科夫手下干活,柳季科夫跟他母亲的娘家雷巴洛夫一家关系很好,所以对沃洛佳十分了解。沃洛佳在车间里一直干到患阑尾炎住院为止。

德国人来了,沃洛佳当然并不想再回车间干活。但是巴拉科夫贴出命令要求上工,还传说凡是不想上工的就送到德国去,尤其是柳季科夫上工之后,在沃洛佳和他最要好的朋友托利亚之间讨论应该怎么办而展开了好几次撕裂肺腑的谈话。

沃洛佳和托利亚跟所有的苏联人一样,认为在德国人的统治下上工还是不上工,是最难解决的良心问题之一。上工是最容易的办法,起码可以得到一些钱好填饱肚皮,况且德国人对不肯替他们做工的苏联人进行残酷迫害,上工就可以少受迫害。再说,许多上工的人的经验证明,可以不给他们干,只要装装样子就行。但是沃洛佳和托利亚所受到的教育跟所有的苏联人一样,就是不能给敌人工作,不管做多做少都不行,相反,敌人一来就要扔下工作,千方百计跟敌人进行斗争,参加地下组织和游击队。但是这些地下组织和游击队在什么地方呢?怎么才能找到他们呢?没找到他们之前该如何生活和靠什么生活呢?

沃洛佳病好了,能走动了,便跟托利亚到草原里去,躺着晒太阳,反复讨论这个生活中最主要的问题——他们现在应该怎么办?

一天傍晚,柳季科夫亲自到奥西穆欣家串门来了。这时他家住满了德国兵——已经不是纠缠柳霞的那个雄赳赳的上等兵那一批,而是另外一批,也许是第三批,因为奥西穆欣家住的这条街,恰好是德国军队路过时的必经之路。柳季科夫迈着沉重缓慢的步子上了台阶,像有身份的人那样先摘帽子,跟正在厨房里忙活的德国兵打过招呼,然后敲敲沃洛佳跟他母亲和妹妹住的那个房间。

"菲利普·彼得罗维奇,您来看我们来了?"沃洛佳的母亲立刻跑上前去,用她那热乎乎的干巴手抱住柳季科夫的双手。

在克拉斯诺顿,对待柳季科夫上工这件事可以分成两派,其中有一派并不因为这件事责怪柳季科夫,沃洛佳的母亲便属于这一派。她对柳季科夫十分了解,甚至认为没有必要追问他为什么要上工。柳季科夫这么做必是没有别的办法,也许他不得不这么做。

从打德国人来之后,柳季科夫是头一个来看望他们的好朋友。一见面时沃洛佳的母亲那么冲动,便表明她见到柳季科夫有多么高兴。柳季科夫体会到这种感情,内心里非常感激她。

"我是来拉您儿子去上工的。"他说,脸上跟平时一样一本正经,"您跟柳霞先陪我们坐坐,免得引起怀疑,然后再装作有事出去一下。我要跟他谈谈……"他朝他们三个人笑笑,脸色立刻变得柔和了。

他一进屋,沃洛佳就一直拿眼盯着他。沃洛佳跟托利亚谈话的时候,不止一次说出他的推测。他认为柳季科夫回厂上工不是被迫的,也不是胆小怕事,他可不是那号人。他一定另有更深刻的想法,谁知道,他的想法也许与他们头脑里经常出现的想法不谋而合。无论如何,跟这个人可以大胆谈谈自己的打算。

母亲和妹妹一走出房门,沃洛佳就先开了腔。

"上工!您说要叫我上工……我上工不上工反正都一个样。不管上不上工,我只有一个目的。我的目的就是斗争,无情的斗争。我就算去上工,也不过为了掩护自己。"沃洛佳说,甚至带着几分挑战的口气。

他这种少年人的大胆、天真和因为德国兵就在门外而勉强压住的火气,在柳季科夫心中唤起的并不是替他担心,也不是恼怒和讥笑,而是由衷的微笑。不过他这种人脸上从来不肯流露真实的感情,他连眉毛都不挑。

"很好。"他说,"以后不管什么人像我这样来串门,你都可以这样说。最好你跑到大街上,不管见了什么人都这么说:'我要做无情的斗争,我要掩护一下自己,请大家帮帮忙吧!'"

沃洛佳满脸涨红。

"您并不是街上随便见到的人。"他说,脸色突然阴沉下来。

"我也许不是,不过在这种时候你怎么能知道我是不是?"柳季科夫说。

沃洛佳心里明白,柳季科夫马上就该教训他了。果然这样,柳季科夫开始训沃洛佳。

"干这种事,轻易相信别人就会付出生命的代价——现在不比从前了。俗话说得好,隔墙有耳。你别以为他们头脑简单,他们自有他们的道道。"柳季科夫朝门口那边点点头,"该你走运,我这个人你们都了解,我的任务是动员大家回厂上工,现在我来找你就是为了这个目的。你可以这样对母亲和妹妹说,也可以告诉这些人……"他又朝门口点点头,"我们替他们干点儿就是了……"他说着,抬起严厉的眼睛看着沃洛佳。

沃洛佳立刻全都明白了——脸甚至都白了。

"你们同学当中可以信任的人还有谁没走?"柳季科夫问。

沃洛佳说出跟他最熟的三个人:托利亚、若拉和万尼亚。

"还可以找到几个。"他说。

"你认为哪些人完全可靠,先跟他们建立联系,不过不要把大家找到一起,要一个一个来。如果你确实相信他们是自己人……"

"他们是自己人,菲利普·彼得罗维奇……"

"如果确实相信他们是自己人,"柳季科夫仿佛没听见沃洛佳的插话,接下去说,"你就想法暗示他们,有这么一种可能,他们同不同意干……"

"他们会同意的,只是每个人都会问:他应该干什么?"

"你就告诉他,会给他安排任务的。我现在就交给你一个任务……”

柳季科夫便告诉沃洛佳,公园里埋着铅字,还指明准确地点,"你先侦察一下,能挖出来不能。如果不能,就向我报告。"

沃洛佳开始思考问题。柳季科夫并不催他,他知道沃洛佳不会动摇,这个孩子办事认真,总考虑得很周密。但是沃洛佳考虑的并不是柳季科夫方才提的这件事。

"我跟您得有啥说啥。"沃洛佳说,"您方才说我要跟同学们进行个别接触,这个我懂。但是我跟他们个别谈话时,应该让他们知道我是代表什么人……如果是我个人行动,这是一码事,如果我告诉他们,我是受跟组织有联系的人的委托,那就另一码事了。我不会说出您的名字,同学们也不会问——难道他们连这个规矩都不懂?"沃洛佳这么说,是为了免得柳季科夫反驳他,但是柳季科夫一声不吭,只是用心听着沃洛佳说的话。"我要是光代表自己跟他们谈,他们也会相信我……但是他们会越过我去寻找地下组织的关系,因为我领导不了他们。他们有的年纪比我大,而且……"沃洛佳想说"比我聪明。""一般来说,同学当中有的人比我更关心政治,头脑也更清醒。所以最好告诉他们,我不是个人行动,而是代表组织。这是一。"沃洛佳说。"再说,您提出挖铅字的任务,得有几个人才行。这就更要对大家讲清楚,这是一项重要任务,这项任务是从哪里来的。所以,我还有一个问题要请教您:我有三个好朋友,一个是老朋友托利亚,另外两个是新交的朋友,但是从前我就了解他们,而且经过严峻的考验之后,我相信他们就像相信我自己一样。他俩就是万尼亚·泽姆努霍夫和若拉·阿鲁秋尼扬茨。我可以把他们召集到一起进行商量吗?"

柳季科夫看着自己的皮靴沉吟片刻,然后抬眼看着沃洛佳,微微一笑,脸上又露出严峻的表情。

"好的,你可以把这三个同学找到一起,直接告诉他们你代表谁——当然不能说出姓名。"

沃洛佳勉强抑制住内心的激动,只是点了点头。

"你的想法很有道理,应该让我们自己人都知道,不管我们做什么事,都有党做后盾。"柳季科夫接下去说,仿佛在跟自己进行商量。他那聪明而严厉的眼睛显得十分平静,仿佛一直看到沃洛佳的心里。"你还有一个想法也很正确,在我们党组织领导下,应该有个青年小组。我来找你也就有这个意思。如果说这件事就这样讲妥了,那么我给你一个忠告,如果你愿意的话,就说是命令也行:不管什么事在没跟我商量以前,不要采取任何行动,不然的话,你们既毁了自己,还要连累我们。我也不是单独行动,也要跟大家商量。要跟同志们商量,还要跟上级派来的领导商量,我们伏罗希洛夫格勒州就有人领导我们。这一点你要告诉你的三个小伙伴。你们之间也要互相商量。现在都讲完了。"柳季科夫笑了笑,站起身来。"你明天来上工吧。"

"还是后天吧。"沃洛佳笑着说。"我可不可以把托利亚带去?"

"我本想只动员一个人去替德国人干活,一下子来俩。"柳季科夫微微一笑,"带来吧,再好不过了。"

柳季科夫经过厨房,见到沃洛佳的母亲和妹妹,还有一个德国兵也在那里,跟他们又说笑一阵便马上走了。沃洛佳明白,他现在被吸收参加秘密工作,绝对不能让母亲和妹妹知道。但是他那种兴奋劲儿很难瞒过她们关切的眼睛。

沃洛佳开始装作打呵欠,说他明天要早起,现在困得不行了。母亲什么也不问,这倒不是好兆头:沃洛佳怀疑母亲已经猜到,柳季科夫来找他不会只谈回厂上工的事。柳霞却直截了当地问:

"你们都谈什么了?谈了这么长时间。"

"谈什么,谈什么!"沃洛佳火了,"你明明知道谈的什么。"

"你去上工吗?"

"有什么办法!"

"替德国人干活?……"

柳霞的声音里含着无限的惊讶和愤慨,弄得沃洛佳不知如何回答是好。

"我们替他们干点儿就是了……"他学着柳季科夫说的话,闷闷不乐地说,连看也不看柳霞,就开始脱衣躺下睡觉。

第二十五章

若拉疏散不成回来之后,马上就跟沃洛佳和托利亚成了好朋友,彼此之间无话不谈。只是跟柳霞的关系有些僵,没有正事不相往来。若拉家住在新村的一座小房里,德国人没到过新村,所以三个好朋友多半在若拉家聚会。

沃洛佳从柳季科夫那里接受了侦察埋藏的铅字情况的任务。第二天,三个人便在若拉家见面。若拉住的房间很小,只放得下一张床和一张小书桌。然而无论如何,他毕竟单独有个房间。偏巧万尼亚刚从下亚历山德罗夫卡回来,便在这里碰上他们。万尼亚消瘦了,衣服也破了,满面尘土——他还没到家。但是他精神振奋,颇有跃跃欲试的气概。

"你还能见到这个人吗?"他问沃洛佳。

"干吗?"

"应该向他请示,能不能让奥列格参加我们小组。"

"他告诉我们暂时不要吸收任何人参加,只要物色合适的人选。"

"所以我说要请他批准。"万尼亚说。"今天你还能不能见到这个人,比方说天黑以前?"

"我真不明白,着的什么急?"沃洛佳说,有些生气了。

"急有急的道理……首先,奥列格是个优秀青年。其次,他是我的好朋友,所以他可靠。再有,对高尔基学校的同学,他比若拉更了解情况,尤其是七、八、九三个年级,没走的同学数这三个年级最多。"

若拉迅速抬起热情的黑眼睛看着沃洛佳说:

"自从我疏散不成回来以后就向你详细介绍了奥列格的情况。还要考虑到他家就住在公园附近,要完成上级交给的这项任务,他比谁都有用……"

若拉擅长用准确的句子表达思想,所以他说话就显得郑重其事,就像做指示似的。沃洛佳动摇了。但是他记住柳季科夫对他的告诫,所以不肯让步。

"好吧。"万尼亚说。"我可以再给你举出一个理由,但是只能单独对你说。你俩不会生气吧?"他转脸朝若拉和托利亚笑着说,显得既坚定又腼腆,还扶了扶鼻梁上的眼镜。

"做秘密工作,不能也不应该掺杂个人感情,应该把是否对工作有利放在首位。"若拉说,跟托利亚一起走出房间。

"我可以证明,我对你的信任超过你对我的信任。"万尼亚笑着说,已经没有方才的腼腆了,露出勇敢果断的人的坚强的微笑。实际上万尼亚就是做事非常勇敢果断的人。"若拉告没告诉你,瓦尔科跟我们一起回来了?"

"他说过。"

"这个情况你向那个同志汇报了吗?"

"没有……"

"那你就应该考虑到这个情况:奥列格已经跟瓦尔科建立了联系,而瓦尔科正急于寻找布尔什维克的地下组织的关系……你应该把这件事向那个同志报告。同时再转达我们的请求。你就说我们大家都可以为奥列格担保……"

就这样,沃洛佳尽管跟柳季科夫说定了上工日期,不得不提前就到中央工厂去了。

沃洛佳走了以后,万尼亚又派"响雷"托利亚到奥列格家去探听一下,他家住没住德国人,能不能到他家去。

"响雷"从果园街往奥列格家走去,看见房门前有个德国兵站岗,还从屋里跑出来一个漂亮女人,满头蓬松的黑发,却光着脚,穿一件破旧的连衣裙,一头钻进柴火棚子,从里面传出她的哭声,另外还有一个男人安慰她的声音。从门斗又跑出一个老太婆,又黑又瘦,一只青筋暴起的手提着水桶,在大木桶里舀了一桶水便急急忙忙回屋去了。屋里好像出了什么事,传出一个年轻的德国人耍老爷脾气的声音,另外还有两个女人直赔不是。托利亚怕引起注意,不敢多耽搁,便从公园旁边绕过这个街区,又从跟果园街平行的后街走到奥列格家跟前。但是从后街什么也看不见、听不见。他看旁边那家院子跟奥列格家一样,前后都有角门,便从那家菜地绕到奥列格家的柴火棚后墙根站了一会儿。

他听得出来,现在柴火棚子里有三个女人和一个男人的声音。就听有个年轻的女人哭哭啼啼地说:

"打死我也不回屋!……"

又听男人闷闷不乐地劝她说:

"说得倒好!奥列格上哪住去?还有孩子呢?……"

"这个婊子!……为了半公升橄榄油!你这个婊子,将来总会知道我是个什么人!你会听到我的消息!你将来会后悔的!"奥列格从列娜家里出来,一边往家走一边说。他忍受着嫉妒的折磨,感到自尊心受到伤害。夕阳又红又热,阳光刺眼。他眼前出现许多红色光圈,一个套一个,从光里一再浮现出列娜的黝黑俊秀的面庞和她身上穿的带深色花纹的厚连衣裙,还有钢琴旁边那两个穿灰衣服的德国人。他不住念叨着:"婊子!……婊子!……"痛苦得喘不上气来,那副样子还像是个孩子。

他一走进柴火棚子,便看见玛林娜坐在里面,用手捂着脸,披散着蓬松的黑发。家里人都围在旁边。

长腿副官想趁将军不在家用凉水擦擦身子,凉快一下,便叫玛林娜给他送去一只盆子和一桶水。当玛林娜打开餐厅的门往里送盆和水的时候,副官脱得一丝不挂站在她面前。他长得细长,白得像"绦虫",玛林娜哭诉着。他原来站在墙角上的沙发旁边,所以玛林娜一进屋并没看见他。后来他突然出现在她身边,用好奇的目光盯着她,一脸轻蔑和厚颜无耻的神气。一下子把她吓坏了,又厌恶得要命,就把洗脸盆和一桶水都扔了。水桶翻了,水洒得满地,玛林娜却跑到柴火棚子里躲着去了。

现在大家还不知道,玛林娜这次鲁莽的行动会有什么后果。

"你哭什么?"奥列格粗暴地说,"你以为他想把你怎么的? 他要是这里的头儿,一定不会放过你,还会让勤务兵帮一手。这次他的确是想洗澡。他在你面前脱光衣服,因为他根本没想到跟你有什么不好意思的。在这些畜生眼里,我们连野蛮人都不如。他们还不像党卫队的官兵那样,在他们住的地方就当着我们人的面拉屎、撒尿,就谢谢他们了! 他们当着我们的人就大小便,认为这是理所当然的。哼,这些法西斯分子我算是看透了,他们又肮脏又自高自大——不,他们不是畜生,他们连畜生都不如。他们是败类!"他咬牙切齿地说,"这你就哭个没完,我们大家都聚在这里,好像出了什么大事! 这叫人多么窝火,多么屈辱! 如果我们现在还不能打击和消灭他们,我们也要鄙视这些败类,是的,就是要鄙视他们,而不应该窝窝囊囊地哭,也不应该像农村妇女那样唠叨个没完! 他们会得到报应的!"奥列格说。

他怒气冲冲走出柴火棚子。一再看到这些被砍光了树木的花园,从公园到铁路道口整条大街光秃秃的,街上到处是德国兵,他心里感到非常厌恶。

母亲跟在他后面走了出来。

"你走了这么长时间,真叫我担心。列娜怎么样?"她问,仔细探询地审视儿子阴郁的脸。

奥列格像个大孩子似的,嘴唇哆嗦了。

"她是个婊子! 以后再也别跟我提她……"

然后像平时一样不知不觉就把一切都告诉了母亲,他在列娜家看到什么事,他又是怎样对待的。

"这到底是怎么回事! ……"他叫了起来。

"你不必可怜她。"母亲温和地说,"你这么激动,因为你还可怜她,用不着可怜她。她既然这么做,就说明她从来不像……我们想象的那样。"她本想说"你想象的那样,"但是立刻改口说:"我们想象的那样。""这件事只能说明她不好,跟我们没关系……"

一轮草原上的圆月像夏天常有的那样,低挂在南方的天空。奥列格和舅舅科利亚都还没睡,坐在柴火棚子开着的门旁,默默望着天上。

奥列格睁大眼睛望着向晚的蓝天里挂着的满月,月亮周围有一圈光环,并把反光照在门前的德国哨兵身上和菜园里的南瓜叶子上。奥列格望着月亮,仿佛头一次看见它。他习惯于这座草原小城的生活。这里一切都是公开的,不论天上和地下发生什么事,人人都知道。现在仿佛一切事情都绕过了他,比如他就不知道这月牙是怎么出来的,怎么渐渐变大,终于变成一轮圆月升上蓝蓝的天空。有谁知道,这种跟世界上的真善美完全融为一体的忘我境界,这种幸福的时光,在他这一生中会不会再有呢?

冯・文采尔男爵将军和副官一声不响地走进屋里,只有军服发出窸窣声。周围的一切都进入梦乡。只有哨兵在房前走来走去。科利亚舅舅坐了一会儿也睡下了。只有奥列格大睁着孩子气的眼睛,仍然坐在开着的门旁,全身沐浴在月光中。

突然听见身后有一阵沙沙声,是从对着邻家院子的后墙外面传来的。

"奥列格……你睡了吗? 快醒一醒。"有人对着板缝悄声唤他。

奥列格马上凑到墙根前。

"你是谁?"他悄声问。

"是我……万尼亚……你那边门开着吗?"

"不光我自己。门口还有哨兵。"

"我也不是一个人。你能溜出来吗?"

"能……"

奥列格等哨兵朝对着另一条街的角门走去的时候,贴墙绕过棚子往后面走。邻家菜园旁边的苦艾有一块被柴火棚子的阴影遮住。阴影里趴着三个人,像扇面一样分开,是万尼亚和若拉,还有一个人跟他俩一样也是细高挑,因为戴着便帽,看不清脸。

"呸,见鬼! 今晚月亮怎么这么亮,好容易才摸到你们家!"若拉说,眼睛和牙齿都闪闪发亮,"这是沃洛佳・奥西穆欣,是伏罗希洛夫学校的。你可以绝对相信他，就跟相信我一样。"若拉说，相信这是他能为同志做得最好的鉴定。

奥列格在若拉和万尼亚中间躺下。

"老实说，在戒严时候真没想到能见到你。"奥列格悄声对万尼亚说，咧嘴笑了。

"你要遵守他们的制度，就得憋死。"万尼亚微微一笑说。

"啊，你真是个好哥儿们！"奥列格笑着说，伸出长胳膊搂住万尼亚的肩头，"把她们安顿好了？"他附身对万尼亚悄声说。

"我能不能在你们家棚子里住一宿？"万尼亚问，"我还没回家呢，我们家也住着德国人……"

"我不是告诉你，可以到我家住吗！"若拉生气地说。

"上你家太远……你跟沃洛佳觉得这夜晚太亮了，可我会掉进潮湿的探井里永远也出不来！"

奥列格明白，万尼亚想单独跟他谈谈。

"天亮以前没问题。"他说，紧紧搂住万尼亚的肩头。

"我们有个特别重要的消息。"万尼亚悄声说，勉强可以听得出来，"沃洛佳跟一个地下工作者建立上联系了，并且接受一项任务……还是你来说吧。"

这三个同学在半夜突然来访和沃洛佳告诉他的消息，令积极肯干的奥列格兴奋不已。有一阵子他甚至觉得只有瓦尔科才能向沃洛佳交代这么重要的任务。于是他把脸凑到沃洛佳的脸跟前，盯着他那细长的深色眼睛追问道：

"你是怎么找到他的？他是谁？"

"我没权利说出他的名字。"沃洛佳有些不好意思地说，"你了解德国人在公园里驻扎的情况吗？"

"不了解……"

"我跟若拉想去侦察一下，只有两个人当然困难。托利亚要参加，可是他好咳嗽。"沃洛佳微微一笑。

奥列格把眼睛望着一旁，沉吟片刻。

"我劝你们今天不忙去。"他说,"想从外面靠近公园很容易被发现,可是公园里面的情况却看不清楚。不如白天去,也用不着耍花样。"

公园四面临街,外面的围墙是铁栏杆的。奥列格脑瓜来得快,又讲究实际。他建议明天一条街派一个人,不要同时去,任务是只要把靠街的高射炮、掩蔽部和汽车的位置记住就行。

同学们来找奥列格时那股急于求成的兴奋劲有些低落。但是奥列格讲的道理很简单,又不能不同意。

读者,你有没有黑夜里在密林中迷过路?或一个人流落他乡?或遇到危险孤立无援?或遭到不幸而亲友不肯帮忙?或探索人类未知的新事物却久久得不到人们的理解和承认?你如果遇到过上述某种不幸和困难,就会理解他这时遇到一个信守诺言、忠贞不渝、勇敢如初的好朋友,他会感到多么欢欣鼓舞,内心说不出的感激,浑身有无穷的力量。在世界上你再也不是孤立的,你身旁又有一个人的心在跳动!……当别人走了,只剩下万尼亚跟奥列格在一起的时候,奥列格体验到的正是这种感情在他胸中汹涌澎湃!他借助飘在草原上空的月亮的光辉看清了好朋友的这张脸,见他神采奕奕,既沉着冷静,又略带嘲笑,一对近视眼闪耀着善良和刚毅。

"万尼亚!"奥列格伸出两只长胳膊抱住他,紧紧贴着胸口,高兴得轻声笑着,"我终于看到你了!你怎么去这么久?你不……不在,可苦了我了!你呀,你这个家伙!"奥列格口吃地说,又紧紧搂住万尼亚。

"松开手,看你把我的肋骨都搂折了——我又不是女孩子。"万尼亚轻轻笑着,挣脱他的拥抱。

"没想到你叫她给拴住了!"奥列格调皮地说。

"你说这话真不害臊!"万尼亚有些不好意思,"出了这么大的事,我怎么能扔下她们就走?我一定得安顿好她们,相信她们不会出危险才行。再说她是个不寻常的姑娘。她心地多么纯洁,眼光多么开阔!"万尼亚一往情深地说。

的确是这样,万尼亚虽然只在下亚历山德罗夫卡待了几天,却把他十九年来的思考、感受和写进诗里的想法都告诉克拉娃了。而克拉娃是个善良的姑娘，热恋着万尼亚，不管他说的是什么，都耐心默默地听着。有时他问她什么，也总是欣然点头，没有不同意的时候。所以万尼亚跟克拉娃处的时间越长，越觉得克拉娃眼界开阔就不足为奇了。

"我看出来了，看出来了，你是被她迷住了。"奥列格口吃地说，两眼含笑看着好朋友，"你可别生气。"他突然发现万尼亚不喜欢他这种口吻便认真地说。"我不过闹着玩，我为你的幸福感到高兴，我由衷地高兴。"奥列格真诚地说，前额上现出几道皱纹，把目光移开，向一旁看了一会儿。

"你坦白地说，是不是瓦尔科交给沃洛佳的任务？"过一会儿他问。

"不是。这个人还让沃洛佳通过你打听怎么找瓦尔科。我就为了这件事才住在你这里。"

"糟就糟在我也不知道。我很替他担心。"奥列格说，"不过我们还是进棚子吧……"

他们随手关上门，也不脱衣服，两人挤在一张床上，在黑暗里悄悄唠了很久。似乎附近并没有德国哨兵，周围也没有任何德国人。他们已经互相嘱咐好几次：

"好了，够了，够了，应该睡一会儿……"

然后又悄悄唠起来。

奥列格是被科利亚舅舅叫醒的。万尼亚已经不见了。

"你怎么穿着衣服睡觉？"科利亚舅舅问，眼神和嘴角都略带嘲笑。

"勇士困极了……"奥列格解嘲地说，还伸一伸懒腰。

"说得倒好，还勇士呢！你们在棚子后的草窠里开会，我都听见了。还有你跟万尼亚唠嗑……"

"你……你都听见了？"奥列格在床上坐起来，睡意惺忪的脸上露出不知所措的神情，"你当时怎么不给个信号，说你没睡呢？"

"怕打扰你们……"

"没想到你会这样！"

"你没想到的事多着呢！"科利亚舅舅慢条斯理地说，"比方说，你可知道我把收音机放在德国人脚下的地板底下吗？"

奥列格更感到意外，脸上露出傻气的样子。

"怎……怎么？当时你没往上交？"

"没交。"

"这么说，你向苏维埃政府隐瞒了？"

"是这样。"

"哼，舅舅，真……真……没想到你是个大滑头。"奥列格说，不知道应该笑还是应该生气。

"首先，这台收音机是我得的奖品，因为工作有成绩。"科利亚舅舅说，"其次，它是外国货，七个灯的……"

"政府答应归还！"

"答应是答应。可是现在会落到德国人手里，而我把它藏在地板下面了。昨晚听你说的话，我立刻明白这个玩意儿对我们有用处。由此可见，我完全正确。"科利亚舅舅一本正经地说。

"你可真是好样儿的，舅舅！我们赶快洗洗脸，早饭之前先下一盘棋……现在政权是德国人的，我们犯不上为他们干活！"奥列格兴致勃勃地说。

这时，他俩听到有个姑娘的清脆的声音高声问，整个院子都听得见。

"我问你，笨蛋，奥列格·科舍沃伊住在这里吗？"

"Was sagst du？ch verstehe nicht①。"门旁的哨兵回答说。

"你见过这样的笨蛋吗？妮娜！他俄语一窍不通。那就该让我们进去或者叫个真正的俄国人出来。"那个姑娘用清脆的声音说。

科利亚舅舅和奥列格交换一下眼色，从棚子里探头往外看。

台阶跟前有两个姑娘站在德国哨兵对面。哨兵甚至有点儿不知所措。跟德国兵讲话的那个姑娘穿得非常鲜艳，所以奥列格和科利亚

---

① 德语：你说什么？我不懂。——译者注

舅舅首先注意到她。这种鲜艳的印象来自她那件花得刺眼的连衣裙：蓝湖绸上布满红樱桃、绿圆点和许多黄的和紫的亮片。早晨的太阳照在她的头发上也闪闪发亮，前头梳的金黄色大波浪，两边大约是对着两面镜子精心梳成的细发鬈，一直垂到脖子和肩头。这件鲜艳的连衣裙恰到好处裹着她的腰，又轻飘飘地罩住匀称的胖腿，腿上穿着肉色丝袜，脚上穿着优雅的黄高跟皮鞋。她这身打扮给人一种自然、活泼、轻盈、飘忽的感觉。

正当奥列格和科利亚舅舅从棚子里探头往外看的时候，这个姑娘正要走上台阶，而站在台阶旁边的哨兵一只手抱着冲锋枪，用另一只手拦住她的去路。

这个姑娘一点儿也没磨不开，满不在乎地用小白手拍了一下哨兵的脏手，快步走上台阶，回过头招呼同伴说：

"妮娜，快来，快来……"

她的同伴犹豫不决。哨兵跳上台阶，伸开两只胳膊挡住，不让姑娘进门。冲锋枪的皮带挂在他的粗脖子上，枪来回悠荡，德国兵胡子拉碴的脸现出愚蠢的得意笑容。因为他履行公事，同时又显得谄媚，因为他知道，只有姑娘才有权利这样对待他。

"我是科舍沃伊，上这来吧。"奥列格说着，走出棚子。

姑娘立刻转过头来，眯细蓝眼睛打量他，同时吧嗒着高跟鞋跑下台阶。

奥列格在门口等她，高高的个子耷拉两只胳膊，带着天真善良的神情迎面望着她，仿佛在问："我就是奥列格·科舍沃伊……只是请您说清楚，找我有什么事，如果是正事，愿意奉陪，如果不是正事，干吗偏偏选中了我？"姑娘走到跟前，又端详一气，仿佛在跟照片对照。另一个姑娘也跟着走上前来，站在一旁。奥列格一直没有注意她。

"没错，是奥列格……"头一个姑娘仿佛向自己证实，满意地说，"我们需要单独谈谈。"她朝奥列格微微眨眨蓝眼睛。

奥列格又激动又不好意思，让两个姑娘进了柴火棚子。穿花连衣裙的姑娘眯细眼睛仔细打量科利亚舅舅，然后又用疑问的目光看着奥列格。

"您有话当着他说跟当着我说一个样。"奥列格说。

"不行,我们谈的是爱情,对吧? 妮娜!"她转过脸对女伴轻快地笑着说。

奥列格和科利亚舅舅也都去看另一个姑娘。她长得大脸盘,晒得很黑,小胳膊露在外面,粗大健美,也晒得很黑。浓密的乌发打着沉重的发髻,好像用青铜铸成的,从脸的两边一直垂到浑圆结实的肩头。在她那宽脸膛上既有单纯的表情,同时又有一种泼辣坚强、热情奔放的神情。单纯的表情流露在厚嘴唇、柔软的下巴和非常憨厚的鼻子的柔和线条里,而泼辣的神情表现在前额和眼眶隆起、剑眉高挑及一对褐色大眼睛流露出勇敢直视的目光中。

奥列格情不自禁地注视着这位姑娘,以至于在后来的谈话过程中一直感觉到有她在场而口吃得厉害了。

科利亚舅舅的脚步声在院子里远去了以后,蓝眼睛的姑娘才把脸凑到奥列格跟前说:

"我是安德列叔叔派来的……"

"您胆子也太大了……怎……怎么敢打哨兵!"奥列格沉默片刻之后笑着说。

"没什么,奴才就喜欢让人打他! ……"她笑了起来。

"您……您是什么人?"

"柳勃卡。"穿花连衣裙的姑娘说,她衣服上还散发着香味。

第二十六章

柳博芙·舍夫佐娃正属于去年秋天选拔出来的那一批共青团员，归游击队司令部指挥，准备在敌后进行活动。

她原来在军医医士训练班学习，快要毕业准备赴前线的时候，又被送到伏罗希洛夫格勒的无线电报务员训练班学习。

按照司令部的指示，这件事要瞒着家里人和同学，对大家说还在医士训练班学习，往家里写信也这么写。现在她的生活带有一种神秘色彩，很合柳勃卡的心意。她是"女演员柳勃卡，像狐狸一样狡猾"，她一生都在演戏。

她在很小很小的时候想当大夫。那时她是又白又胖的小姑娘，蓝眼睛，脸上有酒窝。她把玩具都扔到窗外，只挎个带红十字的小包到处走。包里装的是绷带、纱布和棉花。她给自己的父母包扎，给熟悉的大人、孩子包扎，还给小猫、小狗包扎。

有个比她大点儿的男孩，光着脚从栅栏上往下跳，脚掌被酒瓶的玻璃碴划破了。这个男孩子家住得很远，柳勃卡并不认识他，家里又没有大人能帮助他。六岁的柳勃卡就给他洗了脚，上碘酒，包扎好了。这个男孩子叫谢廖沙，姓列瓦绍夫。但是他对柳勃卡不感兴趣，连个谢谢都没说。他再也没到她家的院子里来过，因为他压根儿瞧不起女孩子。

她开始上学读书，学习也轻松愉快，好像她并不是读书，而是在演戏。不过现在她不再想当大夫、老师或工程师，而是想当家庭主妇。她很会料理家务，不管是擦地板、做疙瘩汤，都比妈妈做得好，做得高兴。但是她也想当恰巴耶夫①。她要当恰巴耶夫而不当女机枪手安卡，因为安卡也瞧不起女孩子。她把瓶塞烧煳了，在脸上画出恰巴耶夫的小胡子，去跟男孩子打仗，直到打赢为止。然而等她又长大一点儿，她又爱上了舞蹈，既爱俄国和外国的交谊舞，也爱乌克兰和高加索的民间舞。同时她又发现自己有一副好嗓子，这回她明白了，她一定要当演员。她在俱乐部和公园的露天舞台上演出，战争爆发后她特别乐意为军人演出。不过她根本不是演员，只不过在演演员，她压根儿不知道自己干什么好。她心里总像有一种五光十色的东西不断地变幻、闪烁、歌唱，有时则像烈火一样突然燃烧起来。她身上有一股劲儿让她不得安宁。对荣誉的渴望和强烈的自我牺牲精神折磨着她。一种不顾一切的勇敢和孩子气调皮的强烈幸福感驱使她前进、攀登高峰，促使她永远追求新的事物，永远有前进的目标。现在她做梦也想奔赴前线，建立功勋，她想当飞行员，起码也要当个军医——后来得知要她到敌后去当侦察员和无线电报务员，这当然是再好不过的了。

令人可笑而又奇怪的是，克拉斯诺顿共青团员当中派去跟她一起进报务员训练班的，偏偏是那个谢尔盖·列瓦绍夫，就是小时候她给包过伤口的男孩，他当时压根儿瞧不起她。现在她可有机会进行报复了，因为他立刻就爱上了她。而她当然不爱他，尽管他的嘴唇和耳朵都长得蛮好看，而且总的来说是个能干的小伙子。他根本不会向女孩子献殷勤，只会扛着宽肩膀一声不响坐在她面前，脸上露出一副驯顺的表情，她可以任意嘲笑他、折磨他。

她在训练班学习期间，常常有的学员突然不再上课了。大家明白是怎么回事：他已提前结业，被空投到德军后方去了。

这是5月的一个闷热的傍晚。市公园的树都热得打蔫了，公园里洒满月光，洋槐开花了，花香得令人头晕。柳勃卡喜欢人多的地方，老拖着列瓦绍夫去看电影或者到列宁大街散步。列瓦绍夫却说：

"你瞧，周围的一切多么好！你怎么就不高兴？"他的眼睛在林荫

---

① 恰巴耶夫是苏联国内战争时期的英雄。作家富曼诺夫（1891—1926）根据他的事迹写成小说，制片厂还拍成电影。早期译作夏伯阳。——译者注

路的昏暗中闪耀着莫名其妙的神色。

他俩在公园里转了一圈又一圈,列瓦绍夫一声不吭,又跟她意见不合,他再也受不了。

恰好这时候有一群男孩子和女孩子又笑又闹地跑进公园。其中有一个是训练班的同学,叫鲍里卡·杜宾斯基,是从伏罗希洛夫格勒来的。他对柳勃卡颇有好感,还好胡扯些什么"从电车交通的观点",很令她开心。

她高喊道:"鲍里卡!"

他立刻听出她的声音,跑到她和列瓦绍夫跟前,滔滔不绝地讲了起来,甚至没法让他住嘴。

"你跟谁来的?"

"都是我们印刷厂的小伙子和姑娘们。要不要介绍一下?"

"当然!"柳勃卡说。

大家立刻认识了,柳勃卡就要拖着大家去逛列宁大街。列瓦绍夫说他不想去。柳勃卡以为他怄气,为了杀杀他的傲气,便挽起鲍里卡·杜宾斯基的胳膊,四只脚跳出奇怪的花样,跑出公园,只见她的连衣裙在树丛里一闪就不见了。

第二天早晨她到宿舍的食堂吃早饭,没见到列瓦绍夫。他没来上课,午饭和晚饭也没来吃。要想打听他到什么地方去了,是打听不到的。

她当然压根儿没想昨天晚上在公园里发生的事——"那有什么了不起的!"但是到了晚上她突然想家了,想爸爸和妈妈,她觉得好像再也见不到他们了。她静静地躺在床上,跟她同寝室的还有五个女生。她们都睡着了。她走到最近的一扇窗户跟前,拉开挡窗的黑布,月光强烈地照进打开的窗户,柳勃卡感到怅惘了。

7月6日,训练班主任把柳勃卡叫去,告诉她前线吃紧,训练班要撤退,让她留下,归州游击队司令部指挥,她可以先回克拉斯诺顿待命。如果德国人来,她要注意行为检点,不要引起怀疑。还给她一个石滩的地址,让她临回家之前先去看看,跟女房东认识一下。

柳勃卡到石滩去了一趟,跟女房东见了面。然后收拾好小皮箱,到附近的十字路口一招手,便有一辆路经克拉斯诺顿的大卡车拉上这个泼辣的金发姑娘。

瓦尔科跟同伴们分手之后,又在草原上整整躺了一天,直到天黑才走出河沟,经过郊区"上海"的小土房,穿过弯弯曲曲的小巷和偏僻的胡同,来到副一号井的矿工居住区。他在这里土生土长,对街道非常熟悉。

他担心舍夫佐夫家也住着德国兵,便悄悄跳过后墙的栅栏进院,藏在仓房旁边,等待屋里有人出来。他这样站了很久,已经失去耐性。房门终于响了,有个女人提水桶从他身旁轻轻走过,他认出来是舍夫佐夫的妻子,便走上前去。

"这是谁呀,我的仁慈的上帝!"她轻声说。

瓦尔科把胡子拉碴的黑脸凑到她跟前,她才认出来他。

"怎么会是您?他……"她刚要问。如果不是天上有一片灰雾,洒下的月光暗淡,夜色昏暗,就可以看清楚舍夫佐夫的妻子脸色惨白。

"稍等一下。我这个姓你就忘掉吧。叫我安德列叔叔好了。你们家住德国人了吗?没有?……进屋说吧。"瓦尔科沙哑地说,因为不得不把不幸的消息告诉她而十分为难。

柳勃卡正坐在床上缝衣服,见瓦尔科进来,迎面站起来。这可不是瓦尔科在俱乐部舞台见到的那个打扮漂亮的柳勃卡了。那时她穿着花连衣裙和高跟鞋。现在是家常打扮,穿一件简朴的上衣和一件短裙,光着脚。金发随便地耷拉在脖子和肩头。她眯细蓝眼睛毫不奇怪地注视他。桌子上方悬挂一盏矿灯,灯光暗淡,把她的眼睛照成了黑色。

瓦尔科受不住她的逼视,漫不经心打量一下房间。房间里还保留着主人生活富裕的痕迹,他的目光停留在床头的墙上贴的一张明信片上。那上面印着希特勒的像。

"您别往坏里想,瓦尔科同志。"柳勃卡的母亲说。

"安德列叔叔。"瓦尔科纠正她说。

"好——就安德列叔叔。"她毫无笑容地改口说。

柳勃卡若无其事地转过头看看印着希特勒的明信片,轻蔑地摆摆肩头。

"那是德国军官贴的。"柳勃卡的母亲解释说,"有两个德国军官在我们家住了很久,昨天才走,到新切尔卡斯克去了。他们刚一来就缠住她:'俄国的姑娘,漂亮,漂亮,金色头发。'他们笑个没完,拿出巧克力和饼干送给她。我看见这个鬼丫头把东西收下,却端起架子训斥他们,忽而笑一阵,然后又训他们——她竟然耍起鬼把戏!"母亲说,对女儿是善意的责备,对瓦尔科是充分的信任,相信他会正确理解。"我告诉她:'小心玩火。'她却回答说:'就得这么对付他们。'她就这么对付他们,"柳勃卡的母亲又重复一遍,"您想也想不到,她玩的什么把戏! 瓦尔科同志……"

"安德列叔叔。"他又纠正说。

"安德列叔叔……她竟然不让我对他们说我是她的母亲,让我说我是她的管家,而她是演员。还告诉他们说:'我的父母是大老板,开过矿山,苏维埃政权把他们流放到西伯利亚去了。'您想不到她会编出这套话吧?"

"编得挺不错。"瓦尔科平静地说,仔细端详柳勃卡。柳勃卡站在他的对面,手里还拿着活计,也带着模棱两可的笑意打量他。

"有个军官睡在这张床上,这是她的床。这时我俩不得不都在那屋睡。这个军官打开皮箱找东西,大概要找衬衣,"柳勃卡的母亲接下去说,"就掏出这张希特勒像,用按钉按在墙上。您想象得到吗? 瓦尔科同志,她走上前去一把就拽下来了,还说:'这是我的床,不是你的床,我不想让希特勒挂在我的床头上。'我真怕他会开枪打死她,可他一把抓住她的手,扭到背后,抢下明信片又按到墙上。另一个军官也凑到跟前。他们哈哈大笑,震得玻璃都发响。他们说:'嘿,俄国姑娘真厉害! ……'我看她真是气极了,满脸通红,攥紧小拳头,差点儿把我吓死。真不知道,他们是非常喜欢她,还是他们是真正的大傻瓜。他们只管站在那里笑。她跺脚朝他们喊:'你们的希特勒是个丑八怪,是吸血鬼,应该把他扔到茅坑里淹死!'还说了不少类似的话,说真的,我真以为他们会掏出手枪给她一下……他们走了以后,她不让把希特勒拿下来,说:'让他挂在那有用……'"

柳勃卡的母亲年纪不算太大,但是跟许多岁数大的家庭妇女一样,年轻的时候生孩子落下病,腰和臀部发胖,脚脖子也肿了。她对瓦尔科轻声细语地讲着这段故事,不时用询问的目光瞅他,这目光怯生生的,含着恳求。他却极力回避她的目光。她不住地讲,仿佛有意拖延时间,不愿意马上听到她最怕听到的消息。但是现在她讲完了,只好满怀期望地看着瓦尔科,神情激动而又胆怯。

"叶夫罗西尼亚·米罗诺夫娜,也许你们家还有丈夫穿过的衣服,要朴素一点儿的。"瓦尔科沙哑地说,"我穿着这西装和马裤,还穿便鞋,不伦不类,而且一眼就看得出来是个干部。"他微微一笑。

他的语声似乎不大正常,柳勃卡的母亲听了脸唰地白了,柳勃卡也垂下拿着活计的手。

"他怎么的了?"柳勃卡的母亲用勉强听得出来的声音问。

"叶夫罗西尼亚·米罗诺夫娜,还有你,柳芭,"瓦尔科轻声说,但是语气很坚定,"我没想到命运会这样安排,让我给你们送来这不幸的消息,但是我不想欺骗你们,也没有话来安慰你们。您的丈夫,柳芭,你的父亲,我最好不过的朋友格里戈里·伊里奇牺牲了,是被这些该死的刽子手炸死的,他们把炸弹投向和平的居民……让他的英灵永垂不朽!让他永远活在我们的心中!……"

母亲并没有叫喊,只用头上扎的头巾角捂住眼睛,轻轻地哭起来。柳勃卡脸色苍白,好像吓呆了,站立一会儿,突然身子一弯就昏倒在地。

瓦尔科把她抱起来放到床上。

按照柳勃卡的性格,他原以为她会号啕大哭,把痛苦一下子发泄出来,那样也许会轻松一些。但是柳勃卡一动不动地躺在床上,一声不响,脸色苍白,神情发呆,向下耷拉的嘴角上露出跟母亲一样的深深的皱纹。

而母亲表露痛苦那么自然、平静、纯朴而真挚,正合乎普通的俄国妇女的特点。泪水从眼睛里不住往外流,快流到嘴唇和下巴上时,她就用头巾角擦擦,用手抹一下或用手掌擦掉。然而正因为她的痛苦是自然流露,既然有客人在,她就要履行女主人的义务。她给瓦尔科倒上洗脸水,给他点上一盏小油灯,又从柜子里找出丈夫平时在家穿的军便服、上衣和裤子。

瓦尔科端起油灯到另一个房间换上衣服。这几件衣服他穿都有些小,可是他觉得穿在身上舒服:现在他的打扮像个普通工人了。

他又开始详细讲舍夫佐夫牺牲的经过,因为他知道,她们听到这些细节不管多么难受,但是只有这些情况使亲人得到残酷而辛酸的安慰。尽管他心情很激动,而且满腹心事,但是他吃得很多,也吃了很久,还喝了一瓶酒。他已经一整天没吃东西,也非常疲惫,但是他还是把柳勃卡从床上扶起来,他要跟她谈工作。

他们走进隔壁的房间。

"你是组织上留下来工作的,我一眼就看出来了。"他说,故意装作没看见柳勃卡躲到一边,脸也变色了,"你不用多说,"他看她想否认,便举起大手一摆说,"是谁把你留下的,留下做什么工作,我不想过问,你用不着肯定,也不必否定。我只想求你帮我个忙……而且我对你会有用处的。"

他求她找个地方,让他躲上一天一夜,再让他跟康德拉托维奇——就是跟他们一起炸掉副一号井的那个矿工——见一次面。

柳勃卡惊讶地打量着瓦尔科的黑脸。她早就知道他是一个大人物,头脑非常聪明。尽管他跟父亲平等相待,她总有一种感觉,这个人的能力比她柳勃卡要强百倍。现在他的洞察力就使她大吃一惊。

她把瓦尔科安排在邻居的草棚子顶间上。邻居从前养过羊,疏散走了,羊又被德国人给吃了。瓦尔科倒头便睡。

剩下母女二人坐在母亲的床上几乎哭到天亮。

母亲哭她这一辈子从年轻时候就跟丈夫结合在一起,如今丈夫不在了,她作为女人的一生也就结束了。她回想起从前在察里津当丫头,丈夫当时是伏尔加河轮船上的一名年轻水手。他们经常趁轮船装货的时候在洒满阳光的码头上或在公园里见面。后来结婚了,可是一开头日子过得非常艰难,因为丈夫没有工作。于是他们搬到顿巴斯来。起初也挺困难,后来丈夫工作干得越来越出色,报纸上开始报道他,还分给这套三室的住宅,家里富裕起来,柳勃卡像公主一样一天天长大,他们乐得眉开眼笑。

现在一切都完了。丈夫不在了,剩下她们两个孤苦伶仃的女人,一老一小,落到德国人手里。于是母亲眼睛里的泪水止不住地往外流。

柳勃卡总是用轻微亲昵的声音神秘地安慰她:

"别哭了,妈妈,亲爱的。现在我已经有了技术。等赶走了德国人,战争一结束,我就到电台工作,成为一个有名的报务员,还能当上台长呢。我知道你不喜欢嘈杂,我们就在电台里找个房子。那里总是鸦雀无声,四面都用软东西装修,一点儿声音进不来。屋里干干净净,舒舒服服,我俩一起住。电台旁边的小院子铺上草皮,有钱我就修个鸡窝,养些来亨鸡和九斤黄。"她眯缝眼睛神秘地耳语着,一手抱着母亲的脖子,另一只小白手长着又细又长的指甲,在黑暗里做着谁也看不见的手势。

这时,外面有人用指头轻轻地敲窗。母女二人同时听到,便松开手,停止哭泣,悄悄地听。

"不会是德国人吧?"母亲温和地悄声问。

但是柳勃卡知道德国人不会这么敲。她光脚跑到窗前,稍稍掀起挡窗户的被角。月亮已经落了,她从黑暗的屋子里往外看,只能看见花园里有三个人影:一个男的就站在窗前,两个女的离得稍远一点儿。

"什么事?"她朝窗户大声问。

男的把脸贴到玻璃上。柳勃卡认出来这张面孔。好像有一股热浪涌上喉咙。恰好现在,在这里,在这个时候,在她一生中最艰难的时刻,他来得真巧!……

她不记得怎么穿过房间,怎么下的台阶,好像一阵风把她刮下去的,带着满心的感激和悲伤,用轻巧有力的胳膊搂住小伙子的脖子,泪流满面,把带着母亲拥抱的余热的半裸的身子紧贴在他身上。

"快点儿……快点儿……"柳勃卡立刻松开他,拉住他的手就要上台阶,这时她才想起跟他一起来的人,"谁跟你来了?"她问,仔细打量那两个姑娘。"奥莉亚! 妮娜! 我的亲爱的! ……"她又用有力的胳膊抱住她俩,把她俩的头拉到跟前,热烈地一一吻起她俩的脸。"往这走,往这走……快点儿……"柳勃卡非常激动地低声说。

第二十七章

他们站在门槛上不敢进屋，因为身上太脏，落满尘土——列瓦绍夫好几天没刮脸，身上穿着不知是司机还是安装工的工作服。奥莉亚和妮娜姐妹都身强体壮，只是妮娜长得更大，两人都是古铜色脸，深色头发，头发上几乎落了一层灰尘。两人穿着一样的深色连衣裙，背后背着背囊。

她俩是伊万佐夫家的堂姐妹，由于她们的姓容易跟伊万尼欣弄混，所以也容易把她俩跟五一矿区伊万尼欣家的两姐妹莉莉亚和冬妮亚弄混。甚至有一句顺口溜，"你如果分不清姐妹俩是不是伊万佐夫家的，只要其中有一个长得白，就是伊万尼欣家的"。因为莉莉亚·伊万尼欣娜长得非常白，战争一开始她就上前线当军医去了，不久失踪了。

伊万佐夫家离舍夫佐夫家不远，住的也是标准房。她们姐俩的父亲跟柳勃卡的父亲在一个矿井工作。

"我的亲爱的！你们从哪里来？"柳勃卡把两只小白手一拍便问，她以为她俩从新切尔卡斯克回来，因为大姐奥莉亚在那里的工业专科学校念书。但是列瓦绍夫怎么跑到新切尔卡斯克去了，这又令人奇怪。

"我们早就离开原来的地方。"奥莉亚含混地说，似笑非笑咧咧干巴的嘴唇，脸上落满尘土的眉毛和眼睫毛都对称地紧皱在一起，"你知不知道，我们家住德国兵没有？"她问，拿眼迅速扫视一下房间。这是她在流浪期间养成的习惯。

"跟我们家一样，从前住过，今天早晨走了。"柳勃卡说。

奥莉亚一眼看到墙上贴着带希特勒的明信片,脸上的五官就扭歪得更厉害了,说不清是嘲笑还是鄙视。

"为了双保险?"

"让它在那挂着吧。"柳勃卡说,"你们想吃点儿东西不?"

"不必了。房子空着,我们就回家。"

"就是房子没空着,你们有什么好怕的? 有许多人被德国人从顿河或顿涅茨河撵回来了,也都回家了……不然你们就照直说,到新切尔卡斯克串门去了,刚回来。"柳勃卡说得很快。

"我们什么也不怕。我们就这么说。"奥莉亚含混地说。

她俩谈话的时候,妹妹妮娜一声不吭,一对大眼睛带着挑战的神情,一会儿看看柳勃卡,一会儿又看看奥莉亚。列瓦绍夫把晒得发白的背囊扔到地板上,靠炉子站着,手放在背后,眼睛略带笑意观察柳勃卡。

"不,他们不是从新切尔卡斯克来的。"柳勃卡想。

奥莉亚和妮娜走了。柳勃卡拿下挡窗的被子,吹灭了桌子上的矿灯。屋里的一切:窗户、家具、人的脸孔都变成了灰色。

"想洗洗脸吗?"

"我们家住没住德国人,你知不知道?"列瓦绍夫问,而柳勃卡正在房间和门斗里忙着跑来跑去,给他打了一桶水,拿来脸盆、杯子和肥皂。

"不知道。他们走一批来一批。你把制服脱了,别磨不开。"

他太脏了,从他胳膊和脸上流下来的水,到脸盆里全变成黑的。但是柳勃卡喜欢看他那有力的大手,看他用男性刚劲的动作擦肥皂,然后又用手掬水冲洗。他的脖子晒黑了,耳朵又大又好看,嘴的轮廓也勇敢而漂亮。眉毛并不密,但是靠鼻梁很厚,眉心也有毛,眉梢很细,毛也很稀,稍微有点儿弯,从眉梢两头开始在前额上形成很深的皱纹。柳勃卡也喜欢看他一边用大手洗脸,一边偷眼看她,还对她微笑。

"你在哪勾上伊万佐娃两姐妹的?"她问。

他喷着鼻子,一边往脸上撩水,却什么也不说。

"你既然来找我,就是信得过我。干吗现在又支支吾吾? 我们都是一棵树上的叶子。"她轻声讨好地说。

"把手巾递给我,谢谢。"他说。

柳勃卡不再说了,什么也不问他。她那对蓝眼睛现出冷淡的神情。但是她仍然伺候列瓦绍夫,点上煤油灯,烧上茶壶,布摆吃的,还倒了一小瓶酒。

"这可是有几个月没尝过了。"他说,朝她一笑。

他喝了杯酒,就狼吞虎咽地吃起来。

天已经放亮了。东方淡淡的灰雾后面红得越来越鲜艳,已经放射出金光。

"我没想到能在这里遇见你。来碰碰运气,没想到……没想到……"他慢慢地思量着说。

他的话里暗含着一个疑问:柳勃卡既然跟他一起在报务员训练班学习,怎么会跑回家里。但是柳勃卡并不想解开他的这个谜。她生气的是,列瓦绍夫从前了解她的性格,一定以为她这个任性的小姑娘耍小脾气了,其实她很痛苦,痛苦得难以忍受。

"就你一个人在家吗? 父母哪去了?"他问。

"这跟你有什么关系?"她冷冷地回答。

"出什么事了吗?"

"吃你的吧。"她说。

他打量她一阵,然后倒上一杯酒,喝干了,继续吃,再不作声了。

"谢谢你。"他吃完了,用衣袖擦擦嘴说。她看得出来,他在流浪期间变得不讲文明了,然而令她伤心的倒不是他举止不文明,而是他不信任她。

"你们家大概没有烟抽吧?"他问。

"有……"她到厨房里拿回来去年自家种的烟叶。父亲年年都种上几垄烟,一年也收不少,晒干了,要抽烟斗的时候就用刀片切成丝。

他俩面对面围着桌子默默地坐着,列瓦绍夫吐出的烟雾把自己罩住了。柳勃卡出来之后,母亲一个人留在里屋,那里静悄悄的,但是她知道母亲没有睡,依然在哭泣。

"我看得出来,你们家一定遇到了不幸。从你脸色就看得出来。你从来不是这个样子。"列瓦绍夫慢吞吞地说。他的目光满含着关切和温情,这在他那有些粗犷而英俊的脸上颇出人意外。

"现在家家都不幸。"柳勃卡说。

"你不知道,这段时间我看到流了多少血!"列瓦绍夫非常沉痛地说,全身笼罩在烟雾中。"我们被空投到斯大林诺州……那时他们已经抓了那么多人,可我们的接头地点没破坏,我们都感到奇怪。抓人也并不是有人出卖,而是德国人采取拉网战术,不管你有没有事,成千上万地抓。谁只要稍微有点儿嫌疑,就会落进网里……矿井的井筒里都塞满了尸首!"列瓦绍夫激动地说。"我们都分头活动,但是互相保持联系。后来联系不上了。我的搭档被打断了胳膊,割掉舌头。要不是我得到撤退的命令,要不是在斯大林诺街上偶然碰上妮娜,我也就完了。斯大林诺州委还设在我们克拉斯诺顿的时候,她俩就当了联络员。她们这已经是二进斯大林诺了。这时候听说德国人已经打到顿河,她俩明白……派她们进行联络的人已经不在克拉斯诺顿了……我按照命令把发报机交给地下州委的报务员,决定跟她俩一起回家,我们走哇,走哇……我真替你担心!"他突然从内心里冒出这么一句话。"我就想,要是你也跟我们一样被空投到敌人后方,只剩一个人,那可怎么办?说不定被他们抓住,弄进审讯室,折磨你的心和肉体。"他悄声说,尽力控制自己,但是他的目光流露出来的已不只是关切和温情,而是一股激情了。他的目光刺入她的心。

"谢廖沙!"她说,"谢廖沙!"她把一头金发放到他手上。

他用青筋暴起的大手小心翼翼抚摸她的头和手。

"把我留下——你能明白是为什么……告诉我待命,可是快一个月了,没有人来,也没消息。"柳勃卡轻声说,并不抬头,"德国军官像苍蝇见了蜂蜜似的粘上我。有生以来头一次要装扮成另一种人,天知道得要多少花招,躲躲闪闪,真别扭,自己为自己心疼。有个人撤退没走成,昨天回来说,我父亲在顿涅茨河被德国人炸死了。"柳勃卡说,咬着鲜红的嘴唇。

太阳在草原上升起来了,耀眼的光芒照在落满露珠的石棉瓦屋顶上。柳勃卡抬起头,甩了甩头发。

"你该走了。你打算怎么生活下去?"

"跟你一样。你说过我们是一棵树上的叶子。"列瓦绍夫笑着说。

柳勃卡送列瓦绍夫从后院出去,回来便忙着打扮一下,穿得尽量朴素些,她要到"鸽子房"去找康德拉托维奇。

她走得正是时候。有人拼命敲她家的门。这是德国人来找住处,因为她家离伏罗希洛夫格勒公路很近。

瓦尔科在草棚里待了一整天,什么也没吃,因为没法给他送东西。直到深夜柳勃卡才从母亲屋里跳窗出去,带领安德列叔叔到"草场"的一个熟识的寡妇家去。这个女人很可靠,所以康德拉托维奇就约定在她家跟瓦尔科会面。

瓦尔科在这里才了解到康德拉托维奇跟舒利加见面的经过。瓦尔科跟舒利加都是克拉斯诺顿人,从小就很熟,后来又一起在州委工作好几年,彼此了解。所以现在瓦尔科断定舒利加就是州委留下做地下工作的人。可是怎么能找到他呢?

"这么说,他不相信你?"瓦尔科带着粗鲁的冷笑问康德拉托维奇。"这可太蠢了!"他不理解舒利加为什么会这样。"还有别的什么人做地下工作,你知不知道?"

"不知道。"

"你儿子怎么样?"瓦尔科阴郁地挤挤眼。

"谁知道他。"康德拉托维奇低下头,"我直截了当问过他:'你想去给德国人效力吗? 你要老老实实告诉爸爸,我心里好有数,你会干出什么事。'他说:'你当我是傻瓜,会去为他们卖命? 在他们的政权底下,我就这么的也活得不错!……'"

"一下子就听得出来,这小子有脑瓜,跟老子不一样。"瓦尔科微微一笑,"你可以利用这一点,到大街上广播,说他在苏维埃政权下判过刑。对他有好处,你也可以借光,少受德国人折腾。"

"唉,安德列叔叔,真没想到你会跟我开这种玩笑!"康德拉托维奇低声说,有些恼火。

"嘿,老兄,你都一大把年纪了,又想打败德国人,又想落个清白!……你上工去没有?"

"上什么工?矿井都炸了!"

"哎,不是说都得回到原来岗位吗?你去了没有?"

"我真有点儿不明白,你想说什么,井长同志……"康德拉托维奇甚至有些不知如何是好,因为瓦尔科说的跟他原来在德国人的政权底下怎么活的打算完全相反。

"这么说你没去上工,一定要去。"瓦尔科冷静地说,"工作有各种干法。对我们重要的是要保存自己人。"

当天夜里瓦尔科就住在寡妇家,第二天他又换了一个地方。这个新地方只有康德拉托维奇知道,瓦尔科对他完全信任。

花了几天时间,瓦尔科通过康德拉托维奇和柳勃卡,还有柳勃卡介绍给他的列瓦绍夫、奥莉亚和妮娜,已经探听出德国人在市里要有什么举动,跟留在市里的几个党员和他认识的非党人士也建立了联系。但是到底也没找到舒利加或别的地下工作者。他觉得唯一能使他跟州委地下组织建立联系的线索就是柳勃卡。然而他了解柳勃卡的性格,而且根据她的举止行为来看,她是个侦察员,不到一定时候不会露底。他决定独立采取行动,指望所有的途径会有一个终点,早晚能汇合到一起。于是他派柳勃卡去找奥列格,现在奥列格对他有用了。

"我能不能亲自见见安德列叔叔?"奥列格问,尽力掩饰自己的激动。

"不行,你不能跟他见面。"柳勃卡说,露出神秘的微笑,"我们真的要谈谈恋爱……妮娜,过来,跟这个年轻人认识一下。"

奥列格和妮娜伸出手,不自然地握握,两个人都害臊。

"没关系,你们马上就会习惯。"柳勃卡说,"我得马上离开你们,你们挽着手到什么地方散散步,谈谈知心话,将来怎么一起生活……

祝你们生活快乐！"她说着，满含狡黠的眼睛一闪，鲜艳的连衣裙一晃就轻快地走出棚子。

剩下他俩面对面站着，奥列格不知所措，还不好意思，妮娜却脸上现出挑战的神气。

"我们不能待在这里。"她有些吃力地说，但是口气沉着，"最好到什么地方走走……是了，你最好挽着我的胳膊……"

科利亚舅舅正在院子里散步，看见外甥挽着一个陌生姑娘的胳膊出了院子，他那一向不露声色的脸上也现出极度的惊讶。

奥列格和妮娜都太年轻，缺乏经验，所以好久都摆脱不掉忸怩不安的心情。彼此每一接触都会臊得说不出话来。他们觉得互相挽的胳膊就像烧红的铁一样烫。

根据昨天商定的计划，奥列格负责侦察正对果园街的那一面公园。所以他带妮娜按着这条路线走去。果园街几乎家家都住德国兵，公园旁边也都站着德国人，但是他们刚一走出角门，妮娜就谈起了工作，只是声音非常低，好像谈的真是儿女情长：

"你不能见安德列叔叔，你要跟我进行联系……这你不必生气，我也一次没见过他……安德列叔叔让问你：你有没有能干的同学，打听一下我们的人有谁被德国人逮捕了……"

"有一个同学挺勇敢，他答应干这件事。"奥列格连忙说。

"安德列叔叔让你把你知道的情况都告诉我……关于自己人的和关于德国人的。"

奥列格讲了谢廖沙告诉他的有个地下工作者被福明出卖的情况，还讲了沃洛佳昨天夜里告诉他的情况，还转达了万尼亚告诉他地下组织正在寻找瓦尔科的话。他立即把若拉的地址告诉了妮娜。

"安德列叔叔完全可以把自己的住处告诉他。再说他也认识若拉！若拉通过沃洛佳可以把消息送到该送的地方……，就在我们谈话的工夫，"奥列格笑着说，"我已经发现了三个高射炮，在学校右侧，那边往里去。旁边就是掩蔽部，只是没看到汽车……"

"学校房顶并排放着四挺机枪，还有两个德国兵，看见了吗？"她突然问。

"我没注意。"奥列格惊奇地说。

"从房顶可以监视整个公园。"她甚至有些责备地说。

"这么说你也在侦察情况？难道你也接受任务了?"奥列格追问她,两眼闪闪发亮。

"没有。我随便看看。养成习惯了。"她说,马上明白这句话说得不对头,带着挑战神气从英俊的剑眉底下迅速瞥了奥列格一眼——她是否过于暴露自己。

但是奥列格还很单纯,什么疑心也没有。

"啊哈……汽车在那——整整一排！车头埋进土里,只露出车帮。那里还有行军炊事车,正在冒烟！看见了没有？别往那瞅。"奥列格兴高采烈地说。

"根本不用看,不拔掉学校屋顶的瞭望哨,就挖不出来铅字。"她冷静地说。

"对头……"奥列格满意地瞅瞅她笑了。

他们彼此已经习惯了,慢悠悠地走着,妮娜丰满粗大的女性臂膀充满信赖地让奥列格挽着。他们已经过了公园。右侧是一排标准房,沿街放着德国人的汽车,有大卡车,有各种牌子的小汽车,有流动电台,有救护车。到处都是德国兵。左侧是一片空地。空地里有一幢兵营式的砖房。房前有个德国士官,戴蓝肩章镶白边,正在教一小帮俄国人进行操练。这些俄国人没穿军装,拿着德国枪,时而列队,时而散开,匍匐前进,徒手搏斗。他们年纪都不小,袖子上戴着"卐"字袖标。

"德国鬼子的宪兵队……训练警察怎么捉拿我们。"妮娜说,眼珠一转。

"你怎么知道?"他问,想起谢廖沙告诉他的话。

"我已经看见过他们。"

"真是败类!"奥列格又气又恨地说,"这种人坚决镇压,镇压……"

"值得。"妮娜说。

"你想参加游击队吗?"他出人意外地问。

"想啊。"

"不,你能想象当游击队员多么艰苦吗? 游击队员的工作是高尚的,可不是为了摆样子! 他打死一个法西斯,打死两个,打死一百个,可是到一百零一个,他有可能被打死。他完成一项任务,两项任务,十项任务,可是到第十一项任务就可能出事。这种工作需要多么强的自我牺牲精神! ……游击队员从来不吝惜自己的生命。他从来不把自己的生命放在祖国的幸福之上。当需要为祖国尽自己的义务时,他从来不怕牺牲。他从来不会叛卖和供出同志。我真想当个游击队员!"奥列格兴致勃勃地说,语气深沉、真挚而天真,妮娜不禁抬眼看他。妮娜的眼睛里也流露出朴实信赖的神情。

"我问你,难道我们只能有事才见面吗?"奥列格突然说。

"不一定,干吗非得有事不可,我们可以常见面……但是得有时间。"妮娜说,有些不好意思。

"你家住在哪?"

"你现在没事? ……能不能送我回家? 我想让你跟我姐姐奥莉亚认识一下。"她说,其实她心里想的倒不一定是这个原因。

奥莉亚和妮娜的家住在叫作"八间房"的地方。她们两家住一幢标准房:妮娜家住一半,奥莉亚家住一半。妮娜把奥列格领到家,便交给妈妈接待。

奥列格本来成熟得早,从小在乌克兰家庭里受到尊敬长辈的教育,所以很快就跟妮娜的妈妈谈得很投机。妮娜的妈妈还很年轻,也挺健谈。再说奥列格很想讨妮娜的母亲的欢心。

等到妮娜回来,他对伊万佐夫两家的情况已经了解得十分清楚。奥莉亚的父亲跟妮娜的父亲是亲兄弟,从前都是矿工,现在都上了前线。他们哥俩原是奥廖尔省人,给富农当过长工,后来来到顿巴斯。两人都娶了乌克兰姑娘。不过奥莉亚的母亲来自远处,是切尔尼戈夫省人,而妮娜的母亲是当地人,是顿涅茨草原拉斯瑟皮村的。妮娜的母亲叫瓦尔瓦拉·德米特里耶夫娜,下井干过活,对她的性格有一定影响。她跟一般的家庭妇女不大一样。她胆子大，做事果断，有识别人的能力。她一眼就看出来，这个小伙子不是平白无故到她家来的。她用充满智慧、狡黠的眼睛审视他，奥列格还不知不觉，她已经摸清他的底细。

不过他们倒是脾气相投。妮娜回来的时候，发现他们并排坐在厨房的长凳上，谈得正热烈。奥列格仰着头，快活地摆动双腿，搓着手指尖，笑得那么有感染力，逗得妮娜的妈妈也跟着他笑，妮娜看看他俩，一拍手也大笑起来——他们三个人那么轻松愉快，好像他们已经是多年的老朋友了。

妮娜说奥莉亚现在脱不开身，求奥列格一定要等她一会儿。奥列格足足等了两个小时，对他来说，这不过是在愉快的闲谈中不知不觉度过的。其实这两个小时正是克拉斯诺顿地下组织的各个环节终于衔接到一起的关键时刻。就在这段时间里，奥莉亚去见过瓦尔科。这时瓦尔科住在离"八间房"很远的一个小"上海"区。奥莉亚把妮娜从奥列格那里了解到的情况都汇报给瓦尔科了。

奥莉亚一进来，妮娜家里的快活气氛有些消沉。一向性格呆板的奥莉亚对待奥列格已经够亲切的了，她长得挺丑而且引人注目，平时总是一副孤僻的神情，这时却露出满脸善意的微笑，显得活泼多了，她甚至坐到奥列格身旁，占据妮娜原来坐的位置。但是他们谈得非常热烈而又不着边际，她插不上嘴，因为任何人刚一来都搞不清他们谈的什么。奥莉亚刚从瓦尔科那里来，她内心里完全是另一种情绪。奥莉亚跟妮娜比较起来，要更为严肃认真，这倒不是指思想深度，而是指奥莉亚善于立即把思想感情变为实际行动。另外，奥莉亚年纪大一些，从打她俩给斯大林诺州委当联络员开始，她对她们所做的工作实质就比妹妹了解得更深刻。

她在奥列格身旁坐下，摘下头巾，露出深色头发，头发在脑后挽成一个沉甸甸的发髻。她一声不响。她尽力装出快活的样子，满面堆笑，但是她的眼神冷漠。好像她在他们当中年纪最大，甚至比妮娜的妈妈都大。

妮娜的妈妈可是一个敏感而又善于应酬的人。

"我们干吗老坐在厨房里?"她说,"走,进屋玩玩傻瓜!……"

他们走进餐厅。妮娜的妈妈快步走到旁边她跟妮娜住的屋子里取出一副扑克牌。这副牌已经发黑,被许多人的手摸得发泡了。

"妮娜当然跟奥列格一伙了?"奥莉亚仿佛无意中说。

"不,我跟妈妈!"妮娜脸红了,用挑战的目光扫了奥莉亚一眼。她本来想跟奥列格一伙,但是她不能一下子就暴露自己。

奥列格并没听懂其中的奥妙,却明白妮娜的妈妈是老矿工,玩牌一定有经验,便喊道:

"不……不行,我跟妈妈!"

他由于口吃,这句话不是喊出来的,倒像是牛犊子似的哞哞哼出来的,逗得大家包括奥莉亚在内,扑哧都笑了。

"一老加一小,你们两个丫头可小心着点儿!"妮娜的妈妈说。

大家的情绪又高了。

妮娜的妈妈玩傻瓜果然有经验,但是奥列格玩起牌来就不顾一切,这次也是由于太急躁,一开头他们输了。奥莉亚善于控制自己,却暗暗挑逗奥列格。妮娜的妈妈尽管输了,却狡黠地不时打量奥列格,她非常喜欢这个男孩子。

直到第四圈,他们好不容易才赢了。奥莉亚发了牌,奥列格一看他手中的牌,太糟糕了。他的眼睛突然也露出狡黠的神气,抬眼看看妮娜的妈妈,想捕捉她的目光。他们的目光遇到一起,他连忙把厚嘴唇噘起来,像要接吻的样子,然后又马上恢复原状。妮娜的妈妈眼圈四周布满皱纹,但是眼神依然机灵,这时她的眼睛里好像闪耀着火星。但是她连眉毛都没挑,立刻出了一张方块。正如奥列格所料想的那样,老矿工懂得这个暗号。

奥列格立刻高兴得控制不住自己。现在他们光赢不输。一老和一小快活地互相递暗号,一会儿抬眼望天,表示梅花,一会儿朝旁边斜眼,表示黑桃,一会儿用食指摸摸下巴,表示红桃。两个幼稚的姑娘只知道用心打牌,却总也扳不回来,却又不肯服输。妮娜坐在那里,满脸涨红,十分激动。奥列格每赢一局便哈哈大笑,搓着手指尖。奥莉亚毕竟比较老练,明白其中必有文章,便以特有的耐性和不露声色的本领开始偷偷观察对方。不一会儿就看明白了,抓住奥列格噘起厚嘴唇的机会,扬起摆成扇面形的扑克牌照他的嘴唇使劲一拍,然后把牌摔到桌上,牌飞得到处都是。

"嘿,你们净骗人!"她用平和的声音冷静地说。

妮娜的妈妈大笑起来,并不生气。妮娜气得从桌旁跳起来,但是奥列格也跟着站起来,双手抱住妮娜晒黑了的温柔的胳膊,前额顶住她的肩头,请求她原谅。终于四个人都大笑起来。

奥列格打心眼里不想回家,可是已经到了黄昏,六点以后全市实行戒严。奥莉亚说他最好现在就走,为了不留回旋的余地,他立刻跟大家告别,回家去了。

妮娜把奥列格送到台阶上,台阶上满照着夕阳。

"真……真不想走!"他坦白地说。

他俩又在台阶上站了一会儿。

"你们家那里是什么——果园吗?"奥列格闷闷不乐地问。

妮娜默默拉起他的手,领他绕到房后。他们在房子的阴影里,在一片迎春丛中站着。迎春长得高大,已经变成树了。

"你……你们家真好。我们家都叫德国兵砍光了。"

妮娜依然默默不语。

"妮娜!"他用孩子气的声音哀求说,"妮娜,我能吻……吻你一下吗?……不……不,只亲脸蛋,你……你明白,只……只亲脸蛋……"

他并没动手动脚,只是请求,可是妮娜已经闪开了,臊得连话都说不出来。

但是他并没看出她害臊,仍然用孩子气的自然神情看着她。

"不,你要知道,你会误了戒严时间的。"妮娜说。

这一吻就会误了戒严时间,奥列格并不觉得奇怪——这当然是正确的。妮娜说什么都正确。他叹了口气,笑了笑,向她伸出手。

"不,你一定要常来。"妮娜抱歉地说,用两只温柔的手握奥列格的大手久久不放。

奥列格兴高采烈而又饥肠辘辘地往家走。他结交了新朋友,一切都很顺利,当然高兴,不过他今天注定吃不上饭,因为科利亚舅舅从他家门口迎面走过来。

"我早就在这等你,雀斑一直在找你。"(雀斑是他们给勤务兵起的外号。)

"真见……见鬼!"奥列格满不在乎地说。

"你最好还是躲着他点儿。你知道,维克托·贝斯特里诺夫回来了,昨天到的。他到了顿河都被德国人撵了回来。我们去看看他。好在他住的那一家没住德国兵。"科利亚舅舅说。

维克托·贝斯特里诺夫是个年轻工程师,跟科利亚舅舅是同事,又是好朋友。一见面就报告一个不寻常的新闻:

"听说没有?斯塔岑科被任命为市长了!"他叫道,恶狠狠地把嘴一咧,露出半边牙。

"哪个斯塔岑科?计划科科长?"连科利亚舅舅也感到意外。

"就是他。"

"你别开玩笑!"

"哪还有闲心开玩笑。"

"这不可能!他这个人那么随和,办事又认真,一辈子没得罪过人……"

"就是这个斯塔岑科,为人随和,一辈子没得罪过人,哪次喝酒或玩牌能少得了他!人人都说他是自己人,是个可亲的人,是个可爱的人,是个讨人喜欢的人,是个懂得分寸的人。就是这个斯塔岑科当上了我们的市长。"维克托·贝斯特里诺夫说。他长得骨瘦如柴,像刺刀一样又尖又细。他恨得火冒三丈,唾沫飞溅。

"真的,得让我好好想想。"科利亚舅舅说,仍然不敢相信,"工程师们每次聚会都落不下他!我就跟他干过多少杯酒!不用说从来没听他说过一句越轨的话,就连大声说话的时候都没有……他要是历史上有什么问题,还可以理解,可是大家对他一清二楚,他父亲当过小官,他本人没受到过任何案件牵连……"

"我也跟他喝过酒!既然是老熟人,现在他首先就要抓住我们的领带,让我们替他办事,要不然就……"贝斯特里诺夫用细长的手指朝天棚做了个打结的手势,"这就是讨人喜欢的人!"

他们并没注意一声不响的奥列格,两人还琢磨好久,一个认识好多年并且讨大家喜欢的人怎么会给德国人当市长?最简单的解释是德国人强迫斯塔岑科当这个市长,不肯当就毙了他。但是德国人为什么偏偏选中他了呢?况且每个人都有他内心的声音,深深埋藏着的纯正的良心之声,在严峻的关键时刻需要对自己的行为做出抉择的时候就会告诉你该怎么办。比如,像他们普普通通的苏联工程师遇到这种抉择的时候,宁可死也不肯堕落。

不,问题显然不这么简单,斯塔岑科不会因为怕死就同意当市长。面对这种不可理解的现象,他们不止一次地说:

"斯塔岑科!真是岂有此理!……真是不可想象!请问,还有什么人可以相信呢?"

他俩不住地耸耸肩膀,摊开双手。

第二十八章

斯塔岑科原来在克拉斯诺顿煤炭联合公司计划科当科长，年纪并不算老，大约在四十五到五十岁之间。他父亲的确是个小官吏，革命前在消费税局当差。他也的确没有任何"污点"。他受到的教育是经济工程师，在各种经济部门做了一辈子经济计划工作。

在升官梯上不能说他爬得很快，但是也没老在一个地方不动。可以这么说，他不是一升就一个楼层，而是沿着楼梯一磴一磴往上爬。但是他对于他在生活中所处的地位时时刻刻感到不满。

他的不满并不是因为他的勤劳、精力和知识没得到充分发挥，所以未能从生活中得到他应该得到的东西。他不满的是他不能不花劳动、精力和知识就得到各种生活享受。而像这样的生活是可能的，而且舒服，他年轻时候在旧社会里看到过，直到如今他也喜欢读有关这一类的内容——关于旧社会或关于外国生活——的书籍。

他倒不一定想当神话里的富翁、大企业家、大商人或银行家，这也要花费精力和心血，有没完没了的竞争、对头、罢工，还有什么该死的危机！但是世界上也有一些稳稳当当的收入，比如吃利息或谋个清闲而又尊贵的差事，拿一笔可观的薪金，这种事到处都有，就是"我们这里"没有。而"我们这里"的社会发展趋势向斯塔岑科证明：他年纪越来越大，人生理想却离他越来越远。因此他仇恨他所生活的这个社会。

但是斯塔岑科尽管对社会制度和自己的命运都不满，却从来不曾采取任何行动来改变社会和自己的命运，因为他胆小怕事。他连造谣都不敢往大里造，只造些生活琐事，从来不超出某某喝了多少酒或某某跟某某同居一类的范围。他从来不进行人身攻击,不论对方跟他关系远近,却喜欢笼统地谈论机关里的官僚主义,商业部门缺乏积极主动精神,年轻工程师跟"他那时候"相比,受的教育太差,还有饭店和澡堂的服务不文明。他对犯罪现象从来不感到奇怪,他认为人人都可能干坏事。如果有人讲到盗用巨额公款案、神秘的杀人案或家庭丑闻,斯塔岑科便说:

"本人丝毫也不奇怪,什么事都可能发生。我跟你说,我跟一个女人好过,是个很有文化的女人,而且还结了婚,可她却偷我的钱……"

他跟大多数人一样,身上穿的、家里摆的、刷牙洗脸用的,都是本国产品,是用本国原料制造的。跟出过国的工程师凑到一起喝酒,斯塔岑科总喜欢装出傻气而又狡猾的样子强调这一点。

"这是国货,苏联造!"他一边说,一边用小胖手拉着带条西服上衣的袖口。他的手跟肥胖的身体一比,实在太小了。不过别人听不懂他的意思,不知他表示自豪还是进行挑剔。

但是他内心深处非常羡慕同事们从国外带回来的领带和牙刷,甚至发红的秃顶都冒出了汗珠。

"这小玩意儿真可爱!"他说,"谁能想到打火机还可以带小刀,还可以喷香水!不,我们这里怎么也造不出这种东西。"斯塔岑科说。他怎么就不想想:我国却有成千上万的普通农家妇女开着拖拉机和联合收割机在集体农庄的田野上劳动。

他对外国电影也赞不绝口,尽管他从来没看过。他还喜欢翻看外国杂志,一天要翻好几次,每次要看好几个小时。他看的不是有关采矿经济学的杂志,这种杂志公司偶尔也能搞到,不过他不感兴趣,因为他不懂外语,也不想学。他看的是同事们偶尔带回来的时装杂志或凡是带女人的杂志。上面的女人穿着优雅的服装或者露的越多越好。

但是他的这些言论、习惯、趣味和爱好又没有跟别人大不相同的特殊之处。因为有许多人虽然跟斯塔岑科在兴趣、工作、思想和感情方面截然不同,但是跟他相处时在某些场合也会流露跟他相似的趣味和观点,不过这些东西在他们的生活中只占第十位,只占最末一个或偶然的位置,而对斯塔岑科来说,却是他的本性的表现。

这个红脸秃顶、身体肥胖的隐形人,动作缓慢,说话声音又轻又低,为人随和倒也庄重得体。由于好喝酒而一对小眼睛总是红的。他也许会就这样生活下去,虽然没有要好的朋友,却到处受欢迎。在他讨厌的昼夜都要工作的时间里、在他担任常委的工会委员会的会议上、在喝酒和玩牌中活下去,不管他本人意愿如何都要在缓慢的升官梯上一步一步往上爬。他也许会这样活下去,直到老死为止,如果不是⋯⋯

斯塔岑科从一开始就看明白了,他隐身其间的这个国家抵挡不住德军的进攻,并不是因为他了解两个国家的人力物力资源,或对国际形势了如指掌,这些情况他一无所知,而且也不想知道,而是因为不符合他的人生理想的国家怎么也抵挡不住在他看来完全符合他的人生理想的国家。去年 6 月的星期天,他一听到莫洛托夫①通过无线电发表的演说,就感到内心深处有一种骚动,就像要迁新居之前那么激动不已。

每逢听到红军放弃的城市离国境越来越远的时候,他越来越明白,迁居是非常必要的。到基辅被占领的时刻,斯塔岑科好像已经走在迁居的路上,做好了布置新居、安排生活的宏伟计划。

当德军进入克拉斯诺顿的时候,斯塔岑科已经在心理上大致经历了拿破仑从厄尔巴岛逃回巴黎的全部路程。

斯塔岑科曾经几次去进见冯·文采尔将军,但是都被哨兵和勤务兵先后粗暴地挡了驾。更糟糕的是维拉外婆从屋里迎面出来,他一向非常害怕这个外婆,自己也不知道为什么竟然慌慌张张摘下帽子,给外婆深深鞠了一躬,装作要穿过院子到另一条街上去的样子。外婆也没发现有什么值得奇怪的。有一天他终于在门口等到年轻的副官。

肥胖的斯塔岑科摘下帽子,连蹦带跳地跟在德国军官身后,凑上前去。副官连看也不看,也没听他说的是什么,用手指一指,让他去找

---

① 莫洛托夫当时任外交人民委员,1941 年 6 月 22 日德国法西斯入侵,他代表政府号召人民起来反抗。——译者注

德军卫戍司令部。

本市卫戍司令施托贝是党卫队的冲锋队长。他的长相很像上年纪的普鲁士宪兵。斯塔岑科年轻时候在彼得堡出的《田野》杂志上常看到各国皇帝会见的照片,上面就有普鲁士宪兵,他们好像一个模子倒出来的。冲锋队长施托贝属于那种易患中风的体型,两撇白胡子像海马尾巴一样打卷。他那浮肿的脸是用啤酒撑起来的,布满青黄血管的网络,一对金鱼眼像玻璃瓶一样浑浊不清,分不出眼仁和眼白。

"您想当警察吗?"冲锋队长施托贝用沙哑的声音直截了当地问。

斯塔岑科十分为难地侧着头,两只小胖手紧紧贴着大腿,十个指头的颜色和形状都像进口的罐头肠。他吞吞吐吐地说:

"我是经济工程师,我想……"

"去找布吕克纳上士!"施托贝不等他说完就大喝一声,把浑浊的金鱼眼一瞪,吓得斯塔岑科趔趔趄趄往后退,退出了门口。

宪兵队位于区执委会后面山脚下一长排兵营式的平房里,跟俗称"八间房"的市区中间隔着一片空地。从前市民警局和区民警局都设在这里。战争爆发前斯塔岑科因为家中失窃曾经来过几次,现在房子好久没刷,墙皮已经剥落了。

斯塔岑科在一个持枪的德国兵护送下,走进熟悉的昏暗的走廊,突然吓得往后退,因为差点儿撞到比他高出半截的人身上。他抬头一看,认出是克拉斯诺顿有名的矿工福明。福明没人陪着。他戴一顶旧式便帽,穿着崭亮的皮靴,身上的西装跟斯塔岑科一样体面。这两个穿着体面的先生彼此斜眼瞅瞅,各走各的路,仿佛根本就不认识。

斯塔岑科走进从前民警局局长办公室的接待室,又看见了舒尔卡·赖班德。赖班德从前在面包厂当发货人,瘦小的脸晒得发黑,头上戴着一顶斯塔岑科十分熟悉的红顶黑皮库班帽。他是德国移民的后裔,全市人都认识他,因为他给各个机关食堂、市消费合作社的面包亭和面包店分发面包。大家都管他叫舒尔卡·赖班德。

"瓦西里·伊拉里翁诺维奇!"赖班德用平静的声音吃惊地说。但是一看到斯塔岑科后面还跟着一个德国兵,就不吭声了。

斯塔岑科微微侧一下秃头，又朝前点点头说：

"是您哪，赖班德先生！我想……"他说，"不是找工作，而是效效力。"

赖班德先生踮起脚尖，慢慢走到门口，并不敲门就钻进首长的办公室里。显然舒尔卡·赖班德如今已经成为新秩序——Ordnung——不可缺少的组成部分。

他在里面待了好长时间。然后接待室里响起首长叫人的铃声，一个德国记录员抻了抻耗子皮色的制服，带斯塔岑科走进办公室。

布吕克纳上士可不是一般的上士，而是宪兵队的上士。这里其实并不是宪兵队队部，只不过是克拉斯诺顿宪兵小队。军区宪兵队安在罗韦尼基。顺便说一下，布吕克纳上士也不是宪兵队的一般上士，而是一级上士。

斯塔岑科走进办公室的时候，布吕克纳上士并没坐在椅子上，而是倒背手站着。他身材高大，身体并不算胖，但是肚子滚圆，向前鼓起并向下耷拉。眼睛底下浮肿，看得见两个软软的泪囊，颜色发暗，布满皱纹，如果研究一下浮肿的起因，就可以知道布吕克纳小队长为什么大部分工作时间都站着，而不是坐着。

"我受的教育和履历都是经济工程师，我想……"斯塔岑科为难地低着头，把小灌肠似的手指紧紧并着贴在带条的裤子上。

布吕克纳上士转过脸对着赖班德，带着不屑一顾的神情用德语说：

"告诉他，我受元首全权委托，任命他为市长。"

斯塔岑科立刻想到，现在凡是他认识的人，不论他们从前不理睬他也好，跟他称兄道弟也好，都得归他管了。他的秃头顿时冒出汗珠，头也垂得更低了。他觉得应该大大地、衷心地感谢布吕克纳上士，但是他只默默嚅动着嘴唇，不住点头哈腰。

布吕克纳上士掀开衣襟，露出被裤子勒得紧紧的、像西瓜一样圆的肚皮，还向下耷拉。他从兜里掏出金烟盒，皱巴巴、黄皮肤的大手用准确的动作取出香烟，直接塞到嘴唇中间。他想了想，又取出一支递给斯塔岑科。

斯塔岑科不敢不接。

接着,布吕克纳上士瞅也不瞅从桌上摸到一包打开的长条巧克力,又瞅也不瞅掰下几小块,一声不吭递给斯塔岑科。

"这可不是普通人,这正是我所理想的人。"斯塔岑科回到家中对妻子说。

赖班德又陪斯塔岑科去见上士的副手巴尔德先生。巴尔德是一般的上士。他的体型、风度,甚至说话又轻又低的声音,都跟斯塔岑科十分相似。如果斯塔岑科穿上德国制服,他跟这个上士就更难分辨了。斯塔岑科从他那里拿到关于成立市政府的指令,并了解到新秩序——Ordnung——底下的全部行政机构。

按照这种组织机构,市长领导的克拉斯诺顿市政府,不过是德国宪兵小队下属的一个科。

斯塔岑科就这样当上了市长。

而维克托·贝斯特里诺夫和科利亚舅舅这时还面对面站着,摊开双手说:

"还有什么人可以相信呢?"

那天傍晚,舒利加跟康德拉托维奇告别之后,已经没有选择的余地,只好到"上海"去投奔福明。

从表面特征来看,福明给他的印象不错——舒利加也只能根据表面特征形成他的第一个印象。舒利加递过暗号的时候,福明既不显得激动,也不慌张,而是仔细把他打量一番,然后又四下瞧瞧才让他进了里屋,到里屋之后才对暗号。这很合舒利加的心思。平时福明沉默寡言,什么也不问,只管仔细听着。不论吩咐什么,都说:"一定照办。"另外还有一点舒利加也很中意,就是福明在家也穿西服、打领带,里面衬着坎肩,还揣着带链的怀表。舒利加认为这是苏维埃时代培养起来的有文化、有知识的工人的特征。

当然也有一些小事,不能说令舒利加不愉快,本来微不足道,不能根据这些事就下结论,但是毕竟让人不舒服。他觉得福明的老婆一见面就过分讨好和巴结他。这个女人长得浑身是肉，胳膊粗、力气大，一对细小的斜眼离得很宽，一笑就露出不几颗大黄牙，叫人难受。他还无意中发现福明有些吝啬。就在头一天晚上，他客客气气称福明为伊格纳特·谢苗诺维奇，并且坦率地说他饿坏了，福明却说他家吃的有些紧张。明明看到他家很富裕，可是招待客人却不怎么样。不过舒利加看到他们自己吃的也跟他一样，便想到一家有一家的过法，哪能了解那么透彻。

这些小事并不能破坏福明给舒利加留下的良好印象。其实舒利加即使不加选择，纯粹偶然碰一个最坏的人家，也要比福明家强。因为在克拉斯诺顿所有的居民当中，福明是个最可怕的人，他之所以可怕，因为他早已不是人了。

1930 年以前，福明并不叫现在这个名字，在他的老家沃罗涅日州奥斯特罗戈日区，他是出了名的最有钱有势的人。他直接占有或让别人顶名的财产有三个庄园和两个面粉厂、两台马拉收割机、许多犁杖，两台簸谷机、一台脱粒机、十来匹马、六头牛、几俄亩收成很好的果园、一百箱蜂的养蜂场。除了雇四个长工以外，他还可以随时使用几个乡的农民劳力，因为这些乡有许多人在经济上依附于他。

革命前他就有钱，但是当时他有两个哥哥比他更有钱，尤其是继承父亲家业的大哥。他是最小的儿子，战前 1914 年结婚，父亲便让他分家另过，他觉得吃了亏。十月革命后他从德国前线回来，巧妙地假装穷，把自己打扮成受旧政权压迫的人，说自己不但一无所有，拥护革命，而且对革命的敌人铁面无情。他首先混进村贫农委员会，然后又钻进各苏维埃政权机关和社会团体。他的两个哥哥跟他一样有钱，又仇恨苏维埃政权，他就抓住他们的把柄，利用苏维埃政权审判他们，把大哥和二哥先后流放出去，占有他们的财产，撵走他们的家属，让他们去讨饭。他连孩子也不可怜，因为他没有孩子，也不可能有孩子。于是他在整个这一带又恢复原来的地位，就这样一直到 1930 年，尽管他很富有，但是许多当权的人认为他是苏维埃土壤上产生的特殊现象——他有钱，但又完全是自己人，就是所谓的开明人士。

然而受他盘剥的那几个乡的农民都知道他是个残酷的富农,是个可怕的吸血鬼。1930 年开始成立集体农庄,人民在政府的支持下开始分富农的财产。福明当时用的是真名实姓,也受到人民复仇浪潮的冲击。他被剥夺了所有的财产,还要被放逐到北方,但是他是个有名的人物,表现也像很老实,地方当局在流放之前没把他看管起来。福明便在老婆的帮助下趁黑夜杀死村苏维埃主席和村支书。那几天他俩没回家住,睡在村苏维埃的办公室里。恰好那天晚上他们出去串门,喝得酩酊大醉,被福明瞅准机会,一下子就把他俩杀了。杀人之后,他带着老婆先跑到利斯基,然后又到顿河罗斯托夫,那里他有可靠的人。

他在罗斯托夫买到一个铁路机械厂工人的证件,姓名差不多,叫伊格纳特·谢苗诺维奇·福明。证件上还注明他是一名有贡献的工人。他又给老婆办了相应的证件。于是他来到顿巴斯,因为他知道这里缺人,不会追究他的来历。

他坚决相信他早晚会等到复仇的机会,暂时给自己规定了一条清楚、明确的行动方针。第一,他知道必须好好劳动,因为这样更容易隐蔽自己;第二,只有诚实的劳动加上他的技能和本领,才能过上富裕的生活;第三,不管过去他多有钱,他已经养成了劳动习惯。此外,他还打定主意,不要特别抛头露面,不参加社会活动,对上级要百依百顺,最后谢天谢地,千万不要批评别人。

就这样随着时间的推移,这个隐形人就成为一个勤劳诚实的工人,而且待人谦虚,遵守纪律,从而受到当局的重视。他有足够的耐心毫不改变自己的行动方针,甚至当德军逼近伏罗希洛夫格勒时也是如此。但是他毫不怀疑德国人一定会打过来。直到上面派人去问他,德国人来了以后他肯不肯让地下组织利用他家活动时,他才感到幸灾乐祸和复仇的喜悦,差一点儿没露出马脚。

连舒利加看中了他在家也穿西服打领带,还戴一块怀表,也不是因为他爱整洁。他平时跟所有的工人一样,虽然穿得倒也干净,但也是家常穿的衣服。这次因为他时刻等待德国人到来,为了博得德国人的欢心,从箱底掏出他最好的衣服。

正当斯塔岑科先后去见宪兵小队长布吕克纳和副队长巴尔德的时候,舒利加就被关在这座营房里,不过在房子另一头,在又小又黑的单人牢房里。他被打得遍体鳞伤,浑身是血。

从前营房这头也是克拉斯诺顿唯一的一所监狱,里面有几间牢房,当中有一条狭窄的走廊。这条走廊跟对面民警办公室的走廊相通。

"新秩序"——Ordnung——的特点就在于,这里不论单人牢房也好,普通牢房也好,都关满了人,有男有女,有老有少,有城市的,也有农村的。把他们抓来的理由是怀疑他们是苏联政府的干部、游击队员、共产党员和共青团员。另外,有的是在行动上或言语之间污辱了德军的荣誉,有的是因为隐瞒犹太人的血统,有的是因为没有证件,还有的什么也不因为,就因为他们是人。

这些被抓来的人几乎不给吃的,不仅不放风,连大小便也不许出去。牢房里臭气熏天,地板旧得早已发霉,现在满地粪便,浸透了血和尿。

但是不论牢房里塞得多么满,舒利加还是单独关着。他被捕时用的化名——叶夫多基姆·奥斯塔普丘克。

他被捕的时候就惨遭毒打,因为他进行反抗,而且力大无比,好长时间他们都制服不了他。后来抓进监狱还打他,宪兵队小队长布吕克纳、副队长巴尔德、前去逮捕他的党卫队分队长芬邦、警察局长索利科夫斯基和德国警察福明,都纷纷打他,指望趁他昏迷不醒的时候摧毁他的意志,如果舒利加在正常状态下都不能从他嘴里掏出任何东西,那么他在斗志最旺盛之际,更不会吐露任何情况。

他身上有的是力气,现在虽然遍体鳞伤,浑身是血,也不是因为筋疲力尽而躺倒,他是强迫自己躺下休息。就是现在再要抓他,他也能拿出全部力气跟他们搏斗。他脸上被抓伤了,有一只眼睛红肿充血。有一只胳膊被芬邦分队长用铁棍打在手腕子上边,疼得要命。一想到他的妻子儿女在什么地方也受到德国人这般折磨,而且完全由于他舒利加的缘故,他再也没有希望把他们救出来,一想到这里,他的心都碎了。

但是，比这些肉体的痛苦和精神的折磨更让人不堪忍受的是，他明白如今落到敌人手里，无法再完成任务，而且完全是由于自己的过错。

处在他这种情况，当然可以替自己辩解，因为这并不是他自己的错，而是别人把不可靠的藏身地点给了他才出了事。这种想法只是开头时候曾经在他的脑海里闪过，但是他立刻就摒弃了，因为这是弱者的虚假的自我安慰。

他根据生活经验知道，任何社会活动要取得成功，都要由许多人共同完成，其中当然也会有人完不成任务或者犯了错误。但是只有意志薄弱的可怜虫被派到非常的情况下去完成一项非常的任务时没有做好，才去埋怨别人，把过错推到他们身上。内心纯洁的声音告诉他，正因为他是特殊的人，有过去地下工作的经验，才被选派担任非常情况下的非常任务。他应该用他的意志、经验和组织才能去克服种种危险、困难、艰苦和障碍，以及其他参加这项任务的人所犯的错误。这就是为什么舒利加这次出事不能埋怨别人，而且实际上他也不埋怨别人。只是一想到，自己出事不要紧，可是再也完不成任务了，这种想法比其他任何事都更加折磨他的心。

正直的良心之声不肯沉默，一直提醒他，他一定是什么地方或什么事出了差错。他在脑海里一次又一次痛苦地回忆从跟柳季科夫分手以后他所说的话和所做的事的细节，却找不出他究竟什么地方或什么事做得不对。

舒利加从前根本不认识柳季科夫，现在一直替他担心，特别是因为交给他们两个人的任务，现在能否完成全靠柳季科夫一个人了。但是在痛苦的折磨中、在难以忍受的苦闷中，他心中更常常想起他们共同的领导普罗岑科。普罗岑科还是他的好朋友，不免常常问普罗岑科：

"你在哪里？伊万·费奥多罗维奇！你怎样了？还活着吗？你在打击该死的敌人吗？你打败他们了吗？你的智慧能胜过他们吗？还

是说不定你在跟我一样忍受敌人的折磨？或者乌鸦已经在草原上啄你那快活的眼睛？"

第二十九章

　　普罗岑科跟柳季科夫和舒利加分别之后，就跟妻子坐车前往北顿涅茨河对岸的米佳金森林寻找游击队，游击队的根据地就安在这座森林里。为了绕过已被德军占领的地区，他们只好绕个大弯子。当德国坦克开进米佳金村的时候，他总算开着嘎斯车过了河，趁黑夜进入游击队的根据地。

　　森林，森林……这也能叫森林？这里地盘很小，长的都是灌木，跟白俄罗斯森林或布良斯克森林怎能相比？那些地方的游击队可是威名远扬！在米佳金森林里不用说开展军事行动，规模大的队伍连藏身的地方都没有。

　　幸亏普罗岑科和妻子到达根据地的时候，游击队已经离开那里，一边跟德国人打着，一边沿着西边的大路转移。

　　普罗岑科来到的第一天，脑海里就闪过一个简单明了的念头：他这支几乎是全州最大的游击队却没有一个安全的根据地！只是他当时未能由此而做出相应的结论，事后想起来才懊悔不已。

　　伏罗希洛夫格勒州按地域划分为几个大区，每个大区都任命了地下大区党委书记。普罗岑科就是其中一个大区区委书记。他下面还有几个区委，区委下面便是许多地下小组。各区还有特殊的破坏小组，其中一部分归当地领导，有一部分归州委直接领导，还有的归乌克兰司令部或游击队总司令部领导。

　　这个层次繁多的地下组织网络，还要有相应的服务机构，其保密性更为复杂，包括接头地点、藏身地点、食品基地、武器基地、交通联络基地，有技术联络，也有专门的联络员。除开各区一般的接头地点，普罗岑科跟州委其他领导一样，还有专用的接头地点，一种是跟乌克兰司令部进行联系，一种是州委领导互相联系，还有一种是跟各区委或游击队长进行联系。

每个大区的范围内都有好几支游击小队在活动。此外，每个大区都有一支规模较大的游击队，按最初的设想让州委书记待在里头，以便领导整个大区的地下工作。当时认为州委书记待在规模大的游击队里，可以保证相对的安全，也就是说有较大的活动余地。

伏罗希洛夫格勒地下州委领导互相联系的总联络站设在乌斯片区奥列霍沃村的卫生所。这个村子很大。卫生所的医生叫瓦连京娜·克罗托娃，是普罗岑科的联络员克谢尼亚·克罗托娃的姐姐。普罗岑科就指定瓦连京娜当这个联络站的负责人。普罗岑科还没离开克拉斯诺顿的时候，便派他的联络员克谢尼亚住到她当医生的姐姐家里，为他搜集关于德国人占领本州后其他各大区的第一批情报。

普罗岑科委托他的助手负责米佳金森林里保管游击队的食品和武器的任务，并兼管各大区之间的联络工作，然后便动身去寻找他的队伍。这次不能再开车去，只好徒步走。尽管他以前曾经以为可以开上嘎斯车到处转悠，为此还准备了至少够一年用的汽油。如今不得不把饱经沧桑的嘎斯车推进森林里采黏土场的洞里，把洞口封住。他妻子在他身边担任联络员兼侦察员，把丈夫嘲笑一通，便跟他一起步行去找队伍。

几天前普罗岑科还在克拉斯诺顿区党委的办公室里跟那位将军师长研究联络问题，如今周围的形势完全变了！不用说，跟这个师谈不上什么协同作战了。这个师在顿涅茨河畔卡缅斯克城下按照命令坚守一段时间，本已不足员的队伍损失了四分之三还多，然后就撤出阵地走了。它的损失惨重，似乎这个师已不复存在，但是老百姓不说它"被打垮了"，也不说它"被包围了"或"撤退了"，只说它"走了"。它的确走了——当北顿涅茨河和顿河之间广大领土上聚集一大批德国兵团的时候，它就悄悄走了。

这个师走在被敌军占领的土地上，穿过大河和草原且战且走，利用草原河流的陡岸进行防守,忽而不见踪迹,忽而又出现在另一个地方。头几天它走得还不太远,老百姓中间还传诵着它的战斗事迹,一直传到了这里。但是它越走越远,奔向遥远的东方某个指定地点,大概这个地点太遥远了,连消息都听不见,不过它依然活在人民的心中,这就是它的名声和关于它的传说。

普罗岑科的游击队独立进行作战,而且战绩不错。一开头游击队就在公开的战斗中消灭了几小股敌人。游击队员们把剩下的德国军官和士兵也杀得一个不剩,烧毁油槽车,劫走辎重车,抓住德国人的村长就处死。关于其他游击队活动的情况还没有收到情报,但是普罗岑科根据口头传来的消息判断,他们也打得不错。民间的传闻往往夸大游击队的战果,不过这正说明他们的斗争得到老百姓的支持。

当敌人调来大批兵力围剿游击队时,普罗岑科没接受指挥部让他返回根据地的建议,而是趁黑夜把队伍悄悄带到顿涅茨河右岸。这里的敌人没料到游击队会来,游击队在德军后方造成空前的恐慌。

但是这一带草原小,人烟稠密,矿井、庄子和村镇几乎一个挨一个,一天比一天难于回旋。队伍处于不断的运动中。幸亏普罗岑科头脑机灵,对地形熟悉,再加上武器精良,队伍才得以避开敌人的围剿,暂时没遭到重大损失。但是敌人成了尾巴,在这一小块地方转来转去能转多久?

这种大型游击队的建立完全仿照森林地带或毫无人烟的辽阔草原地带的游击战,在人烟稠密的工业区顿巴斯不适用。等普罗岑科得出这个结论的时候,他们已经大难临头了。

联络员克罗托娃送来的情报好像在他心上扎了一刀。有一支大型游击队就在离伏罗希洛夫格勒不远的地方活动,遭到敌人包围,队伍被打散了,待在游击队里的州委书记亚科文科牺牲了。卡季耶夫卡游击队是跟亚科文科游击队和普罗岑科游击队一样的大型队伍,也遭到失败,只剩队长领着九个游击队员逃得活命。围剿游击队的敌军的损失比我们要多两倍,但是不管敌人损失多少也抵偿不了有名的卡季耶夫卡矿工近卫队的牺牲!游击队长告诉普罗岑科,他要招募新兵,但是今后准备分小队活动。博科沃－安特拉齐特游击队突出重围,损失不大,立刻分成几个小队在统一指挥下进行活动。凡是规模小的游击队,如鲁别然斯基、克列缅斯基、伊万诺夫斯基以及其他区的游击队都打得不错,几乎没有什么损失。波帕斯尼扬斯基区游击队也是全州规模较大的游击队,从一开始就在统一指挥下分小队活动,人民高度评价他们的战绩,送给游击队一个绰号,叫"雷霆游击队"。现在各区又出现许多新游击队,像雨后的蘑菇一样多。有当地居民组织的,有红军掉队的军官和士兵组织的,全都以小规模队伍的形式出现。

这是生活本身的要求。

普罗岑科得到这些情报后,只要几个小时就可以把游击队划分为几个小队,但是连这几个小时命运也不肯给他。

德军在拂晓包围了他们,现在已是日落黄昏了。

这一带曾经有一条小河流入北顿涅茨河。现在河床早已干涸,连附近马卡罗夫沟的居民都不记得河里什么时候流过水。原来的河床变成树木茂密的冲沟。冲沟上头窄,越往河口越宽,形成三角形,直到河边都是树林,好像一条宽宽的带子。

普罗岑科留起了柔软的深褐色胡子,样子倒真像农民。这时他正趴在冲沟最上头的矮灌木丛里,这是最难防守的地方。德国人的子弹从他的右额顶上擦过去,把一块头皮连头发打掉了,血流到太阳穴就凝结了,他丝毫没有察觉。他趴在灌木丛里用冲锋枪射击,旁边还放着一只备用的冲锋枪。

他的妻子离他不远,脸色严峻而苍白,也在射击。她的动作节省而准确,充满内在的精力和连她自己都没觉察的自然优雅——从旁边看来她好像只用指头摆弄冲锋枪。她右边趴着一个老头,叫纳列日内,是马卡罗夫沟的集体农民,按他自己的说法,是"上次对德战争"的机枪手。

纳列日内的孙子只有十三岁,也管给冲锋枪装弹盘,他在自己周围摆满弹药箱。弹药箱后面的洼地里,游击队长的副官(游击队长没跟普罗岑科在一起,他在另一头的河岸边),手里抓住发热的听筒,一直在用暗语低声呼叫：

"我是妈妈……我是妈妈……谁？你好，阿姨！……李子不够了？跟外甥要……我是妈妈，我是妈妈……我们这里一切正常。你们怎么样……狠揍他们！……妹妹！妹妹！妹妹！你睡着了怎么的？弟弟要你从左边烧把火……"

不，现在折磨普罗岑科的倒不是怕自己和妻子牺牲的念头，甚至也不是要对这些游击队员的生命负责任的想法，而是现在他明确意识到，这一切原是可以预料到的，早决定一步就不会有今天的困境。

他终于把游击队分成几个小队，每个小队都指定了队长和政治副队长，还规定了每个小队活动的基地。其中有一个小队归原来的队长指挥，副队长和参谋长仍然跟他在一起。他们三个人仍然是各小队的总指挥。这个小队现在人数不多，仍然以米佳金森林为根据地。

普罗岑科向指战员们讲清楚，他们要在这条冲沟里坚持到深夜，然后他率领他们突围，撤到草原里去。为了突围后便于逃脱追击，他们又把各小队分成三五人一组，让他们自己寻找生路。纳列日内老头答应给普罗岑科和他妻子找个可靠的地方暂时躲藏一下。

普罗岑科知道，要突围必然有人牺牲，有人被俘，还有的人虽然没牺牲却吓破了胆，再也不会回到指定的集合地点。这一切都成为沉重的精神负担压在心头。他不但没把这些想法告诉任何人，反而让他的脸色、手势和一举一动都显得若无其事。他短小匀称的身子趴在灌木丛里，红润的脸上留着跟农民一样的胡子，一边准确地射击敌人，一边跟纳列日内老头说着笑话。

纳列日内的脸型有点儿像摩尔达维亚人，甚至像土耳其人，黑胡子崭亮还打鬈，黑眼睛机灵，奕奕有神。他身子长得干干巴巴，像被太阳晒干的草茎。肩膀和胳膊虽也干瘦，却宽阔有力，表面上动作迟缓，内里却藏着充沛的精力。

不论处境多么危险，两人似乎都因为难得趴在一起聊天而十分高兴，而他俩谈话的内容并不复杂。

大约每过半小时，普罗岑科就两眼闪耀着狡黠的火花说：

"喂,怎么样,老爷子,有点儿热了吧?"

纳列日内老头听了并不买账,回答说:

"倒不算凉快,不过也不算热,伊万·费奥多罗维奇。"

如果德国人攻得特别紧,普罗岑科就说:

"他们要是有迫击炮,给我扔几根黄瓜,那我们可就热得够受了! 对不对? 老爷子!"

纳列日内听了还是不买账,从容不迫地说:

"要想把这个林子铺满,可得老鼻子黄瓜了,伊万·费奥多罗维奇……"

他们透过密集的冲锋枪声突然听到从马卡罗夫沟远远传来发动机的隆隆声。他俩一下子都停止了射击。

"听到了吗? 老爷子。"

"听到了。"

普罗岑科预先拿眼扫了一下妻子,噘噘嘴让她别作声。

这是德军的摩托车队沿着从这里看不见的大路驰来增援。大概在冲沟里各处藏着的人都听见了。电话铃声响个不停。

太阳已经落了,但月亮还没升起。暮色也没降临,只是阴影不见了。天上还有许多平静的亮色互相变幻着,摇摇欲熄,并把闪烁不定的光辉撒到大地上、灌木和树上、人的脸上、冲锋枪上和扔在草窠里的空弹壳上。这种奇异的光辉准备马上被黑暗所吞没。而这种既非白昼、也非黄昏的模糊不定状态停留几秒钟就不见了。突然仿佛有一阵黄昏时刻的毛毛雨或露水洒在空气里,落在灌木和地上,并且越来越浓。

从马卡罗夫沟方向传来的摩托车声散布到整个地带。到处都响起双方对射的枪声,尤其是河边最激烈。

普罗岑科看看表。

"该撤了……捷廖欣! 二十一点整……"他并不回头,对着守在电话机旁的副官说。

普罗岑科事先跟分散在林子里的游击小队队长们约定,听到他的信号,所有的小队都赶到通向草原的洼地里老榆树底下集合,准备从那里突围。这个时刻就要到了。

为了迷惑敌人,守在顿涅茨河边树林里的两个游击小队要比其他小队多坚持一阵子,并且装出要不顾一切渡河的最后尝试。普罗岑科迅速扫视一下周围,看看派谁去传达这个命令。

守卫冲沟上端的游击队员中间有一个克拉斯诺顿青年,叫叶夫根尼·斯塔霍维奇。他是个共青团员。德国人到来之前他曾在伏罗希洛夫格勒防空防化学指挥员训练班学习。他在游击队员当中显得与众不同,因为他有文化,遇事沉着,很早就表现出做社会工作的能力。普罗岑科也曾经派斯塔霍维奇去完成各种任务来考验他,还准备将来派他去克拉斯诺顿跟地下组织进行联系。普罗岑科看见他正趴在自己左面,看见他那张苍白的脸和湿漉漉的蓬乱的浅色头发。他的头发平时总是漫不经心拢成蓬松的波浪覆在高昂的头上。这个小伙子精神很紧张,但是由于自尊心强才不肯退到冲沟深处。普罗岑科看到这一点很高兴。他便派斯塔霍维奇去传达命令。

斯塔霍维奇勉强笑笑,把干瘦的身子紧贴到地上朝河边跑去。

"喂,老爷子,你也别耽搁太久了!"普罗岑科对勇敢的老头说,老头要跟游击小队留下掩护撤退。

藏在河边的游击队员一开始佯装强渡顿涅茨河,德军就把主力集中在河岸上,并且把全部火力都对着这片树林和河面发射。子弹的呼哨声和打在灌木上的噼啪声汇合成密集而尖厉的响声。子弹好像在半空中炸开,变成炽热的铅粉被人们呼吸进去。

游击队长接到斯塔霍维奇送来的普罗岑科的命令,便让大部分游击队员到洼地去集合,留下十二个人掩护撤退。斯塔霍维奇想留下又害怕,想跟那些人一起走又不好意思,便趁没人注意钻进灌木丛里,脸贴地趴着,还把衣领竖起来遮住耳朵。

在炮火不那么轰鸣和密集的瞬间,可以听到德国人刺耳的口令。从马卡罗夫沟那边已经有小股德军进入树林。

"到时候了,伙计们。"游击队长突然说,"快跑……"

游击队员们立刻停止射击,跟在队长后面往前跑。尽管敌人并没减弱火力,反而打得越凶,然而在树林里奔跑的游击队员们却觉得周围一片沉寂。他们拼命奔跑,听得到彼此的喘气声。但是一到洼地,看见同志们一个挨着一个趴在地上的黑影,急忙卧倒,匍匐向前爬去。

"上帝保佑你们!"普罗岑科站在老榆树旁,称赞地说,"斯塔霍维奇在吗?"

"在。"队长不假思索地说。

游击队员都彼此看看,却没看见斯塔霍维奇。

"斯塔霍维奇!"队长轻声唤道,仔细察看趴在洼地里的每个队员的脸。没有斯塔霍维奇。

"伙计们,也许你们一时马虎,没注意到他给打死了! 再不受伤了,你们扔下了他!"普罗岑科发火了。

"我可不是小孩子,伊万·费奥多罗维奇!"队长不高兴了,"我们从阵地上往下撤的时候他跟我们在一起,好好的。我们从林子密的地方跑过来,一个人也没落下……"

这时普罗岑科看到纳列日内的身影,他尽管年纪大,却敏捷地穿过灌木朝他爬来,后面还有他那个十三岁的孙子和几个战士。

"啊,是你,我的宝贝! 我的好朋友!"普罗岑科高兴地喊道,掩饰不住自己的心情。

他突然转过身,细声地下命令,却让大家都能听到:

"预——备! ……"

趴在地上的游击队员都弓起身子,好像猞猁似的。

"卡佳!"普罗岑科轻声唤道。"你要跟住我……要是我……要是出什么事……"他挥了挥手。"请你原谅。"

"也请你原谅……"她略微低下头,"要是你活着,我……"

他没让她说下去,自己抢着说:

"要是我……你就告诉孩子们。"

他们只来得及说上这么几句话。普罗岑科细声喊道:

"开火! 前进!"

便头一个冲出洼地。

他们不知道还剩下多少人,也不记得跑了多长时间。他们好像不再呼吸,也听不见心跳。他们一声不响地跑着,有时还一边跑一边射击。普罗岑科回头看见妻子、纳列日内和他孙子,这给他增添了力量。

突然在后面和右面的草原上响起摩托车的吼声。在黑夜的空气中这吼声传得很远。前面什么地方也响起摩托车声。似乎德军正在从四面八方包围突围的人。

普罗岑科发出信号,大家立刻散开,钻进地里,利用朦胧的月光和高低不平的地势,像蛇一样无声无息地爬去。转瞬之间都一个个消失了。

不一会儿工夫,在洒满月光的草原上只剩下普罗岑科和他妻子卡佳、纳列日内和他的孙子。他们跑到了集体农庄的瓜地里。这片瓜地有好几公顷,向前、向冈上伸展,大约一直到长冈那坡。在天色映衬下可以清楚看到长冈的冈顶。

“稍微等等,老爷子,我都喘不上气来了!”普罗岑科一下子趴到地上。

“拿出力气来,伊万·费奥多罗维奇。”纳列日内急忙俯在他身上,把热气扑到他脸上对他说,“我们不能歇!过了冈就是那个村子,他们会把我们藏起来……”

于是他们跟着纳列日内沿着瓜地继续往前爬。纳列日内不时转过刚毅的脸和打鬈的黑胡子,用锐利的目光看看普罗岑科和他的妻子。

他们终于爬到冈顶,看见眼前是一座村子,白房子黑窗户,离他们大约有二百公尺。瓜地紧靠道边。过道就是离得最近的一排房子的篱笆。几乎就在他们爬到冈顶的同时,有几辆德国摩托车从这条大路上驶来,一拐弯进了村子。

冲锋枪的火舌依然到处闪烁,有时似乎还可以听到还击声。这枪声在黑夜里回荡,在普罗岑科的心头引起痛苦的忧郁。纳列日内的孙子长得跟爷爷不一样,一头浅色头发,有时怯生生地抬起孩子气的眼睛,带着询问看着普罗岑科。普罗岑科不敢正眼去对着这双眼睛。

村子里响起了用枪托砸门的乒乓声和德国兵的咒骂声。停了一会儿又突然传来小孩的叫声和女人的哀号声,一会儿变成啼哭,然后又变成号啕大哭和哀求。哭声响彻深夜。摩托车声有时在村里响,有时在村边上,有时在村外——好像只有一辆,又像好几辆,有时甚至像整个车队。天上月光明亮。普罗岑科和卡佳,还有纳列日内和他的孙子都趴在地上,浑身精湿,冻得瑟缩着。卡佳的脚被皮靴磨破了,疼得难受。

他们就这样一直等到村子里和草原上都沉寂下来。

"哼,到时候了,天快亮了。"纳列日内悄声说,"我们得一个跟着一个往前爬。"

村子里传来德国巡逻队的脚步声。偶尔什么地方还闪现出划火柴或打火机的光亮。普罗岑科和卡佳到了村中间便钻到一家房后的草窠里藏起来,纳列日内带着孙子钻进篱笆。半天也听不到他们的声音。

鸡叫头遍了。普罗岑科突然冷笑一声。

"你笑什么?"卡佳悄声问他。

"德国人把公鸡几乎杀光了,全村只剩下两三只打鸣的!"

他俩头一次有意识地仔细看看对方的脸,眼睛里露出笑意。这时从篱笆里面传来低语声:

"你们在哪?到房子跟前来……"

有个女人从篱笆里面探头往外看。她长得又高又瘦,骨骼结实,扎着白头巾,一对黑眼睛在月光下闪闪发亮。

"站起来,不用害怕,没有人。"她说。

她帮助卡佳钻进篱笆。

"您叫什么名字?"卡佳问。

"玛尔法。"那个女人说。

"哎,新秩序怎么样啊?"普罗岑科一进屋,跟卡佳和纳列日内爷孙围着桌子坐下后便问。桌子上点着一盏小油灯。

"新秩序是这么回事,德国卫戍司令部派人来,要我们每头牛一天交六公升牛奶,每只鸡一个月交九个鸡蛋。"玛尔法说,她那双黑眼睛羞答答的,同时带着粗野的妩媚斜眼瞅普罗岑科。

她已经快五十了,可是看她端饭菜和收拾桌子的动作还像年轻人一样麻利。屋子里刷得雪白,收拾得很干净,还装饰着绣花手巾。满屋都是孩子,一个比一个小。大儿子十四岁,大女儿十二岁,都被叫起来到外面去放哨。

"过两星期又来了新任务,要牲口。您瞧,我们村才一百来户人家,这已经派第二次任务了,要二十头牲口,这就叫新秩序!"她说。

"你别上火,玛尔法婶子!早在1918年我们就知道他们了。别看他们来得快,走得也快!……"纳列日内说,突然大笑起来,露出结实的牙齿。他那土耳其式的眼睛在黑得像燧石的脸上闪现出豪迈而狡黠的光辉。

甚至难以想象,说这话的人竟然刚才还面对着死亡。

普罗岑科斜眼扫了一下卡佳,见她原来严峻的脸色变得温和了,露出和善的笑容。经历过多日的战斗和这次惊心动魄的突围,普罗岑科和卡佳却从这两个并不年轻的人身上感染到一种青春的活力。

"不过,玛尔法婶子,我看得出来,不管他们怎么掠夺,你总还留了一手。"普罗岑科说,朝桌子上点点头,又跟纳列日内挤挤眼。玛尔法出于"热心肠",在桌上摆满了奶渣、酸奶油、奶油和肥肉煎蛋。

"难道您不知道,乌克兰的好人家不管怎么搜刮,也吃不尽偷不光,除非你把女主人给打死!"玛尔法开玩笑说,像少女一样羞得满脸通红。她话说得粗率而坦诚,普罗岑科和纳列日内都捂住嘴扑哧笑了,连卡佳也微微一笑。"我把东西都藏起来了!"玛尔法也笑了。

"你呀,真是个聪明的女人!"普罗岑科说着直晃头。"你现在算是怎么回事?是集体农庄庄员还是单干户?"

"当然是庄员,德国人不走算是放长假。"玛尔法说,"德国人认为我们什么都不算。我们集体农庄的土地他们认为是德国的……叫什么'莱赫'①? 他们怎么叫来的? 科尔尼·吉洪诺维奇!"

"是'莱赫',去他的吧!"老头冷笑说。

"在大会上念了个什么文件,好像叫什么罗森堡,反正是个坏蛋,对不对? 科尔尼·吉洪诺维奇!"

"是叫罗森堡,去他的吧!"纳列日内回答说。

"这个罗森堡说,我们可以领到土地自己来种,但不是所有的人都能得到,必须好好替日耳曼帝国干活,并且有自己的牲口和农具。您瞧瞧,哪里来的农具,还不是撺我们用镰刀去割集体农庄的小麦,而打下的粮食要给他们的帝国送去。我们这些妇道人家已经不会用镰刀割地了! 我们走到地里就躺到麦地躲太阳,睡大觉⋯⋯"

"那么村长呢?"普罗岑科问。

"我们村长是自己人。"玛尔法回答。

"你呀,真是个聪明的女人!"普罗岑科又说,又晃着头,"你丈夫在哪?"

"他还能在哪! 在前线呗。我的丈夫在前线。"她认真地说。

"你说实话,你有这么多孩子,要是把我们藏起来,你不为自己和孩子担心吗?"普罗岑科突然改口用俄语问她。

"不担心!"她也用俄语回答,一对十分年轻的黑眼睛径直瞅着他。"就让他们砍我的头好了。我不怕。我知道是为什么死的。也请您告诉我,您跟我们的人,在前线的人,现在有联系吗?"

"有。"普罗岑科回答说。

"那您就告诉我们的人,让他们打到底。让我们的丈夫别怕死。"她带着一个正直的普通妇女的信念说。"我就这么说吧,也许我们的爸爸,"她说"我们的爸爸"当然指丈夫,好像用孩子的口吻说的,"也许我们的爸爸回不来了,在战斗中牺牲了,可我们知道是为的什么! 等我们的政府回来,政府就是我们的孩子的爸爸! ⋯⋯"

"聪明的女人!"普罗岑科第三次说,满怀温情,并低垂下头,好长

---

① 德语:帝国的译音。——译者注

时间没抬起来。

玛尔法留纳列日内和他孙子睡在屋里,把他们的枪藏起来,而且不为他们担心。然后带普罗岑科和卡佳来到外面一个废地窖,窖顶上长满野草,里面像墓穴一样阴冷。

"有点儿潮,我给你们带来了两件皮袄。"她不好意思地说,"往这里来,这里有麦秸……"

只剩下他俩,摸黑坐在麦秸上,好半天谁也不说话。

突然卡佳用温暖的手抱住普罗岑科的头,搂到自己的胸脯上。

他的心变软了。

"卡佳!"他说。"这场游击战得换个打法。全都得换。"他非常激动地说,从她的拥抱中挣脱出来。"唉,我多心疼呀!……心疼那些牺牲的人——正是因为我们不会打仗,他们才牺牲的。但是总不会都死吧?我想大部分都突围出来了吧?"他问,仿佛在寻求支持。"不要紧,卡佳,不要紧!我们会在老百姓当中找到成千上万像纳列日内和玛尔法这样的人,成千上万!……不——不!这个希特勒能把整个德国民族搞迷糊,可我不认为他能把伊万·普罗岑科也搞糊涂——办不到!"普罗岑科愤愤地说,不知不觉说起乌克兰语,而他的妻子卡佳却是俄罗斯人。

第三十章

　　就像地下水在树根和草根下面、在土壤下面,沿着泥土的缝隙和毛细管无声无息、源源不绝,向四面八方流去而不被人察觉一样,在德国人的统治下,居住在我国土地上的几百万各族同胞,有男有女,有老有少,沿着草原和森林里的道路,沿着山中小径和河沟、从陡峭的河岸底下,沿着城市和农村的大街小巷,穿过闹市和黑夜的峡谷,纷纷移动。

　　有的被撵得背井离乡,有的要重返家园,有的要找没人认识他的地方,有的要越过前线回到自由的苏维埃土地,有的是突围出来的,有的是从俘房营或德国集中营里逃出来的,有的是被生活所迫出来寻找衣服和食物的,有的是拿起武器要跟敌人斗争的——游击队员、地下工作者、在敌后从事破坏活动的人、宣传鼓动员、敌后侦察员、伟大人民的伟大军队撤退时留下的侦察员,他们不停地走着。就像沙粒一样数不胜数……

　　有个身材矮小的人冒着骄阳从顿涅茨河畔沿着草原的大路走来。他脸色红润,穿着普通农民的衣服,还留着跟农民一样的柔软的深褐色胡子,背后背着一个麻布口袋。像他这样走在路上的人成千上万……怎么能认出来他是谁? 他长着蓝眼睛,难道能仔细查看每个人的眼睛吗? 难道凭眼睛就能看出来一切吗? 也许他的眼睛里闪烁着不安分的火星,但是一见到宪兵队的队长先生就会变成普通人的眼睛。

　　这个一身农民打扮、留着深褐色胡子的小个子,一进伏罗希洛夫格勒就消失在大街上的人群中。他进城干什么来了? 也许他的口袋里装着奶油或奶渣,再不是一只鸭子要拿到市场上换钉子、粗布或咸盐吧？ 也许他就是普罗岑科？ 普罗岑科可了不得,他能搞垮卫戍司令部第七处顾问舒尔茨博士的政权!……

小煤城的郊区有一座小木房,房后有一条河沟又黑又窄,一直通到草原里。小木房的里屋有扇窗户用被子挡着,屋里点着小油灯,灯前坐着两个人:一个上了年纪,脸上的肌肉沉重地向下耷拉,另一个是青年人,精力充沛,深金黄色的睫毛,两眼睁得挺大。

这一老一少却有共同点,比方说在这深夜时候,在被德军占领的不幸日子里,他俩都穿戴干净整齐,还打着领带。

"你们要培养为顿巴斯家乡而自豪的感情。你记不记得我们老一辈的同志们,阿尔乔姆①、克利姆·伏罗希洛夫、帕尔霍缅科是怎么斗争来的?"老人说,在他那严峻的眼睛里反射出好像不是这暗淡的灯光,而是那些早已过去的战斗的光辉,"你记得吗? 能讲给同学们听吗?"

青年人坐在那里,天真地向左侧着头,左肩略比右肩高。

"记……记得……能讲。"他略带口吃地说。

"我们顿巴斯光荣在什么地方?"老人接着说,"不管我们多么困难——在国内战争年代也好,在那以后的第一个五年计划和第二个五年计划时期,还有现在这场战争也好,我们都出色地履行了自己的义务。这一点你一定要让同学们明白……"

老人停顿了一会儿。青年人满怀尊敬地看着他,默不作声。老人接下去说:

"你们要记住:警惕性是地下工作的根本……电影《恰巴耶夫》看过吧?"他很严肃地问。

"看过。"

"恰巴耶夫为什么牺牲? 他之所以牺牲,就是因为他的巡逻队睡大觉,让敌人摸到跟前。所以要保持警惕,不管黑天白日,都要小心在意……索科洛娃·波林娜·格奥尔吉耶夫娜你认识吧?"

---

① 阿尔乔姆(1883—1921),顿巴斯革命运动的领导者。——译者注

"认识。"

"你怎么认识她的？"

"她跟妈妈一起做过妇女工作。现在她们也很好……"

"是这样……以后凡是只能你和我知道的事都通过索科洛娃转达。平时的联系可以通过沃洛佳，就像今天这样。不过以后我们不能见面……"柳季科夫突然露出愉快的笑容，仿佛为了免得让青年人难过或伤心甚至现出反对的表情。

但是奥列格的脸上没流露出其中任何一种表情。柳季科夫让自己到他家里来，而且是在全市戒严的时候，就是对他奥列格最大的信任，使他心中充满了骄傲和无限忠诚。他露出一脸孩子气的兴高采烈的笑容。高高兴兴地说："谢谢！"

一个没人认识的青年缩作一团睡在草原里的洼地里。太阳把他照暖和了，他的衣服冒起热气。他从河里爬上来在草地上留下的痕迹也被太阳晒干了。昨天夜里他穿着湿衣服就在草原里睡着了，可见他在河里洑水的时候累坏了。

但是太阳一晒暖和，青年醒来就继续往前走。他的浅色头发晒干了，就自然形成漂亮的波浪，不经意地覆在头上。第二天夜里他在矿工居住区随便找个人家住一夜。主人看他差不多是老乡就收留他，他说他家住在克拉斯诺顿，在伏罗希洛夫格勒读书，现在往家走。于是他就在大白天大模大样进了克拉斯诺顿。他不知道父母怎么样，也不知道家里住没住德国人，便先去找他的同学沃洛佳·奥西穆欣。

沃洛佳家里住过德国人，现在都走了。

"叶夫根尼！……你从哪来？"

但是沃洛佳的这位同学却带着他常有的那种傲慢口吻打官腔说：

"你先对我讲讲，你的思想情况怎么样？"

他是沃洛佳的老同学共青团员叶夫根尼·斯塔霍维奇，沃洛佳觉得对他不必隐瞒——当然不是指组织方面，而是指自己的想法和心情。于是沃洛佳把有关个人的一切都告诉斯塔霍维奇了。

"是这样……"斯塔霍维奇说，"这很好。我就知道你不会变样……"

他说这话带有几分高人一等的口吻。不过他大概有权利这样说话。他不仅积极参加地下工作,在这一点上跟沃洛佳志趣相投——沃洛佳为了保密,只说他非常希望参加地下工作——而且已经参加过游击队打过仗。他还说他是游击队司令部正式派到克拉斯诺顿搞地下工作的。

"太棒了!……"沃洛佳带着敬意说,"我们应该马上去找奥列格……"

"这个奥列格是什么人?"斯塔霍维奇傲慢地问,因为沃洛佳说出奥列格的名字时带有很深的敬意。

"老兄,这个小伙子可不简单!……"沃洛佳模棱两可地说。

不,斯塔霍维奇可不认识奥列格。不过如果他是个有用的青年,为什么不去见见他呢?

一个态度端庄的青年正在敲博尔茨家的门,他虽然穿着便服,却具有军人的风度。

家里只剩下小柳霞一个人。妈妈到市场去拿东西换吃的,而瓦丽亚……不,家里还有爸爸,但是这正是全家最担心的事。爸爸戴着墨镜一听敲门就钻进衣柜里了。柳霞觉得心都停止了跳动,装作大人的样子走到门口,尽量满不在乎地问:

"谁呀?"

"瓦丽亚在家吗?"门外一个悦耳的男高音不好意思地问。

"她不在……"柳霞说完,悄悄等着。

"您开开门,不用怕。"那个男高音说,"里面是谁说话?"

"柳霞。"

"柳霞?是瓦丽亚的妹妹吧?您开门吧,不用怕……"

柳霞打开门。台阶上站着一个陌生的青年,高高的个子,体形匀称,态度十分谦虚。柳霞却把他当成了大人。他眼睛和善,态度端庄,脸型非常英俊。他两眼笑眯眯地看着柳霞,给她行个举手礼。

"她会很快回来吗?"他客客气气地问。

这个举手礼使柳霞对他产生了好感。

"不知道。"她说,仰头注视这个大人的眼睛。

他脸上露出失望的神情。他默默站了一会儿,又行个举手礼。但是他刚要按照士兵的姿势向后转的时候,柳霞连忙问:

"有什么要转告的吗?"

他两眼霎时现出嘲弄的神气说:

"请转告她,就说未婚夫来找过她……"

便从台阶上跑下去。

"您马上就要走吗? 她怎么能找到您?"柳霞朝着他的背影急忙激动地说。

但是她这句话说得太胆怯,也太晚了。他早已沿着"木头街"朝铁路道口的方向走去。

瓦丽亚有了未婚夫……柳霞非常激动。这件事当然不能告诉爸爸。也不能告诉妈妈。"可是我们家的人怎么谁也不认识他呢! ……不过也许他们并不准备结婚吧?"柳霞安慰自己说。

有两对青年在草原里散步——两个男青年几乎还像是孩子,还有两个姑娘。在这种恐怖的时候根本没人到草原里散步,这两个男青年和两个姑娘为什么偏偏要出来散步呢? 他们散步的地方离市里挺远,又不是假日,而且在上班的时刻。不过从另一方面说,还没人禁止散步。

他们是两人一对:一个动作敏捷的男青年,光着脚,头发挺硬还微微鬈曲,跟一个晒得发黑的姑娘,梳着两条金黄色的辫子,裸露的小腿和胳膊都长着挺重的汗毛;另一个男青年小个子,浅色头发,一脸雀斑,跟他在一起的姑娘长得文静,衣着也朴素,还有一对聪明的大眼睛。她叫托霞·马先科。这两对青年有时离得挺远,有时又聚在一起。他们从一清早走到晚上也不知道疲倦,被太阳晒得口干舌燥,那个浅色头发的男青年被晒得脸上雀斑多出两倍。他们每次碰头都能拣到东西,拿在手里或揣在兜里,子弹、手榴弹,有时是德国枪、手枪、俄国步枪。这毫不奇怪,因为他们散步的地方在上杜万车站附近,红军撤退时在这里跟德军进行了最后一场激战。这些武器他们并不送交德国卫戍司令部,而是在树林里找个秘密地点埋起来。但是没有人看见他们。

那个动作敏捷的小伙子就是他们的头儿。有一次他发现一颗地雷,就当着留金黄色辫子的姑娘的面,用灵巧的手指非常准确地卸下雷管。

毫无疑问,这一带一定有很多地雷。他教大家怎么卸地雷。地雷也能有用处。

留金色辫子的姑娘回到家中已经是黄昏了,脸晒黑了,浑身疲倦,却又非常兴奋——这已经不是头一次了。柳霞抽空把她拽到果园里,柳霞的眼睛在黑暗中闪闪发亮,把关于未婚夫来找她的可怕的消息悄悄告诉她。

"哪来的未婚夫?你瞎说些什么?"瓦丽亚生气地说,有些莫名其妙。

她首先想到,这可能是德国人派来的密探,从另一方面想,就是地下党组织了解到瓦丽亚的活动,派人来找她。这两种猜测很快就被推翻了。尽管瓦丽亚装了满脑子的冒险小说,就像地雷里装满炸药一样,她跟他们这一代人一样,讲究实际。她在脑海里把所有的熟人都挨个想一遍,突然恍然大悟。去年春天……戏剧小组在列宁俱乐部做告别演出——欢送万尼亚·图尔克尼奇去塞瓦斯托波尔高射炮兵学校学习。图尔克尼奇扮演未婚夫,瓦丽亚扮演未婚妻……"未婚夫"!……嗯,当然是他!

万尼亚·图尔克尼奇!他平时总好演滑稽老头的角色。当然这里不是莫斯科艺术剧院。万尼亚说:"我的目的是要从第一排到最后一排的观众都笑得流出眼泪。"他的这个目的完全达到了。不论演什么剧,是演《没嫁妆的姑娘》,还是演《第一次游园》,他总扮演老园丁丹尼雷奇。可是他现在上了前线,怎么能回到克拉斯诺顿来?他是个红军中尉,去年冬天他被派到斯大林格勒学习用高射炮打坦克的技术,曾经顺路回过家。

"你总是这样,妈妈——这跟你有什么关系? 我就是不想吃!"瓦丽亚跑去找奥列格。

图尔克尼奇回到克拉斯诺顿了!

一个矮个子、白皮肤的姑娘正在长途跋涉,她要穿过辽阔的土地。她已经穿过整个波兰和整个乌克兰,好像茫茫人海中的一颗沙粒,一颗失落了的种子⋯⋯她就这样一步一步走到五一矿区敲一座小房的窗户。

"你如果分不清姐妹俩是不是伊万佐夫家的,只要其中有个白的,就是伊万尼欣家的。"

在前线失踪的莉莉亚·伊万尼欣娜回家了。

乌丽亚是从玛亚和萨沙那里听到这个消息的。莉莉亚回来了,这个善良快活的莉莉亚,她们这群姑娘的主心骨。她第一个离开家庭和同学,第一个投身到这可怕的斗争的世界里,失踪并被埋葬,可如今她又复活了!

萨沙、玛亚和乌丽亚三个是要好的朋友。萨沙长得瘦小,一举一动都像男孩子。玛亚黑得像吉卜赛人,然而自尊心强,总好噘着厚厚的下嘴唇,积极肯干,甚至在德国人的统治下也改不了好纠正别人和教育别人的习惯。乌丽亚梳着带鬈的黑辫子,好把辫子放到胸前,身上穿着带白点的深蓝色连衣裙——这是德国兵在她家住过之后剩下的唯一一件衣服。这三个好朋友一起往伊万尼欣家跑去。伊万尼欣家住在五一矿区中心,离学校不远。

如今五一矿区连一个德国人都没有了,她一路跑着,心情有些奇怪。她们这回感到自由了,便不知不觉活泼起来。乌丽亚的黑眼睛里闪现出快活而调皮的微笑。这种微笑在她脸上显得很出人意外,好像立刻感染了两个好朋友和周围的一切,她俩脸上也露出笑容。

她们刚跑到学校跟前,就看到学校的一扇大门上贴着一张鲜艳的招贴画。姑娘们不约而同地一齐跑到台阶上。

招贴画上画的是一家德国人。主人是上了年纪的德国人,满面带笑,戴着礼帽,扎着干活的围裙,穿着带条的衬衫,打着蝴蝶结,手里还夹着雪茄。女主人也满面春风,显得年轻而且发胖,浅色头发戴着软帽,穿一件粉红色连衣裙。身边围着一大群孩子,有大有小。小的只有一周岁,是个脸蛋溜圆的胖小子。大的是个姑娘,浅色头发、蓝眼睛。他们站在一座农家房子跟前,高高的瓦房顶上有几只嗉囊鼓鼓的鸽子走来走去。男主人和女主人以及所有的孩子都向对面走来的姑娘笑脸相迎,胖小子甚至伸出两只小手。这个姑娘手里提着白搪瓷桶,身上穿着鲜艳的俄式无袖女衫,扎着带花边的围裙,戴着跟女主人一样的软帽,穿着雅致的红便鞋。她长得很胖,翘鼻子,脸色红润得不自然。她也在笑,露出一口大白牙。这幅画的远景是场院和牲口圈。牲口圈也带高高的瓦顶,上面也有鸽子来回走。还有一角蓝天和一块熟了的麦田。牲口圈跟前还有几头大花奶牛。

招贴画下面用俄语写着:"我在这里找到了自己的家。"右下角写着:"卡佳。"

市里住德国兵这段时间,乌丽亚、玛亚和萨沙三个人更加亲密了。如果谁家住了德国兵而另一家没住,她们就互相借宿。不过在这段时间里她们似乎觉得时机还不成熟,都心照不宣,谁也不谈生活中最主要、最重大的问题——在德国人的统治下怎么生活。现在也是这样,她们只是彼此看看,谁也不说一句话,走下台阶,默默地朝伊万尼欣家走去,谁也不再看谁一眼。

妹妹冬妮亚乐得眉开眼笑,从小房里跑出来迎接她们。冬妮亚长得鼻子大,深栗色头发一绺一绺很厚,两条长腿虽然不像大姑娘,却也不像小孩子了。

"姑娘们,听说了? 天哪,可把我高兴死了!"她说着,立刻热泪盈眶。

屋子里挤满了姑娘。其中最引乌丽亚注意的是刚回来的伊万佐娃两姐妹——奥莉亚和妮娜。乌丽亚已经好几个月没见到她们了。

但是莉莉亚成了什么样子了? 莉莉亚浅色头发,长着一对和善而快活的眼睛,向来都是白白净净,胖得发暄,就像奶油面包似的。如今她站在乌丽亚面前,身子干瘦,背也驼了,两只胳膊无力地向下耷拉。

苍白的脸虽然晒黑了，也掩盖不住憔悴的病容。只有大鼻子虽然瘦削了，仍然惹人注目，还有目光还像从前一样和善……不，目光也跟从前不同了！

乌丽亚什么也不说，一把抱住莉莉亚，把她的小脸贴到自己的胸口，久久也不松手。当莉莉亚从乌丽亚的胸前抬起头来的时候，脸上丝毫没有亲密的表情或受感动的样子。她那对和善的眼睛露出的是陌生、疏远的神色，仿佛她的这一段经历使她跟儿时的朋友隔若天涯。不论她们对她的感情多么真挚和强烈，她都不会对这些人间常情产生共鸣。

萨沙又把莉莉亚抱住，搂着她在屋子里旋转起来。

“好莉莉亚！这是你吗？……我的莉莉亚，我的好朋友，我的宝贝！你都瘦成什么样子了！不过没关系，没关系，我们会把你养胖的。你回来我们可高兴了，莉莉亚，我们高兴死了！”萨沙心直口快地说，仍然搂着莉莉亚在屋子里转悠。

“你快放开她！”玛亚笑着说，噘起倔强的厚厚的下嘴唇，露出自尊心强的样子。她也把莉莉亚抱过来，吻了一气。“快讲讲吧，讲讲吧。”玛亚立刻说。

于是莉莉亚在当中的椅子上坐下，姑娘们把她团团围住，她就用平静的声音继续轻轻地讲下去。

“我们跟男同志住在一起，当然不方便，不过我很高兴，而且不仅仅是高兴，而是幸亏没把我们跟同营的弟兄分开。撤退的时候我们都是一起走的，少了那么多人……姑娘们，你们要知道，看到自己人死了有多心疼。一个连只剩下七八个人，每个人都叫得出名字，每个人都像亲人一样亲。有谁死了，就像从心头剜掉一块肉似的……记得去年我负伤了，被送到哈尔科夫一家挺像样的医院，可我心里老是想着：‘我不在，他们可怎么办？’我天天写信，他们也给我回信，有个人的，有集体的，可我总在想：‘我什么时候能回去？什么时候？’后来让我休假，假期满了要把我派到另一个部队，我去恳求司令，他安排我上军车回到自己的营里……我在哈尔科夫总喜欢徒步走，因为有一次坐电车碰到一件事，叫我非常伤心。我看见我们有的人在车上互相拥挤，互相辱骂。我不是为自己伤心，而是为这些人伤心，甚至感到不好意思。一个军人还哭，可眼泪就是止不住。我心里想：'你们应该知道，我们在前线上天天死人，死得不声不响，没有一句多余的话。他们那么互相关心而不顾自己，可他们都是你们的丈夫、父亲或儿子……'我突然感到这些人又可气又可怜。'你们只要能好好想想，就不会态度这么粗暴，不会互相辱骂。你们应该互相谦让，说句亲切的话。即使无意中触犯了谁，也要安慰他，摸摸他的脑袋……'"

她声音平稳，轻轻地讲着，眼睛并不瞅大家，而是越过姑娘们望着远方。姑娘们都身子朝前向着她，一声不响地听，一对对明亮的眼睛也都凝望着她。

"在俘虏营里，我们就住在露天地里。一下雨就浇得直哆嗦。给我们吃的是糠菜汤，再不就是土豆皮汤，干的却是重活，挖路基。小伙子们眼见瘦下去，就像蜡烛化了似的。一天接着一天，一天接着一天，许多人都死了。我们妇女，"莉莉亚说的是"我们妇女"，而不是"我们姑娘"，"我们妇女总算比男人抗得住些。在那里有个小伙子，叫费佳中士，我们一个营的。我跟他很好，非常好。"莉莉亚轻轻地说。"他总好拿我们女同志开玩笑：'你们女同志有内部储备。'他自己却支持不住了，那是把我们送往另一个俘虏营的路上，押送的德国兵就开枪打死了他。不过他没有立刻就死，我往前走，他还一直看着我，可我不敢去拥抱和吻他，不然的话连我也得打死……"

莉莉亚接着讲他们被攥到另一个俘虏营，这个俘虏营里管女战俘的是个名叫格特鲁杜·格贝希的德国女人。这个女监工就像一只母狼，把姑娘们折磨得死去活来。莉莉亚说，她们女同志在一起商量，反正是个死，不如把这个女监工干掉。有一天收工往回走，夜里经过一片树林。她们瞒过卫兵藏起来，等这个女监工走到跟前，用军大衣蒙住头把她憋死了。然后她们几个就逃跑了。其中有妇女，也有姑娘，她们要穿过整个波兰和整个乌克兰，不敢一起走，只好各走各的。莉莉亚一个人走过这上千公里的路程，先是波兰人，后来是乌克兰人把她藏起来,给她吃的。

莉莉亚讲出这么多故事,可她从前跟她们大家一样,也是普通的克拉斯诺顿姑娘,长得白白胖胖,心地善良。难以想象她会闷死德国女监工,会用这双青筋暴起的小腿走过德军占领下的整个波兰和整个乌克兰。每个姑娘都想到她自己:"要是让我摊上这种事,我能不能禁得住?我该怎么办?"

她还是从前的莉莉亚,但是她已经变成另外一个人。不能说她的这段经历使她变得铁石心肠。她并不在姑娘们面前显摆自己,以为自己了不起,而是她对生活的理解更深刻了。在某种意义上说,她对待别人更善良了,因为她懂得人的可贵。尽管她的体形和心灵似乎变得干瘪,但是人类这种善良的伟大光辉却照亮了她那消瘦的面庞。

所有的姑娘又一个个来亲吻莉莉亚,每个人都想抚摸她,或者碰碰她也好。只有舒拉·杜布罗维娜是大学生,年纪比她们都大,态度也比她们更矜持,因为玛亚跟莉莉亚那么亲热她都嫉妒了。

"姑娘们,大家干吗都眼泪汪汪的?"萨沙叫道,"我们唱唱歌吧!"

她刚要起头唱《黑魆魆的山冈沉睡着》,但是大家立刻嘘她,因为矿工区里住的什么人都有,说不定警察也会跑到这里来。大家想挑一支古老的乌克兰民歌,冬妮亚建议唱《窑洞》。

"这可是民歌,好像挑不出什么毛病。"冬妮亚怯生生地说。

但是大家觉得心情本来就不好,再唱《窑洞》非哭出来不可。萨沙是五一矿区的姑娘当中唱歌唱得最好的,就唱起:

> 黄昏时候有个小伙子,
> 在我家门前转来转去,
> 只是不住对我使眼色,
> 却什么也说不出一句……

大家都跟着她唱了起来。这支歌没有任何能引起警察注意的内容。但是这支歌又是姑娘们从收音机里常常听到的,是著名的皮亚特尼茨基合唱团演唱的。正因为她们不止一次听到莫斯科广播这支歌曲，现在她们好像随着这支歌曲离开五一矿区飞到了莫斯科。

姑娘们小时候过惯了自由自在的生活，就像云雀生活在田野里一样，如今这种生活仿佛也随着歌声飞进小屋。

乌丽亚坐到伊万佐娃姐妹跟前，但是大姐奥莉亚唱得正高兴，只亲热地用劲抓住她的上臂，眼睛里仿佛有一股蓝色火焰正在燃烧，使她那五官不大端正的脸也变得好看了。妮娜带着挑战的神气扬起剑眉，朝四下望望，突然低头对乌丽亚热烈地附耳低语说：

"卡舒克向你问好。"

"哪个卡舒克？"乌丽亚也悄声问。

"奥列格。我们都这么叫他。"妮娜郑重地说，"现在我们就叫他卡舒克。"

乌丽亚两眼望着前方，感到莫名其妙。

姑娘们唱歌唱得活泼了，脸色也红润起来。她们多么希望忘掉周围的一切，哪怕只忘一会儿也行，忘掉德国人和警察，忘掉她们要到德国人的劳动介绍所去登记，忘掉莉莉亚所受的痛苦，忘掉母亲在家里等得着急，女儿出去这么久还不回来！她们多么希望一切还能像从前一样！她们唱完一支，又唱一支。

"姑娘们，姑娘们！"莉莉亚突然用深情的声音轻轻地说。"当我被关在俘虏营里的时候，当我光着脚挨着饿在夜里走过波兰的时候，我常常想起我们的五一矿区、我们的学校和你们大伙，姑娘们，想起我们大家常聚在一起，到草原里去唱歌……这妨碍着谁了？为什么要把这一切都破坏、都践踏呢？人在世上有什么不满足的呢？……乌丽亚！"她突然唤道。"你给大家朗诵一首好诗吧！记得吧？就像从前那样……"

"朗诵什么呢？"乌丽亚问。

姑娘们争先恐后说出乌丽亚喜爱的诗，她们不止一次听她朗诵过。

"乌丽亚,你就朗诵《恶魔》①吧。"莉莉亚说。

"朗诵哪段呢?"

"随你挑。"

"让她全朗诵一遍!"

乌丽亚站起,双手轻轻垂在身旁,不端架子,也不忸怩,就像不会写诗、也没登台表演过的人那样落落大方,用平静、深沉而流畅的声音朗诵道:

> 悲伤的恶魔,被放逐的精灵,
> 在罪恶的大地上翱翔,
> 眼前纷纷浮现出往日最美好的时光……
> 当时他渴求知识,
> 透过那永恒的雾阵观测分散在太空中的一队队运行
> 的晨辰;
> 当时他这个造物的宁馨儿满怀着信仰和爱心! ……

说来也奇怪,乌丽亚朗诵的诗也跟姑娘们唱的歌一样,刹那间获得了活生生的现实意义。仿佛她们现在被迫过着的生活跟人世间创造的一切美好事物之间有着不可调和的矛盾,不论这些美好事物是什么性质和什么时候创造的。长诗中对恶魔又似乎同情又似乎谴责的态度也符合姑娘们的感受,同样打动了她们的心。

> 跟我这不被承认的哪怕片刻的痛苦相比,
> 古往今来,世世代代,
> 人们的穷苦、劳作和不幸的纪事,又算得了什么?

乌丽亚朗诵着。姑娘们仿佛觉得世界上的确没有比她们再不幸

---

① 《恶魔》是俄国诗人莱蒙托夫(1814—1841)的长诗。——译者注

的人了。

这时金色翅膀的天使带着塔玛拉的罪恶的灵魂飞来,恶魔从深渊里飞出来,迎上去。

销声匿迹吧! 阴郁的怀疑的精灵。

乌丽亚朗诵着,双手安静地放在身旁。

……考验的日子过去了;
她身上罪恶的枷锁随着尘世易烂的衣服一起脱落。
你要知道,我们等待了好久!
她的灵魂是芸芸众生中的一个——
他们的一生不过是一瞬间,
难以忍受的苦难和难以得到的欢乐……
她以残酷的代价赎回了她的怀疑铸成的过错……
她痛苦过,也爱过——
于是天堂为爱打开大门!

莉莉亚奋拉着一头浅色头发,双手捂着脸,像孩子一样放声痛哭。姑娘们受到感动,都跑过去安慰她。她们现在生活中的可怕的世界又闯进屋来,仿佛毒化了每个人的心灵。

第三十一章

阿纳托利跟乌丽亚和维克托及他父亲没疏散成,回到克拉斯诺顿以后就没在家里住,躲到维克托家。维克托住在波戈列雷庄,德国人的行政机关还没管到这里,所以维克托一家还过着自在日子。

等德国兵离开五一矿区,他才回家。

妮娜给阿纳托利和乌丽亚捎信来,让他们马上亲自跟奥列格取得联系,最好让乌丽亚去一趟,因为市里很少有人认识她。还让他们从五一矿区的男女青年当中物色一些愿意跟德国人进行斗争而且可靠的人。妮娜暗示,奥列格不是代表个人进行工作,而且转达了他的几点意见:要单线联系,不要提别的人,当然更不要提到奥列格。但是可以说明他们不是个人的行动。

后来妮娜走了。阿纳托利和乌丽亚就到他们两家果园当中那条沟坡上,在苹果树底下坐下。

黄昏降临到草原上和果园里。

阿纳托利家的果园被德国人糟蹋了,特别是樱桃树,许多树枝都被连樱桃一起折掉,不过从外表看还像他们爷俩栽种时那么整齐,令人舒服。

阿纳托利有个自然课老师非常热爱这门课程,当阿纳托利从八年级升到九年级的时候送给阿纳托利一本昆虫学的书,叫《梨树的虫害》。这本书旧得连头几页都没有了,根本无法了解作者是谁。

他家的果园门口长着一棵老梨树,比那本书的年龄还大。阿纳托利非常喜欢这棵梨树和这本书。

苹果树是阿纳托利家的骄傲。到了秋天苹果熟的时候,阿纳托利总是搭铺在果园里睡,免得小孩来偷苹果。要是下雨天不得不回屋里睡,他就用细绳把苹果树的树枝拢上,然后用绳子从果园一直接到窗户里,这就成了信号装置。只要有人一碰苹果树,他床头上拴着一串罐头盒就会哗啦响。他只穿着裤衩就往果园里跑。

现在他跟乌丽亚两个人坐在果园里,一本正经,聚精会神,因为他俩感到从妮娜跟他们谈话那一时刻起,他俩就踏上了新的生活道路。

"乌丽亚,我们还从来没在一起谈过心里话。"阿纳托利说,因为两人离得很近而有些不好意思。"但是我一向尊重你。我想我们现在应该坦率地谈谈,开诚布公……我想我们都明白,正是你和我要肩负起这项任务——把五一矿区的男女青年组织起来。这并不是夸大我俩的作用或者自高自大。首先我俩应该谈谈我们自己准备怎么生活……比方说,现在正进行劳动登记。我是绝对不去介绍所的。我不愿意为德国人干活,也绝对不会干。我对你发誓,这条路我是走定了!"他说得很审慎,但是声音坚定有力。"实在不得已的话,我会藏起来,躲着他们,参加地下工作去,就是死也不改变初衷!"

"阿纳托利,你还记得在路上有个德国上等兵翻我们的箱子吗?你还记得他那双又脏又粗糙的手吗?那么贪得无厌,现在我好像还看见这双手就在我眼前。"乌丽亚轻声说,"我回到家的头一天,又看见这双手在我们的床上和箱子里翻来翻去,把母亲的衣服,还有我和姐姐的衣服撕成一块一块当围巾。他们甚至连脏衣服也翻,不过他们还想钻到我们的心里翻一翻……阿纳托利!我在家几乎天天晚上睡不着觉——你知道我住在小厨房里,我家的小厨房跟正房是分开的。我坐在黑暗里,听到德国人在屋里大喊大叫,强迫我生病的母亲伺候他们。我这样坐了不止一夜,我在检查我自己。我一直在想:我要走这条路,有没有足够的勇气?有没有这种权利?于是我明白了,我没有别的路可走。是的,我要想活下去,只有这条路可走。我用我母亲的名义发誓:只要还剩下一口气我决不离开这条路!"乌丽亚说,两只黑眼睛凝视着阿纳托利。

他俩都感到心潮澎湃。半天谁也不说话。

"咱俩商量一下先找谁谈。"阿纳托利控制住自己,沙哑地说,"先从姑娘们开始好不好?"

"当然,玛亚、萨沙。当然还有莉莉亚。她妹妹冬妮亚也会跟她一起参加。我想还可以找莉娜·萨姆申娜、妮娜·格拉西莫娃。"乌丽亚一个一个数着。

"我们那个积极分子,她叫什么来着? 当过少先队辅导员。"

"维利科娃?"乌丽亚的脸色突然冷淡了,"我这么跟你说吧。遇到困难的时候我们也会因为什么说点儿牢骚话。但是一个人心灵里总应该有神圣不可侵犯的东西,比如自己的亲生母亲,就不能嘲笑她,不能说不尊敬的话,不能冷嘲热讽。可是维利科娃……谁知道她是怎么回事? ……我是不相信她的……"

"那就先放放,观察一下再说。"阿纳托利说。

"妮娜·朱纳耶娃还差不多。"乌丽亚说。

"就是那个浅色头发、非常胆小的那个姑娘?"

"你别以为她胆小,其实那是腼腆,她信念非常坚定。"

"那么舒拉·杜布罗维娜呢?"

"她的情况要问问玛亚。"乌丽亚笑了笑。

"我问你,你为什么不提你的好朋友瓦丽亚·费拉托娃?"阿纳托利突然感到奇怪地问。

乌丽亚沉吟半晌,阿纳托利从她脸上看不出她心里想些什么。

"不错,她是我最要好的朋友,我像从前一样爱她,我比任何人都更了解她心地多么善良,但是她不能走这条路。她太软弱了,我觉得她只会成为牺牲品。"乌丽亚说,她的嘴唇和鼻翼好像都哆嗦一下,"那么小伙子里面都找谁呢?"她问,似乎有意转移话题。

"小伙子里当然首先找维克托,我已经跟他谈过。你既然提出萨沙,当然提得对,那就要把她哥哥瓦西里算上。还有叶夫根尼·舍佩廖夫和沃洛佳·拉戈津……此外,我想还有鲍里斯·格拉万,你知道,就是从比萨拉比亚疏散来的那个摩尔达维亚人……"

他俩就这样把自己的朋友和同学挨个数了一遍。月亮已经开始缺了,依然很大,隔树照出一片红光,一条清晰浓密的阴影顺着果园落在地上。大自然里笼罩着一片令人不安的神秘气氛。

"我们两家都没有德国人了,这可真叫人高兴!我一见他们就受不了,特别是现在。"乌丽亚说。

乌丽亚回到家以后,就一个人住在跟仓房相连的小厨房里。她点上放在炉台上的小油灯,坐在床上出了一会儿神。她在面对自己,面对人生,做到绝对的坦白,每逢她内心要做出重大决定的时候都是这样。

她在床前蹲下,从床底下拽出一个小皮箱,从内衣下面的箱底掏出一个笔记本,漆布面已经旧得很厉害。她从离家那一天起就一次也没摸过。

第一页用铅笔写的,字迹有些模糊,好像是题词。题词里说明乌丽亚为什么要记这个笔记并且是从什么时候开始的:

> "人的一生中往往有一个精神发展的转折期,可以决定他以后的品行。有人说这个转折期发生在少年时代。这不对,许多人在美妙的童年时代就会出现这种转折。"
> (波米亚洛夫斯基①)

她看到几乎是孩提时记下的这些笔记完全符合她现在的心境,不禁感到一种快慰的怅惘,同时又感到奇怪,接着又挑着读了几段:

> "在交战中必须善于利用时机并有随机应变的能力。"
> "什么能阻挡得了人的坚强意志?意志包括人的全部精神,意志就是要爱要恨,要高兴要懊悔,要生活;总之,意志是每个人的精神力量,是能够进行创造或破坏的

---

① 波米亚洛夫斯基(1835—1863),俄国作家,擅长写平民知识分子,代表作为《神学校特写》。——译者注

自由的渴望，是能从一无所有中创造出奇迹的创造力！……"（莱蒙托夫）

"我真羞愧得无地自容。真羞愧，真羞愧——不，不止是羞愧。嘲笑别人穿得不好，简直是可耻！我甚至记不得从什么时候养成这种习惯。可今天对待妮娜·米这件事——不，我甚至写不下去了……不管我想起什么，都感到脸红，浑身发热。我甚至跟丽莎·乌接近了，因为我们一起嘲笑穿戴不好的人，可她的父母……这不必写了，总之，她是个坏女孩。可今天我那么高傲地（正是高傲地）嘲笑妮娜，甚至拽她的上衣，把上衣从裙子里拽出来，而妮娜说……不，我不能重复她的话，不过我从来没有那种坏思想。我本来出自良好的愿望，希望生活中一切都是美好的，可是适得其反。我没想到许多人还过着穷苦的日子，尤其是妮娜，她那么可怜，没人保护……我发誓，妮娜，今后我再也不这样了，再也不这样！"

接着又用铅笔补充一句，显然是第二天写的："你要请求她原谅，一定要这么做！……"

翻过两页，上面写着：

"人最宝贵的是生命。人的生命只有一次。人的一生应该这样度过：当他回首往事的时候。不会因为虚度年华而悔恨，也不会因为做过卑鄙庸俗的事而羞耻。"（尼·奥斯特洛夫斯基）

"这个米·尼毕竟可笑！当然我不必说假话，我（只是有时）愿意跟他在一起。他跳舞跳得不错。但是他太喜欢炫耀军衔，卖弄他的勋章。我才一点儿也不在乎这个呢。昨天他提出那件事我早就料到了，但是我根本不愿意……我嘲笑他，并且一点儿也不后悔。至于他说要自杀——这是假话，只能说明他卑鄙。他那么胖，正应该上前线，拿着枪行军打仗。永远不，永远不，永远不！……"

"他在谦虚的指挥员中是最勇敢的，在勇敢的指挥员中是最谦虚的——我记得科托夫斯基①同志就是这样的指挥员。愿他永垂不朽！"（斯大林）

乌丽亚低头坐着，翻看学生时代的笔记本，后来听到轻轻关角门的声音，还有一阵轻快的脚步声穿过院子来到小厨房门口。

没听见敲门，门就开了，只见瓦丽亚两眼发直跑到乌丽亚跟前，一下子跪在泥地上，把脸埋在她的怀里。

两人好长时间都不说话。乌丽亚感到瓦丽亚的胸口一起一伏，心怦怦直跳。

"你怎么了？瓦丽亚。"乌丽亚轻声问。

瓦丽亚仰起脸，半张着湿润的嘴。

"乌丽亚！"她说，"我要被送到德国去了！"

瓦丽亚一方面深深厌恶德国人和他们在市里干的坏事，另一方面又害怕德国人，怕得要死。从德国人进城头一天，她就担心她或她母亲会出什么事。

德国人发布命令要大家到劳动介绍所去登记之后，瓦丽亚一直没按照这个命令办，便觉得自己成了跟德国政权进行对抗的罪犯，提心吊胆，怕他们来逮捕她。

今天早晨她到市场上去，遇见几个五一矿区的人，他们已经登记了，现在正去上工，任务是恢复一个小矿井。这样的矿井在五一矿区有很多。

当时瓦丽亚不敢告诉乌丽亚，怕说她软弱，便背着乌丽亚前去登记。

----

① 科托夫斯基（1881—1925），苏联国内战争时期著名英雄，历任骑兵旅长、师长和军长。——译者注

劳动介绍所设在冈上的一座小白房里,离区执委会不远。门口有几十个人排队,有年轻的也有年老的,大部分是妇女和姑娘。瓦丽亚老远就认出同班同学维利科娃排在队里。她俩一起在五一矿区学校读过书。瓦丽亚一看见她那小个子、溜光崭亮的头发和向前撅着的又细又短的小辫便认出她来,走上前去,想排得靠前一点儿。

在战争岁月里人们常常得排队——领面包、领副食、领食品证,甚至参加义务劳动也要排队。那时候人人都想排在前面,如果有人想通过熟边人或利用职权而不排队,便会引起一场争吵。现在排的队不一样,这是德国人办的劳动介绍所,没有人愿意排在前面。维利科娃什么也没说,只是用离得很近的眼睛狠狠瞪她一眼,便让她站在自己的前面。

排队的人往前移动得很快——一次放两个人进去。瓦丽亚跟维利科娃一起走进去。瓦丽亚把身份证用手绢包好,用手攥着举到胸前,手心都攥出汗了。

进行登记的房间正对门口放着一张长桌子。桌子后面坐着一个肥胖的德国上等兵和一个俄国女人。瓦丽亚和维利科娃都认识她,她曾经在克拉斯诺顿好几所学校(其中包括五一矿区学校)教德语。她的姓也很奇怪,叫涅姆钦诺娃①。她的皮肤长得细嫩红润,只是下巴太长了。

姑娘们向她问好。

"啊……是我的学生!"涅姆钦诺娃说,垂下深红色的长睫毛,不自然地笑了。

房间里打字机嗒嗒地响。左右两边的门口还排着队,不过人不多。涅姆钦诺娃向瓦丽亚询问了年龄、父母、家庭住址,一一记在一张挺长的表上。同时把这些内容翻译给上等兵,上等兵再用德语填到另一张表上。

当涅姆钦诺娃询问瓦丽亚的时候,从右边的房间里走出来一个

---

① 涅姆钦诺娃字根是从德国女人来的。——译者注

人,又进去一个人。瓦丽亚突然看见出来的年轻女人头发蓬乱,脸羞得通红,眼泪汪汪,急忙穿过房间走出去,还用一只手扣着上衣扣子。

这时涅姆钦诺娃又问了瓦丽亚一个什么问题。

"什么?"瓦丽亚反问一句,目送这个头发蓬乱的女人出了房间。

"你身体健康吗?有没有什么病?"涅姆钦诺娃问。

"没有病,我很健康。"瓦丽亚说。

维利科娃突然从后面拽了一下瓦丽亚的上衣,等瓦丽亚回过头去,维利科娃却把离得很近的眼睛冷冰冰地扭向一边。

"去见主任!"涅姆钦诺娃说。

瓦丽亚木然地走到右边门口排队,回过头来看维利科娃。维利科娃正机械地回答那些同样的问题。

主任办公室里静悄悄的,只是偶尔传出来德语的低沉断续的吆喝声。就在询问维利科娃的时候,从主任办公室里出来一个小伙子,大约只有十七岁。他脸色苍白,惊慌失措,也是边走边扣衣扣。

这时瓦丽亚听到小维利科娃尖声尖气地说:

"您是知道的,奥莉加·康斯坦丁诺夫娜,我得了肺结核——您听见了吧?"维利科娃就装模作样地朝涅姆钦诺娃和胖德国兵大喘气,吓得德国兵往后面一仰,瞪着圆圆的公鸡眼惊骇地看着维利科娃。维利科娃的胸口果然呼哧响。"我需要在家护理。"她接着说,厚着脸皮看看涅姆钦诺娃,再看看德国兵。"如果能留在本市,我倒愿意干,非常愿意干!只是我求求您,奥莉加·康斯坦丁诺夫娜,帮我找个文明的脑力工作。我很高兴在新秩序下工作,真的高兴!"

"天哪,她怎么能说出这种话来?"瓦丽亚想,忐忑不安地走进主任办公室。

她面前站着一个穿着军装的德国人,养得肥头大耳,灰红色头发在正当中分缝,梳得油光水滑。他上身虽是军装,下身却是黄色的皮短裤和褐色长袜,露出膝盖上的汗毛像羊毛一样厚。他漫不经心扫了瓦丽亚一眼,便大叫一声:

"脱衣服!脱衣服!"

瓦丽亚孤立无援,向四下望望。房间里只有一个德国兵坐在桌子后面做记录。桌子上放着一摞摞旧身份证。

"把衣服脱了,听见没有?"德国记录员用乌克兰语说。

"什么?……"瓦丽亚臊得满脸涨红。

"什么!什么!"记录员模仿她的腔调,"把衣服脱下来!"

"Schneller!Schneller!①"裸露着长红毛的膝盖的军官用德语吆喝说。他突然把手伸到瓦丽亚眼前,他的手洗得很干净,骨节粗大,手指头上也长红毛。他用手扳开瓦丽亚的牙,往里瞅一眼,然后就动手解她的衣服。

瓦丽亚又害怕又感到受了侮辱,哭了起来,连忙脱衣服,可是越急内衣越脱不下来。

德国军官帮助她脱。她脱得只剩下鞋了。德国人马马虎虎把她打量一遍,带着嫌恶神气摸摸她的肩膀、大腿和膝盖,然后对着记录员仿佛验收新兵似的生硬地说:

"Tauglich!②"

"身份证!"记录员并不看瓦丽亚,朝她大喊一声,伸出手来。

瓦丽亚用衣服遮住身体,啜泣着交出身份证。

"住址!"

瓦丽亚说了。

"穿衣服。"记录员把她的身份证朝那一堆一扔,阴沉地轻声说:"等通知,到集合地点集合。"

瓦丽亚走到街上才清醒过来。炎热的太阳照在房屋上、尘土飞扬的大路上和被晒枯了的草上。已经有一个多月没下过雨。周围的一切都被晒干和烤焦了。空气也被烤热了,摇摇荡荡往上飘。

瓦丽亚站在大路当中的尘土里,尘土没到脚脖,突然一声呻吟摔倒在地。她身上的连衣裙被风吹得鼓起来又落下。瓦丽亚用双手捂住脸。

---

① 德语:快点!快点! ——译者注

② 德语:合格。 ——译者注

维利科娃使她清醒过来。她们从区执委会跟前下了坡,经过民警局,穿过"八间房",回五一矿区。瓦丽亚觉得身上一阵冷一阵热,热得直冒汗。

"你真傻,真傻!"维利科娃说。"你这才叫活该!……这是德国人。"维利科娃带着尊敬、甚至巴结德国人的口吻说。"要学会适应他们!"

瓦丽亚走在她的身旁,却听不明白她说的什么。

"唉,你真傻!"维利科娃恨恨地说,"我不是给你递暗号了吗? 你应该向他们表示,你愿意在这里给他们帮忙,他们很看重这一点。你应该说你身体不好……那里的委员会,医生是市医院的娜塔利亚·阿列克谢耶夫娜。不管什么人她都给出诊断书:不能劳动或不宜劳动,德国人只不过是个医士,一窍不通。你真傻,是个大傻瓜! 我分配到从前的'牲畜采购办',坐办公室,还给发口粮……"

乌丽亚首先感到非常可怜瓦丽亚。她抱住瓦丽亚的头,默默吻她的头发和眼睛。然后她想出一个救瓦丽亚的办法。

"你应该赶快逃跑。"乌丽亚说,"是的,是的,是得逃跑!"

"往哪跑? 往哪? 我的天哪!"瓦丽亚软弱无力而又气急败坏地说。

"我现在什么证件也没有!"

"好瓦丽亚,亲爱的。"乌丽亚亲切地悄声说,"我明白,到处都是德国人,但这是我们的国土,国土很大,周围还是我们曾经一起生活的人,总可以找到解决问题的办法! 我来帮你忙,小伙子和姑娘们也都会帮助你。"

"那妈妈呢? 你说的是什么话? 乌丽亚。他们会折磨死她的。"瓦丽亚哭起来。

"你哭的是什么!"乌丽亚恼火地说,"你要是被送到德国去,你以为她就好受吗? 难道她能受得了吗?"

"乌丽亚……好乌丽亚……你干吗还要折磨我?"

"你说这话叫人讨厌……这简直可耻,可恶……我看不上你!"乌丽亚硬起心肠恨恨地说，"是的，是的，我看不上你这么软弱无能，哭天抹泪……周围遍地都是苦难，那么多强壮有力的好人都死在战场上，死在法西斯的集中营和审讯室里。你想一想，他们的妻子和母亲该有多么难过，可是她们照样干活，照样进行斗争！你一个小姑娘，前面的道路很宽广，还有人帮助你，你还哭哭啼啼，还要让人家可怜你。我才不可怜你呢！是的，是的，我不可怜你！"乌丽亚说。

她猛然站起来，走到门口，倒背着手倚门站着，一对黑眼睛怒气冲冲望着前方。瓦丽亚把脸埋在乌丽亚的床上，默默地跪在那里。

"瓦丽亚！好瓦丽亚！……你想想从前我们俩多么要好。我的宝贝！"乌丽亚突然说，"我的宝贝！"

瓦丽亚哭出声来了。

"你想想我什么时候给你出过坏主意。你还记得吗？当时分李子那件事，还有一回游泳，你叫嚷你游不过去，我说那我就淹死你！瓦丽亚！我求你了……"

"不，不，你早就不管我了！是的，当你决心要走的时候就在心里抛弃了我！从打那以后我们就一刀两断了。你以为我觉不出来？"瓦丽亚忘乎所以，哽咽着说，"现在？……现在我只剩孤零零一个人了……"

乌丽亚什么也没回答。

瓦丽亚站起身来，连瞅也不瞅乌丽亚，用手绢擦干了眼泪。

"瓦丽亚，听我说最后一句话。"乌丽亚冷冷地轻声说，"你要是能听我的话，我们现在就去找阿纳托利，让他送你到波戈列雷去找维克托……要不然……你别再折磨我的心了。"

"永别了，乌丽亚！……永别了……"瓦丽亚强忍住眼泪，从小厨房跑到院子里，院子里洒满月光。

乌丽亚好容易控制住自己才没去追她，没去亲吻她那沾满泪痕的不幸的脸庞。

她吹灭小灯，打开窗户，也不脱衣服就往床上一躺。怎么也不能入睡。倾听着从草原里和大街上传来夜晚的模糊的声响。她仿佛觉得,她躺在这里,可是德国人已经到了瓦丽亚的家,要把她带走,而且没有一个人去为瓦丽亚送行,对她说上一句安慰和鼓励的话。

她仿佛突然听到菜园里响起一阵轻软的脚步声和树叶的沙沙声。这脚步声越来越近,还不止一个人。应该挂上门钩,关上窗户,但是脚步声已经来到窗户底下,窗口露出一个戴乌兹别克帽的白脑瓜。

"乌丽亚,你睡了吗?"阿纳托利悄声问。

乌丽亚已经来到窗前。

"糟糕了,"阿纳托利说,"维克托的父亲被抓走了。"

乌丽亚看见维克托的脸也朝窗户跟前凑过来,月光下他那苍白的脸露出坚强的神情,眼睛被遮住,看不清。

"什么时候抓的?"

"今天傍晚。来了一个德国人,是党卫队的,穿一身黑,大胖子,镶金牙,臭气熏人。"维克托满腔仇恨地说,"跟他一起来的还有一个德国兵和一个俄国警察……先把他打了一顿,然后带到林场办事处。那里有一辆大卡车,车上装满了他们抓的人,都拉到这里……我跟车跑了整整二十公里……你前天要是不走,肯定连你都得抓。"维克托对阿纳托利说。

第三十二章

自从舒利加被投入监狱之后已经过去许多昼夜，他记不清有多少时间了。他的牢房不管什么时候都是黑的，只有天花板上有一条小缝透进一点儿光亮，外面拉着铁丝网，又被房檐遮住一半。

舒利加感到孤独，感到被大家遗忘了。

有时别人都有家属——母亲或妻子——哀求德国宪兵或俄国警察给被抓进来的儿子或丈夫送些吃的或衬衣。但是舒利加在克拉斯诺顿没有亲人。就是有几个熟人，除开柳季科夫或康德拉托维奇之外，没有人能知道他被留在克拉斯诺顿做地下工作，更没有人能知道关在这间黑牢房里没有人认识的奥斯塔普丘克就是舒利加。他知道柳季科夫也许还不知道他出了什么事，就是知道也无法跟他接触。所以舒利加根本不指望柳季科夫能搭救他。

他所能接触到的人就是无时不在折磨他的人，也就是德国宪兵。其中有两个人会讲俄语：一个是德国翻译，黑头发的瘦脑袋上戴着库班帽；另一个就是警察局长索利科夫斯基。索利科夫斯基穿着哥萨克旧式的镶黄饰条的大马裤，两只拳头就像马蹄子一般大。人们都说，要是能有人比德国宪兵还坏，那么就是这个索利科夫斯基，他比他们还坏。

舒利加从被捕那一天起，就不隐瞒他是共产党员，因为隐瞒身份毫无意义，而照直说，在跟这些折磨他的人进行斗争时可以增强他的勇气。不过他只说自己是个普通党员。然而不管拷问他的人多么愚蠢，只根据他的仪表和举止也看得出来，他说的是假话。他们要他交代出别的人，供出同党。因此，他们不能也不愿意马上就枪毙他。宪兵小队长布吕克纳和副队长巴尔德每天都要审问他两次,指望通过他破获克拉斯诺顿的布尔什维克组织,以便在州野战司令克莱尔少将面前邀功。

他们不停地审问舒利加,要是他把他们惹火了,他们就动手打他。但是更多的时候是派党卫队分队长芬邦来打他和审问他。芬邦是个肥胖的军士,秃顶,镶金牙,戴一副浅色玳瑁边眼镜,嗓子细得跟女人一样。他身上有股臭味,当他走到宪兵队小队长布吕克纳或副队长巴尔德身边的时候,他们就要皱着鼻子咬着牙说些讽刺的话来表示对他的鄙视。芬邦要打舒利加,必须把舒利加绑起来,还要让几名士兵在一旁抓着,不过他打得倒也熟练,有条不紊,不动感情。这就是他的职业,他的工作。当舒利加不受审而关在牢房里的时候,芬邦军士绝对不去碰他,因为舒利加没有被绑着,旁边也没有士兵抓着他,让芬邦害怕。再说这也不是芬邦的工作时间,而是他的休息时间。休息时间他都待在专门分配给他和他的士兵的监狱的门房里。

但是不论他们怎么拷打舒利加,也不论这种审问拖延多久,他的态度都毫无变化,他还是那么倨傲不恭,那么倔强暴躁,把所有的人都弄得筋疲力尽,总而言之,他只能给他们增添烦恼。

尽管从表面上看舒利加陷入无可挽救的绝望中,日子单调得令人痛苦,然而他的内心世界却越来越紧张而深刻。像所有的正直纯洁的人面对死亡的时候一样,现在他非常透彻而又非常实在地看清楚了自己和自己的一生。

他以意志力摒除对妻子儿女的思念,以免使自己变得软弱。然而他却常常怀念青年时代的朋友丽莎·雷巴洛娃和康德拉托维奇,他们就住在本市,离他不远。他每次想起来,都更感到亲切,更加思念他们。令他伤心的是,恐怕他就是死了,他们也不会知道。而他以为他的死或许能在他们眼里洗刷他的过错。是的,现在他明白了,他为什么走进这黑暗的牢房。他想到自己的错误已无法挽回,甚至无法向大家说明自己错在什么地方,以便减轻自己的痛苦,也让别人别再重蹈他的覆辙。一想到这里就更加痛苦不已。

　　一天下午，舒利加经过上午的审问正在牢房休息，听到门外有放肆的谈话声，牢门打开时发出凄苦的声音，走进来一个带警察袖标的人，皮带上挂着一个沉甸甸的手枪套，还拴着一根黄绳。在走廊里值班的留小胡子的德国宪兵留在门口。

　　舒利加在黑暗里待久了，一眼就看出走进来的"警察"非常年轻，几乎还是孩子，长得挺黑，还穿一身黑衣服。他看不清舒利加，有些不好意思，又竭力装出随随便便的样子，两只眼睛像小野兽似的，慌慌张张四下张望，整个身子像安了合页似的摇摇晃晃。

　　"这回你也进了兽笼！现在我们把门关上，看看你的感觉如何？蹦跶吧！"小胡子宪兵用德语说，哈哈大笑，立刻把年轻的"警察"关在牢房里。

　　舒利加在黑乎乎的地板上欠起身子，"警察"连忙俯下身来，黑眼睛露出锐利而又慌张的目光，很令舒利加奇怪。只听他悄声说：

　　"您的朋友没睡大觉。下星期夜里你等着，我先来通知您……"

　　这个"警察"马上又直起身来，装出满不在乎的神气，但是声音有些发慌：

　　"你吓唬不住我……恐怕……比他还厉害的我也见过……该死的德国鬼子！"

　　德国兵哈哈大笑，把门打开，又快活地喊了一句什么。

　　"哈哈，惹出事来了吧？"这个少年"警察"说，在舒利加面前摇晃着瘦小的身子，"算你走运，我是老实人，而且不认得你……你呀！"他突然喊叫起来，扬起瘦瘦的胳膊，轻轻推了一下舒利加的肩头，又用手指使劲按了一下，舒利加感到他这轻轻地一按也带有友好的意思。

　　"警察"走出牢房，门砰地一声关上，钥匙在锁头里吱扭了一声。

　　当然，这很可能是阴谋。但是他既然掌握在他们手中，随时都可以处死他，又何必这么做呢？这可能是第一个试探气球，想取得他的信任，到了适当时候舒利加会把这个"警察"当成自己人而和盘托出。难道他们真以为他就这么天真吗？

　　于是舒利加心中燃起了希望，他虽然遍体鳞伤，但是依然强壮，他身上又热血沸腾了。

这么说柳季科夫不但活着,而且正进行工作?这么说他们想到了他?是呀,他怎么能有别的想法……

战友的关心使他产生感激之情,重新燃起搭救家人的希望,还有可以摆脱折磨和忧思的喜悦,这一切在他心中汇合成一个强有力的召唤:要他活下去,要他进行斗争。于是他这个上年纪、犯错误的正直人想到还能活下去、能履行自己的义务时,幸福的热泪便在胸中沸腾起来。

虽有板门和墙壁隔着,他不管黑天白日都能听到监狱里的一切活动:有人被带进来或带出去,有人正在受拷打,有人被拉到外面的院子里枪杀。有一天半夜他被惊醒了,所有的牢房和走廊里一片嘈杂声、谈话声、脚步声、宪兵和警察用德语和俄语的吆喝声、武器碰撞声、妇女和孩子的哭声。给人的印象是这些人都被带出了监狱。传来大卡车发动机的响声,一辆接一辆开出了院子。

果然,第二天下午舒利加被提审经过走廊时,他感到监狱空了。

这天夜里头一次没有人惊动他。他听见有一辆卡车开到监狱跟前,宪兵和警察们压低嗓门咒骂着,仿佛彼此感到惭愧,急急忙忙把抓来的人送进各个牢房。被抓进来的人沉重地拖着两条腿,从走廊里默默走过。他们接连被卡车送来,一夜未断。

没等到天亮舒利加又被叫起来,带去审问,不过这次并没绑他。他明白这次不会拷打他。这次果然没带他去审讯室。审讯室也在监狱的这头,是由原来的牢房专门改成的。他被带进宪兵小队长布吕克纳的办公室。他看到布吕克纳没穿上衣,露出拴裤子的背带。他的军官制服搭在沙发椅上,办公室里闷热不堪。副队长巴尔德全副军装,另外还有翻译赖班德和三个穿耗子皮色军装的德国兵。

门外传来一阵沉重的脚步声。警察局长索利科夫斯基低下头,怕碰门框,走进办公室,头上戴着哥萨克的旧式制帽。舒利加看到在他身后是天天折磨他的芬邦军士和几个党卫队员。他们簇拥着一个上年纪的身材高大的人,衣服被扒光了一半,光着脚,双手反绑着,肥大的脸上却有一种坚强的气概。舒利加认出是他的同乡彼得罗夫，1918年也参加过游击战争。他们已经有十五六年没见过面了。彼得罗夫显然已经很久就没有光脚走路，现在受了伤，连走在地板上都疼痛难忍。他的胖脸被打得青一块紫一块。跟他们相识的时候比较，他并不显老，只是肩膀宽了，腰也粗了。他神情抑郁，却保持着尊严。

"你认识他吗？"宪兵小队长布吕克纳问。

赖班德给舒利加翻译了这句话。

彼得罗夫和舒利加都装作彼此头一次见面的样子，在整个审问过程中他们都咬定这一点。

宪兵队小队长布吕克纳对阴沉着脸、光脚默默站在他面前的彼得罗夫嚎叫：

"哼，你撒谎，撒谎，你这个老东西！"宪兵队小队长布吕克纳跺着峥亮的皮鞋，连向下耷拉的肚皮都直颤抖。

接着索利科夫斯基就挥舞起大拳头打彼得罗夫，直到把他打倒在地。舒利加恨不得扑上前去打索利科夫斯基，但是内心的声音告诉他，这样反而会害了彼得罗夫。此外，他也感到现在他还是保持双手不被绑起来的状态为好，所以他竭力控制自己，翕动着鼻翼，默默看着彼得罗夫被打。

后来他俩被分别带走。

尽管这一次舒利加没挨打，但是他亲眼所见的情景使他大为震惊。所以这一天第二次提审时，快到末了他那健壮的身体再也支持不住了。他记不得怎么回到牢房，陷入沉重的昏迷状态，直到牢门上锁时钥匙吱扭作响，才把他惊醒。他听见开门的声音，但是还没完全清醒。后来觉得门打开了，有人被推进来。他使劲睁开眼睛。有人俯身在他头上，想看清他的脸。这个人长着连在一起的黑眉毛，留着吉卜赛人的黑胡子。

这个人刚从亮的地方进入黑暗的牢房，不知是由于不习惯而看不清舒利加的脸，还是由于舒利加改变了模样。但是舒利加马上认出了他。是他的同乡，也参加过国内战争，是副一号井井长瓦尔科。

"安德列……"舒利加轻声说。

"马特维？……这真是命中注定！命中注定！"

瓦尔科用急遽的动作一下子抱住欠起身子的舒利加的肩头。

"我们想尽办法要救你出去,想不到真是命中注定,我自己也进来了……让我来看看你。"瓦尔科沉吟片刻,用激烈的声音沙哑地说:"他们怎么把你打成了这个样子!"瓦尔科放下舒利加,在牢房里走来走去。

他身上天生的吉卜赛人的急躁脾气仿佛苏醒了,可是牢房太小,他真像一只被关进笼子里的老虎。

"看样子你也挨了打。"舒利加平静地说,坐起身来,双手抱住膝盖。

瓦尔科衣服上沾满了土,上衣袖子被扯掉一半,一条裤腿的膝盖位置破了,另一条裤腿开了绽,前额上有一道横的伤痕。不过他还穿着皮靴。

"看样子你跟他们也干过？……跟我一个样,"舒利加满意地说,想象着瓦尔科进行搏斗的情景。"算了,别气坏自己。坐下讲讲,外边的情况怎么样……"

瓦尔科在舒利加对面盘腿坐下,用手一摸肮脏滑腻的地板,皱起眉头。

"当惯了干部,对这些不习惯了。"他指自己说,苦笑了笑,"跟你讲什么呢？工作进行得很正常,指我们的工作。嗯,可我……"

这个粗犷的人整个脸突然痛苦地抽搐起来,连舒利加都觉得背上一阵发冷。瓦尔科挥了挥手,用双手捂住黑脸。

第三十三章

瓦尔科对克拉斯诺顿煤炭联合公司下属各个矿井的情况都很了解，所以自从他跟柳季科夫建立起联系以后，全区一切怠工和破坏活动的秘密联络工作全都交给他了。

巴拉科夫工程师跟管理处，跟施维德本人，特别是跟他的副手费尔德纳都非常接近。费尔德纳跟他那沉默寡言的上司不同，嘴好说，使巴拉科夫有可能经常了解行政当局要采取的种种经济措施，巴拉科夫便把这些情况转告给瓦尔科。

每次巴拉科夫跟费尔德纳进行例行的见面之后，过不了几个小时克拉斯诺顿的大街上就会突然出现一个朴素文静的姑娘，长得五官不大端正，脸晒成了古铜色，她就是奥莉亚·伊万佐娃。局外人即使观察力再强，也很难发现这两者之间会有什么联系。这个朴素的姑娘拿西红柿到这一家去卖，然后又到另一家去串门。过了不一会儿，德国行政当局的一切良好计划都莫名其妙地落了空。

奥莉亚现在给瓦尔科当联络员。

巴拉科夫从费尔德纳嘴里听到的不只是经济措施。当地宪兵队的官员日以继夜在施维德中尉家里喝酒，他们之间随随便便说出来的话，费尔德纳先生也就随随便便告诉了巴拉科夫。

柳季科夫不止一次睡不着觉，反复思考怎么才能把舒利加和关在克拉斯诺顿监狱里的其他人救出来。但是好长时间连跟监狱建立联系的办法都找不出来。

跟监狱的联系是万尼亚·图尔克尼奇帮助建立的。

图尔克尼奇出身于克拉斯诺顿一个受尊敬的家庭。柳季科夫对他家的情况很了解。家长瓦西里·伊格纳季耶维奇是老矿工,后来因为残废而退休。他的妻子费奥娜·伊万诺夫娜是沃罗涅日省的乌克兰人,不过她家已完全俄罗斯化了。1921年闹灾荒,他们全家搬到顿巴斯来。当时万尼亚还是个吃奶的孩子。他母亲抱了他一路,小姐姐就拽着妈妈的衣裾跟着走。

他们挨了一路的饿,到了米列罗沃有个在合作社里工作的人收留他们过夜。这个人跟妻子都上了年纪,却没儿没女,便求万尼亚的母亲把儿子交给他们抚养。万尼亚的父母开头还犹豫不定,后来就坚决不同意,拌了几句嘴,流了一气眼泪,到底舍不得把亲生儿子送人。

他们就这样来到索罗金矿,在这里安了家。直到万尼亚长大,中学毕了业,还参加戏剧小组演节目。他的父母很喜欢对客人讲米列罗沃合作社那个人怎么想要他们的儿子,他们又怎么没给的故事。

当德军突破南方战线的时候,图尔克尼奇已经是中尉,担任反坦克炮兵连长,正在顿河的卡拉奇。他接到命令要死守阵地,他们打退德国坦克的几次进攻,直到他手下所有的炮兵都失去作战能力,他自己也负伤倒在地上。他跟其他被打散了的步兵连和炮兵连的人员一起被俘。德军中尉看他受伤不能行动,便给他一枪。不过这枪没打死。一个哥萨克寡妇护理他两个星期,他养好了伤,但是回家时衬衫里还缠十字花的绷带。

图尔克尼奇跟监狱里建立联系是借助高尔基学校的两个老同学阿纳托利·科瓦廖夫和瓦西里·皮罗若克。

他俩是一对好朋友,不但体型不同,性格也截然不同,很难找到比他俩差别还大的好朋友。

科瓦廖夫力大无穷,长得像草原里的柞树一样敦实,动作缓慢,善良到天真的地步。他从少年时代就一心想当个著名的举重运动员,可是他追求的那个姑娘偏偏嘲笑他的志愿。她说在体育界最高一级是国际象棋棋手,最低一级就是举重运动员。再往下去就该是变形虫了。他的生活很有规律,不喝酒不抽烟,冬天不穿大衣,不戴帽子,早晨到冰窟窿里洗澡,天天练习举重。

皮罗若克却长得瘦小机灵，脾气急躁，长着一对像小野兽似的黑眼睛，爱追求女孩子，女孩子也都喜欢他。他还好打架，如果体育项目中有他感兴趣的，那就只有拳击。总而言之，他喜欢冒险。

图尔克尼奇让已经结婚的妹妹悄悄去找皮罗若克借唱片，妹妹就把皮罗若克跟唱片一起拽来了，而且皮罗若克把他的好朋友科瓦廖夫也拖来了。

没过几天他俩就戴上"卐"字袖标，混在警察队伍里在公园旁边的空场上操练，由一个戴蓝肩章的德军中士指导他们学新技术。克拉斯诺顿的全体居民，尤其是认识他俩的年轻人为此感到无比气愤。

他们的任务是维持市内治安。他们常常要到市政府、管理处、区农业办事处、劳动介绍所和市场去站岗，夜间要在街上巡逻。跟德国宪兵队打交道，警察袖标就是最可靠的标志。于是皮罗若克不但打听到舒利加被关押的地方，而且钻进他的牢房通风报信，说他的朋友正在想方设法救他出狱。

要救人出狱！在这里使用计策或进行收买都行不通。要想救舒利加他们这些人出来，只有劫狱。

这么重大的行动在目前情况下只有区地下组织完成得了。

这时地下组织又增添好几名红军军官，就是以前在克拉斯诺顿市医院里养伤的伤员，后来被谢廖沙和他姐姐娜佳，还有老护士卢莎给救出来的。

图尔克尼奇一回来，柳季科夫所建立的并由地下区委领导的青年小组就有了指挥战斗的领导人——这个"战斗"是直接意义，所以他就是军事指挥员。

地下区委一遇到战斗行动就变成了指挥部，区委领导人巴拉科夫和柳季科夫就相应地变成指挥员和政委。所以他们也希望按照这种方式组建青年组织。

八月这几天巴拉科夫和柳季科夫正在组织一支劫狱战斗队。他们委托图尔克尼奇和奥列格挑选一批青年参加这次行动。图尔克尼奇和奥列格便找万尼亚、谢廖沙、柳勃卡和已经闻过火药味的斯塔霍维奇协助工作。

不管乌丽亚多么热心于自己的新角色和多么了解尽快跟奥列格见面的重要性，但是她不习惯对父母说谎，家务事又脱不开身，所以直到跟维克托和阿纳托利谈话的第二天才抽工夫进市里，可是到了奥列格的家已是傍晚，偏偏奥列格又不在家。

冯·文采尔男爵将军和他的司令部已经向东转移了。给乌丽亚开门的是科利亚舅舅，他一眼就认出她来，但是乌丽亚觉得尽管他们曾经共患难过，又这么多天没见面，科利亚舅舅不但没表现出高兴，甚至连欢迎的意思都没有。

维拉外婆和叶列娜·尼古拉耶夫娜都不在家。玛林娜正和奥莉亚面对面坐在椅子上缠毛线。

玛林娜一见乌丽亚便扔下毛线团，一声大叫扑过来抱住乌丽亚的脖子。

"好乌丽亚！你跑哪去了？这些坏蛋可真该死！"她高兴地说，两眼热泪盈眶，"你瞧，我把毛衣拆了，给儿子织套衣服。我想毛衣反正也得给抢走，织成小孩衣服，他们也许不会动！……"

接着她就快嘴快舌地回忆起她们一起走过的路程、孩子们在渡口被炸、保育院院长被炸死的情景和德国人抢去她们的丝织品等等。

奥莉亚伸出黝黑有力的胳膊绷着毛线，两眼眨也不眨，默默不语地望着前方，脸上一副神秘表情，乌丽亚倒看出来她似乎心神不定。

乌丽亚明白她不能公开说明来的目的，只讲了维克托的父亲被捕的消息。奥莉亚没有改变伸胳膊的姿势，只迅速瞥了科利亚舅舅一眼。科利亚舅舅也拿眼看着奥莉亚。乌丽亚突然明白了，科利亚舅舅并不是不欢迎她来，而是正为什么事担心。乌丽亚虽然不知道，却也感到一种模糊的不安。

奥莉亚仍然带着神秘的表情好像朝旁边笑笑说，她跟妹妹妮娜说好了现在在公园门口见面，然后两人一起再来。她这话不是专对哪个人说，说完就走出去了。

玛林娜只顾说话，根本不知道周围发生了什么事。

过了一会儿，奥莉亚和妮娜一起回来了。

"正好有人要找你。我们去见见他，我给你们介绍，好不好?"妮娜说，脸上毫无笑容。

她领着乌丽亚默默穿过几条大街和院子，向市中心走去。她只顾往前走，连看都不看乌丽亚一眼。两只褐色眼睛瞪得溜圆，神情恍惚而又怒气冲冲。

"妮娜，出什么事了?"乌丽亚轻声问。

"大概马上就会告诉你。我什么也不能说。"

"你知道维克托的父亲被捕了吗?"乌丽亚又问。

"是吗? 这也是意料之中的。"妮娜挥了挥手。

她们走进一座标准房，跟周围的房子一模一样。乌丽亚从来没到这里来过。

在一张挺宽的木床上，有个身材魁梧的老人穿着衣服半倚半卧，头枕在鼓起来的枕头上，只能看见他那高高的额头、大鼻子和浓密的浅色的睫毛。床跟前有个老太婆坐在椅子上缝衣服，身体很瘦，但骨骼粗大，皮肤晒得发黄。窗前的长凳上坐着两个年轻漂亮的女人，光着大脚，闲着没事，看见乌丽亚进来，用好奇的目光打量她。

乌丽亚向大家问好。妮娜迅速把她带进另一个房间。

这个房间很大，当中有一张桌子，桌子上摆着几瓶酒、几只酒杯和几盘凉菜。桌子旁边坐着几个小伙子和一个姑娘。乌丽亚认出其中有奥列格、万尼亚和斯塔霍维奇。她记得斯塔霍维奇在战前到五一矿区做过报告。另外两个小伙子她不认识。那个姑娘就是柳芭，"女演员柳勃卡"。就在动身走的那一天，乌丽亚曾经在柳芭的家门口看见过她。那次见面的情景历历在目，所以乌丽亚看见她也在这里不禁大吃一惊。但是她一下子全都明白了，对柳芭那天的举动也恍然大悟。

妮娜送乌丽亚进屋之后，马上就走了。

奥列格见乌丽亚进来，迎面站起来，有些不好意思，拿眼给她找座位，还咧开嘴笑了。乌丽亚在即将听到莫名其妙的坏消息之前，这一笑突然使她感到极大的温暖……

就在维克托的父亲被捕的当天夜里,市里和区里没来得及撤退的党员、国家机关干部、从事社会工作的人、教师、工程师、著名的矿工和躲藏在克拉斯诺顿的军人几乎全部被捕。

一清早这个可怕的消息就传遍全市。但是只有柳季科夫和巴拉科夫明白,德国宪兵队的这次行动给地下组织造成多大损失。这次大逮捕并不是由于某人出事而引起的。这是德国人采取的预防措施。警察采取"拉网"的办法,把许多要参加劫狱行动的人都给抓去了。

奥莉亚和妮娜跑来给奥列格送信。她俩晒成古铜色的瘦削的脸上透出苍白,并且马上传染给他。她们转达康德拉托维奇的话,说是安德列叔叔在这天夜里也被抓走了。

瓦尔科藏身的地点,除开康德拉托维奇之外谁也不知道,却突然遭到搜查。后来才知道敌人要抓的不是瓦尔科,而是女房东的男人,可是她男人已经疏散走了。这件事发生在小"上海"区,带人去搜查的是福明,福明一眼就认出了瓦尔科。

据女房东说,瓦尔科被捕时态度很沉着,后来福明动手打他一个耳光,瓦尔科火了,把这个警察打倒在地,于是宪兵都扑上去打他。

奥列格把奥莉亚留在他家,跟妮娜俩去找图尔克尼奇。他们无论如何也要找到皮罗若克或者科瓦廖夫问问情况。图尔克尼奇又派他妹妹到他俩家去探听消息,可是他妹妹带回来的消息更莫名其妙,也更令人不安。据他俩的家长说,昨天他俩天一黑就出去了,过了不一会儿跟他俩一起当警察的福明前来找他们,问他们可能到什么地方去了,因为找不到他们而大发脾气。到了半夜福明又来一次,嘴里不住念叨:"咱们走着瞧!……"科瓦廖夫和皮罗若克天快亮才各自回家,都喝醉了酒。令人奇怪的是科瓦廖夫从来不喝酒。他们告诉家里人说,到小酒店玩去了。家里把福明恐吓他们的话转告他们,他们却满不在乎,倒头便睡。第二天早晨又来几个警察把他俩抓走了。

奥列格让妮娜把这些消息告诉索科洛娃,希望她尽快报告柳季科夫。然后找来谢廖沙、柳勃卡、万尼亚和斯塔霍维奇开会。开会的地点就是图尔克尼奇的家。

乌丽亚进屋的时候,斯塔霍维奇正在跟万尼亚进行争论。这场争论立刻引起乌丽亚的注意。

"我真不明白,这叫什么逻辑?"斯塔霍维奇说,"我们正准备去营救奥斯塔普丘克,忙得够呛,又是收集武器,又是找人,现在安德列叔叔和许多同志都被捕了,说明形势更迫切,非得动手不可了,干吗还叫我们待命……"

大概是斯塔霍维奇在青年当中威信很高,弄得万尼亚不好意思,只是用沙哑低沉的声音问:

"那你说应该怎么办?"

"我说最晚不能超过明天晚上就得动手劫狱。如果我们今天早晨就开始行动,而不是空谈一气,那么今天晚上就可以动手。"斯塔霍维奇说。

他进一步发挥他的见解。乌丽亚发现,跟战前在五一矿区共青团会议上听他做报告时相比,他发生了很大变化。虽然当时他就善于运用书本上的名词,什么"逻辑",什么"客观地""让我们来分析一下",但是当时他的态度还不这么自信。现在他讲起话来从容不迫,也不用手势,把头挺得笔直,浅色头发随便向后披着,胳膊细长,手攥成拳头拄在桌子上。

他的建议显然令大家吃惊,谁也不敢立即回答。

"你这是感情用事……"万尼亚终于腼腆地说,但是声音坚定,"我们用不着捉迷藏。尽管我们一次也没说过这件事,但是我想你跟大家一样清楚,我们动员大家去干这么大的事情,并不是哪个人的主意。在上级没下达指示以前,我们没有权利行动,连动一根指头都不行。不然的话,我们非但救不出人来,还要搭进去许多人……我们毕竟不是小孩子!"他突然怒气冲冲地说。

"我真不明白怎么回事,也许是大家不信任我,没把全部情况都告诉我。"斯塔霍维奇不以为然地闭紧下嘴唇,"不管怎么说,直到现在我没得到过一份明确的战斗命令。总是等呀等呀,非得等到人都真给毙了不可……如果说现在还没毙的话。"他冷酷地说。

"我们大家都同样为他们难过。"万尼亚委屈地说,"难道说你真以为就凭我们自己的力量能干成这么大的事吗？……"

"五一矿区总可以找到勇敢可靠的青年吧？"斯塔霍维奇突然问乌丽亚，用上级的态度直视着乌丽亚的眼睛。

"当然可以。"乌丽亚说。

斯塔霍维奇默默瞥了万尼亚一眼。

这时奥列格正缩着头坐在那里，两只大眼睛露出严肃专注的神情，一会儿看看斯塔霍维奇，一会儿看看万尼亚，然后又沉思地注视前方。他的眼睛好像蒙上一层薄雾。

谢廖沙低着头一声不吭。图尔克尼奇并不参加争论，只是两眼注视着斯塔霍维奇，仿佛在研究他。

这时柳勃卡凑到乌丽亚身边坐下。

"认出我来了？"柳勃卡悄声问，"你还记得我父亲吗？"

"我亲眼看到的……"乌丽亚悄悄讲了柳勃卡的父亲牺牲的详细情况。

"唉，我们不知要忍受多少痛苦！"柳勃卡说，"你知道，我恨透了这些法西斯和警察，真恨不得亲手宰了他们！"她说，眼睛里露出天真的残酷神情。

"是的……是的……"乌丽亚悄声说，"有时我觉得心中充满了复仇的欲望，甚至自己都替自己担心。我真怕会做出冒失事来。"

"你喜欢斯塔霍维奇吗？"柳勃卡附耳问她。

乌丽亚耸耸肩膀。

"你知道，他太好表现自己。不过他说得也对。这样的青年当然能找到。"柳勃卡说，想到列瓦绍夫。

"问题不光是找到这样的青年，而且是由谁领导我们。"乌丽亚悄声回答。

仿佛她跟奥列格商量过似的，奥列格这时也说：

"人是没问题，勇敢的青年随时可以找到。问题在于组织……"他用少年人响亮的声音说，口吃得更加厉害，大家都望着他。"因为我们没有组织……大家凑到一起随便说说而已！"他说，两眼露出天真的神情。"可是我们上边有党。我们怎么能脱离开党自己行动呢?"

"开头就应该把这一点讲明白,不然的话,倒成了我反对党。"斯塔霍维奇说,脸上露出又狼狈又懊恼的神色,"直到现在我们都是跟你和万尼亚·图尔克尼奇打交道,并没跟党发生关系。起码请你讲清楚,今天把我们大家找来,到底为什么?"

"是这样,"图尔克尼奇用冷静的声音轻轻地说,大家都转过脸去看他,"为了让大家做好准备。你怎么知道今天晚上就不会通知我们采取行动呢?"他问,两眼逼视斯塔霍维奇。

斯塔霍维奇哑口无言。

"这是第一。第二,"图尔克尼奇接着说,"我们不知道科瓦廖夫和皮罗若克出了什么事。怎么能盲目行动呢?我从来不允许自己说同志的坏话,但是他们要万一出事呢?没跟被捕的人进行联系,我们能采取行动吗?"

"这件事由我来办。"奥列格连忙说,"家属总要往里面送东西,可以给谁夹进一张纸条——放面包里或饭盒里。我让妈妈去办这件事......"

"让妈妈?"斯塔霍维奇用鼻子嗤了一声。

奥列格满脸涨红。

"你大概对德国人不了解。"斯塔霍维奇轻蔑地说。

"对于德国人不能迁就,应该逼着他们迁就我们。"奥列格勉强控制住自己,避开斯塔霍维奇不去看他,"你......你的意见呢,谢廖沙?"

"最好马上就干。"谢廖沙说,又有些不好意思。

"说得不错......总可以找到人,不用担心!"

斯塔霍维奇听到有人支持他,立刻来了精神。

"所以我说,我们既没有组织,也没有纪律。"奥列格红着脸说,站起身来。

这时妮娜打开门,皮罗若克正进来,脸上布满擦伤和青伤,一只胳膊还挎着绷带。他的样子十分狼狈而且奇怪,大家都情不自禁欠起身朝他看。

"你在哪被打成这副样子?"一阵沉默之后,图尔克尼奇问。

"在警察局。"皮罗若克站在门口,一对小野兽似的黑眼睛充满孩子气的沮丧和窘困。

"科瓦廖夫哪去了? 看到我们的人没有?"大家一齐问皮罗若克。

"我们谁也没看到,我们被弄到警察局长办公室挨了一顿揍。"皮罗若克说。

"你别装得像小孩子似的,把事情的经过好好讲讲。"图尔克尼奇生气地说,并没提高嗓门,"科瓦廖夫在哪?"

"在家……躺在床上养伤。有什么好讲的?"皮罗若克突然发火说。"昨天下午就在开始逮捕之前,索利科夫斯基把我俩叫去,命令晚上带着武器上他那里报到,要派我们去抓人,可是抓什么人他并没说。他这是头一次派我们出去,至于不光派我们,而是一场大搜捕,我们当时当然不知道。我俩往家走,心里就想:'我们怎么能去抓自己人呢?干这种事,一辈子也不能原谅自己!'我就对科瓦廖夫说:'我们到西纽哈开的小酒馆去喝个醉,不去报到,然后就直接说我们喝醉了。我们想来想去,他们到底能把我们怎么样? 我们又没受怀疑。大不了打几个耳光撵走拉倒。结果正是这样,把我们关了好几个小时,审问一气,打一顿耳光就撵出来了。"皮罗若克非常难为情地说。

尽管形势十分严重,皮罗若克那副样子又可怜又可笑,他们做事又像小孩子那么蠢,逗得大家脸上都露出不自然的笑容。

"可有……有的同志还认为他们能去打德国宪兵队呢!"奥列格说,眼睛里现出愤慨无情的神色,口吃得更厉害了。

他感到自己对不起柳季科夫:柳季科夫委托青年做的头一件重大任务就没做好,暴露出他们多么幼稚轻率,无组织无纪律。他在同志们面前也感到羞愧,因为大家都是同样的心情。他对斯塔霍维奇浅薄的自尊心和虚荣心感到愤慨,与此同时又似乎觉得这个人有战斗经验,有权利对奥列格没能做好这项任务的组织工作表示不满。奥列格觉得这项任务的失败是由于他的软弱,由于他的过错,所以内心充满对自我的谴责。他鄙视自己,比鄙视斯塔霍维奇还要厉害。

第三十四章

　　这些青年正在图尔克尼奇家开会的时候，瓦尔科和舒利加被带到宪兵小队长的办公室，就是几天前让舒利加跟彼得罗夫对质的地方。让他俩站在宪兵小队长布吕克纳和副队长巴尔德面前。

　　他俩都不算年轻了，身材不高，肩膀宽阔，并排站着，就像林间空地上两棵一模一样的柞树。瓦尔科比他略瘦，脸色黝黑阴沉，白眼珠在连在一起的眉毛底下射出凶光。舒利加布满黑斑的大脸虽然轮廓分明，却在英武之中透出坦然自若的神情。

　　这次抓人抓得太多，几天来在小队长布吕克纳的办公室、副队长巴尔德的办公室和警察局长索利科夫斯基的办公室同时进行审讯。不过一次也没触动瓦尔科和舒利加。甚至给他俩送的饭也要比舒利加一个人被关押的时候好些。几天来瓦尔科和舒利加不断听到牢房外面传来的呻吟声和咒骂声、脚步声、忙乱声和武器碰撞声，还有水盆和水桶的响声和泼水声。这是在冲洗地板上的血迹。有时还从远处的牢房隐约传来孩子的哭声。

　　他们被提审的时候也没上绑，由此推断出德国人想收买他们，或用软招诡计欺骗他们。不过为了防备他们破坏秩序——Ordnung——在宪兵小队长布吕克纳的办公室里，除开翻译之外又加了四名全副武装的德国兵，而押送他俩进来的芬邦军士也举着手枪站在他们背后。

　　审讯一开始先要问清瓦尔科的身份。瓦尔科报了真名。他在本市是有名的人物，连赖班德都认得他。当赖班德翻译小队长的问话时，瓦尔科发现赖班德的黑眼睛里露出惊异的神情，表现出他本人对问话的内容非常好奇。

后来小队长布吕克纳又问瓦尔科,他是否早就认识站在他身旁的这个人,他究竟是个什么人。瓦尔科微微冷笑。

"我们在牢房里才认识。"他说。

"他是什么人?"

"告诉你的主子,不必装傻。"瓦尔科阴沉地对翻译说,"他应该明白,我只知道这位公民对我说的情况。"

宪兵小队长布吕克纳沉吟不语,两只眼睛睁得像猫头鹰一样圆。从他的眼神可以断定,他不知道怎么往下问,因为如果不把犯人捆起来,不加以拷打,他就不会审问,并为此而感到寂寞难受。然后他说:

"如果他想得到跟他的地位相称的待遇,就把潜伏下来跟他一起做破坏工作的人都交代出来。"

赖班德翻译了。

"我不知道有没有这样的人。我认为根本来不及留人。我是到了顿涅茨河才回来的,想撤退没走成。这个情况人人都可以证明。"瓦尔科说,一对吉卜赛人的黑眼睛先是直盯着赖班德,然后直盯着小队长布吕克纳。

宪兵小队长布吕克纳从下巴到脖子之间形成几个傲慢的褶子。他又站了一会儿,从桌子上的烟盒里抽出一支没有商标的雪茄,用两根手指头捏着递到瓦尔科面前,同时问:

"您是工程师吗?"

瓦尔科是矿工出身的老经济工作者,国内战争刚结束他就被提拔当干部,三十年代又读完工业学院。但是没有必要把这些讲给德国人听。瓦尔科装作没看见递给他的雪茄,对宪兵小队长布吕克纳的问题倒是做了肯定的答复。

"一个人如果受过您这样的教育,又有您这样的经验,只要他愿意就可以在新秩序下得到高尚的、有物质保障的地位。"小队长布吕克纳说,为难地侧着头,手里的雪茄仍然举在瓦尔科面前。

瓦尔科默默不语。

"接着吧,接着雪茄……"赖班德喻喻地悄声说,两眼露出慌张的神色。

瓦尔科仿佛没听见，只管默默望着小队长布吕克纳，他那吉卜赛人的黑眼睛现出高兴的神情。

小队长布吕克纳拿着雪茄的皱巴巴的大黄手哆嗦起来。

"整个顿涅茨煤矿，包括所有的矿井和工厂，现在都由东方煤炭冶金企业管理公司接管过来了。"小队长布吕克纳说，叹了口气，仿佛说出这句话很吃力。然后把头侧得更低，用坚决的动作把雪茄递给瓦尔科说："我受公司的委托请您担任第十管理处总工程师的职务。"

赖班德听到这句话，一下子愣住了，缩着脖子，翻译小队长布吕克纳说这句话时好像嗓子眼发痒。

瓦尔科默默望了小队长布吕克纳一阵子。他的黑眼睛眯缝起来。"我可以同意这个建议……"瓦尔科说，"如果能给我创造良好的工作条件……"

他竟然有本事带着讨好的腔调说。他最怕舒利加不理解小队长布吕克纳提出这项出乎意外的建议会给他们带来多大方便。但是舒利加不露声色，甚至连瞅都没瞅他——看样子他明白瓦尔科的用意。

"条件？"小队长布吕克纳脸上露出狞笑，使他的脸变成野兽的神情。"条件倒也平常，把你们的组织全部交代出来——我要的是全部，全部！……这一点您能够办到！马上就能办到！"小队长布吕克纳看看表。"十五分钟以后您就自由了，一个小时以后您就可以坐到总工程师的办公室里了。"

瓦尔科立刻全都明白了。

"我不知道有什么组织，我是偶然落到这里来的。"瓦尔科用平常的语声说。

"哈，你这个坏蛋！"小队长布吕克纳幸灾乐祸地叫喊起来，好像急于证实瓦尔科完全明白他的用心，"你是头儿！我们统统地明白！……"他已经控制不住自己，把雪茄戳到瓦尔科脸上。雪茄折了，小队长布吕克纳捏在一起的手指头触到瓦尔科的嘴唇上，散发出令人作呕的香水味。

就在这一瞬间,瓦尔科猛然挥起有力的黑手朝小队长布吕克纳的眉心打去。

小队长布吕克纳委屈地哼了一声,折了的雪茄掉了,他来个仰面朝天,直挺挺、结结实实摔倒在地板上。

最初大家都愣住了,小队长布吕克纳躺在地上一动不动,挺长的身子只有滚圆的肚皮显得最高。过了一阵子,小队长布吕克纳的办公室里就乱作一团了。

副队长巴尔德又矮又胖,态度冷静,在整个审讯过程中一直默默站在桌子旁边,一对富有经验的蓝眼睛有些发肿,迟缓地转动着,仿佛带有睡意,嘴里发出均匀的呼哧声,一呼一吸,他那穿着灰军装的肥胖稳重的身体好像发面团似的跟着一起一落。麻木状态过去之后,巴尔德突然满脸涨红,站在原地哆嗦起来,大叫:

"把他抓起来!"

芬邦军士和几个德国兵一拥而上,去抓瓦尔科。芬邦军士虽然离得最近,却没抓住瓦尔科,因为就在这一刹那间,舒利加用可怕的沙哑的声音莫名其妙地喊道:"你呀,就是沙皇老子我也干啦!"——一拳就把芬邦军士打个狗吃屎,钻到办公室的角落里,然后他又低下头像发疯的公牛一样用宽大的头顶顶那些德国兵。

"嘿,好家伙,马特维!"瓦尔科兴高采烈地说,想挣脱德国兵的手,朝巴尔德扑过去。红脸发胖的副队长巴尔德正伸着两只结实发紫的小手朝德国兵喊叫:

"不要开枪!抓活的,抓活的,这两个该死的东西!"

舒利加力大无比,再加上什么也不顾,拳脚并用,外加头顶,早把几个德国兵甩到一旁去了。瓦尔科脱开身便向巴尔德冲过去,巴尔德虽然长得胖,却出人意外地灵巧,围着桌子拼命转圈,躲开瓦尔科。

芬邦军士又想来支援上司,但是瓦尔科龇牙咧嘴好像要咬人似的,一皮靴踢中他的腿裆,把他踢倒在地。

"嘿,好家伙,安德列!"舒利加高兴地说,像公牛一样左右转动身子,每转一下就把扑过来的德国兵甩掉了。"跳窗,明白没有!"

"那里有铁丝网……你向我靠拢!"

"唉,沙皇老子我也干啦!"舒利加大吼一声,猛地一冲,甩掉了德国兵的手来到瓦尔科身旁,抓住小队长布吕克纳的沙发椅举到头顶上。

德国兵们本来想往上扑,一下子都闪开了。瓦尔科龇牙咧嘴,黑眼睛冒出兴奋的怒火,操起桌上的东西:墨水用具、镇纸、合金杯托,拼命朝敌人砸去,砸得那么有劲儿,乒乒直响,吓得副队长巴尔德躺在地上用两只胖手捂住秃顶,吓得赖班德龟缩在墙根,轻轻叫了一声,钻到沙发底下。

瓦尔科和舒利加开始投入战斗时,心里抱着最后解脱的想法。凡是坚强勇敢的人知道必死无疑的时候,都会有这种心理。这最后拼命的火花使他们的力气增加十倍。但是在搏斗过程中他们突然明白,敌人没得到上级的命令以前,不敢打死他们,这些人没有这种权力。这就更使他们心中充满了胜利感和他们可以为所欲为而不受惩罚的自由感,所以他们是不可战胜的。

他俩靠墙并肩站着,满身血迹,肆无忌惮,样子吓人,谁也不敢靠前。

后来小队长布吕克纳清醒过来,又命令德国兵上前捉拿他俩。赖班德利用混战的机会从沙发底下钻出来,跑出房门。不一会儿又来了几个德国兵,于是屋里的宪兵和警察一拥而上,扑到瓦尔科和舒利加身上,把两个勇士按倒在地,又是揉又是压,拳打脚踢,还用膝盖顶,直到瓦尔科和舒利加已经不省人事还久久折磨他们以泄心头之恨。

这是黎明前黑暗的寂静时刻,月牙已经落下,民间叫作启明星的那颗最明亮的晨星还没有升起。连大自然也好像疲惫已极,闭上眼睛沉睡。最香甜的睡眠合上人们的眼睛,连监狱里疲倦的刽子手和受难者也都入睡了。

在这黎明前黑暗的寂静时刻,舒利加最先从安静深沉的梦中醒来,仿佛把他面临的可怕的命运完全忘却了。他醒来以后在漆黑的地板上一翻身坐起来。几乎与此同时,瓦尔科也醒了——他轻轻呻吟一声,这甚至不是呻吟,只不过长出一口气,轻得几乎听不出来。他俩坐在漆黑的地板上,把被打肿、结满血痂的脸凑到一起。

黑暗狭窄的牢房里没有一丝光亮,但是他俩觉得能看见对方。他们看见对方都是坚强有力、英姿勃勃的人。

"你真是个有力气的哥萨克,马特维,愿上帝给你力量!"瓦尔科沙哑地说。突然把身子往后一仰,两手撑地,放声大笑,仿佛他俩不是关在监狱里。

舒利加也用沙哑和善的声音跟着笑起来。

"你也是个好样的哥萨克,安德列,啊,真是好样的!"

在这深夜的沉寂和黑暗里,他们豪放可怕的笑声震撼着监狱的墙壁。

早晨没给他俩送吃的,上午也没提审。这天一个人也没审问。监狱里一片沉寂。从牢房外面传来隐隐约约的说话声,好像从树叶底下流过的潺潺水声。中午有一辆小汽车开到监狱跟前,不一会儿又开走了。连汽车发动机的声音也很低微。舒利加已经习惯于辨认牢房外面的各种声音,所以他知道这辆开来又开走的汽车是接小队长布吕克纳或他的副手,或者同时接两个人出去办事。

"去找上司去了。"舒利加严肃地轻声说。

瓦尔科和舒利加彼此看了一眼,谁也没说什么,但是他们的目光向对方说明,他们知道死期不远了,并且已经做好准备。大概监狱里所有的人都知道这一点,所以周围才一片沉寂,庄严肃穆。

他俩就这样面对自己的良心默默坐了好几个小时。快到黄昏了。

"安德列,"舒利加轻声说,"我还没对你说过,我是怎么落到这里来的。听我给你讲讲……"

当他一个人的时候,他曾不止一次考虑过这件事。但是现在当他要把这件事讲给别人听的时候,而他跟这个人的关系要比跟世界上任何人的关系都更为纯洁和密切,他不禁悔恨不已,几乎呻吟起来。仿佛他眼前又浮现出丽莎·雷巴洛娃这个青年时代好友的直率的面庞,她脸上留有长年操劳的皱纹,还带着跟他见面和分手时露出的母亲般的慈祥。

他对自己毫不留情，把丽莎·雷巴洛娃对他说的话原原本本告诉了瓦尔科，也讲到自己是怎么自以为是地回答她，还讲了她如何舍不得他走，像母亲一样久久望着他，而他竟然离开她，因为他竟然相信一个不可靠的接头地点而不相信自己纯朴自然的心声。

瓦尔科越听他讲下去，脸色变得越阴沉。

"公文！"瓦尔科感叹地叫了出来。"你还记得普罗岑科同志对我们说的话吗？……光相信公文而不相信人。"他用悲壮的声音说。"是的，我们常常有这种事……我们自己来制定文件，可后来不知怎么的，倒让文件来摆布我们……"

"我还没说完，安德列，"舒利加伤心地说，"我还要给你讲讲康德拉托维奇的事……"

于是他又向瓦尔科讲了他怎么怀疑从青年时代就认识的康德拉托维奇。他之所以怀疑康德拉托维奇，因为听到康德拉托维奇讲出他的儿子的事，而且在他同意地下组织利用他家的时候仍然隐瞒这件事。

舒利加现在回忆起这一切，不禁大吃一惊。像这种很普通的事在一般人的生活中屡见不鲜。在他眼里怎么竟然变成康德拉托维奇的污点。与此同时却看中了素不相识的福明，其实福明的缺点也并不少。

瓦尔科已经从康德拉托维奇那里了解这些情况，脸色变得更加阴沉了。

"形式！"瓦尔科沙哑地说，"习惯于从形式上看问题……我们许多人认为现在人民的生活比旧时代老一辈人过得好了，希望人人都穿得整整齐齐，干干净净，所以看人就注重形式。康德拉托维奇心眼儿好，但不符合形式，你就觉得他有问题。这个该死的福明完全符合形式，打扮得整整齐齐，干干净净，可是他有一副黑心肠……从前我们没看出他的黑心肠，把他刷得白白的，提拔他，让他出名，让他符合形式，后来就是这个形式遮住我们的眼睛……现在你要为此付出生命的代价。"

"是这个理,就是这么个理,安德列。"舒利加说,尽管他们谈的这件事非常令人痛心,他的眼睛却突然射出明亮的光辉。"我不知道在这里坐了多少天多少夜,可是我无时不在思考这件事……安德列! 安德列! 我是在基层工作的,我自己不好说这一辈子工作多辛苦。现在我回过头来一看,就明白我错在什么地方,而且这种错误不是今天才犯的。我已经快四十六岁了,老在一个地方转来转去,正像大家说的,在一个县的范围内整整转了二十年! 总是给人家当副手……是呀! 我们这种人从前叫县干部,现在叫区干部。"舒利加苦笑说。"周围有很多新干部提拔起来了,还有很多跟我一样的区干部也高升了,可是我还拉着原来那辆车。习以为常了! 自己也不知道怎么开始的,反正就是习惯了。习惯了——也就是落后了……"

舒利加的语声突然中断了,激动得用两只大手抱住头。

瓦尔科明白,舒利加是在临死之前洗涤自己的心灵。现在既不能责备他,也不能为他辩解,只能默默地听他讲。

"对我们来说,世上什么东西最宝贵呢?"舒利加又讲起来。"什么是值得我们为之而生、为之而死、为之而劳动的呢? 这就是我们的人民,就是人! 世上还有什么比人更美妙的呢? 为我们的国家、为人民的事业,他们承担了多少辛劳和痛苦! 国内战争时期才吃一两面包,毫无怨言,经济改造时期排长队,穿破衣服,也不肯拿世界上第一个苏维埃国家去换小百货。在这次卫国战争中他们怀着无比幸福、无比自豪的心情去迎接死亡,去承担任何困苦和劳动——连孩子都这么干,更不用说妇女了——这就是我们的人民,就是跟你和我一样的人。我们都是来自人民,所有最优秀、最聪明、最有才干、最有名誉的人都是来自人民,来自普通老百姓……不用对你说,我这一生都是为他们而工作的……可你知道,我们常常出现这种情况:你整天忙忙碌碌,工作都是非常重要、非常紧急的,可是在不知不觉当中变成了工作是工作,人是人……唉,安德列! 当我从丽莎·雷巴洛娃家出来的时候,看见他们家有三个小伙子和一个姑娘,我想应该是她的儿子和女儿,另外有两个同学……安德列！……他们的眼睛多么精神！他们看见我，目光多么恳切！有一天半夜里我在牢房里醒来，突然一阵哆嗦。共青团员！他们一定是共青团员！我怎么能从他们身旁经过而不理他们呢？怎么能出现这种事？为什么？现在我明白是为什么。区里的共青团员们不知找过我多少次了：'马特维叔叔，给青年们做个报告吧！讲讲收割、播种情况，讲讲我们区的发展计划，讲讲苏维埃代表大会。可讲的东西很多。'可我回答他们说：'去去去，我没工夫，你们团里自己解决吧！'有的时候实在推不掉，只好答应下来，可到了做报告的时候就费劲了！你明白，不是州土地管理局要报表，就是协作和划界委员会召开例会，还要赶到矿业管理处主任家去坐坐，哪怕只坐一个小时也好——你看他都五十多岁了，儿子才一周岁，他为这事很得意，要办个命名日和洗礼宴一样的酒席，你要是不去，他会见怪……光忙乎这些事情，也没做准备就跑去给团员做报告。只好凭记忆，'一般地和笼统地'讲讲。讲出来的东西自己都不爱听，更何况青年人。唉，真丢人！"舒利加突然说，他那张大脸变得通红，连忙用手捂住。"他们希望你能讲讲做人的道理，对他们有所指导，可你只能'一般地和笼统地'……谁是我们青年的第一个老师呢？教师，教师！这个字眼儿多么了不起！……我俩念的是教会学校。你大概比我早毕业五年。你总该记得尼古拉·彼得罗维奇老师吧？他在我们矿上教了十五六年书，直到后来得肺病死了。直到如今我还记得他在课堂上给我们讲，世界是怎么构成的，还讲太阳、地球和星星。也许是他第一个使我对上帝的信仰发生了动摇，使我睁开眼睛去看世界……教师！说得倒容易！在我国每个孩子都上学念书，教师占最重要的地位。我们的孩子的未来、我们人民的未来，都掌握在教师手中，都在他们那金子般的心中。对教师应该尊敬，在街上见到，五十公尺之外就应该摘下帽子。可我呢？……回想起来真惭愧：每年一出现修理校舍问题、取暖问题，校长们就在办公室门口等着，抓住我朝我要木料，要砖，要石灰，要煤。可我老是用玩笑搪塞过去：这事不归我管，去找区教育科解决。根本不以为耻。我的想法也很简单：产煤计划完成了，粮食收购超额了，秋翻地搞完了,肉上交了,羊毛上交了,给州委书记的贺信也发去了,现在别再给我添麻烦了。难道不是这么回事吗?……等我明白过来的时候,已经晚了,太晚了。可是让我感到轻松一些的是,我毕竟还明白了。我自己算个啥呢?"舒利加说,脸上露出善良的笑容,显得又腼腆又羞愧。"我跟人民血肉相连,我来自人民的底层,我是人民的儿子和公仆。早在1917年听到列昂尼德·雷巴洛夫讲的道理,我就明白了,为人民服务就是最大的幸福。从此我干上了革命,当了共产党员。你还记得当年我们干地下工作和打游击的情形吧?我们的父母都不认识字,我们从哪里找到决心和勇气坚持下去并且能战胜德国占领军和白匪呢?当时以为困难是暂时的,只要坚持到胜利,以后就轻松了。没曾想最困难的还在后头呢。你还记得吧,贫农委员会、余粮收集制、富农叛乱、马赫诺匪帮。突然咔嚓一声,换成了新经济政策!你得学会做生意。啊?好吧,做起生意来了。还真学会了!"

"可你还记得我们是怎么恢复矿井的吗?"瓦尔科突然非常兴奋地问,"当时我刚复员回来,就提拔我当老矿井的井长。现在那个井已经采空了。那可是要多难有多难,哎呀呀!……没有经济工作经验,专家怠工,机器不转,没有电,银行不给贷款,没钱给工人开工资,列宁老发电报来,运煤来呀,救救莫斯科和彼得堡!对我来说,这些电报就是神圣的命令。我亲眼见到过列宁,就像现在看你这样。那是十月革命时的第二次苏维埃代表大会上,那时候我还是前线的士兵。记得当时我走到他跟前,用手摸摸他,真不敢相信他跟我一样,是活生生的人……好吧,就把煤发去了!"

"是呀,就是这么回事……"舒利加高兴地说,"那几年我们这些县干部或叫区干部完成多少任务呀!又挨过多少批评!在创建苏维埃政权时期,谁像我们区干部挨那么多骂!不管苏维埃政权有多少干部,大概谁也没像我们挨那么多训!"舒利加说,脸上现出得意的神情。

"嗯,在这个问题上,我想我们搞经济工作的,不见得比你们挨得少。"瓦尔科含笑说。

"不管怎么说,"舒利加深情地说,"不管我们怎么骂自己,倒是应该给我们这批区干部立一块永久的纪念碑。我方才说过,老是计划,计划……可你倒干个试试,一年又一年,一天又一天,像钟表一样,有几百万公顷土地要耕种,要收割,要脱粒,要上交国家,要按劳动日进行分配。还要磨成面粉,还有甜菜、葵花籽、羊毛、肉类供应、牲畜总数的发展、拖拉机和整个农机具修理。我们的农机具可是全世界都没有的,他们做梦也没见到过!……因为我们每个人都想穿得好、吃得好,喝茶还要加糖。我们可怜的区干部为了满足人们的需求,就忙得团团转。可以说在整个卫国战争期间我们这批区干部把粮食和原料的供应扛在自己的肩上了……"

"那搞经济工作的呢?"瓦尔科说,很不平又很兴奋,"要立纪念碑的话,也应该给他们立一个!是谁完成的第一个和第二个五年计划?谁承担着整个卫国战争供应的重担?是他们!难道不是这么回事吗?农村——那算什么计划?工业才真正有计划呢!农村——那叫什么速度?工业才讲究速度呢!我们学会了建造多么漂亮的工厂,干净得像钟表一样!我们的矿井呢?资本家有哪个矿井能赶得上我们的副一号井?真漂亮极了!资本家只知道享现成的福。而我们要讲速度,讲规模,所以永远紧张:工人不够,建筑材料缺乏,运输工具落后,大大小小的困难有一千零一个,可是我们照样不断前进。不,我们的经济工作者称得上是巨人!"

"是这么回事!"舒利加带着快活而又幸福的表情说。"记得是在莫斯科召开集体农庄会议,叫我们参加决议,起草委员会。会上讨论起我们这些区干部。有个戴眼镜的,年纪很轻,按当时的叫法属于红色教授,态度非常傲慢。他说我们这些区干部太落后,没读过黑格尔①,好像每天连脸都不洗。当时就有人说他:'最好把您派到区干部身边学习一下,您就会变得聪明了……'哈哈哈!"舒利加开心地笑了。"我当时已经算是农村工作的行家,不管怎么说,我从这个村子到那个村子,不知到过多少村子。又是消灭富农,又是搞集体化……不,那真

---

① 黑格尔(1770--1831),德国哲学家,系统辩证法的奠基人。——译者注

是一个伟大的时代,你能忘得了吗？全国人民都动员起来了。根本不知道什么时候睡过觉……当时有许多农民产生了动摇。可是快到战争爆发以前连最落后的人也感到那些年代成绩真伟大……是的,战争开始之前,我们的生活的确变好了！"

"可你记得当时我们在矿上都干什么来？"瓦尔科说,一对吉卜赛人的眼睛闪闪发亮,"我一连几个月不回家,就睡在矿上。真的,现在回过头来看看都不敢相信:这真是我们亲手干出来的吗？老实说,有时候觉得这一切好像不是我干的,而是跟我最亲近的一个人干的。现在我一合眼就看到我们整个顿巴斯和我们全国都处在热火朝天的建设中,看到那些夜战的情景……"

"是的,历史上哪一代人也没肩负过我们这样的重任！可你瞧,我们的腰并没压弯。所以我要问:我们究竟算是什么样的人？"舒利加带着孩子气的天真问道。

"可是敌人,这些笨蛋,以为我们怕死！"瓦尔科冷笑说,"我们布尔什维克都视死如归。哪个敌人不想杀我们布尔什维克？沙皇的刽子手和宪兵杀过我们,十月革命时候士官生杀过我们,白匪和全世界的武装干涉军、马赫诺匪帮、安东诺夫匪帮都杀过我们,富农用短筒枪打我们,可是我们靠人民的爱护仍然活着。现在让德国法西斯杀我们吧！变成粪土的将是他们,而不是我们。对不对？马特维！"

"完全正确,这是神圣的真理！安德列……我是一名普通工人,能有这样的幸运真是永远感到自豪。我这一生的道路都是在我们党里走过来的,正是我们的党为人们开辟了幸福生活的道路……"

"这真是神圣的真理,马特维,这是我俩莫大的幸福！"瓦尔科感情冲动地说,这在他这个一向严肃的人身上令人感到意外,"还有一件事也让我感到幸运,就是在临死的时候能有你这样的伙伴,马特维……"

"我非常感谢你对我的称赞……我一见面就知道,你有一颗多么美好的心灵,安德列……"

"我俩死了以后,但愿我们能活下来的人能够得到幸福！"瓦尔科庄严地、轻轻地说。

安德列·瓦尔科和马特维·舒利加就这样在临死之前面对难友和自己的良心说出他们的心里话。

第三十五章

下午，小队长布吕克纳和副队长巴尔德一起坐车到罗韦尼基区宪兵队去了。罗韦尼基距离克拉斯诺顿大约有三十公里。党卫队分队长芬邦临时借到克拉斯诺顿宪兵小队工作，知道小队长布吕克纳和副队长巴尔德是到区宪兵队去送审讯材料，并请示如何处置这批犯人。但是芬邦凭经验知道上头会下什么命令。他的这两个上司也清楚，因为他们临走之前就命令芬邦派党卫队去封锁公园，不准任何人进入，再派一个班宪兵在爱德华·鲍尔曼中士率领下在公园里挖个大坑，里面挨排站立要能容下六十八个人。

芬邦知道他的上司很晚才能回来，便派他的副手带上德国兵去封锁公园，自己却待在监狱的门房里。

他这几个月工作太忙，就没有一个能单独待着的空，不仅没工夫从头到脚擦擦身子，连换衬衣的时间都没有，因为他衬衣里面的东西怕人看见。

小队长布吕克纳和副队长巴尔德已经坐车走了，党卫队和宪兵也都到公园去了，监狱里立刻沉寂下来。芬邦军士到监狱的厨房找厨子要了一锅热水和一个盆准备擦澡，而冷水在门房过道的大木桶里经常都有。

一连多少天都非常炎热，头一次刮起凉风，刮得低低的雨云布满天空。天色阴暗，好像到了秋天的样子。整个矿区的大自然露出最难看的景象。至于这座四面来风、清一色标准房的小城就更不必说了，刮得煤灰漫天飞。门房里还算亮堂，洗澡满够用，但是芬邦不但怕人闯进来看见他的家底，而且要防备窗外有人偷看，便撂下挡窗户的黑纸,打开电灯。

尽管从战争一开始他对这种生活方式就习惯了,也闻惯了自己身上的臭味,但是当他终于脱光身上的衣服、卸下身上的重担之后,光一会儿身子,还是感到说不出的轻松愉快。他天生长得胖,随着年龄的增长胖得更厉害了,一穿上黑制服就浑身冒汗。他一连几个月都不换衬衣,衬衣被汗水浸透了,又酸又臭,黏糊糊的,再加上制服里子掉色,衬衣就黄得发黑了。

芬邦脱下衬衣光着身子,虽然好久没洗澡,可是他天生白皮肤,只是前胸和大腿上都长满了打鬃的黄毛,连后背上也有一点儿。他一脱衬衣就露出身上挎着的带子,很像从前苦行僧戴的镣铐。这当然不是镣铐,倒很像早些年中国士兵戴的长长的子弹带。只不过他这个长带子是用胶布做的,上面留有许多小口袋,每个口袋都有扣子,先十字交叉搭在两肩,然后又在腰上围一圈。带子两头缝着小白布条,已经脏得要命,在身子侧面打个活扣。上面的小口袋像子弹夹一般大,大部分都装满了,鼓鼓囊囊,有一小部分还空着。

芬邦解开腰上的活扣,把长带子取下来。由于戴的时间太长,他那白胖的身子在前胸和后背留下十字交叉的印记,腰上也有一道,就像生褥疮留下的发黑的痕迹。芬邦解下带子,小心翼翼、端端正正放到桌子上,带子的确又长又沉重。然后便开始拼命搔痒。他的手指又粗又短,浑身上下狠劲搔,搔完前胸、肚皮和大腿,便很想搔搔后背,一会儿把右手搭过左肩,一会儿把左手搭过右肩,一会儿又把右手从左腋窝底下伸过去够肩胛骨下边,用大拇指去搔。一边搔一边舒服得吭吭嗤嗤,不住呻吟。

他搔得差不多了,就小心解开制服的里兜,掏出一个好像烟口袋的小皮口袋,从里面倒出三十来个金牙放在桌子上,他本来只想把这些金牙放进带子里的两三个小口袋里,但是既然有单独留下的机会,何不欣赏一下其他小口袋里装的东西——他已经好久没看看这些东西了。于是他有条不紊地解开一个个扣子,把里面的东西一堆堆、一摞摞摆到桌子上,不一会儿就摆满一桌子。这些东西的确值得看看!

这里有世界上许多国家的货币——美元、英国先令、法国法郎和比利时法郎，奥地利、捷克和挪威的克朗、罗马尼亚列伊和意大利里拉。这些钱都按国家分开，金币归金币，银币归银币，纸币归纸币。纸币当中有一叠整整齐齐的苏联"蓝票子"，也就是一百卢布一张的纸币。当然他并不指望这些苏联货币能给他什么实惠，但是他还是保存起来，因为他的贪心已经变成收藏狂了。这里有一堆堆的小金首饰——戒指、钻戒、别针、胸针，有镶宝石的，有不镶宝石的，另外还有一堆宝石和一堆金牙单独放着。

天棚底下的电灯泡落满苍蝇粪，灯光昏暗，照在桌子上的这些钱币和宝石上。他光着身子坐在凳上观看它们，秃脑袋，浑身黄毛，戴着浅色玳瑁框眼镜，叉开双腿，偶尔还搔搔痒，心情十分兴奋，真是得意扬扬。

这些钱和小玩意儿虽然很多，但是他在摆弄每个钱币和每件小玩意儿的时候，还能讲得出他是在什么地方、什么时候、什么场合、从什么人身上抢来或者摘下来的，金牙是从什么人的嘴里抠出来的。因为自从他得出不这么干就是傻瓜的结论之后，他就专门干这种勾当，其他的不过是生活的表面现象。

他抠金牙不仅抠死人的，也抠活人的，不过他倒宁愿抠死人的，因为抠死人的没有麻烦。他只要看到新抓来的犯人当中有镶金牙的，就巴不得审讯的手续赶快结束，把这批人赶快处死才好。

这些钱、金牙和小玩意儿的背后有无数条人命，有男有女，还有儿童。他们受尽折磨，被人抢劫，最后还惨遭杀害。所以每当芬邦欣赏这些玩意儿时，在甜蜜的兴奋和洋洋自得之中总夹杂着某种不安。不过这种不安倒不是来自他的内心，而是来自想象中的一位先生。这位先生完全称得上绅士，穿着讲究，肥胖的小手指上戴着钻戒，头上戴着高贵的浅色软礼帽，脸刮得干干净净，态度彬彬有礼，但是对芬邦却露出不屑一顾的神气。

这是一个富翁，芬邦的那些钱财和宝石根本不在话下。但是这个人瞧不起芬邦，认为芬邦发财的办法太肮脏，因而有权指责他的敛财手段。于是芬邦就跟这位绅士进行一场没完没了的争论。不过态度倒也心平气和，因为只有芬邦一个人发言，而他又是见过世面的现代的生意人，所以他在这场争论中立场更坚定，站得高看得远。

"嘿嘿，"芬邦说，"归根结底，我并不坚持要干一辈子这种行当。归根结底，我可以成为一个普普通通的实业家或者商人，或者只开个小铺。但是我总得弄点儿本钱吧！是的，我很清楚您怎么看自己，又怎么看我。您认为：'我是绅士，我所有的企业都是明摆着的，人人都看得见我的收入来源。我有家庭，有子女，我讲究卫生，衣着整洁，待人彬彬有礼，我敢正眼看人。我跟女士谈话，如果她站着，我也站着。我读书看报，参加两个慈善团体，在战争时期我捐过一大笔钱给医院添置设备。我喜欢听音乐，喜欢花和海上的月光。可是芬邦为了掠夺人家的钱财、宝石而杀人，他甚至不惜抠别人嘴里的金牙，然后藏在身上怕人看见。他好几个月不洗一回澡，浑身臭气，因此我有权指责他……'嘿嘿，对不起，我最亲爱的最尊敬的朋友！您别忘了，我已经四十五岁了。我当过水手，走遍了世界各国，世界上发生的事我都亲眼见过……有些情景大概连您都没见过，而我当水手到过遥远的国家，见过不止一次了。在南非洲、印度或印度尼西亚，每年都有几百万人饿死，并且就死在可敬的公众面前。不过何必走那么远呢！甚至在战前繁荣景气的年代几乎世界各国的首都，您可以看到有多少街区全都住着失业的人，也都死在可敬的公众面前，有时候就死在古老的教堂台阶上。要说他们由于过分挑剔不爱工作才饿死的，恐怕很难令人同意。可谁不知道，有些可敬的人，完全是绅士，只要对自己有利，就不惜把几百万身强力壮的工人和女工解雇，抛到街头不管。如果这些工人不甘心他们的处境，每年都有大批的人被送进监狱，或者干脆就在大街和广场上枪杀他们，杀得完全合法，动用警察和军队……我已经给您举出几种不同的杀人方法了，还可以举出很多。地球上年年都用这些方法杀人，一死就是几百万，不光是健壮的男人，还有妇女、儿童和老人。说实话，杀他们就是为了让您增加财富。战争就不用我细说了。一发动战争，就可以用最短的时间进行大规模屠杀，结果还是让您发财。最亲爱的和最尊敬的朋友！我们何必捉迷藏？我们之间有话可以直说，要想让别人替我们干活，每年都得采取某种方法除掉其中一部分！我让您发怵，无非因为我站在这座绞肉机的最下层，我干的是粗活。由于工作的性质我不能洗澡，所以臭得熏人。但是您一定同意，您永远缺少不了我这样的人，时间越长，您越需要我。我跟您血肉相连，我们都是一路货色。如果把您的瓢子掏出来给大家看看，实质上我就是您，您就是我。到时候我也会洗得干干净净，穿得整整齐齐，开个小铺，当个老板。您可以到我这里买优质灌肠来丰富您的餐桌……"

芬邦跟想象中的绅士进行的这场争论是带有原则性的，尽管绅士把脸刮得精光，态度彬彬有礼，裤线也烫得笔直，但是这次争论跟每次一样，还是芬邦占了上风，因而心里更加美滋滋的。他把这些钱和宝石收进小口袋里，仔细扣上扣子，然后才开始擦澡，舒服得直喷鼻子，吱哇乱叫，泼了一地肥皂沫子。不过这事他不在乎，叫手下的兵擦了就是。

他洗得并不干净，但是总算轻松了许多，又把长带子缠在身上，穿上干净衬衣，收起脏的，又穿上黑制服。然后他掀起挡窗户的黑纸的一角，往外一看，却什么也看不见。监狱的院子里一片漆黑。他的经验已经变成本能，这时提醒他：上司马上就要回来。他走出门房，又在门口站了一气，让眼睛习惯黑暗，结果还是习惯不了。冷风吹逐着沉重的乌云从城市和整个顿涅茨草原上空飞过，乌云虽看不见，但是似乎听得见乌云互相追逐，潮湿而凌乱的云角互相碰撞，沙沙有声。

这时芬邦听见汽车压低了的发动机声越来越近，看见汽车半暗的前灯的两个光点在一座房子旁边下了坡。这座房子从前是区执委会，现在德国人改作区农业办事处。灯光只照亮房子的侧面。这是上司从宪兵队回来了。芬邦穿过院子，从后门走进监狱。把门的宪兵认出来是分队长，向他行个持枪礼。

关在牢房里的人也听见汽车压低的发动机声来到监狱跟前。一整天监狱里都笼罩在异样的沉寂中，沉寂立刻被打破了。走廊里响起脚步声、钥匙开锁声、砰砰的关门声,各牢房都响起忙乱声,还有远处的牢房那熟悉而令人心碎的孩子啼哭声。这哭声突然拔高了,变成凄厉刺耳的嚎叫,孩子用尽气力拼命地叫,把嗓子都喊哑了。

舒利加和瓦尔科听见各个牢房的忙乱声越来越近,也听见孩子的哭声。有时他们还仿佛听到一个女人的声音:她在热烈地说什么,大喊大叫,又苦苦哀求,好像也放声痛哭起来。后来听见钥匙在锁孔里一转,宪兵们从关押着带小孩的女人的牢房里走出来,进了旁边一间牢房,那里也立刻响起忙乱声。但是透过这一片忙乱声似乎仍然可以听到那个女人用悲悲切切而又温存轻柔的声音哄孩子。孩子的哭声越来越低了,倒像是孩子在为自己唱催眠曲:

"啊……啊……啊……啊……啊……"

宪兵走进瓦尔科和舒利加隔壁的牢房,他们立刻明白,为什么宪兵一进哪间牢房,那里就发出一片忙乱声,原来宪兵要把人们的手都绑起来。

他们的最后时刻到了。

隔壁的牢房里人很多,宪兵们在那里待了好长时间。他们终于走出来,锁上牢门,但是并不马上进瓦尔科和舒利加的牢房。他们站在走廊里,匆匆交换意见,然后有人从走廊里跑出去。接着是一阵沉寂,只能听见宪兵们嘀嘀咕咕。后来走廊里又响起杂乱的脚步声,还传来一阵满意的德语的欢呼声。一下子好几个手电筒都亮了,芬邦军士率领一帮宪兵闯进牢房,人人手里都举着手枪,门口还留五个宪兵把门。显然宪兵害怕这两个人像往常一样进行反抗。但是舒利加和瓦尔科连嘲笑他们的意思都没有。他们的心灵早已离开这些区区小事。他俩一动不动,让宪兵反绑了手。接着芬邦又比比划划让他俩坐在地上,好绑他们的脚,他俩就让他们绑脚,在他们的脚上拴了绊绳,他俩走路只能迈小步,再也跑不掉。

宪兵绑完就都走了,只剩下他俩又在牢房里默默坐了一会儿,等德国人把所有被关押的人都绑起来。

这时走廊里响起迅速而整齐的步伐,而且越来越响,直到站满整个走廊。德国兵先是原地踏步,后来按照命令立定,向左右转,皮鞋跺得咔嚓响,把枪放到脚跟前。牢门砰砰直响,牢里的人被纷纷带到走廊上。

尽管走廊里天棚底下的电灯十分昏暗,舒利加和瓦尔科禁不住眯缝起眼睛,因为他们在黑暗里待的时间太久了。然后他们才打量左右的人,再看看排在走廊尽头的人。

跟他俩只隔着一个人,是个上了年纪的人,身材高大,光着脚,脚上跟他俩一样拴着绊绳,身上穿着血迹斑斑的衬衫。瓦尔科和舒利加都认出来,他就是彼得罗夫,不禁后退一步。他被打得遍体鳞伤,衬衫粘在肉上,跟伤口连成一片,而且干巴了,大概一动弹就疼,连他这样身强力壮的人都难以忍受。他半边脸被匕首或刺刀豁出口子,露出骨头,已经化脓了。彼得罗夫也认出他俩,低垂下头。

但是最令瓦尔科和舒利加心疼而又愤慨得发抖的,是他们看到走廊尽头靠门口的景象,几乎所有的人都带着痛苦、恐怖和震惊的神情朝那里看。那里站着一个年轻女人,虽然受尽折磨,精神依然坚强,穿一件深红色连衣裙,怀里抱着孩子。孩子的身体和她抱孩子的胳膊都被绳子紧紧捆着,所以孩子的身体将永远跟母亲连在一起了。孩子还不满周岁,娇嫩的小脑袋长着稀稀的、后脑勺还略微鬈曲的浅色头发,头枕着母亲的肩,闭着眼睛,但是他并没有死,他睡熟了。

舒利加突然想起自己的妻子和儿女,泪水扑簌簌从眼睛里流出来。他怕宪兵或者自己人看见他流泪,以为他是怕死,所以当芬邦军士点完人数,让宪兵在两边押着把队伍带到院子里的时候,他反倒高兴了。

夜色漆黑,两个人并排站着都看不清对方的脸。他们被排成四列纵队,四处用宪兵围着走出大门。电筒的光亮时前时后地闪动,或者从侧面照来,照在路上和犯人的身上,押着他们沿着大街朝上坡走。寒风均匀而单调地从城市上空刮过,把湿冷的寒气吹到人们的身上,低低的乌云从头上掠过,仿佛一伸手就可以摸到,并且可以听到潮湿的沙沙声。人们都大口吸气。队伍走得很慢,鸦雀无声。芬邦军士走在最前面,偶尔回头,用挎在胳膊上的大电筒照照犯人,于是又从黑暗之中呈现出一个女人的身影。她身上还绑着一个孩子,她走在头一排的边上。风吹起她那深红色连衣裙的衣裾向一边摆去。

舒利加和瓦尔科肩并肩向前走。舒利加眼睛里的泪水已经干了。他们越往前走,一切个人的东西就离他们越远,连那些最重要、最宝贵、最隐秘、直到最后一分钟还令人眷恋和激动而难于割舍的东西也都淡忘了。他们身上出现一种庄严雄伟的气概。他们的心头呈现一种难以言传的明净和安详。在这沙沙有声、从头顶上低低掠过的乌云底下,他们迎着寒风,迎着死亡,默默地从容走去。

队伍来到公园门前停下。芬邦军士从制服里兜掏出一份文件,跟鲍尔曼中士和指挥包围公园的副手凑到一起借手电筒的光亮看了一遍。

然后鲍尔曼中士用手电筒照亮每一个人的脸,又清点一遍人数。

公园的大门吱吱嘎嘎地慢慢打开。队伍改成两行被押着从列宁俱乐部和高尔基学校之间的林荫路上往前走。高尔基学校现在变成第十管理处的办公楼,管辖以前属于克拉斯诺顿煤炭联合公司的所有联合企业。但是一过学校,芬邦军士和鲍尔曼中士便拐到旁边的小道上。队伍跟着他们拐了弯。

风刮弯了树干,刮得树叶都朝一个方向倒去。叶子颤抖着,撞击着,发出嘈杂而又单调的沙沙声,不肯平息,充塞着周围黑暗的空间。

他们被带到公园紧里头,这一带很荒凉,就是晴朗日子也很少有人来。公园后面是一片空地,上面孤零零地立着一座砖房,那里现在是德国人办的警察学校。就在这四面树木当中的一块椭圆形空场上挖了一个长条的坑。人们没等走到坑跟前,就闻到一股新挖出来的湿土味。

队伍被分成两行分别走到大坑两侧,于是瓦尔科和舒利加就被分开了。人们走在刚挖出来的土堆上,有的人被绊倒了,又被枪托打得站起来。

突然有几十个手电筒一齐亮了,照亮这个长条的黑坑、坑两旁的土堆、人们受尽折磨的脸孔和德国兵闪着寒光的刺刀。这些德国兵把这块林中空地团团围住。所有站在坑边的人这才看到坑头的树底下，站着小队长布吕克纳和副队长巴尔德，他们都披着涂胶的黑斗篷。他俩旁边稍后一点站着市长斯塔岑科。斯塔岑科满脸通红，瞪着一双金鱼眼，胖胖的身子穿着灰不溜丢的衣服。

小队长布吕克纳一摆手。芬邦军士把胳膊上的手电筒高举在头上，用像女人的声音沙哑地下命令。宪兵都跨步上前，用刺刀对着人们的后背往大坑跟前推。人们磕磕绊绊，脚陷进土里，还直跌跤，却一声不响走到土堆顶上。只听得见宪兵们的呼哧声和风吹树叶的沙沙声。

舒利加因为有脚绊拴着，吃力地迈步走上土堆。在手电筒一闪一闪的光亮中，他看到人们被推进大坑。有的自己跳进去，有的跌下去，有的一声不吭，有的发出抗议的呼叫或哀号。

小队长布吕克纳和副队长巴尔德站在树底下一动不动。斯塔岑科大弯腰向被推进坑里的人拼命鞠躬——他喝醉了。

这时，舒利加又看到那个穿深红色连衣裙的女人和绑在她身上的孩子。孩子什么也看不见，什么也听不见，只感到母亲身体的温暖，仍然枕着母亲肩头熟睡着。母亲怕把孩子惊醒，胳膊被绑着不能动弹，便坐在土堆上用脚使劲往坑里滑。从此以后舒利加再也没看见她。

"同志们！"舒利加用沙哑而坚强的声音说，他的声音压过了其他一切声音，"我的好同志们！你们将永垂不朽！伟大……"

这时刺刀从背后刺进他的肋骨。舒利加使出全身力气没有跌倒，而是自己跳进坑里，他的喊声又从坑里传出来：

"伟大正确的共产党万岁！"

"敌人一定要灭亡！"瓦尔科也厉声喊道，他又站到舒利加身旁。这是命中注定，让他俩死而同穴。

坑里挤满了人，连身子都不能转。最后的精神紧张的时刻到了，人人都准备挨枪子儿。但是敌人并不让他们痛痛快快死。泥土像雪崩似的落到他们头上、肩上、衣领里、嘴里和眼睛里。人们这才明白，原来是活埋。

舒利加放开喉咙高唱：

> 起来，饥寒交迫的奴隶，
>
> 起来，全世界受苦的人……

瓦尔科用低音跟着唱，开始跟前有几个声音也跟着唱，后来越来越多，越来越远，大家一齐唱，《国际歌》的歌声从地底下缓缓飞向阴云翻滚的黑暗的天空。

在这可怕的黑暗时刻，"木头街"上有一座小房悄悄开开门，玛丽亚·安德列耶夫娜·博尔茨和她的女儿瓦丽亚，还有一个矮个子的男人一齐下了台阶。那个男人穿得很多，背着背囊，还拿着手杖。

玛丽亚·安德列耶夫娜和瓦丽亚从两边拉着那个男人的手，沿着大街朝草原里走去。风刮起她们的连衣裙的衣裾。

走了几步，那个男人便停下脚步。

"天挺黑，你最好回去吧。"他几乎悄声说。

玛丽亚·安德列耶夫娜拥抱他，两人站了一会儿。

"再见吧，玛丽亚。"他说，无可奈何地挥挥手。

于是玛丽亚·安德列耶夫娜不再朝前走，他们父女二人手拉手继续往前走去。瓦丽亚要把父亲送到天亮再回来。然后不管他的视力多么不济，只好自己走到斯大林诺市，到那里投奔妻子的亲戚家躲藏一下。

有一阵子玛丽亚·安德列耶夫娜还能听见他们的脚步声，后来连脚步声都听不见了。周围是不见一点儿光亮的寒冷的黑暗，心头就黑暗得更厉害了。她这一生——工作、家庭、幻想、爱情、子女——这一切都完了，全都破灭了，前面是一片空虚。

她站在那里，迈不动步。风呼啸着，刮得她的连衣裙裹在身上，只听得头上低低的乌云发出轻微的沙沙声。

突然，她觉得自己好像神经错乱了……她又仔细听听……不，不是她产生了错觉,她又听到了一种声音……是歌声!是《国际歌》的歌声……她无法判断这歌声来自何方。这歌声跟风声和乌云的沙沙声交织在一起,飘荡在整个黑暗的世界里。

玛丽亚·安德列耶夫娜觉得她的心房似乎停止了跳动,浑身打起哆嗦。

她仿佛听到从地底下传来歌声:

> 旧世界打个落花流水,
> 奴隶们起来,起来!
> 不要说我们一无所有,
> 我们要做天下的主人……

第二部

第三十六章

"我,奥列格·科舍沃伊,志愿加入'青年近卫军'的队伍,在我的战友面前、在多灾多难的祖国土地面前、在全国人民面前庄严宣誓:毫无条件地执行组织交给的一切任务,关于我在'青年近卫军'的一切情况严格保守秘密。我发誓毫不留情地为被烧毁和破坏的城市和村庄、为我们的人民流的鲜血、为矿工英雄们的死难报仇。如果需要我为此而献出生命,我将毫不犹豫地贡献出来。如果我被拷打或胆怯而违背了这神圣的誓言,就让我的名字和我的亲人永远遭到诅咒,而我将遭到同志们亲手惩罚。以血还血,以命偿命!"

"我,乌丽亚娜·格罗莫娃,志愿加入'青年近卫军'的队伍,在我的战友面前、在多灾多难的祖国土地面前、在全国人民面前庄严宣誓……"

"我,伊万·图尔克尼奇,志愿加入'青年近卫军'的队伍,在我的战友面前、在多灾多难的祖国土地面前、在全国人民面前庄严宣誓……"

"我,伊万·泽姆努霍夫,庄严宣誓……"

"我,谢尔盖·丘列宁,庄严宣誓……"

"我,柳博芙·舍夫佐娃,庄严宣誓……"

…………

这个列瓦绍夫一定对她产生了误会!那天晚上他头一次到她家来,敲敲窗户她就跑出去接他,然后他俩聊了大半夜。谁知道他想到哪里去了!

不管怎样,她这次出门遇到的头一个难题就是列瓦绍夫。当然,他们是老同学,柳勃卡要走不能跟他连招呼也不打。安德列叔叔被捕之前列瓦绍夫就按照他的意思进了第十管理处的车库当卡车司机。柳勃卡跟住在同一条街上的男孩子们处得挺好,因为她的脾气跟他们相投,便派其中的一个男孩子去找列瓦绍夫。

列瓦绍夫一下班就直接来她家,时间已经很晚。他还穿着从斯大林诺回来时穿的那件工作服——在德国人的统治下连矿工都不发工作服,他浑身挺脏,疲惫不堪,脸色阴沉。

他一来就追问,她到什么地方去,干什么去。这不符合他的习惯,但是显然这天晚上他只关心这件事,老闷着不说话,可把柳勃卡惹急了。后来她实在忍不住,便跟他大吵一通。她是他的什么人?是爱人?还是情人?现在生活中有那么多事情等她去做,她没有工夫考虑恋爱问题。他脑子里净想些什么?干吗要折磨她?他们不过是同学关系,她没有义务向他说明她需要出一趟门,办点儿家里的事。

她仍然看得出来,他不完全相信她是去办家里的事,就是吃醋,这倒使她有点儿感到满意。

她需要好好睡上一觉,可他老是坐着不走。他这个人犟脾气,能给你坐上一夜,到后来柳勃卡只好把他撵走。不过她还是可怜他,怕她不在的时候会一直闷闷不乐,把他送到小花园里,在角门跟前挽住他的胳膊往身上贴一贴,便跑回屋子,脱掉衣服,躺到母亲床上。

跟妈妈说走当然也不容易。柳勃卡知道妈妈一个人在家有多难,面对生活的各种困难毫无办法。但是妈妈很容易哄,柳勃卡跟妈妈亲热起来,编了一大堆瞎话,妈妈信以为真。然后她躺在妈妈的床上就睡着了。

天一亮柳勃卡醒来,一面唱歌,一面收拾东西准备上路。她打算穿得朴素些,免得把好衣服都穿坏了,但是又要尽量鲜艳,好惹人注目。她把最漂亮的蓝湖绉连衣裙、蓝皮鞋、带花边的丝袜都放进小皮箱里。她只穿着贴身衬衣和裤衩对着两面镜子卷头发,一卷就差不多两个小时。两面普通的小镜一前一后,照到整个头部,她一边唱歌,一边把头转来转去。站得累了便把两只结实的奶油色腿轮换支撑身体，光着脚，脚趾很小，也很结实。然后套上带松紧的腰带，用手擦擦粉红色脚掌，穿上肉色麻纱袜子和乳黄色皮鞋，套上花花绿绿的连衣裙。连衣裙上净是些豌豆、樱桃和天知道什么东西。这时她仍然不停地哼着歌，已经一边穿衣服一边嚼东西吃了。

她感到心情有些激动，但是这种激动不但没使她泄气，反而振作了精神。说到底她真高兴极了，现在她行动的时刻到了，她不必再白白浪费精力。

两天前一清早有一辆绿色长车厢的小卡车停在她家门前。这种车是专门从伏罗希洛夫格勒给这里的德国行政官员运送食品的。开车的是个德国宪兵，对坐在一旁的抱着冲锋枪的德国兵说了句什么，便跳下车走进她家。柳勃卡迎了出去，他已经进了餐厅，正东张西望。他迅速打量一下柳勃卡。柳勃卡没等他张口，便从他脸上难以捉摸的线条和举止行为看出来他是俄国人。他说的果然是纯正的俄语。

"您家有水没有？汽车要加水。"

一个俄国人竟然穿着德国宪兵的制服，他没弄明白他闯进了谁的家！

"到河沟里打水去！明白吗？"柳勃卡说，瞪圆了蓝眼睛冷静地注视对方。

她根本没加考虑，张口就说，对付这个穿德国军装的俄国人就应该这样。他要是敢把她怎么样，她就跑到大街上大喊大叫，把整个街上的人都喊来。她会说她让这个德国兵到河沟里打水，他就动手打她。但是这个古怪的司机宪兵没做任何表示，只是冷笑说：

"您这么干太粗野了。对您可没什么好处……"他迅速回头看看身后有没有人，又急忙说："瓦尔瓦拉·纳乌莫夫娜叫捎个口信，她很想您……"

柳勃卡脸唰地白了，情不自禁往前挪动一步。但是他把细长的黑手指放在嘴唇前，不让她问。

他跟着柳勃卡走进门斗。她双手提了满满一桶水，讨好地望着司机的眼睛。但是他连瞅也没瞅她,接过桶朝卡车走去。

柳勃卡有意没跟他出去,从门缝里盯着他,打算等他回来送桶再从他嘴里打听一些消息。但是司机把水倒进散热器,把水桶往小花园跟前一扔立刻上车,关上车门,车就开走了。

这样一来,柳勃卡就必须到伏罗希洛夫格勒走一趟。当然,她现在受"青年近卫军"的纪律约束,临走之前必须告诉奥列格。是的,她以前就曾经想对奥列格暗示一下,说她在伏罗希洛夫格勒有认识的人,对开展工作有用。这次她对奥列格说有个机会,她得去一趟。但是奥列格并没有马上答应,让她稍微等等。

她跟奥列格谈话没过一两个小时,妮娜就来她家通知她同意她去,真让她感到奇怪。这还不算,妮娜还说:

"你到那以后,要把我们的人被害的事讲讲,报告一下他们的姓名和在公园里被活埋的情形。然后你再讲一下,尽管损失很大,但是工作进展顺利。上级要求这么转达。关于'青年近卫军'你也要讲讲。"

柳勃卡忍不住问:

"卡苏克怎么知道,那里什么情况都可以谈呢?"

妮娜从打在斯大林诺参加地下工作以来就养成小心谨慎的习惯,只耸耸肩膀,但是考虑到柳勃卡到了那里也许真不敢把所有的情况都转达上去,便若无其事地说:

"大概上级知道你去见什么人。"

柳勃卡甚至感到有些奇怪,这么简单的道理她怎么就没想到。

除开沃洛佳之外,"青年近卫军"的成员并不知道奥列格跟克拉斯诺顿地下组织当中的哪一个人进行联系,并且也不打听。柳勃卡跟大家一样,当然也不知道。但是柳季科夫却十分清楚柳勃卡为什么要留在克拉斯诺顿,并且知道她到伏罗希洛夫格勒去跟什么人联系。

这一天很冷,乌云在草原的上空低低地飞驰。柳勃卡却不觉得冷,站在宽阔的伏罗希洛夫格勒公路上,一只手拎着小皮箱,另一只胳膊挟着一件夹大衣。风卷起她身上鲜艳的连衣裙的衣裾,把她的脸吹得通红。

公路上时常有卡车吼叫着从她身旁驶过,车上的德国兵和上等兵嘻嘻哈哈地叫她上车,有时还做出下流的手势,但是她不屑一顾地眯缝起眼睛,连睬也不睬。后来她看见一辆浅色小汽车开过来,车身挺长,车架低,司机旁边坐着一个德国军官,便很随便地扬起手。

驾驶舱里的军官迅速回过头,露出制服褪了色的后背,大概后座上坐着大官。汽车吱嘎一声刹住车,停下来。

"Setzen Sie sich！Schneller①！"德国军官说,打开车门,只有嘴角露出浅笑。他砰地一声关上前面的车门,又伸手打开后座的车门。

柳勃卡把小皮箱和大衣举在前面,低头钻进汽车,车门砰地一声关上。

汽车往前一冲,风驰电掣而去。

坐在柳勃卡身旁的是个干干巴巴的上校,身体结实,脸刮得精光,皮肤粗糙,厚嘴唇往下耷拉,头上戴着一顶晒黄了的帽尖高高的大盖帽。德国上校和柳勃卡都粗暴无礼地注视对方眼睛,不过原因大不相同,上校是因为他大权在握,柳勃卡则因为心里发慌,坐在前面的年轻军官也回过头来看柳勃卡。

"Wohin befehlen Sie zu fahren②?"脸刮得精光的上校问,他一笑,那样子好像非洲的布须曼人。

"我一点儿也听不懂！"柳勃卡说,"您说俄语吧,要不就最好别开口。"

"什么地方,什么地方……"上校用俄语说,伸手朝远处随便一挥。

"谢天谢地,你总算会说两句。"柳勃卡说,"伏罗希洛夫格勒,或叫卢甘斯克……你明白吗？嗯,对了！"

她一说起话来,惧意就消失了,立刻恢复轻松愉快的态度,会使任何人,包括德国上校在内,相信柳勃卡所说的和所做的一切都是理所当然的。

"请问几点了？……表,表,真是笨蛋！"柳勃卡说,用手敲敲自己

---

① 德语:上车吧！快点！——译者注
② 德语:把您送到什么地方？——译者注

手腕子上边。

上校把长胳膊往前一伸,让衣袖缩回来,然后又机械地一弯胳膊肘,把一块方表举到柳勃卡面前。柳勃卡看见他那瘦得皮包骨的胳膊上长着稀疏的灰汗毛。

归根结底,不一定非得懂语言不可,只要愿意总可以弄明白对方的意思。

她是干什么的?她是演员。不,她不是在剧院里演剧,她只会跳舞和唱歌。当然,她在伏罗希洛夫格勒有好几个住处,想住哪儿就住哪儿。她认识好多上流人物,因为她父亲是有名的实业家,在戈尔洛夫卡有好几个矿井。遗憾的是苏维埃政府剥夺了他的一切。可怜的父亲死在西伯利亚,扔下妻子和四个孩子,她们都是姑娘,又都长得非常漂亮。是的,她是最小的。不,她不能到他住的地方去做客,这有损于她的名声,她可不是那种人。自己的地址?她肯定会给他,只是现在她还不知道住在什么地方。如果上校允许的话,她可以跟他手下的中尉讲妥,怎么能找到对方。

"看来您比我更有希望,鲁道夫!"

"那样的话,我一定为您帮忙,Herr Oberst①!"

离前线挺远吗?前线上形势很好。这样漂亮的姑娘不必为战事操心。不论出什么事,她都可以安心睡觉。用不了几天我们就拿下斯大林格勒。我们已经深入高加索——这该令她满意了吧?……谁告诉她说顿河上游前线离这里不远?……嘿,这些德国军官!原来喜欢信口开河的不止他一个人……听说所有的俄国漂亮姑娘都是间谍。是这么回事吗?……是这样,因为这一段前线归匈牙利人,才出现这种情况。他们当然比臭气熏人的罗马尼亚人和意大利人强,但是他们都不可靠……战线拉得太长,斯大林格勒消耗大量兵力。给养很难解决!我可以按手上的纹路讲给您听,把您的小手伸过来……这条大纹是通往斯大林格勒的,这条间断的是通往莫兹多克的——您没有常

---

① 德语:上校先生!——译者注

性！……现在您再把它放大一百万倍，就会明白在德国军队里当军需官非得有铁一样的神经才行。不，她别以为他只能搞搞士兵穿的裤子，他还有漂亮姑娘可以用的东西，都是漂亮的小玩意儿，比方脚上穿的，比方这里戴的——她明白他说的什么吗？也许她不会不要巧克力吧？喝口葡萄酒总可以吧？这该死的灰尘！……姑娘不喝酒是很自然的，但是这可是法国酒！鲁道夫，停车……

他们在距离前面的村子大约有二百公尺的地方停下车，钻出车外。这个村子很大，沿着公路两旁伸展开去。这里有一条积土很厚的下坡路，通向河沟旁边的村道。河沟里长满柳条，斜坡上是干枯的茂草。村道就在坡底下，路坡可以挡风。中尉命令司机把车开到村道上，靠近河沟。风刮起柳勃卡的连衣裙的衣裾，她用两手按着，赶在两个军官前面跟着汽车跑，鞋陷进路上又干又细的尘土里，土立刻灌进鞋里。

中尉的脸什么样，柳勃卡几乎一直没看见，只看见他那褪色的制服后背。这个中尉跟司机从汽车里取出一个软皮箱和一个淡黄色筐，筐编得很精致，也很沉重。

他们就在河沟斜坡上背风的地方，在干枯的茂草上坐下来。不论他们怎么劝酒，柳勃卡一口也不喝。但是铺着的桌布上摆着那么多好吃的东西，要是不吃才犯傻呢。况且她是演员，又是实业家的女儿，于是她想吃什么就拿什么。

她很讨厌灌进鞋里的土，开始还犹豫不定：要是脱下皮鞋抖落土，再用手掌擦干净脚上的麻纱袜子，光穿袜子坐一会儿，让脚透透气，这么做符不符合实业家女儿的身份？后来她解除了顾虑，这么做了，想必是完全正确，起码德国军官把这看成理所当然的。

无论如何她很想知道，靠近克拉斯诺顿这一带和穿过罗斯托夫州北部的前线上德国兵力多不多。她从住在她家的德国军官嘴里了解到，罗斯托夫州还有一部分仍然在我们手里。她一个劲儿表示担心，这一带战线会不会被突破，那样一来她又会落到布尔什维克的奴役之下。这时上校的心情更倾向浪漫情调，不想谈正经事，听她一再表示担心大为不满。

她对德国军队的这种不信任终于把上校惹火了。上校骂了一句：

"Verdammt noch mal①！"便满足了她的好奇心。

正当他们在这里吃东西的时候，从村子里的公路上传来杂乱的脚步声，并且越来越响。开头他们谁也没在意，但是脚步声远远传来，越来越响，终于充塞周围的整个空间，仿佛有一支队伍正从这里经过，走也走不完。甚至从河沟的斜坡上也可以看到公路上扬起的尘土被风刮到一边并飞到空中。还不断传来零星的说话声和叫喊声——男人粗声粗气，女人却悲悲切切，好像哭死人似的。

德国上校、中尉和柳勃卡都站起来，从河沟里往外看。原来是一大队苏军俘虏由罗马尼亚军官和士兵押着，从村子里源源不断往外走。队伍旁边跟着许多哥萨克妇女，有年老的，也有年轻的，有时冲过罗马尼亚士兵的警戒线走到队伍跟前，一边叫喊着，哭诉着，一边把面包块、西红柿、鸡蛋或整个面包、甚至包着食物的小包扔进队伍里伸出来又黑又瘦的手里。

这些俘虏衣衫褴褛，穿着破军裤和军便服，黑黢黢的，还落满尘土，大部分都光着脚或者穿着破鞋和破烂的树皮鞋。他们的胡子都长得挺长，瘦得不成样子，身上的衣服好像披在骨头架子上。他们一看到跟着队伍一边喊一边跑的女人便露出欣喜的笑容，但是这种笑容是可怕的，罗马尼亚士兵则拼命用拳头和枪托驱赶这些妇女。

柳勃卡从河沟里探出头来看见队伍，一刹那间便不顾一切从桌布上抓起白面包和别的食物，只穿着麻纱袜子顺着积满尘土的坡路跑上公路，冲进队伍。她把面包和别的食物塞到一只只伸向她的黑手里。罗马尼亚上士要抓她，她就想法躲开。上士用拳头打她，她就低下头，用两只胳膊轮流挡住，嘴里直喊：

"给你打，给你打，狗腿子！只是别打脑袋！"

有一双有力的大手把她从队伍里拽出来，她站在公路上，看见德

---

① 德语：该死的！——译者注

国中尉正扬起胳膊打那个罗马尼亚上士耳光。上校也正大发雷霆,样子好像一只龇牙瞪眼的上等猎狗。一个罗马尼亚占领军的军官直挺挺站在上校面前,穿着淡绿色军装,用古罗马语含糊不清地嘟囔些什么。

当她又穿上乳黄色皮鞋,跟德国军官坐车驶向伏罗希洛夫格勒的时候,她才完全清醒过来。最令人奇怪的是,柳勃卡的这个举动德国人也认为理所当然。

他们经过德军检查站通行无阻,便开进市里。

中尉转过身来问柳勃卡,要把她送到什么地方。柳勃卡已经完全控制住自己,便朝前面一摆手。她看到有一座楼房很符合矿主女儿的身份,叫在房子门前停车。

柳勃卡胳膊上搭着大衣,中尉提着小皮箱在后面跟着,走进这座陌生的楼房的门洞。这时她犯了犹豫:是在这里就设法摆脱中尉好呢,还是随便敲开一家房门好。她踌躇不决地瞥了中尉一眼,而中尉完全误解了她的目光,用空着的胳膊去抱她,她扬手照着他那红脸颊就是一巴掌,虽说她并没发火,却也打得不轻。然后她跑上楼梯。中尉认为这一巴掌也是理所当然的,满脸堆笑,在旧小说里就叫佯笑,提着小皮箱跟着柳勃卡上了楼。

一上二楼她就用拳头敲门,那神情很果断,仿佛她真是出门很久现在回到自己家似的。开门的是个又高又瘦的太太,怒容满面,傲气凛然。脸上保留着如果说不是美貌的痕迹,也是长年不懈美容的结果。柳勃卡真算走运!

"丹克申①,中尉格尔②!"柳勃卡运用她所掌握的德语词汇大着胆子说,发音不免难听,然后就伸手去接小皮箱。

开门的太太一看是个德国中尉跟一个穿得花里胡哨的德国女人,露出无法掩饰的恐惧。

---

① 德语:非常感谢。——译者注
② 德语:先生。——译者注

"Moment①!"中尉放下皮箱,从肩上挎着的图囊里取出笔记本,用白木杆粗铅笔在上面写了几个字,撕下一页递给柳勃卡。

这是地址。柳勃卡来不及看,也来不及想矿主女儿在这种场合应该怎么办。她急忙把地址塞进胸罩里,朝向她行举手礼的中尉随便点点头,便走进前厅。柳勃卡听见那位太太在她身后关上门,又上了好几道锁,加上好几个门闩和铁链子。

"妈妈,谁来了?"一个女孩从里屋问。

"别叫唤!马上来。"那位太太说。

柳勃卡一只手拎着皮箱,另一只胳膊挟着大衣进了里屋。

"我被安排在您这里住……不会妨碍您吧?"她说,亲热地看看女孩,又打量一下房间:这个房间很大,家具也挺讲究,只是没人收拾。看样子房子的主人可能是一位医生、工程师或者教授。但是当年把这个房间装饰得这么好的主人显然已经不在了。

"请问是谁把您安排到我家的?"女孩感到奇怪,平静地问,"是德国人还是什么人?"

女孩看样子也是刚刚到家,戴着咖啡色小圆帽,脸冻得通红,大约有十三四岁。她长得挺胖,脖子胖,脸蛋也胖,体格结实,很像一棵白蘑菇,不知是谁给安上一对机灵的褐色眼睛。

"塔莫奇卡!"太太厉声喝道,"这跟我们没关系。"

"怎么没有关系,妈妈,既然她要住在咱们家,就有关系。我就想弄个明白。"

"对不起,您是德国人吗?"太太不知所措地问。

"不,我是俄国人……我是演员。"柳勃卡不大有把握地说。

接着是一阵沉默,在沉默中女孩已经把柳勃卡完全看明白了。

"俄国演员早都撤退走了!"

"白蘑菇"气得满脸涨红,从房间里跑了出去。

这样一来,柳勃卡只好喝下这杯苦酒,这是占领者在他所占据的

---

① 德语:等等。——译者注

土地上不可避免要品尝的滋味。不过她明白，她必须利用这个住处，而且就用房东误以为真的身份出现，这样对她有利。

"我不会住多久，我会另找住处。"她说。不过她还是希望这家人家对她的态度能好一些，便又补充一句："真的，我很快就能找到！……什么地方可以换换衣服？"

过了半个小时以后，一位俄国女演员穿着蓝湖绉连衣裙和蓝皮鞋，胳膊上搭着大衣，已经走到洼地里的铁路道口。这块洼地把这座城市分成两部分。过了道口是一条没修的石头道，上坡就叫石滩。她到这座城市里来巡回演出，想找个长期的住处。

第三十七章

普罗岑科做事小心谨慎，认为不能再使用原先定的接头地点，其中包括伏罗希洛夫格勒的地点在内。但是在第一分区书记亚科文科牺牲以后他必须到伏罗希洛夫格勒去一趟。他为人又大胆，便决定冒风险利用老相识的关系去找妻子的好朋友玛莎·舒宾娜。这个女人性情温和，然而婚姻不幸，至今过着单身生活。她原来在机车厂当绘图员，工厂两次安排疏散，她都因为舍不得离家而没走。因为不管怎么的，她也不相信能把家乡的城市让给敌人，她留下总会有事可做。

普罗岑科决定去找玛莎·舒宾娜也是妻子的主意，而且就是他跟妻子一起藏在玛尔法的地窖那天夜里做出的决定。

普罗岑科不能带妻子一起去，因为他们在伏罗希洛夫格勒工作多年，两人一起去太容易暴露。而且从工作角度考虑，卡佳也是留在当地更好，可以跟游击队的各个小队和地下组织进行联系。所以他们当时在地窖里就决定，卡佳最好先留在玛尔法家，就说是她家的亲戚，熟悉一下环境，有可能就在附近的村子当个老师。

当他们做出决定之后，才不由得想到，这是他们共同生活以来第一次分别，而且是在战争时期，说不定他们永远也见不到面了。

他们不再说什么了，久久地抱在一起。并且突然感到他们在这黑暗潮湿的地窖里能这么紧紧地拥抱也是难得的，是莫大的幸福。

正像许多结合已久、婚姻关系牢固的家庭一样，因为他们观点一致，男女双方都参加工作，而且有孩子，他们之间稳定的关系已经不需要经常的外部的感情流露。他们的感情藏在内心深处，就像灰堆里的火炭一样，一遇到考验、社会动荡、痛苦和欢乐的时候，就会突然燃烧起来。于是往事的回忆清清楚楚浮现在眼前：他们最初在卢甘斯克公园的几次约会、香飘全城的洋槐的花香、在青春岁月的头上展开的星光灿烂的夜空、青年时代海阔天空的幻想、第一次肉体接触的欢快、第一个孩子诞生的幸福和头几次由于性格不同而结下的酸果。不过这仍然是美妙的果实！只有软弱的心灵一尝到这种果实便会分手，而坚强的心灵会更加密切地结合在一起，永不分离。

爱情既需要严峻的生活考验，也需要对爱情萌生的甜蜜回忆。生活考验可以使双方结合得更牢固，而回忆可以使人永葆青春。如果"还记得吗？"这几个字所表达的感情能经常使你们激动，那么共同生活的道路就会把你们牢牢地拴在一起。这甚至不仅仅是回忆。这是青春放射的永恒的光辉，这是继续前进、奔向未来的召唤。谁要是能把它保留在自己心里，他就会永远幸福。

普罗岑科和卡佳坐在玛尔法的黑暗的地窖里，体验到的正是这种幸福。

他们坐在那里并不说话，而心里却在说着："还记得吗？还记得吗？……"

他们最难忘的，是最后表白爱情那一天。他们已经来往好几个月了，其实她已经完全了解他的心思，根据他热情洋溢的话语和无微不至的体贴。但是她不肯让他表白心迹，自己也不肯答应什么。

有一天晚上，他约她第二天到他住的宿舍去找他，当时他正在党校学习。她肯答应去就是他最大的胜利，因为这说明她不怕见到他的同志。这正是课后时间，学校的院子里有很多学员。

她走进宿舍院子的时候，果然满院子都是人。学员们正在玩击棒游戏。他也在其中，他穿一件乌克兰衬衫，没系带子，敞着领口，玩得正高兴，浑身发热。他跑到她跟前打招呼说："稍等一会儿，马上就完……"这时所有的学员都看他俩，并且挤一挤给她让出地方，于是她也看他们击棒，不过她注意的只是他。

她一直有点儿嫌他个子矮，现在她仿佛头一次看见整个的他，他长得多么强壮有力，又灵巧又调皮。最难打的木棒他也能一棍就打出圈外。她觉得出来,这一切都是做给她看的。他还不断嘲笑对方。

　　那时候列宁大街刚铺上柏油,天气炎热,他们走在晒化了的柏油路上,感到非常幸福。他还穿那件乌克兰衬衫,只是已经系好带子。淡褐色头发像波浪似的披散开来。他走在她身边,说个不停。经过小摊他们买些干枣,装在报纸做的纸口袋里,用手举着。枣又热又甜,只有她一个人吃,因为他一直在说。她记得最清楚的一件事是柏油路铺得虽好,却没有垃圾桶。吃剩的枣核没地方吐,她只好含在嘴里,想等拐到次一点儿的大街上再吐。

　　突然他停住不说了,用异样的目光看她,把她看得害臊了。他却说:

　　"我就在大街上当着大家的面吻你!"

　　这时她也来了一股犟劲,从睫毛底下斜眼瞥了他一眼说:

　　"你敢,我把枣核都吐到你脸上!"

　　"挺多吗?"他一本正经地问。

　　"有十二个!"

　　"我们进公园吧? 快跑!……"他叫了一声,不容分说抓住她的手。他们就嘻嘻哈哈地往公园里跑,也不顾行人都在注意他们。

　　"你还记得吗?……还记得那天在公园里夜色有多么好?……"

　　现在在这漆黑的地窖里就跟当年在卢甘斯克公园里的星空底下一样,卡佳把发热的脸贴在丈夫有力量的肩膀、脖子和长满柔毛的脸颊之间,心里感到又踏实又舒服。他们就这样一直坐到天亮,连盹都没打。后来普罗岑科把妻子紧搂一下,稍微移开脸,松开手。

　　"到时候了,唉,到时候了,我的小燕子,我的小鸽子!"他说。

　　但是她却不肯把脸挪开,他们又这样坐下去,直到四处天光大亮。

　　普罗岑科派纳列日内祖孙二人到米佳金根据地去了解游击队的情况。他跟老头讲好长时间,游击队应该如何分成小队进行活动,应该如何找农民、哥萨克和在农村定居的复员军人组织新的游击小队。

　　正当他们在玛尔法家吃饭的时候,有个老爷子是玛尔法的远亲,闯过孩子们的警戒线走进屋里,正赶上他们吃饭。普罗岑科什么都想知道，便抓住他不放，想了解一下普通老农对当前形势的看法。这个老爷子正是给奥列格的舅舅一家赶车的那个老头，他经过风雨，见过世面，他那匹黄马到底被过路的德国军需官给抢走了，他只好回到农村投奔亲戚。老爷子立刻明白他不是跟普通人打交道，便绕起弯子。

"嗯，你瞧，事情是这样……有三个多星期了，他们的部队就这么一直往前开。开过去的兵可真多！红军现在不会回来了，不……还有啥好说的，仗已经打到伏尔加河对岸了，在古比雪夫附近。莫斯科给包围了，列宁格勒丢了！希特勒说他只要困也把莫斯科困下来。"

"我怎么能相信你把这些鬼话都当成真事了呢！"普罗岑科说，眼睛里闪过机灵的火星，"这么办，老爷子，咱俩个子一般高，你把你的衣服和鞋什么的给我一套，我把我的留给你。"

"原来这么回事。"老爷子用俄语说，明白是怎么回事了，"我马上给你取衣服去。"

个子矮小的普罗岑科穿着这个老爷子的衣服，背着背囊，虽然年纪不算老，胡子倒留得挺长，就这样来到石滩，闯进玛莎的家。

他走在故乡的城市还要乔装打扮，心里很不是滋味。

他在这里土生土长，又工作了好多年。他亲眼看到许多机关企业、俱乐部和住宅怎么盖起来的，其中大部分他都出过力。比方说他还记得修这个小公园的计划，是在市苏维埃主席团会议上制订的，他还亲自监督公园里的灌木如何分布和栽种。他在故乡城市的建设上不知花了多少心血，可是市委里总有人责骂说院子和街道不干净，不过这也是事实。

现在市里有一部分房屋被炸坏了——在激烈的战斗中大家不注意城市破坏成什么样子。问题甚至不在这里，只有几个星期的工夫城市变得满目荒凉，似乎新主人自己也不相信他们会长久待下去。街道不洒水也不清扫，街心花园里花都枯死了，草坪上长出了野蒿，碎纸和烟头被浓密的红色尘土卷起来到处乱飞。

这是煤都之中的一个。从前往这里运送的货物要比全国其他许多地方都多。街上来来往往的人都打扮得漂漂亮亮，花花绿绿。可以觉出来这是一座南方城市,到处都有各式各样的水果、鲜花和鸽子。现在街上行人稀少,穿得也不起眼,色调单一,马马虎虎,好像有意变得邋遢。给人一种印象,好像他们连脸都不洗。街上新添的特色是到处都是敌人军官和士兵的军装、肩章和牌牌,最多的是德国人和意大利人,不过也有罗马尼亚人和匈牙利人。街上只能听到他们说话的声音,只有他们的汽车乱鸣喇叭满街跑,卷起一阵阵尘土。普罗岑科有生以来还从没感到对故乡的城市和乡亲如此痛切的怜爱。

他觉得就好像他被赶出了家门,如今偷偷回来也只能从远处观望新主人在盗窃他的财产,用脏手玷污他所珍贵的一切,侮辱他的亲人,而他只能眼睁睁地看着,一点儿办法也没有。

他妻子的朋友玛莎身上也带有这种普遍的忧郁和邋遢的痕迹:她穿一件破旧的深色连衣裙,淡褐色头发随便挽个髻,脚上穿着拖鞋。看样子几天也不洗一次脚,就那么上床睡觉。

"玛莎,怎么能这么邋里邋遢!"普罗岑科憋不住说。

她无动于衷地看看自己身上说:

"是吗?我倒没在意。大家都这个样子。这样倒也好,免得他们来纠缠……说起来,市里早就断水了……"

她不再说下去,普罗岑科仿佛头一次注意到她多么消瘦,屋子里空落落的,没有一点儿舒适的样子。他想到她可能在挨饿,把家里的东西早都变卖光了。

"那好吧,我们一块儿吃点儿东西……这是一个好心的女人为我准备的,真是个聪明的女人!"他不好意思地说,忙着打开他的背囊。

"我的天哪,难道问题在这里吗?"她用双手捂住脸。"您把我带走吧!"她突然热烈地说。"带我去找卡佳。我愿意尽力伺候你们大家!……我愿意给你们当仆人,免得天天过这种屈辱的日子。没有工作,也没有生活目的,简直是慢慢等死!"

她跟卡佳从小就是好朋友,自从卡佳结婚以后,她跟他就认识,平时对他总称"您",这次也是一样。其实他早就猜出来,她之所以不肯跟他称呼"你",因为她是个普通的绘图员,而他是个大干部,他们之间总有一种距离感,她摆脱不掉。

普罗岑科宽大的前额上形成一道很深的皱纹,他那机灵的蓝眼睛也现出一种严肃忧虑的神情。

"我要直截了当地跟你谈,也许不大客气。"他说,眼睛并不看她。"玛莎! 如果问题只在于你和我,我可以带你去找卡佳,把你们两个藏起来,自己藏起来。"他很不高兴地苦笑说。"可我是国家的公仆,我想让你也尽力为我们的国家服务,我不但不能带你走,还要把你留在这里做最危险的工作。你直接告诉我,你同不同意? 有没有这种胆量?"

"干什么都行,只要不过现在这种日子!"她说。

"不,你这不是回答!"普罗岑科严厉地说,"我提出这个建议并不是为了拯救你的灵魂,而是问你究竟同不同意为人民和国家服务?"

"我同意。"她轻声说。

他隔着桌子迅速向她俯过身去抓住她的手。

"我需要跟这里的自己人建立联系,但是市里的关系遭到破坏,我不知道那个接头地点还能不能用……我给你地址,你去检查一下。你需要有胆量,还要有魔鬼一般的心机,你敢去吗?"

"敢去。"她说。

"你要是出了事,他们会慢慢折磨你,就像用火慢慢烤你一样。你不会招认吧?"

她沉吟片刻,仿佛在扪心自问。

"不会。"她说。

"那么我来告诉你……"

于是他在昏暗的灯光下把身子向她俯得更近,近到她能看清他那秃了的鬓角上有块新伤疤。他交给她石滩当地的一个接头地点,他觉得这个地点比其他的更为可靠。而且他特别需要这个地点,因为通过这个地点可以跟乌克兰游击队司令部进行联系,不仅可以了解本州的情况,而且可以了解到苏联军队防守的整个地区和各地的情况。

玛莎说她马上就可以去。这真是幼稚的牺牲精神加上缺乏经验,普罗岑科听了真感到心疼。他的眼睛里又有狡黠的火星乱蹦。

"这怎么行!"他带着善意的责备快活地说,"这好比时装店里做衣服,要精工细做……我要保证有个可靠的后方呢!你住的房子是谁家的?"

玛莎的房东是机车厂的老工人。这座用石头砌的小房当中有个走廊两头开门,前门通大街,后门通后院,后院用低矮的石头墙围着。这条走廊把小房分成两半:一头是大房间加厨房,另一头是两个小房间。玛莎租的就是其中一个小房间。老工人子女很多,但是早都出去过了。儿子有的参军,有的撤退,几个女儿嫁了人,住在别的城市。据玛莎说,这位房东很可靠,脾气固然有些孤僻,没事就好看书,但是为人正直。

"我就说您是我的舅舅,从农村来,我母亲也是乌克兰人。就说是我写信叫您来的。不然我一个人,日子真不好过。"

"你领舅舅去见见房东,看看他是个什么样的孤老头!"普罗岑科笑着说。

"那算是干的什么活计?又用什么干哪?"孤老头怏怏不乐地嘟囔说,偶尔抬起鼓鼓的大眼睛看看普罗岑科的胡子和右鬓角上的伤疤。"我们自己就运走了两次设备,德国人还炸了好几次……我们造过机车,还造过坦克和大炮,可现在倒好,只能修理煤油炉和打火机……车间只剩下空壳,要是好好找找,工厂各处还能有些设备,可是这,这么说吧,得有真正的管家人。可眼下这些家伙……"他把干瘪的粗糙的小手攥成拳头一挥。"是个浅薄的民族!……办事太小气,而且都是贼。信不信由你,一个工厂来了三个主人。一个是克虏伯①,这个工厂从前属于哈特曼,克虏伯收买了他的股票,另一个是铁路局,还有一个是电气公司,电气公司分到的是中央热电站,尽管我们的人在撤退之前早把它炸了……他们在工厂里转悠一圈就决定把它分成三份。一个被破坏了的工厂还要立上界标,就像沙皇时代的农民在地头上立界石一样,真叫人哭笑不得。连工厂里的道路都挖上坑,真好像一群猪。

① 克虏伯是德国冶金和机器制造业垄断组织康采恩的名称。——译者注

他们瓜分完了,划上界,就把残余的设备运往德国,小一点儿和次一点儿的东西,就像旧货市场上的小贩一样想方设法兜售。我们工人们耻笑他们:'嘿,上帝赐给了我们好东家!'你知道,我们工人这些年已经习惯于大规模生产,这些破烂机器不用说上去干活,连瞅都难受。嗯,总而言之,连笑也含着眼泪……"

他们四个人围着小油灯坐着,真像穴居时代的人,留着长胡子的普罗岑科、一声不响的玛莎、佝偻着身子的老太婆和孤老头,他们的影子大得可怕,时而凑到一起,时而又分开,不住在墙上和天棚上移动。孤老头总有七十岁了,个子不高,长得又瘦,脑袋却很大,他勉强支撑起来。他说话声音单调,闷声闷气,听起来连成一片的"呜噜呜噜"。但是普罗岑科却听得津津有味,不仅因为老人说得在理,都是大实话,而且因为能遇到一位工人这么详细、有条有理地向他介绍德国人统治下的工业情况,就像把他当成萍水相逢的农民似的,心中感到非常高兴。

普罗岑科终于憋不住,讲出自己的想法:

"我们乡下人是这么想的,德国人并不打算在乌克兰发展什么工业。他们的工业都在德国,他们只需要我们的粮食和煤。乌克兰就像是他们的殖民地,我们就是他们的黑奴……"普罗岑科觉得孤老头好像用奇怪的目光打量他,便笑笑说:"我们庄稼人也能发这种议论并不奇怪,因为我国人民的水平都普遍提高了么。"

"说得倒也是……"孤老头说,对普罗岑科的论点毫不奇怪,"嗯,好的,就算是殖民地。这么说,他们把农业发展起来了,是吗?"

普罗岑科轻轻笑着说:

"冬麦我们都是按垄种的,种在冬麦茬和春麦茬上,整地用的是锄头。你一听就明白种得怎样!"

"是这么回事!"孤老头说,对他这番话也不感到惊奇,"他们不会管理。他们就像骗子似的习惯于敲诈别人,就靠敲诈活着。他们还想用这种文明,上帝宽恕我,去征服世界,真是一群愚蠢的野兽。"他平静地说,并不恼火。

"嘿,老爷子,你的脑瓜儿比我这庄稼人可强百倍!"普罗岑科高兴地想。

"您什么时候到外甥女家来的?有没有人看见您?"孤老头问,丝毫不改变声调。

"没有人看见,我有什么怕的?我证件齐全。"

"这我明白。"孤老头支支吾吾地说,"这里现在有个规矩,有外来人我就得向警察局报告。如果您住不长,不如就免了。伊万·费奥多罗维奇,说实话,您一来我就认出来了,因为您不知到我们工厂来过多少次了,说不定坏人也能认出您来……"

是的,妻子说他天生走运,算是说对了。

第二天一清早玛莎就到接头地点去了,还领来一个陌生人。令普罗岑科和玛莎感到十分奇怪的是,这个陌生人跟孤老头打招呼就像他们昨天还见过面似的。普罗岑科从这个人那里知道,这个孤老头也是自己人,是留下来做地下工作的。

普罗岑科还从这个人嘴里头一次听说德国人已经深入国土内部,这正是伟大的斯大林格勒战役打响的日子。

后来几天普罗岑科都忙于检查和逐渐恢复全市和全州的联系网。

就在他工作最紧张的时候,让普罗岑科跟本市地下组织接上关系的那个人把女演员柳勃卡带来了。

普罗岑科听柳勃卡汇报了克拉斯诺顿被抓进监狱的人都惨遭杀害的情况之后,阴沉地坐了半天,说不出话来。舒利加和瓦尔科死得太可惜了,让人心疼。"他们是多么好的哥萨克呀!"他心里想。突然又情不自禁地想到妻子:不知她现在怎么样了?……

"是啊……"他说,"做地下工作有多难啊!世界上还没有过这么难做的地下工作……"他在房间里走来走去,一边走一边跟柳勃卡谈,仿佛自言自语似的。"有人把现在的地下工作跟上次武装干涉和白匪统治时期相比较,那哪能相比呢?这批刽子手搞白色恐怖可真厉害!白匪跟他们相比不过算是个小孩,而这帮家伙一杀人就是几百万……不过我们也有当时没有的优越条件,现在的地下组织和游击队可以依靠我们党和国家的强大威力，可以依靠我们红军的力量……我们游击队的觉悟更高，组织得更好，技术装备，包括武器和通讯工具，也都更强。这一点要向人民讲明白……我们的敌人也有他最大的弱点：他们愚蠢，不管什么事都按照上级的指示办，按规定的时间去做。他们生活在我们的人民中间，行动起来两眼漆黑，什么也弄不明白……这一点要充分加以利用！"他说着，在柳勃卡面前停住脚步，然后又从这个墙角走到那个墙角。"这一切都要向人民讲明白，让人民不要害怕他们，要学会欺骗他们。应该把人民组织起来，人民本身就会有力量，到处都要建立小规模的地下小组，可以在矿井和农村里进行活动。大家不要往树林里藏，不管怎么说，我们是生活在顿巴斯！要到矿井去，到农村去，甚至钻到德国人的机关里去，像劳动介绍所、市政府、管理处、农业办事处、警察局，甚至盖世太保。要从内部来瓦解他们的一切！可以采取破坏、怠工和各种行动……这些小组就可以由当地居民来组织，包括工人、农民和青年。每个小组五个人。但是要到处都有，无孔不入……不能被敌人吓住！我们要把敌人吓得牙齿直打架！"他怀着满腔仇恨说。这种仇恨也感染了柳勃卡，她恨得喘不上气来。这时普罗岑科才想起柳勃卡转达了她的上级让她转达的话。"这么说，你们那里工作很顺利？是的，别的地方也都在进行工作。干这种事不可能没有牺牲……你叫什么名字？"他问，又在她面前站下来。"这么叫的，不行，这么漂亮的姑娘怎么能叫柳勃卡？应该叫柳芭！"他的眼睛里又闪耀着快活的火星。"好，你说吧，还有什么要求？"

柳勃卡立刻清楚地想起他们七个人排成一排站在屋里宣誓的情景。窗外乌云在低低地奔驰。每个人出列时都脸色苍白，宣誓时的声音都提得挺高，清脆响亮，极力掩饰虔诚的战栗。这篇誓词是由奥列格和万尼亚起草的，经过全体通过，这时它仿佛突然离开他们，高高升起，比法律更加严肃和不可动摇。柳勃卡一想到这里又激动得脸色苍白，一对孩子气的蓝眼睛更加炯炯有神，闪射出像钢一样坚强无情的光辉。

"我们需要指导和帮助。"她说。

"你们是谁?"

"'青年近卫军'……我们的指挥员是伊万·图尔克尼奇,他是红军中尉,因为负伤陷入包围圈,政委是奥列格·科舍沃伊,高尔基学校的学生。现在我们已经有三十来人宣过誓。正像您方才说的,分成五人一组,这是奥列格的主意……"

"大概是老同志给他出的主意。"普罗岑科说,一下子完全明白了,"但是不管怎么说,你们的奥列格是个好样的!……"

普罗岑科非常兴奋,坐到桌子跟前,让柳勃卡坐到他的对面,让她一个一个说出指挥部成员的名字,并且介绍一下每一个人的情况。

当柳勃卡介绍到斯塔霍维奇的时候,普罗岑科的眉梢耷拉下来。

"等一下。"他说,用手碰了一下她的手,"他叫什么名字?"

"叶夫根尼。"

"他一直跟你们在一起还是刚从别的地方来的?"

柳勃卡介绍了斯塔霍维奇怎么出现在克拉斯诺顿,他自己是怎么说的。

"你们对这个小子要小心,要审查他一下。"于是普罗岑科对柳勃卡讲了斯塔霍维奇离开游击队的情况很令人奇怪,"但愿他没被德国人抓住过。"他思忖着说。

柳勃卡的脸上现出不安的神色,由于她一向不喜欢斯塔霍维奇,这种不安就更加强烈,她看着普罗岑科半天不说话。后来她的脸色平和了,眼睛也明亮了,平静地说:

"不,这不可能。他大概不过是害怕就溜了。"

"你为什么这么想?"

"大家早就知道他是共青团员,他一向自以为了不起。这种事他不会干。他的家庭很好,父亲是老矿工,几个哥哥都是党员,在部队里……不,不可能有这种事!"

这个姑娘思想这么单纯,令普罗岑科感到惊讶。

"聪明的丫头!"他凄然地说。他这种凄然的目光她无法理解。"从前我们也有过类似的想法。可是你瞧,是这么回事,"他就像给小孩讲故事似的尽量把话说得简单明了,"世上还有不少蜕化变质的人,他们认为思想就像身上穿的衣服一样,不过是暂时的,或者是一种面具,法西斯分子在世界各地培养出几百万这样的人。就有意志薄弱的人经不起考验……"

"不,不可能。"柳勃卡说,她指的是斯塔霍维奇。

"但愿如此! 就算是因为害怕,还可以害怕第二次。"

"我会告诉奥列格。"柳勃卡简短地说。

"我说的意思你都听明白了吗?"

柳勃卡点点头。

"那么你们就行动吧……你在本市是不是跟带你来的人有联系?你就跟他保持联系。"

"谢谢。"柳勃卡说,用快活的眼神看着他。

两个人同时站起身来。

"向'青年近卫军'的同志们转达我们布尔什维克的战斗敬礼!"他用两只动作准确的小手小心翼翼地捧起她的头,依次亲吻她的两只眼睛,然后轻轻推开她。"你可以走了。"他说。

第三十八章

柳勃卡待在伏罗希洛夫格勒这段时间,就归带她去见普罗岑科的这个人领导。这个人听说她认识了一个德国军需上校和他的副官,认为这种关系十分重要,至于她闯进去的那家房东不了解她的真正身份就更好。

现在使用的密码跟她在训练班里学的完全一样,她用不着再学,但是她现在必须随身携带发报机,因为从伏罗希洛夫格勒市内往外发报十分困难。

这个人还教她如何经常变换地点,以免被德国人测出方位。她本人也不要老待在克拉斯诺顿,要常到伏罗希洛夫格勒和其他各个点走走。不但要保持已经有的关系,还要在敌人的军官中发展新关系,不仅仅限于德国人,还包括罗马尼亚人、意大利人和匈牙利人。

她甚至跟她住的那家房东讲好,以后她只要到伏罗希洛夫格勒来,还要住在她家,因为给她安排的其他住处她都没看中。那个像白蘑菇的女孩对柳勃卡仍然一脸的瞧不起,但是她母亲明白,柳勃卡住在这里总比德国军官强。

柳勃卡往回走没有别的办法,只好搭顺路的德国汽车。不过这回她不再拦小汽车,宁愿搭拉德国兵的大卡车。大兵比军官好应付,头脑不大机灵,因为现在她的小皮箱里破烂衣服当中还藏着这个玩意儿。

她终于搭上一辆带篷的救护车。车上除开五六个卫生兵之外,虽有几个军医,其中一个还是主任医师,但是都喝得醉醺醺的。柳勃卡早就明白,喝醉了的军官总比清醒的好骗。

上车才知道他们是往前线的医院送酒精的,车上许多大扁桶装着不少酒精。柳勃卡突然灵机一动,要是能从他们手里搞到些酒精大有用处,因为酒精能打开一切门和一切锁,还可以换东西。

　　柳勃卡就劝主任医师,坐这种又大又笨的带篷汽车犯不上在黑夜里赶路,到了克拉斯诺顿她有个非常熟识的人家,可以在那里过夜。她是个演员,正要到那里做巡回演出。这个主任医师终于同意了。可是当她把这么多醉醺醺的德国军官和大兵领进她家的时候,可把她的母亲吓坏了。

　　德国人整整喝了一夜酒,柳勃卡既然说她是演员,只好给他们跳舞。这舞蹈好像是跳在刀刃上。不管怎么的,要玩心眼柳勃卡可胜过他们:她同时跟军官和士兵调情,士兵因为吃醋就从中作梗,不让军官向柳勃卡献殷勤,甚至气得主任医师用皮靴踢了一个卫生兵的肚子。

　　正当他们寻欢作乐的时候,柳勃卡突然听到街上传来警察的哨子声,而且接连不断。这哨子声是在高尔基俱乐部跟前吹的,警察把哨子放在嘴里吹个不停。

　　柳勃卡开始没明白是警报,但是哨子声离她家越来越近,窗外马上传来一阵嗵嗵的脚步声,立刻就消失了。这是有人顺着这条街往下坡的小"上海"区跑去。小"上海"区紧靠河沟。不一会儿窗外又传来警察的沉重的皮靴声,而且他还在一个劲儿吹哨子。

　　柳勃卡和几个还能走路的德国人走到门前的台阶上。夜色黑暗,但是平静而温暖。尖厉的哨子声渐渐远去,手电筒射出圆锥形的光柱,光柱不住跳动,划出警察沿街跑去的路线。仿佛为了应和他,从市场和河沟对岸空地上的宪兵队,甚至从离得很远的第二道道口都传来岗警的哨子声。

　　几个德国军医在台阶上站了一会儿,一声没吭。他们都东倒西晃,因为喝醉了酒,那根管身体直立的主轴就不好使了。后来主任医师派个卫生兵去取手电筒,照了照花园里已经荒芜的花坛、栅栏的残迹和折断的丁香,后来又照照院子里的带篷汽车,然后就都回屋了。

　　就在这时,奥列格已经把追他的警察甩得很远,却看见有几个警察从河沟对岸空地上的宪兵队跑来截他,手电筒不住地闪光。他立刻明白,他在小"上海"是藏不住了,因为小"上海"都是小土房,德国人不肯住,只有这里的狗幸存下来。狗一叫就把奥列格暴露出来。奥列格想明白了,马上向右一拐进了"八间房"紧贴在跟前一幢标准房的墙上。不一会儿有个警察从他身旁跑过,把高勒皮鞋踩得咔嚓响。他距离奥列格非常近,哨子声震得奥列格耳朵发聋。

奥列格又等了一会儿,拐到他刚才来的那条街的后街悄悄往前走,尽量不暴露自己,直奔山冈,方才他就是从小山冈出发绕到这里的。

刚才他在俱乐部的台阶上发现警察以及后来为了躲避警察而沿着街奔跑的时候,他都很兴奋,甚至欣喜若狂,但是现在却惴惴不安了。因为现在他听到市场上、宪兵队和第二道道口都响起哨子声,便明白自己的过失不仅使自己面临危险,而且使谢廖沙和瓦丽亚、斯乔帕和托霞也陷入险境。

这是他们第一次出来撒奥列格和万尼亚两人写的传单,也是第一次想让居民知道"青年近卫军"成立的举动。

斯塔霍维奇提出,一夜之间就可以把传单贴遍全市,立刻造成轰动。为了否决他的这项建议不知费了多大力气。奥列格对斯塔霍维奇很了解,不怀疑他的动机是真诚的,但是他斯塔霍维奇怎么就不考虑参加的人越多越容易出事。可气的是谢廖沙跟往常一样,喜欢走极端。

但是图尔克尼奇和万尼亚都支持奥列格,认为只能先从一个区域开始,过一段时间换一个,然后再换一个。这样每次都让警察扑个空。

奥列格还提出来,必须两人一伙,一个人拿出传单,另一个人就抹糨糊,头一个人往上贴,另一个人就把小瓶收起来。还要求一定要一男一女,就是让警察撞见,也可以说是谈恋爱才在戒严以后出来散步。

他们决定用稀释的蜂蜜代替糨糊。打糨糊得有地方,这件事本身就会给警察留下蛛丝马迹,更不用说糨糊容易在衣服上留下痕迹。另外,用浆糊就要用刷子,要有装糨糊的家什,携带起来也不方便。蜂蜜装进小瓶就行,用瓶塞一塞。使用的时候可以从瓶口直接往传单的背面倒上一点儿。

除开夜里贴传单之外,奥列格还定出白天到人多的地方撒传单的计划,比如可以到电影院、市场和劳动介绍所附近。这个办法简单易行。

第一次夜间行动的地点,他们选中了副一号井和它附近的"八间房"和市场。市场分给了谢廖沙和瓦丽亚,"八间房"分给斯乔帕和托霞,副一号井由奥列格自己承担。

他当然很想跟妮娜搭伴,但是他说要跟漂亮的舅母玛林娜一道去。

决定留图尔克尼奇看家,因为这是头一次行动,大家毫无经验。每一对完成任务之后,要马上向指挥员汇报情况。

但是等到大家都走之后,奥列格不禁想到,他有什么权利让舅母参加这么危险的事。舅母有个三岁的孩子,事先又没跟科利亚舅舅商量,他毕竟是孩子的父亲。

破坏自己定下的规矩当然不好,但是奥列格心中充满了孩子气的狂热,他决定一个人去。

到了黄昏,趁街上可以来往的时候,奥列格把几张传单塞进上衣的里兜,又把一小瓶蜂蜜装进裤兜,便离开家。他从沃洛佳和万尼亚住的那条大街往前走,走到通往五号井的大路穿过河沟的地方。这条河沟再往右拐就把"八间房"跟宪兵队所在的空地分开了。这条河沟边上在这一带没有人家。奥列格就顺着河沟往右拐,还没走到小"上海"的时候,有几块洼地跟河沟相连。他就从其中的一块洼地上了小山冈。这是一条起伏不平的长冈,伏罗希洛夫格勒公路就从冈顶上经过,也是这一带城市最高的地方。

奥列格钻进山冈里,几乎快走到伏罗希洛夫格勒公路跟市中心通往五一矿区的大路互相交叉的地方。他在这里潜伏下来,等待天黑。他透过被晒枯的野蒿秆望去,可以清楚看见交叉路口、公路那边的五一矿区头上的房子、已经炸毁的副一号井和旁边高大的矸石堆、柳勃卡住的那条街较低的一头高尔基俱乐部、"八间房"、伏罗希洛夫学校和宪兵队所在的空地。

对奥列格有直接威胁的警察岗哨在十字路口,那里有两个警察把着。一个几乎不离开路口,即使感到寂寞散散步,也只是顺着公路走一走。另一个在路口到副一号井之间的大路上巡逻,往前走到高尔基俱乐部,然后沿着柳勃卡住的那条大街走到小"上海"。

旁边还有个岗哨在市场,也是两个警察守着。一个经常在市场范围内转悠,另一个在从市场到小"上海"和大"上海"的交界处之间巡逻。

夜幕降临了。夜很黑,也很静,有一点儿沙沙声都听得见。现在奥列格只能凭自己的听觉了。

按照计划他要在副一号井的入口处和高尔基俱乐部贴几张传单。他们决定不往住家的墙上贴,以免连累人家。他悄悄下了山冈,走到离得最近的一排标准房跟前。从这里开始就是柳勃卡住的那条大街。副一号井就在对面,中间隔着一个广场。

奥列格听见那个巡逻的跟站岗的聊天。当他们用打火机点烟的时候,他甚至看见他们凑在一起的脸孔。必须等那个巡逻的顺着大街往下走,不然奥列格穿过广场的时候可能被他发现。但是这两个警察站在那里压低声音唠了好久。

巡逻的警察终于走了,不时用手电筒照路。奥列格站在房后,警察的脚步声听得清清楚楚。脚步声一远,奥列格就走到大街上。沉重的脚步声还听得见。那个警察还不时用手电筒照路。奥列格看见警察已经绕过高尔基俱乐部。终于再也看不见警察的影子,因为柳勃卡家房后就是河沟,那一段下坡路很陡。只有远处模糊的闪光表明警察还在不时地用手电筒照路。

副一号井跟撤退时炸毁的所有大矿井一样,也没开工。但是按照施维德中尉的命令,井上成立了由德国采矿营军官组成的行政机构。有一部分工人都是没来得及疏散或走到半路又被截回来的,每天早晨到这里进行"恢复"工作,德国人的官方文件是这么写的,其实所谓的

"恢复",不过是清理垃圾成堆的院子:有几十个人无精打采在院子里转悠,用手推的板车把废铁和垃圾从这个地方运到另一个地方。

现在这里静悄悄的,一片漆黑。

奥列格先在矿井院子的砖墙上贴一张传单,然后又在入口的岗亭和揭示板上各种通知和命令顶上各贴一张。他不能在这里逗留,倒不是怕看门的老头发现——老头夜里睡得很死——而是怕那个巡逻的警察在回来的路上经过矿井会用手电筒照照岗亭。但是既听不见警察的脚步声,也看不见远处有手电筒闪亮,他大概是在小"上海"耽搁了。

奥列格穿过广场往下坡走,直奔俱乐部。这是全市最大、最冷、最不舒适的房子,根本没法住,所以到现在还空着。俱乐部正面朝大街。这条大街一清早就人来人往:这些人都是从"八间房"、五一矿区和附近的庄子上市场的。这条街还是从市里奔伏罗希洛夫格勒和卡缅斯克去的交通要道。

奥列格正往俱乐部正面墙上贴传单,突然听到下面的河沟里传来脚步声。奥列格绕到房后藏起来。警察的脚步声越来越清楚。但是当这个警察上了坡走到俱乐部门前时,脚步声突然中断了。奥列格悄悄站在房后,等这个警察从俱乐部前面走过去。他等了一分钟、两分钟、五分钟,就是听不见脚步声。

也许是警察经过俱乐部用手电筒一照正面墙发现了传单,现在正站在那里看呢?他当然会立刻往下揭,并且发现传单是刚刚贴的。可以料想他会打着手电筒绕着房子找,因为贴传单的人走不远,除开藏在房后之外无处可藏!……

奥列格屏住呼吸,侧耳倾听,但是除开自己的心怦怦跳之外,什么也听不见,他本想离开俱乐部撒腿就跑,可是他明白,这样一来只能坏事。不,唯一的办法是查看一下这个警察究竟跑哪去了!

奥列格从墙角后面探出头,什么可疑的动静也没有。他扶着墙,高抬腿慢放脚,悄悄往大街那面移动。他又站下好几次,仔细谛听,周围一片寂静,他就这样走到第二个墙角,一只手扶墙,另一只手去扶墙角,探头往外看。他手摸到的是块旧墙皮,被雨水侵蚀,突然裂开掉到地上,奥列格觉得这个响声非常吓人。就在这时他看见门前下面的台阶上有香烟的火亮。他这才明白,警察不过是坐下歇歇,抽抽烟。香烟的火亮马上向上飘过来,台阶上也有响声。奥列格用力一推墙角,顺着大街就往河沟跑。他听到一阵尖厉的哨子声,有一瞬间他还落到手电筒的光柱里,但是他快跑几步,摆脱了电筒光。

说句公道话,从这个直接的危险发生以后,奥列格再也没做过一个冒失行动。他本可以钻进"八间房",甩掉警察之后藏到柳勃卡家或伊万佐娃姐妹家,但是奥列格没有权利连累她们。他还可以装作往市场跑却钻进"上海",一进"上海"连鬼也找不到他。但是那样会连累谢廖沙和瓦丽亚。于是他往小"上海"跑去。

现在由于形势所迫,他不得不钻进"八间房",但是他怕连累斯乔帕和托霞,不肯再往里走。他准备返回小山冈,便朝交叉路口跑去。在交叉路口上他很可能被警察岗哨截住。

他心里非常焦躁不安,既替战友们担心,又怕整个行动遭到失败。不过一听到小"上海"传来狗的狂吠声,又感到好像淘气的孩子般的喜悦。他想象得出,追赶他的警察跟从宪兵队跑来的警察相遇之后,一定正在讨论这个人怎么失踪了,并且用手电筒在周围进行搜索。

市场上听不见哨子声了,奥列格又回到山冈上,从山冈上看得见手电筒的闪光,可以断定前来截他的警察已经回宪兵队,而追赶他的那个巡逻的警察还站在远处的街头上用手电筒照着一幢房子查看呢。

警察有没有发现贴在俱乐部墙上的传单?……当然没发现!不然的话他不会坐在门前的台阶上抽烟。这工夫他们会把"八间房"翻个底朝天来寻找他奥列格!

他的心情轻松了许多。

奥列格来到图尔克尼奇家的时候,天还没亮。他按照约定的信号在窗户上轻轻敲三下。图尔克尼奇把房门轻轻开个缝。他俩踮着脚穿过厨房和家里人正在睡觉的里屋,走进图尔克尼奇一个人住的小屋。小油灯高高放在衣柜顶上。看样子图尔克尼奇压根儿没睡。他见到奥列格丝毫没有高兴的样子,苍白的脸一副严肃神情。

"有……有人被抓了吗?"奥列格问,口吃得很厉害,脸色也很苍白。

"没有,现在都回来了。"图尔克尼奇说,极力回避奥列格的目光,"你坐……"他指着小凳对奥列格说,自己坐到弄得凌乱的床上。这一夜他显然一会儿在屋里走来走去,一会儿在床上坐坐。

"怎么样?成功了吧?"奥列格问。

"成功了。"图尔克尼奇说,眼睛并不看他,"他们一起到我这里来了,有谢廖沙,有瓦丽亚,有斯乔帕,还有托霞……这么说,你是一个人去的?"图尔克尼奇抬眼看看奥列格,又低下头。

"你……你怎么知道的?"奥列格问,就像做错了事的孩子。

"大家都替你担心。"图尔克尼奇支吾地说,"后来我实在憋不住就到你舅舅家去了,看见你舅母在家……大家都想在这里等你,让我劝走了。我说如果他真被抓住了,再发现我们这么多人深更半夜集聚在这里,那就更糟了。你知道,明天大家的任务也挺重,又要上市场,又要上劳动介绍所……"

奥列格大致讲了他如何从矿井跑到俱乐部,在俱乐部门前怎么出了事。他越来越感到是自己的错,只是出错的原因他还搞不清楚。他一想到整个事情的经过便又来了精神。

"但是后来我看平安无事了,对不起,我又淘了点儿气,在回来的路上又在伏罗希洛夫学校贴了两张……"

他咧开大嘴瞅着图尔克尼奇笑。

图尔克尼奇一直听他讲完,什么也没说,站起来,两只手插进裤兜,把坐在小凳上的奥列格从头到脚打量半天。

"我想给你提点儿意见,不过你别生气……"图尔克尼奇用轻轻的声音说,"你这是头一次去干这事,也将是最后一次,听明白了吗?"

"不明白。"奥列格说,"事情办成功了,什么事能一点儿毛病也没有。这可不是散步,这是斗争,斗争就要有敌人……"

"问题不在敌人。"图尔克尼奇说。"而是不论你和我,都不能还像小孩子一样办蠢事。是的,我虽然比你大两岁,这话也是指我自己说的。我尊重你,这你是知道的,所以我才这么跟你说。你是个好青年,身体挺棒,知识大概比我也丰富,可你还是小孩子脾气……我好容易才说服他们,不让他们去支援你。我虽然劝他们别去,可自己差点儿要去了。"图尔克尼奇苦笑说。"也许你以为我们五个人在这里只是为你个人担心吗?不,我们是为整个事业担心。老弟,是时候了,你该明白你不只代表你个人,我也不光代表我自己……这一夜我一直责备自己,当时就不应该让你去。现在如果没有必要的话,我们能让自己为了一些小事去冒险吗?不,老弟,我们没有这个权利!请你原谅我,我要在指挥部里把这一条作为决议通过。就是说,如果没有特殊规定,你我都不能参加这类行动。"

奥列格一声没吭,带着孩子气的神情严肃认真地看着图尔克尼奇。

"我说你的知识可能比我丰富,老弟,这话没有错。"他带着几分歉意说。"这跟所受的教育有关系。我的童年跟谢廖沙一样,是在大街上度过的,整天光脚到处跑。虽然也上过学,可真正的知识是在长大以后才学到的。你知道,你母亲毕竟当过老师,你的继父也是有政治修养的人。可是我的父母,你也知道。"图尔克尼奇带着亲切的表情把脸往里屋门口一扬。"现在是时候了,你该把你的知识用到真正的事业中去,明白没有?至于捉弄警察,老弟,可是小事一桩。大家对你的期待比这要高得多。要是说真的……"图尔克尼奇伸出大拇指朝背后的高处意味深长地一指,"这些人,你知道,对你抱着多大的期望!……"

"嘿,你真是个好……好青年,万尼亚!"奥列格不禁惊奇地说,快活地望着图尔克尼奇。"你说得对,嘿,完全正确!"他说着晃了晃头。"好吧,既然这样,就让指挥部通过这个决议吧……"

他俩笑了起来。

"我忘了,不管怎么说也要祝贺你成功……"图尔克尼奇向他伸出手来。

奥列格回到家已经天亮了。柳勃卡准备一早就来找奥列格，这时她正送她的德国客人。她一夜没睡，但是看到这辆带篷汽车装了一车子喝醉酒的德国人，再由喝醉了的司机开车，在大街上拐来拐去，不由得开心地笑了。

　　母亲一直在数落柳勃卡，喋喋不休，但是当女儿让她看看从德国人的汽车上拽下来的四大桶酒精时，母亲虽然是普通妇女，也明白柳勃卡这么做自有她的道理。

第三十九章

乡亲们、克拉斯诺顿的市民们、矿工们、集体农庄庄员们：

德国人在制造谣言！不论过去、现在还是将来，莫斯科永远是我们的！希特勒说战争已经结束了，也是造谣。战争正打得激烈。红军一定会回到顿巴斯来的。

希特勒要把我们撵到德国去，到他们的工厂去做工，充当杀害我们的父亲、丈夫、儿子和女儿们的凶手。

如果你们想在家乡的土地上，在自己的家里尽快地拥抱你的丈夫、儿子或哥哥、弟弟，就不要到德国去。

德国人折磨我们，迫害和惨杀最优秀的人，就是要吓倒我们，让我们屈服。

打击该死的占领军！宁可在斗争中死，也不在奴役下偷生！

祖国处在危急之中。但是她有足够的力量粉碎敌人。"青年近卫军"将通过传单报告真实情况，不论这种真实对俄国多么痛苦。真实一定胜利！

请读读我们的传单，把传单收藏起来，把传单的内容互相转告，让家家户户、各个村镇都能知道。

德国侵略者一定灭亡！

青年近卫军

这张传单是从哪来的呢？它写在从学生笔记本上撕下来的一页

纸上,竟然贴到市场旁边的读报栏上。从前读报栏两面都贴着区报《社会主义祖国报》,如今挂着德国人只有黑黄两色的宣传画。市场可是人最热闹的地方。

星期天一大早人们就从各个村庄汇集到市场上来,带着一筐筐和一袋袋的东西。有的女人也许只抱来一只小鸡用破布包着。谁家的蔬菜丰收或去年磨的面还有多余,便用手推车推到市场上来。牛早就见不到了,全都被德国人给赶走了,马就更不用提!

再过多少年老百姓也忘不了这种手推车!这不是推土的那种独轮车,而是安着两个挺高的轮子的手推车,抓住把手往前推着走,可以装各种东西。有成千上万的人推着这种车穿过整个顿巴斯,不管是暑天尘土飞扬,不管是雨天泥泞不堪,也不管是冬天大雪纷飞,从这一头走到那一头,去寻找安身之处或坟墓要比上市场卖东西更为常见。

天刚亮附近村子的人就把蔬菜、面包、家禽、水果和蜂蜜运到市场上来。城里人也早早把东西拿来,有的是一顶帽子,有的是一块头巾,有的是一条裙子,有的是一双皮靴,还有的是一些钉子或一把斧子、咸盐或放了多年的印花布,甚至是祖母的老箱底——一块白棉布或一件带花边的旧式连衣裙。

这种时候,只有少见的大胆儿或傻瓜,再不就是坏蛋才为的发财而上市场——这种时候,只有不幸和饥饿逼得人上市场。德国马克现在在乌克兰到处流通,可谁知道是真的是假的,能不能用长。而且说老实话,谁手里有马克呢? 不,还是祖传下来的老办法好:以物易物,遇到荒年,这个办法很解决问题……于是一清早市场上就挤满了人。大家转来转去,不知转了多少圈。

所有的人都看见市场旁边的读报栏像许多年前一样立在那里。德国人的宣传画也在上面挂了好几个星期。今天突然在一张宣传画上出现一张白纸,用化学铅笔溶解的墨水整整齐齐写满了字。而这张宣传画上按照扇面形排列几张照片:德军在莫斯科阅兵、德国军官在彼得保罗要塞前面的涅瓦河里洗澡、德国军官挎着我们的姑娘在斯大林格勒的滨河街上散步。

开头是一个人好奇地看看，后来又来了两个，越聚越多，已经是一堆人。大部分是妇女、老人和半大孩子，挤在读报栏前面探头探脑想看看白纸上写的是什么。这么一群人凝视着一张写满字的白纸，又是在市场上，谁肯绕过去而不看看呢！

贴传单的读报栏前面已经挤了一大群人。站在前排的人一声不响，却又不肯走开，有一种难于抑制的力量迫使他们读了一遍又一遍。后面的人就要往前挤，吵嚷起来，纷纷发脾气，询问上面写的什么。尽管没有人搭腔，挤又挤不进去，但是人还是越聚越多，并且大致知道了这张用学生笔记本的纸写的传单是什么内容，"德军在红场上举行阅兵式是造谣！德国军官在彼得保罗要塞前面洗澡是造谣！德国军官挎着我们的姑娘在斯大林格勒街上散步也是造谣！说红军已经不存在了，是英国人雇的蒙古兵守着前线更是造谣！"这些全都是谣言！真实的情况是，市里有我们自己的人，他们了解真实情况。他们无所畏惧，把这唯一真实的情况告诉人民。

有个戴警察袖标的人挤进人群，个子非常高，带格的裤子把裤脚塞进小牛皮皮靴里，带格的上衣底下露出用黄线绳拴着的沉甸甸的手枪套，细长的脑袋上戴着旧式制帽，在人群中高出一头。大家回头一看，认出是福明，便纷纷让路，有的吓了一跳，有的露出巴结讨好的样子。

谢廖沙把便帽往眉毛上一卡，躲在别人身后，怕福明认出他来，又拿眼睛在人堆里寻找皮罗若克。他一找到皮罗若克，便朝福明的背后挤眼。但是皮罗若克知道让他干什么，早就跟在福明身后朝读报栏挤过去。

皮罗若克和科瓦廖夫虽然被撵出了警察局，但是他俩跟所有的警察都保持良好关系，因为这些警察并不认为皮罗若克和科瓦廖夫的行为有什么大错。福明一回头认出皮罗若克，什么话也没说。他们一起挤到传单跟前。福明想用手指甲把传单抠下来，但是这张纸紧粘在德国宣传画上，弄不下来。福明就把宣传画抠个窟窿，把这张纸跟那块宣传画一起撕下来，揉成团塞进上衣兜里。

"围在这里干吗？有什么好看的？散开！"他把阉人似的黄脸转过来对着人群，发狠地吆喝道。他那双灰色小眼睛也从周围的无数褶子中间鼓出来。

皮罗若克好像一条黑蛇围着福明转来转去，也用男孩子的嗓音高喊：

"听见没有？……先生们，还是赶快散了吧！"

福明高高地站在人群面前，张开两只长胳膊。有一阵子皮罗若克好像贴在福明身上似的。人群散了，四下跑开。皮罗若克朝前跑去。

福明阴沉着脸，穿着沉重的小牛皮皮靴从市场上穿过去。大家都撂下手中的生意望着他的背后——有的人吓坏了，有的人惊奇不已，还有的人幸灾乐祸，福明穿的带格上衣后背上也贴着一张纸，用大号印刷字体印着：

> 你为了一块香肠，一口酒和一盒马哈烟就把我们的人出卖给德国人。你得用你的狗命来抵偿。你可小心着！

没有人出来拦住福明，他就背着这个不祥的警告穿过整个市场回到警察局。

谢廖沙带鬈的浅色头发和皮罗若克的黑头发在市场上的人堆里时隐时现，好像彗星一样在无数转动的人体中间移动，不过他们自有不为人知的轨道。他们还不止两个人：在拐角上突然露出托霞的浅褐色头发。托霞是个文静的姑娘，打扮也朴素，长着一对聪明的小眼睛。只要托霞一出现，就可以在附近找到她的伙伴斯乔帕的白头发。谢廖沙锐利的浅色眼睛又会跟人群里维佳温柔的深色眼睛相遇，相遇之后又各走各的路。还有梳着两条金黄色辫子的瓦丽亚，在货摊和小铺子周围转来转去。她双手捧着一只篮子，用粗毛巾盖着，至于她卖什么还是买什么，谁也没看见。

于是人们会在自己的筐里、空口袋里、有时就在柜台上的圆白菜或灰黄色、深绿色、甚至好像印着象形文字的西瓜底下发现传单,有时甚至算不上传单,只不过是一张小纸条,上面印着字,比如类似这样的内容:

> 不要希特勒的二百克面包! 苏维埃的一千克面包万岁!

人们的心里就会颤抖起来。

谢廖沙在一排排小摊子中间不知绕了多少圈,一下子又钻到旧货市场。在这里卖主都用手举着东西兜售,他突然撞见了市立医院的医生娜塔利亚·阿列克谢耶夫娜,她站在许多妇女中间,脚上穿着落满尘土的运动鞋,两只小手像孩子一样胖乎乎的,举着一双穿旧了的小坤皮鞋。她一看见谢廖沙,感到很尴尬。

"您好!"他也不知所措地问候说,揪下头上的便帽。

娜塔利亚·阿列克谢耶夫娜的眼睛里立刻现出他很熟悉的神情:既正直,不讲情面,又讲究实际。她用小胖手麻利地包起皮鞋说:

"正好。我正要找你。"

按照计划,谢廖沙和瓦丽亚在市场上撒完传单就到劳动介绍所去。第一批被撵到德国去的青年今天要从那里出发,去上杜万车站。可是瓦丽亚突然发现谢廖沙跟一个女人从市场上的人群里出来。这个女人长得滚圆,从远看很像个小姑娘,却梳着大人的发式。只见他俩直奔李方垞的小土房走去,拐过小土房就不见了。瓦丽亚自尊心强,不愿意去跟踪别人。她那厚厚的上嘴唇哆嗦一下,眼神也变得冷漠。于是她迈着高傲的步伐一个人朝介绍所走去。她挎着一篮子土豆,土豆底下放着几张传单,要到新地方去撒。

劳动介绍所的小白房坐落在山冈上,房前的广场已被德国兵封锁。今天就要离开家乡的青年们跟他们的父母和亲属都带着包裹和皮箱集聚在封锁线外面的山坡上。人群里也有看热闹的人。近几天天气不好,阴沉沉的。今天一早就刮大风,一直刮得很猛,刮得黑沉沉的乌云满天飞,所以雨下不下来。风刮得站在山坡上的妇女和姑娘们花连衣裙乱飘,刮得尘土好像沉重的波浪沿着区执委会和"疯老爷"宅子旁边的大路滚滚而去。

这群妇女、姑娘和半大孩子站在那里一动不动,一声不吭,痛苦得发呆,给人的印象非常凄惨。有时即使有人说话,也压低了声音悄悄地说,连哭都不敢大声:有的母亲只是用手擦泪,女儿则突然用手绢捂住眼睛。

瓦丽亚走到山坡上站在人群边上。从这里可以看到副一号井和一段铁路道岔。

还不断有人从市内各个角落朝这里走来。在市场上撒传单的伙伴们也几乎全都转移到这里。瓦丽亚突然看见谢廖沙——他正顺着铁路路基朝这里走,低着头怕风刮掉帽子。有一阵子看不见他,后来他又从圆圆的山冈后面出现。他没走大路,一边走一边拿眼搜索人群,离老远就看见瓦丽亚。瓦丽亚厚厚的鲜红的上嘴唇满不在乎地哆嗦一下。

瓦丽亚不肯瞅他,什么也不问。

"娜塔利亚·阿列克谢耶夫娜……"他悄声说,明白瓦丽亚生气了。

他又附耳悄声告诉她:

"克拉斯诺顿矿区有一大批青年……自己干起来了……你去通知奥列格……"

瓦丽亚是指挥部的联络员。她点了点头。这时他们看见乌丽亚从"八间房"朝这里走。乌丽亚旁边有个姑娘戴着小圆帽,穿着大衣,他俩不认识。乌丽亚跟这个姑娘抬着一个皮箱顶着风走,为了躲避尘土都把脸扭过去。

"如果需要派人上那去,你愿意去吗?"谢廖沙又悄声问。

瓦丽亚点一下头。

劳动介绍所主任施普里克上尉终于明白,如果不去催,那些青年会跟他们的亲属一直站在封锁线外面。他走到台阶上,脸刮得精光,已经不像热天在屋里和大街上都只穿皮短裤,他现在全副军装。他身后还有抄写员陪着,向人群高喊,要走的人快来领证件。抄写员又用乌克兰语重复一遍。

德国兵不让亲属和送行的人进封锁线。大家开始告别。母亲和女儿都不再控制自己,放声痛哭。男青年都憋住眼泪,但是他们的脸色非常难看,尤其是母亲、祖母和姐姐都伏在他们怀里直打哆嗦,连在井下干过几十年、不止一次面对死亡的老父亲也低下头抹胡子上的泪水。

"该过去了……"谢廖沙严肃地说,竭力不让瓦丽亚看出他的激动。

瓦丽亚勉强憋住才没哭出声,并没听见谢廖沙说什么,机械地穿过人群朝劳动介绍所走去,机械地从土豆底下取出叠过两折的纸片塞进谁的大衣口袋里、上衣兜里,或干脆塞到皮箱把手或系篮子的绳子下面。

就在封锁线跟前,突然有一群人惊慌失措地往后拥,一下子把瓦丽亚挤到旁边去了。原来送行的人当中有不少半大小子、姑娘和年轻的女人,他们有的送哥哥或姐姐,不小心进入封锁线,便再也出不来了。这件事引起德国兵的兴头,他们就伸手乱拽人,不管是男是女,抓住手就往里拽。叫喊声、哀求声和哭声连成一片。有个女人歇斯底里地抽搐起来。青年人都吓得连忙离开封锁线。

谢廖沙不知从什么地方钻出来,满脸的痛苦和愤怒,一把抓住瓦丽亚的手走出人群,直奔妮娜走去。

"谢天谢地……要不这帮坏蛋……"妮娜用她那妇人似的黝黑的大手抓住他俩的手。"今晚五点在卡苏克那里……你去通知万尼亚和斯塔霍维奇。"她悄声对瓦丽亚说。"你看见乌丽亚没有?"便跑去寻找乌丽亚,她跟瓦丽亚一样,也是指挥部的联络员。

瓦丽亚和谢廖沙又在一起站了一会儿,他们不想马上分开。谢廖沙脸上流露出想要说一件重要事的表情,却什么也说不出来。

"我得走了。"瓦丽亚温柔地说。

但是她却站着不动,然后朝谢廖沙笑笑,又回头瞅瞅,臊得挎着篮子跑下山冈,只见两只晒黑了的结实的小腿闪动。

乌丽亚站在封锁线跟前等待瓦丽亚·费拉托娃从劳动介绍所的屋里出来。德国兵让瓦丽亚拎着皮箱走进去,又过来抓乌丽亚的手。但是乌丽亚用沉着冷漠的目光看着他。刹那间四只眼睛相遇了,在德国兵的眼睛里闪过一丝类似人性的表情。他放开乌丽亚,转过身突然朝一个年轻女人大声吆喝。这个年轻女人没扎头巾,露出浅色头发,抱住儿子不肯放他走,她的儿子也就十五六岁光景。年轻女人终于放开儿子,原来是撵她到德国去,不是撵她的儿子。她儿子像小孩一样大哭起来,眼睁睁看母亲拎着包走进劳动介绍所,在门口还回头朝儿子最后一笑。

昨天晚上在瓦丽亚·费拉托娃家那间用秋天的花装饰的小屋里,乌丽亚和瓦丽亚抱在一起整整坐了一夜。瓦丽亚的老母亲一会儿过来摸摸她俩的头,吻吻她们,一会儿又去摆弄瓦丽亚皮箱里的东西,一会儿又悄悄坐到墙角的沙发椅上。瓦丽亚这一走,只剩下她一个人了。

瓦丽亚已经哭得浑身无力,不再出声,只是伏在乌丽亚怀里偶尔哆嗦几下。乌丽亚清楚意识到离别是不可避免的,虽然也害怕,却早已心软了,也变得成熟了,把孩子般的感情和母爱交织在一起,不住默默地抚摩瓦丽亚的淡褐色头发。

小屋里只点着一盏小油灯,非常昏暗,只看得清她们的脸和手,这是两个姑娘和一位老母亲的脸和手。

要是永远也看不到这样的场面该有多好!瓦丽亚和她母亲的诀别,冒着呼啸的风提着皮箱走没有尽头的路,在德国兵封锁线前的最后一次拥抱,这些场面都惨不忍睹!

然而这一切却都发生了,发生了……而且这一切还没完……乌丽亚满脸阴郁而坚强的神情站在德国兵封锁线跟前,眼睛盯着劳动介绍所的门口。

进入封锁线的男女青年和年轻妇女按照一个胖上等兵的命令,把包裹和皮箱都放在广场上的墙前，说是行李用汽车运，然后走进屋里。涅姆钦诺娃在上尉的监视下发给每人一张卡片。这就是在全部旅程中唯一可以向任何德国当局证明他们身份的证件，卡片上没有名也没有姓，只有一个号码和城市名称。他们就拿着这张卡片走出劳动介绍所。上等兵又指挥他们在广场上排队。

瓦丽亚终于出来了，拿眼睛寻找乌丽亚，刚朝乌丽亚走出几步，就被上等兵半路拦住，把她塞进队伍。瓦丽亚排在第三四排的头上，从此她俩就再也不能相见了。

这种不可想象的离别之苦给了人们表示爱的权利。人群中的妇女拼命要闯进封锁线，对孩子们喊出最后的告别或叮嘱。可是排在队里的年轻人大部分是女孩子，仿佛已经属于另一个世界：他们只能悄悄回答或摇摇手绢，或者泪流满面，默默注视着亲切的面庞。

但是这时施普里克上尉从屋里走出来，手里拿着一个很大的黄文件夹，人群立刻安静下来。大家的目光都注视他。

"Still gestanden①！"上尉发出口令。

"Still gestanden！"胖上等兵用刺耳的声音重复一遍。

队伍里鸦雀无声。施普里克上尉从第一排前面走过，用结实的手指指点着头一排的人，前后一共四个。他点完了人数。一共有二百多人。

上尉把文件夹交给上等兵，把手一挥。有一群德国兵跑过去驱散站在路上的人群。在上等兵的指挥下，队伍向右转开步走。由胖上等兵打头，两旁由德国兵押着，队伍缓缓上路，仿佛不甘心走似的。

人群虽然被德国兵驱散了，又拥到队伍两旁或跟在后面，哭声、哀号声、叫喊声连成一片，变成悠长的呻吟，被风传到很远的地方。

乌丽亚一边踮着脚往前走，一边在队伍里寻找瓦丽亚，并且终于看见了她。

瓦丽亚大睁着眼睛朝队伍两边张望，寻找乌丽亚，因为不能再最

---

① 德语：立正！——译者注

后看她一眼而露出痛苦的眼神。

"我在这里,瓦丽亚,我在这里,我跟你在一起!……"乌丽亚喊,被人群挤到一边。

但是瓦丽亚没看见她,也没听到她的喊声,一直带着痛苦的眼神东张西望。

乌丽亚被挤得离队伍越来越远,有几次还能看见瓦丽亚的脸,后来队伍走到"疯老爷"的宅子后面,下坡奔第二道道口,就再也看不见瓦丽亚了。

"乌丽亚!"妮娜突然出现在乌丽亚面前对她说,"我正到处找你。今晚五点在卡苏克家里……柳勃卡回来了……"

乌丽亚什么也听不见,用吓人的黑眼睛默默地注视着妮娜。

第四十章

奥列格脸色有些苍白,从上衣里兜掏出笔记本聚精会神地翻着,坐到桌子跟前。桌上摆着一瓶伏特加、几只杯子和几个空碟子。大家都不再说话,神情严肃地坐下,有人坐到桌旁,有人坐到沙发上。大家都默默望着奥列格。

昨天他们不过还是同学,无忧无虑、调皮淘气,但是从宣誓那一天开始,每个人都仿佛告别了从前的自己。他们仿佛打破了从前那种不负责任的友谊,产生一种新的、更为高尚的友谊,这是思想一致的友谊、参加组织的友谊和用鲜血凝成的友谊,每个人都宣誓为了解放祖国的土地而不惜流尽自己的鲜血。

奥列格家的大房间跟所有的标准房一样,窗台没刷油漆,上面摆满快要成熟的西红柿。屋里摆着一张胡桃木沙发,是奥列格睡觉的地方。还有一张床,是叶列娜·尼古拉耶夫娜的。床上有好几个枕头都拍得鼓鼓的,套着带花边的枕套。这个房间还能令他们想起在父母家里无忧无虑的岁月,同时已经成为他们的秘密活动地点。

奥列格也不叫奥列格了,而叫卡苏克。这是他继父的姓。他的继父年轻时候是乌克兰相当有名的游击队员,直到临死前一年还担任卡涅夫土地管理局局长。奥列格用继父的姓做自己的化名可以产生许多联想,其中有他对于英勇的游击斗争的最初的想象,还令他想起继父给予他的教育,干农活、打猎、骑马、在第聂伯河里划船,继父要培养他具有勇敢的性格。

他打开用符号记录的那一页,让柳勃卡先发言。

柳勃卡从沙发上站起来,眯细眼睛。她立刻想起一路上遇到的难以想象的困难、危险、各种人和各种意外的事,这些情况要是都讲,两夜也讲不完。

昨天下午她还站在十字路口,手里拎着变得沉重的小皮箱,可是现在她又回到自己的战友中间了。

她事先已经跟奥列格商量好,首先向指挥部成员传达普罗岑科讲的关于斯塔霍维奇的情况。当然她并没提普罗岑科的名字,尽管一见面她就认出了他,她只说是偶然碰到一个跟斯塔霍维奇在一个游击队里打过仗的人。

柳勃卡性情直率,天不怕地不怕,凡是她不喜欢的人,她甚至不讲情面。所以她毫不隐讳,说是那个人估计斯塔霍维奇可能被德国人抓住过。

当她讲这件事的时候,大家甚至连看都不敢看斯塔霍维奇。而斯塔霍维奇故作镇静地坐着,两只挺瘦的手放在桌上,两眼望着前方,脸上现出非常坚定的神情。但是一听到柳勃卡说出最后一句话,他立刻泄了气。

他原来保持的紧张状态松懈了,嘴唇张开,手指也伸开,突然显得又委屈又惊讶,同时公开地望着大家,那副样子完全像个孩子。

“他……他是这么说的? ……他竟然这么想?”他重复好几次,并用这种受了委屈的孩子的神情看着柳勃卡的眼睛。

大家都默默不语,于是他低下头,用手捂住脸,就这样坐了一会儿。然后他把手从脸上拿下来,轻轻地说:

“他竟然这样怀疑我……他为什么不告诉你,我们已经被敌人追赶了一个星期,还对我们说要分小队活动?”他说着,抬眼看看柳勃卡,又公开地看看大家。“当时我躺在灌木丛里就想,他们要突围逃命,虽然不一定全部牺牲,总有一大部分得死,我要是跟他们一起突围,也许就没命了。可是我一个人容易逃脱,将来总能有用。当时我就是这么想的……现在我当然明白这不光彩。可是炮火那么激烈……简直把人吓死了。”斯塔霍维奇天真地说。“但是无论如何我并不认为犯了什么大罪……他们不是也逃命吗? ……天一黑我就想,我会游泳,光我一个人德国人发现不了。等大家都逃走以后我又躺一阵子。这里的枪声不响了,另一个地方又响起来,非常猛烈。我想我该走了,便仰游起来,只把鼻子露在外面——我游泳游得好——先游到河心,再顺水往下漂。我就这样逃了出来……他竟然这样怀疑我……可以这样吗?说这话的人归根结底不也逃出来了吗? ……我只是想我会游泳,要利用这个特长。就仰游起来,就这么逃出来了! ……"

斯塔霍维奇坐在那里,头发乱蓬蓬的,样子很像个小孩。

"就算你说得不错——你是逃出来的,"万尼亚说,"那你为什么对我们说,你是游击队司令部派来的?"

"因为原先的确打算派我来……我想,我既然能活下来,就按照原来定的办……归根结底,我并不是为了个人活命。我参加过抗击侵略者的斗争,将来还要继续干。我有经验,我参加过游击队,我打过仗——所以我才这么说!"

大家的心情都十分沉重,经斯塔霍维奇这么一解释感到轻松许多。不过这毕竟是一件不愉快的事。为什么偏偏会出这种事!

大家心里清楚,斯塔霍维奇说的是实话。但是大家都感到他的这种行为不好,而且他解释得也不好。这种事既让人生气,又不可理解,真不知道该拿他怎么办。

其实斯塔霍维奇并不是陌生人,他并不是想要当官或者追求个人利益。不过他属于这样一类人,他们从小跟大人物接近,并且经常模仿这些人运用权力的某些手法而养成了坏毛病,而当时他还不了解人民政权的真正内容和作用,也不知道这些人之所以得到行使政权的权利是经过顽强的劳动和性格的锻炼的。

他小的时候非常聪明,不管学什么一学就会,念书的时候就受到本市大人物的重视,因为他有几个哥哥都是党的干部,也都是大人物。他从小就跟这些人物打交道,在同学当中一提起这些人物,就习以为常把他们当成自己的平辈。他浮皮潦草读过很多书,虽然还不能形成自己的想法,因为常常听别人说,便学会了口头上和文字上表述别人的意见。尽管他并没做出什么成绩,可是区里的共青团干部已经把他当作积极分子。一般团员虽然不认识他,但是一开会就看见他坐在主席台上或者上台做报告,便以为他说不定是区一级还是州一级的团干部。他经常跟大人物打交道,对于他们工作的真正内容虽不了解,却对他们的私人关系和工作关系了如指掌:谁跟谁是对头,谁支持谁,从而形成一种关于权术的错误观念,仿佛做工作不是为人民服务,而是拉一批打一批,从而获得多数人的支持。

他从这些人身上学会了用以上对下的态度嘲笑别人,说话直率得粗鲁,好发表独立见解。他并不知道人家的这种态度后面有多么丰富而艰苦的生活经历。他不像一般青年那样直接率真地表露感情,总好故作深沉,说话拿腔拿调,故意压低声音,尤其跟陌生人打电话更是如此。总之他在跟同学们相处之中总想表现自己的优越。

就这样,他从小就自命不凡,所以他不一定要遵守人们共同生活的一般准则。

他为什么必须得牺牲而不能像别人那样逃命呢?就比如说柳勃卡遇见的那个游击队员,他不也逃命了吗?这个人有什么资格怀疑他?游击队陷入绝境,也不应当由他斯塔霍维奇承担责任,有的是负责干部!

正当大家拿不定主意,不知道应该说什么的时候,斯塔霍维奇经过这么一番推论,甚至有了点儿精神。但是谢廖沙突然态度激烈地说:

"另一个地方响起枪声,他却仰游着一走了事!枪声响是游击队开始突围,这时候多一个人就多一份力量。结果不成了为了救他大家都去打冲锋吗?"

指挥员图尔克尼奇坐在那里谁也不看,保持着军人的姿势,脸上的表情非常纯洁而刚毅。他说:

"军人必须服从命令。你这是临阵脱逃。说得简单明白,就是当逃兵。在前线是要枪毙的,或者关禁闭。这种人要用鲜血赎罪⋯⋯"

"我不怕流血⋯⋯"斯塔霍维奇说,脸唰地白了。

"你就是自以为了不起!"柳勃卡说。

大家都看奥列格——他对这件事怎么看？奥列格镇静地说：

"万尼亚·图尔克尼奇已经都说了，说得再好不过。根据斯塔霍维奇的表现，他显然无组织无纪律……这样的人还能留在我们的指挥部里吗？"

奥列格这么一说，大家埋在心里的话都冒出来了，都慷慨激昂地指责斯塔霍维奇。他们曾经一起宣过誓，斯塔霍维奇的良心上有这么大的污点，为什么不向大家交代就这么宣誓呢？他可真行，竟然玷污了这样神圣的日子！这种同志当然不能再留在指挥部。而两个姑娘，柳勃卡和乌丽亚，都极其鄙视斯塔霍维奇，她俩一言不发，最使斯塔霍维奇感到难堪。

这回他没了主意，低三下四地看着大家的眼色，不住念叨着：

"难道连你们也不相信我？你们可以考验考验我……"

这时，奥列格表现出他的确不再是奥列格，而是卡苏克了。

"你自己明不明白你不能再留在指挥部了？"他问。

斯塔霍维奇不得不承认，他当然不能再留在指挥部里。

"重要的是，你自己要搞通这一点。"奥列格说，"任务我们会给你的，而且不止一个。我们要考验你。你那个五人小组还归你管。你有的是机会来恢复自己的名誉。"

这时柳勃卡说：

"他的家庭条件那么好，真叫人生气！"

他们表决通过：把斯塔霍维奇从"青年近卫军"指挥部里清除出去。斯塔霍维奇低头坐着，然后站起来克制着自己说：

"我心里很难过，你们大家明白。但是我知道你们不能不这么做。我并不生你们的气。我发誓……"他的嘴唇颤抖起来，跑出房间。

大家沉默片刻，心情十分沉重。头一次对同志的严重失望令他们痛心。但是要用刀割下自己的肉，他们又难于下手。

奥列格咧开嘴笑了，有些口吃地说：

"不……不要紧，伙伴们，他一定会改正错误！"

于是图尔克尼奇表示支持他，轻声说：

"你们可能不知道,前线上常有这种事,一个新兵开头可能胆怯,后来却变成一个坚强的战士!"

柳勃卡明白,现在该详细介绍她跟普罗岑科见面的情形。她当然没讲她怎么跟他接上关系。一般地说,她是如何完成上级交给她的任务,只字未提。但是她详细介绍了他怎么接见她的,还在房间里走几步学普罗岑科的样子,他都说些什么。当柳勃卡讲到游击队司令部的代表称赞他们的工作,还夸奖了奥列格,临走还亲吻了柳勃卡的时候,大家都兴高采烈。这位领导必是对他们真正满意。

他们又激动又高兴,甚至有些奇怪,也觉得自己跟从前不同了,于是互相握手祝贺。

"不,万尼亚,真没想到! 真没想到!"奥列格高兴极了,天真地对泽姆努霍夫说。"'青年近卫军'真正存在了,得到了州领导的承认!"

柳勃卡抱住乌丽亚,像吻亲姐姐一样吻她。从打上次在图尔克尼奇家开会以后,她俩就成了好朋友,可是这次见面还没来得及打招呼。

然后奥列格又看看他的笔记本。万尼亚·泽姆努霍夫在上次会议上分工负责组织五人小组的工作,就建议再选出几个小组长,因为近卫军的组织不断扩大。

"也许先从五一矿区开始?"他说,透过他那教授式的近视镜快活地望着乌丽亚。

乌丽亚站起身来,两只胳膊垂在身旁,大家的脸上突然情不自禁地现出幸福无私的美好神情。这是少女的美在纯洁的心灵中必然会唤起的感情。但是乌丽亚对大家的欣赏却毫不察觉。

"我们,指的是阿纳托利和我,提出维克托和玛亚。"她说,突然发现柳勃卡正激动地看着她。"'八间房'那边可以让柳芭提名,以后我们是邻组。"她用平静而流畅的低嗓音说。

"哎,你怎么能提我呢!"柳勃卡脸红了,摇晃着小白手,她怎么能当得了组织者!

但是大家都支持乌丽亚的意见,柳勃卡立刻安静了,她一下子变成"八间房"的组织者,又感到十分得意。

图尔克尼奇认为现在要是提出他昨晚跟奥列格商量好的建议正是时候,便介绍了奥列格出去贴传单的经过,对他本人和整个组织会有多大危险。他建议通过一项决议:今后除非经指挥部批准,否则奥列格不能参加任何行动。

"我想用不着解释。"他说,"这项决定当然也适用于我。"

"他说得对。"奥列格说。

于是他们一致通过这项决议。接着谢廖沙站起来,想说什么又磨不开。

"我甚至有两个情况需要说说。"他阴沉着脸说,噘起微肿的嘴唇。他们突然觉得好笑,有一阵子甚至没容他讲话。

"不,我想先说说这个福明。难道我们还能容忍这个坏蛋吗?"谢廖沙突然说,气得满脸涨红。"这个犹大出卖了奥斯塔普丘克和瓦尔科,还不知道有多少矿工记在他的黑心肠里!……我建议怎么办?……我建议干掉他。"谢廖沙说。"把这件事交给我,反正我要干掉他。"他说,大家突然明白,谢廖沙当真会把福明干掉。

奥列格的脸色突然严肃起来,前额上出现很深的皱纹。指挥部所有的成员都默默不语了。

"怎么样?他说得很对。"图尔克尼奇用冷静的声音轻轻地说。"福明是个凶恶的叛徒,净出卖我们的人。是得绞死他。把他吊在最显眼的地方,让我们的人都能看见。在他胸口上贴张布告,说明绞死他的原因。对其他的人也是个警告。到底应该怎么办?"他说,声音里突然出人意外地流露出残酷的语气。"反正他们是不会放过我们的!……把这件事交给我和谢廖沙好了……"

图尔克尼奇发言支持谢廖沙以后,大家的心里仿佛都轻松了。不管他们心里多么仇恨叛徒,可是开头他们还难以越过这条界限。不过图尔克尼奇的发言很有分量。他的年龄比他们大,又在红军里当过指挥员,这就是说,必须这么办。

"当然,这件事我们要得到上级的批准。"奥列格说,"不过要提出申请,首先要大家意见一致……我提议先表决一下谢廖沙提出的处死福明的建议,然后再表决交给谁去做。"他解释说。

"问题相当清楚。"万尼亚说。

"问题是清楚,但是我们还要把福明的问题单独提出来表决。"奥列格阴沉地坚持说。

于是大家明白了,奥列格为什么要坚持这样做。大家都宣过誓。每个人必须在心里认真斟酌这件事。他们在严峻的沉默中通过处死福明的决定,并且委派图尔克尼奇和谢廖沙去完成这项任务。

"这个决定正确!对待这些坏蛋就应该这么办!"谢廖沙眼里闪耀着热烈的光辉,"现在我来介绍第二个情况……"

市医院医生娜塔利亚·阿列克谢耶夫娜,就是那个长着一双小胖手、不讲情面却讲究实际的女人告诉谢廖沙说,离本市十八公里有个矿区也叫克拉斯诺顿。有一群青年自动组织起来跟德国占领军进行斗争。娜塔利亚·阿列克谢耶夫娜本人并没参加,原来她是听邻居女教师安东妮娜·叶利谢延科说的。医生的母亲跟这位女教师都住在新村。她已经答应帮助他们跟市里建立联系。

根据谢廖沙的建议,指挥部决定派瓦丽亚·博尔茨去跟这个小组进行联系。当时瓦丽亚不在场,因为她跟妮娜和奥莉亚都是联络员,不参加指挥部的会议,正跟玛林娜一起坐在院子的柴火棚子里给指挥部放风。

叶列娜·尼古拉耶夫娜和科利亚舅舅到玛林娜娘家住的那个区去用东西换吃的,要几天才能回来。"青年近卫军"指挥部就利用这个机会在他们家开会。维拉外婆则装作当真相信这些青年来开晚会,带上舅母玛林娜和小孙子躲到柴火棚子里去了。

他们会没开完天就黑了,维拉外婆突然走进屋,戴着老花镜,有一只眼镜腿断了,用黑线拴着套在耳朵上。她从眼镜顶上往桌上一瞅,一瓶酒没动,杯子都是空的。

"大伙喝点儿茶吧,我刚给你们热好!"她说,弄得这帮地下工作者狼狈不堪,"我让玛林娜带孩子在棚子里睡了,那里空气好。"

外婆把瓦丽亚、妮娜和奥莉亚也带进屋里送来茶壶,还从五斗橱

（不是食橱）边上的抽屉里摸出几块糖，然后又关上窗板，点上小油灯便走了。

现在屋里点起小油灯，冒着烟，小小的火焰摇曳不定，在昏暗中只能偶尔照出人的脸、衣服和家具的某些部位。只剩下这些年轻人坐在一起，他们倒真像是搞密谋的人了。连说话的声音也更低，更加神秘。

"大家想不想听听莫斯科的声音？"奥列格轻声问。

大家以为是开玩笑。只有柳勃卡轻轻哆嗦一下问：

"怎么听莫斯科声音？"

"只有一个条件：什么也别问。"

奥列格刚走出屋，几乎马上就回来了。

"大家再忍耐一下。"他说。

他钻到科利亚舅舅没有点灯的房间。

大家默默坐着，不知道该不该当真。但是此时此刻谁能开这种玩笑！

"妮娜，来帮帮忙。"奥列格唤她。

妮娜进屋里去帮他。

突然从科利亚舅舅的房间传来不大响的咝咝声和轻微的毕剥声。这种声音大家非常熟悉，却又早已忘记了。又传来一阵音乐声，不知什么地方在跳舞。还直串台，又传来德国人的进行曲。一个苍老平静的声音用英语广播，列举出地球上被打死的人的数字，还有一个人一个劲儿讲德语，说得又快又激烈，好像很怕不让他说完似的。

空气好像波涛一般从浩渺的空间进入屋里，透过空气中轻微的毕剥声突然响起播音员列维坦非常熟悉的声音，声调很低，非常柔和。他讲得庄重而平淡，流利而清楚："苏联新闻局……发布……9月7日战报……晚间新闻……"

"快记下来，快记下来！"万尼亚突然咝咝地说，自己马上拿起铅笔。"我们明天就发出去！"

这个来自自由土地的自由的声音跨越几千里的空间报告说：

"……9月7日，我军在斯大林格勒以西和西南方向，以及新罗西斯克区和莫兹多克区与敌军发生激烈战斗……其他前线没有重大变化……"

伟大战役的回声仿佛立刻闯进这间屋子里。

男女青年都把身子绷得像琴弦一样,向前倾着,脸像圣像一样虔诚,眼睛被小油灯照得又黑又大,默默不语地谛听这来自自由土地的声音。

他们谁也没发觉维拉外婆正倚门站在门槛跟前,古铜色的瘦脸布满皱纹,真跟但丁一模一样。

第四十一章

只供电给德国机关使用。但是向管理处和卫戍司令部供电的线路不是顺街走,而是从科利亚舅舅家和邻居交界的地方拉的电线。有一根电线杆就立在他家的房子跟前。科利亚舅舅就利用这个机会,把收音机藏在他房间里的地板下面,顶上用五斗橱压着,使用收音机的时候就把电线从气窗拉出去,跟外面的电线接上,外面的电线缠在长竿上,长竿上有钩,挂在电线杆的主线上。

新闻局的战报……无论如何他们得有个印刷所!

沃洛佳、若拉和托利亚在公园里只挖到一些零星的铅字。可能是埋铅字的人手头没有东西包,急急忙忙把铅字往坑里一扔就用土埋上了。德国兵挖汽车和高射炮的掩体,一开始也没弄明白是什么东西。他们把一部分铅字跟土一起扬得到处都是,后来明白过来,向上级报告,大概把铅字上交了,但是坑底还剩下一些。他们三个用了好几天的工夫,以图上标明的地点为中心,几公尺以内都挖遍了,耐心寻找,把剩下的铅字都找回来。这点儿铅字交给柳季科夫当然没有用处。柳季科夫便允许沃洛佳留下给"青年近卫军"使。

万尼亚的大哥亚历山大现在参军上了前线。他从前在印刷厂当过工人,就在当地印《社会主义祖国报》的印刷厂干过好长时间,万尼亚常跟他到印刷厂去。现在由万尼亚做指导,沃洛佳做了一台印刷机。印刷机的金属部件是沃洛佳偷偷拿到机械车间用机器车的。若拉主动做一个装印刷机的箱子和几个排版的字盘。

若拉的父亲是木匠。德国人来了以后,不论父亲还是性格刚强的母亲都没拿起武器,很令若拉感到意外。但是他并不怀疑,他能慢慢吸引他们参加他的活动。他经过深思熟虑之后认为，母亲是说干就干的人，可以往后放放，需要先从父亲开始。若拉的父亲已经上年纪，人也老实，个子刚到儿子的下巴。儿子长得像母亲，性格像母亲，个子像母亲，连头发也像母亲一样黑。若拉的父亲对于地下工作者竟然把这么棘手的活计通过未成年的儿子交给他做，很不满意，但还是背着妻子把箱子和字盘都给做了。他当然不知道，若拉和沃洛佳现在都不是一般人物——他们都是五人小组的组长。

他们的友谊已经到了密不可分的程度，一天不见面都不行。但是在若拉和柳霞之间关系依然很僵，没有正经事不相往来。

毫无疑问，他俩这种情况属于性格合不来。他俩都读过很多书，但是若拉喜欢科学和政治的书籍，柳霞却主要为书中的爱情而激动——应该说明，她的年龄也比他大。当若拉展望渺茫的未来时，当然也为柳霞精通三种外语而高兴，不过他总认为这种教育不够扎实，他很想让柳霞将来当个建筑工程师，不过这种想法也许太冒昧。

总之，他俩只要一见面，柳霞热烈的浅色目光和若拉坚定的黑色目光就会像刀光一样彼此交锋。而他们待在一起的整个时间（他们多半并不单独在一起），都是唇枪舌剑，互相攻击。柳霞说话傲慢而挖苦，若拉说话则故意含蓄，循循善诱。

有一天他们四个——若拉、沃洛佳、托利亚和万尼亚——终于在若拉的房间里聚齐了。万尼亚年龄比他们大，又是领导，不过现在他没工夫写诗，忙于为"青年近卫军"起草传单口号，所以他更关心印刷所的事。现在印刷机装好了。托利亚抱起来，吭吭唧唧，还咳嗽几声，在屋里走了几圈，想证明发生紧急情况一个人也搬得走。

他们已经有了一把扁刷和一个辊子。若拉的父亲跟颜料和油漆打了一辈子交道，搞出一种东西代替印刷的油墨，按照他的说法叫"独特的混合油"。他们立刻把铅字分类放进字盘。万尼亚近视眼，坐在若拉的床上把所有的字母都看成了"O"，便说他真不明白，光用一个字母怎么能变出俄语的所有的字母。

恰好这时有人敲窗户，窗户遮着，但是他们并不惊慌，因为德国人和警察还从未到新村最远的头上来过。果然是奥列格和图尔克尼奇两人来了。他们在家里怎么也坐不住,他们也希望能尽快在自己的印刷所印些东西。

后来才知道,他们此行的目的并不那么简单!图尔克尼奇悄悄把若拉叫出来。他们一起走到菜园里,奥列格却若无其事留下帮助沃洛佳和托利亚。

图尔克尼奇和若拉躺在地埂上晒太阳,但是太阳不时被云彩遮住,而且到了秋天,太阳也不热,刚刚下过一场雨,地上和草上还都是湿的。图尔克尼奇向若拉俯过身来,附耳说了几句。正像他所预料的那样,若拉立刻果断地回答:

"完全正确!这样做既公正,又对其他坏蛋是个教训……我当然同意。"

奥列格和图尔克尼奇得到地下区委批准之后,要做一件最细致的工作——在伙伴们中间挑选最恰当的人,他们不仅仅出于正义感和服从组织分配来做这件事,而且要有高尚的道德情操,他们必须把义务感变成意志力量,下手才不会发抖。

图尔克尼奇和谢廖沙首先选中列瓦绍夫,因为他样样都行,而且经过实际锻炼。然后他们又选定科瓦廖夫,他胆子大,心眼好,体格也非常健壮,他们就是需要这样的人。谢廖沙也提到皮罗若克,但是图尔克尼奇不同意,因为皮罗若克太喜欢冒险。至于最要好的朋友维佳,谢廖沙出于怜惜之情,自己就在脑子里排除了他。他们最后选中了若拉,而且没有选错。

"您指定没指定法庭人员?"若拉问,"用不着花时间审问,但是要让被惩处的人看见,他是由法庭判决的。这一点很重要。"

"我们可以自己成立法庭。"图尔克尼奇说。

"我们要用人民的名义审判他。现在在这里我们就是人民的合法代表。"若拉的刚毅的黑眼睛闪闪发亮。

"嘿,这小伙子真像一只雄鹰!"图尔克尼奇暗想。

"还需要找一个人。"他说。

若拉开始考虑。他首先想到沃洛佳，但是沃洛佳心肠太软，干不了这种事。

"我那个五人小组里有个拉季克·尤尔金。你认识不？是我们学校的。我认为他很合适。"

"他太小了，心理恐怕承受不了。"

"你这说的哪里话！小孩对什么都无所谓，倒是我们成年人一遇到什么事总觉得不是滋味。"若拉说，"小孩根本不在乎。这个尤尔金性子稳，不管干什么事都豁得出来！"

有一次若拉的父亲正在小偏屋里做箱子，他母亲从钥匙孔往里瞅，被若拉撞见，若拉不得不对母亲说，他现在完全独立了，他的同志们也都是成年人，要是他们明天就结婚，母亲也不必感到奇怪。

若拉和图尔克尼奇回来的正是时候，铅字整理好了，沃洛佳已经排出几行。若拉马上把刷子往"独特的混合油"里一蘸，沃洛佳把纸往上一拍，就用辊子滚了一下。印出来的纸上带有黑框，原来沃洛佳缺乏经验，在机械车间里车金属板的时候没弄好。此外，铅字大小不齐，这只能将就了。不过最重要的是摆在他们面前的是真正印出来的文字，大家都能看明白沃洛佳排出来的是什么：

　　别跟万尼亚单独在一起别让人着急反正我们知道你
　心中的秘密哎呀呀伊。

沃洛佳解释说，这几行是他献给若拉的。他尽量拣带"й"的单词，因为他们的铅字里"й"的字母太多，连"哎呀呀伊"也是这个缘故。当中没有标点，因为他忘了标点符号要跟字母占同样的位置。

奥列格高兴得容光焕发。

"你们知道吗？五一矿区有两个女孩子要求加入共青团。"他问，用大眼睛看着大家。

"我那个五人小组也有人要求入团。"若拉说。这个人就是拉季克·尤尔金，因为他那个五人小组暂时只有一个成员，就是拉季克·尤尔金。

"我们可以利用'青年近卫军'的印刷所印临时团证!"奥列格叫了起来,"我们完全有权利接收团员,因为我们的组织已经得到正式批准!"

这个人身子瘦长,扁头上戴着一顶旧式制帽,蟒眼藏在无数皱纹中间。他虽然还能到处乱窜,手脚还会动弹,但是他已经是要死的人了。

不论白天黑夜,也不论他是站岗还是去抓人,复仇之神都在追踪他。就是他在自己家跟老婆摆弄刚从被他打死的人家里抢来的东西,复仇之神也隔窗盯着他。复仇之神知道他的每一件罪恶,并且都记在账上,要对福明进行复仇的是个少年,几乎还是孩子。他的动作像猫一样敏捷,两眼在暗处也能看见东西。如果福明知道要向他复仇的光脚少年有多厉害,一定会马上就停止活人的一切行动。

福明必死无疑,因为现在不论他干什么事,都不是为了发财或报复。别看他表面上威风凛凛,仪表堂堂,现在支配他的是藏在这副面具后面的仇恨。他仇恨一切,而且达到极端的程度:他恨自己,恨一切人,甚至也恨德国人。

这种仇恨使得福明的心灵越来越空虚。他还从来没有像现在这样令人可怕和不可救药,因为他最后的精神支柱尽管卑鄙,也已完全崩溃。他之所以犯下那么多罪行,就是一心要往上爬,一旦大权在握,人人都得怕他。既然怕他,就要表现得恭敬,见他就得点头哈腰。他就像旧社会的富人一样到处受尊敬,从而得到满足,并且谁也管不了他。

想不到他不但在生活中并没得到可以获得公认的财产支柱,而且再也没有希望得到它。他借抓人和杀人的机会掠夺这些人的财物,德国人对其睁一眼闭一眼,实际上瞧不起他,把他看成坏蛋和贼。他不过是他们雇来的,处处附于他们。他知道他现在替德国人卖命,帮助他们建立统治,他们当然需要他。一旦德国人的统治稳固,要建立德国人的法律秩序——Ordnung,他们就会一脚踢开或者干脆消灭他。

不错,现在有很多人怕他,但是这些人也和其他所有的人一样蔑视他,回避他。他在生活中并没有地位,并不受人尊敬,就是给妻子搞来几件东西和破布也不能给他带来任何乐趣。他跟妻子过的日子比野兽还不如,野兽还能因为见到阳光、寻到食物和延续生命而感到欢喜。

福明跟所有的警察一样,除开参加抓人和搜查之外还有警戒任务,在大街上巡逻或在机关门前站岗。

这天夜里,他正在管理处门前站岗,管理处占用的是公园里高尔基学校的校舍。

风一阵一阵地刮,刮得树叶沙沙响,细树干也发出呻吟,潮湿的落叶在林荫道上盘旋。天下着雨,雨并不大。低垂的天空阴沉昏暗,在昏暗中似乎有什么闪亮,说不清是月亮还是星星。连树丛也是黑的,黑乎乎一片,淋湿的树梢跟天空连在一起,仿佛融化在天空里。

学校的砖房和夏季剧场的高大封闭的木建筑物像两个黑魆魆的庞然大物,隔着林荫道互相对峙。

福明穿一件挺长的黑夹大衣,扣齐扣子,竖起领子,在这两个建筑物之间的林荫道上走来走去,不肯往公园里面走,好像被铁链子拴住。有时他在大门口的木拱门底下停住脚步,倚着木柱站立一会儿。就当他站在那里透过黑暗沿果园街向有人家的地方张望的时候,有一只手从后面使劲勾住他的脖子,卡住他的喉咙——他一声也没能吭出来——又把他往后一扳,扳得他脊椎骨嘎巴响,他就摔倒在地。立刻感到他身上有好几双手。一只手照旧卡住他的喉咙,还有一只手像铁钳子一样捏住他的鼻子。有人把一团破布塞进他抽搐的张开的嘴里,用一条好像粗毛巾的东西紧紧缠住他的下半边脸。

等他醒来以后,手脚都被绑住,仰脸朝天躺在拱门底下。头上是昏暗的天空,好像被漆黑的拱门切成两半。天上弥漫着的不是星光,而是浓雾。

两旁一动不动地站着几个黑乎乎的人影,他看不清他们的脸。

其中有一个人在暗夜中也显得体型匀称,瞅着拱门悄声说:

"这里正是地方。"

有个瘦小的男孩麻利地倒换两只尖削的胳膊和膝盖爬上拱门,在拱门正当中忙碌一会儿,福明便突然看见自己的头上高高吊着一个粗大的绳扣,在昏暗的天空中摇来晃去。

"打个双扣。"下面有个年纪较大的男孩厉声说,头上黑便帽的帽舌向天上翘着。

福明听到他的声音,突然想起他在"上海"的家,屋里摆着几桶橡皮树,桌旁坐着一个满脸黑斑、身材结实的人,还有这个男孩。于是福明在湿冷的地上拼命扭动像蛆一样细长的身子。他这么一扭就离开了原来躺着的地方。但是有个人穿着肥大的上衣,很像水手穿的半大呢子外套,长得个子敦实,胳膊有力,两肩宽阔无比,一脚就把福明踢回原来的地方。

福明认出来,这个人是科瓦廖夫,跟他一起在警察局里混过,被他给撵出来了。除开科瓦廖夫之外,福明还认出有一个是管理处的司机,也是肩宽力大。今天他上岗之前曾经顺便到车库去借火抽烟,当时还见过他。他马上联想到管理处的汽车常常出事故,而且原因不明,这个家伙一定是罪魁祸首。德国当局常常因为这些事故抱怨不已,一定要向上级报告——直到这步天地福明还有这种想法,不免令人奇怪。但是就在这时他听见头顶上有个声音庄严地轻轻宣布,还略带亚美尼亚口音:

"现在以苏维埃社会主义共和国联盟的名义宣布……"

福明立刻老实了,抬眼望天,又看见那个粗大的绳扣吊在昏暗的天空中,还有一个瘦小的男孩骑在拱门上,用两腿夹着,安静地向下探望。但是这时用亚美尼亚口音进行宣布的人读完了。福明感到万分恐怖,又拼命在地上挣扎。有好几个人用有力的手抓住他,让他站起来。骑在拱门上的瘦男孩一把扯下缠住他下巴的毛巾,把绳扣套在他的脖子上。

福明拼命想把嘴里的东西吐出来,在半空中挣扎几下就不动了,脚几乎奔拉到地,穿着挺长的黑大衣,扣齐所有的扣子。图尔克尼奇把他的身子转过来朝向果园街,把一张纸用别针别在他的前胸上,纸上写明处死福明的原因。

然后大家分开,各走各的路,只有拉季克·尤尔金跟若拉一起到新村去过夜。

"你有什么感觉?"若拉压低声音问拉季克。若拉的黑眼睛在昏暗里闪闪发亮,而拉季克直打哆嗦。

"就是想睡觉,困得要命……我养成了早睡的习惯。"拉季克说,用平静温顺的目光瞅着若拉。

谢廖沙站在公园里的树底下思前想后。他一听说他在福明家里看见的那个粗壮善良的人被房东出卖给德国人之后,就发誓要为这个人报仇,今天总算完成任务了。谢廖沙不光是坚持要处死他,而且为这件事贡献出全部精力,现在这件事总算办成了。他心里百感交集:既感到成功的喜悦、心满意足、最后出现的解恨心理,又感到非常疲倦,想干干净净洗个热水澡,非常希望找个好朋友亲切地聊聊,谈谈很久很久以前的事,非常纯真的事,就像树叶的絮语、溪流的潺潺和闭上疲惫的眼睛晒太阳的惬意……

现在如果能跟瓦丽亚在一起,那可是再幸福不过了。但是他从来不敢半夜到她家去,况且还有她的母亲和小妹妹在家。再说瓦丽亚现在不在家,她到克拉斯诺顿矿区去了。

实在没有办法,在这不平凡的黑夜里,天上一个劲儿下毛毛雨,谢廖沙只穿一件湿透了的衬衫,浑身发抖,光着的脚上沾满稀泥,冻得发僵只好去敲万尼亚家的窗户。

他俩坐在厨房里,把窗户遮上,点上小油灯。炉火噼啪作响,炉上放着家常用的大水壶烧水,万尼亚决定还是让朋友洗个热水澡。谢廖沙蜷着腿,靠炉子坐着。风一阵一阵敲打窗户,把无数雨珠洒在玻璃上。雨声急,风势紧,刮得厨房里的小油灯都摇曳不定,仿佛告诉这一对好朋友,现在一个人走在草原里有多么艰难,两个人坐在暖呼呼的厨房里有多么好。

万尼亚戴着眼镜光着脚,用沙哑的低音说:

"我现在仿佛看见他①坐在小木房里,外面风雪呼啸,只有奶娘阿林娜·罗季奥诺夫娜跟他在一起……风雪呼啸,奶娘坐在纺车跟前,纺车嘤嘤地叫,炉火噼噼啪啪响。我能理解他的心情,因为我是在农村长大的。我妈妈,你知道,跟你妈妈一样,也不认识字,来自乡下……我现在还清楚记得我家小木房的样子:我躺在炉炕上,大概只有六岁。我哥哥放学回来,坐在那里背诗……记得有一回往外赶羊,我骑上一只羊羔,用树皮鞋一夹,让它往前跑,可是羊羔把我摔下来了。"

万尼亚突然不好意思,沉默片刻又接着讲:

"当然,要是有朋友来看他,他是非常高兴的……我就好像亲眼看见普辛②来访问他的情景……他一听到马车的铃声,就想:'这是怎么回事? 是不是宪兵来抓他?'原来是他的好朋友普辛来了。再不,他就跟奶娘坐在一起。这是一个风雪弥漫的偏远山村;没有灯,当时都点松明……你还记得'风雪吹逐乌云遮蔽了天空……'吗? 你大概还记得。我一读这首诗就非常感动……"

于是万尼亚不知为什么站在谢廖沙面前用沙哑的声音朗诵起来:

> 我不幸的青春的好伙伴,
> 让我们一起来喝酒。
> 酒杯在哪里? 以酒解忧,
> 心里只有高兴,没有忧愁。
>
> 你给我唱一支歌吧,
> 唱山雀怎么生活在海外,
> 你给我唱一支歌吧,
> 唱少女清晨打水回来……

谢廖沙噘着微肿的嘴唇,靠炉子安静地坐着,眼睛看着万尼亚,露

---

① 指诗人普希金。——译者注
② 普辛(1798—1859),普希金的同学和好友,十二月党人。——译者注

出既严肃又温和的表情。炉子上水壶盖跳了起来,水发出快活的咕嘟声和咝咝声。

"别再念诗了!"万尼亚如梦初醒。"快脱衣服! 老弟,我要把你好好洗洗,一等水平。"他快活地说。"不,老弟,全脱掉,全脱掉,害的什么臊! 我把搓澡的东西都准备好了。"

趁谢廖沙脱衣服的工夫,万尼亚取下水壶,又从俄式炉子底下掏出澡盆,放到板凳上,还把一小块肥皂放到板凳角上。这是洗衣服用的普通肥皂,气味难闻,而且只剩不丁点儿。

"我们老家坦波夫州有个老头。他呀,你知道吗,在莫斯科商人桑杜诺夫的澡堂子里干了一辈子。"万尼亚说,骑在板凳上,又开两只光着的长脚,"你知道搓澡是什么意思吗? 比方说你到澡堂子去洗澡。比方说你是老爷,或者懒得自己洗,就可以雇人搓澡,一个留着两撇胡子的家伙就来给你搓,明白了吗? 这个老头说,他这一辈子搓过一百五十万人还要多。你猜怎么样? 他还很自豪呢! 因为他把这么多人都搓得干干净净! 可人的本性就是这样,用不了一星期又脏了!"

谢廖沙笑着脱下最后一件衣服,在盆里兑好热水,把一头鬈曲的硬发泡在盆里。

"你这一套衣服可真叫人羡慕。"万尼亚说,把他的湿衣服挂在炉子上面,"比我的还棒⋯⋯我看你是懂得先后次序的。往脏水桶里倒,再洗一次,别怕溅出水,我会擦干净⋯⋯"

他脸上突然现出有些粗鲁而又驯顺的笑容。他躬起背,奇怪地耷拉着两只瘦手,手突然显得沉重发胀,声音也变得更憨地说:

"请转过身,老爷,我要搓背了⋯⋯"

谢廖沙一声没吭,在搓澡的东西上打上肥皂,斜眼瞥了万尼亚一眼,扑哧笑了。他把搓澡的东西递给万尼亚,两只手撑着板凳。把后背露给万尼亚。他的后背晒得发黑,虽然瘦得脊椎骨都露出来,肌肉倒也结实。

万尼亚看不清楚,笨手笨脚地给他搓后背。谢廖沙却突然装出老爷的腔调不满意地说:

"你这是怎么的了,我的老兄,没有劲儿了?还是偷懒?我对你不满意,我的老兄……"

"我们吃的是什么?您自己说说看,老爷!"万尼亚带着歉意用低沉的声音认真回答说。

这时,厨房的门开了,戴着玳瑁框眼镜、挽起袖子的万尼亚和光着身子、后背抹了肥皂的谢廖沙都转过脸去,看见万尼亚的父亲只穿贴身的衬衣、衬裤站在门口。他长得又高又瘦,耷拉着沉重的两只手(方才万尼亚就想装出他父亲的样子),站在那里用白得令人难受的眼睛看着他俩。他站了一会儿,什么也没说,转身走出去,随手关上门。可以听见他光脚拖拖沓沓地从前厅走回里屋。

"雷雨过去了。"万尼亚平静地说,但是他给谢廖沙搓背已经没有方才那股劲头了,"赏两个吧,老爷!"

"上帝会赏给你的。"谢廖沙回答,并不完全相信对搓澡的该不该这么说,便叹了口气。

"是呀……不知道你家怎么样,我家的老爸老妈这一关真难过。"万尼亚说。这时谢廖沙洗干净了,脸色红润,梳好头发,又坐到炉旁的桌子跟前。

但是谢廖沙一点儿也不怕父母阻拦。他心不在焉地瞥了万尼亚一眼。

"你能不能给我一小张纸和铅笔?我马上就走。我要写个条子。"他说。

当近视眼万尼亚装作在厨房里收拾东西的时候,谢廖沙写下这么几句话:

> 瓦丽亚:我从来没想到你一个人走了之后我会这么难受。心里老在想,你现在怎么样了?以后我们永远不再分开,不管什么事都一起干。瓦丽亚,如果我牺牲了,只有一个请求:到我的坟头来轻轻讲几句温暖的话。

于是他又冒着凄风冷雨光脚穿过河沟,走在坑坑洼洼的路上,经小"上海"绕道来到公园,再穿过"木头街"赶到瓦丽亚家,他要在天亮的时候把这张条子交给瓦丽亚的妹妹柳霞。

第四十二章

在一个阴暗的早晨，瓦丽亚跟娜塔利亚·阿列克谢耶夫娜一起走在草原里。娜塔利亚·阿列克谢耶夫娜走路挺麻利，穿着球鞋的小胖脚紧倒腾，在又湿又滑的路上郑重其事地走着。瓦丽亚一直惦念妈妈："妈妈可怎么办？"出门的高兴全被破坏了。

这是她头一次独立完成任务，还要冒生命危险，可是妈妈怎么办？……瓦丽亚若无其事地对母亲说，她不过是到娜塔利亚·阿列克谢耶夫娜家里串几天门，可母亲是用什么眼神看她呀！现在爸爸不在家，母亲多么孤单，女儿这种只顾自己的做法该多么让母亲难过和伤心……要是母亲已经有所怀疑了呢？……

"我先领你去见安东妮娜·叶利谢延科，她是老师，跟我母亲是邻居，说得更清楚，她跟她母亲和我母亲住两屋一套的住宅。她这个姑娘个性强，很有主见，年龄也比你大得多。坦白地说，她一定以为我会领去一位满脸大胡子的地下工作者。看到是个漂亮姑娘，一定会不高兴。"娜塔利亚·阿列克谢耶夫娜说。她说话向来只注意把意思表达准确，根本不考虑会给对方造成什么印象。"我十分了解谢廖沙，知道他是个办正事的孩子。在某种意义上我更相信他而不相信自己。如果谢廖沙对我说您是区组织派的，那就肯定没问题。所以我愿意帮助您。如果安东妮娜不肯开诚布公跟您谈，您就去找科利亚·苏姆斯科伊。我根据安东妮娜对待苏姆斯科伊的态度看得出来，他是他们当中最主要的人物。他们虽然对安东妮娜的母亲和我的母亲暗示，他们在谈恋爱，但是我尽管忙于工作，连自己的生活问题也没处理好，对年轻人的事却十分了解。我知道苏姆斯科伊爱的是莉达·安德罗索娃，一个挺轻佻的姑娘，"娜塔利亚·阿列克谢耶夫娜不以为然地说，"不过毫无疑问，她也加入了他们的组织。"她纯粹出于公正又补充一句。"如果你们需要让苏姆斯科伊亲自去跟区组织进行联系，我可以利用区劳动介绍所医生的权限给他开两天病假条。他是在那里的小矿上干活，具体说，摇绞盘……"

"德国人相信您开的证明吗？"瓦丽亚问。

"德国人！"娜塔利亚·阿列克谢耶夫娜感慨地说，"只要是官方人士出证明，德国人不但相信，而且乖乖服从……这个矿上管事的是我们的人，是俄国人。现在到处都是这样，每个井长旁边安一个技术队的中士，其实不过是上等兵，像看家狗一样凶……不过我们俄国人在他们眼里都是一个模样，所以他们从来不知道谁上工谁没上工。"

事情果然像娜塔利亚·阿列克谢耶夫娜所预料的那样。当地的人无论如何不肯相信，这个长着深色长睫毛、扎着两条金黄色辫子的姑娘就能代表"青年近卫军"的强大权威。于是瓦丽亚不得不在他们中间住上两天两夜。这是一个冷冷清清的村子，没有一棵大树，只有几幢兵营式的大房子零零落落，还有高大的黑矸石堆和一动不动的井架。

娜塔利亚·阿列克谢耶夫娜的母亲住在旧村，那里人家比较多，是由原来的庄家院连成的，甚至家家都有果园，但是园子里果树的叶子已经黄了。刚下过几场雨，大街上的稀泥就像酸奶油似的，齐腰深，看样子要一直等到冬天上冻为止。

这几天总有罗马尼亚部队经过矿区开往斯大林格勒。他们的大炮和辎重车套着几匹瘦马怎么挣扎也拉不动，在稀泥里一停就是几个小时。车夫用俄语大声咒骂，像草原里的牧笛一样响，全矿区都听得见。

安东妮娜是个乌克兰姑娘，长得漂亮，只是挺粗挺胖，大约二十二三岁，一对黑眼睛热情而果断。她直截了当对瓦丽亚说，她认为区地下核心组织不应该对于像克拉斯诺顿这样的矿区估计过低。为什么直到如今也没有一位领导到克拉斯诺顿矿区来看看？他们既然提出请求,为什么不派一个负责同志来指导他们的工作?

瓦丽亚认为她有必要说明,她只代表"青年近卫军"。"青年近卫军"是在区党委领导下的一个青年组织。

"那么'青年近卫军'指挥部怎么不来个领导呢?"安东妮娜问,两眼闪耀着敌意,"我们也是一个青年组织呀!"她自负地补充说。

"我是指挥部派来的代表。"瓦丽亚说,噘起鲜红的上嘴唇,现出一副傲慢的神气,"派指挥部成员到一个并没有突出表现的组织来,有欠慎重,也不符合秘密活动原则……如果您懂得一点儿道理的话。"瓦丽亚补充说。

"没有突出表现?"安东妮娜愤慨地叫了起来,"不了解下面组织的活动,这算什么指挥部! 我又不是傻瓜,怎么会把我们的活动告诉一个素不相识的人。"

如果不是后来找到苏姆斯科伊,这两个漂亮姑娘自尊心又都强,可能根本谈不到一起去。

当瓦丽亚提到苏姆斯科伊的名字时,安东妮娜还装作不认识这个人。但是瓦丽亚马上用冷冷的口吻直接说"青年近卫军"了解苏姆斯科伊在这个组织中的领导地位,如果安东妮娜不肯带她去见他,她就自己去找。

"我们倒想知道您怎么找得到他。"安东妮娜有些不安地说。

"可以通过莉达·安德罗索娃。"

"莉达·安德罗索娃也没有理由不像我这样对待您。"

"那样就更糟……我会自己去找,因为不知道他的地址,可能无意之中就把他暴露了。"

于是安东妮娜只好屈服。

当她们找到苏姆斯科伊的时候,情况就发生了根本变化。苏姆斯科伊住在村头上一座宽敞的农家房子里,房后就是草原。他的父亲从前在矿上赶车,他家的生活方式有一半还是庄稼人。

苏姆斯科伊很聪明,长得大鼻子、黑脸,既有古代扎波罗日人的勇敢狡黠,又显得很正直。这就是他的魅力所在。他眯缝起眼睛听完瓦丽亚傲慢的说明和安东妮娜热烈的解释之后，便默默请她们走出屋子，从搭在墙上的梯子爬上顶棚。棚顶上有一群鸽子噼里啪啦飞上天空，还有几只落到苏姆斯科伊的肩膀和头顶上，而且很想往他手上落，他到底伸出手让一只筋斗鸽落上去。这只鸽子好像是按照模型雕塑成的洁白耀眼的鸽子。

天棚顶上早就坐着一个青年，长得像大力士。一看见生人上来便发了慌，马上用干草把身边的什么东西盖住，但是苏姆斯科伊给他递暗号：一切正常。大力士微微一笑，拨开干草，瓦丽亚看见是收音机。

"这是沃洛佳·日丹诺夫……这是瓦丽亚，还不知道姓什么。"苏姆斯科伊严肃认真地说，"我们三个——安东妮娜、沃洛佳和本人——地狱里的罪人——就是我们这个组织的三人领导小组。"他说，身上落满咕咕乱叫的鸽子，有的跟他表示亲热，有的拍打翅膀，好像准备突然飞走。

当他们商量苏姆斯科伊能不能跟瓦丽亚一起进城的时候，瓦丽亚感到大力士一直注视她，看得她怪不好意思。瓦丽亚在"青年近卫军"的成员中间也见过像科瓦廖夫这样的勇士，因为他力气大，心眼又好，郊区的人都管他叫"小王。"但是这个青年无论长相或者体型都显得更高贵，脖子好像是用青铜塑的，整个人给人一种安详、优美而有力量的感觉。瓦丽亚不知为什么想起干巴瘦的谢廖沙，还总光着脚，不由得一阵温柔幸福的痛楚掠过心头，她便不再说话了。

他们四个一起走到天棚头上，苏姆斯科伊突然抓住落在他手上的筋斗鸽，往下一摇，用尽全力把鸽子抛到阴暗的天空中，天上还下着细雨。他肩头的鸽子都跟着飞起来。大家隔着房顶底下的小斜窗观看筋斗鸽。筋斗鸽直上天空，像圣灵一样消失了。

安东妮娜两手一拍坐在地上尖叫起来。她叫得那么高兴，大家不禁回头瞅她，也都大笑起来。她的叫声和眼神都流露出这种兴高采烈，仿佛告诉大家说："你们别以为我厉害，你们好好看看，我是个多么好的姑娘！"

第三天早晨，瓦丽亚和苏姆斯科伊已经穿过草原往市里走去。一夜之间云消雾散,太阳一出来就热辣辣的,把周围都晒干了。四下望去,草原上一片枯黄,闪耀着铜水一般的光辉。这初秋的景色毕竟是美丽的。空中飘起又细又长的蜘蛛丝,而且越飘越长。德国运输机从天上飞过,往斯大林格勒飞去,把隆隆声充满整个草原,过一会儿草原又恢复了平静。

走了一半路程,瓦丽亚和苏姆斯科伊休息一下,躺在山坡上晒太阳。苏姆斯科伊点上烟抽。

突然从远处传来一阵歌声。这歌声在草原上自由飘荡,这歌声那么熟悉,它的旋律立刻在瓦丽亚和苏姆斯科伊的心头引起共鸣。"黑魆魆的山冈沉睡着……"这是顿涅茨草原上的人最喜欢的歌,但是一清早怎么会在草原上唱起这支心爱的歌呢?……瓦丽亚和苏姆斯科伊用胳膊肘支着欠起身子,心里重复着歌词。歌声离得越来越近。这是两个人唱的,一男一女,都很年轻,都在拼命唱,仿佛要向全世界发出挑战:

> 黑魆魆的山冈沉睡着,
>
> 被太阳烤焦,
>
> 白茫茫的云雾一团团的乱飘……
>
> 有一个年轻人穿过沙沙响的树林,
>
> 穿过绿油油的麦田来到顿涅茨草原……

瓦丽亚连忙跑到冈顶上,偷偷往下看,然后露出半个身子大笑起来。

原来是沃洛佳和他妹妹柳霞手拉着手顺着大路走来,一边唱着这支歌,他们简直是可着嗓子喊。

瓦丽亚冲下山冈,像小时候一样拼命迎面跑过去。苏姆斯科伊并不感到奇怪,在后面慢慢跟着。

"你们上哪去?"

"到乡下去看爷爷,还想搞点儿粮食。跟在你后面的是谁?"

"是自己人。从矿区来的,叫科利亚·苏姆斯科伊。"

"我可以向你介绍一位同情者,就是我的亲妹妹柳霞。方才在草原里我们交换了意见。"沃洛佳说。

"瓦丽亚,你给我评评理,这不是太浑球了吗? 大家跟我都挺熟,可我的亲哥哥什么事都瞒着我。其实我都看见了! 直到我在他的房间里发现了印刷所的铅字和一种臭溶液,他用来洗铅字,洗完一部分,还有一部分没洗完,可今天突然……瓦丽亚! 您知道今天出什么事了吗?"柳霞突然叫了起来,迅速瞥了走到近前的苏姆斯科伊一眼。

"你等一等,"沃洛佳认真地说,"我们机械车间工人亲眼看见了,然后全都告诉我了……大致是这样:他们从公园旁边路过,看见大门上吊着一个人,穿黑大衣,胸前还有一张字条。开始他们以为是德国人把我们的什么人给吊死了。走到跟前一看是福明。你知道吗? 他是个坏蛋,是个警察。字条上写着'凡是出卖我们的人的叛徒都将得到这样的下场'。就是这么回事……听明白没有?"沃洛佳压低声音悄悄地说。"这件事干得漂亮!"他叫了起来。"大白天吊了两个钟点! 他是在那里站岗,附近没有一个警察。有很多人都看见了,今天全市议论的就是这件事。"

沃洛佳和瓦丽亚不但不知道指挥部做出处死福明的决定,甚至对这种决定连想都想不到。沃洛佳相信是布尔什维克地下组织干的。但是瓦丽亚突然脸色苍白,连晒成金黄色的皮肤也掩饰不住,她知道有个人能干出这种事。

"可你知不知道,我们这方面一切都顺利吗? 没有牺牲吧?"她问,勉强管住自己的嘴唇。

"太漂亮了!"沃洛佳叫道,"人不知鬼不觉,一切正常。不过我们家却乱了套……妈妈一口咬定是我把这个狗崽子吊死的,还说我也会让人家吊死。我本来就打算动员柳霞,就对她说,'你瞧,妈妈耳朵聋,还发烧,咱俩该上爷爷家去吧。'"

"科利亚,快走。"瓦丽亚突然对苏姆斯科伊说。

剩下这段路程,瓦丽亚一个劲儿催苏姆斯科伊快走。苏姆斯科伊不明白这位姑娘发生什么变化。现在她的鞋跟已经敲响自己家的台阶。苏姆斯科伊不大好意思跟她走进餐厅。

玛丽亚·安德列耶夫娜和小柳霞正面对面坐在餐厅里。玛丽亚·安德列耶夫娜还穿着那件深色大衣,把她肥胖的身体紧紧裹住。小柳霞脸色苍白,金黄色头发披散在肩上。她俩都默默不语而神情紧张,好像过命名日似的。

玛丽亚·安德列耶夫娜一看见大女儿连忙站起来,想说什么,一下子憋住气,就扑到女儿跟前,疑疑惑惑地看看女儿,又看看苏姆斯科伊,实在憋不住便拼命吻起女儿。这时瓦丽亚才明白,她母亲跟沃洛佳的母亲想法一样,还以为她的亲生女儿参加了处死福明的事件,所以这些天才不着家。

瓦丽亚忘记苏姆斯科伊还尴尬地站在门口,只顾看母亲,她那种神情仿佛在说:"我能对你说什么呢?妈妈!说什么呢?"

这时小柳霞一声不吭走到瓦丽亚跟前,把一张条子交给她。瓦丽亚机械地打开条子,甚至没顾得看上面的内容,一眼认出笔体。她那晒黑了的风尘仆仆的脸立刻容光焕发,露出天真幸福的微笑,她急忙回头看看苏姆斯科伊,连脖子和耳朵都红了。瓦丽亚抓住母亲的手,把她拽到另一个房间。

"妈妈!"她说,"妈妈!你脑子里净是糊涂想法。你难道看不出来,我们——我和我的同志们干的是什么事?你难道真不明白?你不明白我们非这么干不可吗?妈妈!"瓦丽亚说,谛视母亲的脸,她心中一高兴,满脸通红。

玛丽亚·安德列耶夫娜本来气色很好,脸却变白了,甚至变得精神焕发。

"我的好闺女!但愿上帝保佑你!"玛丽亚·安德列耶夫娜说。她这一生无论在校内还是在校外都一直从事反宗教宣传。"但愿上帝保佑你!"她说着大哭起来。

第四十三章

父母如果不了解子女的精神世界,又眼睁睁看着他们参加神秘而危险的秘密活动,心里该有多么痛苦。但是他们既不能参与子女的活动,又制止不了。

早晨喝茶的时候,万尼亚发现父亲阴沉着脸,连正眼也不看他,便感到雷雨即将来临。果然,妮娜姐姐到井边打水回来,说福明被绞死了,还说大家正议论纷纷,雷雨立刻就爆发了。

父亲的脸色变了,脸颊上肌肉鼓起来。

"我们大概在家就可以得到,"他并不瞅儿子,却挖苦说,"更准确的情报……"他有时候爱用这类字眼,"你干吗不吭声?讲给我们听听!你跟他们,怎么说呢?关系非常密切。"父亲轻声说。

"跟谁呀?是跟警察吗?"万尼亚说,脸色也白了。

"谢廖沙昨晚干吗来了?在戒严以后?"

"谁管他戒不戒严!好像戒严以后妮娜就不出去约会去了!他来聊聊,又不是头一回。"

"别撒谎!"父亲大叫一声,把手掌往桌子上一砍,"干这种事可是要坐牢的!他自己都不怕掉脑袋,我们做父母的何必多管闲事?"

"爸,你要说的并不是这件事。"万尼亚轻声说着站起身来,并不理会父亲仍然拍桌子大叫:"不,我要说的就是这件事!""你是想知道我参没参加地下组织?你是想知道这事。没有,我没参加。关于福明我也是刚才听姐姐说的,不过我只想说这个坏蛋也是活该!你没听姐姐说,大家也都这么议论吗?你心里也是这么想的。不过我不想隐瞒,我在尽力帮助我们的人。我们大家都应该帮助他们,况且我是个团员。所以没把这事告诉你和妈妈,是怕你们担心。"

"听见没有?纳斯塔西亚·伊万诺夫娜。"父亲几乎要气疯了,用灰白的眼睛看着妻子,"听听你儿子多么关心我们!……你就不知道害臊!我这一辈子不都是为了你们……你就忘了,一家的房子住过十二家,光小孩就二十八个,都挨排躺在地板上?为了你们,我和你妈已经付出全部力量。你看看她那样子!供亚历山大上学念书,书没念完,妮娜也没念完,就全指望你了,可你偏把脑袋往绞索里头钻。你看看你妈妈!为了你她把眼睛都哭坏了,可你就是啥也看不见。"

"那你说让我干什么?"

"上工去!妮娜上工了,你也去。她是个会计,现在干粗活,你算是老几?"

"为谁干活?为德国人?好让德国人再多杀死一些我们的人?我们的人一回来,我头一个上工去……你的儿子,也就是我的大哥在红军部队,可你让我去帮助德国人,好把他快点儿杀死!"万尼亚气冲冲地说。

父子俩已经面对面站着。

"那你吃什么?"父亲叫喊道,"你只知道为大家,等他们当中有人把你的脑袋给出卖就好了?他会头一个把你出卖给德国人!就说我们这条街的人,你都了解吗?谁都关心些什么事?可我了解!他们都只顾自己,都存有私心。只有你一个人为大家忙活!"

"不对……你帮助往后方发运国家财产,你存私心了吗?"

"你不用提我。"

"不,我就要提你!为什么你以为只有你是好人,别人都是坏人?"万尼亚说,用一只手的手指拄着桌子,倔强地低着头,头上戴着玳瑁框眼镜,"存有私心!人人都只顾自己!……那么我问你,那阵子你已经领了退休金,必然留下,你身体有病,明明知道去运那些并不属于你的财产要熬夜,对身体不好,为什么还要去干?你存的什么私心?难道说世界上只有你一个人这样?这甚至不符合科学!"

因为是星期天,妮娜姐姐这时也在家。她皱着眉头坐在自己的床上,对争论的双方瞅也不瞅,像平时一样,猜不透她的心思。母亲生性善良,体弱多病,未老先衰。她的生活圈子就是下地干活和围着炉台转。她就怕老头子在气头上会把儿子撵走或痛骂一顿。所以老头子说话,她就讨好地点头称是,希望他能原谅儿子。儿子说话,她也满脸堆笑看着老头子,还直递眼色,仿佛想让老头子能听听儿子说的话,尽管他们老两口都明白儿子说的是傻话,也得原谅他。

父亲站在屋子中间,身上穿的旁开领衬衫都洗旧了,外面套个挺长的上衣,两条腿因为年老而佝偻,裤子磨破了,膝盖往前鼓起,打着补丁,脚上穿着一双便鞋。他一会儿哆哆嗦嗦把两个拳头抱在胸前,一会儿又无可奈何地垂下去,嘴里叫喊着:

"我说的不是根据什么科学,而是根据生活!"

"科学还不是从生活中来的吗?……不光你一个人,别人也追求正义!"万尼亚突然发火了,"你还不敢承认自己的优点!"

"我有什么不敢的!"

"那么你说清楚,我怎么不对! 大喊大叫说服不了我。我可以乖乖听话,一声不吭,这没什么。可办事,我还是要凭良心。"

父亲一下子泄气了,灰白的眼睛也没有光彩了。

"你瞧,纳斯塔西亚·伊万诺夫娜,"他尖声尖气地说,"咱们怎么供出这么一个儿子……书念成了,就用不着咱们俩了。再见! ……"他把双手一摊,转身就走了。

母亲连忙迈着碎步跟出去。妮娜依然坐在床上,头也不抬,声也不吭。

万尼亚漫无目的地在屋里转了两圈,然后坐下,却抑制不住良心的责备。他甚至想像从前那样把心中的苦闷写进诗里寄给哥哥:

> 我的最忠实的最要好的朋友,
> 我的好哥哥亚历山大……

不:

　　　　　我最好的朋友，我的亲哥哥……

　　不行，这首诗写不下去。再说也没法寄给哥哥。

　　这时万尼亚明白他应该怎么办了，他应该到下亚历山德罗夫卡去找克拉娃。

　　叶列娜·尼古拉耶夫娜感到左右为难，不知道是应该制止儿子参加这种活动，还是应该帮助他。她跟天下的母亲一样，总为儿子担心。这种忧虑天天折磨她，使她干不下活，睡不好觉，心力交瘁，脸上堆满皱纹。这种担心有时达到丧失理智的程度，她想闯进屋里大闹一场把儿子拽出来，让他摆脱他为自己安排的可怕的命运。

　　但是她自己身上也有丈夫那种性格，就是奥列格的继父。这是她一生中唯一一次热烈而深沉的爱情。在她自己身上就燃烧着战斗的火焰，所以她又不能不同情儿子。

　　她常感到生气的是他怎么能瞒着她，她的亲妈妈。从前他对她可是无话不说，听她的话，对她体贴备至！更令她生气的是她的母亲维拉外婆，看样子也参与了外孙的密谋，什么事也都瞒着女儿。从一切迹象判断，弟弟科利亚也是密谋的参加者。甚至连毫不相干的外人索科洛娃，从前经常来串门，孩子管她叫波林娜阿姨，现在在奥列格眼里也似乎比亲妈还要亲。这是怎么发生的？从什么时候？从什么事开始的？

　　从前，叶列娜·尼古拉耶夫娜跟波林娜阿姨是形影不离的好朋友，人们提到其中的一个，就不能不想到另一个。她们是饱经忧患的成熟女人，她们之所以要好，是因为有着共同的工作和共同的思想。但是波林娜阿姨从打战争一开始就闭门不出，不再到叶列娜·尼古拉耶夫娜家串门。即使叶列娜·尼古拉耶夫娜因为老交情而去看她，她也好像局促不安，因为她又养奶牛又卖奶，怕叶列娜·尼古拉耶夫娜说她只顾自己家的事，忘记了应该为祖国的利益而工作。所以叶列娜·尼古拉耶夫娜甚至觉得没法跟她谈这个问题。这样一来，她们之间的友谊就自消自灭了。

波林娜阿姨再次出现在科舍沃伊家的时候,已经是德国人在城里掌权了。她这次一来就打开心扉,诉说了她的不幸,于是叶列娜·尼古拉耶夫娜又感到她还是从前的波林娜。现在她们常常见面,说说心中的烦恼。但是像往常一样,总是叶列娜·尼古拉耶夫娜说得多,文静持重的波林娜阿姨只是用显得疲倦的聪明的眼睛看着她。不过不管波林娜阿姨怎么不大说话,叶列娜·尼古拉耶夫娜不能不发现,她的老朋友好像把奥列格给笼络住了。只要波林娜阿姨一来,他总是在她身边转悠。而且叶列娜·尼古拉耶夫娜还常常发现他俩会冷不防地迅速交换眼色——这眼色说明他们之间有什么话要说。果然,只要叶列娜·尼古拉耶夫娜一出房间,再回来就觉察出他们有话背着她,她一回屋就不说了。每当叶列娜·尼古拉耶夫娜走到过道送波林娜的时候,她总是不好意思地急急忙忙说:"不,不,不用送,叶列娜,我自己走。"要是奥列格出去送她,她从来不这么说。

怎么会发生这种事?这叫母亲的心怎么受得了?世界上有谁能比母亲更了解自己的儿子,分担他的事业,理解他的思想,一旦遇到不幸便用爱的力量来保护他?而公正的声音告诉她,儿子之所以头一次要瞒着她,因为对她不信任。

像所有的年轻母亲一样,她对独生子的优点看得更多,但是她实际上是了解自己的儿子的。

自从市里出现了传单,神秘地署着"青年近卫军",叶列娜·尼古拉耶夫娜就明白,她的儿子不但参加了这个组织,而且在其中担任领导工作。她为此而激动、骄傲和痛苦。但是她认为不能用生硬的办法让儿子吐露真情。

只有一次,她仿佛不经意地问:

"你现在跟谁好?"

想不到他耍个滑头,把话题转到恋爱问题,好像继续从前谈过的关于列娜·波兹内舍娃的话题,有点儿不好意思地说:

"跟妮娜·伊万佐娃。"

不知为什么母亲装作没看出他的花招,假意地问:

"那列娜呢?"

他一声不响,拿来他的日记给母亲看。母亲从日记里看到儿子现在对列娜的看法,以及对从前跟列娜那段恋爱的认识。

但是这一天早晨她从邻居嘴里听说处死福明的消息,差点儿发出野兽般的叫喊。她勉强控制住自己,一头倒在床上。维拉外婆像木乃伊一样僵直着身子,神秘地走到床前,在她的前额上放了一块冷毛巾。

叶列娜·尼古拉耶夫娜像所有的父母一样,毫不怀疑儿子一定参与了处死福明的事件。想不到这些青年竟然从事这种活动,斗争竟然这么残酷! 他会受到什么样的报复呢? ……她心中还没想好应该怎么对儿子说,但是无论如何必须打破把他们分隔开来的可怕的神秘——这样活下去可不行! ……

这时她的儿子正坐在柴火棚子里跟苏姆斯科伊下棋! 奥列格穿得整整齐齐,洗得干干净净,脸晒得发黑,头缩进肩膀里,一个肩膀高,一个肩膀低。而苏姆斯科伊坐在对面的劈柴上,鼻子大,脸晒黑了,动作十分灵活。

他们的全部注意力都用在下棋上,只是偶尔随便交谈几句。不了解情况的人听到他们谈话的内容,一定以为他俩都是专门干坏事的。

苏姆斯科伊说:"那个车站上有粮库……他们把新麦子一运来,科利亚·米罗诺夫和帕拉古塔就往里放蜱虫……"

沉默。

奥列格说:"麦子收完了吗?"

苏姆斯科伊说:"他们硬逼着把麦子割完……大部分上了垛,有的还在地里晾着,没有办法脱粒,也运不出来。"

沉默。

奥列格说:"应该把麦垛给他烧了……我可要吃你的堡垒了!"

沉默。

奥列格说:"在国营农场里也有你们的人,这很好。我们指挥部讨论决定每个庄子都要设立一个小组。你们有武器吗?"

"很少。"

"应该去收集。"

"上哪收集去?"

"到草原里。或者去偷他们的——他们非常粗心大意。"

苏姆斯科伊说:"对不起,将你军……"

奥列格说:"老兄,它会向侵略者反击的。"

"我又不是侵略者。"

"可你像仆从国一样爱挑衅!"

"我的处境倒更像法国。"苏姆斯科伊笑着说。

沉默。

苏姆斯科伊说:"如果我问得不当,就请原谅。吊死这个家伙,您不能没参加吧?"

奥列格说:"谁知道。"

"好!"苏姆斯科伊显然很满意,"我认为这号人应该多杀他几个才行,采用暗杀手段就行。杀几个奴才,不如杀他几个主子。"

"绝对值得。他们非常粗心大意。"

"你知道,我得认输了。"苏姆斯科伊说,"这个局面没有步子可走了,我也该回家了。"

奥列格有条不紊地把棋子放好,走到门口向外看看,又转回身来。

"你宣誓吧!……"

从他们坐在一起下棋到现在宣誓,中间没有任何过渡。他俩——奥列格和苏姆斯科伊——面对面地垂手站立,两人个子一般高,只是奥列格肩膀更宽些,两人的眼睛都单纯而自然。

苏姆斯科伊从军便服的小兜里掏出一张纸,脸色变得苍白。

"我,尼古拉·苏姆斯科伊,"他压低声音念道,"志愿加入'青年近卫军'的队伍,在我的战友面前、在多灾多难的祖国土地面前、在全国人民面前庄严宣誓……"他由于非常激动,声音也铿锵起来,但是又怕院子里有人听见,便又缓和了语调。"……如果我被拷打或胆怯而违背了这神圣的誓言,那就让我的名字和我的亲人永远遭到诅咒,而我将遭到同志们亲手惩罚。以血还血,以命偿命!"

"祝贺你……从此以后，你的生命就不再属于你自己，而是属于党、属于全体人民。"奥列格热情地说，握紧他的手，"你回到克拉斯诺顿矿区可以接受整个小组的宣誓……"

最要紧的是，要在妈妈已经睡着或假装睡觉的时候进屋，悄悄脱衣躺下。免得还要想法躲避她那明亮而痛苦的目光，自己也不必装作什么事也没有的样子。

他踮着脚走进厨房，自己都觉得个子长得高大，悄悄开门走进里屋。窗户像往常一样，外面关上窗板，里面遮上黑布。今天生炉子，屋里闷得难受。小油灯放在倒扣着的罐头盒上，免得弄脏桌布，位置更高，从黑暗里照出熟悉的家具突出的部分和棱棱角角。

母亲向来喜欢井井有条，今天不知为什么不脱衣服，也不解头发，坐在熇好的被子上，把两只晒黑的小手握在一起放在膝盖中间，露出粗大的骨节，两眼注视着小油灯的火苗。

屋里多么安静呀！科利亚舅舅现在几乎整天泡在他的好朋友贝斯特里诺夫工程师那里，这时也回来睡下了。玛林娜睡了，小表弟大概也早睡了，还嘬着小嘴。外婆睡了，甚至没听见鼾声。连座钟的嘀嗒声也听不见。只有妈妈没睡。我的好妈妈！……

但是最主要的，千万别感情冲动……就这样一声别吭，踮着脚尖从旁边走过去，躺到床上就立刻装睡……

他踮起脚尖走，觉得自己身子高大而又沉重，走到母亲跟前扑通跪在她面前，把脸埋在她的怀里。他感觉到母亲用手抚摩他的脸，感觉到她那独特的温暖，闻到一种隐隐约约的香味，既像远远飘来的茉莉花香，又像野蒿或茄叶的苦味——像什么都行！……

"好妈妈！好妈妈！"他嗫嚅着，抬眼看着母亲，"你什么都知道了……我的好妈妈！"

"我什么都知道。"她悄声说，低下头却并不看他。

他想寻找她的眼睛，她却把眼睛藏在他那像蚕丝一样柔软的头发里，不住地悄声说：

"不管什么时候……不管在什么地方……都不要害怕……要坚强

……我的小鹰……直到最后一息……"

"好了,嗯,好了……该睡了……"他悄声说,"要我把你的头发解开吗?"

于是他像小时候一样,用手摸到她头发里一个个发卡全都抽出来。她仍然把头放在他的胳膊上,不肯露出脸来。等他抽完发卡,打开辫子,头发披散开,啪地一声落下来,就像果园里苹果落地的声音一样,把妈妈整个身子都遮住了。

第四十四章

万尼亚想到下亚历山德罗夫卡去待几天,得向指挥部请假。

"你明白,我这次去不只是看看克拉娃。"他对奥列格说,"我早就计划让克拉娃担负起组织哥萨克村庄青年的全部工作。"万尼亚有些不好意思地说。

但是对于万尼亚提出的正当理由奥列格似乎当成耳旁风。

"再等个一两天。"他说,"可能还有别的任务交给你……不,不,也是那个地方。"奥列格说,一发现万尼亚露出冷漠的表情就咧开嘴笑了。万尼亚要是不想让别人看出他的真实感情,就总要露出这副神气。

近几天索科洛娃一再要求奥列格推荐一个精明强干的青年由柳季科夫直接领导。这个青年的任务就是给柳季科夫当联络员,专跑从克拉斯诺顿到下亚历山德罗夫卡一线。于是奥列格就想到了万尼亚。

索科洛娃在传达柳季科夫的要求时,一再强调:

"一定要个非常精明而又非常可靠的人。要最精明、最可靠的……"

万尼亚跟奥列格谈话的第二天,他已经光脚穿着运动鞋上路了,头上扎着露出四个角的手绢。他沿着草原里的村道往前走,路两旁的麦子还没收割,稀稀拉拉。太阳也不很炎热。

他深深认识到自己所担负的使命的重要性,这个新角色引起他种种想法,他就聚精会神地思索着——近视眼万尼亚走路的最大特点就是聚精会神地思考问题。所以他走过草原,经过许多居民区,却对路上碰到的事物几乎都视而不见。

　　一个外来人（如果有这种人的话），走过德军占领下的农村，一定会对眼前截然不同的景象大为惊异：他会碰到几十，几百个瓦砾场，原来的村庄只剩下炉座和烧焦的木头，可能还有一只孤零零的猫趴在烧坏了并且长出野草的台阶上晒太阳。景象凄惨得出乎想象。他也会遇到德国人没到过的村庄，如果不算德军的散兵游勇偶尔来抢劫一两次的话。

　　可是也有这样的村庄，德国人已经按照对他们最有利和最方便的形式建立起政权，这里所发生的直接军事抢劫（指过路军队的抢劫）和各种强奸暴行，不多不少，恰恰在德国对俄罗斯实行军事占领统治的历史所允许的范围以内。在这里可以说，德国人正是按照纯粹的德国方式进行管理的。

　　下亚历山德罗夫卡庄就属于这一类村庄。克拉娃和她母亲就寄居在母亲娘家亲戚家里。

　　她们寄居的人家是哥萨克，是她母亲的亲兄弟。在德国人没来之前，他是个普通的集体农庄庄员。他既没当过队长，也没当过饲养员，只是一个普普通通的庄员，全家人都在生产队里干活，种的是公家的地，全靠劳动日和自己园地上的收获过日子。

　　克拉娃的舅舅伊万·尼卡诺罗维奇和他的全家在德国人来到之后所遭受的痛苦，也不多不少，恰恰是德国人的统治必然要给普通农户带来的那些痛苦。德国进攻部队路过村里时，他们遭到抢劫，凡是被德国人看见的牲畜、家禽和粮食都劫掠一空，可见抢得很惨，但是还没抢光。因为世界上哪一个国家的农民也没有俄国农民那种世代相传、遇到兵荒马乱便藏起财物的经验。

　　军队开过去之后，开始建立新秩序——Ordnung，伊万·尼卡诺罗维奇和同村的人都得到通知，以前下亚历山德罗夫卡生产队依法永远使用的土地现在跟所有的土地一样，收归德国国家所有。但是！新秩序——Ordnung——通过从基辅来的德国官员的嘴说这一片经过多少困难和痛苦才连成一片的生产队土地现在要重新划成小块土地让哥萨克自己耕种。但是！这种办法必须在所有的哥萨克和农民都有自己的农机具和役畜之后才能实行。现在他们既然不可能有这些东西，土地仍然保持原状，但是已经变成德国国有的土地。要种地就要有个村长。由俄国人担任，由德国人指派，现在已经安排好了。每十个农户编成甲，要有个甲长管着，甲长由俄国人担任，由德国人指派，甲长也派好了。农民凡是下地干活，就可以领到一定数量的口粮。农民要好好干活，他们应该知道，只有现在好好干活的人，将来才能领到一块土地自己耕种。

德国人既让农民在这块土地上好好干活，又不给机器和机油，连马也不给。农民只好用铲刀、镰刀和锄头，使牲口就用自己家的牛。谁家舍不得使用牛，就别指望将来能分到土地自己种。尽管如此，这种劳动需要大量的劳动力，可是德国当局不但不想办法把这些劳动力留在这块土地上，反而把身强力壮、能干活的人都赶到德国去。

鉴于德国现在搞不出来它所需要的肉奶蛋的统计数字，第一次先向下亚历山德罗夫卡征收下列物品：每五户交一头牛，每户交一头猪，每户交五十公斤土豆、二十个鸡蛋、三百公升牛奶。但是！由于可能还有需要——这种需要果然经常有——哥萨克和农民都不许私自宰杀牲畜和家禽。万不得已需要杀猪的话，也要四家合杀一头，同时要向德国上交三头。

为了向伊万·尼卡诺罗维奇和同村的人征收这些东西，除开甲长、村长之外，还设立区农业办事处，由特派员桑德斯领导。这个特派员跟施普里克上尉一样怕热，到各村庄巡视工作时，上身穿制服，下身穿短裤。哥萨克女人一看见他就像见了魔鬼似的，又画十字又吐唾沫。区农业办事处归州农业局领导，州农业局人员更多，归特派员格柳克尔管辖。格柳克尔倒是穿长裤，但是他高高在上，从来不下乡。这个州农业局又归农业小组领导，或者简称"农组"，归施坦德尔少校管。这个小组已经高不可攀，从来没人见过它。但是它也不过是第九经济管理部下属的一个处。这个第九经济管理部，简称"九经部"，归吕德博士管。而这个第九经济管理部，一方面隶属于伏罗希洛夫格勒市野战司令部，说得明白点儿就是宪兵队，另一方面又隶属于驻在基辅的德国专员管的国家土地管理总局。

伊万·尼卡诺罗维奇和同村的人都感到他们头上压着一只人梯，梯子上面是层次繁多、官衔一级比一级高的闲人和盗贼。他们说话乡亲们听不懂，却要供养他们，每天受他们祸害，大家于是明白：德国法西斯政权不但是个野蛮的政权——这是一目了然的——而且是办事马虎、盗窃成风的政权，可以说是个愚蠢的政权。

于是伊万·尼卡诺罗维奇和同村的人开始采取欺骗德国政权的办法，这是一个自尊自重的哥萨克能够采取、也应该采取的唯一办法。附近的大小村庄，如贡多罗夫斯卡亚、达维多夫、马卡罗夫沟等都这么干。

欺骗德国人的办法主要是在地里不正经干活，只是装装样子，浪费，（如果有可能的话）盗窃自己家所产的东西，把牲畜、家禽和粮食隐藏起来。为了便于欺骗德国人，哥萨克和农民就想法让自己人当甲长和村长。像任何一个野蛮政权一样，德国法西斯政权也能找到足够的野兽安插在村长的位置上，但是正如俗话说的，人没有不死的。派来一个村长，可是这个村长不久就不见了，如石沉大海。

克拉娃才十八岁，这些事跟她没什么关系。她感到痛苦的只是生活不自由，没法念书，没有好朋友，也不知道父亲的下落。她消磨时间的办法是经常想念万尼亚，想得明确具体：等待混乱时期过去，他们就结婚，生孩子，他们将过上非常美满的家庭生活。

她还有一个消磨时间的方法就是看书，但是在下亚历山德罗夫卡很难找到书看。她一听说庄子里新来一个女老师，是德国人的区政府派来的，代替疏散走的教师，她就想去找这个老师借本书总不算丢人的事。

这个女老师住在学校，就是原来的女老师住的房间。据左邻右舍的女人传说，她使用的家具和东西全都是原来那个女老师的。克拉娃敲敲门，也不等里面答应便用有力的胖手推开，她走进背阴的窗户都遮着的房间。她斜着眼睛仔细观看，谁在屋里。一个女教师侧面对着克拉娃，正俯身用鸡毛掸子掸窗台，这时才转过头看她，一只弯弯的浓眉突然扬起来,向后一退靠在窗台上,后来又直起身来仔细打量克拉娃。

"您……"

她没再往下说,脸上露出歉意的微笑,向克拉娃迎面走来。

这个女人长着浅色头发,体形匀称,穿着普通的连衣裙,一对灰眼睛直视着对方,甚至显得严厉,嘴唇也棱角分明,但是脸上不时现出单纯明朗的微笑,因而更加亲切。

"学校图书馆的书架都砸坏了,因为这里住过德国人。书都撕成一页一页,厕所里都是,不过还剩下几本,我们一起去找找。"她说,讲话句子完整,发音纯正,只有优秀的俄国教师才能讲得这么好,"您是这个庄子的吗?"

"就算是吧。"克拉娃犹犹豫豫地说。

"您说话怎么吞吞吐吐?"

克拉娃不好意思了。

女老师直视着她。

"来,我们坐下。"

克拉娃仍然站着不动。

"我在克拉斯诺顿见过您。"女老师说。

克拉娃没吭声,斜眼瞅着她。

"我还以为您已经走了。"女老师说,露出开朗的笑容。

"我哪也没走。"

"那就是送什么人。"

"您怎么知道?"克拉娃从侧面看着她,既害怕,又好奇。

"我知道……您别磨不开……您大概以为我是德国人派来的,就……"

"我并没那么想……"

"您肯定会想。"女老师笑起来,连脸都红了,"您送的是什么人?"

"父亲。"

"不对,不是父亲。"

"不，就是父亲。"

"好吧，您父亲是干什么的？"

"公司职员。"克拉娃说，满脸涨红。

"请坐，别磨不开。"

女老师亲切地拉住克拉娃的手。克拉娃坐下来。

"您的朋友走了吗？"

"什么朋友？"克拉娃心怦怦直跳。

"用不着瞒我，我什么都知道。"女老师眼睛里严厉的神情不见了，闪耀着善意而调皮的笑影。

"你就是杀我，我也不会说！"克拉娃心里想，突然发起火来。

"我不明白您说的什么……这样可不好！"她说着，站起来。

女老师已经控制不住自己，哈哈大笑，高兴得把晒黑了的双手时而合在一起，时而又分开，长着浅色头发的脑袋也左右摇晃。

"我亲爱的姑娘……对不起……您的心里什么也搁不住。"她说，连忙也站起来，用力扳住克拉娃的肩头，身子微微靠近她，"我不过是开玩笑，您用不着怕我。我不过是个俄国老师，人总得活下去，虽说是德国政府，可教孩子不一定教他们做坏事。"

这时有人用力敲门。

女老师放开克拉娃，迅速走到门口，把门拉开一条缝。

"玛尔法……"她说，声音不高，却满心欢喜。

走进来一个女人，个子高大，骨板结实，头巾白得耀眼，光着脚，脚晒得发黑，沾满土，腋下夹着一个包。

"您好。"她说，用疑问的目光瞥了克拉娃一眼，"我们离得不远，直到今天才来看看您！"她对女老师大声笑着说，露出一口结实的牙齿。

"您叫什么名字？……克拉娃。我领您到教室里去。您自己去找书。不过您别走，我马上就来。"

"什么事？有什么事吗？"卡佳一回来就激动地问。

玛尔法坐在那里，用一只手捂住眼睛。她这只长年劳动的大手也晒得发黑,嘴唇显得年轻,但是嘴角上露出痛苦的皱纹。

"真不知道是忧是喜。"她说着,把手从脸上拿下来。"波戈列雷庄来了个小伙子,告诉我说,我的丈夫还活着,当了俘虏。卡佳,你给我出出主意吧!"她说着,抬起头又用俄语说:"波戈列雷有个林场,俘房都在林场干活,有人看着。大约一共六十来人,给德国军队伐木头。我的戈尔季也在里头。他们住的是板棚子,不让出来……他都饿得浮肿了。我可怎么办哪? 应不应该去看他?"

"他怎么给你捎的信?"

"那里也有老百姓干活。有一次他得便偷偷告诉一个波戈列雷庄的人。德国人不知道他是本地人。"

卡佳默默无语,看了她一阵子。生活中遇到这种事,别人没法出主意。玛尔法到波戈列雷庄去,可能住上几个星期也看不到丈夫,自己活受罪。最好的情形是他们远远地互相看看,这只能会使丈夫在肉体痛苦之外再加上难以忍受的精神折磨。甚至连点儿吃的也送不进去,可以想象俘房在板棚子里会受到什么待遇!

"你凭自己的良心办吧。"

"要是你,你会去吗?"玛尔法问。

"我会去的。"卡佳叹了口气说,"你也会去,只是没什么用……"

"我也说是没用……我不去了。"玛尔法说,用手捂住眼睛。

"纳列日内老爷子知道吗?"

"他说要是让他带游击队去,一定能把他救出来……"

卡佳脸上露出忧虑凄伤的神情。她知道纳列日内老头带领的游击小队担负着重要任务,不能去干这种事。

现在德军最重要的交通联络都要经过伏罗希洛夫格勒州。普罗岑科指挥的一切力量,包括他重新建立的队伍,都用在保障离顿巴斯几百公里之外的斯大林格勒战役获得胜利。

州游击队现在全都分成小队,在公路、土路以及向东和向南去的三条铁路线上活动。就这样仍然感到力量不足。所以普罗岑科让本州各区委领导下的地下组织都参加破坏道路的活动。普罗岑科现在在什么地方,只有卡佳、玛尔法和联络员克罗托娃三个人知道。

卡佳对这些情况十分了解,因为所有这些数不清的联络线索最后都汇集到她那准确的小手里,然后通过一条线索传递给普罗岑科。所以她对玛尔法转达纳列日内老头提出的间接请求不置可否,尽管她心里明白玛尔法这次来找她的目的,就是暗暗抱着这个希望。

卡佳跟丈夫的联系也不是直接的,要通过玛尔法,说得更清楚是通过玛尔法的家。

不过卡佳并没询问普罗岑科的情况,因为玛尔法没提起他,就意味着没有什么消息。

克拉娃站在书架旁边,看到都是小时候读过的书,现在跟儿时的伴侣重逢,令她感到无限凄楚。看到这些空空如也的黑书桌,更感到无限怅惘。落日斜照在窗户上,平静而明亮的夕阳仿佛在向人间告别,露出成熟而感伤的微笑。克拉娃觉得人生在世如此凄凉,方才一直折磨她的疑问:这个女老师怎么认识她?——现在倒无所谓了。

"找到什么书了吗?"女老师注视着克拉娃,她那棱角分明的嘴唇闭得紧紧的,但是在灰色眼睛的深处也隐藏忧伤的神色。"您瞧,有时候生活多么残酷,把两个人活活分开。"她说。"年轻时候我们只知道工作,不懂当时能够得到的幸福一生也只有一次……要是我还能像您一样年轻,我就懂得这个道理。但是我就是想告诉您,也讲不清楚……您朋友什么时候来,一定给我介绍一下。"

卡佳没想到,这时候万尼亚已经来到下亚历山德罗夫卡,并且带着上级的指示直接来找她。

万尼亚交给她一份密码文件,是克拉斯诺顿地下区委的工作报告,她也口头传达了普罗岑科的指示,他要求克拉斯诺顿地下组织发展成能够作战的游击队,并且大力破坏公路和铁路。

"回去转告他们,前线的形势很好,也许用不了多久,我们大家都得拿起武器参加战斗。"卡佳说,用探询的目光审视坐在她面前的长得体形不匀称的青年人,仿佛想知道他的眼镜后面藏的是什么。

万尼亚坐在那里一声不吭,弓着背,不住向后捋耷拉下来的头发。

他心中仿佛有一团烈火在燃烧,但愿这个女人能看出来!

不一会儿他们就谈得投机了。

"人的遭遇有时候真可怕!"卡佳听万尼亚讲到舒利加和瓦尔科不幸牺牲的情形之后说。"您方才说的奥斯塔普丘克,他家的人都留在敌占区,也许也被折磨死了,或者一个可怜的女人带着孩子到处流浪,靠讨饭活着,还指望什么时候他能去解救她跟孩子,可是他已经死了……比如方才有个女人找我……"卡佳接着讲了玛尔法和她丈夫的故事。"近在眼前却不能见面。将来说不定把他赶到什么地方,他就死在那里……敌人这么残酷,应该怎么惩罚他们呢!……"她说着,把有力的小手攥成拳头。

"波戈列雷离我们不太远,我们有个伙伴就住在那个庄。"万尼亚说,想起维克托。在他的脑海里产生一个模糊的念头,只是连他自己也没想清楚。"俘虏很多吗?看守多不多?"他问。

"您想想看,在克拉斯诺顿还活着的我们的人当中,有多少人有组织能力?"她突然问,已经有了某种思路。

万尼亚一一告诉她。

"军人当中由于被包围或其他原因而留下来的还有谁?"

"这样的人很多。"万尼亚想起了藏在各家的伤员,他是听谢廖沙说的,娜塔利亚·阿列克谢耶夫娜直到现在还偷偷给他们治伤。

"回去告诉派您来的人,要跟他们建立联系,吸收他们参加……用不了多久你们就会需要他们。要让他们来指挥你们青年人。你们都是好青年,可是他们年龄比你们大。"卡佳说。

万尼亚提出让克拉娃负责联络站的计划,以便沟通"青年近卫军"和农村青年之间的关系,并请她帮助克拉娃。

"最好别让她知道我是什么人。"卡佳笑着说,"我俩可以成为好朋友。"

"那您到底怎么认识我们呢?"万尼亚憋不住问。

"这我永远也不会告诉你们,不然你们该害羞了。"她说,脸上突然现出狡黠的神情。

"你们之间有什么秘密?"克拉娃怀着妒意问万尼亚。这时他俩正摸黑坐在克拉娃的舅舅家里。克拉娃的母亲早就不把万尼亚当作外人了,尤其是经过渡口的变故之后,更把他当成亲人。老母亲安静地睡在哥萨克那种拍得蓬松、热得发昏的鸭毛褥子上。

"你能保密吗?"万尼亚附耳问。

"那还用问……"

"你发誓!"

"我发誓。"

"她告诉我说,有个克拉斯诺顿的人就藏在附近,让我回去转告他的家属,然后又唠些别的事……克拉娃!"他拉住她的手,庄严地悄悄说,"我们成立了一个青年组织跟敌人做斗争,你参加吗?"

"你参加没有?"

"当然参加了。"

"我也当然参加!"她把自己温暖的嘴唇贴到他的耳朵上,"我是属于你的,明白吗?"

"你要在我面前宣誓。誓词是我跟奥列格写的。我背得出来,你也得背下来。"

"我一定背下来,因为我是完全属于你的……"

"你要把这里和附近村庄的青年都组织起来。"

"我会为你组织的。"

"你对待这件工作不能那么轻率。要是失败就有生命危险。"

"你呢?"

"我也一样。"

"我愿意跟你一起死。"

"但是我认为,我们最好能活下去。"

"那当然更好。"

"你知道,他们为我准备好了睡觉的地方,跟小伙子们在一起。我得走了,晚了不好看。"

"你干吗到那去？我是属于你的,明白吗？完全属于你的。"克拉娃把温暖的嘴唇贴到他耳朵上说。

第四十五章

到 9 月底为止，五一矿区的"青年近卫军"（其中包括"八间房"和副一号井一带），已经成为人数最多的青年组织。从前五一学校高年级学生中的活跃分子都被吸收进来。

五一矿区的青年自己安装了收音机，散发新闻局的战报和传单。传单都是把念书时的笔记本撕下来用墨汁写成的。

这台收音机可费了不少周折！首先是在各家发现已经不能用、不值钱的坏收音机，想法偷出来。有个青年叫鲍里斯·格拉万，是摩尔达维亚人，跟父母一起从比萨拉比亚逃难出来，流落到克拉斯诺顿，外号叫阿列科①。他自告奋勇用这些东西装成一台好收音机。但是他在回家的路上，连收音机零件和灯管一起在街上被警察抓住。

到了警察局，格拉万只讲罗马尼亚语，还叫喊说，警察绝了他全家的生路，因为他要用这些材料做打火机，并且发誓说他要到罗马尼亚军队司令部去上告，因为罗马尼亚军队经常路过这里，总有一些军官住下来。在格拉万家里查出几个做好的和几个正在做的打火机，他的确靠做打火机赚钱。于是警察局便没收了收音机零件，释放了盟国的人。而他利用剩下的东西到底装成一台收音机。

五一矿区还通过莉莉亚跟附近村庄的青年单独进行联系。莉莉亚从俘虏营逃回来之后已经恢复健康，到干谷庄去当老师。武器主要也是他们搞到的，他们到草原里到处收集，有时要跑到很远的地方，像打过仗的顿涅茨河边。他们还从在这里住宿的德国的和罗马尼亚的

---

① 阿列科是普希金长诗《茨冈》的主人公。——译者注

军官和士兵那里偷武器。五一矿区参加组织的青年都武装起来之后，便把多余的交给谢廖沙收藏。存放武器的地方只有谢廖沙和很少几个人知道。

就像整个"青年近卫军"组织的核心是奥列格和图尔克尼奇一样，克拉斯诺顿矿区的核心是苏姆斯科伊和安东妮娜，五一矿区的核心是乌丽亚和阿纳托利。

"青年近卫军"指挥部任命阿纳托利为五一矿区小组的指挥员。他在共青团里就积累了组织工作经验，工作态度认真，再加上全体成员协调一致，所以他在五一矿区青年所进行的一切工作中都贯彻负责的纪律性和大胆果敢的精神。

乌丽亚善于出主意想办法，他们撒的传单和告人民书大部分是她起草的。从前她跟大家并没有什么差别，大家一起上学念书，一起到草原里玩，一起唱歌跳舞。她还会朗诵诗，当过少先队辅导员。直到现在才看出来，她从那时候起便在男女同学当中树立起很高的威信，如今她长成又高又匀称的大姑娘，梳着两条沉甸甸的黑辫子，两只眼睛忽而射出明亮强烈的光辉，忽而充满神秘的力量。她的性格是沉静多于调皮，稳重多于热情，同时又是兼而有之。

青年人的特点是凭头一眼、头一句话、头一个举动便判断什么真什么假，有意思还是没意思，有价值还是没价值。他们不凭过去的经验，也不加以研究。现在乌丽亚没有特别要好的朋友，对大家一视同仁，既关心体贴，又严格要求。但是姑娘们只要一见到她，跟她说上两三句话，便会立刻感到乌丽亚绝对不是缺乏感情的人，她有着丰富的内心世界，既富于感情又善于思考，对不同的人有不同的评价，采取不同的态度。特别是有人应该遭到道义上的谴责时，她的感情就会出人意外地爆发出来。如果能跟这种人平起平坐，已经是莫大的奖赏，更不用说她能偶尔向你打开心扉了。

她对待男同学也是一视同仁。男同学当中谁也不敢说她跟谁要好，跟谁不好，而且没有一个人内心里敢存这种奢望。每个男同学只要看到她的目光和举动便会明白，站在他面前的姑娘绝对不是妄自尊大,更不是感情贫乏。她是个充满激情而不轻易外露的人,因为她还没找到可以毫无保留倾注自己全部激情的对象。她不肯把这些感情一点一滴地消耗掉。因而乌丽亚受到男孩子们不自觉的、关切而无私的崇拜,只有性格极其坚强而纯洁的姑娘才能受到这种崇拜。

正是由于这种原因,而不仅仅因为她书读得多,头脑聪明,她才自然而然、顺理成章成为五一矿区男女青年当中最有影响的人物,连她自己都没觉察到这一点。

姑娘们常常在伊万尼欣家里聚会,今天又聚在这里做伤员急救包。

绷带是柳勃卡从那次到她家喝酒的德国救护车上的军官和士兵那里偷来的,她当时不过是顺手牵羊,并没在意。但是乌丽亚一听说,马上派上用场。

"我们的男青年人人都应该有个急救包。他们跟我们不一样,他们要去打仗的。"她说。

她大概听到了什么消息,所以才说:

"我们全体出动的时机马上就要到了。那时我们就需要好多好多绷带……"

其实,乌丽亚不过是用自己的话重复万尼亚在指挥部会议上说过的话。至于万尼亚从哪里得到的消息,她并不知道。

她们大家就这样坐在一起缝急救包。连女大学生舒拉也参加这项工作。以前大家都认为舒拉性格孤僻,有些个人主义,可是她跟玛亚要好,玛亚早就加入了"青年近卫军"。瘦小的萨沙说:

"姑娘们,你们说我们现在像什么人?像那些下过井的老太婆。她们后来都靠退休金生活或靠子女养活。我在奶奶家不知见过多少次了。她们就像咱们现在这样,一个一个聚集在我奶奶家,大伙坐在一起,有的织毛衣,有的做针线,有的用纸牌算卦,有的帮奶奶削土豆皮,都一声不吭……她们就这样,谁也不说什么,后来有个人站起来,伸伸懒腰说:'各位老奶奶,解解闷儿怎么样?'老奶奶们都偷偷笑,另一个人附和说:'解解闷儿没啥坏处。'于是她们凑钱,每人十五戈比。

你瞧，桌上摆了半瓶酒。她们老太太能喝多少？只抿一点点，就用手托着腮帮唱起来：'哎，我的金戒指呀……'"

"嘿，这个萨沙，净讲些稀奇古怪的事！"姑娘们笑起来，"咱们要不要学学这些老奶奶的样子，也喝点儿什么？"

但是这时妮娜来了。现在她很少来随便跟大家坐坐。她一来就是以指挥部联络员的身份出现。至于这个指挥部在什么地方，都有哪些成员，她们并不知道。一提起指挥部，她们总会联想到一定是些成年人坐在地底下的什么地方，也许是地下掩蔽部，墙上挂满地图，他们身上都带着武器，他们可以通过无线电随时跟前线进行联系，甚至能跟莫斯科直接联系。现在妮娜一来，就把乌丽亚叫出去。姑娘们明白，妮娜这次来肯定带来新任务。果然，不一会儿乌丽亚回来说，她有事要出去一下。然后又把玛亚叫到一旁说，姑娘们可以把急救包带回自己家去做，但是让玛亚给她送去七八个，因为马上就有用处。没过上一刻钟，乌丽亚已经撩起裙子，两条修长的腿一先一后跨过篱笆，从自家的果园跳进阿纳托利家的果园里了。阿纳托利正跟维克托趴在一棵老樱桃树下干枯的草地上看本区的地图。他俩头顶着头，阿纳托利浅色头发上戴着一顶乌兹别克式小帽，维克托没戴帽子，露出深色头发。

他俩离老远就发现乌丽亚，所以当她走到跟前时，他们仍然看地图，还低声交谈几句。乌丽亚用翘起的手背把落在前面的辫子漫不经心往后一甩，拉平腿上的裙子，两腿一并在旁边蹲下，也看起地图来。

"青年近卫军"指挥部把解救在波戈列雷庄林场干活的俘虏的任务交给了五一矿区。阿纳托利和维克托先接到通知，现在把乌丽亚找来一起研究一下，因为这是对五一矿区青年第一次严峻的考验。

"看守住的地方远不远？"阿纳托利问。

"看守住在庄子里，在大路右边，而林场的板棚子在左边，挨着林子，离得挺远。你还记得吗？那里从前是仓库。他们只在里面搭了板床，外面拉上铁丝网。站岗的只派一个人……我想还是不要惊动看守队，只干掉哨兵就可以……不过，不全杀了他们也真太可惜……"维克托恶狠狠地说。

自从父亲遇害以后,维克托大变样了。他穿一件深色平绒上衣,眼神显得大胆,却阴沉沉地看着阿纳托利,用嘴嚼着干草茎,仿佛不情愿地说:

"晚上俘虏都被锁在板棚子里,不过可以带格拉万去,让他拿着工具,他会干得一点儿动静也不出。"

阿纳托利抬眼看看乌丽亚。

"你的意见怎么样?"他问。

乌丽亚虽然没听见他俩开头说些什么,但是一下子就明白了维克托不满的原因。他们从一开始进行活动就自然而然形成一种善于互相理解的习惯,对方只要说出半句话,马上就能明白。

"我很理解维克托的心情。的确,大家都想把这些看守全部干掉。但是要采取这么大的行动,我们还不成熟。"她用低沉流畅的声音心平气和地说。

"我也是这么想的。"阿纳托利说,"应该采用最简单、最容易达到目的的办法。"

第二天傍晚,他们一个一个来到顿涅茨河边波戈列雷庄附近的树林里会合。他们一共五个人:阿纳托利和维克托、他们的同学沃洛佳·拉戈津、叶尼亚·舍佩廖夫(在他们当中他年龄最小),还有格拉万。他们都带着手枪。维克托还有一把古芬兰刀,是父亲留下的,现在他总带在身上,插在上衣里边的腰带里。格拉万带着钳子、撬棍和螺丝刀。

这是南方初秋的一个凉爽的夜晚,没有月亮,星光历乱,他们趴在河边陡峭的右岸底下。这一带灌木一直长到河边,在他们头上轻轻地摆动着。河水略微发亮,几乎无声无息地流去。只是下游什么地方,河岸塌了,静静的河水可能是穿过塌下来的泥土孔隙,也可能是冲着柳条又随时把柳条放开,发出吮吸和咂嘴的响声,很像牛犊子吃奶。对岸很低,是一片草原,消失在朦胧的银白色雾霭中。

他们要等到半夜换岗的时候动手。

秋初的夜色这么神秘而美好,对岸弥漫着银白色烟雾,河上传来像小孩吃奶的吮吸声和咂嘴声,使他们每个人都不禁产生一种奇怪的心情:难道他们真要告别这河水和这响声而去跟德国人搏斗吗? 真的要去干掉德国哨兵、剪断铁蒺藜、撬开锁头吗? 这河水、这响声对他们如此亲切而熟稔,而他们要去干的事却是头一回,他们谁也无法想象这种事应该怎么干。但是他们都彼此隐瞒这种心情,只悄声谈论他们感到亲切的事。

"维克托,你记得这个地方吗? 这就是那个地方,对不对?"阿纳托利问。

"不是,还要稍微往下点儿,就是河岸塌了的那个地方,那里有响声。我从对岸往这里游,所以担心你会被水冲走,冲进漩涡里去。"

"事后说起来,我当时真吓坏了。"阿纳托利带着稚气的微笑说,"我已经呛了好几口水了。"

"我跟叶尼亚·莫什科夫从树林里出来一看——哎呀,可不好了! 可我主要是不会游泳。"拉戈津说,他是个又高又瘦的小伙子,便帽卡在眼睛上,帽舌长得别人看不见他的脸。"不,要不是叶尼亚穿着衣服从陡岸上跳进河里,你不能把他拽上来。"他对维克托说。

"你说得不错,是拽不上来。"维克托承认说,"可是叶尼亚有什么消息吗?"

"没有。"拉戈津说,"不过是个少尉,还是陆军! 这是最小的指挥官,他们最容易送死……"

"不,你们的顿涅茨河,水流得没劲。我们的德涅斯特河,那才是真正的河呢!"格拉万用胳膊支着欠起身说,在黑暗里露出一口白牙。"那水可急了! 真带劲! 在我们那里要是淹着,可就没救了。再说,你们这叫什么森林? 我们住的也是草原,可是我们德涅斯特河沿岸,森林可大了! 有黑杨,有紫杉,粗得一个人抱不过来,高得跟天一般高……"

"你就应该在那里住下去。"舍佩廖夫说,"不管怎么的,人不能想住哪就住哪总是不合理的……都怨这些战争,总之……不然的话,谁喜欢住哪就住哪。你喜欢巴西,请你去好了。不过我倒愿意安安静静地住在顿巴斯。我就喜欢这个地方。"

"不,你听我说,你要是真想过安静的生活,等打完仗到我们索罗卡来。这是个县城。最好到我们村子里来。我们村子的名字可响亮了,具有历史意义,叫皇城。"格拉万轻轻笑着说,"不过你要知道,可别干忙的差事。比方说,千万别去管牲畜收购工作!你可以当当地方红十字会主席,只管理发馆就行,没什么事儿,天天只管喝葡萄酒。真的,这个差事可真叫人羡慕!"格拉万快活地说。

"小点儿声,别太高兴了!"阿纳托利好意地说。

于是他们又听见河上传来吮吸声和咂嘴声。

"到时候了……"阿纳托利说。

他们心头方才还洋溢着的那种单纯而自然的感情、那种对大自然和幸福生活的感受,立刻烟消云散了。

维克托熟悉这里的每一棵灌木,他领着大家绕过开阔的采伐区,一个跟着一个沿林间通道的边上进入树林。树林那头就是板棚子,从这里看不见。他们在树林里又趴一会儿,倾听四处的动静。四周鸦雀无声。维克托做个手势,他们又往前爬。

现在他们已经来到树林边上。眼前黑魆魆的就是板棚子,显得挺高,屋顶是一面坡。这本来是普普通通的板棚子,里面一关着人,就显得阴森可怖。板棚子四周是光秃秃的一片。板棚子左边有个黑乎乎的人影,就是哨兵了。再往左是大路,大路那面是庄子头上的房子,但是从这里看不见。

离换岗的时间还有半个小时。这段时间他们一直趴着不动,目不转睛地望着哨兵站立的黑影。

他们终于听到从左前方传来脚步声,而且越来越响。他们虽然看不见来人,却听得出是两个人迈着整齐的步伐走上大路,并且离得越来越近。这两个人一个是带班的,一个是换岗的。他俩黑乎乎的身影走到哨兵跟前。哨兵一听到他们走来,立刻做出立正姿势。

这时传来压低声音的德语口令、枪的撞击声和鞋跟叩地声。有两个人影离开那里，又传来走在平坦大路上的脚步声。声音越来越远，渐渐消失在暗夜里。

阿纳托利略微侧头去找舍佩廖夫。舍佩廖夫已经爬到树林里。舍佩廖夫的任务是从庄子旁边绕过去，在看守们住的小房跟前担任警戒。

这个哨兵沿着铁丝网不住地来回走，就像关在笼子里的狼。他走得很快，把枪挎在肩上，甚至听得见他搓手掌的声音，必是刚睡醒，身上发冷。

阿纳托利摸摸维克托的手，觉得他的手突然发热，轻轻握了一下。

"用不用两个人去？"他突然把嘴凑到维克托耳边悄声问。

这已经是友谊产生的软弱。维克托摇头不同意，自己向前爬去。

阿纳托利、格拉万和拉戈津屏住呼吸，注视着维克托和哨兵。维克托每弄出一点儿沙沙声，他们都觉得他好像暴露了目标。但是维克托爬得越来越远，他的上衣已经跟地面融为一体了，已经看不见他，也听不到他的声音了。他们总觉得好像马上就会出事，一直盯着哨兵的黑影，可是哨兵仍然沿着铁丝网走来走去，什么事也没发生。他们觉得好像过去了很长时间，天都快要亮了……

好像少先队时代做过的已经淡忘的儿童游戏，要从站岗的同学身旁偷偷爬过去一样，维克托贴地往前爬，但又不让肚皮碰地，而是倒换着非常灵活的手脚，先伸一只手，往前挪一条腿，再伸另一只手，挪另一条腿。当哨兵朝维克托这面走的时候，他就趴着不动，当哨兵往回走的时候，他再往前爬，尽量控制自己不要爬得太快。

他的心怦怦跳，但是并不感到害怕。他开始爬之前曾迫使自己想着父亲，以便一次又一次勾起复仇心理。但是现在他把这事忘得干干净净，他的全部精力用在如何让哨兵不能发现自己，爬到哨兵跟前去。

围着板棚子的铁丝网成长方形，维克托一爬到拐角上就趴着不动了。哨兵走到对面的拐角又往回走。维克托拔出芬兰刀，用牙叼住，向哨兵迎面爬去。他的眼睛已经习惯于黑暗，连铁丝网都看得清楚，所以觉得哨兵既然也习惯于黑暗，走到近前一定会发现地上趴着的人。但是哨兵走到铁丝网门口就停下不走了。维克托知道这不是一般的门,而是用铁蒺藜围成的架子。维克托紧张地等待着,但是哨兵背朝板棚子微微低头站着不动,两手插在裤兜里,肩上的枪也没取下来。

伙伴们都屏住呼吸等待他动手。他们觉得等的时间太久了。维克托突然也产生了同样的感觉,他也觉得天快要亮了,便不再考虑现在哨兵更容易发现他,特别是容易听到他的动静,因为哨兵站着不动,更容易听出各种声音。但是维克托还是径直朝哨兵爬去。离哨兵不到两公尺了。哨兵仍然站着不动,手插在裤兜里,枪背在肩上,戴船形帽的头低着,身子摇摇晃晃。维克托记不清他是又爬了几步还是立刻就蹿起来,但是他已经站到哨兵的侧面,举起芬兰刀。哨兵睁开眼睛,连忙转过头。这是一个上了年纪的德国兵,消瘦的脸长着胡茬子。他两眼露出疯狂的神情,但是还没来得及把手从裤兜里掏出来,便轻轻地发出一声怪叫:

"唉……"

维克托把芬兰刀用力朝德国兵的脖子刺去,刺在下巴左侧。刀刺进锁骨旁边的肉里,只剩下刀把。德国兵跌倒了,维克托也趴在他身上,想再刺他一刀,但是德国兵已经抽搐起来,嘴里流出血。维克托走到一旁,扔掉沾满鲜血的芬兰刀。他突然大口呕吐起来,不得不用左边的衣袖捂住嘴,免得同伴听见他呕吐的声音。

这时他看见阿纳托利站在他面前,把芬兰刀递给他,悄声说:

"拿着,别留下痕迹……"

维克托把刀收起来,拉戈津挽起他的胳膊说:

"走,到大路上去!……"

维克托掏出手枪,跟拉戈津一起跑到大路旁边埋伏起来。

格拉万怕在黑暗里被这些用铁蒺藜围的架子剐住,熟练地使着钳子,在铁丝网的两根立柱中间剪开一个豁口。他跟阿纳托利一起向板棚子门口跑过去。格拉万摸到门栓,这是个普通的铁栓,上面加了锁。格拉万把撬棍往锁环里一插,就把锁撬开了。他们拉开门栓,心情激动地打开门。一股热烘烘的臭气迎面扑来，憋得他们喘不上气。里面的人醒了，左右两边和前面都有人动弹，有人用没睡醒的声音胆怯地问怎么回事。

"同志们……"阿纳托利说，激动得说不出话来。

有几个人压低声音欢呼起来，大家制止他们。

"你们穿过树林往河边走，然后顺着河岸再往上游或者下游走。"阿纳托利控制住自己之后说，"这里有个戈尔季·科尔尼延科吗?"

"有!"在一群蠕动的人中间有人回答说。

"赶快回家去看看你的妻子……"阿纳托利从板棚子里走出来，在门口站住。

"亲爱的……谢谢……你们救了我们……"阿纳托利听见大伙说。

跑在最前面的人差一点儿撞到铁丝网的架子上，但是格拉万一把抓住他们，让他们从豁口走。俘虏们都急忙朝豁口走去。突然旁边有人用双手抱住阿纳托利的肩头，狂喜地轻声叫道:

"是阿纳托利? ……是阿纳托利? ……"

阿纳托利打了一个冷战，把脸凑到那个人的脸上一看。

"叶尼亚·莫什科夫……"阿纳托利说，不知道为什么甚至不感到惊讶。

"我听出来是你的声音。"莫什科夫说。

"你等一下……我们一起走……"

阿纳托利、维克托和莫什科夫跟其他青年分手之后，在一条冲沟的沟底坐下来休息。这条冲沟很窄，灌木丛生。这时离天亮还早呢。莫什科夫光着脚，一身破衣服发出臭味，头发纠成一个团。

现在他们觉得这真好像是奇迹:刚才他们在顿涅茨河边还提到过莫什科夫，这次真就把他救出来了。阿纳托利虽然很累，却兴致勃勃，欣喜不已，因为这次行动这么成功，不时回忆行动的各个细节，夸奖维克托、格拉万和其他青年，又不时提到他们解救莫什科夫这件事。维克托阴沉着脸，答话也非常简短，莫什科夫则一直默默不语。最后阿纳托利也沉默了。冲沟里一片幽暗和寂静。

突然在顿涅茨河下游什么地方,火光冲天。大火一起来就笼罩半边天。天空好像一块红色幕布在起火地点的上空垂挂下来。连冲沟里也被照亮了。

"这是在什么地方?"维克托轻声问。

"在贡多罗夫斯卡亚附近。"阿纳托利沉默片刻之后说。"这是谢廖沙干的。"他压低声音说。"烧麦垛。他现在天天晚上烧……"

"在学校读书的时候,觉得生活道路有多么宽广,前途多么光明。可如今我们干的是什么!"维克托突然愤愤地说,"可是没有别的办法……"

"同学们! 难道我真自由了? 同学们!"莫什科夫沙哑地说,用手捂住脸,倒在干枯的草地上。

第四十六章

近来公路上的大卡车、小汽车和油槽车常常触雷爆炸，连无家可归、到处流浪的人也不再敢推小车走公路或大路，只好走村道或干脆从草原上走。

刚刚传来消息说，南方在马特维耶夫冈和新沙赫京斯克之间发生严重车祸，马上又有新的传闻：北方在旧别利斯克和别洛沃德斯克之间整个汽油运输队报销了。

突然在斯大林格勒方向的主要公路上，克列片卡河上的钢筋水泥桥飞上了天，这件事甚至令人不可理解。这个桥坐落在大居民区博科沃普拉托沃之内，又有德国兵严加防守。没过几天，在沃罗涅日——罗斯托夫干线上，卡缅斯克附近的铁路大桥又坍在河里。这座桥由德军的一个冲锋枪排防守，还配备四挺重机枪，而炸桥的轰隆声惊天动地，半夜里竟然传到克拉斯诺顿。

奥列格猜想，这次炸桥行动大概是卡缅斯克和克拉斯诺顿两个地下党组织共同完成的。他之所以这么猜测，因为在发生爆炸的两个星期以前，索科洛娃又以柳季科夫的名义向他要一名联络员派往卡缅斯克。

奥列格便选派奥莉亚去。

虽然奥列格听妮娜说，奥莉亚在这两个星期回过克拉斯诺顿好几次，却从未在"青年近卫军"的活动场合露面。等到这次远近皆知的爆炸事件发生后，又过了两天奥莉亚又在奥列格家出现了，悄悄承担起她在"青年近卫军"指挥部联络员的日常工作。奥列格明白，对她什么也不能问，但是有时发现自己好端详她的脸，总有一种好奇心，想从她那知道点儿什么。而她仿佛一无察觉，仍然那么沉着稳重，不大说话，她的脸虽然不漂亮，却有一股刚毅神情，凝然不动，很少有笑容，好像天生就是保密的脸孔。

这时，"青年近卫军"已经有三个战斗小组，经常在本区的各条公路上活动，有时还远远超出本区的范围。

第一个小组在克拉斯诺顿和卡缅斯克之间的大路上活动，主要袭击德国军官乘坐的小汽车。这个小组由维克托率领。

第二个小组在伏罗希洛夫格勒公路到利哈亚之间的大路上活动，袭击油槽车，把司机和押运人员干掉，把汽油倒在地上。这个小组由刚刚被解救出来的红军少尉莫什科夫领导。

第三个小组由谢廖沙领导，活动地点不固定。他们既堵截运送武器、粮食和军服的卡车，也追杀掉队的德国兵，甚至在市里遇见也把他干掉。

战斗小组的成员一有任务就集合起来，任务完成以后便分散走开。每个人在草原里都有固定地点埋藏武器。

莫什科夫被救出来以后，"青年近卫军"又多了一个有经验的领导人。

莫什科夫经过被俘的折磨，现在身体复原了，结实得像棵小柞树。他走起路来不慌不忙，摇摇晃晃，脖子上围着一条毛线织的围巾，显得非常胖。脚上穿着皮靴和套鞋，都是在砸舍维廖夫卡庄上的派出所时打死的一个跟他长得一般高的警察脚上剥下来的。他长得样子凶，可是心地善良。经过部队的锻炼和火线入党之后，他学得有耐性，已经能够约束自己。

他的专长是钳工，便进了第十管理处下属工厂的机械车间当工人。按照柳季科夫的建议，"青年近卫军"吸收他为指挥部成员。

尽管"青年近卫军"已经打过几次漂亮仗，但是还没有任何迹象表明德国人对于这个组织的存在感到不安。

就像用眼睛看不见的地下水一点一滴汇成江河一样，"青年近卫军"的行动也丝毫不被人察觉地汇入千百万人的壮阔而又极其隐蔽的运动。这一运动的目标是恢复在德国人到来之前人们所处的自然状态。在这反对德国人的不计其数的大小行动与事件之中,德国人很长时间都未能察觉"青年近卫军"的特殊痕迹。

现在前线已经离得越来越远,驻扎在克拉斯诺顿的德国人,觉得这里几乎就是德国偏僻的外省。要不是公路上还有游击队活动,这里的新秩序似乎可以永世长存了。

东西南北、四面八方的战线上都暂时停止了战斗,似乎都在倾听伟大的斯大林格勒战役的隆隆炮声。在9月和10月两个月关于斯大林格勒区和莫兹多克区的每日战事简报里,使人觉得天天一个样,便习以为常,以为这种状态会永远继续下去。

经过克拉斯诺顿从东往西赶去的俘虏人流完全停止了,而从西往东调动的德国军队、罗马尼亚军队源源不绝。他们带着辎重军、大炮和坦克,一去就再也不复返了,而后面的部队依然往前开。所以不分昼夜,克拉斯诺顿经常有德国和罗马尼亚的军官和士兵住宿停留。这种状态似乎也将永远继续下去。

这几天,奥列格家同时有德国军官和罗马尼亚军官住宿。德国军官是个王牌飞行员,负伤休假后返回前线。罗马尼亚军官还带个勤务兵,勤务兵是个快活的小伙子,会讲俄语,碰到什么就偷什么,直偷到蒜头和家庭照片的镜框。

罗马尼亚军官穿一身浅绿色军装,打着领带,戴着有金穗带的肩章。他长得个子矮小,一对金鱼眼,留着两撇小黑胡,非常好动,连鼻尖都没有安静的时候。他住在科利亚舅舅的房间,却整天不着家,换上便衣满城逛,调查矿井、机关和部队的情况。

"你的主人为什么老穿便衣?"科利亚舅舅问勤务兵。他跟勤务兵差不多算是有交情了。

快活的勤务兵鼓起腮帮子,用手一拍,像要杂技似的喷出一大口气,很亲热地说:

"他是个间谍!……"

这次谈话之后,科利亚舅舅就再也找不到他的烟斗了。

德国的王牌飞行员住在叶列娜·尼古拉耶夫娜的大房间，把她挤到外婆住的里屋，把奥列格挤到柴火棚子里。这个家伙是个大块头，白皮肤，红眼睛，胸前挂满勋章，都是在法国和哈尔科夫作战时得的。他被卫戍司令部派人送到这里，喝得烂醉。他所以在这里耽搁几天，就是因为来到这里以后不分昼夜持续喝酒，怎么也清醒不了。他还拼命拉奥列格家里的人跟他一块喝，但是罗马尼亚人除外，因为他根本没注意罗马尼亚人的存在。他还一秒钟也少不了谈话的对象。他用难听的德俄混合语说，他要首先打垮布尔什维克，然后打败英国人，最后再打倒美国佬就天下太平了。但是到了临走的时候，他又心绪不宁了。

"斯大林格勒！……哈！……"他说，举起发红的食指："布尔什维克一打炮……砰！我就完蛋了！……"他的红眼皮里流出愁苦的泪水。

临行前他已经清醒了八成，提着驳壳枪到住家的院子里打了几只小鸡，没地方藏，便把鸡腿拴在一起放到台阶旁边，然后进屋收拾东西。

罗马尼亚的勤务兵把奥列格叫到跟前，鼓起腮帮子，像耍杂技似地喷一口气，然后指着小鸡说：

"这就叫文明！"他亲热地说。

从此以后奥列格再也见不到他削铅笔的小刀了。

"新秩序"下的克拉斯诺顿，也形成了像海德堡或巴登－巴登那样的"社会精华"。这是按照官衔大小、地位高低而形成的人梯。站在最上面的是宪兵小队长布吕克纳、副队长巴尔德和第十管理处主任施维德中尉。施维德中尉从前在德国企业里工作，习惯于一成不变、井井有条、非常清洁的环境，而如今对于他管辖下的企业状况感到无可奈何。有一次他曾经对巴拉科夫提到过这个意思，想不到这种无可奈何竟然成为他独特的经营方针。事实上也是这样：没有工人、没有机器、没有运输工具、没有坑木，实际上也就是没有矿井，也就不可能有煤。如果说他认真履行职务的话，那也就是天天早晨检查俄国饲养员是不是用燕麦喂管理处的德国马,再就是签署文件。其余的时间他都以更大的精力去照顾他的鸡窝、猪圈和牛棚以及招待德国行政官员的晚会。

这个人梯往下便是施维德的副手费尔德纳、施普里克上尉和穿短裤的特派员桑德斯。再往下是警察局长索利科夫斯基和市长斯塔岑科。斯塔岑科天天一清早就喝得醉醺醺,却端着架子,按照固定的时间,带上雨伞,踩着稀泥,到市政府去上班,晚上也按照固定的时间回家,好像他真能管什么事似的。这个人梯的最下面是芬邦军士和他手下的德国兵,这些人什么事都干得出来。

一到 10 月大雨滂沱,这座可爱的煤城便景象凄惨和不幸。大街上净是稀泥,没有燃料,没有电灯,房前的栅栏拆了,小花园平了,空房子被打破了窗户,里面的东西被路过的德国兵偷了,家具被德国当局的官员拿去摆在他们家。大家见面彼此都不认识了,一个个骨瘦如柴、衣衫褴褛、满面愁容。连最平常的人也常常会在大街上突然站住,或半夜在床上突然醒来,不禁想:这一切难道都是真的吗? 不是做梦吧? 是不是着了魔? 是不是发了疯?

直到突然看见墙上或电线杆上不知从哪来的一张小传单,被雨淋湿了,上面却有火辣辣的字眼"斯大林格勒",灼人心灵,或者听到大路上又响起爆炸声,才一次又一次提醒人们:这不是做梦,也不是着魔,这是现实。人们正在进行斗争!

在这几昼夜都是风雨交加的深秋,有一天柳勃卡坐着一辆德国的车身低矮的小灰汽车从伏罗希洛夫格勒回到家。年轻的德国中尉先跳下车,给她扶着车门,还给她行个礼,她却头也不回提着小皮箱跑到自己家的台阶上。

这回她母亲再也憋不住,她们躺下睡觉的时候对她说:

"你可要小心点儿,柳芭……你知道人家说你什么? 说你跟德国人打得火热……"

"大家是这么说的吗? 这很好,妈妈,这对我倒是更方便。"柳勃卡说着笑起来,把身子蜷成一团就睡着了。

第二天早晨,万尼亚听说柳勃卡回来,便迈开长腿趟着没膝盖深的泥浆,被大雨浇得身上发冷,几乎跑着穿过他家住的那条街和"八间房"之间的一大片空地,连门也没敲就钻进柳勃卡家的里屋。

只有柳勃卡一个人在家,她正一手拿着小镜子,另一只手一会儿理理头上没梳过的松开的发卷,一会儿将平家常穿的绿色连衣裙的腰部,光脚从这个屋角走到另一角,嘴里还念叨着这一类话:

"你呀,柳勃卡·柳布什卡!男孩子为什么这么喜欢你,我真不明白……你哪个地方惹人爱?呸!你的嘴太大,眼睛太小,五官不端正,体形……是了,体形还可以……不,体形的确不错……不,体形的确不错……要是说起来……应该你去追求男孩子,可你偏偏不肯。呸!要我去追求男孩子!不,我真弄不明白……"

她对着小镜子,左右摇晃脑袋,甩动发卷,光脚跳起切乔特卡舞,从这个屋角到那个屋角,脚在地板上敲起响亮的节奏,一边唱着:

柳勃卡,柳布什卡,

柳布什卡,我的小鸽子呀……

万尼亚不动声色地看她一阵子,认为应该咳嗽一声了。

柳勃卡不但没不好意思,反而采取挑战的态度慢慢放下镜子,转过身来,一看是万尼亚,眯细蓝眼睛放声大笑。

"列瓦绍夫的命运我算完全明白了。"万尼亚用沙哑的低音说,"他必须想法把女皇的靴子①给你弄来……"

"你知道,万尼亚,说来也真怪,我倒是更喜欢你,而不是这个列瓦绍夫!"柳勃卡说,毕竟有些不好意思。

"可是我的眼睛看不清楚,说实话,我觉得姑娘都长得一个模样。我只能听语声分辨出来谁是谁。而且我喜欢嗓门低的姑娘,就像辅祭念经的声音似的,可你的嗓门,你知道,就像铃铛似的!"万尼亚平静地

---

① 见果戈理(1809—1852)的《圣诞节前夜》。奥克桑娜要向她求婚的铁匠弄到女皇的靴子才肯嫁他。——译者注

说,"你家里还有谁?"

"谁也没有……妈妈到伊万佐夫家去了。"

"我们坐下谈。你把镜子放到一边,免得我神经紧张……柳芭!你整天忙工作,想没想到伟大的十月革命节二十五周年快到了?"

"当然了!"柳勃卡说,尽管凭良心说,她把这件事忘了。

万尼亚凑到她跟前,附耳悄声说了些什么。

"啊,好哇! 你们真行! 想出这么好的主意!"她实心实意地吻了万尼亚的嘴唇,把万尼亚臊得差点儿把眼镜掉在地上。

"……好妈妈,你从前染过什么衣服没有!"

母亲看着柳勃卡,感到莫名其妙。

"比方你有一件白上衣,您想把它变成……蓝的。"

"当然染过,我的闺女。"

"那么染过红的没有?"

"这都一个样,就看用什么色的颜料……"

"你教教我吧,好妈妈,我也许要给自己染点儿什么。"

"……玛鲁霞姑姑,你染过衣服吧? 把一种颜色变成另一种颜色。"沃洛佳问他的姑妈玛鲁霞。姑妈带着孩子住在离他家不远的一座小房里。

"当然染过,沃洛佳。"

"你能不能给我染两三个枕套? 要红的。"

"自己染的容易掉色,沃洛佳,会把你的脸和耳朵都染红的。"

"不,我睡觉不枕它,光白天套上,摆着好看……"

"……爸爸,我相信你不但会做漆木料的油漆,而且会做漆金属的油漆。你能不能给我染一条床单? 要红色的。你知道,这些地下工作者又来找我:'你给我弄一条红床单。'我有什么好说的!"若拉这样对父亲说。

"染倒可以染。不过……这到底是一条床单呀! 妈妈要是问起来?"父亲担心地回答说。

"你们应该搞清楚一个问题,到底谁是家长,是你还是妈妈? 到底怎么算？……问题明摆着，这条红床单非要不可……"

瓦丽亚收到谢廖沙的条子之后，从来没提过这件事，谢廖沙也没问。但是从那以后他俩形影不离。天一亮他们就你找我，我找你。往往是谢廖沙先来到"木头街"。到了她们家，玛丽亚·安德列耶夫娜，特别是小柳霞，对这个长着带鬈的硬头发、甚至在寒冷多雨的 10 月也光脚的瘦削的小伙子不仅习惯了，而且喜欢他，尽管有她们在场他不大说话。

有一次小柳霞甚至问他：

"您为什么不爱穿皮鞋呢？"

"光脚跳舞更轻快。"谢廖沙笑着说。

可是从那以后他再来她们家就穿上鞋了，他不过是没有工夫修鞋。

在"青年近卫军"成员当中突然产生染布热的那些日子里，有一天谢廖沙和瓦丽亚要到夏季剧场放映电影的时候去散发传单。他们这是第四次了。

夏季剧场从前叫作列宁俱乐部，设在一座又高又长的木建筑物里。舞台上没有幕布，看着很不舒服，放映电影的时候现放下一块幕布。观众的座位都是长木凳，不刷油漆，凳子腿埋在地里，从前往后一排比一排高。德国人占领克拉斯诺顿以后，这里经常放映德国影片，大部分是战事新闻纪录片。偶尔也有到处流浪的戏班子来演演杂技。剧场的座位不对号，门票全都一个价，谁能占到什么位置，全凭有气力或者有办法。

瓦丽亚像往常一样，钻到场子另一头靠近后排的地方。谢廖沙留在门口，靠近前排。场内一熄灯，有的观众还在争夺座位，他们就把传单像扇面似的向观众撒出去。

响起一片叫喊声和惊呼声。传单被纷纷抢光了。谢廖沙和瓦丽亚在平时约定的地点会合，就在从舞台起第四根支撑天棚的柱子跟前。像往常一样，总是观众多，座位少。谢廖沙和瓦丽亚就站在过道上的观众中间。从放映室射出一条圆锥形的蓝光，带着光点，映照出尘土,落到屏幕上。这时谢廖沙用胳膊肘轻轻碰一下瓦丽亚的胳膊肘,用眼睛示意,让她往屏幕左侧看。那里挂着一面深红色的大旗,当中有个白圈,带着"卐"字,是德国法西斯的国旗,从顶灯上奔拉下来,遮住一部分舞台。由于场内空气流动,旗也随着微微摆动。

"我到台上去,你跟大家一起往外走,跟检票员聊聊……要是有人进来打扫场子,你也想法拦住,只要五分钟就行。"谢廖沙对瓦丽亚附耳悄声说。

瓦丽亚默默点头。

银幕上的德语片名顶上出现白色的俄语字幕:《她的第一次感受》

"然后去找你好吗?"谢廖沙有些胆怯地问。瓦丽亚点点头。

开始演最后一集的时候,灯光刚一灭,谢廖沙就离开瓦丽亚,立刻不见了。他消失得无影无踪,只有谢廖沙才有这种本领。过道上都站满了人,看不见有人移动。可她很好奇,总想知道他是怎么走的。瓦丽亚一面往出口处移动,一面拿眼盯着屏幕右侧的小门。谢廖沙要想上舞台而不被人察觉,只有从这个小门进去。电影演完了。观众吵吵嚷嚷向出口拥去。灯亮了,瓦丽亚却什么也没看见。

她随着人群走出剧场,在出口处对面的大树底下站住了。公园里一片漆黑,又湿又冷。树叶还没落光,被雨淋湿,一摇晃便好像发出一阵阵的叹息。最后几个观众也出了剧场。瓦丽亚跑到女检票员跟前,借着从剧场门口射出来一块长条形微弱的灯光,仿佛弯腰在地上寻找什么。

"您在这拾没拾到一个钱包? 小皮钱包。"

"你这姑娘,我哪来的工夫拾钱包,人刚走完!"上了年纪的女检票员说。

瓦丽亚弯着腰,用手指在踩烂的泥地上东摸摸西摸摸。

"钱包一定在这块儿……我一出门掏手绢,没走几步就发现钱包丢了。"

女检票员也往四处瞅。

这时候谢廖沙已经爬上舞台,他没走小门,而是从乐池的栏杆直接爬上去的。他上了台就使劲拽那面旗,想把旗从顶灯上拽下来,可是旗拴得很结实。谢廖沙再往上抓,往起一跳,胳膊一缩,两手抓住旗,身子就悬空了。旗掉下来,谢廖沙险些没连旗一起摔进乐池。

他一个人站在舞台上,面对着空荡荡的大厅,门敞开着,对面就是公园。他却不慌不忙把旗整整齐齐叠好,先是对折,然后折成四分之一,又折一次,好揣进怀里。

看门人从外面关上放映室门,从暗处走到场内灯光照亮的地方,走到女检票员和瓦丽亚跟前。她们俩还在寻找钱包。

"灯!你好像不知道为这事要挨罚似的!"看门人气冲冲地说,"关灯,我要关大门了……"

瓦丽亚扑到他跟前,抓住他上衣的衣襟。

"好大爷,再等一会儿!"她哀求说。"我钱包丢了,一关灯就什么也看不见了,再等一小会儿!"她又说一遍,抓住他的衣服不放。

"这还上哪去找!"看门人说,心软了,不禁也拿眼四下寻找。

这时从空荡荡的剧场里蹦出一个男孩子,帽子卡在眼睛上,肚子大得出奇,两腿细长,跟肚子一比就显得更细了。他往空中一跳,两条细腿一蹬,发出一声惨叫:

"咩——耶——耶……"

然后消失在黑暗中。

瓦丽亚还假惺惺地说了句:

"唉,太可惜了……"

但是她憋不住笑,只好用双手捂住脸,憋住气,几乎跑着离开剧场。

第四十七章

自从奥列格跟母亲说开之后，他的工作就更加顺利了。全家人都参与活动，亲人成了他的好帮手，母亲则是头一个。

奥列格才刚刚十六岁，他吸取了前辈最宝贵的经验，从书本里得到熏陶，从继父讲的故事里受到教育，尤其是从他现在的直接领导人柳季科夫那里得到教诲，但是谁也说不清他是怎么把这一切融会起来的，又是怎么把这些经验和教诲跟他和他的同志们通过最初的失败和最初的成功而取得的亲身经历融会贯通的。但是随着"青年近卫军"工作的开展，他对同志们的影响越来越大。他自己也渐渐意识到这一点。

他那么喜欢交朋友，那么热爱生活，那么单纯，不但从来没有凌驾别人之上的念头，而且要是不经意而冷淡了谁，没注意听取他们的意见和经验，他都会心中不自在。不过他也越来越意识到，他们的事业的成败在很大程度上取决于他在伙伴们中间能否把各种情况都事先估计到，他会不会犯错误。

他总是劲头十足，心情愉快而又有条不紊，考虑周密而又严格要求。只是一涉及个人，他还表现出孩子气。比如他自己也很想去贴传单、烧麦垛、偷武器和暗杀德国人。不过他已经明白他对整个工作和对大家所负的责任，从而时时刻刻约束自己。

他跟一个年龄比他大的姑娘要好。这个姑娘非常纯朴而勇敢，不好说话，富有浪漫气息。她那沉甸甸的深色发卷垂到浑圆有力的肩头，胳膊晒得黝黑，十分好看。一对褐色大眼睛，两道剑眉，表现出挑战、热烈和奔放的气魄。奥列格一个瞥视，一举一动，妮娜都能猜透他的心思,不论交给她什么任务,她都二话不说,大胆、准确地完成。

他们整天忙于写传单、做临时团证、画某地的平面图。两人坐在一起,几个小时不说话也不感到寂寞。他们要是交谈起来,就海阔天空,无话不谈。凡是人类伟大的精神所创造的一切而又为少年的视野所包容,都在他们的想象中翱翔。有时候只要他俩在一起,就会无缘无故感到快活,一个劲儿地笑。奥列格像小孩子一样开怀大笑,直搓手指尖,甚至笑出眼泪,妮娜则露出少女文静的笑容和信任的喜悦,有时会突然显出女性的诡秘,甚至神秘感,仿佛心里想到什么事却秘而不宣。

有一次他很不好意思地求妮娜允许他念一首诗给她听。

"谁的诗?是你写的?"她很奇怪地问。

"不。你听听好了……"

一开头他念得结结巴巴,念完头两行他突然控制住自己:

唱一支战歌吧,姑娘!

不要难过,不要悲伤。

我们的亲爱的雄鹰会展开红色的翅膀,

马上飞来并且打开所有的地窖和牢房。

你睫毛上的泪珠一定会干,

因为马上就会出太阳。

你又会像五一节一样,

无比的欢乐舒畅。

让我们去复仇吧,姑娘,

为了我们可爱的家乡……

"只写到这,还没完。"奥列格说,又不好意思了,"这里应该写我们一起去参加红军……你愿意参军吗?"

"你这是为我写的?是给我的吧?……"她说,用欣喜的目光注视他,"我一听就知道是你写的。你为什么从前没说过你会写诗呢?"

"我不好意思说。"他说着咧嘴笑了,妮娜能喜欢这首诗,令他高兴,"我早就练习写诗。可是从来不敢给别人看。我最怕万尼亚笑话我。你知道,他写得才棒呢!我不如他……我觉得我的诗格律不一贯,押韵也挺费劲。"他说,因为妮娜欣赏他的诗而喜出望外。

是的,就是这样,奥列格在他一生最艰苦的岁月,进入风华正茂的最幸福的时期。

11月6日下午,在十月革命节前夕,"青年近卫军"指挥部在奥列格家召集全体会议,并且吸收联络员瓦丽亚、妮娜和奥莉亚参加。奥列格决定正式接收拉季克·尤尔金入团,借以纪念这个节日。

拉季克已经不是那个眼神安静温顺的孩子的样子,当时他曾对若拉说:"我养成了早睡的习惯。"他自从参加处死福明的行动以后,被编入谢廖沙的战斗小组,参加过好多次夜间袭击德国卡车的战斗。当奥列格致开会词和谢廖沙给他做介绍的时候,他很自信地坐在门旁的椅子上,径直望着对面窗户。有时他心里也不免好奇:这些决定他命运的究竟是什么人。他从灰色的长睫毛底下露出平静的目光,一个一个打量这些围桌而坐的指挥部成员。大餐桌上摆着丰盛的食品,就像宴请客人一样。但是有两个姑娘马上对他露出亲切的笑容。她们俩一个浅色头发,一个黑头发,都长得那么漂亮,把拉季克臊得不得了,马上挪开目光。

"对……对拉季克·尤尔金同志有什么问题没有?"奥列格问。

一片沉默。

"让他报告一下简历。"图尔克尼奇说。

"你报告一下简历吧。"

拉季克站起来,两眼望着窗户,像在课堂上回答问题一样用响亮的声音说:

"我1928年出生在克拉斯诺顿市。在高尔基学校读过书……"拉季克讲到这里,就把简历讲完了,但是他自己也觉得讲的太少,于是又没大有把握地补充一句:"德国人一来,现在已经不念书了……"

大家又沉默起来。

"担任过什么社会工作没有?"万尼亚问。

"没有。"拉季克说,发出孩子般深深的叹息。

"共青团的任务你清楚吗?"万尼亚又问,隔着玳瑁框眼镜注视桌子。

"共青团的任务是打击德国法西斯侵略者,直到把敌人全部消灭为止。"拉季克回答得非常清楚。

"怎么样,我认为这个小伙子政治上完全合格。"图尔克尼奇说。

"当然接收他入团!"柳勃卡说,她满心希望拉季克能顺顺当当入团。

"同意,同意! ……"指挥部其他成员也都说。

"谁同意接收拉季克·尤尔金同志加入共青团?"奥列格满面笑容地问,自己首先举起手。

大家都举起手来。

"一致通过。"奥列格说,站起身,"你过来一下……"

拉季克脸色有些发白,走到桌子跟前,图尔克尼奇和乌丽亚往两边挪挪,给他腾出地方,并用严肃的目光看着他。

"拉季克!"奥列格庄严地说,"我受指挥部委托,授给你这张临时共青团证。你要像爱护自己的荣誉一样爱护它。团费在五人小组里交。等红军回来,共青团区委会把这张临时团证换成正式的……"

拉季克伸出晒黑了的小手接过团证。临时团证跟正式的一般大,是用画地图的厚纸做的,对折起来。正面上方用小号字不大整齐地印着"消灭德国占领军!"往下一点儿印着"全苏列宁共产主义青年团"。再往下字体略大,"共青团临时团证"。打开团证,左边写着拉季克的姓名、父名、出生年份,往下是入团日期"1942 年 11 月 6 日",再往下是"克拉斯诺顿共青团组织'青年近卫军'颁发。书记:卡苏克。"团证右边是缴纳团费的登记表。

"我把它缝在上衣里,天天带在身上。"拉季克用勉强听得出来的声音说,把团证揣到上衣的里兜。

"你可以走了。"奥列格说。

大家纷纷向拉季克祝贺，跟他握手。

拉季克走到果园街上。雨停了，但是风很大，砭人肌骨。天色黄昏了。到了晚上拉季克要率领三个伙伴去完成一项重大行动来庆祝节日。拉季克感觉到团证揣在胸前，脸上露出严肃而高兴的神情顺着大街往家走。他走到现在被农业办事处占用的区执委会旁边，该下坡奔第二道道口的时候，便略缩下颚，撮起嘴唇打了一声尖厉的口哨。他不过是为了让德国人知道，世界上还有一个拉季克存在。

这天夜里不光是拉季克，几乎全体出动，都参加这项庆祝节日的重大行动。

"大家记住，谁完成任务就直接到我这里来！"奥列格说，"五一矿区除外！"

五一矿区的青年准备在伊万尼欣家举行庆祝十月革命节的晚会。

屋里只剩下奥列格、图尔克尼奇、万尼亚和联络员妮娜，奥莉亚。奥列格脸上突然现出十分激动的神情。

"姑……姑娘们，亲爱的，到时候了。"他结结巴巴地说，走到科利亚舅舅的屋门口敲敲门。

"玛林娜舅妈！到时候了……"

玛林娜穿上大衣，边走边扎头巾，从里屋走出来，科利亚舅舅跟在后面。维拉外婆和叶列娜·尼古拉耶夫娜也从她们屋里出来。

玛林娜、奥莉亚和妮娜穿好衣服走出门去——她们要在附近几条街上放哨。

家家户户都没睡觉、街上有人走动的时候就干这种事是冒险行动，但是怎么能错过这个机会呢？

夜色浓了。维拉外婆挡上窗户，点起小油灯。奥列格走到院子里去问玛林娜。玛林娜从墙根走出来。

"没有人。"

科利亚舅舅从风窗探出头四下望望，把电线的一头递给奥列格。奥列格把电线挂在竿子上，又把竿子挂在电线杆旁的电线上，于是竿子跟电线杆就在黑暗里融为一体了。

奥列格、图尔克尼奇和万尼亚都坐在科利亚舅舅屋里的写字台旁边,手里拿着笔准备记录。维拉外婆和叶列娜·尼古拉耶夫娜坐在离得稍远的床上,注视着收音机。外婆挺直腰板,脸上没有任何表情,叶列娜·尼古拉耶夫娜身子向前倾斜,脸上的神情既单纯而又有些担心。

只有科利亚舅舅的手又稳又准,一下子就拨到要找的波段,一点儿杂音也没有。他们正好赶上欢呼。空气中放电的干扰使他们听不清讲话的声音:

"同志们!今天我们庆祝我国苏维埃革命胜利二十五周年。自从我国建立苏维埃制度以来,迄今已二十五年了。我们现在已进入苏维埃制度存在的第二十六年的前夜……"

图尔克尼奇和万尼亚都忙着记录。图尔克尼奇显得沉着而严肃,万尼亚几乎把眼镜贴到笔记本上。做记录并不困难,因为斯大林讲话很从容。有时他还停顿一下,可以听见他往杯子里倒水和把杯子放回原处的声音。但是开头时候他们还是聚精会神,不放过每一个字。后来他们对讲话的节奏适应了,每个人才感到他们所参与的这个活动有多么不平凡,有多么不可思议。

如果谁没有尝过被侮辱、被踏践和受苦受穷的滋味,当外面是凄风苦雨的寒秋,躲在不生火的屋子里,点着小油灯,或在掩蔽部里用冻僵的手在秘密收藏的收音机里寻找祖国的自由的音波,他就永远不会理解,这些人是怀着什么样的感情来收听莫斯科的声音:

"……食人生番希特勒说:'我们要把俄国消灭,使它永远不能翻身。'看来意思很明显,虽然是有点蠢笨。"

大厅里的笑声传到这里,他们也立刻露出笑容,连维拉外婆也用手捂住嘴。

"我们没有抱定任务去消灭德国,因为不可能消灭德国,就像不可能消灭俄国一样。但是,消灭希特勒的国家是可能、并且应当的……我们第一个任务,也就正是要消灭希特勒国家及其罪魁祸首。"

暴风雨般的掌声使他们也想热烈鼓掌来表达自己的感情,但是他们不能这么做,只好你瞅瞅我,我瞅瞅你。

　　这些人,从十六岁的孩子到老太婆,在他们的爱国思想中有一种还没有清楚意识到的想法,如今却用简单的事实和数字表达出来,从而使他们头脑清醒了。

　　现在就是他们这些普通人,这些遭到不可想象的痛苦和灾难的人,在向全世界讲话:

　　"希特勒恶党……蹂躏和残杀我国各沦陷区中的和平居民。男女老幼,我们的兄弟姊妹……只有那些丧尽天良、行同野兽的下等败类,才能以这种岂有此理的手段来对付手无寸铁的无辜人民……我们知道干出这些岂有此理的罪行的凶犯,即'欧洲新秩序'的建设者,所有这些新任命的总督和普通省长、驻防司令和副司令是些什么人。成千成万受害的人们都知道他们的名字。让这些刽子手知道,他们决逃脱不了对自己罪行所应负的责任,受害的各国人民要惩治凶犯的这双铁手是决不会饶恕他们的……"

　　这是他们的希望和复仇的心声……

　　在他们这座遭到德国兵的皮靴践踏的小城之外,还有个大的世界。这个广大世界的呼吸、祖国大地有力的颤抖、深夜里莫斯科心脏的跳动,一下子都闯入屋子里,使他们意识到他们是属于这个广大世界的,从而感到无比幸福……

　　欢呼声压过了每一句祝词。

　　"光荣属于我们的男女游击队员!"

　　"你们听见没有……"奥列格感叹地问,用兴高采烈、发亮的眼睛看着大家。

　　科利亚舅舅关上收音机,突然静得可怕。方才还能听见讲话,如今什么也听不到了……风窗吱吱作响。窗外的秋风呼啸不停。他们孤苦伶仃坐在昏暗的屋子里,千里迢迢的苦难道路把他们跟刚才传来声音的世界分隔开……

第四十八章

夜黑得脸对脸看不清对方。湿冷的秋风顺着大街吹，到十字路口就打起旋来。把房顶刮得哗啦响，把烟囱刮得呜呜叫，把电线刮出呼哨声，把电线杆刮得像笛子一样叫。天这么黑，路这么泥泞，只有像他们这样熟悉这座城市的人，才能准确地找到岗楼。平时从伏罗希洛夫格勒公路到高尔基俱乐部之间这段路上夜里也有值勤的警察来回巡逻。但是他显然被泥泞和寒冷撵回屋里去了。

岗楼是石头砌的，这简直不是岗楼，而是一座塔，好像城堡一样，上面还有垛口。下面有一间办公室和进入矿山的通道。岗楼左右两边都是石砌的高墙。

列瓦绍夫长得肩膀宽，柳勃卡身子轻，腿有劲，他俩好像天生是干这种活的搭档。列瓦绍夫支起一个膝盖，把两只手伸给柳勃卡，柳勃卡虽然看不见，却把两只小手恰好搭在他手上，并且轻声笑起来。她一只脚穿着套靴踩到他膝盖上，转眼上了他的肩头，双手抱住围墙。他紧紧抓住她的小腿，不让她摔下来。她的连衣裙像旗帜一样在他的头上飘荡。她把肚子趴到墙头上，把胳膊收到胸前，紧紧攀住墙那面，因为让她用手把列瓦绍夫拉上去，她没有那么大劲，可是要保持这种姿势，她就能在墙头上待住，列瓦绍夫紧抓住她的腰，用脚蹬着墙，凭胳膊劲身子向上一拔，迅速有力地倒换手先后扶住墙头。现在柳勃卡只要给他腾出地方，他就趴在她身旁了。

墙虽然厚，但墙头是尖的，而且挺湿，很容易滑下去。但是列瓦绍夫把前额贴在岗楼的墙上，两手伸开也扶住岗楼的墙，所以站得稳。现在柳勃卡自己从他的后背爬上他的肩头——他毕竟很有力气。岗楼的垛口恰恰到她胸部,她很容易就爬到岗楼顶上。风刮起她的连衣裙和短上衣,好像一下子要把她刮下去。但是最困难的现在已经过去了……

她从怀里掏出一个布卷,摸到横头套子里穿的绳子,不等被风吹开,就把旗绑到旗杆上。她一松开手,风就猛烈地吹开了旗,柳勃卡激动得心怦怦跳。她又掏出一个稍微小的布卷,绑在旗杆下面,让它耷拉在垛口里。她按原来的办法从列瓦绍夫的后背下到墙头,但不敢往下边的烂泥里跳,便坐在墙上,耷拉着腿。列瓦绍夫先跳下去,从底下轻声唤她,向她伸出胳膊。她看不见,只能凭声音觉出他在什么地方。她的心突然停止了跳动,她伸出胳膊,眯细眼睛,往下一跳,恰好落在他的怀里,搂住他的脖子,他就这样抱了她一会儿。但是她挣脱开来,落到地上。她又凑到跟前,把热气喷到他脸上,兴奋地悄声说:

"谢廖沙!我们带上吉他好吗?"

"好!我也换换衣服,浑身都让你的套靴踩脏了。"他高兴地说。

"不用换!我们就这样去,他们照样欢迎!"她快活地笑起来。

瓦丽亚和谢廖沙分到的是市中心,是最危险的地区。区执委会门前和劳动介绍所门前都有德国兵站岗,管理处门前有警察,山脚底下就是宪兵队。但是天黑风又大,对他们有利。谢廖沙看中了"疯老爷"的空房子,让瓦丽亚站在房子朝向区执委会那面望风,他爬上通黑天棚的梯子,这梯子大概是"疯老爷"在世时安的,现在已经腐朽了。他只用十五分钟就把一切办得利利索索。

瓦丽亚感到非常冷,不过事情办得这么顺利她又高兴了。但是谢廖沙俯下身来,凑到她脸前轻轻笑着说:

"我还有个备用的。我们挂到管理处去!"

"那警察呢?"

"不是有防火梯吗?"

防火梯在正门的背面。

"走吧!"她说。

他们摸黑下了坡,来到铁路道岔上,又在枕木上走了半天。瓦丽亚觉得他们是向上杜万车站走去,其实不是。谢廖沙像猫一样,在黑暗里也看得清楚。

"就是这里。"他说,"只是得跟住我,左边有个斜坡,不然你会滑到警察学校里去……"

公园里的树被风刮得东摇西晃,光秃的树枝互相撞击,树枝上冰冷的水珠刮到瓦丽亚和谢廖沙的脸上。谢廖沙领她从这条林荫路拐到另一条林荫路上,走得又稳又快。瓦丽亚猜到他们已经走到学校跟前,因为房顶的铁皮刮得哗啦响。

谢廖沙爬上铁梯,梯子发出震动声,过了一会儿听不见响声了。好久不见他回来……瓦丽亚一个人在黑暗里守着梯子站着。这漆黑的夜,加上秃树枝的撞击声,多么令人难受而可怕! 在这可怕的黑暗的世界里,她的妈妈和她,还有小柳霞,显得多么软弱无力,孤苦伶仃……还有父亲呢? 要是他这个眼睛半瞎的人连个落脚的地方也找不到,说不定正在什么地方流浪呢……瓦丽亚想象着整个辽阔的顿涅茨草原、被炸掉的矿井、阴雨中的城镇和村庄,没有灯光,却驻扎着德国宪兵……她突然觉得谢廖沙永远也不会从这哗啦作响的房顶上下来了,一下子失却勇气。然而就在这时,她觉出梯子在抖动,她脸上立刻现出冷淡而傲慢的神气。

"你在这里吗? ……"他在黑暗里笑着问。

她觉得他向她伸出手来,便把自己的手递过去。他的手像冰一样凉。他长得瘦瘦的,穿着又旧又破的上衣,还敞着怀,脚上的皮鞋有了窟窿,走了好几个小时的泥泞的路,大概灌满了水。他什么罪没遭过呀? ……她用双手去摸他的脸,脸也像冰一样凉。

"你都冻僵了。"她说,并不撤回手。

他立刻安静了。他们就这样站立一会儿。只有秃树枝发出撞击声。然后他悄声说:

"我们别绕大弯子了……往后走两步,翻墙过去……"

她撤回手。

他们走到奥列格家房跟前,想从邻居那头往前绕。谢廖沙突然抓住瓦丽亚的手,他俩贴墙站住。瓦丽亚没明白怎么回事,把耳朵凑到他的嘴唇跟前。

"对面走来两个人。一听见我们来,也站住了……"他悄声说。

"是你的错觉!"

"不,他们现在还站着……"

"那咱们从这边进院子!"

但是他们刚从邻居那头绕过去,谢廖沙又让瓦丽亚站住,那两个人也从对面绕过来。

"一定是你的错觉……"

"不是,他们还站在那里呢。"

奥列格家有人开门,从屋里走出来,碰见谢廖沙和瓦丽亚要躲避的那两个人。

"柳勃卡?怎么不进屋?"传来叶列娜·尼古拉耶夫娜轻轻说话的声音。

"嘘……"

"自己人。"谢廖沙说,抓住瓦丽亚的手拉着她就走。

黑暗里响起柳勃卡轻轻的笑声。她和拿着吉他的列瓦绍夫、谢廖沙和瓦丽亚都笑得喘不上气来,互相拉着对方的手跑进奥列格家的厨房。他们一个个浑身淋湿,沾满泥浆,却又兴高采烈。维拉外婆见了,举起又瘦又长的胳膊,甩动带大花的衣袖说:

"快救救他们吧!善良的人。"

在德国人统治三个多月的城市里,在没有生火的房间,在几盏小油灯下举行这样的晚会,他们有生以来还是第一次。

说也奇怪,一张沙发怎么坐得下十二个青年人。他们紧紧挤在一起,低着头轮流念讲话的记录稿。不管是方才坐在收音机旁收听广播的人,还是在黑夜里在泥泞中奔波的人,今天他们脸上都情不自禁流露出同样的感情。他们脸上既流露出把其中某几对青年联系在一起,并像电流一样互相传播的爱情,也有年轻的心接触到人类伟大的思想,尤其是能够表达他们目前生活中最重要的内容的思想而产生出共同的无比幸福的心情。他们脸上的幸福神情标志着友谊、快活的青春和光明的未来……连叶列娜·尼古拉耶夫娜跟他们在一起，也觉得自己变得年轻而幸福。只有维拉外婆年纪大，见识广，用晒黑的手掌托着干瘦的脸，带着忧虑和突如其来的怜悯一动不动看着这些年轻人。

青年们念完讲话，都陷入沉思。外婆的脸上突然露出狡黠的神气。

"喂，小伙子和姑娘们。"她说，"我望着你们心里在想，这个样子哪行？这么伟大的节日！瞧桌子上！酒摆在那可不是为了好看！得把它喝了！"

"哎呀，外婆，你比谁都好！……大家往桌子跟前坐，快！"奥列格喊。

最重要的是不能大喊大叫，谁一提高嗓门，大家就一齐嘘他。这倒使大家觉得好玩。一致决定派人轮流出去放哨。谁要是向身旁的人献殷勤或高兴过头，便要被撵出屋去。这也逗得大家直乐。

白头发的斯乔帕平时就很能说，讲什么都行，可是一喝酒就只讲他心爱的东西。他长满雀斑的小鼻子浸出汗珠，对坐在身旁的妮娜讲起火烈鸟。大家一齐嘘他，他被撵出去放哨。等他回来，已经把餐桌推到一边，列瓦绍夫也拿起吉他。

列瓦绍夫弹吉他，是俄国工人当中特别流行的那种派头，纯粹俄国式的。演奏者的整个姿势，特别是面部表情，要表现出随随便便、对一切都漠不关心的样子，既不看跳舞的，也不看观众，当然也不看吉他，对什么都不在意，只是信手弹来，却让大家非想跳不可。

列瓦绍夫拿起吉他，便弹起战前流行的外国波士顿舞曲。斯乔伯冲到妮娜跟前，他俩就旋转起来。

这种外国舞当然是女演员柳勃卡跳得最好。男青年当中却是图尔克尼奇数第一。他个子高，体形匀称，彬彬有礼，是个真正军官的风度。柳勃卡先跟他跳，后来又跟奥列格跳。奥列格在学校也是跳舞的好手。

斯乔帕抓住妮娜不放，不管什么舞都请她跳，还唠唠叨叨对她讲，火烈鸟雄雌的羽毛有什么不同,雌鸟能下多少蛋。妮娜一声不吭,变成个木头人了。

突然妮娜脸红了,脸色也很难看,对他说:

"斯乔帕,我跟你没法跳,因为你个子矮,还老踩我脚,一个劲儿胡说八道。"

她甩掉他就跑了。

斯乔帕想去找瓦丽亚,可是瓦丽亚已经跟图尔克尼奇跳上了。于是他又抓住奥莉亚。奥莉亚是个文静严肃的姑娘,比妹妹更不爱说话,斯乔帕可以对她大讲不平凡的火烈鸟而不受惩罚。

他毕竟忘不了方才受的窝囊气,利用方便机会拿眼寻找妮娜。妮娜正跟奥列格一起跳。奥列格稳重而沉着地旋转着她那粗大有力的身体。

她嘴唇上自然地露出微笑,眼睛也流露得意的神情,人也显得格外漂亮。

维拉外婆忍不住喊起来:

"这是跳的什么舞!外国人净是这套玩意儿!谢廖沙,来个乌克兰的!……"

列瓦绍夫连眉头都没皱,就弹起来戈帕克舞。奥列格跳了两跳,就从这头到了那头,搂住外婆的腰。外婆丝毫也不忸怩,就跟他跳起来,轻快得出人意外,用皮鞋在地板上跺脚。只要看她的衣裙在地板上面旋转得多么轻盈,就可以看出外婆跳得多么好,没有丝毫多余的动作,她那股劲头不表现在腿上,而是表现在手上,特别是面部表情上。

什么也不如唱歌和跳舞能更充分地表现一个民族的性格。奥列格敞着衬衫领,头发覆盖的额头冒出汗珠,脸上现出狡黠的神气,这种神气不是流露在嘴角上,也不在眼神里,而在抖动的眉梢上。他蹲着围住外婆转,大脑袋和肩头都很自然,一动不动。他跳舞的劲头非常大,到了不要命的程度!从他身上就像从外婆身上一样,一眼看得出来,是地道的乌克兰人。

玛林娜是个黑眼睛、白牙齿的美人,过节把所有的项链都戴上了。这时再也憋不住,把鞋跟一踩,摊开双手,好像放出了什么宝贝似的,像旋风一般围着奥列格跳起来。然而科利亚舅舅也不落后,从后面跟上她。于是奥列格又去抱住外婆的腰,他们分成两对跳,把鞋跟踩得噼里啪啦响。

"唉,累死人了,老了!"外婆突然叫一声,满脸通红,倒在沙发上,用手绢扇风。

大家纷纷喝彩,挪动地方,鼓起掌来。跳舞停下了。但是列瓦绍夫似乎对一切都无动于衷,还弹着戈帕克,就像这一切跟他没有任何关系。突然弹到一半,他也不弹了,把手按在琴弦上。

"乌克兰胜利了!"柳勃卡叫起来,"谢廖沙!来个咱们自己的!"

列瓦绍夫还没来得及拨动琴弦,柳勃卡已经跳起了"俄罗斯"舞,用鞋跟踩出细碎的步法。大家顾不得再看别的,只看她那一双脚。她就这样轻盈地扬着头,端着肩膀,转了一圈来到谢廖沙跟前,用脚使劲一踩,身子往后一退,给他腾出地方。

俄国工人不仅弹琴脸上不带任何表情,跳舞也一样。谢廖沙也学工人的样子,漫不经心跟柳勃卡面对面跳起来,用修理过多次的破皮鞋踩着步。他不紧不慢地转了一圈,然后也跳到柳勃卡面前,踩一下脚往后一退。柳勃卡掏出手绢,朝谢廖沙面前跳,把脚一踩转起圈子来,以绝妙的技巧扬着头,头一动不动,只是偶尔略略转动一下,漫不经心,不易觉察,使人觉得她只有鼻子在转动。谢廖沙紧跟在她身后,两只脚使劲蹬动,两只胳膊耷拉着,脸上没有任何表情,其实他也跳得很来劲,这股劲头只表现在脚上。他的脚虽也跳得漫不经心,动作却有些滑稽可笑。

随着吉他的节奏加快,柳勃卡也猛然加快步伐,并且突然回过身面向谢廖沙,可谢廖沙依然迎面向她逼近,不顾一切,以绝望的爱的疯狂拼命踩着皮鞋,把皮鞋上干巴的泥块踩得四处乱飞。

谢廖沙跳舞的特点,就是最有分寸感,虽然也有一股豪气,但是他的豪气是藏而不露的。柳勃卡却用她那双有力的胖腿做出许多花花动作。她跳得脸红了,金黄的发卷好像就是纯金做的,不住抖动。看她跳舞的人脸上都有这样一种表情:柳勃卡真不愧是演员!只有爱上柳勃卡的列瓦绍夫倒不去看她,脸上现出对一切都不动心的遵守教规的神色。只是他那有力的神经质的手指在琴弦上飞快地跳动着。

谢廖沙不顾一切地把手一甩,好像把皮帽子摔在地上似的,又毅然决然地向柳勃卡进攻,一面随着吉他的节奏用手掌拍膝盖和脚掌,一下子把柳勃卡赶到围观的人群里。两人都把脚一跺,停住不跳了。四周的人又是笑又是鼓掌。柳勃卡却突然伤感地说:

"这就是咱们发疯的舞……"

然后她再也不跳了,坐到列瓦绍夫身旁,把一只小白手搭在他的肩头。

这一天"青年近卫军"指挥部经地下区委批准,向最困难的军属分发补助金。

"青年近卫军"经费的来源主要不是靠大家交的团费,而是靠从德军卡车上搞到一些香烟、火柴、衬衣、各种食品,特别是酒精,再偷偷卖掉。

下午,沃洛佳到他的姑妈玛鲁霞家去,交给她一包苏联票子,苏联钱跟马克同时流通,不过不值钱。

"玛鲁霞姑姑,这是地下组织叫我给你和卡列里亚·亚历山德罗夫娜送来的。"沃洛佳说,"为了庆祝伟大的节日给孩子买点儿什么……"

卡列里亚·亚历山德罗夫娜跟玛鲁霞姑妈是邻居,她丈夫也是指挥员。两家都有孩子,生活非常困难。德国人不但抢走她们的东西,还把大部分家具都用卡车拉走了。

卡列里亚·亚历山德罗夫娜和玛鲁霞姑妈决定过节请客,买了点儿家酿酒,用圆白菜和土豆做馅烤的白面大馅饼。

晚上八点,大家在卡列里亚·亚历山德罗夫娜家聚齐。她除开孩子之外,还有母亲也住在一起。沃洛佳的母亲和他的妹妹柳霞、玛鲁霞姑妈带着两个女儿一起来了。小伙子们推托说去看同学,要晚些时候来。大人都喝了点儿酒,因为过节也要偷偷摸摸而叹息不已。孩子们悄声唱了几首苏联歌曲。家长们都泪流满面。柳霞感到无聊。后来便打发孩子们睡觉去了。

若拉来到的时候已经很晚。他一来就感到狼狈,因为一到亮的地方,照出他全身都是泥,而且其他的小伙子都没来,他不得不挨着柳霞坐。因为觉得狼狈,柳霞递给他半茶杯酒,他一口气喝下去就喝醉了。等沃洛佳和托利亚来到之后,若拉依然阴沉着脸,伙伴们的到来并没使他摆脱失望的状态。

沃洛佳和托利亚也喝了几口酒。大人们只顾自己唠嗑。柳霞从小伙子们的只言片语中了解到他们并没去看同学。

"在什么地方?"沃洛佳隔着托利亚向若拉俯过身来问。

"医院。"若拉阴郁地回答,"你们呢?"

"我们学校……"沃洛佳把身子俯得更低,兴奋地对若拉俯耳悄声讲些什么。他那细长的深色眼睛闪耀着大胆而狡黠的神情。

"怎么? 不是假话吧?"若拉问,暂时摆脱了失望。

"不,绝对真的!"沃洛佳说,"学校是可惜,不过也没啥,将来盖新的!"

柳霞听到他们背着她进行秘密活动,又生气了,便说:

"你要是有约会,就坐在家里等着。免得整天有男孩子和女孩子跑来问:'沃洛佳在家吗? 沃洛佳在家吗?'"

"我成了瓦西卡·布斯拉耶夫①了:'大家都到瓦西卡的院子里来'。"沃洛佳笑起来。

托利亚长着鬈曲的灰头发,四肢骨节粗大。他突然站起来有些腼腆地说:

"我向大家祝贺伟大十月革命节二十五周年!"

他因为喝醉了,胆子大了,满脸通红,眼神也显得狡黠,开始逗沃洛佳,说他跟一个叫费莫奇卡的姑娘相好。

---

① 瓦西卡即瓦西里·布斯拉耶夫,是古代诺夫哥罗德壮士歌中的英雄。——译者注

若拉用亚美尼亚人的黑眼睛阴郁地注视着面前的桌子,并不对着什么人,自言自语地说:

"当然,这不符合现代精神,但是我能理解毕巧林①……当然,这也许不符合我们社会的精神……但是有时候他们遭到这种对待也是活该……"他沉默片刻又阴郁地补充说:"我指的是女人……"

柳霞从座位上站起来,走到托利亚面前,为了故意做给别人看,温柔地吻他的耳朵说:

"亲爱的托利亚,你今天可真喝醉了。"

总之,出现了不和谐的气氛。沃洛佳的母亲向来脾气急,处理问题讲究实际,马上说该散席了。

玛鲁霞姑妈要料理家务和伺候孩子,所以有早醒的习惯,今天也天一亮就醒了。她把脚伸进拖鞋,披上衣服,忙着生炉子烧开水,一边想着心事,走到窗前。窗前是一片空地。空地左边是儿童医院和伏罗希洛夫学校,右边是山冈,冈上是区执委会和"疯老爷"的房子。她突然发出一声轻轻的喊叫……在乱云滚滚、阴暗低垂的天空底下,有一面红旗在伏罗希洛夫学校的校舍上迎风招展。风刮得猛时有力地把旗抻开,变成长方形,并且不住飘动,风刮得小时,旗就耷拉下来,打成褶子,旗边忽而卷起,忽而展开。

"疯老爷"的房子也飘着一面红旗,而且更大。有一大群德国兵和几个穿便服的人站在房跟前搭着的梯子旁边,都看那面旗。有两个德国兵站在梯子上,一个爬到梯子跟房顶相接的地方,另一个站得低一些。他俩一会儿看看红旗,一会儿跟站在底下的人说些什么。但是不知为什么他们谁也不上房顶去拔掉它。红旗就在这最高点上庄严地飘扬,整个城市都看得见。

玛鲁霞姑妈不知不觉甩掉拖鞋,穿上便鞋,也顾不得披上头巾,蓬头散发朝邻居家跑去。

卡列里亚·亚历山德罗夫娜只穿着贴身衬衣,浮肿的腿跪在窗台

---

① 毕巧林是莱蒙托夫的小说《当代英雄》的主人公。——译者注

上,双手抓住窗框,望着红旗激动不已。热泪顺着又黑又瘦的脸不住往下淌。

"玛鲁霞!"她说,"玛鲁霞! 这是挂给我们苏联人看的。我们的人没有忘记我们,他们还记着我们。我……向你祝贺……"

她们扑到一起互相拥抱。

第四十九章

红旗不但飘扬在"疯老爷"的房上和伏罗希洛夫学校顶上,而且在第十管理处、从前的区消费合作社、十二号矿井、七到十号矿井、副二号和副一号矿井、五一矿区和克拉斯诺顿矿区的矿井上面,到处都有红旗。

全市的人从四面八方跑来观看红旗……在挂红旗的房子和岗楼跟前聚集着一堆堆的人。宪兵和警察出来驱散人群,却驱赶不过来。但是他们谁也不敢上房把旗摘下来,因为每个旗杆下面都拴着白布条,上面写着黑字:"埋有地雷。"

芬邦军士爬到伏罗希洛夫学校的房顶上,发现有一根电线从旗上通到黑天棚的窗口。黑天棚的房顶底下果然有一颗地雷,甚至没加以伪装。

宪兵队和党卫队里没有人会排除地雷。宪兵小队长布吕克纳派他的车到罗韦尼基区宪兵队去请工兵。但是罗韦尼基也没有工兵,汽车又拐到伏罗希洛夫格勒。

下午一点多钟,从伏罗希洛夫格勒派来的工兵拆除了学校黑天棚里的地雷,不过其他地方都没有地雷。

克拉斯诺顿挂出红旗庆祝伟大的十月革命节的消息,传遍了顿巴斯所有的城镇和村庄。德国宪兵队丢尽了脸,再也瞒不住驻扎在尤佐夫卡的州野战司令克莱尔少将。于是小队长布吕克纳接到命令,要求他无论如何要破获地下组织,不然就要取下他肩章上的银条,降为士兵。

小队长布吕克纳要破获地下组织,可是他对这个组织的情况丝毫也不了解,便采取大逮捕的办法。其实所有的宪兵和盖世太保处在他这种地位都会这么干。于是他又采取了"拉网"战术(这是列瓦绍夫从前给它起的名字):在全市和全区逮捕了几十个无辜的人。但是不管网拉得多密,却没抓着"青年近卫军"的任何人,也没抓着区党委的人。这次挂红旗的活动就是按照区党委的指示搞的。德国人无论如何也想不到具体执行这项任务的竟然是由男孩子和女孩子组成的青年组织。

这种情况确实难以料想,因为就在这些大逮捕的夜里,最重要的一位地下工作者斯乔帕歪着白头发脑袋吮着铅笔在他的日记本里记上这样一些话:

> 五点左右先卡来找我,叫我去"鸽子房"串门。说会
> 有漂亮的女孩子。我们去坐了一会儿。有两三个女孩子
> 还可以,其余都是些破烂货……"

11月下半月,"青年近卫军"从各个庄子的自己人那里得到消息,德国人从罗斯托夫州弄来一大批牲口,共有一千五百多头,要往后方赶。这批牲口已经在卡缅斯克附近过了顿涅茨河到了右岸,现在正走在从河岸到卡缅斯克—贡多罗夫斯卡亚大路之间的地带。除开几个顿河的乌克兰牧人之外,还有个押运队——是从后勤部门找来的十二三个老兵,带的都是步枪。

一得到这个消息,当天夜里谢廖沙、维克托和莫什科夫领导的三个小组都带上步枪和冲锋枪,在这批牲口必经之路的小河旁边集合。这条小河流入北顿涅茨河,河上有座木桥,河岸边有一条树木茂密的冲沟。他们就在这条冲沟里藏身。侦察员报告说,牲口队在离他们大约有五公里的地方过夜,牧人和德国兵扒开麦垛喂牲口,就在麦垛中间休息。

下着大雨夹雪,雨很凉,雪落地就化,人一踩就成了稀泥。小伙子

们从草原里走来,带来几普特①重的泥。大家挤在一起,靠体温互相暖和,还开玩笑说:

"挺不错吗,简直是疗养来了!"

黎明很阴暗,朦朦胧胧,睡意惺忪,仿佛没完全睡醒,好像在考虑:天气这么恶劣,值不值得起来,是不是再回去睡一会儿? ……但是责任感在心里战胜了早晨这些懒惰思想,黎明终于来到顿涅茨大地上。雨夹雪,还有大雾,只能看到三百步以内。

图尔克尼奇是这三个小组的总指挥,大家都按照他的命令埋伏在小河右岸——德国人一定要从那里上桥。他们的手指冻得不会弯曲,却要抱着枪做准备。

奥列格也参加了这次行动,他们还带上斯塔霍维奇,要在战斗中考验他。他俩也趴在右岸,只是靠下游河湾处。

自从斯塔霍维奇被从指挥部里开除以后,这段时间他参加过"青年近卫军"的许多工作,几乎已经恢复了名誉。这件事对他来说并不难,因为"青年近卫军"的大多数成员对他的印象一直不错。

人的天性有一种善良品质,就是原则性再强的人也难以避免。他们不愿意改变已经形成习惯并在生活中固定下来的态度,甚至不好意思去改变它,即使铁的事实已经证明这个人根本不像他们原来想象的那样。"他会变好的! ……我们谁还没有弱点。"人们在这种场合往往这么说。

不但普通成员对斯塔霍维奇的事一无所知,就是大多数接近指挥部的人对待斯塔霍维奇也一如既往,就像他根本没出问题似的。

奥列格和斯塔霍维奇默默趴在灌木丛里的落叶上,仔细观察前面一片光秃秃、湿漉漉的丘陵地带,想透过浓雾中纷纷扬扬的雨夹雪看得更远一些。不过已经传来各种各样的牛叫声,看样子有好几百头,而且越来越响,汇合成一种难以入耳的音乐,就像魔鬼在吹风笛。

"牲口一定想喝水。"奥列格悄声说,"他们会在河里饮牲口。这

---

① 1普特约合16.38公斤。——译者注

对我们正合适……"

"你瞧！你瞧!"斯塔霍维奇兴奋地说。

在他们左前方的大雾里出现了红色的牛头——一个、两个、三个、十个、二十个,越来越多,犄角长得挺怪,细细的,一直往上长,角端很尖,向里弯着。头像是母牛,但是母牛即使不长犄角,两耳中间也应该在长角的地方有两个鼓包。因为雾气越贴地越厚,所以这些家伙的身子看不见,犄角却长在平脑门上。这些牛从大雾里钻出来,真像一群怪兽。

他俩看到的这些牛大概并不是排头,而是牛群左翼的边牛。在这几头牛后面的大牛群里响起一阵有力的吼声,可以感觉出来有许许多多牛挤挤擦擦,汹涌而来,有几千个牛蹄沉重的践踏声震撼着大地。

就在这时,奥列格和斯塔霍维奇听到前面大路右侧传来兴致勃勃用德语谈话的声音,也越来越近。从语声听得出来,这些德国人刚休息过,情绪甚好。连他们的皮鞋踩在烂泥里叽叽呱呱响,也挺精神。

奥列格和斯塔霍维奇弯下腰,几乎跑着转移到大家藏身的地方。

图尔克尼奇站在河岸的黏土陡崖旁边,离桥不到十公尺。他左胳膊挎着冲锋枪,从湿漉漉的枯草中间微微探出头朝远处的路上张望。淡褐色头发的莫什科夫坐在他的腿旁边,样子怒气冲冲,脖子上围着毛围巾,左胳膊上也挎着冲锋枪,望着桥上。其他人一个跟一个趴在河岸上,形成一条斜线。斜线最前头是谢廖沙,最后头是维克托,两人也都带着冲锋枪。

奥列格和斯塔霍维奇趴在莫什科夫和谢廖沙中间。

上年纪的德国兵无忧无虑、不慌不忙的谈话声仿佛已经来到头顶上。图尔克尼奇跪下一条腿,端起冲锋枪做好准备。莫什科夫趴在地上,拉直卷起来的湿棉袄,也伸出冲锋枪。

奥列格带着天真的幼稚神情向桥上张望。桥上突然响起皮鞋声,一群德国兵走上桥,穿着沾满泥浆的军大衣,有的随便抓住步枪的皮带,有的把枪背在后背。

有一个高个子的上等兵,留着像德国农奴似的浓密的浅色小胡子,走在最前排,嘴里讲着什么,还不时回过头去,让后面的人也能听见。他回头的时候,脸朝向趴在岸上的小伙子们,其他士兵也像路过新地方不免好奇,从桥上往两边河里东张西望。但是他们怎么也没想到这里会出现游击队,所以没看见岸上的人。

就在这一瞬间,图尔克尼奇的冲锋枪响了,而且接连不断,尖厉刺耳。紧接着莫什科夫也开了枪,其他人跟着打,最后是凌乱的步枪声。

这一切来得这么突然,跟奥列格想象的大不相同,结果他一枪也没来得及打。开头他带着孩子般的惊异看着这一切,后来他心中一动:自己也应该开枪,但是就这一刹那间战斗结束了。桥上已经看不见一个德国兵,大多数都被打倒了,有两个刚一上桥便掉头往回跑。谢廖沙,接着是莫什科夫,后面还有斯塔霍维奇,跳到河岸的高处,把这两个德国兵打死了。

图尔克尼奇跑到桥上,后面跟着几个小伙子。桥上有个德国兵还在挣扎,他们把他打死了。后来他们拉着腿把所有的尸体拉到灌木丛里,以免从大路上看见,把武器全部带走。牛群顺着小河排成一排,足有几公里长,都在喝水,有的站在岸上,有的把前腿伸进河里,有的前后腿都下了水,还有的上了对岸。它们翕动着鼻翼,喝得非常有劲,发出的吮吸声连成一片,就像有好几个水泵同时开动起来。

在这庞大的牛群里有各种各样的牛。有行动迟缓的普通耕牛,有红的,有灰的,有花的;有胸宽角粗的种牛,身子像铁铸的,蹄子像铜的;有不同品种的母牛,有没配过种的体型优美的小母牛,有正在发情期的母牛,肚子大没挤奶,奶子膨胀,奶头发红;还有这些奇怪的牛,它们跟别的牛不合群,毛色淡黄不扎眼,犄角直接从平脑门上长出来;最后是大个头的荷兰奶牛,有黑花的,有红花的,它们带着这些白地花纹就像戴上软帽、扎上围裙似的,样子很了不起。

赶牛的牧人都是上年纪的老头。他们也许放了一辈子牛,养成慢性子,也许因为战争年代,对一切变故都习以为常,对眼前的枪声根本不在乎,在牛群后面的湿地上围成一圈坐下,抽起烟斗。但是他们一看有人带着枪走过来,便纷纷站起来。

小伙子们恭恭敬敬摘下帽子,向他们问好。

"你们好,同志先生们!"一个老态龙钟的老头说,两脚朝外撇,麻布衬衫外面套着一件没硝过的羊皮坎肩。

他手里拿着拧劲的短把鞭子,而其他人拿的都是赶牛的长鞭子,便知道他是他们当中的头儿。他显然为了安慰他的伙伴,转过脸对他们说:

"这都是游击队!……"

"对不起,老爷爷们。"奥列格说,又把皮帽子往上一提,然后再戴上,"德国兵都被我们消灭了,请你们大家帮忙,把牛赶到草原里去,让它们分散开,免得再被德国人弄去……"

"嗯……分散开!"另外一个机灵的小老头沉默片刻说,"这是我们的牛,是从顿河赶来的,我们干吗让它落在外地呢?"

"怎么,你们还想把它们赶回去吗?"奥列格说,咧嘴笑了。

"那倒也是,赶是赶不回去了。"小老头立刻伤心地表示同意。

"我们把它们分散开之后,也许自己人能拣到……"

"哎呀呀,这么大一群牛!"小老头突然又绝望又高兴地说,两手抱住头。

大家这才明白,这些老头被迫把这么大一批牲口从家乡赶到陌生的德国土地,心里该是什么滋味。大家既可怜牲口,又可怜这些老人。但是事情又刻不容缓。

"老爷爷,把你的鞭子给我使使!"奥列格说,从小老头手里接过长鞭子,向牛群走去。

这些牛喝足水之后,向对岸慢慢走去,有一部分散开,到处寻找剩下的干草,朝光秃秃的湿地呼着气。有一部分无精打采站在那里,任凭雨浇着脊背,或者回头张望,仿佛在说:你们这些牧人都哪里去了?往后怎么办?

奥列格就像干起老本行似的,沉着自信地从牛群当中开出一条路,有时用手推,有时拍拍牛肚子或牛脖子,有时甩一下响鞭。他过了河,插进牛群最密的地方。穿羊皮坎肩的老头甩着鞭子过去帮忙。其他牧人和小伙子们也都跟过去。

他们又吆喝，又用鞭子抽，费好大劲，费好大工夫才把牛群分成两伙。

"不行，这不是办法。"穿坎肩的老头说，"用枪打吧，反正也保不住了……"

"哎呀呀！"奥列格好像疼得皱起眉头，几乎同时脸上露出残酷的表情。他从肩后拽过冲锋枪朝牛群打了一梭子弹。

有几头牛倒下了，还有几头受了伤，吼叫着，呻吟着，向草原里跑去。这一半牛群闻到火药味和血腥味，也分散着朝草原里跑去，震得大地轰隆隆响。谢廖沙和莫什科夫也用冲锋枪朝另一半牛群开枪，那一半牛群也跑散了。

小伙子们跟在后面追，遇到有几十头牛聚堆的地方就用枪打。整个草原充满了枪声、牛的叫声、吼声、蹄声、鞭子声和人们凶狠凄厉的吆喝声。有一头种牛正跑着被枪打中了，突然停下脚步，慢慢弯曲前腿，沉重地向前倒下去，鼻孔触地。母牛被打中，哞哞叫着，抬起美丽的头又无力地垂下去。周围遍地都是牛的尸体，在浓雾中，在黑乎乎的土地上显出一片红……

当大家分散开各自回家的时候，在草原上还常常遇见到处乱闯的牛。

过了一会儿，草原上空升起一股烟。这是谢廖沙按照图尔克尼奇的吩咐把这座奇迹一般保存下来的木桥烧了。

奥列格和图尔克尼奇一起往家走。

"你注意这些怪模怪样的牛没有？犄角好像直接从脑门里长出来，到梢上又往里弯，几乎连在一起。"奥列格兴奋地问，"这是萨尔草原东部的，也许是阿斯特拉罕的。这是印度种……是金帐汗国①时代留下来的……"

"你从哪知道的？"图尔克尼奇不相信地问。

————————————

① 金帐汗国，也叫钦察汗国，是成吉思汗长子的封地，后由拔都扩展到东欧，当时俄国各公国几乎都成为它的附庸国。——译者注

"我小时候继父为了处理这些事到处走,常常带着我。他在这方面是个行家。"

"斯塔霍维奇今天表现不错!"图尔克尼奇说。

"是呀……"奥列格迟疑地说,"那时候我跟着继父到处走。你知道,第聂伯河,灿烂的太阳,草原里大群的牛羊……当时谁能想到,我……我们……"奥列格又好像疼得皱起眉头,一挥手,再也不说了,一直默默不语走到家。

第五十章

自从德国人用欺骗手段把市里第一批登记的人赶到德国去之后，人们才明白这有多大危险，就再也不肯到劳动介绍所去登记了。

于是德国人就像在奴隶时代到丛林里去抓黑人一样，到家里和在大街上抓人。

野战司令部第七处在伏罗希洛夫格勒出版一种报纸，叫《新生活报》，每期都刊登被赶到德国去的人写回来的家信，信中说他们在德国生活多么舒心和富裕，挣钱挣得多。

克拉斯诺顿偶尔也有人接到青年人的家信。他们有一部分在东普鲁士，做的都是最下贱的工作——当长工和佣人。这些信检查机关没有涂改，从字里行间可以猜到许多东西，但是只简简单单谈些生活的表面现象。大多数家长则根本没接到来信。

有个女人在邮局工作，她告诉乌丽亚，凡是从德国来的信，宪兵队都专门派个懂俄语的人坐在邮局里检查。要扣的信件都锁在抽屉里，积攒多了就烧掉。

"青年近卫军"指挥部派乌丽亚负责反对德国人招募和运走青年的工作。她动手写传单然后散发，把要被赶走的人安排在本地工作，或在娜塔利亚·阿列克谢耶夫娜的帮助下让他们装病不去，有时甚至把已经登记然后逃跑的人送到乡下藏起来。

乌丽亚之所以要做这件工作，不光是上级的委派，而且出于内心的义务感。她大概是因为未能使瓦丽亚·费拉托娃摆脱这场厄运而有些内疚。尤其是她和瓦丽亚的母亲都没收到瓦丽亚的任何消息，这种负疚心情使她越来越不得安宁。

12 月初,五一矿区的青年在邮局那个女人的帮助下,半夜里从检查员的桌子里偷出那些被扣压的信件,现在就装在口袋里,放在乌丽亚面前。

入冬天气冷,乌丽亚又回到正房跟全家人住在一起。她跟"青年近卫军"的大多数成员一样,对父母瞒着参加组织的事。

她经历了一段痛苦的时刻,因为父母为她担心,希望她能去上工。母亲躺在床上,一会儿用大野鸟似的黑眼睛气冲冲地看着她,一会儿又大哭起来。老父亲多少年来头一次责骂女儿。他的脸红得发紫,连拔顶的脑门都通红,但是他的样子有些可怜。尽管他身子长得粗,骨架大,拳头吓人,可是他的秃顶上只剩下几绺鬈发,那种对女儿无可奈何的神情都让人可怜。

乌丽亚说,只要父母再说她在家吃闲饭,她就离开这个家。

父母感到为难,她是他们的掌上明珠。于是他们开始明白:老父亲已经管不了自己的女儿,母亲身体不好,说什么也不管用。

乌丽亚既然隐瞒自己的活动,就更加热心干家务活,要是出去时间长,就借口说生活太屈辱而贫乏,只有跟好朋友在一起,心情才轻松一下。她越来越经常发现母亲总是用哀伤的目光久久凝视她,母亲仿佛看透了女儿的心。父亲见到她甚至有些不好意思,有她在场,往往一句话也不说。

阿纳托利的处境跟她大不相同,自从父亲上了前线,他就成为一家之长,母亲和小妹妹都把他奉若神明,他说啥是啥。现在乌丽亚带着这一口袋信件,不是坐在自己家,而是在阿纳托利的家里——他今天到干谷去找莉莉亚去了。信口都被检查员剪开了,她把细长的手指伸进信封,掏出信来,大致看看头几行就扔到桌子上。

在乌丽亚眼前闪过一个个姓名、对父母姊妹的称呼、传统的问候,都那么纯真动人。这些书信很多,她只草草看一遍也花费不少时间。其中并没有瓦丽亚的信……

乌丽亚弓着背坐着,手放在膝盖上,两眼望着前方,显得无可奈何……屋子里静悄悄的。阿纳托利的母亲和妹妹都已经睡了。小油灯的火苗冒着油烟,随着乌丽亚呼吸而摇曳,一会儿落低,一会儿又蹿起来。头上的挂钟发出难听的嘀嗒声,计算着每一秒钟。阿纳托利家跟乌丽亚家一样,小房离庄子很远,孤零零的。所以乌丽亚从小就有一种与世隔绝的感觉,尤其是秋天和冬天的夜晚。阿纳托利家的房子很结实,尖啸的风声已略带冬意,透过窗板勉强传进来。

乌丽亚对着小油灯摇曳不定的火苗,感到在这个充满着神秘而险恶的声音的世界里,自己有多么孤单……

世界为什么会这样,一个人怎么就不能把自己的心完全交给另外一个人? ……她跟瓦丽亚从小就心心相印,她乌丽亚为什么不能抛弃自己的家和琐碎的家务,放弃平时的生活习惯,离开家人和伙伴,全力以赴地去拯救瓦丽亚呢? 为什么不能突然出现在瓦丽亚身边,擦干她的眼泪,为她找到自由之路呢? ……"因为这是办不到的……因为你不能把心只献给瓦丽亚一个人,你把心献给了比她更宏伟的事业——要解放祖国的土地。"内心的声音这样回答她"不,不,"她对自己说,"不要寻找借口,不然你怎么不趁早这么做呢? 因为你心里没有感情,原来你跟大家一个样。"

"难道这件事现在就真办不到了吗? ……"乌丽亚心想。于是她又陶醉在儿时的幻想中:她找到一群听她号令的勇敢的人,排除千难万险,骗过德国许多卫戍司令来到那个可怕的国家,找到瓦丽亚并对她说:"我为了救你尽了一切力量,甚至不惜牺牲自己的生命,现在你自由了……"啊,这要是能办到就好了! ……但这是办不到的。这样勇敢的人是找不到的。她乌丽亚就是没能力办这件事……不,要是乌丽亚有个男朋友就好了,小伙子就能办到这件事。

她乌丽亚难道有这样的男朋友吗? 乌丽亚要是落到这种地步,谁会出来拯救她呢? 不,她没有这样的男朋友。大概世界上根本就不存在这样的朋友……

但是世界上总会有一个她要爱上的人吧? 他长得什么样? 她没看见过他,然而在她的心目中有他的影子——他身材高大,为人正直,强壮有力,目光勇敢而善良。有一种无法形容的对爱的渴望在她心中汹涌。闭上眼睛，忘掉一切，委身于他……她的黑眼睛反射出小油灯冒烟的金色火苗，而这种渴望的幸福而严峻的反光也在眼睛里时隐时现。

突然一声轻轻的呻吟传到乌丽亚耳边，她以为是呼唤，全身一抖，连线条细腻的鼻翼也颤动起来……不，这是阿纳托利的小妹妹在睡梦中呻吟。那一堆信还摆在乌丽亚面前的桌子上。从灯芯淌下来几缕细细的烟炱。从窗板外面传来微弱的风声，挂钟依然滴答作响。

乌丽亚脸上泛出红晕。她自己也说不清楚她为什么害羞，是因为耽于幻想而贻误了工作，还是她的幻想中有说不出口的东西使她害羞。于是她生自己的气，开始仔细看信，想从中寻找有用的材料。

乌丽亚站在奥列格和图尔克尼奇的面前，对他们说：

"不，你们要能看看这些信就好了！这真可怕……娜塔利亚·阿列克谢耶夫娜说，这一段时间德国人从咱们市赶走了大约八百人。而且又秘密搞了一份名单，有一千五百人，注明地址和其他情况……不，非得采取厉害办法不可，或者在他们运走人的时候打伏击，或者干掉这个施普里克！……"

"要干掉他，随时都能办到。不过他们会再派个新的。"奥列格说。

"销毁这份名单……我知道应该怎么办，烧掉这个介绍所！"她突然恨恨地说。

这是"青年近卫军"干的最难完成的任务，是由谢廖沙和柳勃卡在维佳的帮助下完成的。

这几天已经明显进入冬季，晚上上冻很厉害，街上的稀泥被汽车压出车沟和两边的土块都冻得邦硬，直到中午太阳晒暖和的时候才稍稍融化。

他们集合的地点在维佳家的菜园。他们从铁路道岔穿过去直奔山冈，没从路上走。谢廖沙和维佳带着一桶汽油和几个燃烧瓶。他们都带上武器，而柳勃卡的全部武装不过是一瓶蜂蜜和一张《新生活报》。

夜非常静，稍有一点儿动静都听得见。他们只要一步不当弄出响声,或者把装汽油的铁桶弄得哗啦响,就会立刻暴露目标。夜又非常黑,尽管他们熟悉地形,有时也难以判断现在走到什么地方。他们迈一步,听听动静,然后迈出第二步,再听一听……

他们走了很长时间,好像永远也走不到地方。说来也奇怪,他们听到劳动介绍所门前有站岗哨兵的脚步声的时候,反倒不那么害怕了。在黑夜里哨兵的脚步声有时很清楚,有时听不见,可能他也站下来听听周围的动静,也可能是站在台阶前面休息。

劳动介绍所的房子很长,正面有个台阶,对着农业办事处,他们还没看见房子,但是根据哨兵的脚步声判断,他们已经来到劳动介绍所的侧面,便从左侧往房后绕,从后面进去。

这里离房子大约还有二十公尺,让维佳留下,以便减少响动,谢廖沙和柳勃卡悄悄向房后摸去。

后窗有一块长条玻璃,柳勃卡在玻璃上涂满蜂蜜,再把报纸贴上。谢廖沙用力一推,玻璃裂了但掉不下来,他再把碎玻璃取下。这是一件要有耐性的活计。里面那扇玻璃,他们也照此办理。

碎玻璃取完之后,他们稍事休息。哨兵站在台阶上直跺脚,他显然冷了。他们想等他走开再动手,等了好久。因为他们怕哨兵在台阶上会听到柳勃卡在屋里走动的脚步声。哨兵走开了,谢廖沙蹲下,把双手交叉在一起,给柳勃卡做梯子。柳勃卡用手扶着窗框,一只脚踩在谢廖沙的手上,另一只脚越过窗台,又用一只手攀住里面墙,骑在窗台上,觉出窗框下部的板条硌腿。但是她已经顾不得这些。她又往里钻,用那只脚够着地板,终于进了屋。

谢廖沙把汽油桶递给她。

她在里面待了好长时间。谢廖沙很担心,怕她在黑暗里碰到桌子或椅子上。

当柳勃卡又出现在窗前时,她身上散发出一股强烈的汽油味。她朝谢廖沙一笑,先把一条腿迈过窗台,然后伸出一只胳膊和脑袋。谢廖沙抱住她的胳肢窝,帮助她从窗户里爬出来。

谢廖沙一个人留在窗口,窗口也往外喷汽油味,他一直等到估计柳芭和维佳已经走远为止。

这时他从怀里掏出燃烧瓶,用力扔进窗口。火光猛烈,一下子照得他眼前发花。他再也没扔燃烧瓶,顺着山冈朝铁路道岔跑去。

哨兵大叫一声,便朝他身后开枪,有一颗子弹从谢廖沙头上很高的地方嗖地一声飞过去。周围有一阵子被暗淡的光亮照耀,一阵子又陷入黑暗。突然大火冲天而起,照得像白昼一样明亮。

这天夜里,乌丽亚没脱衣服就躺下了。她有时悄悄走到窗前,不敢惊动家里的人,掀开窗帘的一角。但是外面一片漆黑。乌丽亚在替柳勃卡和谢廖沙担心,有时候觉得她不该想出这么一个主意。这一夜过得非常慢,乌丽亚累得筋疲力尽,不禁打起瞌睡。

她突然惊醒,朝门口跑去,一下子撞倒椅子,轰隆一声。母亲醒了,睡意朦胧,惊慌地问她。她没回答,只穿一件连衣裙跑到院子里。

火光隔着山冈笼罩着城市上空,可以听到远处响起枪声,乌丽亚似乎还听到叫喊声。大火的反光把这最偏远的市区的屋顶和院子里的仓房都照得清清楚楚。

然而乌丽亚虽然看到火光,并没像原来期待火起那么高兴。大火和照在仓房上的反光、叫喊声和枪声,还有母亲的惊呼声,所有这一切在乌丽亚心中汇合成一种模糊的不安。她替柳芭和谢廖沙担心,尤其担心这件事会对他们整个组织造成影响,因为敌人正在搜寻他们。她还担心由于不得不干这种可怕的破坏活动,会不会使世界上原有的并且存在于她心灵中的博大善良的感情泯灭。这种担心乌丽亚还是头一次体验到。

第五十一章

　　1942年11月22日,伏罗希洛夫格勒州各区有几十台秘密收音机收听到苏联新闻局发布的"最新消息",说是苏军切断了斯大林格勒前线德军的两条铁路供应线,抓获大批俘虏。从前看不见的地下工作经过普罗岑科一点一滴、日积月累的准备和领导,现在突然露出地面,开始采取全民运动的规模来反对"新秩序。"

　　每天都有苏军在斯大林格勒城下不断扩大战果的消息。原来藏在每个苏联人心中模模糊糊的期待和希望,如今变成沸腾的热血涌上心头:他们就要回来了!

　　11月30日清晨,索科洛娃像往常一样提着桶给柳季科夫送奶。自从去工厂上工以来柳季科夫所坚持的生活制度一成不变。这一天是星期一。索科洛娃来的时候,柳季科夫已经穿好衣服,正准备上班。德国人没来之前,他上班也穿这身旧西服,因为经常跟金属和机油接触已经油光锃亮。他一进办公室再在西服外面套上一件蓝工作服。不同的是,从前这件工作服就放在办公室的衣柜里,如今他每天都卷起来夹在腋下。现在工作服就放在厨房里的凳子上,等他吃完饭好拿。

　　柳季科夫一看索科洛娃的脸色就知道她又带来消息,而且一定是好消息。他出于礼貌先跟她说了两句玩笑话,两个人便走进他的房间。其实这些玩笑没有必要,在他们共事这几个月里索科洛娃始终如一,从不表露她在他家里看到些什么。

　　"这是特意给您抄的⋯⋯昨天晚上收的。"索科洛娃激动地说,从上衣胸口里面掏出一张小纸条,密密麻麻写满了字。

昨天早晨她曾经向他转达苏联新闻局发布的"最新消息",说是苏军在中部战线,在大卢基到勒热夫一带,发动大规模进攻。今天是我军向顿河东岸挺进的消息。

柳季科夫一动不动,把纸条看了好久,然后抬起严肃的眼睛看着索科洛娃说:

"完蛋了……希特勒完蛋了……"

这句话他是从德国兵那里学来的,据前线回来的人说,德国兵投降的时候就是这么说的。但是他说这句话态度非常认真,还拥抱了索科洛娃。索科洛娃流出幸福的眼泪。

"要多抄几份吗?"她问。

近来他们几乎自己不搞传单,只是散发苏联新闻局的铅印传单。这些传单都是苏联飞机往约定的地点空投的。但是昨天的消息太重要了,所以柳季科夫下命令自己也要出传单。

"把它们合并在一起。今天晚上就贴出去。"他说。

他从兜里掏出打火机,把纸条在纸灰缸上烧掉捻碎,打开风窗把纸灰吹到菜园里。

一阵凉气扑到柳季科夫脸上,他突然把目光停留在菜园里冻僵了的葵花叶和南瓜叶上,上面挂一层霜。

"冷得厉害吗?"他心事重重地问。

"跟昨天一样。水坑冻实了,还没化呢。"

柳季科夫额头上现出皱纹,呆呆站立一会儿,想着心事。索科洛娃在一旁等着还有什么吩咐,可是他好像把她给忘了。

"我走了。"她悄声说。

"好的,好的。"他回答着,仿佛如梦初醒,然后痛苦地深深叹一口气。索科洛娃想:他是不是病了?

柳季科夫的身体确实不好,患有痛风和气喘,不过这都是老病,所以他的心事不在这上面。

柳季科夫明白,他们干这种工作总好在你意料不到的地方出事。

柳季科夫作为地下组织的负责人,他的处境十分有利。这种有利表现在他不必直接跟德国行政机关打交道,可以跟它对着干而不负任何责任。对德国行政机关负责任的是巴拉科夫。正因为如此,凡是生产问题,巴拉科夫按照柳季科夫的指示,尽力办得让德国人和工人都觉得巴拉科夫是个替德国人卖力的厂长。只有一件事例外,那就是柳季科夫领导的反对德国人的活动,对这些事巴拉科夫只能装作看不见。

结果形成这样一种局面:巴拉科夫精力充沛,积极肯干,善于管理,全力以赴搞好生产,这是人人都看得见的;柳季科夫老老实实,不惹人注意,能破坏什么就破坏什么,这是谁也看不见的。工作没有进展? 不,总的来说,也有进展,不过比要求的要慢得多。原因出在哪里? 原因是老一套:没有工人,没有机器,没有工具,没有运输车辆,什么都没有,能怪谁呢?

按照巴拉科夫和柳季科夫之间的分工,巴拉科夫毕恭毕敬从上司那里接受一大堆命令和指示,然后首先把它们的内容转告柳季科夫,接着就拼命执行这些命令和指示。而柳季科夫则把一切都破坏掉。

巴拉科夫虽然为恢复生产而拼命工作,结果却毫无成绩。不过这方面的工作掩护了他作为地下组织领导人的工作。而地下工作却成绩卓著,他组织游击队在经过克拉斯诺顿区和其他区的大路上进行袭击和破坏。

瓦尔科牺牲之后,柳季科夫就担负起组织怠工的任务,包括本市和本区所有的矿井和其他企业,首先是在中央机电工厂,因为要恢复矿井和其他企业的设备,主要依靠这个工厂。

本区企业很多,德国行政机关找不到那么多可靠的人,监督不过来。到处磨洋工,这是老百姓从很久以前就发明出来的叫法:工人上班不干活,净磨洋工。

而且有人自觉自愿当这个磨洋工的头儿。

比如说科利亚舅舅的好朋友贝斯特里诺夫,在管理处担任一个类似办事员或抄写员的职务。按照他所受的教育和专长,他应该是工程师,可是他在管理处不仅自己什么也不干,而且还把各矿井里什么也不干的人聚集在自己周围,教给他们一些窍门,让矿井里其他的人什么也干不成。

从某个时候开始,康德拉托维奇老头时常来找他。这个老头原来有几个熟识的同志——舍夫佐夫、瓦尔科和舒利加——都牺牲了,现在只剩下他孤零零一个人,就像高冈上长的干巴老柞树。他心里明白,德国人之所以不触动他,是因为他的儿子卖私酒,跟警察和宪兵队的下级军官都混得挺熟。

说起来,儿子偶尔也能说句心里话。他说德国人掌权还不如苏联那时候。

"弄得人人都成了穷光蛋,谁也没有钱!"他甚至有些感伤地说。

"等着瞧吧,等你兄弟们从前线回来,你就该上天了,到了那里就用不着愁,也用不着唉声叹气。"老头用低沉沙哑的声音平静地说。

康德拉托维奇跟从前一样,什么活也不干,整天到小煤矿和矿工家里转悠,不知不觉专门搜集起德国行政机关在管理矿井上的卑鄙勾当、愚蠢行为和错打的算盘。他是个老工人,有技术,有丰富的经验,所以他瞧不起德国行政管理人员。他对德国人管理上的无能看得越来越明显,因而就越来越瞧不起他们。

"你们来评评这个理,年轻的工程师同志们。"他对贝斯特里诺夫和科利亚舅舅说,"他们大权在握,全区一昼夜只能出两吨煤!当然,我明白他们是资本主义,我们,这么说吧,是替自己干活。不过他们已经有一百五十多年的历史,我们不过才二十五年。总该学会点儿什么吧!再说,他们是全世界有名的老板,大名鼎鼎的银行家,全世界都让他们掠夺遍了。呸,上帝宽恕我!"老头用吓人的低音沙哑地说。

"是暴发户!到了二十世纪他们还到处掠夺,不会成功的。一九一四年他们被打败了,这次也赢不了。总喜欢拿别人的东西,自己一点儿创造能力也没有。他们社会的上层都是流氓和市侩……全世界都看得清楚,他们的经营管理彻底失败!"贝斯特里诺夫龇着牙恨恨地说。

于是这两个年轻的工程师和一个老工人就轻而易举地制定出每天的破坏计划,使施维德花费在采煤上的一点点精力也化为泡影了。

就这样,有几十个人的活动支持地下区党委的工作。

由于柳季科夫在工厂上班,要在工厂里搞这类活动就困难得多,也更加危险。于是他采取这样一个原则:凡是在生产中不起决定作用的小件订货,就来者不拒,加以完成,凡是大件订货就无限期拖延下去。自从德国人来到之后,工厂一开工就为几个大矿井修理压力机和抽水设备,可是直到如今一件也没修好,不能重新使用。

但是总不能让厂长巴拉科夫采取的措施样样落空,从而使他难堪,所以有些活计做完了或快要做完了,然而又出现意外事故,使得整个工作陷于瘫痪。电动机出毛病,因为里面扔进沙子。修理电动机,刚刚安好发动机,发动机又突然出故障:汽缸烧热了,再往上浇冷水。要干这些小型和细微的破坏,每个车间都有柳季科夫的人,他们表面上归车间主任领导,实际上只按照柳季科夫的指示办事。

近来巴拉科夫雇用很多新工人,从前都是军人。锻造车间有两个锻工就是红军军官,都是党员。他们又是游击小组的指挥员,天天夜里在大路上领人进行大规模的破坏活动。为了给自己人脱离生产岗位寻找借口,便广泛采取假装出差的办法,说是到外区的企业去购买工具或增添设备。为了不引起没参加地下组织的工人怀疑,也派他们出差。这些工人出去过,知道设备和工具都的确搞不到,而上司看到,厂长和车间主任都尽到了力量。工作没有进展有正当理由。

这个工厂成为克拉斯诺顿地下组织活动的中心。不为人知的力量集中在一个地方,就在身边,随时可以联系,既方便又简单。但是危险也就在这里。

巴拉科夫工作大胆,坚定不移而又有条不紊。他作为军人和工程师,连细小的事情也一丝不苟。

"你知道,我的工作做得谁也挑不出毛病。"他在工作顺利的时候这样对柳季科夫说。"我们为什么总以为我们不如他们聪明?"他说。

"我们要比他们聪明，就应该玩得过他们。也一定能玩得过他们！"

柳季科夫把大下巴往前胸一垂，脸上的肌肉都耷拉下来，这一向是他不满意的兆头。他说：

"你说得太轻松了。这是德国法西斯。他们是不比你聪明，心眼不比你多，这一点儿也不假。但是他们不管你做得对不对。他们一看工作没有进展，就会拧下你的脑袋，连眉头都不皱。再派个坏蛋来接替你。我们大家或者完蛋，或者得逃跑。可我们又没有权利逃跑。不行，老兄，我们现在是在刀刃上走步，如果说你向来谨小慎微，那就再加倍小心！"

夜里柳季科夫躺在他的小黑屋里，沉重的身子在床上翻来覆去，常常想这些问题而久久不能入睡。他还想到时间很快就会过去……

完成订货的时间拖得越长，记在巴拉科夫账上的故障、停工和事故越多，他在德国行政长官面前的地位也就越加不稳固。然而更为危险的是，天长日久，工厂里就有越来越多的人——其中不乏有经验的师傅——渐渐明白，也不能不明白：厂里有人故意搞破坏。

巴拉科夫经常跟德国人打交道，讲一口德国话，对生产要求严格，所以工人都认为他是德国人的人。大家都回避他，所以工厂里未必有人会怀疑到他。可能受怀疑的只有柳季科夫。克拉斯诺顿毕竟很少有人相信柳季科夫会诚心诚意替德国人办事。他是属于从前被称为俄国工人阶级的良心的那种工人。大家都认识他，信任他，人们并没看错。

车间里有几十个人归柳季科夫直接领导。不管他怎么不置可否，也不管他态度多么谦虚，他做指示往往都是随便说说，似乎没有把握或者在困难面前束手无策，但是在生产岗位上的人不能不发现，他的指示都是破坏生产的。

他的指示都很细小，孤立地看没什么问题。但是时间一长，这些小事积累起来就成为大事，所以他渐渐引起别人注意。好在他周围的人绝大多数都是自己人。他猜到他手下的工人当中有不少像他的女房东一样。他们什么事都看得一清二楚，很同情他，但是在表面上不管是对他、对别人,甚至对自己都不表现出来。但是要告发他并不需要很多坏蛋,必要时一个就足够。

交给工厂最重要的任务是修复克拉斯诺顿最大的一座水塔。这座水塔要为好几个矿井供水,还要供给市中心区和工厂本身的用水。这项修复工作早在两个月以前就交给巴拉科夫,巴拉科夫又交给柳季科夫。

这项工作跟所有的其他工作一样,并不复杂,但是工作进展慢得不合情理。水塔又是非修复不可。费尔德纳先生亲自下来检查过好几次,为工作进度缓慢而大发脾气。甚至在水塔修好之后,柳季科夫也不肯交工,借口说水塔还需要进行试用。这一年霜冻来得早,天天早晨冻得越来越厉害,可是整个给水系统都灌满了水。

星期六快下工的时候,柳季科夫来验收。他还直挑毛病,说是水箱和水管漏水,把螺丝帽和水龙头都拧得特别紧。工长在他后面跟着,看到明明没有毛病,但是一声没吭。工人们都在外面等着。

柳季科夫和工长终于出来,走到工人们跟前。柳季科夫从上衣兜里掏出烟口袋和用《新生活报》撕成的卷烟纸条,什么话也不说,请工人抽他自己种的烟。大家活跃起来,纷纷伸手抓烟末。如今烟叶成了稀罕物。柳季科夫的烟末是连烟梗都切进去的,而一般的烟更难抽,都掺杂一半草末,所以到处都叫它"老奶奶的草垫子。"

他们站在水塔旁边默默地抽烟。工人们偶尔用疑问的目光看看工长,再看看柳季科夫。柳季科夫把烟头往地上一扔,用皮靴踩灭了。

"好吧,这回好像没什么了,总算完工了。"他说,"不过今天看来没人可交了,已经太晚了。就等星期一再说吧……"

他感到大家都莫名其妙地看着他,因为这些天从傍晚就开始上大冻。

"水应该放掉。"工长迟疑地说。

"到冬天了怎么的?"柳季科夫厉声说。

他不愿意看到工长的眼睛,可是两人的目光偏偏相遇。于是柳季科夫明白了,工长心里一清二楚。大概其他工人也都明白是怎么回

事,立刻形成十分尴尬的局面。柳季科夫控制住自己,不在意地说:

"都走吧……"

大家一声不吭地离开水塔。

所以柳季科夫打开风窗,看葵花叶和南瓜叶冻得发黑,上面挂很厚一层霜,想到的正是这件事。

果然不出柳季科夫所料,全组工人都正在水塔旁边等他。不用别人说,他也明白:水管冻胀冻裂了,整个给水系统报废,一切得从头开始。

"真可惜……谁想得到呢! 冻得这么厉害!"柳季科夫说,"不过别泄气。水管子应当换换。是呀,水管子哪里也没有,我们尽量想法寻找吧……"

大家都不敢拿眼看他。他知道大家佩服他的胆量,但是他这么做又为他担心,而他那种镇定自若就更让大家害怕。

不错,在柳季科夫手下干活的都是自己人,但是这毕竟是侥幸的事,能冒几次险呢?

巴拉科夫和柳季科夫之间有个不成文的规矩:除开工作以外,两人从来不私下见面,使别人不但想不到他俩有交情,而且以为他们在工作之外不会有任何来往。如果有紧急事要谈,都是巴拉科夫把柳季科夫叫到他的办公室,而且在找柳季科夫之前和之后,一定要叫其他的车间主任。

这一次是非谈不可了。

柳季科夫走进他的车间办公室,把经常夹在腋下卷成一卷的工作服往椅子上一扔,摘下帽子,脱下大衣,摩挲一下花白头发,用梳子梳梳剪得短短的挺硬的小胡子,就去见巴拉科夫。

厂长办公室设在院子里一座小砖房里。

天气一冷,克拉斯诺顿大多数机关和住宅的屋里比外面还冷。可是厂长办公室跟它们不一样,却跟德国人办公的机关或住的住宅一样,暖暖和和。巴拉科夫坐在暖暖和和的办公室里,穿一件肥大的短呢子上衣,大翻领,露出里面熨得平整的蓝衬衣领,打着鲜艳的领带。

巴拉科夫消瘦了许多,晒黑了,倒更显得年轻。他把头发留得挺长,前额上还翘起一绺鬈发。这绺鬈发和下巴上的小窝,再加上一对大眼睛射出明亮、正直而大胆的目光,还有闭得紧紧、线条刚毅的厚嘴唇,在目前这种环境里的确给人一种难以捉摸的印象。

巴拉科夫坐在他的办公室里,什么事也没干。一见到柳季科夫非常高兴。

"你已经知道了吧?"柳季科夫问,在他的对面坐下,还吁吁直喘。

"这么办对!"巴拉科夫的厚嘴唇微露笑意。

"不,我说的是战报。"

"我也知道了……"巴拉科夫自己家有收音机。

"嗯,不知道我们乌克兰这里应该怎么办?"柳季科夫笑着问。他虽然是俄国人,但是在顿巴斯长大,有时也随便说上几句乌克兰话。

"这么办,"巴拉科夫模仿他的腔调说,"我们要准备一个总的……"巴拉科夫用双手画了一个大圆圈。柳季科夫一下子就明白巴拉科夫要准备一个总的什么。"只要我们的人一靠近……"巴拉科夫伸出手掌在桌子上面没有明确意思地转了一下,然后五个指头一齐动弹。

"对……"柳季科夫对他的搭档非常满意。

"我明天就可以把整个计划给你带来……我们的问题不是孩子少,而是玩的棍子和糖果找不到……"巴拉科夫没想到说得挺押韵,笑起来。他说的意思是人员很多,但是枪支子弹不够用。

"我跟小伙子们说说,让他们再加把劲,他们一定能搞到。问题不在水塔,"柳季科夫说,把话题突然转到他最担心的问题上,"问题不在水塔。问题在于……你自己明白问题在哪。"

巴拉科夫眉心现出很深的皱纹。

"你知道,我想给你提出这么一个建议。让我解雇你吧。"他口气很坚决地说:"就说因为你把水塔冻坏了,我解雇你。"

柳季科夫左思右想:这的确是一个解决办法。

"不行,"他沉吟片刻说,"我没有地方可躲。就是有地方躲也不行。他们立刻明白是怎么回事,你就垮台了。你一倒,别人也都站不住。像我们现在这种局面,丢了实在可惜。不,这个办法不行。"他也口气坚决地说。"不,我们要看看我们前线的形势怎么样。要是我们的人很快就能打回来,我们就卖卖力气给德国人好好干。就是有人怀疑我们,立刻就会看到他们怀疑错了,因为德国人都要完蛋了我们还拼命地干!反正留下来都是我们的!"

这个办法这么简单,一开头很令巴拉科夫感到意外。

"不过前线要是靠近我们这一带,他们就会叫我们给他们修武器。"他说。

"前线真要靠近我们这里,我们就他妈的全都扔下不管,打游击去!"

"这个老家伙还真有办法!"巴拉科夫高兴地想。

"应该建立第二领导中心。"柳季科夫说。"要在工厂以外的地方建立,你我都不参加,作为后备。"他本来还想说句半开玩笑的话:"当然,这个中心也许用不上,但是小心总没坏处……"好让巴拉科夫安心。但是他感到他和巴拉科夫都不需要安慰,便说:"现在我们这里的人都有经验,离开你我也能挑起这副担子。你说对不对?"

"对。"

"应该召集一次区委会。上次区委会还是德国人没来以前开的。这叫什么党内民主作风?"柳季科夫严厉地瞥了巴拉科夫一眼,然后又朝他挤挤眼。

巴拉科夫笑了。他们的确一直没开过区委会,因为在克拉斯诺顿的条件下没法开会。但凡是重大决定,他们都先跟其他领导商量好,然后才做出来。

柳季科夫从车间里往回走,看见莫什科夫、沃洛佳和托利亚在挨着的钳台旁边干活。

柳季科夫装作检查工作,顺着工作台往前走。工作台挺长,占了半个车间,靠墙安放。钳工们都在工作台跟前干活。小伙子们刚才还自在逍遥,抽烟聊天,这时出于礼貌拿起锉刀。

柳季科夫走到近前,莫什科夫抬眼看看他,带着恶狠狠的冷笑悄声说:

"怎么样,撵你走吗?"

柳季科夫明白,莫什科夫已经知道水塔出事,问的是巴拉科夫。莫什科夫跟其他青年人一样,并不了解巴拉科夫的底细,把他当成德国人的人了。

"别提了……"柳季科夫摇摇头,好像他当真刚挨一顿训。"活干得怎么样?"他问,俯下身子凑到沃洛佳的工作台跟前,好像查看加工零件,透过像刺一般硬的小胡子悄声又说:"叫奥列格晚上来找我,像上次一样……"

"青年近卫军"是克拉斯诺顿地下组织当中又一个薄弱环节。

第五十二章

红军不仅在斯大林格勒和顿河地区取得胜利,而且在北高加索和大卢基区也连打胜仗。红军的胜利越显著,"青年近卫军"的活动也就越广泛,越积极。

"青年近卫军"已经有庞大的组织,遍布全区,有一百多名队员,而支持者就更多了。

组织发展壮大,因为它要开展活动,就不能不发展。归根结底,它负有这个使命。大家的确感到跟他们开始活动的时候相比,他们更加引人注目。但是有什么办法,在某种意义上说,这是不可避免的。

但是"青年近卫军"的活动开展得越广泛,盖世太保和警察在他们周围撒下的网,也就把网口收得越紧。

有一次指挥部开会的时候,乌丽亚突然问:

"我们有没有人懂得莫尔斯电码?"

谁也没问莫尔斯电码有什么用处,也没有开乌丽亚的玩笑。也许从打他们开始活动以来,指挥部成员头一次想到他们有可能被捕。不过这只是一闪即逝的念头,因为目前还看不到什么危险。

正是在这个时期,奥列格被柳季科夫找去谈一次话。

自从上次见面以后,他们再没见过面,两人都觉得对方发生很大变化。

柳季科夫的头发更白了,身体发粗发胖。可是感觉出来他是虚胖。他俩谈话的时候,他不时站起来,在屋里来回走几步。奥列格听得见他喘气的声音,看那样子他好像带不动魁梧的身子。只是他的眼神依然那么严厉,丝毫没有疲倦的样子。

柳季科夫则发现奥列格长大了,个子也长高了。他现在是个完全成熟的小伙子,正当青春年华。他的脸颧骨高,轮廓更加有力和更加分明。只有一对大眼睛和厚嘴唇偶尔还流露从前的孩子气,特别是一笑就更加明显。但是这次见面时他多半处于思考问题的状态,弓着背坐在那里,缩头端起肩膀,额头上现出长长的皱纹。

柳季科夫仔细询问"青年近卫军"原有和新建的小组情况,问到每个人的姓名和具体表现,追根问底,有时一件事要反复问好几次。可以觉出来,他想了解的不是表面工作情况,这些情况他通过索科洛娃了解得很清楚。他想了解的是组织内部情况,特别是奥列格本人对这个组织和内部情况有什么看法。

柳季科夫想知道,组织的成员之间彼此熟识的范围能有多大,指挥部跟各个小组如何联系,各个小组之间又如何进行联系和互相配合。他想起那次截牲口行动,仔细询问指挥部通过什么方法通知各个小组参加即将采取的行动,各小组长又是怎么通知队员的,他们怎么集合起来的。他也问到平时的活动,比如贴传单,主要也问怎么联系,怎么领导。

我们再说一遍,柳季科夫不管跟谁谈话,都先让对方把话说完,不急于发表意见。他从来不讨好对方,而总是平等待人,不论对方是老是小,他都像对待平辈一样。

奥列格感觉到这一点。柳季科夫把他当作一个政治领导人跟他交谈,倾听他的意见。换个时候,柳季科夫这么对待他,会使他心中充满幸福的骄傲。但是现在他觉察到柳季科夫对"青年近卫军"的工作并不完全满意。柳季科夫问问情况,就突然站起来,在屋里走来走去,这是从来没有的现象。后来他连问也不问,只是不住地来回走。奥列格也沉默起来。柳季科夫终于在他对面的椅子上沉重地坐下,抬起严厉的眼睛看着他。

"你们长大了,组织发展壮大,你们自己也成长起来。"柳季科夫说,"这是好事。你们会做出很大贡献。人民欢迎你们,到时候会向你们表示感谢。但是,我要告诉你们的是,你们的情况并不妙……以后不经我批准不要再吸收任何人,人已经够多了! 现在形势不同,连胆小鬼和懒蛋子也会帮助我们,不一定非让他们参加组织。明白了吗?"

"明白。"奥列格悄声说。

"至于联系方式……"柳季科夫沉吟片刻,"你们这种方式是手工业的。大家经常跑来跑去,你上他家,他上你家。尤其是围着你跟图尔克尼奇两家转悠。这样做很危险。比方说,我是住在你家那条街上的普通居民,也会发现这么多小伙子和姑娘干吗天天往你家跑,戒严以后深更半夜还去? 他们为什么这么来回跑? 我作为一个普通居民也会想到这一点。哼,他们正在寻找你们,就更会注意这些情况。你们是年轻人,有时候聚到一起不一定为了工作,而是为的热闹。对不对?"柳季科夫问,露出略带狡黠的善意微笑。

奥列格不好意思地笑了,点点头。

"这不行。你们要稍微忍耐一下。等我们的人回来,再好好热闹热闹。"柳季科夫非常认真地说,"指挥部也要少开会。这是战争时期。你们既然有指挥员,有政委,就要像在前线上打仗一样工作。至于联系方式,也要跟你们组织的水平相符合。你们最好找个地方,人人都能随便去而不使旁人觉得奇怪。高尔基俱乐部现在做什么用?"

"空着。"奥列格说。想起那次在俱乐部墙上贴传单险些被警察抓住。"这好像很久以前的事了。"他想。"那座房子无论做机关还是做住宅,都不合适,所以空到现在。"奥列格解释说。

"你们可以向政府提出申请,把它变成一个真正的俱乐部。"

奥列格半天没吭声,额头上堆起皱纹。

"我弄不明白。"他说。

"有什么不明白的,就是为年轻人,为居民搞个俱乐部。你们找些不问政治的男女青年,那些闷得发慌、一心想玩的青年,把他们组织起来,再成立一个发起小组,要有你们参加,去找市长先生,请他批准用那座房子做俱乐部。就说你们想用'新秩序'的精神对居民进行文化服务。不过是让大家跳跳舞,免得他们到处闲逛,净想些乱七八糟的东西! 这个坏蛋自己当然做不了主,他可以向上请示。他们会批准的。他们自己也闲得要命。"柳季科夫说。

奥列格思维敏捷,不是要小聪明,而是善于思考实际问题,这甚至跟他的年龄不大相称。他立刻想到可以把指挥部成员安插到俱乐部里,通过他们跟各小组长进行联系。但是,要他违背意愿卷入那个践踏人性的世界,不管采取何种方式要他参与那个陌生世界的龌龊勾当,都使他的良心感到不安。让他自己到大庭广众中间去宣扬最卑鄙的习气,或者哪怕间接促成这种事……不,干什么都行,就是这种事不能干。他一声不吭低着头,不敢看柳季科夫的眼睛。

"我早就想到了。"柳季科夫平静地说。"你不懂!你要是懂了,就可以为我、为整个组织办一件大好事。"柳季科夫站起来,在房间沉重地来回走了几步。"你不过是个孩子,还怕……坏了名声。人正不怕影子歪!再说,他们那些宣传员顶个屁!不过是在俱乐部里多安一个喇叭。就是没有俱乐部,他们不也照样大喊大叫。要想办法把这个俱乐部掌握在我们手里。我们的宣传嗓门不高,但是要比他们有说服力。老实对你说,你们这项活动我们也要沾光,不过做得要叫你们也看不出来,这就要多加原谅了。至于节目,你们可以尽量挑不带倾向性的。你要是派莫什科夫、万尼亚或沃洛佳去干这件事,最好还有柳芭,他们会把这项工作替你搞好的。"

老柳季科夫还花了很长时间来说服年轻的同志,甚至在奥列格表示同意之后仍然絮絮不休。奥列格因为自己方才的想法不对头,也有些怏怏不快。

"我之所以要说这么多,因为你的同志也会把方才你对我说的那些话讲给你听。所以你要知道应该怎么向他们解释。"柳季科夫说,还不住教训奥列格。

万尼亚、莫什科夫和两个没参加"青年近卫军"的姑娘,事先取得副一号井行政领导的支持,前去见市长斯塔岑科。为了成立俱乐部他们凑了一伙人,他们四个的确是他们推举的代表。

斯塔岑科在市政府又冷又脏的办公室里接见他们。市长跟平时一样喝得醉醺醺。他把两只小手放在绿桌毯上,露出肿胀的手指,两眼死盯盯地看着万尼亚。万尼亚谦恭有礼,说话委婉,隔着玳瑁边眼镜并不看市长,看的是绿桌毯。

"市里流传各种谣言,说是德军在斯大林格勒吃败仗,因此青年人的脑子里出现某种……"万尼亚说不清什么意思,用细长的手指在空中抓了一把,"……某种动摇。我们得到保尔先生,"他指的是采矿营派到副一号井的全权代表,"和××先生的支持,"他又说出市政府教育科长的名字。"市长先生,您大概已经知道这件事了,所以我们作为忠于'新秩序'的青年代表,向您本人,瓦西里·伊拉里翁诺维奇,提出申请,我们知道您是最富有同情心的……"

"我这方面,诸位……孩子们!"斯塔岑科突然亲热地叫起来。"市政府……"他的眼睛里流出泪水。

不论斯塔岑科还是诸位或孩子们都知道,市政府做不了主,一切都由宪兵小队长决定。但是斯塔岑科表示赞成——柳季科夫果然料事如神——"他闲得要命"。

于是经宪兵小队长批准,1942 年 12 月 19 日在高尔基俱乐部举行了第一次小型文艺晚会。

观众有的坐着,有的站着,都穿着大衣、军大衣或皮大衣。俱乐部里没生火。但是观众来得多,超出座位的一倍,不一会儿天棚就蒙上一层呵气,开始往下滴水。

坐在前排的是宪兵小队长布吕克纳、副队长巴尔德、施维德中尉和他的副手费尔德纳、特派员桑德斯带着农业办事处的官员、施普里克上尉带着涅姆钦诺娃、市长斯塔岑科、警察局长索利科夫斯基带着妻子,还有不久以前派来协助他工作的侦查员库列绍夫。这个库列绍夫是个性情温和、彬彬有礼的家伙,圆脸上长满雀斑,蓝眼睛,稀疏的棕色眉毛,穿着长长的黑大衣,戴着库班帽,红帽顶带十字金绦。出席晚会的还有保尔先生、尤纳先生、贝克尔先生、勃洛什克先生、施瓦茨先生和采矿营的其他上等兵。出席晚会的还有翻译赖班德、小队长的厨子和施维德中尉的大厨师。

稍后一些坐的是路过这里的德国军队和罗马尼亚军队的士兵、宪兵和警察。他们都穿着整齐的制服。满场是衣服颜色灰暗、头巾和帽子破旧的居民，他们坐在当中非常显眼。芬邦军士没有来，因为他工作太忙，而且向来不喜欢娱乐。

贵宾面前挂着旧幕布，质地结实，上面画满苏联的镰刀斧头国徽。但是幕布拉开之后，观众看到舞台的背景是一幅巨大的"元首"彩色画像。这是请当地的画家专门画的，面部比例有些不相称，但是相当逼真。

晚会一开始演的是一出古老的轻喜剧。图尔克尼奇在剧中扮演老头，是未婚妻的父亲。他忠实于传统和自己的艺术原则，化装成老园丁丹尼雷奇的样子。他是克拉斯诺顿观众喜欢的演员，每逢出场和退场，观众都热烈鼓掌。德国人没有人笑，因为小队长布吕克纳不笑。但是当轻喜剧结束的时候，小队长轻轻拍了几下巴掌，于是德国人也鼓起掌来。

本市有两位优秀吉他手，就是维克托·彼得罗夫和谢尔盖·列瓦绍夫。他们成为弦乐队的台柱，演奏了圆舞曲《秋梦》和《我到小河边去》。

斯塔霍维奇担任俱乐部主任兼报幕员，瘦瘦的个子，身板挺得溜直，穿一身黑西服和锃亮的皮鞋走上舞台。

"卢甘斯克州歌舞团演员……柳博芙·舍夫佐娃！"

观众纷纷鼓掌。

柳勃卡走上舞台，身穿一件蓝湖绉连衣裙和一双蓝皮鞋。由瓦丽亚担任钢琴伴奏，只是这台钢琴音调已经不准了。柳勃卡唱了几支忧伤和几支快活的歌曲。她的演唱非常成功，观众一再鼓掌，唤她出来。她像旋风一般旋转着再次出场，已经换成鲜艳的花连衣裙和黄皮鞋，手里还拿着口琴，两条胖腿乱蹦乱跳，谁也说不出来是什么舞。德国人大喊大叫，她退场时满堂喝彩。

斯塔霍维奇又穿着黑西服走出来。

"模仿吉卜赛情歌……弗拉基米尔·奥西穆欣演唱！谢尔盖·列瓦绍夫吉他伴奏！……"

沃洛佳倒背着手,不自然地抻长脖子,一出场就突然疯狂地跳起舞来,嘴里唱着:"哎呀妈妈,我心里闷得慌!"列瓦绍夫抱着吉他,阴沉着脸跟在后面,样子真像《浮士德》里的恶魔梅菲斯特。

观众笑了,德国人也笑了。

观众要求沃洛佳再来一个。他仍然以极不自然的姿势晃着脑袋唱起小曲,把脸主要对着"元首"像:

喂,你这个流浪汉,说说看,

你从哪里来?你是谁家的崽?

喂,只要东方太阳升。

你很快就会得到报应,

喂,你会一觉睡不醒……

人们从座位上站起来,高兴得直叫。沃洛佳谢幕的次数多得数不过来。

晚会最后一个节目是科瓦廖夫率领杂技队表演的杂技。

正当俱乐部里举行晚会的时候,奥列格和妮娜收听了"最新消息",说苏军在顿河中游地带大举进攻,收复新卡利特瓦、坎捷米罗夫卡和博古恰尔。这三个地方正是今年7月德军向南方突破之前首先占领的。

奥列格和妮娜抄这条新闻一直抄到天亮。突然听到头上响起飞机的隆隆声,这种隆隆声很特别,令他们感到奇怪。他俩跑到院子里。在晴朗寒冷的天空里,肉眼就可以看出来,是苏联轰炸机从城市上空飞过。它们飞得很从容,发动机的隆隆声响彻整个空间,在伏罗希洛夫格勒这面什么地方扔下炸弹。轰隆隆的爆炸声在克拉斯诺顿也听得见。敌人的歼击机没有骚扰苏联轰炸机,只是高射炮打了几下马后炮,轰炸机仍然从容不迫从克拉斯诺顿的上空飞回去。

第五十三章

1942 年 11 月和 12 月是具有历史意义的岁月。苏联人,尤其是德占区大后方的苏联人,不可能看到这个历史事件的真正规模,这就是以斯大林格勒为象征而载入史册的伟大战役。

斯大林格勒——不仅是在紧靠伏尔加河边已经成为废墟的一小条土地上的一场防御战。这场防御战就其规模而言的确史无前例。敌人在这里聚集数量庞大的兵力,有齐全的兵种互相配合,并且配备丰富的现代技术装备。这些都是人类有史以来任何一次大战役所没有的。

斯大林格勒——是苏维埃新制度培养的将领的军事天才最辉煌的表现。在不到一个半月的短暂时间里,在伏尔加河和顿河无比辽阔的草原上,按照完整统一的军事计划分成三个阶段实施,苏军包围了敌人二十二个师,消灭三十六个师,只花一个月的时间就把被包围的敌人消灭和俘虏。

斯大林格勒——是苏维埃新制度培养的领导者的组织天才的最好证明。要想明白这一点,只要设想一下,要使多少人力和技术装备按照统一计划、统一意志行动起来。为了实现这个计划要储备和创造多少人力和物力资源。要把这些人力物力送往前线,要供给他们粮食、军装,弹药和燃料,要做多少组织工作,要有多少物资。最后,要让几十万有军事经验和政治素养的指挥员和军事长官,从士兵到元帅,来领导这个运动,使之成为千百万武装起来的人们的自觉行动,要做多少训练和教育工作。这种训练和教育工作是具有世界历史意义的。

斯大林格勒——是具有统一计划经济的新社会比无政府状态的

旧社会优越的最高标准。任何一个旧体制的国家在数百万敌军深入国土一年半之后——敌军得到欧洲大多数国家的工农业的武装和供应,敌军对它进行了不可想象的物资破坏和劫掠一空——任何一个旧体制的国家也不可能在经济上解决大反攻的任务。

斯大林格勒——是摆脱了资本主义枷锁的人民强大的精神力量和历史智慧的表现。斯大林格勒正因为如此而名垂青史。

普罗岑科跟所有的苏联人一样,也不了解这一事件的真正规模,尽管他是这一事件的目击者和参加者。不过他跟乌克兰游击队司令部和即将最先进入乌克兰的西南方面军军事委员会通过无线电和联络员保持联系,对于苏军这次进攻的性质和规模有所了解,比正在伏罗希洛夫格勒州跟敌人进行斗争的其他苏联人了解得多。

普罗岑科在伏罗希洛夫格勒待一段时间,以便使本市的四个地下区委开展工作。等到得知苏军在顿河中游地带突破德军防线的消息时,他已经换了好几次住处。从 11 月底起他主要活动在州的北部各区。

并没有人告诉普罗岑科现在应该待在北部地区。但是他凭清醒的头脑或直觉知道,他现在应该待在距离苏军前线最近的地方,这样一来就可以让游击队尽快跟正规部队配合作战。

普罗岑科盼望已久的时刻就要来到了,他可以把零散的游击小队重新编成能够进行大规模作战的游击队。

普罗岑科现在住在别洛沃德斯克区的一个村子里,住在玛尔法的亲戚家。玛尔法的丈夫近卫军中士科尔尼延科被从俘虏营里救出来,现在也藏在这里。科尔尼延科在村子里成立一个游击小队,除开完成直接任务外,还负责保卫普罗岑科免遭意外。别洛沃德斯克区所有的游击小队都归国营农场场长指挥。这个国营农场就是今年夏天高尔基学校去劳动的那个,当时场长把最后一辆卡车交给玛丽亚·安德列耶夫娜往回拉学生。普罗岑科向这个场长下达命令,让他把别洛沃德斯克区所有的游击小队集合起来,编成一支有二百人的队伍。

当普罗岑科的报务员收到密码电报,说苏军从东北方向的新卡利特瓦到莫纳斯特尔希纳一带、从东方奇尔河上的博科夫斯科耶突破德军防线深入敌后的时候，全世界还不知道苏军将在顿河中游地带大举进攻的消息。与此同时，普罗岑科还接到命令，要他把他所指挥的所有游击队都调去破坏敌人的交通线，向北靠近坎捷米罗夫卡和马尔科夫卡，向东靠近米列罗沃、格卢博卡亚、卡缅斯克和利哈亚。这是方面军的命令。

"我们的好时候来到了！"普罗岑科庄严地说，抱住报务员。

他俩像亲兄弟一样互相亲吻。普罗岑科突然把报务员轻轻推开，也不穿大衣就跑出小屋。

这是一个晴朗的寒夜，星光灿烂。这几天一直下雪，房顶、远山都是一片洁白，睡在安详的梦中。普罗岑科在雪地里站着并不觉冷，只是胸口憋闷。他贪婪地吸进冰冷的空气，止不住的热泪滚滚往下流，在脸上结了冰。

普罗岑科回住处要走一个多小时。他让报务员带上发报机跟他一起走。强壮的近卫军中士科尔尼延科刚完成打掉各村庄警察岗哨的任务回来，睡得正香。但是普罗岑科一晃他的肩膀，他立刻醒了。普罗岑科把刚刚收到的消息告诉了他。

"在莫纳斯特尔希纳附近！"科尔尼延科叫起来，两眼闪闪发亮，"我就是在那里打仗被俘的……我们的军队用不了几天就会打到这里，你记住我的话！"

这个老战士激动得干咳嗽两声，就连忙穿衣服。

普罗岑科把北部所有的游击小队都交给科尔尼延科指挥，所以科尔尼延科必须立即出发，到马尔科夫卡和坎捷米罗夫卡一带去。普罗岑科自己带着报务员和发报机，还有两个游击队员，也要到戈罗季希村去。那里是国营农场场长和他的游击队的根据地，因为他明白现在到了最好待在游击队里的时候了。

在辗转各地的这些日子里，他妻子的好朋友玛莎一直给他当联络员，他是从伏罗希洛夫格勒把她带来的。果然不出他所料，她是一个忠心耿耿、性格坚强的人。这种人在日常生活里非常谦虚，必须有组织者的锐利眼光才能从一般群众中把他们挑选出来。他们一旦被选中就会发挥出超人的工作能力，同时完全忘掉自己，所以他们能够肩负起具体完成领导和上级交给的任务的全部担子。如果没有这种人协助，哪怕再重大的任务也只好落空，无法实现。

玛莎工作忙得不分昼夜。如果跟她在一起工作的人想要找出她在工作上和生活中的最大特点，就会发现，谁也不记得她什么时候睡觉，这一点不能不令人惊奇，她即使睡觉，也睡得非常少，主要是别人不知不觉，好像她根本就不睡觉。

这个女人的心灵里燃烧着伟大的工作热情，别人谁也看不到。她个人唯一的欢乐就是她意识到自己并不孤独。正是这种欢乐温暖着她的心。她虽然不能跟卡佳直接联系，要联系必须通过玛尔法，但是她知道她最要好的、也是唯一的朋友卡佳就在附近工作，而且她们是为共同的事业而工作。她对待普罗岑科则是全心全意，忠诚无私，因为是他在许多人中间发现了她，对她予以信任。她为了这种信任愿意为他献出生命。

普罗岑科充分认识到这场战役的伟大，并且竭尽全力促进形势的发展，向玛莎下最后几道命令。

"你到玛尔法家去，要亲自见到米佳金游击队队长。他的活动地区是通往格卢博卡亚和卡缅斯克的大路。让他立即出发，日夜进行活动，不给敌人以喘息的机会。至于卡佳，让玛尔法通知她立即放下教师工作到这里来……"

"是这个地点吗？"玛莎反问一句。

"就是这个……你一刻不能耽误，马上去找克谢尼亚。能找到路吗？"

"能找到。"

当普罗岑科向玛莎交代工作时，给了她这个地址：乌斯片卡村卫生所瓦连京娜·克罗托娃医生。瓦连京娜是克谢尼亚的姐姐，克谢尼亚现在正给普罗岑科的妻子卡佳当联络员，负责跟顿河以南的区委进行联系。

"告诉克谢尼亚,活动地区是通往利哈亚、沙赫特、新切尔卡斯克、罗斯托夫、塔甘罗格的大路。"普罗岑科接着说。"昼夜进行活动,不给敌人以喘息机会。凡是前线快要接近的地点,就要占领居民点,吸引敌人的兵力……卡佳原来的主要接头地点看来都得撤掉,以后就安在玛尔法家,暗号也要换一下……"他向玛莎俯下身来,附耳告诉她新的暗号。"忘不了吧?"

"忘不了。"

他又想了想说:

"就是这些。"

"就这些吗?"她抬眼看他,她的疑问实质上只有一个:"那我呢?"但是她的眼睛并没流露出来。

普罗岑科记性好,他用脑子检查一遍有没有什么遗漏。一下子想起来没交代玛莎下一步干什么。

"是了……你到克谢尼亚那里后,就由她领导。你俩一起给玛尔法当联络员。以我的名义告诉她们,以后不要再派你到别的地方去。"

玛莎垂下眼睛。她想象自己就要一个人上路,越走越远。我们的军队用不了一两天就会打回来,在她现在跟普罗岑科站立的地方将一个敌人也没有,他们盼望已久、为之奋斗牺牲的光明世界就要来到。

"好吧,玛莎,"普罗岑科说,"你和我都没有时间……谢谢你的帮助……"

他紧紧抱住她,吻她的嘴唇。她在他的怀里一动不动,说不出话来。

她打扮成在德军后方最穷苦的女人模样,背上口袋走出小房。普罗岑科没出来送她。于是在这黎明前的时刻,她孤身一人踏上遥远的征途,把脚下的雪踩得吱嘎响。这个女人面貌已不年轻,却带有少女的气质,不引人注意,却有着钢铁的意志。

过了一会儿,普罗岑科也带着他那几个人出发了。早晨降临了,寒冷而寂静。冬天冷峻的朝霞透过死气沉沉的烟雾呈现出来。无论天上地下都没有丝毫动静。在辽阔的原野上没有任何声音,连风声都没有。抬眼望去,到处是白茫茫的一片,只有河沟的洼地里和山冈的斜坡上有几小块灰色的灌木。一切都在大雪的覆盖下进入梦乡。一切都给人一种贫穷、寒冷、荒凉和不舒服的感觉,而且似乎永远也不会改变。普罗岑科走在这无边无际的荒野上,在他敞开的心灵里却响起胜利的隆隆炮声。

普罗岑科在这寂静的早晨去找游击队,没过五天,在黄昏时候有个游击队员戴着人造毛里子的德国风帽,来到戈罗季希村附近的一座空房子见普罗岑科,把他的妻子卡佳带来了。这场大会战好像分裂成几个部分,隆隆的炮声震撼着大地和天空,从无边的原野上滚过。连普罗岑科也被硝烟熏得发黑,坐在那里瞅着妻子美丽的面庞。

周围的一切都混乱了,沸腾了,闪闪发亮。到了夜里几十公里以外都可以看见亮晶晶的信号弹的闪光,甚至看见大炮发出的火光。不论天上地下都响成一片。双方展开大规模的坦克战和空战。普罗岑科的游击队员已经知道,朝他们冲过来的是刚刚获得近卫军称号的坦克军团,所以总有一种幻觉,仿佛他们真听到大群坦克的铁甲互相撞击的声音。我方和敌方的飞机在空中盘旋,划出白色的螺纹,停留在寒冷的天空里几个小时不消失。

德军的后方部队乱作一团,沿着大路向正西和西南方向撤退,但是数不清的村道都掌握在普罗岑科手中。德国人一打败仗往往这样:看到苏军乘胜前进,还有反抗能力的德军部队便把全部力量用来打退威胁最大的主要危险——他们再也顾不上游击队了。

大大小小的居民点都有德军驻防,尤其在北顿涅茨河支流卡梅什纳亚河、杰尔库尔河、叶夫苏格河沿岸。那里早就修有永久工事,现在又急忙修新工事。每个修有工事的居民点即使进攻的苏军把它绕过去,它已处在苏军控制之下,仍然进行持续的激烈战斗。德国驻军都顽抗到底,这是希特勒下的死命令:不许后退,不许投降。而从村道上逃跑的德军零散的军官和士兵,往往是被击溃或被俘虏的德军部队的残余,都成了游击队的战利品。

从这五天里德军机场的变迁也可以看出来苏军进攻的神速:原来

几个月一直关闭不用的德军后方机场现在变成作战飞机的降落场,并且遭到强大的苏联空军轰炸。德军远距离轰炸机也把基地转移到大后方。

现在这座空房子里只剩他俩了。卡佳刚脱下农民式的皮袄,脸冻得通红。普罗岑科睡眠不足而脸色发青。但是他的眼睛里还有小鬼的火花来回乱跳。他说:

"我们的一切行动都是按照近卫军坦克团政治部的指示,而且干得不错!"他笑起来,"卡佳,我叫你来,因为有件事让别人办我不放心。你猜是什么事?"

她还能感到刚见面时他那有力的拥抱和在她眼睛上的亲吻,她的眼睛还是湿润的,因为见到他而放光彩。但是除开现在他最关心的重要事情之外,他不能谈别的。她立刻猜到他为什么要叫她来。不,她甚至不用猜,一见到他就明白这一点。过不了几个小时她又得离开他,并且知道要上哪去。至于她为什么能知道,她自己也说不清楚。就是因为她爱他。于是卡佳只点点头算是回答,又抬眼看他。她的眼睛依然湿润而发光彩,在她那轮廓分明、饱经风霜、甚至有些严峻的脸上依然那么美丽。

他急忙跳起来,检查一下闩门没有,然后从军用挎包里取出几张卷烟纸,有一页纸的四分之一大小。

"你瞧……"他小心翼翼把这几张纸在桌子上面摊开,"文字我全用的密码,可是地图没法用密码。"

这几张纸的确都写满细小的字,看样子是把铅笔削尖了写的,而且很难想象怎么能用手写出来。有一张纸上面精细地画着伏罗希洛夫格勒州的地图。地图上画满方块,圆圈和三角形。这些符号最大的也只有蚜虫那么大,最小的像大头针的头,由此可见这么精密的工作多么费工。这是关于敌军主要防线、据点和火力阵地的部署、机场、高射炮阵地、汽车库、修理厂的位置、正规部队和卫戍部队的数量和装备以及其他情况的情报,经过五个月仔细搜集并且根据最新资料加以校正和补充。

"你告诉他们,在伏罗希洛夫格勒和顿涅茨沿岸,情况有变化,跟我这些情报相比,敌人加强了力量。顿涅茨对岸不会有多大变化。你再告诉他们,敌人正在米乌斯河大修工事。他们自己会得出结论,用不着我告诉他们。我只对你说敌人既然在米乌斯河修工事,就证明希特勒对守住罗斯托夫没有信心。明白了吗?"

普罗岑科放声大笑,笑得那么开心,就像平时在家里工作闲暇跟孩子们在一起的时候那样——这种时候是极其罕见的。他们暂时忘掉他们做的事。普罗岑科双手抱住她的头,拉开一点儿距离,用充满柔情的眼睛仔细端详她的脸,嘴里念叨着:

"唉,我的小燕子,我的小燕子……是了!"他叫起来,"我忘了告诉你最重要的消息:我们的军队已经踏上乌克兰土地。你瞧……"

他从军用挎包里取出一张大军事地图在桌子上面打开。这张地图是几块拼在一起的。卡佳头一眼就看到用红蓝铅笔重重标出的已被红军收复的居民点。这些居民点位于伏罗希洛夫格勒州东北部的边缘地带。一股热浪涌上卡佳心头:这些居民点有的离戈罗季希非常近。

普罗岑科和卡佳这次会面的时候,伟大的斯大林格勒战役的第二和第三阶段还没结束,对德国的斯大林格勒集团军的第二包围圈还没合拢。但是这天夜里就得到消息,驰援德国斯大林格勒集团军的部队已在科捷利尼科沃区被击溃,还得到最新消息:我军已在北高加索发起进攻。

"从利哈亚到斯大林格勒的铁路线有两处被我们切断了,就在这里,在车尔尼雪夫斯卡亚和塔钦斯卡亚。"普罗岑科快活地说,"不过莫罗佐夫斯克还在德国人手里。这里,卡利特瓦河沿岸,几乎所有的居民点都被我们收复了。从米列罗沃到沃罗涅日的铁路线,从米列罗沃开始到坎捷米罗夫卡以北这个居民点这一段,已经被我们攻占。但是米列罗沃还被德国人占据着。他们修了坚固工事。我们的部队好像把它绕过去了——你瞧坦克都冲到什么地方了……"普罗岑科用手指沿着卡梅什纳亚河往米列罗沃西边一指,瞥了卡佳一眼。

卡佳神情紧张地看着地图,看的正是我军最靠近戈罗季希那一带。她的眼睛里流露出像鹰一样敏锐的目光。普罗岑科明白她为什么看得这么仔细，便默不作声了。卡佳把目光从地图上移开，直视前方。这已经是她平时的目光，显得聪明，若有所思，略带忧郁。普罗岑科叹了口气，把画地图的卷烟纸放到大地图上。

"你往这里看，这些都得记在心里，路上就不能再看地图了。"他说："你把这几张纸放好，必要时……一句话，把它吞下去。你得好好想想你装成什么人？我觉得可以装成难民。逃难的女教师，嗯，比方说，家住在奇尔河一带。为了躲避赤党。对德国人和警察你就这么说。对当地居民……对当地居民就说你从奇尔河来，到旧别利斯克去投亲。一个人生活不下去。好人会可怜你，收留你，坏人也挑不出什么毛病。"普罗岑科用低微沙哑的声音说，并不看妻子。"你要记住，这里没有一般所理解的前线。我们的坦克正在进攻，这里那里都有……德国人的据点你要偷偷绕过去，别让他们发现你。但是到处都可能偶然碰上过路的德国人，对这种人要小心提防。你一走到这个分界线就别再往前走，在那里等着我们的人。你看地图上这一片我什么也没画，那里的情况我们不了解。你可千万别去打听，太危险。你找个孤寡老婆子或单身女人家住下。打起仗就钻地窖……"

这些话他本来不必对卡佳说，但是他想帮助她，给她出主意。他要是能替她去，他该多么高兴。

"你一走我就立刻发报，说你出发了。如果没有人接你，你一遇见我们的人，得要有头脑，就说明你的身份，让他带你到坦克团政治部……"突然他眼睛调皮的火花又跳动起来，他说："你到了政治部，别高兴得忘了你毕竟还有个丈夫，求他们通知我，说你到达了，一路平安……"

"我才不这么说！就说你们或者快些进攻，把我那口子救出来，或者放我回到他身边去。"卡佳说着，笑起来。

普罗岑科突然感到很为难。

"我本来不想提这个问题，但是不提不行。"他说，脸色变得严肃起来。"不管我们的军队进攻多么快，我也不能等着他们。我们的任务是跟德国人一起往后撤。我们的人往这边打,我们跟德国人往那边撤。我们跟德国人是想分也分不开。只要最后一个德国兵没离开我们伏罗希洛夫格勒州的土地,我就要到处打他们。不然的话,旧别利斯克、伏罗希洛夫格勒、克拉斯诺顿、鲁别让斯克、克拉斯诺鲁奇斯克,都有游击队和地下组织,他们该怎么看我?……所以你没有必要回来找我,这是不理智的。你听我的话……"他向她俯下身去,把结实的手掌放在她那纤细的手指上,紧紧握住。"你也不必留在团部,你在那里没事可干。你要求到方面军军委,由军委安排。见到赫鲁晓夫同志,请个假去看看孩子。这没什么不好的,你有功劳。可孩子们呢?我们甚至不知道他们现在在什么地方。在萨拉托夫还是别的地方?他们活着吗?身体好吗?"

卡佳呆呆地看着他,什么也说不出来。远处夜战的炮声震撼着这座远离村庄的小房。

普罗岑科心里充满对妻子、对心爱的女人的爱怜。因为只有他知道他的卡佳多么温柔善良,她如何以超人的毅力克服重重困难和危险,忍辱负重,出生入死,还要忍受亲友死亡的痛苦。普罗岑科多么希望尽快带着卡佳离开这里,一起到人们过着自由生活、有光明和温暖、有他们的孩子的地方。但是他的卡佳心里想的不是这件事。

她一直注视着普罗岑科,然后把手抽出来,温柔地抚摩他向后梳着的淡褐色头发。这几个月来他鬓角的头发掉得更厉害,本来就大的额头显得更大了。她用手亲切地抚摩柔软的淡褐色头发说:

"别说了,你什么也别说了……别说了,我什么都知道。他们该怎么安排我就怎么安排,我不会请假,也不到别的地方去。只要你在这里,只要允许,我就待在离你最近的地方……"

他还想表示反对,但是他的脸突然变得柔和了。他抓住她的双手,把脸埋在她的手掌里,就这样待了一会儿。然后他抬起蓝眼睛看着她,轻轻地说:

"卡佳……"

"是的,我该走了。"她说着站起身来。

第五十四章

　　有个当地老头护送卡佳。这个老头身材高大，长得像熊一样，大家都管他叫"福马老头"。刚一上路，卡佳和福马老头还有机会交谈两句。卡佳得知他也姓科尔尼延科。在这一带草原上，科尔尼延科家族是最早的乌克兰老户。他就是无数的科尔尼延科之一，跟所有的科尔尼延科一样，跟玛尔法的丈夫是远房的本家。

　　后来他们连谈话的机会都没有了。

　　他们整整走了一夜，有时走村道，有时就在草原里走。落下的雪刚刚盖住地面，走路还不算难。南北两边的地平线上有时露出车灯的光亮，一闪又不见了。地平线后面都是大路，尽管距离很远，也听得见汽车在路上行驶的声音。南路是米列罗沃被击溃的德军从那里撤退，北路是从巴兰尼科夫卡撤下来的德军。巴兰尼科夫卡是我军在伏罗希洛夫格勒州收复的第一个居民点。

　　卡佳和福马老头往东走，但是为了绕过村庄和草原里的德军据点，不得不常常改变方向。卡佳觉得这段路非常长，但是他们毕竟距离打仗的地方越来越近，已经听得见大炮沉重的叹息声，看得见地平线上此起彼伏的闪光。天快亮的时候下起小轻雪，掩盖了所有的声音，而且什么也看不见了。

　　卡佳穿着逃难的人穿的破毡靴，背着麻布口袋，身上落满了雪花。她觉得周围的一切——这身材高大的福马老头，把皮帽子卷起帽耳却不系扣，帽耳在两边忽闪着，这沙沙的脚步声，眼前这纷纷扬扬的雪花——这一切都像是幻影。卡佳心里迷迷糊糊，处于半睡半醒状态。突然她感到脚底下是硬土了。福马老头停住脚步。卡佳把脸凑过去，心里咯噔一下,到这里他们应该分手了。

福马老头带着亲切关注的神情端详她的脸,用黝黑的手顺着他们刚刚踏上的村道往前一指。卡佳顺着他指的方向望去。天已经亮了。老头用两只大手抱住她的肩头,拉到跟前,把他的胡子扎到她的耳朵和脸上,热切地悄声说:

"不到一里地。你听懂我的话没有?"

"再见吧。"她悄声回答。

她顺着村道往前走几步,回头看看,福马老头还站在道上。卡佳明白,老头一定要站到看不见她为止。果然是这样,她又走了五十多公尺,还能看得清他的身影——老头身材高大,身上落满雪花,站在那里真像是圣诞老人。当她第三次回头看的时候,已经看不见福马老头了。这里是她能够得到自己人帮助的最后一个村子,再往前走,就只能依靠自己。这个村子坐落在德国人新修的工事后面。工事很高,正面朝东,只不过是德国人在这里匆促构筑的防线一部分。正像普罗岑科告诉卡佳的那样,最好的房子都被守据点的军官和指挥部占用了。

普罗岑科还曾经告诉过她,如果她走到那里,村里住满了从卡梅什纳亚河德军防线上溃退下来的部队,她的处境就可能糟糕。这条小河流入顿涅茨河的一条支流杰尔库尔河,从北向南流,紧挨着罗斯托夫州边界,跟坎捷米罗夫卡到米列罗沃的铁路线几乎平行。卡佳应该找到这座位于卡梅什纳亚河畔的村子,并在那里等候我们的部队。

卡佳透过好像蜘蛛网的雪幕看见离得最近的小房的侧影,便离开村道从野地里绕过村子,又拿眼看着屋顶以免迷失方向。有人对她交代过,从村头数第三座小房。天光越来越亮。卡佳走到小房跟前,把脸贴到关闭的窗板上。屋里鸦雀无声。卡佳没敲窗,而是按照人家教给的办法,用手挠窗板。

很久也没人答应。她的心怦怦直跳。又过一会儿,屋里有人轻轻答应一声——是半大孩子的声音。卡佳又挠一阵。听到有小脚在泥土地上啪哒啪哒地跑来,门开个缝,卡佳走进去。

屋里一片漆黑。

"你从哪里来?"一个孩子的声音轻轻问。

卡佳说出暗号。

"妈妈,听见没有?"男孩子说。

"小点儿声。"一个女人的声音悄悄说,"你难道不会说俄语? 她是个俄国人,你没听出来吗? 往这里来吧,在床上坐。萨什科,你领她过来……"

男孩子用冰冷的手拉住卡佳的手,卡佳刚摘棉手闷子,手热乎乎的。他拉着卡佳往前走。

"等一下,我脱了皮袄。"卡佳说。

但是迎面伸过来一只女人的手,从男孩子手里接过卡佳的手,把她拉到自己跟前。

"就这么坐坐吧。我们家里冷。您没碰上德国人的巡逻队吧?"

"没有。"

卡佳放下口袋,摘下头巾抖落一下,又解开皮袄的扣子,抓住衣襟抖落掉雪,然后才挨着女人在床上坐下。男孩子也悄悄坐到另一头——卡佳不是听到的,而是凭母性的直觉感到他正偎依母亲,紧紧贴着母亲温暖的身体。

"村子里德国人多吗?"卡佳问。

"不怎么多。他们现在晚上不在村子里住,多半在地窖里。"

"地窖……"男孩子笑了,"是掩蔽部。"

"反正一回事。好像马上就要派来增援部队,准备把这里变成前线。"

"请问,您就是加林娜·阿列克谢耶夫娜吗?"卡佳问。

"就叫我加丽亚好了。我年纪还不大。就叫我加丽亚·科尔尼延科娃。"

卡佳临走的时候就告诉她,她又会遇见一家姓科尔尼延科的。

"您是去找我们的人吗?"男孩子轻声问。

"是的。往那边走得过去吗?"

男孩子沉默一阵子,然后带着神秘的口吻说:

"有人走过……"

"很久以前吧?"

男孩子没回答。

"我怎么称呼您呢?"那个女人问。

"证件上是维拉。"

"维拉就维拉。这里都是自己人。他们会相信的,就是有人不相信,也不会说什么。也许有坏人想要出卖您,可是到现在这个时候谁还敢?"女人平静地冷笑着说,"谁不知道我们的部队就要打回来了……您收拾躺下,我给您盖,暖和暖和身子。我跟儿子睡在一起,更暖和些……"

"那我不把您撵走了吗? 那可不行,不行。"卡佳连忙说,"我在长凳或地板上躺躺就行,反正也睡不着。"

"睡得着的。我们反正要起床了。"

小屋里的确很冷。可以觉出来入冬以来就没生过火。自从德国人来了,家家都不生火取暖,卡佳已经习惯了。平时吃的白水菜汤、稀粥或土豆,居民都是用碎木片或麦秸凑合做。

卡佳脱下皮袄和毡靴躺下。女主人给她盖上棉被,把皮袄压在上面。卡佳不知不觉就睡着了。

轰隆一声可怕的巨响把她惊醒了,与其说她是在睡梦中听见这声音,不如说是全身感觉出来的。她还没弄明白是怎么回事,在床上欠起身来,立刻又有几声爆炸,非常猛烈,震撼着空气,充满整个世界。卡佳听到发动机低沉有力的吼声。有几架飞机一架接着一架,从村子上空低低飞过,立刻以陡急的曲线升入高空,卡佳并没马上明白这是我们的伊尔轰炸机,只是听声音辨别出来的。

"我们的!"她喊道。

"是的,是我们的。"男孩子淡淡地说。他正在窗前的长凳上坐着。

"萨什科,穿上衣服。还有您,维拉,该怎么称呼您,也穿好衣服!我们的倒是我们的,可是它要炸着你,就甭想起来了!"加丽亚说。她正站在屋中间,手里拎着用蒿子扎的笤帚。

屋子里虽然冷,加丽亚却光脚站在泥土地上,还裸露着胳膊。男孩子也没穿棉衣。

"他们不会炸我们的。"男孩子说,觉得自己比女人懂得多,从而有优越感,"他们炸的是工事。"

他坐在长凳上,光着两只脚在凳子下面交叉在一起。他长得挺单薄,两只眼睛却像成年人一样严肃。

"我们的伊尔——这种天气还飞行!"卡佳激动地说。

"不对,那是昨晚冻上的。"男孩子看卡佳瞅玻璃上的窗花便说,"天气挺好,太阳还没出来,可雪也不下了……"

卡佳当一辈子教师,跟他这么大的孩子打惯交道,知道这个男孩子对她很感兴趣,很希望她能注意他。与此同时,男孩子的自尊心很强,无论是姿势还是说话语调,都不愿意给人留下不礼貌的印象。

卡佳听到村子前面响起一阵猛烈的高射机枪声。不论她心情多么激动,她还是发现这里的德国人没有高射炮部队。这说明这一带工事是临时突然变成了重要防线。

"我们的部队可快点儿来吧!"加丽亚说,"我们家连个地窖都没有。我们的部队撤退时,为了躲德国人的飞机只好往邻居的地窖里跑,再不就跑到野地里,趴在蒿子中间或地埂子里,把耳朵堵上等着……"

又响起几次炸弹的爆炸声——一、二、三——震撼着小屋,我们的飞机又怒吼着从村子顶上飞过,然后升上高空。

"哎呀,我的天哪!"加丽亚叫道,蹲在地上,用手捂住耳朵。

这个一听见飞机响就蹲在地上的女人,就是这个区游击队总联络站的负责人。凡是从俘房或包围中逃出来的红军战士,都是通过这个联络站回到那边去的。卡佳知道,加丽亚的丈夫在战争一开始就牺牲了。两个小的孩子在德国人占领期间拉痢疾拉死了。她方才蹲下身子躲避危险,捂上耳朵听不见就行。她这种不自觉的动作,既显得幼稚,又合乎人之常情。卡佳跑到加丽亚身边,一把抱住她。

"用不着害怕,用不着害怕!……"卡佳热情地喊道。

"我倒不是害怕,好像乡下妇女都应该这样……"加丽亚抬起长着黑痣的脸,神色非常镇静,瞅着卡佳笑了。

卡佳在这座小屋里整整待了一天。她要耐着性子等到天黑,因为她想尽快去迎接我们的部队。我们的伊尔轰炸机由歼击机保护,整天都在轰炸村子前面的德军工事。伊尔并不多,根据各种情况判断只有两个小队,六架飞机。它们每次飞来绕上两三圈,扔下炸弹就飞回去,然后装上炸弹加上油再回来。从一清早把卡佳震醒的时候开始,一直炸到天黑。

村子上空进行了一整天空战:我们的歼击机跟德国人的"梅塞"进行较量。有时还听得见苏联轰炸机从高空中轰隆隆地飞过去,去炸德国人远处的防线。大概是去炸杰尔库尔河上的工事。杰尔库尔河恰好在米佳金游击队根据地旁边流入顿涅茨河。普罗岑科那辆嘎斯车就封在根据地的山洞里。

这一天德军的强击机也飞过去几次,在不远的地方投下炸弹,大概就在卡梅什纳亚河对岸。从那里不断传来重炮的轰隆声。

有一次在离这里很近的德军防御工事后面响起一阵凌乱的炮声,那一带正是卡佳今晚要经过的地方。炮声好像从远处开始,逐渐往这边转移,到了跟前达到高潮却又突然停止了。傍晚又打一阵炮,炮弹落到村子前面。德军的大炮也还击几分钟,炮声密集,震得屋里没法谈话。

卡佳和加丽亚意味深长地交换眼色。只有小萨什科带着神秘的表情一直望着前方。

这些接连不断的空战和炮战迫使居民躲在家里或者藏在地窖里,所以没有人来串门。使卡佳减少不少麻烦。德国兵也只顾忙着打仗。好像整个村子已经没有人了,只剩下他们三个——两个女人和一个孩子——待在这座小屋里。

离出发的时刻越近,卡佳越难以控制自己,因为到了决定关头,而且吉凶难测。她不住向加丽亚打听这段路的详细情况,有没有人能给她带路,加丽亚只是说:

"不用着急,养养精神。着急的时候在后头呢。"

大概加丽亚自己也不知道怎么走,只是可怜她,这就更使卡佳激动不安。但是如果这时有外人进屋跟卡佳谈话,他永远也不会知道她心中有事。

暮色苍茫了,伊尔结束了最后一圈轮舞,高射机枪也不叫了。周围的一切都沉寂下来,只有远处广袤的空间还继续莫名其妙地紧张战斗。小萨什科白天到底穿上毡靴,这时把在长凳底下交叉的双脚放下,走到门口,一声不吭,吃力地穿上一件打补丁的羊皮皮袄。皮袄的光板原来是白的,现在已经脏了。

"您该走了,维拉。"加丽亚说,"现在正是时候。鬼子现在也该歇歇了。我们的人可能会来,最好别让他们看见您。"

暮色中很难看清她脸上的表情,她的声音有些发哑。

"孩子要上哪去?"卡佳问,心里产生一种模糊不安的感觉。

"没事的,没事的。"加丽亚连忙说。她急急巴巴在屋里跑来跑去,帮助卡佳和儿子穿衣服。

卡佳含着母爱注视萨什科苍白的小脸。原来他就是那位出名的向导,在德军占领的五个月期间他给好多人带过路,领他们越过德军工事——他们有单个的,有成群的,甚至有整个队伍,加在一起有几百人,甚至几千人!可是男孩子现在不肯再看卡佳了。他正在穿羊皮皮袄,他的举止神情仿佛在说:"你本来有的是工夫看我,你却不看,现在你最好别妨碍我。"

"您稍微等一下,我出去看看回来再说。"加丽亚说。她看见卡佳穿上皮袄胳膊不便弯曲,便帮她把胳膊伸进背包带子,又给她正正口袋。"我们现在就告别吧,不然就没工夫了。但愿上帝保佑您一路平安……"

她们互相亲吻,然后加丽亚走出门去。加丽亚让儿子去送她,对儿子却并不抚爱,甚至连告别的话也不说一句,卡佳并不觉得奇怪,因为现在她见到什么事都不奇怪了。卡佳明白,要说是他们习以为常,在这里并不合适。要是卡佳自己让儿子去干这么危险的事,临走说什么也得吻吻他,好好抱抱他。但是卡佳又不能不同意,还是加丽亚做得对。要是加丽亚不这样,萨什科也不会接受她的爱抚,甚至会抱敌对态度,因为母亲的爱抚现在只会使他失去勇气。

只剩下卡佳和萨什科在一起的时候,她感到有些尴尬。因为现在不管她说什么,都会让对方感到虚假。但是她到底没憋住,一本正经地说:

"你不用走太远,只要告诉我怎么穿过这些工事就行。往前我知道路。"

萨什科一声没吭,也不瞅她。这时加丽亚开开门悄声说:

"走吧,没有人……"

夜很静,满天阴云,不冷也不太黑,大概月亮藏在一片寒雾后面,雪地发亮。

萨什科没戴皮帽子,戴着一顶压得皱皱巴巴的旧制帽,还有些嫌大,也没有手套,只穿一双毡靴。他连头也不回一直往野地里走去。大概他知道母亲不会骗他,母亲说是没有人就肯定没有人。

他们穿过一带冈峦起伏的丘陵。这条山脉从北向南伸,是杰尔库尔河和卡梅什纳亚河之间的分水岭。它有两条余脉已经不太高,向杰尔库尔河方向的草原里延伸,并且渐渐跟草原融为一体。他们的村子就坐落在这两条余脉之间的山沟里。萨什科出村子穿过野地就要翻山。卡佳明白萨什科为什么选择这个方向,因为这条山冈虽然比草原高不了多少,但是他们只要翻过山头,从村子里就看不见他们。一翻过山,萨什科又顺着山冈往东走。现在他们走的方向跟德军修工事的山冈走向形成直角。

他们出门以后,萨什科一直往前走,从不回头看看卡佳是否在后面跟着。卡佳老老实实跟着他走。他们现在经过一片麦茬地。因为雪浅,稀疏的麦茬露出地面,这一带跟他们的村子坐落的地势一样,也是一条山沟。跟她昨夜走路的情景一样,南北两边清楚传来撤退的德军从大路上走过的忙乱声。炮声稀了,只有东南方向米列罗沃一带炮声更响也更密。很远的地方,大概是卡梅什纳亚河一带,空中悬着德国人的照明弹，由于离得非常远，从这里只能看到照明弹暗淡的光亮。这一点点光亮驱散不了黑暗。如果在他们前面的空中挂上这么一盏灯，萨什科和卡佳就要暴露无遗了。

雪很软，脚踩上去无声无息，只有毡靴踩在麦茬上，发出咔嚓声。后来麦茬地走完了。萨什科回头做手势，让她过去。卡佳走到他跟前，他又蹲下，做手势让她也蹲下。卡佳穿着半大皮袄，干脆坐在雪地上，萨什科忙用手指指指她，又指指自己，在雪地上画出一条向东去的线。他的手被羊皮皮袄的袖子挡住，他就把手伸出来，用手迅速搂雪堆成一条尖尖的垄横在他刚才画的线上。卡佳明白，他画的是他们要走的路线和他们必须克服的障碍。然后他在这条垄上这个地方抓一把雪，在另外一个地方又抓一把雪，好像是在垄上开出两条通道，还用指关节在通道两旁做出记号，标明德军的据点。然后画一条线先穿过一条通道，然后再穿过另一条通道。卡佳明白，他是说有两条路可走。

卡佳想起苏沃洛夫的名言："每个士兵都应当了解行军路线"，不禁笑了。在这个只有十岁的苏沃洛夫眼里，卡佳就是他手下唯一的士兵。她点点头，表示她明白行军路线了，他们又继续往前走。

他们朝东北方向做迂回运动，于是来到一片密密的铁丝网跟前。萨什科做手势让卡佳趴下，他自己顺着铁丝网往前走。不一会儿就看不见他的影子。

卡佳面前是一条铁丝网，从上到下大约有十二根铁蒺藜。铁丝网已设立很久，铁蒺藜都生锈了，卡佳还用手摸摸。这里看不见伊尔轰炸的痕迹。德国人修这条铁丝网大概是为了防备游击队，它设在山冈后面，离主要工事很远。

卡佳好久没尝等人的痛苦滋味了。时间过了很久，仍然不见萨什科回来。但是不知为什么，卡佳并不替他担心，这是一个经过战争考验的孩子，完全可以信赖。

她这么一动不动趴了很久，觉得身上发冷。她翻来覆去实在受不了，坐了起来。让这个小苏沃洛夫批评她吧。既然他离开这么久，她总可以熟悉一下地形。既然他能走着去，并没在地上爬，那么她也可以走走,只要弓着腰就行。

她刚走出有五十步光景,就看见一样东西令她喜出望外,甚至浑身打战。她眼前有个新弹坑,炮弹刚刚爆炸不久,把黑土翻出来撒到雪地上。这肯定是炮弹打的,不是飞机扔的炸弹炸的。这一眼就看得出来,因为翻出来的黑土撒向一个方向正朝着萨什科和卡佳来的方向。萨什科显然也注意这个弹坑,因为他在弹坑周围转了一圈,然后才往前走去,从脚印看得出来。

卡佳用目光在雪地上搜寻,想再找出一个这样的弹坑,但是没有了,至少在附近没有。她感到一种难以言传的异样激动:这个弹坑只能是我们的炮弹打的。但是这又不是远射程的重炮打的,从撒出的土来看,是中等口径的炮打的,说明打炮的地方离这里不远。可能就是昨天黄昏前他们三个坐在加丽亚的小屋里听到激烈的炮击所留下的痕迹。

我们的部队不远了!他们就在跟前!用什么样的语言才能表达出卡佳此时此地的心情呢?这五个月以来,她远离自己的儿女,在连续的残酷的斗争中度过,时时刻刻盼望我们的战士经过浴血奋战,踏上被敌人践踏的祖国土地,张开手臂来拥抱自己的亲人。她那饱经苦难的心多么强烈地希望见到我们的战士。此时此刻他们比自己的丈夫和兄弟还要亲!

她听到毡靴踏着雪地发出一阵轻柔的声音,萨什科走到近前,开头她甚至没注意他的皮袄前襟、膝盖和毡靴上沾的不是雪,而是土。只是他把双手插在袖筒里,大概他爬了很久,手都冻僵了。她用急切的目光注视他的脸——他给她带来了什么消息?但是萨什科的脸虽然被压到耳朵上的大制帽盖住,却露出大无畏的神情。他只是把手从衣袖里伸出来,做个否定的手势:这里走不过去。

这个手势可把她吓坏了。萨什科看看弹坑,又看看卡佳,他们的目光相遇,萨什科突然笑了,必是他刚才看见这个弹坑所产生的印象跟卡佳现在的印象相同。他明白卡佳心里怎么想的,他的微笑仿佛对她说:"没关系,这里过不去,我们走另外一个地方。"

他俩的关系进入新的阶段——互相理解了。他们还像原来一样什么话也不说。但是他们已经成为好朋友。

她想象出他方才光着小手按在冰冻的雪地上向前爬的情景。但是萨什科连一分钟也不肯休息。他招手让卡佳跟着他沿来时的脚印往回走。

说不清楚卡佳对这个男孩子抱着什么感情。这既是同志的感情，对他信任、服从和尊敬，同时又带有母亲对儿子的感情。总之所有这些感情都交织在一起了。

她并不问为什么走不过去。她丝毫也不怀疑，他领她往回走，不是回家，而是绕到第二条通道穿过工事。她没把自己的手套借给他，让他暖和暖和手，因为她知道他不会接受。

过了一会儿他们又向北走，然后拐向东北，来到另一个山冈下面修的铁丝网跟前。萨什科又一个人先走了，留下卡佳久久地等待着。他终于回来了，身上沾了更多的土，旧制帽卡在耳朵上，双手插在袖筒里。卡佳正坐在雪地上等他。他把脸凑到她的脸跟前，对她挤挤左眼就笑了。

她还是要把手套借给他，但是他不要。

生活中常常有这种情形：她原来想象得最困难的事，实际做起来不仅容易，而且不知不觉就过去了。的确这样，她根本没觉出来怎么从两个据点之间穿过去的。这是她在这次旅途中走得最轻松的一段路。事后她才明白为什么这么轻松。她甚至记不得他们先走后爬，究竟花了多长时间。她只记得由于伊尔整天轰炸，把这一带的地面翻了个个儿。这一点她所以记得清楚，因为她和萨什科走过这段路之后，她的皮袄、毡靴和手闷子跟萨什科一样，都沾满了土。

后来他们又经过一片开阔的丘陵地带，起伏不平，上面覆盖一层雪。他们走了很久，萨什科终于停下脚步，等候卡佳。

"前面就是大路，看见没有？"他悄声说，伸手向前一指。他告诉她怎么才能找到村道。其实这条村道就是他们来的那个村子跟前面的庄子之间的通道。她过了那个庄子还要往前走。现在她已进入前沿地带,根据普罗岑科的地图,这里的德军据点不多,但是由于德军急忙退却,据普罗岑科说,这里的情况可能非常混乱。撤退的零星部队可能在这一带修临时工事进行阻击。她随时随地都有可能碰上后撤的德军小股部队,甚至散兵游勇。任何一个居民点都有可能突然变成德军防守的前沿阵地。普罗岑科认为这一段路最为危险。

然而除开沿大路撤退的德军一片忙乱声和东南方向米列罗沃附近接连不断的炮声以外,这里十分平静,并不像普罗岑科说的那么可怕。

"祝您一路平安。"萨什科说,放下手。

这时她对他的母爱战胜了其他一切感情,她真想把他抱起来,紧贴在胸口上,这样久久抱住不放,把他庇护起来,不让他受到伤害。但是这样一来,他们之间的友谊当然就彻底破坏了。

"再见吧,谢谢你。"她摘下手套,把手伸给他。

"一路平安。"他又说一遍。

"是了,我忘了问。"卡佳微笑说,"那个通道为什么不能走。"

萨什科严峻地垂下眼睛。

"鬼子正在埋他们的人。挖了一个大大的坑!……"

他脸上露出残酷的笑容,这是孩子所没有的笑容。

开头卡佳一边走一边不住回头,想尽量多看他几眼。但是萨什科一次也不回头,很快就在夜色中消失了。

就在这时发生一件令她震惊的事,让她一辈子都忘不了。她走出不到二百公尺,约莫走到大路上了。她爬上一个高冈,突然看见高冈后面有一辆坦克。坦克非常大,长长的炮筒拦住她的去路。她首先看到炮台上有个很奇怪的东西,黑乎乎,顶上是圆的。突然这个东西动弹了,原来是坦克手戴着坦克帽站在打开的舱口里。

坦克手把冲锋枪枪口迅速对准卡佳,好像早就在那里端枪等她似的,非常镇静地说:

"别动!"

他说话的声音很轻又很响亮,虽然命令口吻,又很客气,因为他在跟妇女打交道。最主要的是他讲的地道俄语。

卡佳已经一句话也说不出来，热泪滚滚往下流。

第五十五章

卡佳遇到的坦克一共两辆,另一辆停在大路那边,被高冈挡住,所以开头她没看见。他们是坦克先头部队的先遣巡逻队。拦住她的坦克手就是坦克车长兼巡逻队长。不过这位队长穿的是普通坦克服,所以看不出来。这些情况卡佳是事后才知道。

巡逻队长命令她从冈上下来。他从坦克里跳出来,还有一个坦克手也跟着跳了出来。当巡逻队长盘问她的时候,她仔细打量他的脸。他非常年轻,疲惫得要命,显然很久没睡觉了,眼皮自己往下耷拉,他费好大劲才把发肿的眼皮挑起来。

卡佳向他说明自己的身份和来的目的。从巡逻队长的神情可以看出来,他对她说的话半信半疑。但是卡佳并没注意他的表情,只是看到眼前这张年轻的面庞疲惫得要死,眼皮红肿,不禁热泪盈眶。

在黑暗中从大路上钻出一辆摩托车,在坦克旁边停下,用平淡的语气问:

"出什么事了?"

卡佳一听他的问话就明白了,为了她才把摩托车手叫来的。卡佳在敌后工作五个月,养成一种习惯,好注意平时别人不大留心的细节。即使坦克用无线电向摩托车手待的地方发报,他也不能来得这么快。他们是用什么办法把他叫来的呢?

这时另一辆坦克车长走过来,匆匆扫了卡佳一眼,跟巡逻队长和摩托车手走到一边,三个人商量一气,摩托车手开车走了,消失在黑暗里。

剩下这两个人又走到卡佳跟前,巡逻队长有些不好意思地问她有没有证件。卡佳说只有见到高级首长她才能拿出证件。

他们默默地站立一会儿。另一辆坦克的车长比头一个更年轻,用低沉的声音问:

"您从什么地方过来的? 工事修得坚固吗?"

卡佳把她对工事所了解的情况都告诉了他们,并且解释说是一个十岁的男孩子送她过来的。她还讲了德国人怎么掩埋他们的死人,她看到一个弹坑是我们的炮弹打的。

"啊哈! 有个炮弹打到那边去了! 你听见没有?"年轻的车长叫了起来,带着稚气的笑容望着那个比他年纪大的车长。

卡佳直到这时才明白,昨天她在加丽亚家听到那阵忽远忽近,忽然又沉寂的炮轰,直到傍晚又响一阵,原来就是坦克先遣队在攻打德军的工事。

从这以后卡佳跟这两位坦克车长的关系变得更亲近了。她甚至鼓起勇气问巡逻队长,他们是用什么办法把摩托车手叫来的。队长解释说,他们用的是光信号——打开坦克的尾灯。

他们正谈着,又开来一辆带斗的摩托车。摩托车手甚至给卡佳敬个礼——可以觉得出来,他不仅仅把她看作自己人,而且看成重要人物。

卡佳一坐进摩托车斗,就有一种完全新鲜的感觉。直到她回到自己人那里以后。还把这种感觉保留好长时间。她猜到她遇见的这个坦克分队不过是孤军深入敌占区的先头部队。但是她已经不再把敌人的力量放在眼里。敌人也好,敌后的五个月生活也好,一路的艰难险阻也好——这一切不仅成为过去,而且在她的意识里突然变得遥远而淡漠。

有一条巨大的分界线把她跟刚刚离开的世界在精神上分割开来。她如今来到另一个世界,这里的人跟她有着共同的感情、共同的心理、共同的思维方式和共同的人生观。这个世界那么辽阔广大,跟她以前所生活的世界相比之下,真是无边无际。她可以坐着这辆摩托车再走上一天、一年,到处都是这个属于自己的世界。这里用不着躲躲藏藏,用不着说谎,在精神上和肉体上都用不着做违心的事。卡佳又恢复原来的自己,永远也不用改变了。

寒风吹在脸上生疼,可是她内心里非常舒畅,恨不得放声歌唱。

这辆摩托车她并没坐上一天,也没坐上一小时,连两分钟都不到。摩托车手稍微减速上了小桥,桥下是一条被薄雪覆盖的小河,小河看样子夏天就干涸了。小河冲成的冲沟很低,但是两边的斜坡不陡。卡佳立刻看到大约有十辆坦克和几辆卡车顺着大路排列。卡车上面和卡车旁边都是冲锋枪手,有的坐着,有的站着,属于所谓的机械化步兵,其实他们就是普通的冲锋枪手,戴着棉帽子,穿着棉袄。

这里的人正在等待卡佳。摩托车一下桥,就有两个坦克手身穿坦克服,走上前来挽住她的胳膊,扶她下车斗。

"对不起,同志……"有个坦克手年纪已经不小,先给她敬个礼,又按照假证件上奇尔女教师的姓称呼她,"对不起,我不得不履行公事……"

他用手电筒照亮,从上到下检查一遍证件,马上还给她。

"一切正常,大尉同志!"他转身对另一个坦克手说。这个坦克手的脸上有一条斜伤疤,从前额经过鼻梁直到左脸。伤疤是新的,刚刚结痂。

"冻坏了吧?"大尉问。他说话亲切和蔼,很有礼貌,语调柔和,态度谦虚,同时又有威严英勇的气派。卡佳猜到站在她面前的是这支坦克队的指挥员。"没时间让您暖和一下,我们立刻就要出发。不过……您要是不嫌的话……"他用笨拙的手把挎在肩上的行军壶费劲地从身后挪到前面,拔下壶塞。

卡佳一声不响,双手捧起行军壶喝了一大口。

"谢谢。"

"再喝一点儿!"

"不啦,谢谢……"

"上级命令立刻把您送到军团司令部,用坦克送。"上尉笑着说,"一路上我们把敌人都消灭了,可是这一带很乱,鬼知道会出什么事!"

"您怎么知道我姓什么?"卡佳问,感到这口兑水的酒精喝到嘴里火烧火燎。

"上级正在等您。"

这么说一切都是她亲爱的丈夫普罗岑科事先做好了准备。她感到浑身发热。

她把她所知道的关于村子前面的工事情况又讲一遍。卡佳猜到这些坦克现在就是去占领那块高地。果然,她刚被人扶着爬上炮塔,钻进冰冷的坦克,周围那些坦克就发出一片可怕的吼声,冲锋枪手也都上了卡车。她到坦克跟前才真正感到坦克有多么大。

她这次到军团司令部去坐的坦克,里面一共四个人。他们各有各的位置,卡佳没地方坐,只好坐在车长的腿跟前,她头上就是炮座。这四个人当中只有驾驶员没受伤。

坦克车长伤在头部。他头上贴着一块厚厚的药棉,外面用绷带缠着,没法戴坦克帽,只好戴普通士兵的帽子。他还有一只胳膊也受了伤,用吊带吊着。他不知不觉小心翼翼地保护这只胳膊很怕碰着,坦克有时一摇晃他就皱眉头。

车长和其他三个人都不愿意离开伙伴,所以开头对待卡佳很冷淡,认为都是为了她才让他们回后方。原来只有车长和驾驶员是原班人马,另外两个是从别的坦克上撤下来的,尽管他们极力反对也没用,他们的任务由这辆坦克没受伤的战士去顶替。卡佳被带到这辆坦克旁边时,车长还跟大尉发生一场不大的争吵,尽管两人说话的口气客客气气,不过脸色十分难看。但是脸带刀疤的大尉坚持他的意见,他要利用送卡佳的机会把队里的伤员送回后方。

坦克开动之后,坦克手们看清楚坐在坦克里的是位年轻妇女,他们的态度立刻发生变化。后来又听说卡佳刚从坦克队要去攻打的德军工事中间走过来,大家立刻活跃了。他们都很年轻,比卡佳要小五岁到七岁。

车长命令立刻开辟"第二战场",这是大家给美国红焖肉罐头起的名字。有个炮手兼报务员,一下子就打开了"第二战场",还切上几大块面包。车长用左手拿起行军壶让卡佳喝。卡佳不喝,却津津有味地尝尝罐头肉和面包。坦克手们轮流拿起车长的行军壶对着嘴喝,于是坦克里建立起非常友好的关系。

他们把坦克开得尽量快。卡佳颠得左右摇晃。站在打开的舱口的炮手突然蹲下身子,把嘴唇几乎贴到车长的耳朵上说:

"上尉同志,听见没有?"

"开炮了?"车长沙哑地问,用腿碰碰驾驶员的肩膀。

驾驶员停下坦克。在一片寂静中人人都听得到密集的炮声。炮声响彻黑夜,是从卡佳来的地方传来的。

"嘿,鬼子没有照明弹了!"炮长高兴地说,又把头从坦克里探出去,"我们的部队前进挺快! 我看到了大炮的火光……"

"让我看看!"

上尉跟炮长交换了位置,小心探出缠着绷带的头。他在上面看,下面的坦克手们忘记卡佳在场,对攻势的进展做出种种推测,又因为没能跟自己的坦克一起参加战斗而十分遗憾。

车长把缠着绷带的头小心翼翼地缩回来,他脸上的表情跟生病了一样,但是他没忘记卡佳在场,立刻停止这场谈话。不过卡佳从他的脸色看出来,他因为没能参加战斗心里多么痛苦,他甚至不得不让大家轮流观看那里战斗的情形,然后才继续前进。

总之,大家的情绪有些低落。但是卡佳是个机灵的女人,她立刻向坦克手们打听战斗的情况。机器的隆隆声使他们很难交谈,不得不大声喊。回忆使他们又有了兴致。卡佳听他们断断续续的讲述,对她刚来到的这一地带的战斗情况有个大致了解。

苏联坦克部队越过沃罗涅日——罗斯托夫铁路线上很长一段地方,从罗索什到米列罗沃,突破卡梅什纳亚河上的德军防线,北部突破新马尔科夫卡村一带防线,甚至到达杰尔库尔河上游。撤退的德军匆匆忙忙将卡梅什纳亚河和杰尔库尔河之间的分水岭变成前沿阵地,具体说,就是卡佳刚刚穿过的那片高地。新防线经过利马廖夫卡、别洛沃德斯克、戈罗季希(这都是普罗岑科所领导的游击队现在进行活动的地带）直到顿涅茨河边米佳金游击队从前的根据地附近。卡佳对这些地方非常熟悉，直到这时她才明白苏军进攻多么神速。同时她也看到我军前进道路上的重重困难。他们必须拿下杰尔库尔河、叶夫苏格河、艾达尔河沿岸的工事，占领旧别利斯克到卢甘斯卡亚村的铁路线，最后还要强渡顿涅茨河。

卡佳遇到的这支坦克先头部队离开大部队已经两昼夜，它们之间的距离大约有十五公里。部队向西挺进，一路上消灭敌人所有顽抗的据点，占领好几个村庄，其中包括卡佳按照普罗岑科的指示去过的村庄。

卡佳坐的这辆坦克属于先遣巡逻队，白天曾经参加攻打卡佳走过的那片高地。先遣巡逻队突然碰上敌人的工事，机关枪和大炮一齐开火，把敌人的全部火力都吸引到自己身上。在攻击中坦克被打坏了，车长的头和胳膊都受了伤。

现在他们距离战场已经很远，这显然已经无法挽回，所以除开卡佳和驾驶员之外，人人都感到疲倦想睡。凡是激烈的战斗后得到休息机会的战士往往都是这样。卡佳不禁对他们产生温情和怜惜。

他们就这样经过几个居民点。驾驶员突然回头对卡佳喊道：

"我们的部队开过来了！"

他们本来行驶在大路上，现在拐到野地里，驾驶员停下车。

这时正是深夜，只有远处和近处的战斗声音不时打破夜的寂静，不过军人对这些声音已经习以为常。在这一片寂静中，迎面开来的钢铁队伍发出隆隆声和哐啷声，并且越来越响，越来越近。驾驶员减弱前灯的光亮发出信号。车长和炮长爬出坦克，卡佳在炮塔里站起来。

一群摩托车从旁边疾驰而过，接着是无数坦克和装甲车沿着大路和野地开过来。一片隆隆声响彻黑夜。卡佳用手套捂在头巾外面。庞大笨重的坦克拖着黑乎乎的炮筒，发出哐啷声和刺耳的排气声，从一旁爬过。它们给人留下强大而可怕的印象，在深夜里这种印象就更加强烈。

一辆小装甲车开到他们这辆孤零零的坦克旁边停下，从里面下来两个穿军大衣的军人。他们跟车长交谈几句,互相附耳叫喊,偶尔看看站在炮塔里的卡佳。然后这两个穿军大衣的军人又上了装甲车。装甲车从草原上开过去,越过坦克的洪流。

坦克和拉机械化步兵的卡车互相穿插向前开动。卡车从大路上稳稳当当开过去,车上的冲锋枪手都望着草原里这辆孤零零的坦克,坦克上的女人用手套捂住耳朵也望着他们。

卡佳对这支钢铁的队伍和人的队伍在黑暗中移动的场面感到震惊。人跟钢铁仿佛融为一体。可能就在这一瞬间,她心中那种获得解放的感觉又掺杂一种新的感觉,这种新感觉她也久久摆脱不掉。她觉得现在站在坦克上观看这种场面因而心潮起伏的人,并不是她自己,而是另外一个人。她好像在梦中一样从旁观者的角度来看她自己。她头一次感觉到这个地界以排山倒海之势闯入她的心灵,她对这个世界却感到陌生。这么多的人,这么多的事件、谈话和概念,就像万花筒一样令她眼花缭乱,她感到无所措手足。在这些概念里边有些完全是新的,有些是她很久不用的。

这样一来,她就很想见到普罗岑科,让他留在自己身边。她对他的担心接近于痛苦。对他的爱恋和思念令她心碎,因为她早已忘记了哭,这种痛苦就更加无法发泄。

卡佳遇见的红军,是已经意识到自己是打胜仗的军队。

这支胜利军队经过一年半的战争,不但不缺少装备,它出现在卡佳眼前的时候已经有强大的武装。其实就是在那些难忘的大撤退日子里,敌人用它所奴役的欧洲最好的工厂所能提供的一切来武装自己,在酷热的顿涅茨草原上横冲直撞,不可一世。就是在那个时候,我们武装的强大也远远超过敌人。然而更令卡佳震惊的是,她现在遇到的这许多人都具有新的气质。他们不仅掌握强大的新技术装备,而且他们的精神面貌也达到人类历史上一个崭新的更高的阶段。

卡佳有时痛苦地感到似乎这些人已经远远超过她,她将永远望尘莫及。

这辆绝妙的混合编组的坦克在头部和胳膊受伤的上尉指挥下,把卡佳送到半路上遇见的坦克旅指挥部。其实这并不是指挥部,不过是旅长带着他的作战指挥人员。他们暂时在一座小庄子里停下来,昨天早晨这里发生一场激战,庄子遭到严重破坏。

旅长是个年轻上校,在庄子里唯一完好的小房里接待她。上校两眼布满血丝,脸跟手下人一样,由于睡眠不足而发青。他首先表示歉意,没法好好招待她,因为他们在这里也是短暂停留,马上就要出发。不过他还是劝卡佳在这里多待一会儿,睡上一觉。

"我们的第二梯队马上到,会有人管您,好好照顾您的。"他说。

屋里烧得很热。军官们逼着卡佳脱下皮袄暖和一下。

这个小庄子虽然打得破破烂烂,但是里面还有许多居民,大部分是妇女、儿童和老年人。他们见到苏联军人,而且是坦克手,又高兴又新鲜。军人,尤其是指挥员,无论走到哪里,都围着一大群人。通信兵正往这座小房和附近残破的房子里拉电线,他们正在为指挥部和附属机关做准备。

卡佳喝了茶,这才是真正的茶。过了半个小时,她坐上旅长的带篷吉普车直奔军部。现在护送她的只有一个冲锋枪队中士。头缠绷带的坦克上尉、眼睛布满血丝、脸色发青的上校和许许多多其他人的面庞都在卡佳的记忆里消失了。

寒冷的早晨降临了,四周笼罩着大雾。但是在大雾后面太阳已经升起,卡佳径直向太阳驶去。

他们行驶在用平路机平过的大路上,迎面不断有部队开来。吉普车不得不让路,常常拐到落了一层薄雪的草原里,不然的话卡佳不会很快就到达军部。吉普车不一会儿来到卡梅什纳亚河。这一带河水浅,便涉水过去,但是河面上有很多碎冰、雪团和沙块,大概上游许多地方都不断有坦克和炮车过河,把河水搅得很浑。

雾渐渐稀了,太阳低低地挂在地平线上,可以用肉眼看它。整条河的两岸,卡佳看到都修有德军工事,如今已被我军占领。周围的地带弹坑累累,再加上牵引车往新阵地上送大炮,坦克常常从这里路过,压得沟辙交错。

过河之后,在大路上行驶更为困难,因为有大批队伍向西南开拔,而往相反方向移动的还有被俘的德国士兵。这些俘虏一拨一拨多少不等,被押送后方。他们穿着烧破的军大衣,胡子拉碴,肮脏不堪,因为打败仗和被俘而神情沮丧,沿着压烂了的大路和草原慢腾腾地走去。凡是他们经过的地方,都带有他们曾经进行破坏的可怕痕迹。几百年来生长庄稼的肥沃土地遭到践踏,许多村庄被烧毁。到处都有烧焦的坦克和扭曲变形的卡车黑乎乎的残骸,被打坏的大炮翘着炮筒,或带黑"卐"的飞机斜折了机翼。草原里到处都是敌军的尸体,被冻得蜷缩着,有的就躺在大路上。没有人也没有时间收拾他们。坦克和重炮从尸体上直接开过去,把他们压成惨不忍睹的肉饼。

我们的战士经过十昼夜的英勇奋战,由于战局瞬息万变而疲惫不堪,同时受到战斗的鼓舞而终于赢得胜利。如今他们正乘胜前进,有的阔步走在队伍里,有的坐在坦克或卡车上。他们根本不理会敌人的尸体。只有卡佳偶尔斜眼看看这些尸体,露出厌恶的淡漠神情。

这次战役在历史上屈指可数,它是在斯大林格勒城下围歼希特勒军队的重要环节之一。这次战役现在正向西南方向发展,规模越来越大,攻势越来越猛。雾稀了,空战也此起彼伏。整个草原上重炮轰鸣不已。举目望去,到处都是大批的军队、技术装备、给养和炮弹纷纷运往前方的景象,这正是重大战役的前奏。

到了中午,如果不是大火的浓烟跟雾气混合在一起,准会是大晴天。这时卡佳才到达近卫坦克军的指挥部。其实这也不是指挥部,而是军长临时的指挥所,就设在米列罗沃北部一个小火车站幸存下来的票房子里。车站的居民区早已化为灰烬。但是跟所有刚刚解放的居民区一样,这里最引人注目的是一面继续进行激烈的战斗,一面着手安排苏联人民的生活。

卡佳在指挥所的军人当中看到的头一个人立刻使她想起和平生活,想起普罗岑科和全家人,想起她在战前的工作,先是做教师,后来是个普通的教育工作者。

"安德列·叶菲莫维奇!我的亲爱的!……"她情不自禁叫起来,

扑到这个人怀里,拥抱他。

这个人就是乌克兰游击队司令部的领导人之一,五个月前当普罗岑科要转入地下的时候,他曾当面给普罗岑科做指示。

"那就挨个拥抱好了!"一个瘦削的将军看着她说。这个将军显得很年轻,长长的睫毛,灰色的眼睛,目光聪明而坚定。

卡佳一见将军晒黑的刚毅的脸和剪得整整齐齐的斑白双鬓,突然磨不开了,用手捂住脸,低下头,头上扎着农妇式的黑色厚围巾。她就这样穿着皮袄和毡靴,用手捂着脸站在这些衣着笔挺的军人中间。

"您瞧,把女同志说得磨不开了!您连怎样对待女人都不懂!"安德列·叶菲莫维奇笑着说。

军官们都笑了。

"对不起……"将军用细长的手轻轻拍拍她的肩头。

她把手从脸上拿下来,两眼神采奕奕。

"没什么,没什么。"她说。

将军已经帮助她脱下皮袄。

像现在大多数指挥员一样,这个将军无论是职务还是军衔,都显得年轻。尽管目前处在战争环境,他从容自若,毫不做作,动作准确,有条不紊。他办事认真,说话含蓄幽默,虽然有些粗犷,却又得体。他身边所有的军人也都沉着镇静,态度认真,彬彬有礼,穿戴整整齐齐。

当手下人翻译普罗岑科的情报时,将军把这张细密地画着伏罗希洛夫格勒州地图的卷烟纸平整地摊在桌上的大军事地图上,跟当时卡佳看到普罗岑科的做法一样(很难想象不过是前天晚上的事)。将军用细长的手指把卷烟纸抚平,喜形于色地说:

"画得真细致,看得出来!……真见鬼!"他突然喊起来,"他们又在米乌斯河上修工事。请注意,安德列·叶菲莫维奇……"

安德列·叶菲莫维奇低头去看地图。他那张坚强的脸明显地露出细小的皱纹,使他显得更加苍老。其他军人也把脸凑过来看这张放在军事地图上的小小卷烟纸。

"我们已经用不着跟他们在米乌斯河上打交道。但是您明白这是什么意思吗?"将军抬头看着安德列·叶菲莫维奇说,他那长睫毛底下露出快活的目光。"他们并不那么笨,他们现在真得从北高加索和库班撤退了!"

将军笑了,卡佳却脸红了,因为将军的话跟普罗岑科的推测竟然完全一致。

"现在我们来看看,这里有什么新玩意儿。"将军拿起放在军事地图上的大放大镜,仔细看普罗岑科在卷烟纸上精密画出的记号和小圆圈。"这个知道了,这个也知道了……是这样……是这样……"他不必看还没译出来的说明,就看懂了普罗岑科做的记号是什么意思。"嗯,这么说来,我们的瓦西里·普罗霍罗维奇干得不赖,可你老说:'侦察不行,侦察不行!'"将军带着含而不露的讽刺对军参谋长说。参谋长就站在他身旁,是个大块头的上校,留着小黑胡。

没等参谋长答话,旁边有个又矮又胖的军人,秃头顶,没有眉毛,浅色眼睛非常机灵,带着难以形容的狡黠抢着说:

"军长同志,我们这些情报也是从那里得来的。"他丝毫也不害臊地说。

他就是军部的侦察队长瓦西里·普罗霍罗维奇。

"啊,我还以为是您自己搞来的呢!"将军失望地说。

军官们都笑了,但是不论军长带着嘲笑的批评,还是同事们哄堂大笑,侦察队长都毫不在意,他显然已经习惯了。

"不过,将军同志,请您注意这些材料,就是在杰尔库尔河这岸,它们已经过时了! 在这一带我们了解的情况更多。"他平静地说。

卡佳觉得侦察队长的这句话有意贬低普罗岑科搜集的情报的价值,而她为了送这份情报长途跋涉来到这里。

"让我送情报的同志,"卡佳用激烈的声音说,"这个同志让我转告,关于敌人撤退的最新情报他会陆续发来,我想可能已经发来了。这张地图和说明可以使领导同志对本州的总形势有所了解。"

"说得对。"将军说。"这份地图对瓦杜丁①同志和赫鲁晓夫同志更有用。我们马上派人给他们送去。跟我们有关系的,我们也要利用。"

直到深夜,卡佳才等到机会跟安德列·叶菲莫维奇谈谈心。

他们不是坐下,而是站在一间空屋子里,不过屋里烧得挺暖和,点着从德国人那里缴获的油灯。卡佳问:

"您怎么到这里来了?安德列·叶菲莫维奇,亲爱的!"

"这有什么可奇怪的?因为我军已经进入乌克兰境内。地盘虽小,毕竟是我们的!政府迁回自己的土地上,要建立苏维埃秩序。"安德列·叶菲莫维奇笑笑,他那布满皱纹的刚毅的脸立刻显得年轻了。"您知道,正规部队已经跟乌克兰游击队开始协同作战。这里哪能少了我们?"他居高临下地看着卡佳,两眼放出光彩。但是他的脸色又突然严肃起来。"本想让您歇歇,明天再谈工作。您可真是个勇敢的女人!"他有些不好意思,但是拿眼注视着卡佳的眼睛。"我们打算送您回去,直接去伏罗希洛夫格勒。我们需要了解很多情况,只有您办得到……"他沉吟片刻,然后轻声探询地说:"当然,如果您觉得太累的话……"

但是卡佳没让他再说下去。她心里充满自豪和感激之情。

"谢谢。"她好容易才说出来。"安德列·叶菲莫维奇,谢谢!……您什么也别说了。您再说什么也不会像这句话这么让我高兴。"她激动地说,她那轮廓分明的晒黑的脸庞在浅色头发映衬之下显得非常美丽。"我对您唯一的请求就是明天就送我走,别让我到方面军政治部去了,我用不着休息!"

安德列·叶菲莫维奇想了想,摇摇头,然后又笑笑。

"我们用不着太着急。"他说,"我们得把战线拉齐,刚占领的阵地也要巩固一下。杰尔库尔河,尤其是顿涅茨河,一下子拿不下来。还有米列罗沃和卡缅斯克,都在前面挡着。您有些情况必须到政治部去

———————————

① 瓦杜丁(1901—1944),苏军将军,当时任西南方面军和乌克兰第一方面军司令。——译者注

汇报一下。所以说,我们用不着太着急,过个两三天您再走……"

"唉,明天为什么不能走呢!"卡佳叫起来,因为对丈夫的思念和疼爱她心里非常痛苦。

第三天傍晚,卡佳又回到她已经熟悉的村子,回到加丽亚家。她仍然穿着那件皮袄,扎着黑头巾,带着奇尔女教师的证件。

这个小村子现在驻扎着我们的部队。但是南北两面的高地被敌人占据着。德军修筑工事的防线沿着卡梅什纳亚河和杰尔库尔河之间的分水岭向西延伸,然后沿着杰尔库尔河展开。

小萨什科仍然那么做事认真,不好说话,趁夜沿着福马老头把她送来那条路送她回去。她又回到几天前她跟丈夫分手的那间小屋。

在这里又是庞大的科尔尼延科家族中的一个人转告她,普罗岑科知道她从那里动身了,他也平安无事,但是不能来看她。

这回已经没人护送卡佳,她自己日夜赶路,一昼夜只休息两三个小时,好容易来到玛尔法家。一到这里就听到一个可怕的消息:玛莎牺牲了。

乌斯片卡村卫生所的秘密联络站暴露了,克罗托娃姐妹从警察局内的自己人那里得到报信便撤出来了,并把联络站暴露的消息通知跟她们有联系的地下组织,但是当这个消息送到玛尔法家时,偏偏玛莎已经动身去乌斯片卡。

曾经想半路上截住玛莎,但是没有截成。玛莎落到宪兵队手里,就在乌斯片卡被折磨死了。还是从警察局内的自己人那里听说,玛莎压根儿不承认跟地下组织有联系,没出卖任何人。

这个消息如晴天霹雳!但是卡佳没有权利折磨自己,她需要力量。

两天之后,她已经到达伏罗希洛夫格勒。

第五十六章

在德国人的后方，连最落后的人，对战局的发展并不了解的人，也都明白：希特勒匪帮完蛋了。

像克拉斯诺顿这样远离前线的地方，首先是从希特勒的小伙计纷纷逃跑看出来的。他们都是合伙抢劫的伙伴，其中有匈牙利和意大利的雇佣军，还有罗马尼亚安东尼斯库的残部。

罗马尼亚的军官和士兵们顺着所有的大路仓皇逃跑，没有汽车，也不带大炮。他们不分昼夜，有的军官坐着斗车，马累得疲惫不堪，有的步行，穿着下摆烧坏了的军大衣，手插在袖筒里，戴着羊皮高筒帽或船形帽，脸冻坏了就用毛巾或女人的毛短裤包着。

有一辆马车在奥列格家的门前停下，有个军官曾经在这里住过，从车里钻出来就往屋里跑。勤务兵拎着军官的大皮箱和自己的小皮箱也进了屋。他为了藏起冻坏的耳朵，走路歪着脖子。

这个军官牙肿了，金肩章也没有了。他一进厨房就在火炉旁边烤手。

"喂，情况怎么样？"科利亚舅舅问他。

军官并没皱鼻子，因为鼻子冻坏了没法皱，不过他脸上露出的却是皱鼻子的神情，并且突然扮出希特勒的脸相。因为他留着小胡子，也是疯狂的眼神，所以扮得挺像。他扮成希特勒的样子，踮起脚尖装出逃跑的姿势。他连一点儿笑容也没有，可见他并不是开玩笑。

"我们回家去找老婆！"勤务兵好脾气地说，胆怯地斜眼瞅瞅军官，并对科利亚舅舅挤挤眼。

他们烤暖和了，吃点儿东西，拎着皮箱出门。外婆突然灵机一动，掀开叶列娜·尼古拉耶夫娜床上的被子一看,有两条床单不见了。

外婆发火了,甚至变得年轻了,立刻追出去,站在角门旁边大喊大叫。军官明白,他将成为女人风波的中心,便命令勤务兵打开小皮箱。勤务兵的小皮箱里果然有一条床单。外婆一把抓过来,喝问:

"那条呢?"

勤务兵愤怒地转动眼珠子瞅着主人,可是主人抓起自己的皮箱钻进马车。这位古罗马人的后裔可能把这条床单带回罗马尼亚。不过要是他跟勤务兵在半路上遇见乌克兰或摩尔达维亚的游击队而一命呜呼,这条床单便会落到游击队的手里。

最冒险的行动由于出其不意,有时比计划周密的行动更容易取得成功。不过更常见的情况是最宏伟的事业由于一步走错而满盘皆输。

12月30日晚上,谢廖沙和瓦丽亚跟同伴们到俱乐部去,路上看见一辆德国卡车停在一家门前,车上装满口袋,却没有人看守,也不见司机。

谢廖沙和瓦丽亚爬上卡车,摸摸口袋。根据一切情形判断,里面装的是新年礼物。昨夜刚下过一场小雪,天气挺冷,四周被雪照得通亮。街上还人来人往,可是大家还是冒险从车上扔下几个口袋,塞到附近的院子里和小棚子里。

俱乐部主任莫什科夫和艺术指导万尼亚建议,等俱乐部里玩的人一散,就把礼物搬进俱乐部,这里地下室有很多隐蔽的屋子。

有一群德国兵围在卡车旁边,喝得酩酊大醉,破口大骂。其中有个上等兵穿着狗皮领大衣和人造毛毡靴,骂得最凶。可是这家女主人连棉衣都没穿就出来了,说她没动。德国人也看出来她没拿。后来德国人爬上卡车,女主人跑回屋,可是德国人一下坡就找到宪兵队。

这时青年们把口袋搬进俱乐部藏在地下室里。

第二天早晨万尼亚和莫什科夫在俱乐部碰头,今天恰好是除夕,决定马上把一部分礼物,特别是香烟,拿到市场上去卖,因为组织需要钱用。碰巧斯塔霍维奇到俱乐部来,他也赞成这种办法。

市场上偷偷卖德国小商品并不是稀奇的事。首先德国兵就干这一行,用香烟、烟叶、蜡烛和汽油换烧酒、棉衣和食品。对德国货被偷偷贩卖,警察也睁一只眼闭一只眼。莫什科夫手下有一批野孩子专门贩卖香烟,从中得点儿抽头。

这一天,警察一清早就到丢失口袋的地点进行搜查,把附近的人家都搜遍了也找不到这些礼物,便专门到市场上监视,看有没有人拿出来卖。有个小男孩卖香烟,被警察局长索利科夫斯基当场抓住。

审问时,小男孩说这些香烟从一个大叔手里用面包换的。警察抽他一顿鞭子。但他是个野孩子,挨鞭子是常有的事,再说他受过讲义气的熏陶,不能出卖同伙。他被打得浑身是伤,哭了很久,被关进牢房,一直关到黄昏。

傍晚小队长布吕克纳听汇报,其中有一件事就是警察局长索利科夫斯基报告说,抓住一个小男孩卖德国香烟,小队长就把这件事跟其他扒车事件联系起来,想亲自审问这个小男孩。

晚上小男孩在牢房里已经睡着了,被人叫醒,带到小队长的办公室,立刻站到宪兵队的两个大官面前,旁边还有警察局长和翻译官。

小男孩嘟嘟囔囔,咬定原来的口供。

小队长火了,揪住小男孩的耳朵拽他穿过走廊,亲自送进牢房。

这间牢房有两张血迹斑斑的板床!天棚上吊着绳子,长长的白木桌用架子支着,上面摆着通条、锥子、斧子和用电线拧成的鞭子。铁炉子烧得通红。墙角上放着几桶水。墙脚底下像洗澡堂一样有两条排水沟。

桌子旁边有个胖胖的德国宪兵正坐在小凳上抽烟。他有点儿秃顶,戴着浅色玳瑁框眼镜,穿着黑制服,两只通红的大手长满浅色汗毛。

小男孩一看见他就吓哆嗦了,说这些香烟是从俱乐部的莫什科夫、万尼亚和斯塔霍维奇那里拿的。

就在这一天,住在五一矿区的维里科娃在市场上遇见一个小学同学,姓利亚德斯卡亚,她俩还同过桌。从战争一开始她们就没见过面,因为利亚德斯卡亚的父亲调到克拉斯诺顿矿区去了。

她俩算不上好朋友,但是从小受到的熏陶相同,事事都替自己打算。这种教育产生不出友谊,不过她们只要对方一张口就能猜透她的心思。她们还有共同的兴趣,都想从彼此交往中得到好处。她们从小就从父母和跟父母来往的人那里学到一种观念:人人都追求个人利益,人生的目的和使命就是要为生存而竞争,不要让别人踩在脚下,而要踩着别人往上爬。

维里科娃和利亚德斯卡亚在学校里担任过各种社会工作,那些表示现代社会观念和道德观念的词汇她们都运用自如。但是她们深信,这些社会工作也好,词汇也好,甚至她们在学校里学到的知识也好,都是人们编造的,以便掩饰他们自私自利和损人利己的目的。

她们见面虽然并不特别亲热,不过还是很高兴。她们彼此友好地笔直伸出手来,小维里科娃戴着带帽耳的皮帽子,两条小辫从呢子大衣领顶上向前翘着。利亚德斯卡亚个子高大,棕色头发,高颧骨,还染了指甲。她们离开市场上熙熙攘攘的人群走到一旁唠起来。

"去他们的吧,这帮德国人,算什么救星!"利亚德斯卡亚说,"文明,文明,他们倒是只想大吃大喝,拿普希金做幌子想白玩……不,我原来对他们抱挺大的希望……你在哪上班?"

"在从前的牲畜采购办……"维里科娃露出一脸的委屈和抱怨,她总算找到一个趣味相投的人谈谈心。她觉得利亚德斯卡亚批评德国人的角度十分正确。"只给一点儿面包,才二百克,别的什么都没有……他们都是笨蛋!对自愿为他们效力的人一点儿也不重视。我非常失望。"维里科娃说。

"我一下子就看出来了,不合算。所以我没去。"利亚德斯卡亚说。"开头我混得还算不错。我们那里有一帮人大家挺近乎,他们派我到各个村子去换东西……后来有个女人为了个人打算出卖我,说我没到介绍所登记。我才没理她那个茬呢!我们那里有个老家伙,是介绍所派去的全权代表,样子挺滑稽,他甚至不是德国人,是什么拉林吉亚的人。我陪他到处走走,玩玩,后来他甚至主动送我酒精饮料和香烟。不过后来他病了,派来接替他的是个看家狗,立刻撵我下井。你可知道,摇绞车可不是什么好活! 我所以才到这里来,也许能在这里的介绍所找个好差使……你那里有没有什么门子?"

维里科娃矫情地把嘴一噘。

"我才用不着他们呢! ……我告诉你吧,最好跟军人打交道。首先,他是暂时的,就是说他早晚得走,不用为他担什么责任。再说他们出手大方,因为他知道说不定明天就给打死,为了玩舍得花钱……你什么时候到我家来?"

"怎么去得了? 走到这就十八公里,再到你们五一矿区还得走多远!"

"难道五一矿区就不是你的了吗? ……不管怎么说,你得来一趟,告诉我你找到什么工作了。我给你看几样东西,也许能送给你点儿啥,明白了吗? 千万来!"维里科娃漫不经心地把小手伸得笔直。

晚上有个女邻居来,她白天到过介绍所,给维里科娃捎来一张字条。利亚德斯卡亚写道,"你们介绍所都是地道的看家狗,比我们区的还要厉害",说她碰一鼻子灰,"败兴而归"。

新年前夕,五一矿区跟全市其他各区一样进行重点搜查。在维里科娃家搜到这张字条,因为维里科娃随便塞进从前念书时候的笔记本里。来搜查的侦查员库列绍夫没费什么事就让维里科娃说出她同学的姓名,她由于怕事,还把利亚德斯卡亚的"反德"情绪添枝加叶地说了一遍。

库列绍夫命令维里科娃新年过后到警察局去,便把字条带走了。

最先知道莫什科夫、万尼亚和斯塔霍维奇被捕的是谢廖沙。他告诉了两个姐姐娜佳、达莎和好朋友维佳,然后便跑去找奥列格。他在奥列格家碰到瓦丽亚、妮娜和奥莉亚,她们三个每天早晨到奥列格家聚齐,奥列格给她们布置当天的任务。

昨天夜里奥列格和科利亚舅舅收听到苏联新闻局发布的消息,报道斯大林格勒区红军六个星期攻势的总结和德国庞大的集团军群被双重包围的战报,他们都做了记录。

姑娘们笑嘻嘻拉住谢廖沙的手,纷纷把这些好消息告诉他。谢廖沙不管多么坚强，可是他说出这个可怕的消息时嘴唇也发抖了。

奥列格脸色苍白，把两只大手的手指交叉在一起，呆呆地坐了片刻，额头现出深深的皱纹。然后他站起身，脸上现出要采取行动的神情。

"姑娘们，"他轻声说，"赶快去找图尔克尼奇和乌丽亚。凡是跟指挥部关系密切的人都要通知到，让他们把东西藏起来，不能藏的就毁掉。并且告诉他们，下一步怎么办过两个小时通知。还让他们告诉家长一声……别忘了告诉柳芭的母亲。"他说（柳勒卡这时正在伏罗希洛夫格勒）。"我得出去一趟。"

谢廖沙也穿上棉袄，戴上便帽。冷天他也只戴便帽。

"你上哪去?"奥列格问。

瓦丽亚突然脸红了，因为她猜到谢廖沙穿衣服是要陪她出去。

"趁大家没来之前我到街上望望风。"谢廖沙说。

大家头一次想到，万尼亚、莫什科夫和斯塔霍维奇既然被捕，就随时都有可能来抓他们，甚至可能就是现在。

姑娘们分好工，谁找谁，然后就走出门去。谢廖沙在院子里叫住瓦丽亚。

"你可千万小心。要是回这里找不到我们，就去医院找娜塔利亚·阿列克谢耶夫娜，我一定到那找你。离开你，我哪也不去……"

瓦丽亚默默点点头，跑去找图尔克尼奇。

奥列格尽量迈着平时的步伐朝索科洛娃家走去，她家住在离劳动介绍所不远的一条街上。

奥列格来到索科洛娃家的时候，她正在忙家务活——削土豆皮，把削好的土豆扔进锅里煮，锅坐在炉子上冒热气。当奥列格把同志被捕的消息告诉她的时候，这个沉着坚定的女人脸唰地白了，手中的刀也掉了，发一阵呆，一句话也说不出来。后来她控制住自己。

正是元旦，大家不上班。今天早晨她刚给柳季科夫送过奶，大白天再到他家去不大方便。但是事情刻不容缓，几小时，甚至几分钟之内就可能出事。

索科洛娃尽管对"青年近卫军"工作情况非常了解，还是仔细询问奥列格，被捕的人当中有没有人知道奥列格和图尔克尼奇跟区委有联系。当然，所有被捕的人都知道跟区委有联系，不过具体的人他们并不知道。莫什科夫本人跟区委有联系，然而莫什科夫在各方面都可以信赖。万尼亚倒是通过索科洛娃跟区委进行联系，但是她对万尼亚十分了解，所以她连想都没想自己也有可能被捕。

糟糕的是斯塔霍维奇对"青年近卫军"的情况了解得很多，据奥列格介绍，斯塔霍维奇人倒是诚实，只是性格软弱。

索科洛娃让奥列格在她家里等她，还教给他万一有外人来如何应付。

奥列格等了一个小时，可以想象有多么漫长！幸亏什么人也没来。只听到隔壁邻居正忙着干什么。

她终于回来了……脸冻得通红，蛮有精神。显然柳季科夫对她说了什么话，使她心里产生希望。

"听我告诉你，"她摘下头巾，解开大衣扣，坐在奥列格对面的小凳上，"他叫我对你们说，不要泄气。还告诉你们赶快离开本市，指挥部成员、跟指挥部接近的人或跟被捕的人接近的人，都要马上离开。留下两三个可靠的同志接替领导工作，让主要负责人跟我联系，然后就可以走……谁能到乡下去或比较远的城市里躲躲，就让他们去。他劝指挥部成员和跟指挥部接近的人到北部各区去，越过顿涅茨河。到了那里可以穿过前线，也可以就在那里等我们的部队打过来……等等，我还没说完……"她看奥列格想问什么，便抢着说。"他让我给你一个地址，你仔细听着。"索科洛娃脸色突然变得严肃起来，"这个地址你只能告诉图尔克尼奇，也只有你俩有权利用它。再不能告诉任何人，不管是什么人，也不管你们多重视那个青年……或姑娘。懂了吗？"索科洛娃轻声说，并且仔细端详奥列格。奥列格明白她指的是谁。

他又坐了一会儿，头缩在肩膀里，额头现出跟成年人一样深深的皱纹。

"我俩一定要去找这个地址吗？我和图尔克尼奇。"他轻声问。

"不一定,当然不是……但是这个地址最可靠,到了那里不但能掩护你们,还能给你们工作做……"

她从奥列格的面部表情看得出来,他心中正在进行激烈的斗争。但是他提出的问题却完全出乎她的预料:

"狱中的战友怎么办? 难道我们不想法营救他们抬腿就走?"

"你们现在反正帮不了他们什么忙。"索科洛娃突然变得严厉地说。"区委会想尽一切办法。我们还会让你们留下的人参加。你们想让谁负责呢?"

"让阿纳托利留下。"奥列格考虑一下说,"要是他出了事,就让苏姆斯科伊负责。您认识他吧?"

他们又沉默片刻。他该走了。

"你想上哪去呢?"索科洛娃轻声问。她这次问的口吻是作为一个疼爱他和跟他家关系密切的人。他感到她激动不安。

奥列格的脸变得阴沉忧伤,她感到后悔,不该提这个问题。

"波林娜·格奥尔吉耶夫娜,"他痛苦而吃力地说道,"您知道我为什么不能用这个地址……"

是的,她知道是因为妮娜! 他抛不下妮娜。

"我们一起试试穿过前线。"奥列格说。"再见吧。"

他们拥抱在一起。

奥列格不在家的时候,图尔克尼奇来找他,接着斯乔帕和列瓦绍夫也不叫自来,又过一会儿若拉也来了。这次他没跟沃洛佳一起来。今天是1月1日,沃洛佳刚满十八周岁,妹妹柳霞织了一双毛袜子送给他。他跟妹妹一清早就到乡下去看爷爷去了。

图尔克尼奇派几个人到房前房后望风。

乌丽亚住得远,一时来不了,图尔克尼奇跟谢廖沙商量起来。

他们现在应该怎么办? 这是他们必须回答、并且立刻要回答的唯一问题。他俩明白,问题不仅关系到被捕的同志们的命运,而且关系到整个组织的命运。坐待事态的发展吗? 他们随时有可能被逮捕。躲藏起来吗? 他们又无处可藏,人人都认识他们。

瓦丽亚回来了,接着乌丽亚、奥莉亚和妮娜也到了。妮娜是在路上遇见她俩的。妮娜说俱乐部旁边有德国宪兵和警察站岗,什么人也不让进,附近的人都听说俱乐部的负责人被捕了,从俱乐部地下室里搜出德国人的新年礼物。

图尔克尼奇和妮娜说,他们推测这是他们三个被捕的唯一原因。不论这件事令人多么难过,但还不是整个组织遭到破坏。

"他们不会供出大家的。"图尔克尼奇说,他向来是信心十足。

这时奥列格回来了,一句话也不说,忧心忡忡地在桌旁坐下。后来他把图尔克尼奇叫到外婆的小屋,把索科洛娃给的地址告诉他,两人又商量一气才从屋里出来。姑娘们和谢廖沙都保持难堪的沉默,等待他俩从屋里出来。大家都用探询的目光看着奥列格,既充满痛苦,又满含希望。

奥列格开始讲话了,脸上的表情甚至变得残酷无情。

"我们必须放弃一切侥幸心理,"他说,用坚定坦诚的目光看着大家。"不论我们有多么难过,有多么困难,我们必须放弃想留下等待红军、从后方支援他们的想法。我们原来打算做的一切事,包括明天要做的事都必须放弃……不然的话,我们会毁了自己,也毁了我们所有的人。"他说,勉强控制住自己。大家都脸色苍白,一动不动地听着。"德国人找我们好几个月了。他们知道我们存在。这次他们打中了我们组织的核心。即使除开这些礼物之外他们什么也不知道,他们也不会知道,"他强调说,"但是他们也会把我们这些聚集在俱乐部周围的人全都抓起来,还会抓好几十个无辜的人……我们怎么办?"他沉默片刻。"撤走……离开本地……是的,我们大家必须分开。当然不是所有的人都走。这次事件大概不会影响到克拉斯诺顿矿区的人。五一矿区也没事。他们可以继续干。"他突然非常严肃地看乌丽亚。"乌丽亚除外,因为她是指挥部的成员,随时都可能暴露……我们全心全意地进行了斗争,"他说,"现在我们有权利撤走,因为我们意识到,我们尽到了义务……我们丢失三个同志,其中最好的同志就是万尼亚。但是我们分手的时候不应该灰心丧气。我们做了我们能做的一切……"

他讲完了。别人谁也不想说什么，也说不出来。

他们肩并肩地进行了五个月的战斗。在德国人统治下的五个月，每一天所忍受的精神痛苦和肉体痛苦、每一天所付出的精力，要比平时的一天多出几倍……这五个月过得多么快！这一段时间里他们人人都发生了很大变化！……他们对于崇高和恐惧、善良和罪恶有了更深的认识，他们在共同事业和相互关系中倾注了全部心血，献出了高尚而美好的力量！……直到这时他们才看清楚，"青年近卫军"是个多么好的组织，他们从中受到多少锻炼。可是现在他们不得不离开这个组织。

瓦丽亚、妮娜和奥莉亚悄悄哭起来……乌丽亚表情镇静地坐在那里，两眼射出强烈的凶光。谢廖沙把脸伏在桌上，噘着微肿的嘴唇，用手指甲在桌布上画来画去。图尔克尼奇默默无语，浅色眼睛直视前方。他那双薄嘴唇明显露出意志坚强的线条。

"有没有不同的意见？"奥列格问。

没有不同意见。但是乌丽亚说：

"我认为我没有必要马上走。我们五一矿区跟俱乐部没有什么关系。我等等看，也许我还可以继续工作下去。我一定小心就是……"

"你应该走。"奥列格说，又严肃地注视她。

谢廖沙一直没说话，突然说：

"她必须走！"

"我一定小心就是。"乌丽亚又说一遍。

他们怀着沉重的心情，谁也不看谁，做出决定：指挥部留下三个人继续工作，有阿纳托利、苏姆斯科伊，如果乌丽亚不走，还有她。如果柳芭回来，根据情况可以留的话，她算是第四个。还做出决定：所有的人都尽可能赶快离开。奥列格说，他跟担任联络员的姑娘们必须等把所有的人都通知到，并且跟阿纳托利和苏姆斯科伊联系上再走。但是指挥部成员和跟指挥部接近的人今天晚上无论如何不能在家住。

他们把若拉、列瓦绍夫和斯乔帕叫进来，把决定告诉他们。

然后大家纷纷告别。乌丽亚走到奥列格跟前。他们互相拥抱。

"谢谢。"奥列格说,"谢谢你所做的一切和你现在还这么坚强……"

她用手温柔地抚摩他的头发。

但是到了姑娘们跟乌丽亚告别的时候,奥列格忍受不了,走出房门,来到院子里。谢廖沙也跟他出来。他们没穿棉衣站在严寒里,头顶上是 1943 年灿烂的太阳。

"你都明白了吗?"奥列格哑着嗓子问。

谢廖沙点点头:

"都明白……斯塔霍维奇有可能挺不住……是不是?"

"是的……不过这么说不好,不了解情况就不能不信任人家。他大概正在受刑,而我们在外面。"

他俩沉默片刻。

"你准备往哪走?"谢廖沙问。

"试着穿过前线。"

"我也这么想的……一起走好吗?"

"当然。只是妮娜和奥莉亚要跟我一起走。"

"我想瓦丽亚也会跟我们走。"谢廖沙说。

列瓦绍夫带着阴郁尴尬的表情走到图尔克尼奇跟前,跟他告别。

"等一下,你怎么了?"图尔克尼奇说,仔细打量他。

"我想暂时留下。"列瓦绍夫阴郁地说。

"太不理智。"图尔克尼奇轻声说,"你帮不了她什么忙,也保护不了她。没等她回来你就可能被抓去。她是机灵的姑娘,会想法逃走或骗过他们的……"

"我不走。"列瓦绍夫说。

"你穿过前线找部队去!"图尔克尼奇激烈地说,"暂时我还没撤职,我命令你这么做!"

列瓦绍夫默默不语了。

"喂,政委同志,这么说你想穿过前线?是最后决定吗?"图尔克尼奇看见奥列格又走进屋里便问。上级给他们两个人用的地址,奥列格不肯用,图尔克尼奇很不高兴,但是他也明白,他说服不了奥列格。听说他们要五个人一起走,摇摇头说:"太多了……这么说在这里见面之前,首先都要参加红军队伍了!……"

他们拉住彼此的手凑到一起亲吻。然后图尔克尼奇突然挣脱身子,两手一摆就跑了出去。列瓦绍夫吻一下奥列格,也跟图尔克尼奇走出房门。

斯乔帕在卡缅斯克有亲戚,他决定到那里等待红军。若拉内心里进行斗争,但是对谁也不能说。不过他明白,无论如何不能留下来。看来他只好还是到新切尔卡斯克去找叔叔。那次他跟万尼亚一起走,就是想到那里去却没走到地方……若拉突然想起他跟万尼亚一路上的情景,热泪夺眶而出。他也走出去。

屋里只剩下五个人:奥列格、谢廖沙和三个担任联络员的姑娘。他们又待一会儿,决定谢廖沙不必回家,让奥莉亚通过维佳告诉他家里的人。

然后瓦丽亚、妮娜和奥莉亚又出去把通过的决议告诉应该通知的人。谢廖沙穿上棉袄出去望风,他知道奥列格要单独跟家人待一会儿。

当奥列格在餐厅里和外婆的小屋里商量事情的时候,他家的人已经知道万尼亚和另外两个人被捕,知道孩子们正在商量这件事。

他家里藏着武器,做旗的红布和传单,其中有的被叶列娜·尼古拉耶夫娜和科利亚舅舅重新收藏好,有的销毁了。科利亚舅舅把收音机埋在厨房底下的地窖里,上面盖上土,又把渍圆白菜的大桶压在上面。

现在一切都收拾好了,家里人聚集在科利亚舅舅的屋里,玛林娜三岁的小儿子既饶舌又调皮,大家习惯地胡乱答应他的问话,像被判决的犯人等待奥列格商量完工作。

最后一个人走了,砰地一声关上门。奥列格走进屋里,大家都转脸去看他。他脸上丝毫没留下内心斗争和忙于工作的痕迹,但是常见的孩子气没有了。他脸上露出的是忧伤。

"妈妈……"他说。"还有姥姥……科利亚和玛林娜……"小弟弟欢叫着抱住他的大腿,他把大手放在弟弟的头上。"我得跟你们告别了。帮我收拾一下……然后我们大家一起坐一会儿,就像从前那样……像很久很久以前那样……"他的眼睛里和嘴角掠过一丝遥远的温柔的笑意。

大家都站起来把他围住。

……母亲的双手总是忙个不停!当他还在母亲腹内躁动的时候,令母亲尝到强烈而温柔的感觉,心都停止了跳动,还用不着衣服,可是母亲的双手已忙着做最最柔软的小衣服,忙得手像小鸟一样乱飞。当第一次带他出去玩的时候,母亲的双手忙着把他包好。当送他上学的时候,母亲的双手忙着给他穿衣。然后是打发他第一次出门,接着便是远行——母亲的一生就是在不断的送行和重逢、少有的欢乐时刻和无穷的担心和关怀中度过的。当儿子还在、还抱有希望的时候,母亲的双手忙来忙去。即使失去希望、要送儿子进入坟墓的时候,母亲的双手还是忙个不停……

人人都有事做。他又跟科利亚舅舅一起检查一下材料。日记本得烧了,有人把他的团证和几份空白的临时团证缝进上衣里。有人给他补好换洗的衬衣。有人往背包里装东西:肥皂、牙刷、针、黑线和白线。还找到一顶带帽耳的旧皮帽给谢廖沙戴。吃的东西另装一个背包,给谢廖沙背,他们一共五个人呢……

只是没工夫再像从前那样坐坐……谢廖沙一会儿进来,一会儿出去。接着瓦丽亚、妮娜和奥莉亚都回来了。夜幕降临。大家要告别了。

谁也没有哭。维拉外婆挨个打量一遍,给这个扣上扣子,给那个正正背包。她哆哆嗦嗦把每个孩子都抱抱,然后就推开。只是抱奥列格的时间最久,把尖下巴颏顶在他的皮帽子上。

奥列格拉起母亲的手走进另一个房间。

"请原谅我。"他说。

母亲跑到院子里,寒风扑面,腿冻得发冷。她已经看不见他们的身影,只能听到他们穿毡靴走在雪地上的沙沙声——勉强听得见,现在连这沙沙声也听不见了。可她还是站在那里,站在漆黑的星空下……

天一亮就有人敲门,叶列娜·尼古拉耶夫娜一夜未曾合眼。她连忙披上衣服问:

"谁?"

来了四个人:警察局长索利科夫斯基、芬邦军士和两个德国兵。他们要找奥列格。叶列娜·尼古拉耶夫娜说他到乡下换吃的去了。

他们在屋里搜查一遍,逮捕了全家人,连维拉外婆和带着三岁小儿子的玛林娜也不放过。外婆只来得及告诉邻居帮助看家。

到监狱把他们送进不同的牢房。玛林娜和孩子关进押着许多妇女的牢房,她们跟"青年近卫军"没有任何关系。但是其中有玛丽亚·安德列耶夫娜。博尔茨和谢廖沙的姐姐费尼亚,其实费尼亚带孩子单独过。玛林娜听费尼亚说,他们的父母也被抓来了——身子佝偻的"爷爷"还拄着拐杖。只有娜佳和达莎姐俩躲起来了。

第五十七章

万尼亚是天刚亮的时候被捕的。他正准备到下亚历山德罗夫卡去看克拉娃，摸黑起床，带上面包头，穿上大衣，戴上带帽耳的皮帽子走出门外。

一条亮黄色的早霞异常纯洁鲜艳，平平整整横卧在地平线上。早霞上面是一片灰粉色烟雾，到了苍白晴朗的天空中渐渐消失。城市上空也有几团轻飘飘的烟，有粉红色的，有黄色的。这幅画面万尼亚看不见，但是他从小就记得，在晴朗寒冷的早晨总是这样，所以他那没戴眼镜的脸上露出兴高采烈的神情。他怕戴眼镜蒙上雾气便揣在里兜了。他就是带着这种高兴的神情遇上走到他家门口的四个人，还没看清楚这些人是德国宪兵和新来的侦查员库列绍夫。

当这些人走到跟前，万尼亚认出他们的时候，库列绍夫便开始盘问，于是万尼亚明白，他们是来找他。他每到关键时刻总是这样，变得非常沉着冷静，所以立刻听明白库列绍夫问话的意思。

"是的，我就是。"万尼亚说。

"你闹出大事了……"库列绍夫说。

"我告诉家里人一下。"万尼亚说。但是他知道不会让他回屋，便转过身敲敲离得最近的窗户——不是敲玻璃，而是用拳头敲中间的横掌。

就在这时，库列绍夫和一个宪兵抓住他的两只胳膊，库列绍夫迅速摸摸他的大衣兜，又隔着大衣摸裤兜。

风窗开了，姐姐向外看。万尼亚看不清她脸上的表情。

"告诉爸爸和妈妈，警察局来人找我，让他们别担心，我马上就回来。"他说。

库列绍夫用鼻子哼哼,摇摇头,带着一个德国兵上了台阶,他们要进屋搜查。一个德国军士和另一个德国兵带着万尼亚就走。这条街很少走车,积雪也不深,他们沿着房跟前踩出的一条小道走。这样一来军士和士兵都走在雪里,于是他们松开万尼亚的胳膊,紧紧跟在后面。

万尼亚就这样被推进一间又小又黑的牢房,身上穿着大衣,头上戴着皮帽子,穿一双破皮鞋,鞋后跟磨坏了。牢房墙壁上挂着白霜,地板滑溜溜的,牢房的门被锁上,现在只剩下他一个人了。

天棚底下有一条窄缝,勉强漏进一点儿晨光。牢房里既没有大铺,也没有床。墙角上的马桶发出难闻的气味。

种种猜测和对克拉娃、对父母、对战友的思念一齐涌上心头。他们为什么抓他?对他的活动是否知道什么?不过是有所怀疑还是有人出卖他?但是他习惯于用意志力控制自己,仿佛自己来说服自己:"要冷静,万尼亚,千万要冷静。"终于使自己明确,现在最主要的是只能想:要沉住气,过一会儿就知道了……

万尼亚把冻僵的手伸进大衣兜里,戴着皮帽子低头靠墙站立,以他素有的耐性站了很久,究竟有多久他自己也不知道,总该有几个小时。

走廊里不断传来脚步声,有一个人的,也有几个人的,沉重的脚步从这头走到那头。牢门不住地砰砰响。可以听到近处或远处的谈话声。

后来有几个人的脚步在他的牢房门前停住,有个沙哑的声音问:
"是这间吗?……带到小队长那里去!"
这个人又往前走,门上的锁头被钥匙打开。

万尼亚身子离开墙,转过头。走进来一个德国兵,但不是押送他的那个,是另外一个,手里拿着钥匙,可能是在走廊里值班的。还进来一个警察,这个人的脸他认识,因为在这段时间里他们把所有的警察都研究过。万尼亚被警察带到小队长的接待室。在接待室里他看见另一个警察押着一个小男孩,正是他们派去卖烟的孩子之中的一个。

小男孩瘦了许多,脸也没洗,瞥万尼亚一眼,一耸肩膀,用鼻子吸一口气便扭过脸去。

万尼亚感到略微轻松。不过他还是必须推个干净,因为只要承认偷礼物是为了弄点儿零花钱也要供出同伙。不,不能以为这件事可以很容易对付过去……

做记录的德国兵从小队长办公室里出来,一手扶着门让开路。

"进去……进去……"警察连忙说,慌慌张张把万尼亚推到门口。另一个警察从后面抓住男孩子的脖子也往前推他。万尼亚和小男孩几乎同时走进办公室。门在他们后面关上。万尼亚摘下皮帽子。

办公室里有好几个人。万尼亚认出了小队长布吕克纳,见他坐在桌子后面仰着身子,他的脖子在制服领子上堆出厚厚的褶子。他用猫头鹰一般圆圆的眼睛注视着万尼亚。

"往前来!别装老实了……"索利科夫斯基沙哑地说,好像他的声音穿过密林传出来。他站在小队长桌子前面,大手里握着鞭子。

侦查员库列绍夫站在桌子另一头,伸出长胳膊抓住小男孩的胳膊猛然一拽,把他拽到桌子跟前。

"是他吗?"库列绍夫问,带着一丝冷笑,眼珠一转,瞅着万尼亚。

"是他……"小男孩勉强吐出两个字,用鼻子吸一口气就再也不吭声了。

库列绍夫得意扬扬地看看小队长,然后又看看索利科夫斯基。翻译站在桌子那面,毕恭毕敬俯下身子向小队长说明这里所发生的情况。万尼亚认出这个翻译是赖班德,他跟克拉斯诺顿所有的人一样,认识这个家伙。

"明白了吧?……"索利科夫斯基眯缝起细小的眼睛看着万尼亚。由于他的眼睛深深藏在肿起来的颧骨后面,他看人就像隔着一座山似的。"告诉队长先生,你是跟谁一起干的。快说!"

"我不明白您说的是什么。"万尼亚直视着他,用沙哑的低音说。

"瞧见没有?"索利科夫斯基又惊又气地对库列绍夫说,"这就是苏维埃政权教育出来的!"

小男孩听了万尼亚的话,吃惊地瞅瞅他,好像浑身发冷,缩作一团。

"你也不害臊?你总该可怜可怜这个小孩,他可是替你受罪呢。"库列绍夫轻声责难说,"你看看这里放的是什么?"

万尼亚转过头顺着库列绍夫用目光指着的方向一看,墙前放着一个打开口的口袋,装的正是礼物,有一部分撒在地板上。

"我不知道这跟我有什么关系。这个小孩我头一次看见。"万尼亚说,态度越来越镇静。

小队长布吕克纳听赖班德一句一句给他翻译,显然听得不耐烦,拿眼一扫赖班德,嘟囔一句什么。库列绍夫恭恭敬敬闭上嘴。索利科夫斯基也挺直腰板,两手垂直紧贴裤线。

"队长先生要你说出,你抢过几次卡车?什么目的?谁是同伙?除这之外还干过什么?要统统讲出来……"赖班德冷冰冰地说,并不看万尼亚。

"我怎么能去抢卡车?我站在这里连你都看不清楚,这你是知道的!"

"请回答队长先生的问题……"

但是队长先生显然什么都明白,用手指一比画说:

"带到芬邦那里去!"

刹那间一切都变了样。索利科夫斯基伸出大手抓住万尼亚的衣领,恶狠狠地摇晃他,把他拽到接待室,再转过他的脸对着自己,用鞭子使劲在他脸上抽出个十字花。万尼亚的脸立刻肿了,现出紫色鞭痕。有一鞭抽在左眼角上,眼睛也立刻肿了。押他来的警察也抓住他的衣领,跟索利科夫斯基一起连推带用膝盖顶,把他从走廊里拖过去。

然后把他推进一间牢房,芬邦军士和两个党卫队员坐在里面,正在抽烟,脸上露出疲惫不堪的神情。

"你这个坏蛋,要不马上供出同伙……"索利科夫斯基用可怕的嗞嗞声说,伸出大手抓住万尼亚的脸,他的指甲像铁一样坚硬。

两个党卫队员抽完烟，用脚踩灭烟头，动作熟练、不慌不忙扒掉万尼亚的大衣和全身的衣服，把他光着身子扔到血迹斑斑的板床上。

芬邦伸出长满浅色汗毛的血红的手也不慌不忙从桌上挑两根电线拧成的鞭子，递给索利科夫斯基一根，自己拿一根，在空中甩一下试试。接着两人便一人一下抽打万尼亚赤裸的身子，每打一下把鞭梢往回一拽。两个党卫队员一个按头，一个按脚。刚打几下，万尼亚的身上就直流鲜血。

他们一开始打，万尼亚就对自己发誓，不论他们问什么，决不张口回答，也决不呻吟一声。

所以他们打他的时候，他一声也不吭。他们打一气歇一气，索利科夫斯基还不住地问：

"头脑清醒了吧？"

万尼亚躺在那里不吭声，头也不抬。他们又开始打他。

不到半个小时之前，莫什科夫也在这个板床上挨过鞭子。莫什科夫跟万尼亚一样，根本不承认参与过偷礼物的事。

斯塔霍维奇住在偏远的郊区，在他们之后被捕。

斯塔霍维奇跟和他性格相同的青年一样，他们人生的主要动力就是自尊心。在大庭广众之间，尤其是当着亲近的人或有道德威望的人的面，他能或多或少表现得坚强，甚至可以做出狂热的英雄行为，然而当他一个人面对危险或困难时，他就成了懦夫。

他一被捕就吓得魂不附体。但是他聪明，善于随机应变，一转眼就能找出几十几百个理由为自己设法脱身进行道德辩解。

斯塔霍维奇一跟小男孩当面对质，立刻明白新年礼物是他和其他也会被捕的同志唯一的罪证，脑子一转，他想出主意，何不把这件事变成刑事案件，坦白承认他们三个一起干的，再流下几滴眼泪，说是被贫穷和饥饿逼的，保证以后用诚实的劳动赎罪。他在小队长布吕克纳和其他人面前煞有介事地表白一番，他们立刻就明白，这是个什么人物。在办公室里就打他，要他供出别的同党，因为当天晚上他们三个都在俱乐部，不可能自己去扒车！

幸亏到了小队长布吕克纳和副队长巴尔德吃午饭的时间，才把斯塔霍维奇撂下，让他安安静静待到傍晚。

傍晚对待他很客气，说只要他肯说出偷礼物的人马上放他。他还说是他们三个人干的。于是把他交给芬邦，开始拷打他，直到他供出谢廖沙为止。他说天太黑，没看清楚别的人。

可怜的他不曾想供出谢廖沙之后，反而使自己陷入痛苦的深渊，对他拷打得更厉害。因为他落入了行家的手里，他们知道必须趁他现在表现软弱的时候彻底摧毁他的意志。

他们拷打一阵，浇一次凉水，然后再进行拷打。就这样打到天快亮的时候，他已经不成人样，便哀求说他不该受到这样的酷刑，他不过是执行者，有人向他下命令，就让这些人负责任好了！于是把“青年近卫军”指挥部的成员和联络员都供出来了。他没说出乌丽亚——不知是为什么。一闪之间他看见乌丽亚美丽的黑眼睛浮现在眼前，便没说出她的名字。

就在这几天，利亚德斯卡亚也被从克拉斯诺顿矿区抓到宪兵队，让她跟维里科娃当面对证。每个人都认为对方坑了自己，当场就像市场上的小贩子一样骂起仗来，互相揭露对方。巴尔德坐在一旁不动声色，库列绍夫则看笑话。

“你算了吧，你还当过少先队辅导员呢！……”利亚德斯卡亚大声喊叫，脸红得连颧骨上的雀斑都看不见了。

“嘿，你呀，全五一矿区的人都记得，是谁跟人家去参加国防航化促进会！”维里科娃叫道，攥紧两只小拳头，恨不得把两根尖尖的小辫戳进对头的胸口。

她俩差点儿动起手来。她俩被人拉开，都关押起来。第二天对她俩分别传问，由副队长巴尔德审讯。先审问维里科娃，后审问利亚德斯卡亚。每次库列绍夫都拉住她们的手，用咝咝声问：

“还装什么天使呀，快说谁参加了组织！”

她们先后不同，回答却一致。她们都泪流满面发誓说，她们不但没参加组织，而且这一辈子都恨透布尔什维克，就像布尔什维克恨她们一样,便说出五一矿区和克拉斯诺顿矿区所有留下来的共青团员和出名的青年。她们对同学和邻居都十分了解,知道谁担任过社会工作,谁的情绪如何。每个人都说出二十来人的姓名,这样一来就相当准确地划出来跟"青年近卫军"有联系的青年的范围。

巴尔德恶狠狠地转动眼珠子,对她们每个人都说,他不相信她没参加这个组织,应该对她和她供出的罪犯一起严刑拷打,但是他可怜她,给她一条出路……

维里科娃和利亚德斯卡亚同时从监狱里放出来,每个人虽然不知道对方怎么出来的,但是估计不会清清白白出来。每个月都给她俩开工资,二十三马克。她们彼此伸出木棍似的手,就像什么事也没发生似的。

"咱俩算是拣了便宜。"维里科娃说,"有工夫来玩。"

"是拣了便宜。我一定去。"利亚德斯卡亚说。

她们就分手了。

第五十八章

每次大逮捕都是满城立刻知道，只是抓的规律让人奇怪。先抓指挥部成员的父母，而这些成员早已走掉，然后又抓若拉、斯乔帕和列瓦绍夫这些接近指挥部的人的父母，然而他们也早都走了。

突然又抓了托霞和"青年近卫军"的一个普通成员。为什么偏偏抓他俩，而不抓别人呢？

没有被捕的人谁也猜不到，这一次次时紧时松的逮捕都取决于斯塔霍维奇招供的情况，他一招供便带来可怕的后果。他每供出几个人便让他歇歇，然后再拷打他，他又会供出几个。

尽管莫什科夫、万尼亚和斯塔霍维奇已经被捕好几天了，但是柳季科夫和巴拉科夫领导的地下组织还没有人受牵连。中央工厂里一切正常。

过新年沃洛佳在乡下爷爷家住了三天，1月4日便上工厂上工了。

头一天晚上一到家，他就听母亲说有人被捕，还说"青年近卫军"指挥部命令大家离开本市。但是他不肯走。

"伙伴们不会出卖我的。"他对母亲说，现在已经无法再瞒着母亲了。

沃洛佳不肯走的原因很多。他舍不得抛下母亲和妹妹，尤其是想到她们当初没疏散都因为他。但是主要原因是他没去参加奥列格家那次最后会议，不仅想象不到他已大难临头，反而甚至认为指挥部的决定太仓促。被捕的这三个人跟他最好，他信任他们。沃洛佳心里真把自己想象成瓦西卡·布斯拉伊，勇气十足，还想出许多营救战友的计划，一个比一个离奇。

但是沃洛佳刚一进工厂,就被柳季科夫找个借口叫到办公室。柳季科夫跟沃洛佳父母是老交情,在所有的青年当中也最了解沃洛佳,所以十分喜欢他。老头不仅凭经验和理智知道他这位年轻朋友和徒弟面临多么可怕的危险,而且从心里替他担忧。柳季科夫让沃洛佳立刻离开本市。他甚至不想听沃洛佳解释,态度冷酷,不可动摇,不是劝他走,而是命令他必须走。

但是已经晚了。沃洛佳还没想好到什么地方去,就在工厂里干活时被抓走了。

刽子手们严刑拷打斯塔霍维奇,不仅仅要他把"青年近卫军"所有的成员都供出来,而且要他为破获本市布尔什维克地下组织提供线索。有许多材料证明,而且连普通常识也早就告诉宪兵队的大小头目,这些青年是在成年人领导下进行活动,克拉斯诺顿的阴谋中心就是布尔什维克地下组织。

但是斯塔霍维奇的确不知道奥列格如何跟区委联系,他只能说确实存在这种联系。当拷问他经常到奥列格家去的成年人有谁时,他在脑子里把所有的人都拨拉一遍,就说出索科洛娃。成立组织初期斯塔霍维奇还是指挥部成员的时候,以及后来为了谈工作,他都常到奥列格家去,他在奥列格家最常见到的就是索科洛娃。从前他倒没把这件事跟"青年近卫军"的活动联系在一起,但是现在他回想起来,奥列格有时跟索科洛娃躲开大家,交头接耳,便说出她的名字。

从索科洛娃身上这条线索首先摸到柳季科夫。这个身子笨重、沉默寡言的人的确神秘莫测。小队长布吕克纳觉得被捕的莫什科夫和沃洛佳都出自柳季科夫的车间绝非偶然。于是又把柳季科夫的全部履历和中央工厂发生的一切破坏活动和事故联系到一起。

1月5日天刚亮,索科洛娃像平时一样去给柳季科夫送奶,回来时候在上衣胸口里带回来柳季科夫用"青年近卫军"名义写的传单。传单根本不提青年们被捕的事。柳季科夫想用这种办法说明,敌人并未打中目标——"青年近卫军"依然存在,照常活动。

傍晚柳季科夫下班回来,看见妻子和女儿拉亚正在女房东的厨房里,她们从乡下来看他。这可真是大喜事!他换上干净衣服,穿上洗过的白衬衫,扎上深蓝色带灰条的领带,再穿上妻子仔细刷过、只有节日才穿的西服。他打扮得像过节似的,从容自若,善良可亲,跟最亲近的人一直坐到天黑。有说有笑,好像什么事也没发生。

柳季科夫是否知道死亡的威胁已经临头了呢?不,他不知道,他也不可能知道。但是他认为这种事随时可能发生,他早已做好准备。最近,他感到被捕的危险越来越大。

一向沉默寡言的施维德越来越常向巴拉科夫发火,压不住火气的时候就指责他怠工。谁能保证德国人没发现真正的把柄呢?

几天前曾经用四辆大车拉煤往附近的农村送,装作用煤换粮食。从工厂往外运煤,这件事本身就是对新秩序前所未有的破坏。但是柳季科夫和巴拉科夫没有别的办法,也没有权利等待,因为煤底下藏着武器,是运给克拉斯诺顿游击小队的,这个小队已经加入米佳金游击队。谁能保证这么大胆的行动会不被察觉呢?

敌人接连不断逮捕"青年近卫军"的成员。谁知道是哪些尚不清楚的原因导致这个组织所有的环节遭到破坏呢?

老柳季科夫对这一切心里有数,感到问题严重。但是他没有理由退却,也不可能退却。他的大无畏精神现在不在这里,而是跟随着伟大的解放者军队,跟随红军穿过江河和草原,冒着严寒和风雪向前进军。他不论跟妻子和女儿谈什么,话题总要转到我军大反攻上。正当需要他集中力量搞好工作的时候,他怎么能光凭推测就擅离岗位呢!只剩下几个星期,也许只剩几天,他就可以彻底抛弃压抑心灵的奴颜婢膝的伪装,露出自己忠诚不渝的真面目给大家看看!……即使命中注定他活不到那光明的时刻,他死后还会有人继续把这项事业干下去。那次在巴拉科夫办公室进行过有意义的谈话之后,便成立了后备的第二区委,都是由可靠的新人组成,把所有的接头地点和联络关系都交代给他们了。

柳季科夫穿得像过节似的坐在那里,心情快活,家里人觉得他比平日更和蔼可亲,话也说得更多。女儿一直用笑眼看父亲。只有妻子跟丈夫走过漫长的人生道路,能察觉他最细微的心情变化,不时用探询不安的目光打量他,仿佛在说:"你穿戴太整齐,样子太快乐,叫我不舒服。"

当妻子又到厨房里跟女房东唠女人的家常时,柳季科夫趁机把"青年近卫军"成员被捕的事告诉女儿。拉亚刚满十三岁,她听说过关于"青年近卫军"的事,也猜到父亲从事的工作,很想帮助父亲做点什么,但又不敢提出来。

"你们在我这别待太久,我不能留你们住下。你们反正从草原里走,夜里没人看见你们。"柳季科夫压低声音说,"你就跟妈妈说这样更好。我跟她讲不清楚。"柳季科夫嘲笑地说。

"你有没有危险?"拉亚问,脸唰地白了。

"不一定。干我们这行时时刻刻都会有危险,我已经习惯了。早把命豁上了。希望你将来也能这样。"他平静地说。

女儿想了想,然后用小细胳膊抱住父亲的脖子贴脸。母亲走进来,看到他俩这种样子很奇怪。柳季科夫用开玩笑的口吻撵她们走。他们在德军占领期间不止一次见过面。妻子知道,家里的事一影响丈夫的工作,他就变得态度严厉,她已习以为常,也说不清楚他什么时候对,什么时候错,只得让他三分,即使这样做令她非常难过。

妻子仿佛用新的眼光看身体粗大的丈夫穿上这件保存得好、熨得平整的西装,突然亲热地吻他那刮得很光、依然扎人的脸,还吻他的领带,把头俯在他胸口上。他沉重的下颚哆嗦两下,小心翼翼推开妻子,说了句玩笑话。女儿热泪盈眶,扭过脸去,拉住母亲的衣袖。

这天夜里索科洛娃被捕。1月6日上午柳季科夫和巴拉科夫被捕——他俩不是在家被捕,而是在工厂。在工厂里跟他俩一起被捕的还有好几十人。正像柳季科夫所预料的那样,敌人并不需要证据,大部分被捕的人都跟地下组织没有任何关系。

"响雷"托利亚一直没有被捕,抓沃洛佳那次没抓他,这次工厂大逮捕也没碰他。他好容易挨到工厂下班,便到沃洛佳家去看望沃洛佳的母亲和妹妹柳霞。她们已经知道工厂出事。

"你这是干什么？你会毁了自己！赶快离开这里……"沃洛佳的母亲怀着母爱的绝望喊道。

"我不走。"托利亚轻声说，"我干吗要走？"他把皮帽子一甩。

不，只要沃洛佳被关在监狱里，他就哪也不去。

她们娘俩就劝他在她们家住下，他却走了。他要去找维佳商量一下，想什么办法救战友。他在夜里走路，习惯地绕过警察岗哨。虽然在自己家乡，可是离开沃洛佳，离开万尼亚、莫什科夫、若拉和其他许多同学，他一个人多么孤单……绝望和复仇在他心里交织在一起。

天蒙蒙亮有人用力敲沃洛佳家的门。沃洛佳的母亲向来胆子大，什么也不怕，连问都不问就打开门。可是她吓得直往后退。站在门口的还是托利亚，浑身冻得打战，瘦得认不出模样，眼窝深陷，眼里冒着怒火。

"你们看……"他说，把手里的纸团递给沃洛佳的母亲和柳霞。

当她们看的时候，他就热烈地讲起来：

"不，可以告诉你们，可以把全部真实情况告诉你们……维佳是从他从前掩护过的一个伤员手里拿到的。我跟维佳贴了一宿，贴遍全市。这是区党委交给的任务。这一宿有几十个人出来贴。全市的人，各个村庄的人，现在都在看这张传单！"托利亚非常激烈地说，并且收不住嘴，因为他总觉得最主要的话没说出来。

但是沃洛佳的母亲和柳霞顾不得听他说什么，她们念出声来：

> 克拉斯诺顿的公民们！矿工们、集体农庄庄员们、职工们！所有的苏联人！兄弟姐妹们！
>
> 敌人被强大的红军打败了，正在逃跑！他们没能耐了，露出野兽的凶狠，逮捕无辜的人们，施加非人的酷刑。让这些败类记住：我们就在这里！苏联人的每一滴血，他们都要用卑鄙的生命来偿还。让敌人被我们的复仇吓得胆战心惊吧！向敌人复仇，消灭敌人！以血还血！以命偿命！

我们的人就要回来了！我们的人就要回来了！我们的人就要回来了！

联共（布）克拉斯诺顿地下区委会

第五十九章

刚开始抓人的时候,乌丽亚晚上不在家住。正像奥列格所预料的那样,这次逮捕没有触动五一矿区和克拉斯诺顿矿区。乌丽亚又回家睡觉了。

已经有好几夜随便找地方住,头一次躺到自己床上,一觉醒来,乌丽亚从心里感到要想法排除沉重的心情,便拼命干家务活,擦地板,做早饭。母亲看见女儿在家非常高兴,甚至上桌吃饭。父亲总阴沉着脸,一句话也不说。乌丽亚这些天不在家住,只能白天回来一两个小时,看看父母或取点儿东西。这些天来她父母谈论的都是市里进行逮捕的事,谁也不敢看对方的眼睛。

乌丽亚尝试提起别的事,母亲搭腔搭得不对头,两人觉得不是滋味,便不再说下去。乌丽亚甚至记不得她什么时候刷的盘子,收拾的桌子。

父亲走出去干活。

乌丽亚站在窗前,背对着母亲。她穿着家常的深蓝色带白点的连衣裙。这件衣服朴素,她最喜欢。两条沉甸甸带鬈的辫子自然地垂在背后,直到柔软结实的腰部。灿烂的阳光透过融化了的玻璃窗照在她鬓角上翘起来的鬈发上。

乌丽亚站在窗前,一边望着窗外的草原,一边唱歌。自从德国人来了以后,她从不唱歌。母亲倚着枕头躺在床上补衣服。她听女儿唱歌十分奇怪,连活计也放下了。女儿今天唱的歌母亲觉得陌生,只听她用雄浑低沉的声音唱道:

……你为祖国大地的光荣献身,

时间短暂,对事业一片忠心……

母亲从来没听到过这样的歌词。女儿的歌声中充满痛苦和悲哀。

……严厉的复仇者就要站起来,

他们将比我们更坚强有力……

乌丽亚突然不唱了依然站在窗前,望着窗外的草原。

"你这是唱的什么歌?"母亲问。

"随便唱唱,想起什么唱什么。"乌丽亚说,连头也不回。

这时,门突然开了,乌丽亚的姐姐气喘吁吁地跑进来。她长得比乌丽亚胖,气色红润,长着跟父亲一样的浅色头发,现在却一脸惊慌神色。

"波波夫家来了宪兵!"她喘着粗气压低声音说,好像波波夫家那边也能听到她说话似的。

乌丽亚转过身来。

"真来了! 离他们最好远点儿。"乌丽亚面不改色,用平静的声音说,不慌不忙走到门前,披上头巾。但是这时她已听见台阶上沉重的皮鞋声,略微往后一退,退到挡棉衣的大花布帘跟前,转过脸看着门口。

她这副模样母亲永远记在心里,大花布帘衬托出她坚强的面部侧影,鼻翼微微颤动,长长的睫毛半合半张,仿佛要遮住两眼射出的光芒。白头巾没来得及系上,披在肩头。

走进来的是警察局长索利科夫斯基和芬邦军士,后面跟着一个德国兵带着枪。

"就是她,漂亮的小妞!"索利科夫斯基说,"没来得及跑吧? 哎呀呀……"他说,拿眼打量她穿着大衣、披着头巾的苗条身段。

"亲爱的,我的好人!"母亲喊叫着,想从床上爬起来。乌丽亚突然愤怒地瞪她一眼,母亲老实了,不再吭声。只是下巴不住哆嗦。

开始搜查。父亲推门,德国兵不让进。

这时,阿纳托利家也正进行搜查。领头的是侦查员库列绍夫。

阿纳托利站在屋当中,大衣敞着怀,没戴帽子,有个德国兵从后面抓住他的手。有个警察在威逼阿纳托利的母亲,大声叫着:

"快拿绳子来,听见没有!"

阿纳托利的母亲长得身材高大,气得满脸通红,也大喊大叫:

"你昏了头,我怎么能给你绳子让你捆我的亲生儿子?……"

"给他绳子吧,妈妈,省得他吱哇乱叫。"阿纳托利说,鼓起鼻翼,"他们六个人,不捆上我,怎么带得走呢?……"

母亲哭了,走到外屋拿来绳子扔到儿子脚下。

乌丽亚被关进一间大牢房,里面有玛林娜带着她的小儿子,有玛丽亚·安德列耶夫娜·博尔茨、谢廖沙的姐姐费尼亚,而"青年近卫军"的成员只有阿尼亚·索波娃,她是斯塔霍维奇那个小组的,长得白白胖胖,胸部挺高,但是已被打得遍体鳞伤,连躺都不能躺。这时牢房里凡是跟这个案子没牵连的人都清了出去,一天之间就装满了五一矿区的姑娘。她们当中有玛亚、萨沙、舒拉和伊万尼欣娜姐妹——莉莉亚和冬妮亚,还有另外一些人……

没有大铺,也没有床。姑娘和妇女们都坐在地板上。牢房里人太多,天棚开始融化,往下滴水。

隔壁也是一间大牢房,根据各种情况判断,里面关的男同学。还不断往那里送被捕的人。乌丽亚开始敲墙:"谁在那面?"那面回答:"你是谁?"乌丽亚报了名。回答她的是阿纳托利。隔壁牢房关的大半是五一矿区的男同学:维克托、格拉万、拉戈津、舍佩廖夫,还有萨沙的哥哥瓦西里。他们都是一起被捕的。既然这样,五一矿区的男同学就在隔壁,倒使姑娘们感到温暖些。

"我就怕上刑。"冬妮亚坦然说。她长得五官粗大,一脸稚气,腿挺长,站在靠墙坐着的一排姑娘面前。"我当然死也不会说,可就是害怕……"

"用不着怕,我们的人离这不远了,也许我们可以想法逃跑!"萨沙说。

"姑娘们,你们一点儿也不懂辩证法……"玛亚突然开口说,大家虽然心情沉重,突然都笑起来。真难以想象,在监狱里还说这种话。"当然! 不管怎么疼,都可以忍受得住!"玛亚毫不在乎地说。

傍晚监狱里沉静了。牢房天棚上点着一盏昏暗的小灯泡,用铁丝罩着,墙角黑乎乎的。有时从远处传来德国人的吆喝声,便有人从牢房门前跑过。有时有好几双脚从走廊里嗵嗵地走过去,还有枪的撞击声。有一次传来野兽一般可怕的叫声,因为是男人的就更显得瘆人。

乌丽亚敲敲墙,问男同学:

"是不是你们牢房的?"

那面回答:

"不是,这是大人……"按照他们的暗号,这是对地下工作者中成年人的叫法。

姑娘们亲耳听到从隔壁牢房往外带人。接着立刻听到那面敲墙:

"乌丽亚……乌丽亚……"

乌丽亚回答。

"我是维克托……阿纳托利被带走了……"

乌丽亚突然清楚看见阿纳托利的脸庞出现在眼前,看见他那双向来严肃的眼睛。他的眼睛有一种特点,会突然发出光彩,仿佛能给人以力量。一想到他马上就要受刑,不禁打个冷战。就在这时门上的锁头响了,牢门打开,一个声音放肆地喊:

"格罗莫娃! ……"

她能记得的只有这些:她在索利科夫斯基的接待室里站立一会儿。办公室里正在打人。索利科夫斯基的妻子坐在接待室的沙发上,淡褐色头发像麻屑似的,还打着卷,手里拿着一个小包,正打呵欠等着丈夫。她身旁坐着一个小女孩,头发也像麻屑,睡眼惺忪,正吃苹果馅饼。门开了,万尼亚被从办公室里带出来,脸肿得不像样子。他险些撞到乌丽亚身上,她差点儿没叫出来。

后来她跟索利科夫斯基站在小队长布吕克纳面前。小队长履行公事向她提个什么问题,显然他不是头一次这样审问。赖班德给她翻译。就在战争爆发前,赖班德在俱乐部里跟她跳过舞,还想追求她,现在却装出根本不认识她的样子。但是她没听清他翻译的什么,因为早在被捕之前,她就做好准备,一旦被捕应该说些什么。于是她带着冷冰冰的表情说出她事先准备好的话:

"我不回答任何问题,因为我不承认你们有权审问我。你们想怎么办就怎么办好了,再也别想让我说一句话……"

这些天来小队长大概天天听到这样的话,并不生气,用手指一比画说:

"带到芬邦那里去!……"

可怕的倒不是疼痛,她忍受得住任何疼痛,她甚至记不得他们怎么打她。可怕的是他们扑到身上扒衣服。为了不让他们用手碰她,不得不当着他们的面自己脱光衣服……

当她被押回牢房的时候,迎面拖过来的是阿纳托利。他头向后仰,浅色头发耷拉着,两只胳膊也耷拉到地,嘴角流出鲜血。

乌丽亚还记得,进牢房应该振作起精神,这一点她好像做到了。她往里面走,押送她的警察又喊:

"伊万尼欣娜·安东妮娜!……"

乌丽亚在门口遇见冬妮亚,见她用充满恐怖的温顺的眼睛看自己,门在乌丽亚身后关上了。就在这时有一阵尖利的孩子叫声响彻整个监狱,这不是冬妮亚的声音,不知是哪个小女孩的声音。

"他们把我的小女儿也抓来了!"玛丽亚·安德列耶夫娜·博尔茨喊道。她像一只母老虎一样扑到门口,拍打着门,一边喊:"柳霞!……你这么小,他们也抓你!放了她!放了她!……"玛林娜的小儿子惊醒了,放声大哭。

第六十章

这些天柳勃卡奔走于伏罗希洛夫格勒、卡缅斯克和罗韦尼基之间,有一次她甚至闯进被包围的米列罗沃。她在敌人军官当中交的人越来越多。她的衣兜里塞满别人送的饼干、糖果和巧克力,见人就大大方方请人家吃。

她在危险的边缘上旋转,却显得无所畏惧,无所顾虑,脸上带着孩子气的微笑、眯缝着蓝眼睛,眼睛里有时流露出残酷的神情。

她这次来到伏罗希洛夫格勒,又跟直接领导她的人接上关系。领导告诉她,德国人在市里非常嚣张。他几乎天天换地方。他不洗脸,不刮胡子,因为睡眠不足而两眼通红。但是前线的消息令他振奋。他需要搜集德国人靠近前线的后备队、后勤机关和某些部队的情况——这可是一大堆情报。

柳勃卡又不得不跟那个军需上校来往,有一次她觉得很难逃出上校的手心。这个上校脸长得苍老,嘴角向下耷拉,现在正急于逃命,他所领导的整个军需机关都忙于离开伏罗希洛夫格勒,那股慌乱劲前所未有。所以这个上校酒喝得越多,越六神无主。他跟手下的军官都陷入绝望。

柳勃卡之所以能够脱身,因为打她主意的人太多。他们互相阻挠,彼此争吵。她终于找个机会跑到"白蘑菇"小姑娘家。她甚至把中尉送她的一瓶好吃的果酱也带来了。这个中尉对她还不死心。

这个房间天棚挺高,又不生火,非常冷。柳勃卡脱衣上床躺下。这时听见一阵可怕的砸门声。柳勃卡欠起头。隔壁的"白蘑菇"和她母亲也醒了。门砸得非常响,好像要砸破似的。柳勃卡急忙钻出被窝,因为天冷没脱束胸和袜子,脚蹬上鞋,套上连衣裙。屋里一片漆黑。女主人胆战心惊地站在过道里问是谁。回答她的是一个粗暴的声音——德国人。柳勃卡以为这些德国军官喝醉了,跑这里来找她,不知如何是好。

她还没想好怎么应付这些家伙,便听到打厚掌的皮鞋发出沉重的咚咚声,有三个人闯进屋来。其中有一个拿手电筒朝柳勃卡身上一晃。

"Licht!①"有个声音喊,柳勃卡听出是中尉的声音。

是的,是这个中尉还带着两个宪兵。女主人从门后递过一盏油灯,中尉把灯举到头上,仔细打量柳勃卡,气得他横眉竖眼。他把油灯交给宪兵,用力打了柳勃卡一个嘴巴。后来他又伸开手指把放在床头柜上的各种化妆品乱翻一气,好像寻找什么东西。手绢底下的口琴掉在地板上,中尉气得上去就是一脚,用鞋跟把口琴踩扁了。

两个宪兵把整个住宅搜查一遍,中尉先走了。柳勃卡这才明白了,宪兵不是他带来的,而是通过他找到柳勃卡。大概什么地方出了事,究竟什么事她也不知道。

女主人和"白蘑菇"小姑娘都穿好衣服,冻得瑟缩着,看他们搜查。说得准确些,女主人看怎么搜查,"白蘑菇"却目不转睛地看着柳勃卡,既非常感兴趣,又非常好奇。后来柳勃卡突然抱住"白蘑菇",在她结实的脸蛋上亲了一口。

柳勃卡被带到伏罗希洛夫格勒宪兵队。有个官员检查她的证件,又通过翻译问她是不是柳博芙·舍夫佐娃,问她家在哪住。审问她的时候,墙角上坐着一个小伙子,柳勃卡没看清他的脸。他浑身直抽搐。柳勃卡装衣服和东西的皮箱被没收了,只剩一些小玩意儿和一瓶果酱,还有一条大花头巾她有时戴戴,特意要回来好包剩下的东西。

她就这样穿着仅有的花湖绉连衣裙,手里拎着小包,里面装着各种化妆品和一瓶果酱被押进关着五一矿区的姑娘们的大牢房,时间是

---

① 德语:灯!——译者注

在白天,在进行审讯的时候。

警察打开牢门,把她往里一推说:

"迎接伏罗希洛夫格勒的女演员吧!"

柳勃卡脸冻得通红,眯缝着闪亮的眼睛,看牢房里有谁,一眼就看到乌丽亚、玛林娜和她儿子、萨沙和所有的伙伴。她手里还拎着小包,两只手耷拉了,脸上的红润不见了,脸色苍白。

柳勃卡被押到克拉斯诺顿监狱的时候,监狱已经装不下了,又有成年人,又有"青年近卫军"成员和他们的家长,带小孩的家长只好住在走廊里,可是克拉斯诺顿矿区那批青年还要往这送。

市里仍然不断抓人,抓什么人仍然取决于斯塔霍维奇招供的情况。他被折磨得像只苟延残喘的野兽,只能靠出卖同志得到喘息的机会,岂不知每出卖一次,便招致更厉害的拷打。他忽而想起科瓦廖夫和皮罗若克所干的事,忽而想起谢廖沙有个好朋友,甚至不知姓什么,只记得他的特征,还记得他家住在"上海"。

斯塔霍维奇突然想起沃洛佳有个好朋友叫托利亚。于是被打得遍体鳞伤的沃洛佳和无所畏惧的托利亚面对面站在副队长巴尔德的办公室里。

"不,我头一次见到他。"托利亚轻声说。

"不,我根本不认识他。"沃洛佳说。

斯塔霍维奇想起来,万尼亚有个心爱的姑娘住在下亚历山德罗夫卡。没过几天被折磨得不像原来样子的万尼亚和眼睛微斜的克拉娃站在小队长布吕克纳面前。她用勉强听得见的声音说:

"不……以前同过学。战争一开始我就没见过他。我一直住乡下……"

万尼亚一声没吭。克拉斯诺顿矿区的青年只好关在当地的监狱。他们都是被利亚德斯卡亚出卖的,她虽然不知道谁在组织里负责什么工作,却知道莉达跟苏姆斯科伊之间的关系,知道她爱他。

于是敌人就把皮带从步枪上解下来抽莉达,要她说出苏姆斯科伊在组织里的活动。莉达长得漂亮,尖下颏很像小狐狸。她什么也不肯说，只是大声数着他们鞭打的次数。

为了不让地下工作者对年轻人施加影响，他们被分别关押，严密监视，不让他们之间进行联系。

但是即使刽子手们像野兽一样疯狂，他们的能力是有限的。不但久经考验的老布尔什维克不肯招供，连后抓来"青年近卫军"的成员也不承认自己参加任何组织，不肯出卖同志。这一百来个男女青年几乎还是孩子，但是他们表现出史无前例的坚定不移精神，渐渐显示出他们跟抓错的人以及他们的亲友有明显区别。德国人为了减轻负担，把抓错的人和当作人质抓来的家长渐渐放出去。这样就把奥列格、谢廖沙和若拉等人的家长释放了。小柳霞先放出来，第二天玛丽亚·安德列耶夫娜·博尔茨也被放回家。到家含泪问明白，她做母亲的没有听错，她的小女儿果然也被抓去过。现在仍然落在刽子手魔掌里的只剩下以柳季科夫和巴拉科夫为首的地下工作者和"青年近卫军"的成员。

被捕的人的家属从早到晚聚集在监狱门口，拉住进进出出的警察和德国兵的手，央求他们带个信或捎东西。他们被驱散，然后又回来，加上过路的和看热闹的，人越聚越多。有时从板墙里面传出受刑的人的嚎叫，所以监狱从一清早就开着留声机，以便掩盖这种叫声。全市的人都像热锅上的蚂蚁，这些天没有一个人没到监狱门前去过。小队长布吕克纳只好下命令，允许家属给被捕的人送东西，这样一来，柳季科夫和巴拉科夫才知道，他们建立的区委还存在，正开展工作，设法营救"大人"和"孩子"。

不管德国占领者的监狱条件多么野蛮残酷，青年人在这种条件下生活多么艰苦，但是他们已经度过两个星期，并且逐渐形成一种独特的监狱生活方式。这里固然有对青年人的身心进行摧残的暴行，但是也有爱和友谊的人间真情，甚至还有娱乐习惯。

"姑娘们，想吃果酱吗？"柳勃卡说，坐在牢房当中的地板上，打开小包。"这个笨蛋！把我的口琴踩坏了！我在这里没有口琴能干什么呢？……"

"你等着瞧吧！他们在你脊背上演奏一番，你吹口琴的兴致就没了!"舒拉气嚷嚷地说。

"你以为柳勃卡就是这样的人吗!你以为他们打我,我就会哭,就会一声不吭吗?我要骂他们,我要大喊大叫。就这样:'哎呀!……你们这些傻瓜蛋!为什么打柳勃卡!"她尖声尖气地说。

姑娘们都笑了。

"说得对,姑娘们,我们有什么可抱怨的?谁心里不难过?我们的父母更难过。他们多么可怜,不知道我们会怎样。他们难过的日子在后头呢!……"莉莉亚说。

莉莉亚长得圆脸盘,浅色头发,大概因为在集中营里待过,对许多事都习以为常。不论什么事从不抱怨,还尽力照顾大家,成为整个牢房的贴心人。

傍晚柳勃卡被带到小队长布吕克纳办公室受审。这次审问非同小可:宪兵队和警察局所有的大小官员都在场。对柳勃卡没动刑,甚至非常亲切,尽量讨好她。柳勃卡镇定自若,只是不知道他们掌握哪些情况,便按照跟德国人打交道的习惯,撒娇卖俏,嘻嘻哈哈,装作压根儿不知道他们要她干什么。德国人暗示她,只要她把发报机交出来,同时交出密码,对她有利。

这件事他们只不过猜测,并没有真凭实据,不过他们丝毫也不怀疑,事实上的确如此。只要知道柳勃卡参加地下组织,就不难猜到她为什么往许多城市里跑,为什么专跟德国人交往。德国反间谍机关已经查明,全州有好几台发报机经常发报。柳勃卡在伏罗希洛夫格勒受审时曾经有个小伙子在场。他就是在训练班跟柳勃卡一起学习的鲍里卡·杜宾斯基的好朋友。他证明柳勃卡参加过秘密训练班学习。

他们叫柳勃卡好好考虑一下,她还是招认为好,然后就把她放回牢房,母亲给她送来满满一口袋吃的东西。柳勃卡坐在地板上,用腿夹住口袋,一会儿摸出面包干,一会儿摸出煮鸡蛋,一边摇头晃脑一边唱:

柳芭,柳布什卡,可爱的小鸽子,

我养活不起你啦……

她告诉递进东西的警察："告诉我妈妈，就说柳勃卡还活着，身体挺好的。请她多送些红甜菜汤！"她转过脸对姑娘们喊："姑娘们，快来消灭这些东西！……"

最后她还是落到芬邦手里。芬邦把她狠狠揍一顿。她也果然照她自己说的做了。她破口大骂，不但监狱里听得见，连外面的空场上都能听见：

"笨蛋！……秃鬼……狗崽子！"在她赏给芬邦的称号之中这些算是最微不足道了。

芬邦第二次打她，用的是电线拧成的鞭子，还有小队长布吕克纳和索利科夫斯基在场。她虽然咬紧嘴唇，却止不住眼泪。她回到牢房，一声不吭趴在地板上，头枕着胳膊，不让别人看见她的脸。

乌丽亚坐在牢房的角上，穿着家里刚送来的毛衣。浅色毛衣跟她的黑头发和黑眼睛十分相称。有一群姑娘围在她身边。她正两眼神秘地闪闪发亮，给她们讲《圣玛格达林娜修道院的秘密》。她现在每天都给她们讲些有意思的故事。每次讲一段，然后再接着讲。她们已经听过的有《牛虻》①《冰宫》②《玛尔戈王后》③。

朝走廊的牢门为了通风敞开着。有个俄国警察对着门口坐在小凳上，也在听《修道院的秘密》。

柳勃卡歇一会儿便坐起来，有意无意地听乌丽亚讲的故事，然后转过脸去看玛亚。玛亚躺了一天不动地方。维里科娃告密，说玛亚在学校当过共青团支书，所以现在她受的折磨最厉害。柳勃卡一见玛亚这个样子，心中涌起一股抑制不住的复仇心理，她要向这些刽子手复仇，她要发泄。

"萨沙……萨沙……"她轻声唤道。萨沙正坐在乌丽亚身旁的一

---

① 《牛虻》是英国女作家伏尼契(1864—1960)的长篇小说。——译者注
② 《冰宫》是俄国作家拉热奇尼科夫(1792—1869)的长篇历史小说。——译者注
③ 《玛尔戈王后》是法国作家大仲马(1802—1870)的长篇小说。——译者注

群姑娘当中。"我们的男同学怎么没有一点儿动静……"

"是呀……"

"他们是不是垂头丧气了?"

"你知道,他们挨的打比我们还多。"萨沙说,叹了口气。

萨沙向来动作麻利,很有男孩子派头,连嗓音也像男孩子,直到监狱里才突然露出少女的温柔,她仿佛因为这些少女特征出现太晚而有些不好意思。

"咱俩给他们鼓鼓劲。"柳勃卡说,立刻来了精神,"咱俩这就给他们画一幅漫画。"

柳勃卡立刻从枕头底下摸一张纸和一个铅笔头,是红蓝铅笔。她们面对面趴下,悄声商量漫画的内容。然后两人嘻嘻哈哈笑,抢着铅笔头轮流画,画出一个无精打采的小伙子,瘦骨嶙峋,鼻子特大,坠得头朝下耷拉,弯着腰,鼻尖触地。小伙子身上是蓝的,脸没涂颜色,是白的,鼻子红的。下面还有题词:

喂,你们小伙子干吗愁眉苦脸,

干吗要垂头丧气?

乌丽亚讲完故事,姑娘们站起来,伸伸懒腰,各自回到自己的地方,有的人回头看柳勃卡和萨沙在干什么。漫画在大家手上传开。姑娘们都笑了。

"咱们这里真有人才!"

"怎么传过去呢?"

柳勃卡接过纸,走到门口。

"达维多夫!"她用挑战的口气对警察说,"把男生的画像给递过去。"

"你们哪来的笔和纸?我真得报告上级,让他们搜查!"警察阴沉地说。

这时赖班德从走廊上走过来,看见柳勃卡站在门口。

"怎么样,柳芭？过几天我们到伏罗希洛夫格勒走一趟好不好?"他逗柳勃卡说。

"我才不跟你去呢……不,要是你把这张画给男生送去,我就跟你去。这是我们给他们画的画像!……"

赖班德看一眼漫画,瘦削的脸上露出淡笑,把那张纸塞给达维多夫。

"递过去,没啥关系。"他漫不经心地说,顺着走廊往前走。

达维多夫知道赖班德跟主要长官接近,像所有的警察那样巴结他,二话没说,打开牢门把那张纸递给男孩子们。从牢房里传出一片笑声。过了一会儿那面开始敲墙。

"姑娘们,这是你们的误会,我们这屋的住户情绪正常……我是瓦西里,向妹妹问好……"

萨沙从枕头底下掏出母亲送奶的玻璃瓶子,跑到墙前敲起来:

"瓦西里,你听见我的声音了吗?"

后来她把瓶底贴到墙上,嘴对着瓶口唱起哥哥最喜欢听的《苏利珂》。

但是她刚一开始唱,歌词就勾引起对往事的回忆,再也唱不下去。莉莉亚走到跟前,抚摩她的手,用和善平静的声音说:

"喂,别这样……喂,冷静一下……"

"我自己也恨这些咸水干吗流出来。"萨沙说,不自然地笑了。

"带斯塔霍维奇!"走廊里传来索利科夫斯基沙哑的声音。

"又开始了……"乌丽亚说。

警察关上牢门,上了锁。

"最好还是别听这种叫声。"莉莉亚说,"好乌丽亚,你知道我的爱好,朗诵一下《恶魔》吧,还记得吗? 就像上次那样。"

人一生的劳作算得什么?

乌丽亚抬起一只胳膊朗诵起来:

他们不过是暂时的过客……

还有一线希望——等待公正的审判：

会给我定罪，但是会把我宽宥！

可是我的悲哀却无尽无休。

像我的生命一样没有尽头；

就是进坟墓也不会合眼！

它忽而像条蛇，跟你亲热缠绵，

它忽而像烈火，烧人烤人；

忽而像块巨石，压住我的心——

它像一座不可摧毁的陵寝，

埋葬着逝去的希望和激情！……

啊，这些诗句在姑娘们的心中激起多么强烈的震颤，仿佛对她们说："这说的就是你们，说的是你们还没产生的激情和已经逝去的希望！"

乌丽亚又朗诵天使把塔玛拉有罪的灵魂带走的那段。冬妮亚说："你们瞧！到底是天使救了她。这有多好！"

"不！"乌丽亚说，眼睛还带着朗诵时凝望远方的神色，"不！……我宁愿跟恶魔一起去……大家想想，他竟然敢于反抗上帝！"

"怎么的！我们的民族是打不垮的！"柳勃卡突然说，两眼闪耀着热烈的光辉。"难道世界上还有我们这样的民族吗？谁的心肠这么好？谁能忍受得了这么多的苦难？……我们也许会牺牲，但是我不害怕。是的，一点儿也不怕。"柳勃卡用力地说，抖动一下身子。"但是我不想死……我要跟他们算账，这些坏蛋！还要唱歌。在这段时间那边的人大概编了很多好歌！只要想想看，在德国人统治下这六个月就像蹲在坟墓里一样，听不见歌声，也听不见笑声，只有呻吟、鲜血和眼泪。"柳勃卡用力地说。"我们现在就偏唱，见他妈的鬼去吧！"萨沙大喊一声，扬起晒黑的细胳膊唱道：

> 沿着谷地和山冈，
>
> 师的队伍在前进……

姑娘们纷纷站起来跟着唱，并把萨沙围在当中。她们唱得很齐，歌声响彻监狱。姑娘们听到隔壁牢房的男同学也随着唱起来。

牢门砰地一声开了，有个警察一脸惊慌和凶狠，咝咝地叫：

"你们发昏了？快闭上嘴！……"

> 这些岁月的光荣，
>
> 永远也不会消失——
>
> 英勇的游击队，
>
> 占领一座座城市……

警察关上牢门跑了。

过一会儿走廊里响起沉重的脚步声。小队长布吕克纳来到牢房门口，高高的个子，滚圆的肚皮朝下耷拉，一张黄脸泪囊发黑，脖子在领口堆出很厚的褶子，手里夹着雪茄，雪茄冒着烟，不住哆嗦。

"Platz nehmen! Ruhe!① ……"他嘴里冒出激烈震耳的声音，好像他在放玩具枪。

> ……攻占斯帕斯克之夜，
>
> 沃洛恰耶夫卡的日子，
>
> 好像远处诱人的灯火……

姑娘们继续唱。

宪兵和警察纷纷闯进牢房。隔壁男生的牢房发生一场混战。姑娘们被摔到靠墙的地板上。

---

① 德语:各回各位! 不许唱! ——译者注

只剩柳勃卡一个人站在牢房当中,两只小手卡腰,两只厉害的眼睛直视前方,仿佛谁也没看见,却朝布吕克纳跳起切乔特卡舞。

"啊!这个瘟丫头!"布吕克纳气咻咻地大喊大叫。他伸出大手一把抓住柳勃卡,把她的胳膊反拧过来拖出牢房。

柳勃卡龇着牙,猛然低头咬住这只皱巴巴发黄的大手。

"Verdammt noch mal!①"布吕克纳嚎叫一声,用另一手攥起拳头往柳勃卡头上揍。但是柳勃卡仍然咬住不放。

有几个宪兵帮忙,好容易把柳勃卡拽开,顺着走廊把她拖走,布吕克纳疼得把手在空中摇晃。

这次让士兵按着,小队长布吕克纳和芬邦军士一起揍她。电线抽在刚结痂的伤口上,柳勃卡拼命咬住嘴唇,一声不吭。她突然听到牢房顶上的高空中响起发动机的声音。她听出这是什么声音,内心充满胜利的喜悦。

"啊,狗崽子们!啊!……你们打吧!打吧!听听,我们的飞机来了!"

她大叫起来。

飞机往下冲的轰隆声立刻闯进牢房。布吕克纳和芬邦都停下不打了。有人马上熄灯。士兵们也把柳勃卡放开。

"啊!胆小鬼!卑鄙的家伙!你们的末日到了,败类中的败类!啊哈!……"柳勃卡喊着,趴在血淋淋的板床上不敢翻身,就用脚直踢床板。

爆炸的气浪轰隆隆震撼着监狱的板房。飞机轰炸市区。

从这一天开始,"青年近卫军"的成员在监狱里的生活发生了根本变化:他们不再隐瞒身份,跟敌人进行公开斗争。他们顶撞德国人,嘲笑他们,在牢房里唱革命歌曲,跳舞,要是从牢里往外带人拷打,他们就大吵大闹。

因此他们受到的刑罚就更加残酷,已经是人的意识无法想象,从人类的理智和良心角度看是不可思议的。

---

① 德语:该死的东西!——译者注

第六十一章

奥列格最了解前线部队的调动情况,他带领大家往北走,打算在贡多罗夫斯卡亚一带越过冰封的北顿涅茨河,然后奔沃罗涅日——罗斯托夫铁路线上的格卢博卡亚车站。

他们走了整整一夜。心里惦念亲人和战友。几乎一路上都默默无语。

天快亮他们绕过贡多罗夫斯卡亚,顺利穿过顿涅茨河,沿着军用公路朝柞树庄走。这条路原来是土路,现在压得很平。他们抬眼向草原里望去,想找个人家暖和一下,吃点东西。

天气很好,没有风。太阳一出来就照得暖和了。草原里虽然沟沟冈冈,却一片洁白。公路上的雪开始融化,道两旁露出壕沟边,热气升腾,散发出泥土味。

上了高冈看得特别清楚,他们走的公路和两旁以及远处的村道都有零星的德国部队迎面走来,有步兵、炮兵、勤务部门和军需机关。他们虽然没陷进斯大林格勒的大包圈里,却在后来的战斗中被打得溃不成军。这批德国兵跟五个半月之前坐着几千辆大卡车向东开去的德国兵大不相同。他们的军大衣破烂不堪,因为怕冷,头和脚都用东西包着,胡子拉碴,脸和手又黑又脏,好像他们刚从烟囱里爬出来。

他们有一次迎面遇见一群意大利兵顺着从东向西的村道走去,他们大都没带枪,有几个虽然带枪,却枪托朝上,像棍子一样扛在肩上。有个军官披着夏天穿的斗篷,歪戴帽子,说不清是制帽还是便帽,外面用小孩的紧腿裤缠着,骑着一匹骡子没有鞍,走在士兵当中,两只大皮鞋拖在地上,差点儿在路上划出沟来。这个来自温暖的南国的人,到了冰天雪地的俄罗斯,鼻子底下挂着两道鼻涕冻成冰溜。他的形象既可笑,又富有象征意义。他们五个人互相看看,不禁笑了。

一路上遇见不少和平居民被战争撵得背井离乡。谁也不注意他们两男三女背着背囊走在冬天的大路上。

这些情况令他们精神振作。他们对危险缺乏实际了解,却有着年轻人无所畏惧的勇气,以为他们已经到了前线另一边。

妮娜穿着毡靴,戴着带帽耳的帽子,穿着棉大衣,沉甸甸的头发卷从帽子底下落到大衣领上,走得满脸通红。奥列格不时拿眼瞅她。他们目光相遇就互相笑笑。谢廖沙和瓦丽亚走到一个地方甚至打起雪仗,你追我赶,把他们三个远远抛在后面。他们当中数奥莉亚年龄最大,穿一身黑,心平气和,沉默寡言,对待他们两对就像宽容的妈妈。

他们在柞树庄待了一天一夜,一点一点打听前线情况。有个残废军人只剩一只胳膊,大概是陷入包围而流落此地,他劝他们继续往北走奔佳奇基诺村。

他们在这个村子和附近几个庄子游荡几天,到处都是德军乱作一团的后勤部队。居民都躲进地窖。他们现在离前线很近,听得见从前线不断传来隆隆的炮声,晚上看得见炮口喷出的火光,好像夏夜的闪电。空军轰炸德军后勤部队,而德军前线在苏军的强大攻势下显然支持不住,因为周围的德军都节节败退,向西逃窜。

每个过路的德国兵都斜眼看他们,当地居民不知道他们的来历,不肯让他们进屋。不用说五个人一起越过前线,就是来回走走或停留都非常危险。在一个庄子里女主人虽然让他们进屋,却不怀好意打量他们,到了半夜突然穿好棉衣走了。奥列格没睡,叫醒同伴离开庄子,走到草原里。昨天就刮起大风,现在刚刚睡醒,被风一吹身上发冷,如今又无处可去。他们从来没感到这么没着没落,无家可归。这时奥莉亚作为大姐开口说话了:

"我说,你们可别生气。"她开始说,谁也不瞅,用衣袖遮风挡住脸。

"我们这么一大帮人没法过前线。而女同志要过前线大概更困难……"她看看奥列格和谢廖沙,等待他俩表示不同意见,但是他俩都没开口,因为她说的是实话。"我们女孩子应该减轻男孩子的负担。"她态度坚决地说,妮娜和瓦丽亚明白指的是她俩。"妮娜也许会反对,但是你母亲把你托付给我了。我俩到福基诺村去,那里有我的一个大学同学,她会收留我们,我们可以在那里等红军打过来。"奥莉亚说。

奥列格头一次无话可答,谢廖沙和瓦丽亚也一声不吭。

"我干吗要反对? 不,我一点儿不反对。"妮娜说,差点儿哭出来。

他们五个人就这么默默站立片刻,心里发愁,拿不定主意,是否应该走这一步。这时奥列格说:

"奥莉亚说得对。女孩子既然有更简便的出路,何必让她们冒险。的确,这样一来我们大家都轻松些。你俩走……走吧。"他说,突然口吃起来,上前抱住奥莉亚。

然后他又走到妮娜面前,其他人都扭过脸去。妮娜激动地抱住他,在他的脸上到处吻。奥列格拥抱她,亲吻她的嘴唇。

"你……你记得吗? 有一次我缠住你,求你让我吻吻你的脸蛋? 记得吗,我说:'只吻吻脸蛋,明白吗,只吻吻脸蛋就行?'直到现在我们才头一次接吻。你记……记得吗?"他像孩子一样兴高采烈悄声说。

"我记得,我什么都记得,我记得的事比你想象得要多……我会永远记住你……我会等你回来的。"她悄声说。

他又吻她一下便挣脱开。

奥莉亚和妮娜走出不远,还呼唤过他们一次,然后就看不见她们了,也听不见她们的声音,只有风贴地面刮起雪花从结冰的雪地上掠过。

"你们有什么打算?"奥列格问瓦丽亚和谢廖沙。

"我们还想一块试试。"谢廖沙尴尬地说,"我们顺着前线走,也许什么地方就能穿过去。你呢?"

"我还是在这里试试。起码这里的地形我熟悉。"奥列格说。

接着是一阵难堪的沉默。

"我亲爱的朋友,别难过,也别泄气……怎么样?"奥列格说,他明白谢廖沙心里想的是什么。

瓦丽亚激动地抱住奥列格。谢廖沙不喜欢亲热,只跟奥列格握一下手,用手掌轻轻推推他的肩头,便头也不回向前走去。瓦丽亚从后面追上他。

这是 1 月 7 日。

但是他俩也未能一起越过前线。他们从这个村子走到另一个村子,一直走到卡缅斯克。他们装成兄妹,说是因为战争在顿河中游跟家人失散了。村里人可怜他们,在冰冷的泥地铺上草,他俩真像患难的兄妹一样,搂在一起睡。第二天早晨起来继续赶路。瓦丽亚提出随便找个地方过一下试试。然而谢廖沙讲究实际,不肯随便试。

她终于明白,只要她跟谢廖沙在一起,他无论如何不肯做冒险的尝试。他一个人倒是什么地方都过得去,他只是怕她发生不测。于是她对谢廖沙说:

"我一个人可以在村子里随便找个地方住下,等待前线经过这个地方……"

但是这些话他根本不想听。

不过要是讲心眼,她还是比他多。在他们参加的活动中,尤其后来不论什么事都两人一起干的时候,都是他领头,她服从他。但是处理个人的事,都是她占上风,而他不知不觉让她牵着走。这次也是如此。她对他说,让他赶快去找红军部队,就说克拉斯诺顿有一大批青年有生命危险。他可以带领部队去救这批青年,顺便就把瓦丽亚救了。

"我就在附近什么地方等你。"她说。

瓦丽亚白天走累了,这一夜睡得挺香,等天快亮醒来的时候,谢廖沙已经不见了,他舍不得唤醒她跟她告别。

瓦丽亚只剩一个人了。

叶列娜·尼古拉耶夫娜一辈子也忘不了这个寒冷的冬夜,这是 1 月 11 日深夜。全家人都睡了,突然有人轻轻敲临街的小窗。叶列娜·尼古拉耶夫娜一听见敲窗的声音,立刻猜出是他。

奥列格一屁股坐在椅子上,累得连皮帽子也没摘,脸颊冻坏了。

家里人都醒了。外婆点着小油灯放在桌子底下，免得外面看出来屋里点灯，警察一天到他家查好几次。奥列格坐在椅子上，灯光从下往上照，脸四周的皮帽子冻了一圈霜花，颧骨冻黑了，人也瘦了许多。

他曾经几次尝试越过前线，但是他对现代防御战的火力体系和各兵种的配备毫不了解。再加上他个头长得大，穿一身黑衣服，要从雪地上爬过去难免不被发现。他心里还一直放不下留在市里的战友。后来他打定主意，既然过了这么长时间，他可以偷偷溜回市里。

"万尼亚有什么消息没有?"他问。

"还在里头……"母亲说，不敢拿眼看他。

她给他摘下帽子，脱下外衣。想给他弄杯热茶，却没有火。家里人都急得你瞅我，我瞅你，很怕马上会来人把他从家里抓走。

"乌丽亚怎么样了?"他问。

大家都默默不语。

"乌丽亚被抓进去了……"母亲悄声说。

"柳芭呢?"

"也抓进去了……"

他脸色大变，沉吟片刻又问:

"克拉斯诺顿矿区呢?"

不能这么一点一点折磨他，于是科利亚舅舅说:

"要问谁没抓进去反倒容易……"

于是他讲到中央工厂有一大批工人跟柳季科夫和巴拉科夫一起被捕。如今克拉斯诺顿再也没有人怀疑柳季科夫他俩不是自己人，都明白他们是留在德军后方完成特殊使命的。

奥列格低下头，什么也不问了。

大家商量一下，决定把他送到玛林娜娘家住的那个村子，连夜就动身。科利亚舅舅愿意去送他。

他们朝罗韦尼基走去。茫茫的草原阒无人迹，满天繁星把淡淡的蓝光洒在雪地上，举目望去可以看得很远。

尽管奥列格流浪许多天，没饭吃，没地方住，回家也没得到休息，但是他一听到这些令人震惊的消息,马上控制住自己。他在路上向科利亚舅舅详细询问"青年近卫军"遭到破坏和柳季科夫与巴拉科夫被捕的情况。他也对科利亚舅舅讲述了自己不顺利的经过。

他们不知不觉走完一段很长的上坡路,来到冈顶,往下是陡坡,前面有一片黑乎乎的大村庄。这里离村头大约只有五十公尺。

"下坡就进村,我们应该绕道走。"科利亚舅舅说。

于是他们离开大路往左拐,跟村子保持五十公尺的距离。只有踩上雪堆雪才很深。

他们正要越过从侧面通向村子的大路,突然从村头房子后面窜出几个灰色人影,拦住去路,这几个家伙一边跑,一边沙哑地喊德国话。

科利亚舅舅和奥列格不约而同顺着大路就跑,想躲避他们。

奥列格觉得跑不动,听见后面的人马上要赶上他,便使出最后的力气,但是脚下一滑,跌倒在地。有好几个人扑过来,反剪了双手。有两个家伙还去赶科利亚舅舅,用手枪朝他背后打了几枪。不一会儿回来,骂骂咧咧,嘲笑自己没抓住。

奥列格被带进一间大房子,从前这里一定是村苏维埃,现在变成村公所。地板上铺着麦秸,上面有几个宪兵正睡觉。奥列格明白他现在撞上了宪兵哨。桌子上还放着一台军用电话,用黑皮套套着。

有个上等兵把灯芯往上挑挑,怒气冲冲,朝奥列格大喊大叫,并开始搜身。找不到什么可疑的东西,便把奥列格的外衣扒下来,一点一点仔细摸。他的手指又粗又扁,到了指尖更宽,摸得熟练灵巧。

他的手指终于摸到团证的纸壳,奥列格明白,一切都完了。上等兵一只手按着放在桌子上的团证和空白的临时团证,用沙哑的声音朝电话里拼命喊些什么。然后放下听筒,又对把奥列格抓来的宪兵说句什么。

第二天傍晚奥列格由上等兵和一个宪兵押着,由宪兵赶雪橇送到罗韦尼基市宪兵队和警察局办公楼,交给值班的宪兵。

奥列格一个人坐在漆黑的牢房里,双手抱住膝盖。如果看得见他的脸色,他脸上的神情平静而严肃。思念妮娜、想念母亲、想到他多么愚蠢地陷入牢笼,这一切思念和想法在被关进村公所和往这押送的路上已有足够的时间考虑,所以他不再去想。他也不想前途如何,这一点他早已知道他内心平静,态度严肃,因为他在总结自己短暂的一生。

"虽然说我才十六岁,但是我的人生道路这么短促并不是我的过错……有什么可怕的呢? 死亡? 拷打? 我都忍受得了……当然我希望我死以后人们能在心里记住我。不过就算死得无声无息也没什么……现在有好几百万跟我一样年轻力壮、热爱生活的人都无声无息地死去。我有什么可以责备自己的呢? 我从来不说谎,在生活中从来不投机取巧。有时候有点儿轻率,也许由于心肠太好而手软……亲爱的奥列格! 你才十六岁,这算不了什么大错……我还没尝到人生应该得到的幸福。但是我仍然是幸福的! 我的幸福在于我没像蛆虫一样苟且偷生,我进行过斗争……妈妈总喜欢把我叫作:'我的小雄鹰!'我没有辜负她的期望和战友们的信赖。我这一生活得纯洁,就让我死得也纯洁吧。我对自己这样说丝毫也不脸红……你死得值,亲爱的奥列格……"

他脸上的线条舒展开来,躺在滑溜溜的结冰的地板上,头枕着皮帽子就酣然入睡了。

他觉得有人在头上,便睁开眼睛。这时已是早晨。

在奥列格面前站着一个棒老头,粗大的身子几乎遮住背后的牢门。他穿着哥萨克军大衣,戴着一顶波兰方军帽,军帽在棕色头发的大脑袋上显得很小,大鼻子发紫,满脸发红的大雀斑,眼泪汪汪却露出疯狂的目光。

奥列格在地板上坐起来,奇怪地看着老头。

"我还以为奥列格是个什么了不起的人物! ……可他,原来这个样子……不起眼的毛孩子! 小坏蛋! ……可惜盖世太保要教育你,要是落到我的手里,可就好了。我一般不动手打人……你原来这副样子! 可你的名声赶上杜勃罗夫斯基了。你大概读过普希金的这本小说吧? 嘿,小家伙! 可惜你没落到我的手里。"老头俯身凑到奥列格眼前,眯缝起一只泪汪汪的发疯的眼睛,把酒气喷到奥列格的脸上,神秘地悄声说:"你以为我干吗来这么早?"他挤挤眼,做出亲密信赖的表情。"今天我是来送一批人升天的……"他用发胖的手指画了个圆圈。"我还带来理发师,给他们剃光头。我干这事之前总要把他们的头剃光。"他悄声说,然后站起身,干咳一声,举起大拇指说:"要讲究文明!……你要交到盖世太保手里去办,我可不羡慕你。再见吧!"老头把发胖的手举到方军帽帽舌上行个礼,走出去。有人关上牢门。

后来奥列格被关进一个大牢房,里面押着的都是远地方的人,他一个也不认识。不过听他们说,这个老头就是罗韦尼基警察局局长奥尔洛夫,曾经在邓尼金手下当过军官,是个杀人不眨眼的刽子手和专用酷刑的家伙。

过了两三个小时他被带去审问。进行审讯的全是秘密警察,连翻译也是德国上等兵。

他被押进一间办公室,里面有很多德国宪兵军官。他们都注视他,带着明显的好奇和惊异,有些人好像见到大人物似的。奥列格对世界的认识在许多方面还很幼稚,他想象不到"青年近卫军"的名声已经传遍四面八方,而他本人由于斯塔霍维奇的口供和德国人长期抓不到他而变成传奇人物。审问他的德国人好像一条鳗鱼,身子软得没有骨头。脸长得吓人,上眼皮发黑,从眼角往下经过颧骨画出两个紫眼圈,到无肉的腮上逐渐扩散成尸斑,使他的长相超乎自然,这副模样只有做噩梦才能见到。

他们要求奥列格交代"青年近卫军"的全部活动,并交出全体成员和同谋者的名单。奥列格回答说:

"'青年近卫军'是我一个人领导的,我一个人负全部责任,其他成员都是按照我的指示行事……你们如果公开审判,我可以讲讲'青年近卫军'的活动情况。但是我不能向滥杀无辜的人讲这个组织的活动,因为对我们的组织没有任何好处……"他沉吟片刻,用平静的目光扫视这些军官说:"你们已经死到临头……"

这个德国人的确像死人,他还想问些什么。

"这些就是我最后要说的话。"奥列格说完,垂下睫毛。

然后奥列格被押进盖世太保刑讯室,开始一段最可怕的生活。他受到的酷刑不用说难以忍受,只要有人心的人,想描写也写不下去。

　　但是奥列格忍受住了这场酷刑,一直熬到月底,他们不肯立即杀他,因为州野战司令克莱尔少将要亲自审问地下组织头头并且决定他们的命运。

　　奥列格还不知道,柳季科夫也被押送到了罗韦尼基的盖世太保,等着受野战司令的审讯。敌人虽然不知道柳季科夫就是克拉斯诺顿地下布尔什维克组织主要负责人,但是他们感到并且看出来,他是他们逮捕的人当中最重要的人物。

第六十二章

三角形的三个角上都有轻机枪,集中射击两座山冈中间的洼地,洼地很像骆驼背的鞍部。子弹噼噼啪啪打在雪和泥混合成的烂泥里,快落地时发出"嗖——嗖——"的声音。但是谢廖沙已经过了洼地到了那边,一双有力的手抓住他的手腕,把他拽进战壕。

"你不嫌丢脸吗?"一个小个子中士,长着一对大眼睛,用纯粹的库尔斯克口音说,"这算什么! 挺好的一个俄国青年到处乱跑……你是叫他们吓坏了,还是他们答应给你什么好处?"

"我是自己人,自己人。"谢廖沙说,露出紧张的笑容,"我的证件缝在棉袄里,领我去见你们的指挥员。我有重要情况报告!"

他被带进庄子。这个庄子离铁路不远,整个庄子只剩一间小房没打坏。庄子周围原来种的洋槐现在被飞机大炮打得七零八落。就在这座小房里,谢廖沙正和师参谋长站在师长面前。这里是师指挥所,部队不从这里经过,卡车也不准从这里走,所以庄子里和小房里静悄悄的,如果不算南山后面一直轰隆作响的多声部的激战声。

"我不光凭证件,而且听了他讲的作出判断。他什么都知道,地形、重炮火力阵地,甚至第二十七号区、第二十八号区和第十七号区的火力点……"参谋长还说了几号区,"很多都跟侦察员报告的相吻合,有的地方他讲得更清楚。顺便说一下,两岸都利用陡岸构筑工事。您记得吧?"参谋长说。他很年轻,鬈毛头发,领章上有三条杠,因为牙疼不时皱起眉头,用嘴角吸一口凉气。

师长仔细看了谢廖沙的团证和"青年近卫军"发的证书,证书表格很粗糙,用笔填写的,有指挥员图尔克尼奇和政委卡苏克的签名,证明谢廖沙是克拉斯诺顿市地下组织"青年近卫军"指挥部的成员。师长看完团证和证书,虽然是从参谋长手里接过来的,却没交给参谋长,直接还给谢廖沙,并且带着粗犷的天真神情又把谢廖沙从头到脚打量一遍。

"是这么回事……"师长说。

参谋长牙疼得直皱眉,用嘴角吸着凉气说:

"他还有重要情况只想对您说。"

谢廖沙于是介绍了"青年近卫军"的情况,并且说出他的想法,这个师毫无疑问应该马上出发去搭救关在监狱里的大批青年。

参谋长听到要求这个师做战术转移,去攻打克拉斯诺顿,就笑了,又疼得轻轻呻吟起来,用一只手捂住脸。但是师长并没笑,显然他并不认为攻打克拉斯诺顿是不可能的事。他问:

"卡缅斯克你熟悉吗?"

"熟悉,不过不是这头,而是那头,因为我是从那头走过来的……"

"费多连科!"师长响亮地喊一声,震得什么地方杯子叮当响。

屋里除开他们三人之外,什么人也没有,然而就在这时费多连科好像从天上掉下来,出现在师长面前,鞋后跟啪地一撞,把大家都逗乐了。

"费多连科到!"

"给小家伙弄双鞋,这是第一。给他吃顿饭,这是第二。让他暖暖和和睡一觉,直到有事再叫他。"

"是! 给他一双鞋,让他吃饭,让他睡觉,直到有事叫他。"

"要暖暖和和……"师长伸出食指教训地说,"蒸浴房怎么样了?"

"马上就好,将军同志!"

"去吧!"

费多连科中士像老朋友一样搂住谢廖沙的肩膀,一起走出去。

"司令马上到。"师长笑着说。

"是吗?"参谋长说,立刻容光焕发,甚至一时忘了牙疼。

"得搬到掩蔽部去。让他们生上火,不然的话,你知道,圆面包该发火了!"师长快活地笑着说。

圆面包①是战士们给集团军司令起的亲切的绰号。师长这么叫他,可他还在睡觉。他睡在他的指挥部里,不过他的指挥部从不设在房子里,根本不设在居民区,而是设在树林里德军扔下的掩蔽部里。尽管集团军前进的速度非常快,但是司令还是坚持一条原则,就是指挥部一定不要设在居民区,每到一个新地方,就利用德国人留下的掩蔽部,如果掩蔽部打坏了,就像战争初期那样,为他本人和整个司令部挖新的。他之所以坚持这个原则,因为战争初期有不少高级将领,都是他的战友,认为没有必要挖掩蔽部而死于敌人轰炸之下。

不久之前集团军司令还是师长,恰好指挥谢廖沙找到的这个师。半年之前这个师曾经要跟普罗岑科领导的游击队协同作战,而集团军司令,当时的师长,就是在克拉斯诺顿区委办公室里亲自跟普罗岑科见过面的那位将军。他先在伏罗希洛夫格勒保卫战、后在卡缅斯克保卫战和1942年七八月份的阻击战中都表现出色。

这位司令的姓也很普通,是祖传下来的农民的姓。经过这几次战斗之后,他这个姓要比其他军事将领更为响亮,一直留在北顿涅茨河和顿河中游地带居民的记忆中。如今经过西南前线两个月的战斗之后,他这个姓已经名闻全国,就跟在伟大的斯大林格勒战役中扬名的其他将领一样。圆面包是刚刚给他起的绰号,他还一无所知呢。

这个绰号在一定程度上跟他的外表倒很相称。他长得矮个子,宽肩膀,高胸脯,脸很胖,神情刚毅,是普通的俄国人脸型。尽管他外表笨重,却动作敏捷,活泼好动,一对小眼睛又聪明又快活,一举一动都麻利灵巧。不过给他起这个绰号并不是根据他的外表。

由于机缘巧合,他现在进攻的路线正是去年七八月份退却的路线。尽管在那些难忘的岁月里仗打得非常艰苦,他还是轻易摆脱了敌人,逃得不知去向,让敌人连影子也摸不着。

接着他编入后来组成西南方面军的部队,跟他们一起钻进地里,

---

① 圆面包是俄罗斯童话里象征勇敢机智的形象,他能克服一切困难达到目的。——译者注

跟大家一起在地底下坚持,直到敌人疯狂地进攻被他们坚定顽强的抵抗粉碎为止。时机一到,他跟大家一起从地底下钻出来,先是率领这个师,然后率领集团军,跟踪追击敌人,抓获好几千俘虏,缴到好几百门大炮,扔下敌军残部给后续部队去收拾,今天一只脚在顿河,另一只脚迈到奇尔河,明天一只脚在奇尔河,另一只脚已经迈到顿涅茨河。

就在这时从战士们的内心深处冒出圆面包这个来自童话的称号,一下子贴到他身上。他真就像圆面包一样,滚动得非常快。

谢廖沙找到部队的时间正是发生重大转折的 1 月中旬。这时,沃罗涅日方面军、西南方面军、顿河方面军、南方方面军、北高加索方面军、外高加索方面军、沃尔霍夫方面军和列宁格勒方面军都展开声势浩大的进攻,彻底击溃和俘虏被包围在斯大林格勒城下的德国法西斯军队,打破对列宁格勒两年多的封锁,只用一个半月时间就解放了沃罗涅日、库尔斯克、哈尔科夫、克拉斯诺达尔、罗斯托夫、新切尔卡斯克和伏罗希洛夫格勒等重要城市。

谢廖沙找到部队的时候,正是我军从一月开始新的强大的坦克攻势之际,这次进攻是针对顿涅茨北部的三条支流:杰尔库尔河、艾达尔河和奥斯科尔河一带德军防御工事,在卡缅斯克——坎捷米罗夫卡铁路线上摧毁被包围在米列罗沃的德国驻防军的最后顽抗。两天前我军已经占领格卢博卡亚车站,准备强渡北顿涅茨河。

当师长跟谢廖沙谈话的时候,集团军还在睡觉。他跟所有的司令员一样,凡是跟指挥有直接关系的重大决策都放在晚上进行准备和斟酌,因为晚上一切闲杂人员不会来干扰他,他可以摆脱部队的日常事务。但是这位指挥集团军的将军身边有个米申上士,就像师长身边有个费多连科中士一样。只是米申上士长得像彼得大帝一样魁梧,已经不时看看手上戴的别人送他的战利品手表——是不是该叫醒司令了。

司令平时总是睡眠不足,今天就更要早起。战场上机缘巧合的事屡见不鲜,去年 7 月由他指挥保卫卡缅斯克那个师马上就要攻打这个城市。在这个师里"老家伙"已经不多。不久前师长才晋升将军,当时不过是上校。像他这样的"老人儿"在军官当中还能找到,在战士当中就很少见了。因为师的人员十分之九是发起进攻之前在顿河中游一带补充进来的。

米申上士最后一次看表，走到将军睡觉的架子跟前。这的确就是一个带格的架子，因为将军怕潮，总在架子的第二道格上给他搞个铺，有点儿像火车上的卧铺。

将军睡觉总是侧着身子，脸上现出身体健康而又胸怀坦荡的人的天真神情。米申要想叫醒他也总是先用力晃将军的肩膀。但是光晃当然打不破勇士的酣睡，这不过是整个过程的前奏。米申把一只胳膊伸到将军肋下，另一只胳膊抱住上面的胳肢窝，像抱小孩一样把将军沉重的身体小心翼翼、从容不迫地从床上扶起来。

穿着睡衣的将军立刻醒了，两只眼睛清醒地看着米申，就像根本没睡觉似的。

"好，谢谢你。"他说，一下子从架子上跳下来，出人意外地灵巧，摩挲一下头发，坐到小凳上，拿眼找理发师。米申把一双便鞋扔到将军脚跟前。

理发师正在掩蔽部的厨房里搅肥皂沫。他脚上穿一双软皮大皮靴，军便服外面扎雪白的围裙，像个精灵一样悄悄来到司令身旁，把餐巾掖到将军的睡衣领子里，用轻柔的动作在一夜之间便长出来的又黑又硬的胡茬上涂满肥皂。

不到一刻钟，将军已经穿好衣服，上衣扣子扣得整整齐齐，粗墩墩地坐在小桌旁边，他利用早饭没送来的工夫迅速浏览一下副官递上来的一张张文件。副官一只手拿着红呢绒里的皮文件夹，另一只手麻利地往外抽文件。他最先递上来的是刚收到的消息：米列罗沃已被我军收复，但是这个消息对将军来说算不得新闻，因为他早就知道米列罗沃迟则今晨，早则昨晚，一定能拿下来。接着便是各种日常公事。

"真少教训！这块'糖'留给他们，既然他们已经占领了！……萨夫罗诺夫的勇敢奖章要换成战斗红旗勋章，师里一定以为战士只能得奖章，勋章专门发给军官！……还没枪毙他？这叫什么军事法庭，软绵绵，成了《知心话》编辑部！立刻枪毙，不然就把他们送上法庭！

……嘿，真少教训，什么'要求请求代替……'我虽然当兵的出身，可说实在的，这话文理不通。告诉克列皮科夫，他连看也不看就往上签字。让他好好看看，用红蓝铅把错误改了再亲自带着文件见我……不成，不成！你今天给我送的净乱七八糟的东西。搁搁再说！"将军说，便集中精力吃早饭。

司令快喝完咖啡的时候，有个将军又带着文件夹来到桌旁。这个将军个子不高，体型匀称，宽大的前额皮肤白皙，由于开始拔顶前额就显得更大，鬓角的浅色头发剪得整整齐齐，态度从容，动作准确、干练。他的外表更像个学者，而不像军人。

"坐吧。"司令对他说。

参谋长送来的文件要比副官塞给他的更为重要。但是谈公事之前，参谋长先笑容满面递给司令一份莫斯科的报纸。这是最新的报纸，专门用飞机送到方面军司令部，今天早晨才分别送到各集团军司令部。

报上刊登最近获奖和提升的军官和将军的名单，其中有几名就是他这个集团军报上去的。

司令带着军人特有的强烈兴趣快活而迅速地念着名单上的人名，遇到军事学院的同学或卫国战争的熟人，便抬眼看看参谋长，脸上的表情时而意味深长，时而惊讶或怀疑，特别是遇到他这个集团军的人，简直像孩子一样兴高采烈。

名单里就有"圆面包"从前指挥的那个师的师长，这个师长已多次受奖，而现在的集团军参谋长原来也是那个师的。师长获奖是因为很久以前的战功，但是要一级一级上报，所以直到现在才刊登出来。

"正要打卡缅斯克，这个消息来得真不是时候！"司令说，"他该松劲了！"

"相反，他会劲头更足了。"参谋长笑着说。

"我非常了解你们的弱点！……今天我到他那里去，向他祝贺……给丘维林发贺电，给哈尔琴科也发一个。至于库科列夫，应该说几句有人情味的活，明白吗？别打官腔，要说贴心话。我真替他高兴。

我还以为维亚济马河一仗他就再也起不来了呢。"司令说。突然又露出狡黠的笑容。"肩章什么时候来？"

"马上到！"参谋长说，又笑笑。

关于军队的士兵、军官和将军都要佩戴肩章的命令公布不久，军队里上上下下都非常感兴趣。

师长把司令要来的消息告诉参谋长，立刻传遍全师。这个消息甚至传到前沿阵地，在顿涅茨河畔的开阔草原上，战士们正趴在雪和泥混合成的泥浆里。从阵地上可以看到陡峭的右岸、卡缅斯克城里许多地方正在冒烟的建筑物和我方冲击机在烟雾中轰炸城市的侧影。

司令乘车来到这个师的第二梯队的时候，师长亲自前来迎接。然后他们一起步行去指挥部。一路上总有单个或成群的战士和军官仿佛偶然似的出现在路边。他们不光希望见见他，而且希望他能看见自己。所有的人都向他立正敬礼，姿态格外潇洒、豪放，人人脸上都现出兢兢业业的神情或殷勤的笑容。

"您承不承认，一个小时之前才钻进掩蔽部，真是少教训。墙上的水珠还没干呢！"司令说，立刻揭穿师长玩的花招。

"是这样，两小时之前。不拿下卡缅斯克，我们就不出去。"师长说，毕恭毕敬站在司令面前，眼睛露出狡黠的目光，下颚现出沉着自信的褶子，仿佛说："在师里我当家，我知道你会因为什么狠狠骂我，这不过是小事一桩。"

司令祝贺他受奖。师长利用适当的机会仿佛不经意地说：

"趁谈工作之前……村子里有个蒸浴房没打坏，就在跟前，我们已经烧上了。您大概好久没洗澡了吧？将军同志！"

"真的吗？……"将军认真地问，"烧好了吗？"

"费多连科！"

这时才知道，到傍晚蒸浴房才能烧热。师长狠狠瞪了费多连科一眼，费多连科明白：为这件事他要挨训的！

"傍晚……"司令想想能不能把什么往后搁，什么事可以先不做，但是突然想起来，半路上还插进一件。"只好下次再说吧。"他说。

集团军参谋长在整个集团军里是不容争议的军事权威。师长就根据参谋长的意见制定攻打卡缅斯克的方案,并且开始向司令汇报。司令听完之后,露出不以为然的神色。

"这里是三角地带,有河,有铁路,这边是市郊,到处都修有工事……"

"我也表示过怀疑,可是伊万·伊万诺维奇的意见也很正确……"

伊万·伊万诺维奇就是集团军的参谋长。

"你强渡过河,可是过河以后你拉不开战线。你要向前进,就一直得挨打。"司令说,策略地绕过伊万·伊万诺维奇。

但是师长知道,伊万·伊万诺维奇的威信可以使他的方案立于不败之地,便又说:

"伊万·伊万诺维奇说,他们不会料到我们从这里发起正面进攻,还以为不过是佯攻。我们侦察到的情况也证实这一点。"

"你们从这里冲进城去,他们会从各条街和从车站这边用猛烈的炮火打你们……"

"伊万·伊万诺维奇……"

司令明白,不搬掉伊万·伊万诺维奇这个障碍,他们就谈不下去,于是说:

"伊万·伊万诺维奇错了。"

然后他相当委婉地提出迂回运动,从另一个方向攻打城市的方案。他一面说,一面用大手在地图和假想的地形上比画,他的手指虽然短,却灵巧圆活。

师长想起谢廖沙今天早晨从市郊越过前线,正是司令主张发起主攻那个方向。于是这个攻城方案突然在他的脑海里顺顺当当形成了。

入夜,重大决策在师部里都制定好了,并且传达到各团。指挥员们便到邻近的村子里偶然保存下来的蒸浴房洗澡去了。

第二天凌晨五点,师长和负责政治工作的副师长乘车出发,到各团检查准备工作情况。

在科诺年科少校团长的掩蔽部里,所有的人都一夜未睡,因为要连夜一级一级向下传达命令。有些问题在上级看来是局部的、具体的问题，对下级来说就是主要的带决定性的问题，因而还要详细解释。

尽管该下达的命令和该做的解释都已做完，师长还是有耐心、有条有理地把昨晚讲过的话再重复一遍，把科诺年科少校安排的工作检查一遍。

科诺年科少校很年轻，是军人当中典型的实干家。一张瘦脸显得勇敢而有精神，说话声音很轻，军便服里露出毛衣领，只穿棉袄、棉裤，没穿军大衣，为了行动起来方便。他也很耐心地听师长训话，只是听得并不认真，因为一切他都知道。听完之后，他又报告一下工作安排情况。

谢廖沙找到的正是这个团。他离开师部之后，又被一级一级往下送，直到交给连长，发给他一支冲锋枪和两颗手榴弹，编进突击队。这个突击队要最先冲进卡缅斯克旁边的火车会让站。

卡缅斯克周围虽然冈峦起伏，长着稀疏的灌木，整个来说仍然是开阔地带。近几天刮起一场带暖意的暴风雪，笼罩着天空。后来又刮南风，到处是一片大雾。开阔的地方雪本不厚，开始融化，地里和路上都泥泞难行。

顿涅茨河两岸的村庄遭到轰炸和炮击，破烂不堪。战士们只好住在旧掩蔽部里、土坑里、帐篷里，有的干脆住露天地，而且不生火。

进攻前一天，他们透过大雾看得见河对岸那座庞大的城市，纵横交错的街道不见人影，在一片住宅屋顶之上高耸着火车站的水塔、几个完好的大烟囱和被打坏的教堂钟楼。用肉眼就能看见德军在城前的高冈和市郊修筑的土工事。

穿军大衣的苏联人攻打这类城市的前夕，心情十分复杂。作为身穿军大衣的人要去进攻和解放跟自己血肉相连的土地，他当然斗志昂扬。但是对于城市和居民，尤其是藏在冰冷的地下室和潮湿的掩体里的母亲和孩子又非常可怜。根据经验可以料到，敌人意识到罪恶深重并将受到惩罚，会以加倍和三倍的力量进行顽抗，这种敌人怎能让人不恨之入骨。面对着艰巨的任务和死亡，心里不免感到紧张。有多少人曾为自然的恐惧而心惊胆寒！

但是没有一个战士流露出这种感情，大家都快活而兴奋，开着粗野的玩笑。

"'圆面包'要说干就一定没问题。"战士们都这么议论，好像要往城里冲的不是他们自己，而是童话里的圆面包。

谢廖沙参加的突击队由他刚过前线遇见的那个中士指挥。这是个灵活好动的小个子，生性活泼，满脸细细的皱纹，一对大眼睛蓝蓝的，闪烁不定，好像不断变换颜色。他就是卡尤特金。

"这么说，你是克拉斯诺顿的？"中士又问一遍，他既高兴又半信半疑。

"你到过那里吗？"谢廖沙问。

"我有个朋友，是你们那里的姑娘。"卡尤特金说，神色有些凄然。"她当时正疏散。我是跟她在路上认识的。是个非常好的姑娘……当时我们经过克拉斯诺顿。"他说完，沉默片刻。"我参加过卡缅斯克保卫战，当时在这里打过仗的，有的牺牲，有的被俘，只有我又回到这里。你听见过这么一段诗没有？"

于是他认真地朗诵起来：

> 我冲锋在前，多次挂彩，
> 只不过留下几个疤痕。
> 我曾经三次陷入包围，
> 可三次又安全脱身！

> 不管是斜射还是曲射，
> 不管是直射还是三层射，
> 虽然给我添点儿麻烦，
> 却也莫奈我何……

> 在习惯的行军路上，

> 在队伍扬起尘土的路边，
>
> 敌人说我部分地被驱散，
>
> 又说是部分地被全歼……①

"这首诗写的就是像我这样的人。"卡尤特金说，笑一笑，朝谢廖沙挤挤眼。

白天就这样过去了，黑夜降临。当师长再次向科诺年科少校交代作战任务时，执行这次任务的战士还在睡觉。谢廖沙也睡着了。

凌晨六点，值日兵把大家叫醒。战士们喝一小杯伏特加酒，吃半饭盒加碎米的牛肉苏布汤和一大份麦米粥。在大雾的掩护下穿过洼地和灌木丛来到进攻出发地点集合。

他们分批向前移动，脚下是湿雪和黄泥混合成的泥浆。二百公尺之外什么也看不清楚。重炮开始轰鸣，可是最后一批战士还正在向顿涅茨河岸靠近，趴在稀泥里。

大炮打得有节奏，有条不紊，但是因为大炮太多，所以发炮的声音和炮弹爆炸的声音都嗡嗡连成一片。

谢廖沙趴在卡尤特金旁边，看见右面和头顶上有圆圆的炮弹，有的像拖着火尾巴的红球，穿过大雾向对岸飞去。他还听到炮弹飞过时的嗖嗖声、在对岸猛烈爆炸的响声和城里远处的隆隆爆炸声。这些炮声使他和他的伙伴们感到振奋。

德国人只朝他们设想的步兵集合地点开迫击炮。城里有时还用六管迫击炮还击。于是卡尤特金有些担心地说：

"这家伙又响了……"

突然谢廖沙觉得从背后很远的地方发出雷鸣般的轰隆声。这轰隆声越来越响，扩展到整个地平线。趴在岸边的战士们就听见头顶上嗡嗡个不停。炮弹的爆炸声响得吓人，还射出火光，顶上是一团黑色浓烟，把对岸整个罩住了。

---

① 借自苏联诗人特瓦尔多夫斯基（1910—1971）的长诗《瓦西里·焦尔金》。——译者注

"火箭炮喀秋莎响了。"卡尤特金说,立刻有了精神,他那布满皱纹的脸露出严酷的表情。"迫击炮伊万也马上会响,你就等着瞧吧……"

他们背后的轰隆声还没停,对岸的爆炸声也持续不断。这时谢廖沙并没听清发没发命令,看见卡尤特金探出身子往前就跑,他也跳出战壕往河上跑去。

他们在河冰上奔跑,好像周围一片静寂,其实对岸正朝他们开火,不断有人倒在冰上。大家穿过飘动的雾气朝前跑,黑烟和硫黄味一阵阵迎面扑来。但是所有的战士都感到打得正是时候,一切都会顺利。

谢廖沙被这突如其来的寂静弄蒙了,等他明白过来,已经又趴在卡尤特金身旁,他们趴在一个弹坑里,被翻出来的土还在冒烟。卡尤特金脸色挺吓人,正用冲锋枪朝前面什么东西射击。谢廖沙看见前面大概不到五十步的地方有个快要被土埋上的掩体,从里面伸出一个机枪枪筒,不住颤抖,便也朝掩体打去。机枪手看不见谢廖沙和卡尤特金,只能看远的地方,一下子被打哑巴了。

城市在右边,已经离他们很远,几乎不再向他们射击,他们也离河岸越来越远,向草原里走去。过了很长时间城里才向他们前进的方向打炮,炮弹纷纷落在草原里。

这一带有几个庄子,在大雾中虽然看不见,但是谢廖沙很熟悉。庄子里的机枪和冲锋枪又朝他们猛烈开火。他们马上卧倒,趴了很长时间,直到后面的轻炮赶上他们。轻炮几乎直对庄子开炮。最后一群群战士跟轻炮一起冲进庄子。这些轻炮由炮兵推着。炮兵个个身材高大,神情快活,醉意醺醺。营长立刻出现在这里,通信兵已经往一座打坏的砖房的地下室拉电线。

攻占小火车站是这次局部战斗的最终目标。现在看来前一段战斗十分顺利。他们如果有坦克,早就可以拿下火车站。但是这次坦克不能用,因为顿涅茨河结冰太薄,承受不住坦克。

战士们现在都摸黑前进。营长亲自领导这次作战行动,敌人一开火,只好率领现有的战士打冲锋,而主力部队还没赶到。战士们冲进庄子,卡尤特金率领一拨人顺着大街冲进去很远,开始争夺学校的战斗。

学校里射出的火力很强,谢廖沙只好停止射击,把脸埋在稀泥里。一颗子弹打中他的左胳膊,从胳膊肘上边穿过去,没伤着骨头,开头他并不觉得疼。等他终于决定抬头看看,身旁一个人也没有了。

最准确的设想,是伙伴们顶不住炮火,撤到庄子边上,跟自己人会合。但是谢廖沙没有作战经验,以为都被打死了。一阵恐怖袭上心头。他爬到一座小房墙角后面,侧耳倾听。有两个德国兵从一旁跑过。接着听到左右和后面全是德国人唧里哇啦的说话声。这里已经听不见枪声,庄子边上枪声却越来越响。后来那里也沉寂下来。

远处城市上空摇曳着熊熊火光,映红滚滚的黑烟,而不是映红天空。从那里传来许多种声音混合而成的轰鸣。

谢廖沙受了伤,一个人落到被德国人占领的庄子里,躺在雪和泥混合成的冰冷的泥浆里。

第六十三章

我的朋友！我的朋友！……当我开始写这个故事最悲惨的篇章时，我就情不自禁地想起你……

你可知道，在那遥远的童年时代我俩一起坐车进城上学的时候，我的心情多么激动！我们两家相隔一百里地，每次上学我都怕遇不上你，怕你先走了，因为我俩整整一夏天没见过面！

父亲赶着大车，我坐在他背后，来到你们村子已经半夜，我很怕见不到你，心里十分紧张。马累了，在街上一步一步走，我不等大车走到你家门前便跳下车。我知道你总是睡在草棚里，如果在草棚里找不到，就说明你走了……但是从来没有过你不等我就走的事。我知道你宁可迟到也不肯把我一个人扔下……我们直到天亮都没合眼，奔拉着两只光脚坐在草垛上唠个没完，还捂嘴扑哧笑，惊动了鸡架上的小鸡直拍打翅膀。四周弥漫着干草的芳香，秋天的朝阳从树林后面升起，突然照亮我们的脸。这时我才看出来，这一夏天你我都变了模样……

记得有一次已经是少年时代，我俩挽着裤腿站在绿色的河水里，水没到膝盖。你告诉我说，你爱上一个姑娘……老实说，我并不喜欢她，但是我还是对你说：

"爱上她的是你，而不是我！我祝你幸福！……"

你笑着说：

"真是这么回事，要想劝一个人别干坏事，可以跟他绝交。但是恋爱问题别人怎么能出主意？有些最亲近的人往往以为有监护权就对恋爱问题进行干涉，不爱的硬往一起撮合，相爱的又给拆开，听到你所爱的人坏话就到处散布……他们应该明白这么干有多么不好，这样就破坏了人一生中一去不复返的纯洁时刻！……"

我还记得有一次××来了，我不想说出他的名字。他一来就用嘲笑的口吻信口开河议论他的朋友："这个家伙爱得昏了头，简直任她摆布，可她的手指甲特脏，这话只能你知我知……这个家伙你知不知道，昨天做客喝得一塌糊涂，甚至呕吐，这话只能你知我知……这个家伙穿得破破烂烂，装穷，其实是吝啬。这一点我知道得最清楚。他白喝别人的酒也不嫌害臊，这话只能你知我知……"

你瞥了他一眼说：

"你听我说，××，你赶快从这里滚开……"

"什么叫滚？"他感到惊讶。

"滚就是滚……交朋友不看人家长处，只看短处，这不太卑鄙了吗？年纪轻轻就拨弄是非，这不太卑鄙了吗？……"

当时我看着你，心里非常佩服！我跟你的想法一样，也许我办事没有你果断……

但是我记得最清楚的还是那年夏天，当时我们隔得很远。我认识到我非入团不可了……

到了秋天，我们跟往年一样又在那个干草棚里见面，我感到你态度有些拘谨和疏远。而我对你的态度也是这样。我们还像童年时代一样耷拉着光脚坐着，却说不出话来。后来你说：

"也许你不能理解我，甚至责怪我不跟你商量就做决定。但是夏天时候我一个人待在家里，认识到我没有别的路可走，你知道，我决心入团……"

"可你会增加新的义务，交新朋友，那我怎么办？"我问你，想考验一下我们的友谊。

"是的。"你凄然说。"当然是这样。我当然明白这是良心问题，可是你要也能入团该有多好！"

我再也不能折磨你了，于是我们相对而视，大笑起来。

也许在干草棚里的最后一次谈话是最为幸福的了。旁边鸡架上仍然有小鸡，朝阳仍然从白杨后面升起。当时我俩发誓：踏上这条道路就永不回头！永远忠实于我们的友谊！

友谊！世上有多少人说过这个字眼！但是他们指的不过是一起喝喝酒,愉快地聊聊天,袒护彼此的弱点。这跟友谊有什么共同之处？

不,我们常打架,我们丝毫不顾忌对方的自尊心。是的,我们如果意见不一致,也会伤害对方！但是我们的友谊反而更加牢固,更加坚实,仿佛增添了金属的分量……

我常对你不公正,但是我一旦认识到自己错了,便决不回避。在这种情况下我能对你说的唯一一句话,当然就是我错了。你却说：

"别难过,难过也没用……要是你想明白了,忘了就是。这是常有的事,因为这是斗争……"

过后你对我更加关心,比医院里最和蔼可亲的护士还要关心,也许比母亲还要好,因为你性情粗犷,不婆婆妈妈……

现在我不得不讲讲是怎么失掉你的。这是很久以前的事了,但是我却觉得仿佛就是这一次战争的事,而不是上次战争……我抱着你拖着地穿过芦苇离开湖边,你的鲜血流到我的胳膊上,太阳晒得要命,湖边大概一个活着的也没有了。这么窄一小条芦苇,却射过来这么猛烈的炮火。我抱着你,因为我不能想象你已经死了……我把你放在铺好的芦苇上,你神志清醒,只是嘴唇干巴。你说：

"水……给我水……"

但是这里没有水。我们既没有杯子,也没有饭盒或水壶,不然我可以回到湖边取水。于是你说：

"你小心点儿把我的靴子扒下去,我的靴子挺结实……"

我明白你的意思。我从你脚上扒下一只士兵穿的大皮靴。这只靴子不知走过多少路,我们行军好多天了,都没换包脚布,但是我还是拿起这只靴子就往湖边走,后来爬,我自己也渴得要命。当然,在这么猛烈的炮火底下喝水我连想都不敢想。能用这只靴子舀一下水再爬回来,已经是奇迹。

但是我爬到你身边的时候,你已经死了。你的脸色十分平静。我头一次发现你身子长得多么长。怪不得人们常把我俩认错。热泪夺眶而出。我渴得要命,便趴在你的靴子上把这杯凝结我们士兵友谊的苦水含着泪一饮而尽……

瓦丽亚顺着前线乱走,从这个庄子走到另一个庄子,有时干脆在草原里过夜。她像一只野狼,又饿又冷,筋疲力尽,不知道冷,也不知道害怕。溃退的德国兵像潮水一般向后涌去,前线每后移一次就逼得瓦丽亚后退一步,于是她渐渐接近自己的家乡了。

她走了一天、两天、一星期,她自己也不知道为什么到处乱走。也许她还希望越过前线,后来则把自己哄谢廖沙的话当成真事。说实在的,他为什么不可能带着红军队伍来解救他们呢?他说:"我一定回来。"他向来是说到做到。

在卡缅斯克发生巷战那天夜里,一团团黑烟上面火光冲天,周围几十里以内都看得到。当时瓦丽亚就在离卡缅斯克只有十五公里的庄子找到栖身之处,庄子里已经没有德国人。瓦丽亚跟大多数当地居民一样一夜没睡,只顾看火。有什么让她期待着,一直期待着……

上午十一点,庄子里听说红军部队打进卡缅斯克,发生巷战,德军失去大部分地盘。敌人马上就会朝这里涌来。这种打败仗的敌人是最凶恶的……瓦丽亚又拿起背包离开庄子。女主人可怜她,在她的背包里装一块面包头……

她自己也不知道往哪走。头几天一直很暖和,但是风向突然变了,越来越冷,雾散了,散乱的雪云布满天空。瓦丽亚在大路中间停下,背着背包站立很久,风吹乱她头上小帽底下露出的鬓发。后来她沿着被雪水淹没的村道朝克拉斯诺顿方向缓缓走去。

这时,谢廖沙正敲这个庄子另一头的房子的小窗。他没带武器,耷拉着一只胳膊,袖子上沾满血。

不,命中注定这一次他不该死……德国人没安静下来之前,他在车站附近的庄子里在又湿又脏的雪地上趴了很久。已经不能指望自己人今夜再打进庄子。必须想法走,离开前线。他穿的是便服,武器可以放在这里。他又不是头一次穿过敌人阵地!

天蒙蒙亮,他拖着一只受伤的胳膊好容易爬过铁路。这时正是农家主妇起床点上松明做饭的时候。但是现在主妇都带着孩子躲在地窖里。

谢廖沙越过铁路又爬出一百公尺,然后站起身向前走。他就这样来到这个庄子。

一个姑娘梳着一条淡褐色大辫子刚刚打水回来,撕一块旧衣服给他包扎伤口,洗净衣袖的血迹,又涂上草木灰。这家人怕德国人再闯进来,连点儿热饭也没给谢廖沙吃,只给他带点儿东西。

谢廖沙一夜未睡,顺着前线走,他要寻找瓦丽亚。

顿涅茨草原常常这样,天气又变冷了,俨然冬天。下起大雪,落地也不化。然后严寒降临了。1月末的一天,谢廖沙的姐姐费尼亚依然带孩子单独过,从市场回来,发现门闩上了。

"妈妈,就你一个人吗?"她的大儿子从门后问。

谢廖沙坐在桌旁,一只胳膊肘放在桌上,另一只胳膊耷拉着。他平时就瘦,现在他的脸瘦得只剩皮包骨了。背也驼了。只有两只眼睛看着姐姐还像从前一样奕奕有神。

费尼亚告诉他,中央工厂进行大逮捕,"青年近卫军"大部分成员都被抓进监狱。她从玛林娜那里听说,奥列格也被捕了。谢廖沙默默坐着,两眼闪射出凶光。过一会儿他说:

"我这就走,你不用害怕……"

他感到费尼亚神色不安,既为他担心,也为自己的孩子担心。

姐姐给他包扎伤口,又给他换上女人的衣服,把他脱下的衣服包成小包,趁着暮色送他回家。

父亲经过监狱的折磨身子更佝偻了,几乎整天躺在床上。母亲还勉强支撑着。姐姐一个都不在家,达莎姐姐和亲爱的娜佳姐姐都躲到离前线不远的地方。

谢廖沙问家里人听没听说瓦丽亚在什么地方?

这时"青年近卫军"的家长彼此关系都非常密切,但是玛丽亚·安德列耶夫娜没对谢廖沙的母亲谈过瓦丽亚的情况。

"那里没有她吗?"谢廖沙阴沉地问。

没有,监狱里没有瓦丽亚,这一点他们十分清楚。

谢廖沙脱了衣服。这一个月来他头一次躺在干净的床上,而且是自己的床。

桌上点着一盏小油灯。一切都跟童年时代的情景一模一样,但是他什么也没看见。父亲躺在隔壁,咳嗽得非常厉害,连墙都震得发颤。可是谢廖沙却觉得屋子里静得不自然,听不见姐姐们喊喊喳喳的声音。只有小外甥在"爷爷"房间里的泥地上爬着,嘴里叨咕什么。

母亲到外面干活去了。有个年轻女人来串门,走进"爷爷"屋里。是他家的邻居,几乎天天来。谢廖沙的父母由于天真纯朴,根本没想到她为什么来这么勤。这个女人一进屋,就跟"爷爷"唠家常。

小外甥在地上爬,捡到一样东西,便往谢廖沙的屋里爬,喃喃地叫着:

"舅舅……舅舅……"

这个女人往屋里一瞅,看见谢廖沙,然后又跟"爷爷"说两句话就走了。

谢廖沙在床上蜷起身子不动弹了。

母亲和父亲都睡了。屋里一片漆黑,一点儿声音也没有。但是谢廖沙睡不着,心里愁苦不已……

突然传来一阵猛烈的敲院子门的声音:

"开门!……"

一秒钟之前那种使他经得住种种考验的顽强的生命力似乎已经永远离开他,他似乎彻底垮了。但是就在响起敲门声这一刹那,他的身子立刻变得机灵麻利。他悄悄从床上爬起来,跑到小窗跟前,掀起窗帘一角。外面一片洁白,一切都沐浴在平和的月光里。不但看见一个德国兵持枪站在窗前,而且他的影子都仿佛刻在雪地上。

母亲和父亲醒了,睡意惺忪而又惊慌不安地商量几句,然后又静静听着外面的敲门声。谢廖沙已经养成用一只手穿衣的习惯,穿上裤子、衬衫和鞋。这是在师里发给他那双红军军用皮鞋,只是皮鞋带系不上。他走到母亲和父亲睡觉的房间。

"你们谁去开开门,只是别点灯。"他悄声说。

这座小房好像马上就会被敲塌似的。母亲在屋里转来转去,她已经发蒙了。

父亲从床上悄悄起来,谢廖沙看他那默默无声的动作,感到老人行动艰难,而且这件事令他多么痛苦。

"没法子,开开门吧。"父亲说,声音细得奇怪。

谢廖沙明白:父亲哭了。

父亲用拐杖拄地走到外屋,一面说:

"就开,就开……"

谢廖沙悄悄跟在父亲身后。

母亲笨重地跑到外屋,摘下铁钩,一阵冷风吹进来。父亲打开外屋门,然后用手扶着门退到一旁。

三个黑影从一小块月光地里一个跟一个闯进屋,最后一个人随手掩上门,一股强烈的手电筒光把外屋照亮。光柱先落到母亲身上,母亲站在外屋通向牛圈的小门旁边。谢廖沙从黑暗的角落看见牛圈门上的铁钩摘下来,门半开着,明白母亲是为他准备的。但是这时光柱落到父亲和躲在他身后的谢廖沙身上。谢廖沙没料到他们一进外屋就打手电筒,本想趁他们进屋的机会溜到院子里。

有两个人上前抓住他的胳膊。谢廖沙受伤的胳膊被拽疼,叫了一声。他被带进里屋。

"快点灯! 你干吗像朵玫瑰花似的站在这里!"索利科夫斯基对母亲吆喝说。

母亲两只手哆哆嗦嗦,半天也点不着灯,索利科夫斯基自己打亮打火机。抓住谢廖沙的是党卫队员和芬邦。

母亲一见他们就号啕大哭,跪倒在地。两只滚圆的手在泥地上倒换着用粗大沉重的身子往前爬。老头拄着拐杖,身子几乎弯到地上站着,浑身直打哆嗦。

索利科夫斯基马马虎虎搜查一下,谢廖沙的家他们已经搜查不止一次。德国兵从裤兜里掏出绳子把谢廖沙的手反剪起来。

"只有一个儿子了……可怜可怜我们……什么东西你们都可以拿走,奶牛、衣服。"

上帝知道她说些什么……谢廖沙可怜母亲到了落泪程度。他不敢说话,怕自己会哭出来。

"带走。"芬邦对那个德国兵说。

母亲上前拦他,他就嫌恶地一脚踢开母亲。

德国兵推着谢廖沙走在前面,芬邦和索利科夫斯基在后面跟着。谢廖沙回过头说:

"再见了,妈妈……再见了,我的爸爸……"

母亲扑到芬邦身上,用有力的拳头打他,一面喊叫:

"你们这些杀人凶手,枪毙你们都嫌轻!等着瞧,我们的部队马上打回来!……"

"嘿,你这个老家伙……又想到那里去了!"索利科夫斯基大吼起来,不管"爷爷"用沙哑的声音苦苦哀求,还是把谢廖沙的母亲拖出房门,可是她只穿着睡觉穿的肥大的旧连衣裙。"爷爷"勉强来得及把大衣和头巾扔给她。

第六十四章

谢廖沙受刑一声不吭,当芬邦把他的双手反剪起来吊在拷刑架上的时候,他一声不吭。尽管他受伤的胳膊疼得要命,他仍然一声不吭。只有芬邦用通条戳他伤口的时候,他才把牙咬得咯吱响。

然而他的生命力仍然强得惊人。他被关进单人牢房,马上就敲敲两面的墙,想知道里面关的什么人。他踮起脚尖查看天棚下面的缝隙,试试能不能把缝隙扩大,取下一块木板,只要能逃到监狱院子里也好。他相信只要能出牢房,他就会想法逃出去。他坐在地板上慢慢想,他受审和受刑的房间窗户是怎么安的,走廊通向院子的门上没上锁。唉,要是这只胳膊没伤就好了!……不,他并不认为现在就彻底完了。在这些晴朗的寒夜牢房里都听得见顿涅茨河上传来隆隆的炮声。

第二天早晨让他跟维佳对证。

"不……只听说他住在附近,从来没见面。"维佳说,一对温和的深色眼睛并不看谢廖沙,望着一旁。他脸上只有这对眼睛还蛮有精神。

谢廖沙一声不吭。

后来维佳被带走,过一会儿索利科夫斯基把母亲押进牢房。

他们扒光老太婆身上的衣服,把这位生过十一个孩子的母亲扔到血淋淋的板床上,当着儿子的面用电线打她。

谢廖沙并不扭过脸去,他看着敌人怎么打他母亲,一声不吭。

后来又当着母亲的面打他,他依然一声不吭。把芬邦气急了,从桌上操起一根铁棍,把谢廖沙那只好胳膊的胳膊肘一下子打断了。谢廖沙脸色惨白,额头冒出冷汗。他说:

"这回完了……"

这一天把从克拉斯诺顿矿区逮捕的人也都送进这个监狱。其中大部分人已经不能走路,被人架着膀子拖着走,扔进本来已拥挤不堪的牢房。苏姆斯科伊还能走动,他被用鞭子抽瞎一只眼睛,眼珠子冒出来。安东妮娜——就是看见筋头鸽冲上云霄就乐得大喊大叫的姑娘——只能趴着,就在送往这里之前让她坐过烧红的炉板。

这批人刚被送来之后,就有个宪兵到女牢房提柳勃卡。姑娘们和柳勃卡自己都以为是要处死她……她跟大家一一告别,后来被带走。

但是并不是要处死柳勃卡,而是州野战司令克莱尔少将要求把她送到罗韦尼基,他要亲自审问。

这一天是允许送东西的日子,天气寒冷,但是很平静,一丝风也没有。空气被太阳和白雪照得闪闪发亮。用斧子劈柴声、井台上的水桶声和行人走路的声音都传得很远。沃洛佳的母亲和妹妹柳霞平时都一起来送东西,最近沃洛佳捎出字条要枕头。她们便带上枕头,包一包吃的,从空场雪地上踩出的小路朝监狱走来。监狱的房子是长条形的,墙是白的,屋顶落满积雪,背阴处积雪还泛着蓝光,使这座房子跟周围的景物融为一体。

她母女俩都瘦了,因而更为相像,很容易被人当成姐俩。母亲向来性情冲动,脾气暴躁,现在她仿佛整个人都是由神经构成的。

沃洛佳的母亲和妹妹听到聚集在监狱门前的女人们的说话声。只见她们一个个手里拿着小包却不往门里送,就感到事情不妙。门口的台阶上像平时一样站着德国哨兵,却不理这些女人。台阶栏杆上坐着一个警察,穿一件黄色短皮大衣,他也不接送来的东西。

她们母女不用细看就知道这里站着的都是谁,她们天天都在这里相遇。

万尼亚的母亲是个小老太婆,手里举着一个小包和一个纸包,站在台阶跟前说:

"哪怕能递点儿吃的也好……"

"用不着。我们发给吃的。"警察说,却不抬眼看她。

"他还要一条床单……"

"我们今天要给他准备一床好铺盖……"

沃洛佳的母亲走到台阶跟前,用激烈的声音问:

"你们为什么不收东西?"

警察不回答,也不搭理她。

"我们不用着急,站在这里等着,直到有人出来答复!"沃洛佳的母亲回头看着人群说。

她们就这样等着,直到后来听见监狱院子里响起杂沓的脚步声,有人连忙打开大门。女人们总好趁开门的机会朝监狱临街的窗子张望,有时甚至能看见关在这几间牢房里的孩子。于是有一群女人朝大门左侧拥去。但是鲍尔曼中士率领几个德国兵从里面出来,把这群女人撵走了。

妇女们躲开然后再回来。有许多人号啕大哭。

沃洛佳的母亲和妹妹退到一旁,默默看着这些景象。

"今天要处决他们。"柳霞说。

"不,我只求上帝,让他临死也不要垂头丧气,不要在这些狗崽子面前发抖,要敢唾他们的脸!"沃洛佳的母亲说,喉咙里发出低哑的呼哧声,两眼射出凶光。

这时他们的孩子正在经受命运为他们安排的最后、也是最可怕的考验。

万尼亚站在小队长布吕克纳面前摇摇晃晃,脸上流着鲜血,头无力地垂着,但是他一直努力抬头,并且终于抬起来,在沉默四个星期之后头一次开口。

"怎么样,没能耐了吧?……"他说,"你们再也没能耐了!……你们侵占那么多国家……丧尽廉耻,丧尽天良……现在没能耐了……没力量了……"

他笑起来。

这天晚上两个德国兵把乌丽亚抬进牢房,乌丽亚脸色惨白,辫子拖到地上。他们抬起来就往墙前一扔。

乌丽亚呻吟着翻身趴在地上。

"莉莉亚……"她唤莉莉亚说,"把上衣往上拉一拉,压得生疼……"

莉莉亚自己也勉强能动弹,但是直到最后她还像保姆一样照顾难友。她把乌丽亚被鲜血浸透的上衣小心翼翼卷到胳肢窝。吓得直往后退,放声大哭起来,乌丽亚的背上被用刀划出一个血淋淋的五角星。

只要这几代人的最后一代没进坟墓,克拉斯诺顿人永远忘不了这天夜晚。天上挂着一弯残月,却皎洁异常。草原里几十公里以内都看得一清二楚。严寒凛冽。北方整个顿涅茨河上的闪光时明时灭,大小战斗的隆隆炮声也时强时弱。

这一夜家里的人谁也没睡。他们不仅没睡,因为他们知道今天夜里要处死"青年近卫军"的成员。他们在不生火的屋子或小破房里守着小油灯坐着,或者干脆摸黑,有人跑到院子里冒着严寒久久站着,听听有没有说话声,卡车声或枪声。

牢房里也是谁都没睡,只是有些人已经昏迷不醒。最后被带去审问的"青年近卫军"成员,他们几个看见市长斯塔岑科坐车来到监狱。大家知道市长在行刑前到监狱来,是为了在判决书上签字……

牢房里也听见顿涅茨河上回荡着响亮的炮声。

乌丽亚头靠墙侧身躺着,敲敲墙,告诉隔壁的男生:

"战友们,听见没有?听见没有?……要坚强……我们的人打回来了……我们的人到底打回来了……"

走廊里响起大兵的皮鞋声,牢门皮噼噼啪啪响。被关押的人都被带到走廊里,然后从正门直接押到大街上而不必经过院子。姑娘们在牢房里都穿着大衣或棉上衣坐着,互相帮助戴帽子,扎头巾。莉莉亚给躺着不能动弹的阿尼亚穿好衣服,舒拉给她的好朋友玛亚穿衣服。有几个姑娘写好遗书藏在扔下的衬衣里。

上次家里送东西给乌丽亚时送来一套干净衬衣,她正把换下的旧衬衣包成包。突然热泪滚滚,她再也控制不住,用血衣捂住嘴,怕别人听见,躲到墙角坐一会儿。

他们被带到洒满月光的空场上，装上两辆卡车。第一个被拖出来的是斯塔霍维奇，他已经没有力气，并且丧失理智。他们一甩就把他扔进卡车。"青年近卫军"有很多成员都不能走路。阿纳托利被砍掉一只脚，他是被抬着扔上车的。维克托被剜掉眼睛，由戈拉津和舍佩廖夫搀着。沃洛佳被砍去右手，他仍然自己走。万尼亚由托利亚和维佳抬着。谢廖沙摇摇晃晃跟在后面，好像一棵草。

　　他们男女被分别装上两辆卡车。

　　有几个德国兵把卡车侧面的挡板关好，跨过车帮挤进坐满人的车厢。芬邦军士坐在头一辆卡车司机旁边。卡车开动，从空场上穿过，经过儿童医院和伏罗希洛夫学校。头一辆卡车拉的是姑娘们。乌丽亚、萨沙和莉莉亚唱起歌：

　　　　忍受不自由莫大痛苦，
　　　　你光荣牺牲……

　　其他的姑娘跟着唱起来。后一辆卡车上的男孩子们也唱起来。他们的歌声在宁静寒冷的空气里传得很远很远。

　　卡车经过左侧最后一幢房子，上了通往五号井的大路。

　　谢廖沙靠着卡车后挡板坐着，用鼻子贪婪地吸进凉气……这时卡车绕过通往新村的拐弯处，马上就要穿过冲沟。不，谢廖沙知道他自己是跑不成了。但是他前面跪着科瓦廖夫，被反剪双手。科瓦廖夫还是力大无比，所以才把手绑上。谢廖沙用头顶他一下。科瓦廖夫回过头。

　　"托尔卡……马上到河沟了……"谢廖沙悄声说，把头往旁边一摆。

　　科瓦廖夫斜眼往后瞅瞅，活动一下被绑着的手。谢廖沙把脸贴到绑着科瓦廖夫的手的绳结上。谢廖沙一点儿力气也没有，前额冒冷汗，几次撞到卡车挡板上。但是他拼命挣扎，仿佛他是为了自己的自由而去解这个绳结。绳结终于解开了。科瓦廖夫仍然把手背在身后，只活动一下手。

> ……严厉的复仇者就要站起来，
>
> 他们将比我们更坚强有力……

姑娘们和小伙子们一齐唱。

卡车开进冲沟，头一辆车已经爬上斜坡。第二辆车哼叫着正要上坡，车轮打滑。科瓦廖夫一只脚蹬着后车帮往下就跳，顺着冲沟跑去，在雪地上蹚出一条沟。

一开头德国兵都惊慌失措，等他们明白过来，卡车已经出了冲沟，看不见科瓦廖夫的踪影。德国兵不敢下车，怕车上的人再都跑了，只好从车上胡乱放枪。芬邦听见枪声，命令卡车停下，他跳下车。两辆卡车都停下。芬邦用女人似的声音拼命大骂。

"跑了！……跑了！……"谢廖沙怀着难以形容的得意细声高喊，然后就用他所会的最厉害的骂人话咒骂他们。但是谢廖沙口中的咒骂听起来倒像神圣的誓词。

现在已经看得见五号井被炸得倾斜的井架。

小伙子们和姑娘们唱起《国际歌》。

他们下车以后又被押进矿上的洗澡房，屋里冻了冰。他们被关了一阵子。因为要等布吕克纳、巴尔德和斯塔岑科来。宪兵们看见谁穿的大衣或皮鞋好，就动手往下扒。

大家得到互相告别的机会，克拉娃凑到万尼亚身旁坐下，用手扶着他的前额。她跟他永远不再分开。

他们被一拨一拨带出房间，一个一个扔进探井。凡是能说话的人都说几句心里想说的话留给人间。

德国人怕把几十个人同时扔进探井会有人活下来，便把两辆斗车推下去压在上面。但是矿井里传出的呻吟声一连几天几夜不断。

柳季科夫和奥列格都被反剪着手，站在野战司令克莱尔面前。他们被关押在罗韦尼基期间，一直不知道他俩被关进同一个监狱。但是今天早晨他们被带到一处，并且两个人绑在一起去对质。德国人想让他们供出整个地下组织的线索，不仅是全区，而且要全州的。

为什么把他俩拴在一起？不把他们绑起来，德国人感到害怕，同时也想借此显示，德国人知道他俩在地下组织中的作用。

柳季科夫一头白发被血痂粘在一起，粗大的身躯，撕烂的衣服贴在伤口上，一动就疼得难以忍受。但是他脸上丝毫也不流露出来。酷刑的折磨和饥饿使他的身体明显瘦了，脸上轮廓格外分明。他的脸型年轻时候就引人注目，表明他有着巨大的精神力量。他的眼神跟平时一样，平静而严厉。

奥列格几乎没怎么改变模样，只是鬓角全白了，右胳膊被打断了，无力地耷拉着。一对大眼睛从深金色睫毛底下射出坦然的目光，比平时更显得坦然自若。

这两位人民领袖，一老一少，站在野战司令克莱尔面前。

克莱尔已经杀人成性，因为除了杀人他什么也不会。这次他也给他们用的酷刑，然而可以说他们已毫无感觉，因为他们的精神已经翱翔在高空中，只有人类伟大的创造精神才能飞到这么高的境界。

后来把他俩分开，柳季科夫又被送回克拉斯诺顿监狱。中央工厂的案件还没结案。

但是地下组织的同志还是没办法营救被关在监狱里的人，不仅因为监狱戒备森严，而且因为全市住满败退下来的德国部队。

柳季科夫、巴拉科夫和其他同志遭到跟"青年近卫军"成员同样的命运，他们也被扔进五号井的探井。

一月三十一日白天，奥列格在罗韦尼基被枪决，他的尸体跟同一天被处决的人一起埋进大坑。

柳芭被折磨到二月七日，敌人总想从她那里搞到密码和发报机。临刑前她设法给母亲捎一张条子：

永别了，妈妈，你的女儿柳芭要进入黄泉了。

当柳芭被押赴刑场的时候，她唱起心爱的歌：

在莫斯科辽阔的土地上……

押她执行枪决的党卫队分队长要她跪下，从后面开枪，柳芭偏不跪，正面饮弹而死。

第六十五章

柳季科夫通过索科洛娃转告奥列格的地址，原以为奥列格和图尔克尼奇一定会用，不过当时出于谨慎，没有告诉他们这是什么地址。柳季科夫知道，他们一找到地方，玛尔法就会把他们到达的消息报告普罗岑科或他的妻子卡佳。普罗岑科他们一定会对"青年近卫军"的领导人委以重任。

柳季科夫决定把这么秘密的地址告诉奥列格和图尔克尼奇。这件事本身就说明他对他俩的重视和信任，并为他俩的命运担心。

尽管索科洛娃并没告诉奥列格，柳季科夫让他和图尔克尼奇去什么地方，但是图尔克尼奇一下子就猜到是去找游击队。

"青年近卫军"所有的成员当中，只有他和莫什科夫算成年人，在各方面都完全成熟。图尔克尼奇跟他的同志们一样，听到战友们被捕，心中十分难过，急于想尽一切办法营救他们。但是他跟同志们不同的地方在于他看问题比较实际，所以他考虑的营救方法都从实际出发。

最容易做到的办法就是找游击队。图尔克尼奇知道，苏联军队已经打进伏罗希洛夫格勒州，并且正向前挺进，克拉斯诺顿也正准备武装起义。他毫不怀疑，像他这样有作战经验的人，会让他领导一支队伍，或者至少让他组建一支队伍。所以图尔克尼奇就毫不犹豫利用奥列格转告他的地址。

他料到自己的姓所有的宪兵机关和警察岗哨都已知道，所以他不敢带真正的身份证。假的证件他又没有，现在也来不及搞，便不带任何证件上路，直奔正北。他从小在左腕刺上他名字的头一个字母，所以还用原名,另想一个姓——克拉皮温。

他的处境十分危险。不论从他的举止或只凭年龄,他都不属于那些可以在德国人后方到处流浪而既没证件又没工作的人,况且又是在前线附近。一旦落到盖世太保或警察手里,他虽然可以编理由,说他家住在罗斯托夫州奥利霍维海岬,红军的坦克冲进他们庄子,他是逃难出来的,没来得及带证件。这些话充其量只能保住他的性命。不过他这么一说,一定让他到德军后勤部门去干活,或者把他送到德国去。

图尔克尼奇不分黑天白日往北走,如果估计这些居民区可能有警察,就尽量绕过居民区。他有时走大路,有时走草原,尽量挑隐蔽的地方。如果在草原里也容易被发现,白天就找地方躲起来,晚上再走。他穿的皮靴冻脚,尤其是不能走的时候,几乎什么吃的也没有。内心的痛苦使他的精神更加坚强。而他的身体具有特强的耐力,这种耐力只有俄国工人才有,而且要年纪轻,要经过卫国战争的考验。

他就这样找到玛尔法家。

玛尔法住的这个村子,包括她家,都住着德国兵。附近的达维多夫庄、马卡罗夫沟等都住满德国部队。北顿涅茨河右岸跟左岸一样,构筑了强大的防御工事。德军的这条防线把伏罗希洛夫格勒州南北两部分完全分隔开来,玛尔法和普罗岑科几乎断了联络。即使这种联络不中断,现在也没有必要。因为州北部的游击队现在跟正规部队直接配合作战,他们听红军部队指挥部指挥,而不是听普罗岑科指挥。直到 2 月中旬,前线才逐渐接近南部各区,所以南部游击队只能根据实际情况进行活动,普罗岑科离他们有几十几百公里远,不了解当地情况也无从指挥。

这时普罗岑科正在别洛沃德斯克游击队。这支游击队的根据地本来在戈罗季希村,他们离开这个村子,这个村子现在被德国人占了,他们也没有固定的根据地。他们根据苏军指挥部的指示在德军后方作战。玛尔法跟普罗岑科和跟她自己的丈夫都失去联络。她跟纳列日内老头没有联系,跟米佳金游击队的任何人都没联系。米佳金游击队也离开根据地,因为德军进驻米佳金区,正在那里修工事。恰好在这个时候图尔克尼奇找到玛尔法,卡佳早已去了伏罗希洛夫格勒,玛尔法跟她也没有任何联系。

图尔克尼奇能够找到玛尔法,全凭他的机智勇敢。幸亏玛尔法一下子就相信他,他没有任何证件,只听他说就肯相信他,而他说的话又没有办法验证。她刚一开始看到他那镇定而严肃认真的目光,还装出一副冷淡的样子,可是她立刻就看出他那疲惫的瘦脸隐含着刚毅神情,又渐渐看出他那军人的姿势和谦虚的态度,便立刻相信他,而且她没看错人,这是只有斯拉夫女人才有的本领。当然她不会立刻表现出相信他的样子,但是这时又出现一个奇迹。当她肯定地回答,她就是玛尔法·科尔尼延科之后,图尔克尼奇就想起戈尔季·科尔尼延科,因为他听万尼亚跟他讲过从俘虏营里救出戈尔季·科尔尼延科的事,另外还听参与那次行动的其他的人讲过。他就问玛尔法,这个戈尔季跟玛尔法有没有亲戚关系?

"嗯,就算是亲戚吧。"她那年轻的黑眼睛突然闪现出奕奕神采。

"是我们'青年近卫军'的同志救的他……"于是他讲了事情的经过。

玛尔法不止一次听丈夫讲这件事。她作为女人和母亲对救出丈夫的小伙子们心里充满感激之情,却无法向他们表达,立刻都倾注到图尔克尼奇身上。她的感激不是用语言和手势表达的,而是直截了当把她亲戚的地址告诉了图尔克尼奇。这个亲戚家住在戈罗季希附近。

"那里离前线很近,他们会帮助你穿过去的。"她说。

图尔克尼奇点点头。他并不急于穿过前线,但是他需要马上找到跟正规部队协同作战的游击队。当然,他到玛尔法告诉他的地方去找更容易找到。

他们谈话的地方不是在村子里,而是在草原里的土冈后面。天已经渐渐黑了。玛尔法说她今夜就派人把他送过顿涅茨河,说完就走了。图尔克尼奇出于谦虚和自尊心,没告诉她带点儿吃的。但是玛尔法不是粗心大意的人。她派来那个老头正是跟普罗岑科换衣服的那个小个老头,用皮帽子给图尔克尼奇带来些面包干,还有一块腌肥肉。

小老头挺喜欢说,神色不安地悄悄对他说,他不能送他过河,现在不用说送个游击队员过河,就是自己想过也没人敢冒这个险。不过他可以告诉图尔克尼奇一条最容易过河的近路。

于是图尔克尼奇过了顿涅茨河。他又走了几天几夜来到偏僻的丘金卡村,在戈罗季希村以南三十公里。他现在所过之处常常碰到敌军工事,并且看到德军部队大规模转移。他从当地人那里打听到,警察在丘金卡村设有不大的卡子,德军或罗马尼亚军队经常从那里路过。他还听说丘金卡村距离沃洛申诺村最近。沃洛申诺村位于卡梅什纳亚河畔,距离这条河注入杰尔库尔河的河口不远。沃洛申诺村已被我军收复。所以他决定无论如何也得进丘金卡村,当地居民很可能跟我们的部队有联系。

一到这里他就倒霉了。在村子跟前就被警察抓住,带进村公所。他在村公所看到一幅灵魂堕落的龌龊场面——一群为德国人效力的俄国警官正在酗酒。这是笔墨不堪描绘的。

图尔克尼奇被扒去衣服,只剩内衣,手脚用绳子捆上扔进地窖。地窖四面墙都结冰了。他一路疲惫,担惊受怕,最后又受到这么大的打击。尽管他冻得直打哆嗦,在肮脏地窖的泥地上爬来爬去,终于在墙角找到一块发臭的垫子,躺在上面就睡着了。

忽然一阵汽车排气声把他惊醒。在睡梦中他还以为是枪声。同时他又听到几辆重型卡车发出的吼声。这几辆卡车在墙外的大街上停下。他头上的地板震得轰隆响。过一会儿地窖的门被打开,他在冬日的晨曦中看见走进来九个苏军冲锋枪手,穿着深色棉袄。走在最前面的中士用手电筒照见图尔克尼奇。

救出图尔克尼奇的是我军侦察兵,他们开着从德国人手里缴获的三辆装甲车闯进村子。除了束手就擒的警察之外,村子里还驻扎德国步兵连,把军官和厨师计算在内一共只有七个人。厨子刚开始做饭,一见德国装甲车开进来,一点儿也不惊慌,立正站好,怕里面万一坐着长官。过一会儿被俘之后,他还很乐意带路去抓正在梦中的连长。他在前头带着苏军冲锋枪手,脚上穿着样式奇怪的用麦秸做的代用靴子,踮起脚尖走路,狡猾地挤眉弄眼,把手指放在嘴唇上发出"嘘"声。

侦察队由于燃料不足,只好开车回部队。侦察队长是个上尉,建议图尔克尼奇跟他们一起走。但是图尔克尼奇不肯走。就在他们谈话的时候,当地居民把装甲车团团围住,向侦察兵问寒问暖,正要求他们不要离开村子。这时居然出来一个人不愿意抛下他们……需要人手?他们个个都愿意干!他想要多少人就可以找多少人!武器?开头只要把从德国步兵连缴获的枪支给他就行,剩下的他自己搞!但是别忘了帮助他跟我军驻守卡梅什纳亚的部队取得联系……

就这样组成一支由伊万·克拉皮温率领的游击队,后来游击队的威名传遍整个州。这支队伍只过一星期就招到四十多名战士,并且拥有除大炮之外的一切现代化武器。他们以亚历山德罗沃村从前的奶制品场为根据地,保卫的地盘包括几个村庄,而且就在德军前线背后。德军几次想把伊万·克拉皮温游击队从这一带撵走,直到我们的部队打回来以前一直没能得逞。

不过图尔克尼奇仍然未能把"青年近卫军"解救出来,这一段前线在1月下旬以前一直没有多大变化。直到2月苏军才强渡北顿涅茨河大部分地带,而且最先过河的部队是在上游一带的红利曼、伊久姆和巴拉克列亚。

图尔克尼奇还不知道"青年近卫军"的大部分战友已惨遭杀害。但是攻打克拉斯诺顿的时间拖得越长,他的心越痛苦不安。他曾经花巨大心血跟这些小伙子和姑娘们完成那么多光辉任务,于是这些小伙子和姑娘们的形象在他心中变得越来越高尚和纯洁。

有一次从前在奶制品场挤奶的姑娘们不敢接受他交给的任务,公然说她们害怕德国法西斯。克拉皮温(也就是图尔克尼奇)没对她们发火,只是痛心地说:

"唉,你们这些姑娘!难道我们的女孩子就这个样子?……"

于是他不顾一切,向她们讲起乌丽亚、柳芭和其他姑娘的事迹。这些挤奶的姑娘都听傻了,她们既感到羞愧,又被他眼睛里突然射出的兴高采烈的光辉迷住。图尔克尼奇突然收住话头,两手一挥,没讲完就走了。

直到2月图尔克尼奇率领他的队伍编入红军正规部队，才跟队伍一起经过激战强渡北顿涅茨河，逼近克拉斯诺顿。

在这个期间，克拉斯诺顿居民又遭受到溃败的德军所带来的一切灾难。逃跑的党卫队对居民大肆抢劫，使他们流离失所，他们把市里和全区所有的矿井、企业和大建筑物全都炸掉。

柳芭只差一星期没能活到红军打进克拉斯诺顿和伏罗希洛夫格勒那一天。2月15日红军坦克攻进克拉斯诺顿，苏维埃政权紧跟着回到市里。

矿工们花了好多天时间从五号矿井的探井里往外拖牺牲的布尔什维克和"青年近卫军"成员的尸体，周围有许多人观看。这些天来，牺牲者的母亲和妻子们一直不肯离开井口，等着接过她们的孩子或丈夫的残缺不全的尸体。

叶列娜·尼古拉耶夫娜当奥列格活着的时候就到罗韦尼基去了。但是她救不了儿子，儿子也不知道母亲就在离他不远的地方。

现在罗韦尼基居民当着奥列格的母亲和所有亲人的面从坑里挖出奥列格和柳芭的尸体。

现在已经认不出叶列娜·尼古拉耶夫娜从前的样子，她变成一个矮小衰老的女人，深陷的两颊发黑，眼睛里含着深沉的悲哀，就是性格坚强的人看了也为之震惊。但是这几个月以来她一直为儿子当助手，尤其是他的壮烈牺牲虽然令她悲痛不已，却在她身上发掘出伟大的精神力量，使她能够超脱个人的不幸。平时日常生活的幕布遮住眼睛，她看不见更广阔的世界，这个世界充满人类的斗争、努力和激情。如今幕布落下来，她跟在儿子后面踏进这个世界，在她面前展现出一条为社会做贡献的宽阔大道。

这几天还揭露出德国人另一桩罪行的细节：在公园里挖出活埋矿工的坟坑。一开始挖就发现这些人都站在坑里：先露出脑袋，然后是肩膀、身子和胳膊。其中有瓦尔科、舒利加和彼得罗夫的尸体。还有一个女人怀里抱着小孩。

从五号井的探井里挖掘出来的"青年近卫军"成员和成年人的尸体,都埋葬在公园里的两座烈士墓里。

克拉斯诺顿布尔什维克地下组织和"青年近卫军"所有活着的成员都参加了葬礼,其中有图尔克尼奇、瓦丽亚、若拉、奥莉亚、妮娜和尤尔金等。

图尔克尼奇所在的部队已经离开克拉斯诺顿,向尤乌斯河进军,他特地请假来跟牺牲的战友告别。

当时瓦丽亚从卡缅斯克附近跑回家,母亲立即打发她到伏罗希洛夫格勒投奔亲戚,她在那里迎接红军到来。

列瓦绍夫也牺牲了,他在越过前线时被打死。

斯乔帕也光荣牺牲。他当时住在卡缅斯克,红军第一次攻打卡缅斯克就占领了他住的那个区,他跟着一个分队参加战斗,在巷战中被打死。

科瓦廖夫逃到新村,有个工人把他掩护起来。他那健壮的身体受到严重摧残,伤口连成一片,没法包扎,只好用温水洗洗,裹上床单。他在工人家里藏了几天,怕连累人家,便投奔亲戚。他还住在顿巴斯还没解放的地区。

直到红军打下伏罗希洛夫格勒以前,普罗岑科一直带着部队走在溃退的德军前面,在德国人的后方跟他们作战。自从在戈罗季希跟妻子卡佳分手之后,他在伏罗希洛夫格勒头一次跟她见面。

普罗岑科委托纳列日内率领的游击队从米佳金村附近被封死的采黏土场取出那辆有名的"嘎斯车"。车完好无损,装满汽油,甚至还有一桶备用油。它就像产生这辆车的时代一样万古长青。

普罗岑科和卡佳就坐上这辆"嘎斯车"到克拉斯诺顿去,顺路把戈尔季·科尔尼延科送到他妻子玛尔法身边。在这里他们听玛尔法向他们讲述村子里的德国人逃跑的情形。

苏军打到这个村子前一天,玛尔法跟着那个小矮个老头——他曾经给奥列格的舅舅赶过车,后来还跟普罗岑科换过衣服——一起来到村苏维埃的房子跟前。从顿涅茨河对岸逃过来的德国宪兵队和警察局的大小官员都暂时住在这里。村子里有许多人挤在村苏维埃门口，希望能听到红军离这里到底还有多远，或者就是想看看法西斯匪徒逃跑的狼狈相，解解恨。

玛尔法和老头正在门前站着，又有一个警察坐着平板雪橇来到跟前。他跳下雪橇，往老头跟前一站，用疯狂的眼睛四下张望，急忙问：

"局长先生在哪？"

老头眯缝起眼睛说：

"什么先生不先生，你没看见同志从后面追上来了吗？……"

警察骂了一句，但是太着忙，顾不上打老头。

德国人从屋里纷纷往外跑，嘴里还嚼着东西，坐上几辆雪橇就跑没影了，只是后面扬起一片雪花。

第二天红军就进村了。

普罗岑科和卡佳到克拉斯诺顿来悼念牺牲的布尔什维克和"青年近卫军"成员们。

普罗岑科这次回来还另有重任：要重建克拉斯诺顿煤炭联合公司，要修复矿井。此外他想亲自了解下成年的布尔什维克和"青年近卫军"的成员遇害的详细情况，追查刽子手的下落。

斯塔岑科和索利科夫斯基跟主子逃跑了，但是侦察员库列绍夫被当地人辨认出来，他被抓住送交苏联司法机关。从他嘴里了解到斯塔霍维奇招供的情况和维里科娃与利亚德斯卡亚对"青年近卫军"的失败所起的破坏作用。

活下来的同志们在死难的布尔什维克和"青年近卫军"成员的坟头宣誓：要为牺牲的战友们报仇。两座坟前都用木头临时做成朴素的方尖碑。在成年的布尔什维克坟前的方尖碑上写有他们的名字，为首的是柳季科夫和巴拉科夫。在"青年近卫军"的方尖碑四面写着参加这个组织而为国捐躯的全体战士的名字。这些名字是：

奥列格·科舍沃伊、伊万·泽姆努霍夫、乌丽亚娜·格罗莫娃、谢尔盖·丘列宁、柳博芙·舍夫佐娃、阿纳托利·波波夫、尼古拉·苏姆斯科伊、弗拉基米尔·奥西穆欣、阿纳托利·奥尔洛夫、谢尔盖·列瓦绍夫、斯捷潘·萨福诺夫、维克托·彼得罗夫、安东妮娜·叶利谢延科、维克托·卢基扬琴科、克拉夫季亚·科瓦廖娃、玛亚·佩格利万诺娃、亚历山德拉·邦达列娃、瓦西里·邦达列夫、亚历山德拉·杜布罗维娜、利季亚·安德罗索娃、安东妮娜·马先科、叶夫根尼·莫什科夫、莉莉亚·伊万尼欣娜、安东妮娜·伊万尼欣娜、鲍里斯·格拉万、弗拉基米尔·拉戈津、叶夫根尼·舍佩廖夫、安娜·索波娃、弗拉基米尔·日丹诺夫、瓦西里·皮罗若克、谢苗·奥斯塔片科、根纳季·卢卡绍夫、安格林娜·萨姆申娜、妮娜·米纳耶娃、列昂尼德·达德舍夫、亚历山大·希申科、阿纳托利·尼古拉耶夫、杰米扬·福明、妮娜·格拉西莫娃、格奥尔吉·谢尔巴科夫、妮娜·斯塔尔采娃、娜杰日达·佩特利亚、弗拉基米尔·库利科夫、叶夫根尼亚·基科娃、尼古拉·茹科夫、弗拉基米尔·扎戈鲁伊科、尤里·维采诺夫斯基、米哈伊尔·格里戈里耶夫、瓦西里·鲍里索夫、妮娜·克济科娃、安东妮娜·季亚琴科、尼古拉·米罗诺夫、瓦西里·特卡乔夫、帕维尔·帕拉古塔、德米特里·奥古尔佐夫、维克托·苏博京。

1943—1951 年

译后记

　　《青年近卫军》是我青年时代喜欢的作品。50 年代初刚刚初通俄语，读的第一部原文长篇小说就是《青年近卫军》。现在步入老年，再回过头来翻译，字字句句倍感亲切。青少年时代是人的黄金时代，是塑造性格的最重要的时期。青少年时代多读几本好书对陶冶性情至关重要。谢廖沙原来最淘气，自从认真读书之后，打开眼界，一心一意想当英雄，而他果然成了英雄。奥列格和万尼亚则属于好学生类型，他俩都爱写诗而且万尼亚写诗甚至能对普希金笔下的奥涅金加以批判。乌丽亚也是标准的好学生，喜欢做读书笔记，并对自己的思想、行为进行检讨，还能背诵莱蒙托夫的长诗《恶魔》。若拉有个读书目录，对读过的作品大都能做出评价。法捷耶夫之所以要着重写这些细节，无非想说明这些少年英雄在成长过程中都从书中汲取力量。

　　第二次世界大战是人类历史上规模空前宏大的战争。而苏德战场是欧洲的主要战场，斯大林格勒战役则是苏联卫国战争乃至整个世界大战的转折点。《青年近卫军》所描写的故事恰恰是 1942 年 7 月到 1943 年 2 月这一段时间，也就是斯大林格勒战役最艰苦的时期和决胜阶段，而这段故事发生的地点恰恰在德军向斯大林格勒进攻的主要供给线上的一座小小的煤城克拉斯诺顿（红色顿河城）。所以这部作品又可以当作史实来读。

　　自古英雄出少年。在各国反抗异族侵略的斗争中都出现过无数英雄豪杰。我国老一辈无产阶级革命家也都是从少年时代就树雄心、立壮志，为推翻压在中国人民头上的三座大山、建立新中国而奋斗。他们抛头颅、洒热血，前赴后继，写下多少可歌可泣的故事。然而，像

"青年近卫军"这样,他们大部分是十五六岁的中学生,几乎自发地组织起来进行独立的斗争,在各国历史上实属罕见。但是又绝非偶然。因为这些青少年诞生在苏联的社会主义社会,从小受到爱国主义教育,对法西斯有明确的认识。他们立场坚定,爱憎分明,敢于做艰苦卓绝的斗争。正如法捷耶夫在一篇题为《永垂不朽》的特写中所写的那样:"'青年近卫军'在德国占领军侵占的地区并不是个别、特殊的现象。高傲的苏联人到处跟敌人进行斗争。尽管这个战斗组织的成员在斗争中牺牲了,他们是永垂不朽的,因为他们的精神面貌正是社会主义国家人民的精神面貌。"

法捷耶夫是从1943年开始写这部小说的,就在苏联红军刚刚收复克拉斯诺顿之后不久,报上刚刚开始介绍"青年近卫军"的英雄事迹。作者用一年零九个月的时间写成初稿,于1945年在文学杂志《旗》和《共青团真理报》上同时连载,于1946年出单行本。同年获国家奖一等奖。小说一发表就受到热烈欢迎,成为文学界热门话题。作者听取了各方面的意见之后,重新修改和补充,于1951年出第二版。1951年到1953年间,作者又从文字上加以润色,修改一百六十处之多。作者在书尾标明的最后年限是1951年,其实到1953年后,作者仍然做了个别修改。

1945年,《青年近卫军》第一版问世后,各方面的批评意见大致可以归纳为三种:一是要充分表现地下党和游击队的活动,说得更明白,就是要突出地下党的领导作用,二是要求写真人真事,三是"美化"了这些青少年。第一和第三种意见是有联系的,当然有正确的一面,但是也反映当时有些人对"青年近卫军"的事迹不理解,至于写真人真事,作者直截了当地回答说,他写的是小说,不是"青年近卫军"的历史,应该允许一定的虚构。

对于第一种意见,特别是来自《文学和生活报》的批评,法捷耶夫是认真对待的,做了重大修改:有二十五章做了补充和修改,重新写了七章。这些补充和修改,一方面充实了地下党和游击队的领导的形象,另一方面也冲淡和削弱了"青年近卫军"领导人,尤其是奥列格的形象,如他贴传单险些出事就是后来补写的,所以读者可以品味出来,奥列格的形象并不是最鲜明、最生动的,作者似乎有意渲染他的弱点。

作者的这些补充和修改,仍然以史实为依据,比如作者补充了对游击队的描写,写普罗岑科如何配合正规部队作战,由于当地地理环境的限制,大规模的游击队遭到敌人包围,不得不化整为零,分头出击,实际上普罗岑科无法实现对游击队的坚强领导。再如柳季科夫是"青年近卫军"的直接领导,找奥列格做过两次谈话,正确地指出地下组织恰当的活动方式和潜在的危机,但是无法改变"青年近卫军"遭到全面破坏的事实。其主要原因还是"青年近卫军"的领导成员年轻、幼稚,不肯逃跑或逃跑之后又回来,所以领导成员中只有图尔克尼奇一人活下来。碑文上记载的是五十六人,参加葬礼的只有六人。只就故事情节而言,《青年近卫军》跟《毁灭》很相似。《毁灭》写莱奋生领导的游击队被敌人打散,只活下来十几个人。

第三种意见说作者"美化"青少年,法捷耶夫也做了认真回答。他说:"我们当然明白,这些年轻人一方面是我们普普通通的人,他们具有我们青年的共同特点,但是另一方面,他们又有特别之处,因此他们才能成为'青年近卫军',也就是说,他们这些人在某种历史飞跃中表现出新的特征。这些特征只有将来才能为全体青年所具备,并且发挥带动作用。"我们从书中的描写也可以看到,德国人到来之后,这些青年在对敌斗争中普遍表现得比家长更加勇敢。这里面大概有青少年的生理、心理特点,正如中国俗话说"初生牛犊不怕虎"。他们无所顾忌,不计后果,不考虑个人得失。

要写好小说,必须写好人物。作者从一开始就明确提出要重点写"青年近卫军"的领导人。这几个青少年的形象的确栩栩如生。法捷耶夫花笔墨最多的是谢廖沙。他出场虽然比奥列格晚,但是他的事迹写得充实而动人。德国人没来之前,他就倡议掩护伤员,德国人到来的当天晚上,他就炸了德国人占的办公室,给敌人来个下马威。后来撒传单、处死福明、插红旗、截牛群,穿过前线找部队,直到临刑前帮助科瓦廖夫逃跑,几乎"青年近卫军"所有的重大活动都有他,连庆祝十月革命节跳舞的场面也是他跟柳勃卡跳得最出色。从字里行间不难看出作者对谢廖沙的喜爱之情。

奥列格是"青年近卫军"的一把手,起的作用当然比谢廖沙重要。他的名字也更响亮,德国人闻风丧胆。他一出场便勇拦惊马,表现出他见义勇为。开始筹建"青年近卫军"也一致推举他当领袖,可以看出他平日的威信。他从小受到继父的影响,培养了他的组织能力,遇事处理果断,完成许多重大任务。然而,他的知识分子气要比谢廖沙强,如写他贴传单就险些出事,后来跟谢廖沙等一起想穿过前线,谢廖沙能去能回,奥列格就没过去。由于奥列格家庭环境比较好,生活比较优裕,而谢廖沙家穷,什么罪都受过,所以奥列格的实际行动能力要比谢廖沙差。另一方面也与作者有意无意冲淡了奥列格的形象有关。但是无论如何,奥列格仍然是青少年崇拜的对象。

万尼亚也是写得比较鲜明的形象之一。他在气质上跟奥列格接近:撤退时的助人为乐、保护克拉娃一家、喜欢写诗,连奥列格都承认万尼亚写得比他好。他还是"青年近卫军"的笔杆子,宣誓的誓词和传单都是他和奥列格共同起草的。据资料记载,这些誓词和传单,以及万尼亚和奥列格的诗都是真实的,有据可查。由此可见,他们的文化修养的确很高。万尼亚受刑的场面,也表现出他的坚强意志力。据说,莫什科夫和维克托·特列季亚科维奇最先被捕,万尼亚得到消息后,便匹马单枪去救他俩,结果被捕。作者可能出于其他考虑而没写这一细节。

乌丽亚也是作者精心刻画的人物,如小说一开头就把她比作白莲,写她的纯洁、端庄,而在小说结尾写敌人在她背上用刀划出五角星,既说明她的坚强不屈,也说明她在组织中起重要作用。他跟儿时的好友瓦丽亚·费拉托娃的友谊也写得缠绵悱恻。开头她劝瓦丽亚逃跑,不要听任德国人送她去德国,等到瓦丽亚不听劝阻,果然被送德国去之后,她一方面念念不忘,另一方面又深深自责,怪自己没有留住她。从"青年近卫军"的成员,尤其是领导人身上,我们不难看出他们有着共同的特点,就是团结和友谊,毫不利己,舍身救人。这恐怕与他们都是矿工的后代有关系。矿工的团结精神是用生命和鲜血铸造的。

柳勃卡的性格跟乌丽亚形成鲜明对照,作者也常把她俩放在一起写。柳勃卡活泼好动,喜欢唱歌、跳舞,她的最后志愿就是当演员。当祖国需要她当报务员的时候,她就毫不犹豫服从祖国需要。她除了参加"青年近卫军"的活动之外,还直接归州委领导,做报务员和侦察员,而她又善于利用女孩子的特殊身份和会唱会跳的特点,跟德国军官周旋,刺探情报。尽管她这种工作要冒着生命危险,受到周围的人的误解和白眼,也无怨无悔地面对残酷的斗争。柳勃卡的确是个不可磨灭的光辉形象。

图尔克尼奇与他们不同,他不但年龄大一些,而且参过军、打过仗,负伤掉队,便来参加"青年近卫军",并且担任指挥员。他为人沉着冷静,善于思考问题,在关键时刻能为少年朋友们掌舵。"青年近卫军"遭到破坏,只有他一个人按照地下党给的关系跟部队接上头,后来化名克拉皮温,自己组织一支游击队,配合正规部队作战,以后又编入红军,打回老家。他虽然没能救出战友,但是他的路子走得对。直到1944年8月,他在解放华沙的维斯瓦河战役中光荣牺牲。

《青年近卫军》的主题思想是表现伟大的卫国战争时期苏联青年一代在老布尔什维克的领导下跟敌人进行的顽强斗争,特别是具体描写了这些青少年的成长过程,像前面介绍的那样,在奥列格、谢廖沙、万尼亚和柳勃卡身上表现得更为突出。这跟法捷耶夫在《毁灭》中提出的寻找"新人"的思想一脉相承。时势造英雄,正是伟大的卫国战争把奥列格这一代青年推上政治舞台,而他们的英勇斗争和壮烈牺牲,证明他们不愧为社会主义时代的新青年。

作者在颂扬英雄人物的同时,也有力地鞭笞了斯塔霍维奇这类贪生怕死的个人主义者。跟《毁灭》联系起来看,他可以说是密契克的继承者,但是他有着与密契克不同的滋生土壤。斯塔霍维奇有几个哥哥都是不大不小的干部,他因此受到重视和提拔而出人头地,也就自以为了不起。在游击队被包围的关键时刻,他为了活命偷偷溜走,回到克拉斯诺顿却说他是上级派来的。在被逮捕之后,也是为了活命企图蒙混过去。受到拷打便感到委屈,认为他是执行别人的命令,不该受到这种酷刑。在严峻的考验面前,处处为自己打算,结果落个叛徒的下场。应该说明的是,这个人物形象带有很大的虚构成分。作者塑造这个人物也有明确的针对性,就是作者不赞成那种靠关系任人唯亲的干部路线,因为这种路线不符合社会主义社会的干部政策,带有明显的封建色彩。说到这里,还有一段故事:前面提到,莫什科夫和维克托·特列季亚科维奇最先被捕,由于当时在德国警察局当侦查员的库列绍夫在被苏联政府逮捕后做伪证,说是特列季亚科维奇供出了其他成员,所以后者曾被定为叛徒。斯塔霍维奇的形象可能跟这个原型有关。不过1959年经过复查,发现并不是特列季亚科维奇出卖别人(因为又找到新的人证),又为他恢复名誉。1960年,苏联最高苏维埃主席团颁布命令,授予特列季亚科维奇一级卫国战争勋章。这样一来,在"青年近卫军"坟头的方尖碑上应该添上他的名字。

《青年近卫军》所写的故事,时间并不长,只有七个月(从1942年7月到1943年2月),地点以克拉斯诺顿市和附近的矿区为中心,辐射到伏罗希洛夫格勒、卡缅斯克和一些村庄。但是小说中描写的各种场面都十分宏伟,如开头的撤退场面,一方面写了撤退的仓促,另一方面也写了敌人的残酷,尤其是顿涅茨河渡口的大轰炸,保育院的儿童全部死在德国飞机投下的炸弹之下,惨绝人寰,说明作者并不回避卫国战争的残酷。接近尾声描写斯大林格勒战役后苏军大反攻,也写得声势浩荡。这几章是作者后来补写的,写得详细具体,会使读者感到长了些,大反攻并没有改变"青年近卫军"覆没的命运,而读者想看到的正是这些少年英雄的结局。

总的来说,这部小说结构严谨,许多伏笔和照应都历历可查。上下部也互相呼应,各有侧重。小说里抒情插笔也很多,特别是关于母爱、友谊,都写得扣人心弦。

《青年近卫军》早有水夫先生译本,从时代出版社1947年的版本算起,已经整整五十年。后来由人民文学出版社出版,据译者前言所说,1975年做过一次大修改,1992年又有所改动。我在动手翻译之前,对 1975 年版和 1994 年版都进行了研究和学习。应该承认,水夫先生的翻译态度严肃、认真,有许多地方对我很有帮助,但是也不能不承认,水夫先生和我这个后学,毕竟是两代人,对翻译方法理解不同,动笔也就必然有些差别。有心的读者不难看出,我在翻译过程中有所发现,并且下了一番功夫。

读俄国小说,最令读者头疼的就是俄国人的姓名,姓很长,再加上名和父名,会译成十五六个汉字。《青年近卫军》写的是真实的故事,既然用真名,重名现象就很难避免。作者采取的办法:一是在名字后面加上姓,如瓦丽亚·博尔茨和瓦丽亚·费拉托娃;二是一个人多用名,另一个人多用姓,如图尔克尼奇就多用姓,以便跟同名的万尼亚·泽姆努霍夫相区别;三是用绰号,如托利亚就有个绰号叫"响雷"。作者的这些办法,译者尽量利用,并且用得更频繁。另外,为了便于读者分别,也用爱称和正式名字作为区别手段,如维克托和维佳就是两个人(但是对话中有时又会重复)。

翻译当中遇到一些疑难问题,尤其是大量的乌克兰语和德语,多亏俄国西伯利亚独立大学塔·尼·阿普西特副教授帮助解决,特此致谢。

翻译如有不当之处,欢迎指正!

译者
1997 年中秋